이건숙 문학전집 13_1

바람 바람 새 바람

이건숙 문학전집 **13**_1

바람 바람 새 바람 _ **대하소설①**

1쇄 발행일 | 2022년 9월 7일

지은이 | 이건숙
펴낸이 | 윤영수
펴낸곳 | 문학나무
편집 기획 | 03085 서울 종로구 동숭4나길 28-1 예일하우스 301호
이메일 | mhnmoo@hanmail.net

출판등록 | 제312-2011-000064호 1991. 1. 5.
영업 마케팅부 | 전화 | 02-302-1250, 팩스 | 02-302-1251
ⓒ이건숙, 2022

값 18,000원
잘못된 책은 바꾸어 드립니다
지은이와 협의로 인지는 생략합니다
무단 전재 및 복제를 금합니다
ISBN 979-11-5629-145-9 04810
ISBN 979-11-5629-144-2 04810(세트)

이건숙 문학전집 13_1

바람 바람 새 바람

이건숙 ① 대하소설

문학나무

겨레의 가슴 속에 살아있는 복음의 발자취

우리 민족은 별스럽게도 창조주를 찾아 헤맸고 그럴 수밖에 없는 영적 소인을 지니고 있었다. 반만 년의 길고 긴 터널을 통과하면서 몸부림친 끝에 간신히 참 빛이 스며든 지 150여 년, 그 기간 중 전반부 50년(1860-1910)이 소설의 배경이 된다. 기독교가 이 땅에 들어온 초창기 오천 년의 전통을 깨뜨리는 단말마의 비명이 이 소설의 주제다. 특히 의주지역에 초점을 맞추고 불어오는 변혁의 물결에서 몸부림친 기독교에 초점을 맞춘 역사소설이다.

박진사댁 씨받이로 이용되고 버려진 검동이는 쪽복음을 들고 다니면서 전도를 한 여명기 우리 여성들의 전형적인 인물이다. 동물보다 못한 삶을 살았던 백정 출신 대석과 백석이 성령을 받고 지도자로 부상하기도 한다. 종살이를 하던 문한은 양반들을 밀어내고 사업가로 성장하고 양반의 아들로 태어난 서출은 사탄의 화신이 되어 자신의 핏줄이 섞인 천민들을 증오하면서 괴로워하기도 한다. 사랑하는 여인을 씨받이로 빼앗긴 머슴 봉수의 증오는 변혁의 바람을 타고 만주와 미국 땅을 수놓기도 한다.

우리의 기독교 초창기 50년 역사는 손에 땀을 쥐게 하는 흥미로운 사건들 투성이다. 이스라엘처럼 전쟁이 그치지 않는 틈새 국가인 한반도에 불어온 성령의 바람은 하나님이 사랑하여 택한 민족에게 내려진 하나님의 역사이기 때문에 숨가쁜 사건들이 역사의 흐름을 타고 이 민족 삶의 구석구석에 아로새겨져 있다.

문맹이었던 이 민족의 눈을 뜨게 해준 것은 쪽복음을 읽히면서부터이다. 쪽복음을 이고지고 발이 부르트고 허리가 휘도록 하루에 백여 리 씩 걸어 다니면서 말씀을 읽을 수 있도록 한글을 가르쳤던 사람들은 천대받던 천민출신 여자들이었다. 예수를 제일 먼저 영접하고 성령을 받았던 사람들은 이름도 빛도 없었던 민초들이었다. 이들의 희생과 눈물의 수고를 통해 한국의 기독교는 세계적인 이목을 끌게 되었다.

1981년 소설가로 등단하고 나서, 기도 중 100년 우리나라 기독교 역사를 소설로 쓰고 싶다는 마음이 불같이 일어났다. 그간 꾸준히 자료를 모으면서 준비를 했으나 목사의 아내라는 자리가 글만을 쓰기에는 너무나 벅차고 힘이 들어 울기도 많이 했다. 그래도 욕심껏 스케일을 크게 잡고 끌고 갔으나 남편의 소용돌이치는 목회를 돕다 보니 마지막까지 100년을 다 쓰지를 못하고 초창기 50년만 집필했다. 역사의 시루떡 켜, 켜에 이름 없이 빛도 없이 스러져간 민초들은 순전히 작가의 상상으로 만들어낸 인물들이고 역사의 주류를 이루고 등장한 널리 알려진 인물들과 사건을 등장시켜 역사의 현장

감을 살리려고 노력했다.

『바람 바람 새바람』이 3년 간《국민일보》에 연재되는 동안 많은 독자들의 기도와 격려의 전화를 받으면서 아하! 이 소설을 쓰기 잘했구나 하는 기쁨을 느꼈고 힘도 얻었다. 매일 꼬박 들어앉아 글을 쓸 수 없었던 것이 참으로 아쉽다. 남편의 목회를 내조하느라 틈틈이 글을 쓸 수밖에 없었고 시부모와 시누이 시동생들을 돌보고… 그렇게 들락날락 하다보면 기억을 더듬어 맥을 잡느라고 몸부림치면서 신음하고…. 이런 와중에 그래도 이만큼 쓴 것은 하나님께서 내 손을 붙들어주셨기 때문임을 솔직히 고백한다.

이 소설을 읽는 독자들이 이 민족을 더 사랑하기를 소망한다. 소설 속에서 하나님의 손을 보기 바란다. 사악한 인간의 옛 성품이 변하여 새 사람이 되는 과정을 보면서 성령을 체험하기를 소원한다.

의주 방언을 소설에 써서 지청구도 많이 들었고 칭찬도 수없이 들었다. 그래도 끝까지 고집하면서 쓸 수 있었던 것은 순전히 나의 고등학교 시절 국어를 가르쳐주셨던 최영일 은사님 덕분이다. 매번 연재되기 전에 그곳 방언을 아시는 목사님의 검토를 받았기 때문이다. 하지만 3부까지 퇴고를 다시 보며 의주방언으로 고민을 많이 했다. 기록으로 남은 방언은 확인했지만 구전으로 내려오는 그들의 방언을 그대로 표현하자니 조금 찜찜하기도 해서이다. 혹시 틀리는 방언이 나와도 이해해주기를 바라는 마음이다. 제자 정말희 감사에게도 고마움을 전한다. 감사원의 일이 바쁜데도 탈고하면 제일 먼저 독자가 되어 원고를 수정해 주었기 때문이다.

《국민일보》연재가 끝나고 오랜 시간 책으로 출간하지 못했다. 소용돌이치는 삶속, 잦은 이사 탓으로 원고를 모두 잃어버렸기 때문이다. 최근 놀랍게도 쓰레기로 버리려는 헌책들 속에서 모든 원고를 찾아냈다. 아하! 이건 성령의 역사구나 하고 놀라며 기적에 가까운 이 일을 놓고 감격했다.

전집을 내면서 전부를 퇴고하여 처음으로 책으로 묶어내는 동안 새롭게 나 자신을 바라보게 되었고 기쁨을 느끼며 감사함이 넘쳤다. 초창기 기독교 역사소설로는 아마 우리나라에서 처음 시도한 것이라 두고두고 많은 사람들에게 좋은 자료도 되고 감동도 주리라 확신한다.

2022년 7월
신촌 서재에서
이건숙

차례

작가의 말

겨레의 가슴 속에 살아있는 복음의 발자취　004

1권 차례

1부

어둠 속에 부는 바람

프롤로그　012

고인 웅덩이　018

치솟는 샘물　108

터진 웅덩이　213

흘러넘치는 물　344

2부

새벽에 깨어난 바람

흩어지는 사람들　412

귀소본능　503

2권 차례

녹슨 대문　010

열린 문　121

3부

아침 미풍

혼돈 속의 여명　198

쏟아져 내리는 서광　282

통곡의 바다　367

일어서는 빛기둥　485

에필로그　540

어둠 속에 부는 바람

프롤로그

　평북 희천(熙川)에서 오십 리, 산을 파고들면 우물 모양으로 산에 삥 둘러싸인 마을이 나온다. 산봉우리와 하늘 자락이 맞붙어서 눈을 들면 하늘이 바다처럼 출렁이는 곳. 산이 하도 험해서 업고 들어간 송아지가 황소로 자라면 끌고 나올 수 없어 잡아먹고 나와야 하는 산골마을. 정감록 신봉자들, 추한 죄를 짓고 도망 온 사람들과 강한 사람들에게 상처를 받고 세상을 등진 사람들이 이룩한 부락이다.

　약 삼십 호 가량의 화전민들이 모여 살고 있는 이 별천지에 숨통을 터주는 일은 소금을 사러나간 사람이 안고 오는 세상 바람 한 아름이 고작이었다.

　해가 뜨면 모두 산속에 묻혀 나물을 캐고 산의 열매를 따 모아 겨울 식량을 비축하기 바쁘다. 가을볕에 바짝 마른 고추를 양념 뒤주가 터지도록 누르고 흔들어 담느라고 아낙들의 하얀 치맛자락이 하루 종일 펄럭인다. 아이들은 배불뚝이 독이 넘치도록 도토리를 주워 와서 채웠다. 봄, 여름, 가을을 가리지 않고 캐다 말린 산나물, 도라지, 더덕과 약초가 지붕 밑 구석구석에 매달려있다. 장정들이 쪄나른 겨울 땔감이 지붕을 훌쩍 넘어선다. 이 모두는 거대한 산에서 대가를 지불

하지 않고 가져온 것들이다.

시월 중순에 얼음이 얼어 사월이 되어야 눈이 녹는 곳. 긴 긴 동면에 들어가는 산속에서 산을 닮아가며 살아가는 사람들, 저들에게 거대한 산은 종교였다. 포졸도 없고 군포(軍布)니 뭐니 하고 들볶는 관리도 없다. 그저 산을 따라 살아가면 되는 곳이다.

긴 겨울을 나기 위해 부지런히 주워 나른 양식과 땔감을 곳간이 터지도록 쌓아놓고도 저들은 고개를 외로 꼬았다. 먹는 것만으로 해결되지 않는 그 무엇이 저들을 괴롭혔기 때문이다. 더럽고 시끄러운 세속을 떠났건만 육신의 양식만으로 채울 수 없는 야릇한 서러움이 달팽이처럼 칩거한 겨울, 그들을 괴롭혔다.

머리를 가슴에 묻고 밍밍한 겨울을 보내던 산골 마을에 정신이 번쩍 들게 하는 사건이 터졌다. 산신령을 찾아 세상을 등지고 산골에 들어온 젊은 부부가 모신 노모가 중병에 든 것이다. 삼대독자를 낳아 기르며 오순도순 재미를 보던 가정이다. 산벼랑에만 자라는 약초를 캐오기도 하고 굵다란 산지네를 잡아다 뭉그러지게 푹푹 고아드려도 노모의 병은 차도가 없었다. 나중엔 눈 뜰 기력도 없는지 축 늘어진 노모의 목에서 가래만 요란하게 들끓었다.

병간호에 지쳐 잠든 부부에게 말로만 듣던 백발의 산신령이 나타났다.

"벌거지나 약초로는 네 오마니를 회생시킬 수 없수다. 샐릴 수 있는 뱅법이 딱 하나 있긴 하디만 그게 호께 어려운 일이라…"

"기게 무엇입네까? 오마니를 샐리기 위해선 무엇이나 하겠습니다."

"정말 무엇이나 내레 지시하는 대로 할 수 있단 말이디?"

"기럼, 기럼요. 땅 끝까지라도 갈 것이며 해늘 끝까지도 가겠수다레."

"산목숨이라도 바치겠느냐?"

"예. 오마니를 샐릴 수 있는 일이라면 무엇이나 하겠수다. 뱀당우, 개구마리, 먹장구, 고냉이라도 잡아오겠수다레."

비단처럼 눈이 시리게 하얀 수염을 가슴까지 늘어뜨린 산신령님은 효성이 지극한 젊은 부부를 사랑이 가득 찬 눈으로 바라보다가 혼잣말로 중얼댔다.

"네 아들을 삶아서 노모에게 대접하면 회생할 수가 있디만…."

젊은 부부는 잠에서 깨어나 서로 말도 나누지 못하고 끙끙 앓기 시작했다.

"절대로 그럴 수는 없수다. 이런 일은 고망 넷적이나 했을 일이 웨다. 내레 산신령님의 지시디만 순종 못하겠수다레. 하나뿐인 아들을 그것도 잘 생기고 건강하게 펄펄 뛰는 아이를 삶아서 대접하라구요. 이제 겨우 여섯 살 철부지예요. 차라리 오마님이 돌아가시는 편이 순리예요."

여자가 악을 썼다. 남자도 깊은 시름에 잠겨 끙끙 앓기만 했다. 그렇게 닷새를 보낸 뒤 드디어 남자가 결단을 내렸다.

"자식은 또 낳으면 되는 것. 뱅법을 알고도 그냥 두어 오마니 돌아가시면 우리 가슴에 한으로 냄을 것이니끼니 산신령님의 묘법을 따릅시다레."

"산신령이 신통술이 있고 이 삼라만상을 다스리는 능력이 있다면 다른 방법을 일러줄 것이지 외아들을 삶아 오마니를 대접하라구요. 기거 사기예요. 내레 기런 샌신령을 믿을 수 없수다레. 싹 무시할 기요. 절대로 내 아들을 죽일 수 없수다."

"바재다(망설이다) 행와나(행여나) 오마니 돌아가시면 액산한 일이요. 우리 효자가 됩시다레. 효자 되면 산신령님이 우리 아들을 왕자로 태어나게 할기요."

여자는 아들이 죽어 왕자로 태어난다는 말에 울음을 그쳤다. 일생 산울에 갇혀 사는 삶에 비길 것인가? 종이나 상놈이 되지 아니하고 왕의 혈통에 태어난다면 얼마나 좋은 일이냐?

다음날 젊은 부부는 아들이 서당에서 돌아올 시간에 맞추어 가마솥에 물을 붓고 설설 끓이기 시작했다. 늘 그랬던 것처럼 아들은 천자문을 옆구리에 끼고 들어섰다. 그런 아들을 부부는 그악스럽게 낚아채서 가마솥에 잡아넣고 뚜껑을 덮었다. 떨리는 손으로 부지런히 아궁이가 터지게 나무를 쑤셔 넣었다. 불꽃이 널름널름 혀를 내밀며 타오르고 아이의 버둥거림도 잠잠해졌다. 매캐한 솔잎 연기가 안개처럼 부엌을 찍어 눌렀다. 부부는 자꾸 눈물을 흘렸다. 여자 쪽이 눈물을 더 많이 흘렸다. 침묵을 깨고 남자가 불뚝 한마디 했다.

"어이! 어쩐 냄내가 이렇게 매워."

여자는 부엌문을 밀치고 마당으로 뛰어나갔다. 깊은 산속은 해가 일찍 지는 법이라 고만고만한 크기의 산봉우리에 걸리자 하늘은 벌써 연한 감빛으로 물들기 시작했다.

"여보! 날레 국물을 떠서 싱을 봅시다레."

남자의 떨리는 음성이 아득한 메아리처럼 여자의 귓가를 스쳤다.

"당신 혼자 해요. 내레 어드렇게 기걸 푸갔소. 아아…."

여자는 발등까지 흘러내린 앞치마를 끌어올려 얼굴을 가린다.

남자는 눈을 질끈 감고 젖은 행주로 인두처럼 달아오른 솥뚜껑 꼭지를 잡아 열고는 소경처럼 더듬어 대접 가득 국물을 담았다. 개다리소반에 동치미 국물을 한 보시기 놓고 수저 옆에 뽀얗게 우러난 국물을 담은 대접을 조심스럽게 놓았다. 연기와 김에 갇힌 남자는 토할 듯이 자꾸 헛구역질을 한다.

"여보! 우리 하낭(함께) 들어갑시다레. 예까지 와서 정성이 부족해 효험을 보지 못한다면 모든 것이 헤사요."

허사라는 말에 여자는 마지못해 상을 받아들었다. 하지만 눈은 상 위에 놓인 대접을 피했다. 혼수상태에 빠진 어머니를 아들이 일으키고 며느리는 수저에 뽀얀 국물을 떠서 앙당그린 입을 강제로 벌리고 조금씩 흘러 넣었다. 부부는 입속으로 흘러들어가는 국물보다 더 많은 눈물을 질질 흘렸다.

놀랍게도 그걸 마신 어머니에게 기적이 일어났다. 눈을 번쩍 뜬 것이다. 바로 그 순간 밖에서 아들의 목소리가 들렸다.

"아바지, 오마니, 서당에서 돌아왔습네."

부부는 너무 놀라 숨도 제대로 못 쉬고 횃대에 걸어놓은 옷 뒤로 기어들어가 숨었다. 덫에 걸린 참새들처럼 부부의 숨결은 가빴다.

"여보! 죽은 혼백이 제 집을 떠나기 전에 인사하러 왔수다.

잘 가라고 인사허구 왕자로 태어나서 부귀영화를 누리라고
달래서 보내라우요."

터지는 울음을 삼키며 부부는 마음을 단단히 먹고 마당으
로 나갔다.

"아바지, 오마니, 무슨 일이 일어났습네까? 발쎄 클마님이
돌아가셨시요?"

"아니다. 아니다. 이 애야. 우릴 원망하지 말고 부디 왕자
로 태어나서…."

"무슨 말씀이세요. 오늘 천자문을 다 떼었습니다. 낼 떡을
해서…."

아무리 봐도 죽은 혼령은 아니었다. 부부는 곤두박질해 부
엌으로 가서 아직도 설설 끓고 있는 솥뚜껑을 열었다. 짙은
김을 나무주걱으로 저어가며 들여다보니 아들 크기의 산삼
이 두 다리를 쭉 뻗고 솥 안 그득히 누워있었다.

어둠 조각에 가려진 눈을 비비는 순간 반아동(返兒洞)에 신
령한 바람이 불기 시작했다. 효심이 극진하며 상하고 착한
심령을 지닌 낮고 천한 흰 옷 입은 사람들 위에 바람, 바람,
새 바람이 높은 곳에서 단비처럼 아래로, 아래로 불어오기
시작했다.

고인 웅덩이

1

박진사댁 별정(別庭) 옆 뒷동산 기슭에 맞붙은 공터는 인적이 드문 곳이었다. 여기에 기다란 무명이 네 폭이나 너풀거리자 사람들이 모여들기 시작했다.

굿당 위 허공에 길게 늘어 맨 35자 가량의 무명 줄들은 사자(使者)다리, 망인(亡人)다리, 조상다리, 서천(西天)다릿발로 죽은 자를 불러오고 다시 극락으로 보내기 위한 다리굿 용이다. 무악이 울리고 무당은 신칼을 들고 잡귀를 몰아내는 주당푸념을 하며 굿청 정화를 하고 있었다. 그럴만한 사연이 있어서 벌이는 굿이라 동네사람들의 수군거림이 가마솥에 물 끓듯 요란했다. 고희를 넘긴 사람들이나 기억하고 있을 박진사의 할머니를 위한 굿이라 과거를 추적해서 입에서 입으로 전해지는 웅성거림으로 공터의 열기는 대단했다. 의주 지역에서 굿을 제일 잘한다는 무녀가 사설을 늘어놓기 시작했다.

"오늘 박진사댁 별덩 옆 공터에서 일백 데자 모이어 다릿발 대다리를 매놓구 이 정성을 드립네다. 신령님들 다 오십시우, 높으신 신령님들 다 오시구 등 넘어 재 넘어 서낭님도 오시라 청배를 하옵네다…"

둘러선 사람들은 침을 꼴깍 삼켰다. 망망한 저편 죽음의 골짜기 그 어딘가에 살다가 다릿발을 타고 올 망자를 기다리는 순간이다. 죽어야만 건너가는 강. 건너가기만 했지 돌아나올 수 없는 죽음과 삶의 사이에 놓인 안개 자욱한 강을 머리 위에 너풀대는 무명천 다릿발이 다리를 놔주어 망자를 불러내는 굿판이다.

봉두난발한 이 백정의 아들 대석(大石)이 사람들의 눈을 피해 덤불 뒤에 숨어서 다릿발이 펄럭이는 굿판을 훔쳐봤다.

"너 에기 있었구나. 얼마나 찾아 다녔다구."

어깨를 잡아채는 손에 깜짝 놀란 대석은 등에 떨어질 매를 의식했는지 고슴도치처럼 몸을 앙당그렸다.

"나야. 복남이란 말이다."

"아이구마니나! 놀래라. 높으신 양반나리가 때리는 줄 알았다. 쉬! 조용히. 네레 에기 있는 걸 앨면 너까지 쫓겨날 터이니끼니 멀찍이 저쪽에서 구경하라우."

그래도 복남은 바짝 대석의 옆에 붙어 앉았다. 쑥대강이처럼 마구 엉클어진 봉두난발과 도갱이가 닳아서 짜부라진 짚신을 신은 대석은 백정 아들답지 않게 눈빛이 총명하고 영롱했다.

"어드래서 무신둥(느닷없이) 죽은 새람을 불러내는 것일까?"

"박진사댁 도련님 뱅이 등해서 기래."

"아! 다섯 살이 되어도 아직 걷지도 못하는 아들 말이디?"

"쉬! 조용히 하라우, 새람들이 들으면 어쩌려구 기렇게 큰

소리로 말하니?"

"내중에 죽은 사람하구 만신(萬神)이 만나 다 털어놓을 터인데 뭘 기래."

박진사댁에서 종살이하는 검동이가 대석을 보더니 부정 탄다고 고함을 쳐서 대석은 재빨리 외진 구석으로 몸을 숨겼다.

굿상 위에 쌀이 소복하게 쌓였고 그 위에 이중으로 놓인 그릇에도 쌀이 담겨있다. 홍색 장복에 예쁜 꽃갓을 쓰고 앉아 청배 사설을 마친 무녀는 춤을 추어 모든 신들을 자신의 몸으로 받아들이기 시작했다. 장군 신을 받을 땐 장군 복으로 갈아입고는 삼지창과 칼을 휘두르며 춤을 추어 신을 굿상으로 인도하여 올라앉게 하는 시늉을 했다. 여러 해당 신의 모습으로 무복(巫服)을 바꾸어 입어가며 춤을 추는 바람에 굿을 잘 모르는 사람도 갈아입은 옷만큼의 신들이 이 자리에 청함을 받아 굿상에 빈틈없이 둘러앉았다는 걸 알 수 있었다.

널찍한 공터 한 쪽에 병풍을 쳐놓고 그 앞에 차린 상에 울긋불긋 한지에 물을 들인 살잽이꽃, 연꽃, 불두화, 산함박꽃이 요란하고 호사스러웠다. 꽃 앞 제기 위엔 과일, 과자, 떡 말고도 많은 음식이 층을 이루어 차려있다.

청배가 끝나자 무녀는 신장기를 들고 박진사의 노모와 며느리인 박진사댁의 몸을 쓸어주었다. 무녀가 신장기를 들고 모여선 사람들에게 가까이 다가갈 적마다 사람들은 두려움에 가득 차서 우우 뒤로 물러섰다. 신장기를 내던지고 신칼을 들고 춤을 출 적엔 그 칼이 어느 방향으로 떨어질지 몰라 모두 숨을 죽이다가 던져진 칼끝이 안으로 향하자 구경꾼들은 '와아' 함성을 질렀다.

대석과 복남은 소리를 죽이고 소곤거렸다.

"아이구마니나! 저 많은 음식을 어드렇게 다 먹디?"

"무네들이 불러들인 산실렁들이 다 먹디."

"그카다가는 우리 머 먹네. 신들도 우리터럼 먹고 마시는 거 돟아하나?"

"고럼, 사람하고 이야기하고 춤추고 놀기를 돟아하고 돈도 돟아한다구 했어. 그러니꺼니 춤을 추고 성화(야단)를 멕이디."

"어드렇게 기게 실렁님이야. 새람하고 무엔가 달라야디. 내레 거저 줘도 께낀해서(더러워서) 저 음식 못 먹겠다."

장구, 징. 바라 소리에 귀가 얼얼해진 대석과 복남은 굿판을 물러나와 의주외성의 남문 왼쪽에 뚫린 암구(暗口) 방향으로 달려갔다. 이 암구는 모든 천주교 선교사들이 숨어들어온 문으로 허리를 굽혀야 들어갈 수 있어 외국인들 사이에서는 성서에 나오는 좁은 문으로 통하고 있다. 거기 가야 어른들의 눈을 피해 마음껏 뛰어놀 수가 있기 때문이다. 어차피 이 굿은 내일까지 계속될 터이고 신명나는 굿판은 마지막 부분인 걸 저들은 잘 알고 있었다.

"우리 옥칠내기 하자."

"피! 기건 아이들이 많아야 하는 놀이니 망깨놀이나 하자."

두 아이가 사라진 쪽은 헐렁하게 비어 있다. 모든 사람들이 굿판에 몰려 있기 때문이다. 이 굿의 주인공인 복출을 업은 곰보댁은 굿판 주위를 빙빙 돌다가 슬그머니 벗어나서 남문을 향해 걸었다. 주인댁이 흠뻑 굿에 취해 있을 때가 그녀에게 주어진 유일한 자유의 시간이기 때문이다.

빨간 고추잠자리가 머리를 깊이 숙인 조 이삭 위에 앉았다가 경망스럽게 휘익 새파란 하늘 속으로 솟구쳐 오른다. 꽁지가 새빨간 잠자리는 4미터 높이의 성(城)을 가볍게 훌쩍 넘었다.

나이에 비해 턱없이 작은 복출을 업은 곰보댁은 의주성(義州城)의 남문을 통과하고는 야트막한 산부리를 휘감고 돌아서 북향 묵정밭으로 향했다. 여러 해 묵혀두어 잡초가 우거진 밭을 대하자 눈물이 고여 와서 짐짓 성을 넘어 점으로 사라진 고추잠자리라도 찾으려는 듯 파란 하늘을 향해 머리를 들었다.

모든 것이 누렇게 물들 무렵이라 산기슭을 뒤덮은 가문비나무의 푸르른 침엽이 그녀의 눈에 선명한 색으로 남아 흔들렸다. 이 밭이랑 박진사댁 논 서 마지기를 부쳐 먹다가 어린 세 아들 앞으로 나온 군포(軍布)를 물 길 없어 친정식구들은 이곳을 떠나 압록강을 건넜다. 진주 민란에 이어 광양, 조령, 제주도, 안동의 민란은 대원군이 경복궁을 짓는다고 풀어놓은 원납전으로 인해 노역과 착취가 심해서 일어났고 그 여파가 의주까지 온 셈이다.

"고 넘의 군포가 원수여, 세상에! 아직 장덩(壯丁)도 되지 않은 어린 아덜에게 군포라니! 나랏님도 너무 하셨다. 민초들이 살기 에려운 세상이야."

친정어머니가 수없이 하던 말을 곰보댁은 묵정밭에 혼자 서서 중얼거렸다. 박진사댁 다리굿판의 요란한 바라소리에 비해 이곳은 아늑한 정적이 깃든 곳이다. 가을 하늘만큼 쨍한 서러움이 그녀의 가슴속으로 파고들었다.

묵정밭 가에는 지붕만 남은 오두막집이 삐딱하게 몸체를

뒤틀고 엉거주춤 서 있고 뒤란엔 아직 잎을 다 떨어뜨리지 못한 돌배나무가 을씨년스럽게 제 자리를 지키고 있다. 나무 우듬지에 아직도 두어 개 매달린 능금 크기의 돌배를 보자 곰보댁은 단물이 고인 배가 연상되어 침을 꼴깍 삼켰다.

성벽 옆으로 펼쳐진 밭에 무르익은 누런 곡식이 바람결을 타고 출렁거렸다. 참새들이 낡아서 나긋나긋 올이 쳐진 배감투(가난한 농민들이 탕건 대신 쓰는 평상복식)를 쓴 허수아비를 무시하고 조와 이삭에 들러붙어 수선을 떨어서 휘이휘이 목청껏 곰보댁은 고함을 쳤다. 겁먹은 참새 두어 마리가 고추잠자리처럼 푸드덕 퍼런 가을하늘로 날아올랐다가 무거워진 배를 안고 둔하게 다시 내려앉는다.

등에 업힌 아이가 칭얼거리자 포대기를 풀어 내려놓고 목이 긴 백자술병을 치마말기 속에서 끄집어냈다. 성벽의 가장자리 암석지(巖石地)에 즐비하게 서 있는 토종장미인 생열귀나무 잎사귀 세 개를 따서 손바닥에 올려놓았다.

"도련님, 벵이 나서 도꿉지 놀음 허구푸디요. 기럼 날레 따라 해보시라요. 다리굿을 허구 묘를 파헤치구서리 야단해두데 방법이 데일이느꺼니."

곰보댁의 얼굴은 아주 엄숙했다.

"내 몸에 붙은 귀신아 이리루 들어가라."

곰보댁은 손바닥에 놓인 잎사귀를 아이의 입에 바짝 들이댔다.

"날레 말하라우요. 니약스럽게 덤비라요. 귀신이란 보꾸쳐야 나갑네다."

복출은 곰보댁이 무어라든 아랑곳없이 반듯이 누워 파란

하늘을 쳐다보며 기들기렸다. 점 하나 없는 푸른 하늘에 빨려 들어간 듯 아이의 눈동자는 깊고 깊은 푸름에 잠겨있었다.

"날레 한숨에 말하고서니 숨을 모았다가 이 잎사귀에 내쉬라우요. 무겁게 호통을 텨야 도련님 몸에 붙은 벵귀신이 나뭇잎으로 옮겨집네다. 벵귀신아, 걸씨 물러나가라. 이 벵으로 들어가면 밥과질(누룽지)을 주마."

곰보댁 목소리가 점점 커져서 나중에 천둥치듯 악을 썼다. 그래도 복출은 끄떡하지 않고 맹한 눈으로 하늘을 보다가 바로 옆에서 하늘대는 갈대를 잡으려고 몸을 뒤척였다. 할 수 없이 곰보댁이 아이 대신 주술을 외우고는 나뭇잎을 얼른 병 속에 넣고 뚜껑을 닫아버렸다.

"도련님 하부텨서(할퀴어서) 걷지도 못하게 하던 벵마가 잎사귀에 붙어서리 이 벵에 들어가 갇텼으니끼니 곧 일어나 걷게 될 것입네다."

복출이 태어난 지 5년이 되었으니 여느 아이들 같으면 마구 들판을 가로질러 뛰어다니련만 어쩐 일인지 몸을 뒤집지도 못했다. 장손이 이 꼴이니 박진사댁은 얼 죽음 판이었다. 박진사는 허구한 날 술독에 빠져 있었고 마님은 첫새벽마다 정화수 떠놓고 정성껏 빌었지만 차도가 없었다. 그러다 송산의 이름난 무당을 찾아간 것이 작년 가을, 송산무당은 몇 백리, 몇 천리 밖의 일도 알아오는 기발한 재주를 부리는 세타니를 거느린 무당이다. 송산무당이 세타니라는 굶어죽은 소녀의 넋을 떡 주무르듯이 부리게 된 사연은 너무나 끔찍해서 모두 혀를 차고 머리를 흔들 지경이다. 아무튼 쉬쉬 해가며 의주에 널리 퍼진 이야기는 이러하다.

송산무당이 여아를 훔쳐다가 큰 독에 넣어놓고 매일 굶어 죽지 않을 정도로 조금씩 음식을 넣어주었다. 울며불며 배고프다고 애걸하면 꼬챙이로 마구 찔러 자지러지는 울음소리가 추월암까지 들렸다는 소문이다. 의주의 금강으로 알려진 송산 입구에 자리 잡은 송산무당의 집은 인가와는 멀리 떨어져 있어 그 앞을 지나던 스님이 들었다 하니 거짓은 아닌 성싶다. 이렇게 몇 달을 두고 서서히 말라 죽은 소녀의 넋이 세타니가 되어서 주인인 송산무당이 분부만 내리면 어디고 가서 알아오는 바람에 그 명성이 자자했다.

바로 그 세타니 무당이 박진사댁 복출의 점괘를 풀어주었다. 그 자리에 복출을 업은 곰보댁이 동석했던 탓에 그 일을 생생하게 기억할 수 있었다. 세타니가 멀리멀리 어디론가 복출을 괴롭히는 조상신을 만나러 갔다고 한참 몸을 흔들며 지그시 눈을 감고 있던 무당이 눈을 번쩍 떴다.

"세상에! 이럴 수가. 집안에 목매달아 죽은 조상이 있수다레. 또 어드렇게 게다가 묏자리를 잡았네! 그러니꺼니 조상신이 패풍티디(훼방 놓다). 쯧쯧, 아가 가엾수다."

마님은 아들, 복출이 가엾다는 말에 양반 체면도 잊고 어깨를 들먹이며 서럽게 울었다. 여기까지 올 때 신분이 노출될 것이 두려워 어깨까지 푹 내려쓰고 온 내우사까디(내우삿갓)를 슬그머니 잡아당겨 몸을 가리고서 말이다.

"디기(地氣)가 이렇게 약하느꺼니 아가 맥을 못 출 수밖에. 죽은 조상이 디력(地力)을 받아야 힘을 가지구서리 후손을 돌보고 벵귀도 물리쳐줄 터인디 어쩌자고 남의 시테 위에 든 누워 개지구 이 꼴이람. 이미 다른 시신이 다 먹어삐린 디력

올 이드렇게 얻을 기며 남 있던 데다 묻혔으니 자손들 등에 구먹땡이(귀머거리), 꼽땡이(꼽추), 더투아리(말더듬이), 얼그맹이(곰보), 팔각쟁이(곰배팔이), 쇠경(장님), 어텡이(언청이), 힐끄배기(사팔뜨기)가 나올 수 있디요."

"기럼, 어드렇게 해야 조상님의 노하심을 풀어드릴 수가 있습네까?"

"날레 개장을 하시라요. 앞으로 태어나는 자손들이 벵신이 되지 않으려면 섭섭헌 일을 니지삐리게 조상님과 화해하셔야 합네다."

쉬쉬 숨겨온 박진사댁 비밀을 턱턱 불어대는 송산무당 앞에서 마님은 그저 두 손을 모아 빌었다. 해서 작년에 증조할머니의 묘를 개장했다. 무당의 말이 사실인지 알아보기 위해 박진사의 명에 따라 땅 속을 우물 파듯 깊숙이 파들어 갔더니 진짜로 몇 조각의 뼈를 찾아낼 수 있었다. 모두들 그 무당이 용하다고 혀를 찼다. 관을 이층으로 묻었으니 윗관이 손해를 볼 수밖에 없다고 이구동성으로 세타니를 부리는 무당을 칭송했다. 그러고 나서 지금 증조할머니의 혼을 다릿발 위에 불러내서 살아있는 후손들과 화해하는 다리굿을 벌이고 있는 것이다.

해가 질 무렵 곰보댁은 솟을대문 안으로 들어섰다.

"어슬 막에 어드멜 댕기다 왔수, 마님이 기두르며 얼매나 결(火)을 내시는지."

행랑채에 딸린 문정(門庭)에서 서성거리며 기다리던 검동이 반색을 한다.

"날레 안채로 가시라요. 도련님 별식을 차려 놓았시요."

원반죽 냄새가 복출의 코를 자극했는지 어서 등에서 내리겠다고 칭얼댔다. 곰보댁은 늘 하던 식으로 아이의 턱에 수건을 둘러주고 숟가락질을 도와주자 기분이 좋은 복출은 끼룩끼룩 웃으며 궁둥이를 들까불렀다. 배가 부른 복출을 벽에 기대어 놓고 곰보댁은 두 발 사이에 아이를 세웠다. 얼굴을 마주하고 앉아 허리를 가누지 못해 하느작대는 아이를 양다리 사이에 끼어놓고 두 손을 잡고는 앞으로 잡아당겼다 뒤로 밀면서 앞뒤로 몸을 흔들어가며 벨타령을 흥얼거렸다.

"벨 한나, 나 한나/벨 둘, 나 둘/벨 서이,나 서이/벨 다슷, 나 다슷/벨 여슷, 나 여슷/벨 닐곱, 나 닐굽/벨 야들, 나 야들/벨 아홉, 나 아홉/벨 열, 나 열."

곰보댁이 복출의 몸을 더 빨리 흔들어대자 까르르까르르 웃어대는 아이의 웃음소리가 냉랭함이 깔린 집안을 잠깐 반짝이게 했다. 모두가 굿판으로 나간 안채에서 곰보댁은 마음껏 애무요를 불러댔다. 이 나이의 아이들에게 으레 부모들이 들려주는 나무타령도 불렀다.

"오다가다 오동나무/가다 오다 가둑나무/십리 절반 오리나무/소가 간다 소나무/개가 간다 개살구나무/거짓 없다 참나무/칼로 떨러 피나무/발발 떠는 사시나무/배 아프다 배나무/배 고푸다 시당나무/젖 먹어라 전나무/살이 찐다 살구나무/떡 먹어라 떡갈나무/캄캄하다 밤나무/방구 뀐다 뽕나무/무서워라 옷나무."

복출이 몸뿐만 아니라 머리도 아둔하지만 그 내용을 이해하는 것 같아 곰보댁은 코흘리개 꼬마신랑을 놀리는 신랑요를 불러댔다.

"노랑 두대가리/물렛줄상투/샛문턱에서 밤광이(누룽지)달라구/훌찍훌찍."

사랑채와 별채를 가로질러 멀리 떨어진 뒷동산 냇가 공터에서 다리굿판을 벌이고 있건만 이 안채까지 꽹과리, 바라, 장구 소리가 요란하게 울렸다. 곰보댁은 아이를 끼고 누워 굿판소리를 자장가 삼아 깊은 잠에 곯아떨어졌다.

다음날도 다리굿은 계속되었다. 굿소리는 사람을 신명나게 하는 법. 곰보댁은 좀이 쑤셔 진득하게 안채에 머물지를 못하고 아이를 업고 공터로 나갔다. 등에 업힌 아이의 머리가 뒤로 휘는 것도 모르고 굿판에 끼어들었다.

장삼에 가사를 메고 호수빗갓을 쓴 주무(主巫)가 악사와 무녀들을 데리고 굿상 앞으로 나갔다. 박진사네 가족이랑 친척들도 우르르 굿상 앞에 나란히 서서 저들을 따라 절을 한다. 사방에 돌아가며 절을 한 주무는 이제 다리굿을 한다고 신들께 고하고는 원을 그리며 모두 둥글게 섰다.

맨 앞에 악사들이 대금, 해금, 피리를 불며 섰고 그 뒤에 바짝 선 무녀들이 꽹과리, 바라, 장구를 들고 흥겨운 가락을 뽑아냈다. 가족들은 주무 뒤를 바짝 따랐다. 연꽃과 향, 지방을 모셔 든 유족들이 염불을 외우면서 공터를 빙글빙글 도는 다릿발세경이 시작되었다.

"아헤에 어헤에야 에헤 나무아미타불, 아헤에 어헤에야 에헤…."

장구를 맨 악사가 후렴과 추임새를 계속하면서 느리게 굿당 주위를 빙빙 돌았다. 한가운데에 빈 그릇을 놓아 돈을 넣을 수 있도록 부추겼다. 염불이 잦아지자 힘이 든 유족들은 들어가고 주무의 선창에 맞추어 장구소리가 귀청이 찢어지게 요란히 울렸다. 무녀들이 뒷소리를 받으며 계속 세경을 돌았다. 세경돌기가 끝나자 주무가 공터 한가운데로 가더니 허공을 질러 걸어놓은 다릿발을 쥐고 흔들며 춤을 추기 시작했다. 유족 중 나이가 제일 많은 노마님이 불려나가 연꽃을 받아들고는 무당과 함께 다릿발을 들고 섰다. 제금이 잦게 울리면서 망인의 몸다리가 내리기를 빌기 시작했다.

노마님의 손에 든 종이연꽃이 파르르 떨렸다.

"와아! 데걸(저걸) 좀 보라우! 망인의 넋이 다릿발에 올라와 앉았어. 저 떨리는 거 보라우요."

몰려 서 있던 구경꾼들이 쑤군대기 시작했다. 주무(主巫)는 방울을 요란하게 흔들면서 죽은 증조할머니의 목소리로 말했다.

"황턴이 먼 줄 알았더니 바로 대문 밖이더라. 어이구! 그간 얼마나 춥고 서러웠는디. 화냥년 고강질(고자질)에 요 꼴이 되었다. 살아생전 낸(여자)이라구 사람대접 못 받았구 죽어선 남의 젯밥이나 얻어먹구 다녔다. 메니리는 내레 어드렇게 죽어 나갔는디 알디? 이 내 팔자 서럽구 서럽구나. 어으어으…"

연꽃을 든 노마님은 시어머니의 목소리를 내는 무당의 공수를 듣다가 놀라 잠시 휘청하더니 아이구마니나! 울음을 터뜨렸다. 그러자 방울을 노마님의 귓가에 바짝 대고 흔들던 주무가 기밀을 통해 자신의 한(恨)을 풀어놓았다.

"내레 하도 원통해서라무니 이 집안의 당손이를 들볶았는데 이렇게 후하게 날 대접하느꺼니 생각을 바꿀까 하네."

노마님의 옆에 울먹이며 서 있던 마님이 무당의 소맷자락을 움켜잡았다.

"살려주시라요. 데발 우리 복출을 불쌍히 여기시라우요. 건게 해주시라우요. 다른 서날미(남아)들터럼 뛔다니구 놀게 해주시라우요."

마님의 애걸이 얼마나 간절했던지 둘러선 구경꾼들이 하나 둘 흐느껴 울기 시작했다. 그러자 방울을 흔들던 무당이 우뚝 멈춰서더니 박진사댁의 어깨를 우악스럽게 잡아챘다.

"으음! 네가 바로 내 손자 메니리구나. 내레 얼마나 억울하게 죽어나갔는디 아네. 그 분풀이로 당손이를 괴롭히고 쥐뚱 무럽게(밉광스럽게) 굴었디. 이렇게 나를 위로하는 굿을 베풀고 내 마음을 흡족케 해주느끼니 이제 편히 눕구푸다. 염려마라. 네 소원을 이뤄주마."

"고맙습네다. 클마니, 고맙습네다."

망인과 후손들의 대화가 이렇게 진전되자 무당은 다릿발 사이에 들어가서 네 다리를 번갈아 잡아 흔들며 염불한다. 아미타불이 극락정토에 바라는 마흔여덟 가지 원(願)을 외우다가 망자의 슬픔을 노래하는 푸념장단으로 넘어갔다. 발바닥에 불이 나게 춤을 추던 무당이 가족들을 붙들고 한을 토로한다.

"이승에두 돈이요, 저승에두 돈이니꺼니 인정(돈)을 놓으시라요."

가족들은 네 개의 다리 위에 돈을 죽 늘어놓았다. 돈의 액수를 가늠해본 무당은 만족해서 마지막 기밀을 드렸다.

"발쎄 가야 할 사람. 되돌아보느꺼니 내레 호게(대단히 많이)

점즉하구나(부끄럽다). 이제 걸씨(빨리) 가야디."

주무(主巫)는 망인이 극락에 타고 갈 배를 젓기 위해 뱃사공을 불렀다.

굿당에 둘러선 사람들은 박진사댁 증조할머니가 이제 박진사댁의 조상신(神)이 되어 이 집안을 지켜줄 것을 굳게 믿었다.

해가 지면서 땅거미가 묵직하게 내려앉으며 저녁안개까지 산기슭을 휘감았다. 모두의 눈에 증조할머니가 건너가는 강이 아득하게 뽀얀 안개 속에서 출렁거렸다. 강 위에 걸쳐진 다릿발을 타고 흔들흔들 저승으로 가는 여자. 박진사댁에 시집와서 자살한 한(恨)많은 여인이 많은 사람들의 눈앞에서 점을 남기며 사라져갔다.

"무엇이 기렇게 핸(恨)이 되었다구 우둘렁대디. 맨셕군 집의 맏메느리면 종들 거느리고 호굿게(화려하게) 살았을 거인디 잉."

곰보댁은 등에 업힌 복출이의 볼기짝을 토닥이며 옆에 서 있는 남편 곽서방에게 귓속말을 했다.

"별덩의 한 귀퉁이에 홰나무 그루터기를 보았디?"

"그러니꺼니 오래 되어서 잘라버린 낭구 밑둥 말이디요?"

"기게 괴목이라 베어버린 게 아니야. 다릿발을 타구서리 여기 왔던 증조클마니가 그 낭구에 목매달아 죽었디. 쉬쉬해가며 슬쩍 묻어버렸넌데 길쎄 그 혼이 핸(恨)을 품고 복출도련님을 걷지 못하게 내텼다구 아까 기러디 않아."

"세상에! 기럴 수가. 어드렇게 증조클마니가 죄 없는 증손자를 이렇게 불쌍하게 맹길 수가 있다요, 잉. 언나를 아주 데불구 갈 마음이있나."

"쉬! 조용히. 사람들이 들으면 어칼려구. 내레 작년에 죽어
나간 유월 오마니에게서 들은 게야."

"기럼, 기럼. 그러니꺼니 이 집 내력을 소상히 앨고 있디."

한을 품은 영혼이 이승과 저승을 잇는 다리 저 끝까지 가
서 아득히 먼 세상으로 가버리자 무당은 지장보살을 흥얼거
리며 다리발을 풀었다. 머리 위에서 펄럭이던 다릿발을 뭉뚱
그려 묶어놓고 망인의 넋이 내렸던 연꽃도 그 위에 올려놓았
다. 가족들과 무녀들이 일제히 그 앞에서 절을 했다.

"디당보살, 디당보살, 디당보살…."

주무의 염불을 모두가 따라했다. 무녀들이 관솔에 불을 붙
여 다릿발 더미에 당기자 주무의 지장보살을 찾는 선창이 빨
라지며 다릿발에서 연기가 피어올랐다. 짙어지는 땅거미와
저녁 안개 속으로 연기가 스며들자 요기(妖氣)가 공터에 서렸
다.

말 등에 돈과 비단을 잔뜩 싣고 떠나는 무녀들의 말방울
소리가 왈랑절랑 어둠을 흔들었다.

2

1873년 대원군이 물러나고 고종이 친정을 선포했다. 도성
문세(都城門稅)도 폐지되고 서서히 쇄국의 빗장이 느슨해질
즈음. 다리굿을 하고도 복출은 여전히 몸을 가누지 못했다.
곰보댁이 부지런히 별타령이나 둥게야를 부르며 운동시킨

것이 효과가 있어 조금 나아지긴 했지만 굿을 하면서 들떠있던 기대감에 미치지는 못했다. 박진사댁 솟을대문 안은 서서히 깊은 수렁으로 가라앉기 시작했다.

"굿도 다 쇠용 없다. 무당덜이 멀 알간. 그러끼니 밭을 바꿔보면 어떨까?"

오랜만에 사랑채를 찾아온 노마님이 책만 보면서 방 안에 갇혀 지내는 박진사에게 넌지시 말을 건넸다. 이런 시대에 책을 본다는 것은 그저 소일거리임을 알면서도 아들이 책 앞에 앉아있다는 것이 그녀를 즐겁게 했다. 응달에서만 지낸 박진사의 얼굴엔 희다 못해 푸르뎅뎅한 색이 고여 있다.

"밭을 바꾸라니요?"

책에서 눈을 떼고 어머니의 말을 받아 되뇌다가 박진사는 빙긋 웃었다.

"자리끼를 들여놓을까요?"

살갗이 검어 태어나서부터 검동이란 이름이 붙여진 여종의 그림자가 띠살창호지 문에 어른거렸다.

"기래 디려놓거라."

검동이 몸이 촛불에 어른거리며 띠살창문 위에서 길게 꺾여 키다리로 보였다. 고개를 다소곳하게 숙이고 자리끼를 머리맡에 놓는 검동이의 얼굴이 홍조를 띠더니 나중에 목까지 붉어졌다. 허리가 개미처럼 가늘어 하늘대는 며느리에 비해 튼실한 몸에 실팍한 어깨며 팡파짐하게 짝 벌어진 엉덩이에서 싱그러운 건강미가 넘쳐흘렀다.

"데거이 체네로 변했군. 넷날부터 자리끼를 들고 댕기나?"

노마님의 시어머니, 그러니까 다릿발을 타고 저승에서 왔다간 바로 그분이 박씨 집안에 머느리로 들어올 적에 데리고 온 몸종이 검동이의 외할머니가 된다. 아비를 모르는 딸을 하나 낳고 야반도주. 그 딸이 또 딸을 낳은 것이 검동이다. 그들 삼대는 그녀의 심기를 거스른다. 짝을 맺어줄 겨를이 없이 행실 사납게 아이를 낳은 탓인지 늘쌍 대하면 께름칙했다.

"언제보탐 여길 드나들었디?"

"닐굽 살부터 이 일을 했시요. 뚜간(이따금) 시금불(심부름)두 하구요."

짧은 치마 밑에 드러난 버선을 감추느라고 검동이는 상체를 낮추며 나갔다.

"저 아를 오늘 저녁보탄 당장 여기 드나들디 못하게 허그라."

"와 기래요. 오마니."

"다 큰 에미나가 뽀보하게(뻔질나게) 드나들면 무접다. 께낀한(더러운) 거들인디."

검동이는 정심수 밑 돌확에 걸터앉았다. 늘 혼자였다. 어머니 얼굴도 모른 채 행랑채에서 이 사람 저 사람의 손에 넘겨지며 자랐다. 이제 나이 열다섯. 예서제서 불뚝 '젖을 먹여준 아이가 이렇게 컸수다레.' 해가며 반가워하는 젖어미들을 만나면 이상한 반항심이 솟구쳐 오르는 걸 감출 수가 없었다. 자신의 근본을 모른다는 것이 그렇게 허전했다. 비록 천한 신분이지만 부모와 함께 사는 종들은 자신보다 월등 행복해 보였기 때문이다.

남쪽 바람이 더운 기운을 싣고 온 탓인지 초저녁 바람이지만 겨울처럼 차갑지는 않았다. 압록강 얼음 위를 달리던 팔리(소형썰매)들도 사라지고 이제 곧 제비가 돌아올 것이며 남문 밖 들판에 봄나물이 지천으로 얼굴을 내밀 것이다. 개망초꽃이 흐드러지게 필 것이며 메꽃도 아침이면 얼굴을 내밀 것이다. 바디 나물을 캐다 초고추장에 무쳐먹어도 입맛이 날 터이고 또 삽주나물은 얼마나 향긋한가!

곰보댁이 유난히 봄채나물을 밝혀서 봄마다 검동이는 소쿠리 가득 나물을 뜯으러 들판을 쏘다녔다. 그래서 더 얼굴이 검어졌는지도 모른다. 곰보댁은 언니가 되고 계모가 되기도 했으며 밥과질(누룽지)을 슬쩍 손에 쥐어줄 적엔 진짜 어머니 같기도 했다. 마님의 내우사까디만큼 큰 소쿠리 가득 봄나물을 뜯어오면 곰보댁은 만족해서 언제나 찔끔 눈물을 흘렸다.

"쌍놈의 에미네레 이런 재미두 못 보구서리 어디메 나가 죽어삐렸는디! 핏덩이를 낳아놓구 어드렇게 발길이 떨어졌디?"

"와? 내 오마니레 어디메로 가서 그러요?"

"내레 기걸 알면 먼제 찾아갔디. 벳딜 신에 벳딜 날이 제격이라고 너무 곱드니만 쯧쯧… 거적문에 돌도구(돌쩌귀)라구 내레 보기에두 종년 주제에 너무 고왔어. 나터럼 얼그맹이(곰보)였으멘 기낭저냥 한 세상 살았을 터인디."

어머니가 고왔다면 나도 고운 것이 아닌가. 곰보댁처럼 얼그맹이가 되어야 그냥저냥 사는 세상인데 곱다는 건 나쁜 건가. 박진사의 이상한 눈빛이 다가오고 마님의 칼날처럼 차가운 눈길이 혀를 널름거리는 독사처럼 오싹함을 안겨주어 검동이는 몸서리를 쳤다. 나는 혼자니까 강해야 한다. 나 자신을 내가 보호해가며 어머니처럼 절대로 도방가지 않고 이 집에서 살 것이다.

번뜩 검동이의 머리에 그 나이에 어울리지 않게 엉뚱한 생각이 스쳤다. 만약 복출보다 훨씬 건강한 아들을 낳아준다면…. 어쩌다 내가 이런 생각을 하지. 검동이는 점점 어두워지는 밤하늘을 정심수의 앙상한 나뭇가지 사이로 바라보며 머리를 흔들었다. 하지만 이상하게 검동이의 눈에선 강렬한 빛이 뿜어 나오기 시작했다.

안채에 드나드는 방물장수의 치맛바람은 무척 거셌다. 오늘도 노마님에게 전해진 방물장수의 바깥바람은 당장 사랑채까지 불어와서 즉각 실행에 옮겨야만 하는 지경까지 이르렀다. 거기에 곽서방이 뽑힌 것이다.

굿이 끝나고 봄이 지나 여름도 가고 가을이 되어도 복출도련님이 걸을 기미를 보이지 않자 내려진 최후의 조처였다. 마님이 병신만 낳는 줄 알았는데 그간 태어난 딸, 숙출 아가씨가 건강해서 더욱 산삼에 기대를 걸게 된 것이다.

"길쎄 중풍으로 다섯 해나 든눠 있던 갱계 부재(부자), 황녕 감이 장백산맥 어드메선가 캐온 백 년 된 산삼을 삼메꾼에게서 사먹구 두 발로 지팡이두 없이 걸어다닌다는 게야. 우리 복출 도련님두 이런 산삼만 구해 먹으문 벌떡 일어날 거야."

함경도, 평안도의 산삼은 중국 상인들이 혈안이 되어 찾는 금과 같은 것이다.

"산삼두 잘못 사멘 되뽀비(어린 삼을 심산(深山)에 옮겨 심어 천연생으로 가장한 산삼)를 산다는디."

"그러니끼니 나를 보내 직접 삼메꾼을 따라다니게 하는 것이 아니네."

"기럼 어디메로 갈 거요?"

"천마동 화전민 마을에 사는 삼메꾼이 황넝감이 먹은 산삼을 갱계 근체 어드메서 캐왔다구서리 가보라카지 안칸, 방물장수레 그거까지 알아 왔으꺼니 어카간. 백두산이나 금강산이 아니고 천마산이니 다행이야."

"가기만 해서 되는 거요? 진짜 산삼을 캐와야디 그러느문 큰일이네. 잉."

"황절(黃節)이느꺼니 그들을 따라 산에까지 가서 진짜 산삼 캐는 걸 확인하구서리 그 삼메꾼을 집으로 데불구 오라는 분부야."

"당신이 삼메꾼들을 따라서라무니 산속까지 간다구요?"

곰보댁은 놀라서 입을 떡 벌렸다. 등에서 아직도 목을 제대로 가누지 못하고 오징어처럼 흐늘대는 도련님보다 남편이 더 중했다. 산삼을 캐러 깊은 산속까지 간다면 분명히 위험이 뒤따르기 때문이다.

자식의 병을 고치려는 부모들의 심정이 물에 빠진 사람이 지푸라기라도 잡으려는 심정이라 병에 좋다는 결론이 나면 거머리처럼 달라붙게 되는 법이다.

추수한 곡식을 소작농들로부터 거둬들여 곳간에 쌓아가며 추수 마무리 작업에 바빠 잠을 설친 곽서방의 눈은 벌겋다 못해 멍해 보였다. 안채로 가서 인사를 드리는 곽서방 앞에 노마님이 동전 꾸러미를 던졌다.

"우리 집안을 살리는 일이느꺼니 백 년 넘은 산삼을 꼭 캐개지고 와야 한다. 요즘 가삼(假參)이 숫태 많아 아모래두 진짜 신삼을 구하려멘 삼메꾼과 함께 우리 사람을 현당에 보내야 확실하지 안카서?"

괴나리봇짐에 아내가 정성스레 솜을 두둑이 넣어 만든 후양(목까지 덮는 모자)과, 발등과 발목을 덮는 끈 달린 덧버선을 넣었다. 가을이라지만 산속은 추울 것이기 때문이다. 짚신 두 켤레를 허리에 찬 곽서방은 행전을 단단히 치고 행랑채를 나섰다. 농사나 지으며 밭두렁에서 잔뼈가 굵은 사람을 삼메꾼으로 생각하는 것일까. 곰보댁의 마음에 슬그머니 주인에 대한 미움이 피어올랐다. 하지만 주인양반의 명령을 누가 감히 어길 수 있단 말인가. 종의 신분이라 멍석에 말아 때려죽여도 그게 곧 법이 아니던가.

"산즘성들 조심하라우요."

"그카디. 삼메꾼들 꽁무니만 쫓아다니면 되갔지."

"개승냉이(늑대)도 우습게보디 말라우요. 그거이 산속에선 아주 미섭답디다. 앞장서지 말구서리 근냥 따라만 다니시라우요."

"잔소리 말구 어이 들어가라우."

"메세가니(거시기)… 산에 놀기(노루)두 많고 토깽이두 많을 터이니끼니 많이 잡아 먹구서리 건강하게 돌아오시라요."

"이 쇠잡스런(방정맞은) 에미네가 머이 어드래? 산삼을 캐러가는 사람을 따라 나오며 벨소리를 다 하네. 삼메꾼에게 낸(여자)은 금물인디 이거 부정타서…."

"임자가 무슨 삼메꾼이라도 되었다구서리 맹탕(공연히) 시비라요. 고라대기(골짜기)나 든덩(언덕)도 조심하라우요."

의주에서 고령삭면까지 동서로 엇비슷이 뚫린 큰길로 향

했다. 산삼을 캘지 도라지를 캐올지 모르지만 하루 이틀 나들이가 아니잖은가.

"어이 들어가라우. 매번 당부하지만 복남이 안마당이나 사랑채에 얼씬거리지 못하게 하라우요. 우리 아는 온근(완전)해서 펄펄 뛰어다니구 도련님은 업혀다니느꺼니 이거 한 집에서 사는 거이 바늘방석이라고."

"걱정 마시라요. 복남이랑 대석이 아주 친한 거 모릅니까."

자꾸 들어가라고 야단을 쳐도 곰보댁은 조촘조촘 곽서방의 뒤를 따라온다.

"1백50리 길이라지만 초행인데 혼술바루(곧장) 천마동 삼메꾼 집을 찾아갈 수 있을까요. 해안에 천마동에 도착하려면 동행이 있어야 동을 터인디."

"구창동 영산장이 바루 내일이라구 하더만."

"아이쿠! 잘 됐네요. 범 걱정은 안 카수다. 길에 보부상들이 깔릴 터이니."

"서문골 이 백정이 소를 사러간다는군. 요 앞에서 만나기로 해서."

"이 백정이라면 제사용 쇠고기를 가져오는 대석 아바지가 아니요?"

"맞아. 바로 그 사람이야. 내레 속마음을 숨기고 있었더랬넌데 대석이가 드나드는 거 조심하라우요. 양반은 백정을 가이(개)터럼 보니 어카갔소"

남문 앞, 피양국시집에서 곽서방과 이 백정이 만나 서로 인사를 나누는 사이 쑥대강이처럼 봉두난발을 하고 팔뚝이 드러난 저고리를 입은 대석이 발등이 까맣게 탄 맨발에 짚신을 걸치고 아버지 뒤에 바짝 붙어 서 있다.

"어이 집으로 가디 못하간? 고령삭면까지 따라올 작정이네."

"영산 장에 가면 붓이랑 먹을 꼭 사다주는 거디요?"

"소레 웃다 꾸레미레 째디갓다.(소가 웃다 부리망이 찢어지겠다.) 백정 주제에 붓이랑 먹이라구? 이당(사탕종류)이나 사오마."

"이당은 싫어요. 붓이랑 먹을 아바지레 맨제 사주갔다구 약속하구서리 후지탕부지탕 해버리면 됩네까?"

"백정넘이 글씨를 배워 무엇할라구 그러네. 짐승이나 죽이구서리 먹구 자구 싸구 낳구 기렇게 살아야디. 양반이나 하는 짓거리인 글을 배우멘 넌 죽어."

이 백정이 악을 쓰며 아들의 등짝을 무섭게 후려쳤다.

"이 사람아, 기게 무슨 짓인가. 저 애가 벌써 여섯 살이 아닝가. 모두들 서당에 가니 오죽 가구프면 그카갔서."

"어제부터 드으리(연방) 께끼길레 후물떡 넘어가려고 사다준다구서리 머리를 끄떡였드니 저렇게 야단이네. 저 넘은 고집이 세서 큰일 낼 넘이어."

대석은 종아리가 드러난 바지에 잠방이를 입고 누렇게 흘러내리는 콧물을 연신 손등으로 쓱쓱 문지른다. 구창동으로 뚫린 큰길로 접어들자 어른들의 바짓가랑이에서 쇳소리가 났다. 가랑이가 찢어지게 아버지 뒤를 따르다가 뒤처진 대석은 걸음을 멈추고 멀건이 서 있다가 박진사댁으로 향했다. 대석이 뒤돌아서 가는 걸 흘끔 훔쳐본 이 백정의 코끝이 찡해졌다.

"백정 자식이 너머 머리레 총명해서리 걱정이야. 어디서

배워왔는디 사판(沙板)에 메풀 대로 글자를 쓸 적엔 개슘이
철렁 내려앉더라구."

두 사내는 삽교천까지 와서 강가에 자리를 잡고 가지고 온
점심을 풀었다. 곽서방이 행찬(行饌)으로 싸온 마른 장과 청
어 반꼬리를 조금 떼어서 이 백정의 세아리밥(입쌀, 갬좁쌀, 팥
세 가지로 지은 밥) 위에 놓아준다.

"대원위대감이 물러나구서리 왕은 허수아비가 되어간다면
서?"

"임금님이 권세를 개져야 할 터인디 야단났어. 고관대작들
은 걸신들린 아귀들터럼 나대고 법이란 거이 낡아빠진 겉치
레가 되었다는구만."

"우리 같은 천민들이야 윗사람이 어드렇게 한들 메가 걱정
이 갔소?"

"턴민인 우리가 당하니 문제디. 디방관들이 버릇 고약한
미친 가이(개)터럼 날뛰구 포졸들이란 거이 꼭 더승사자처럼
야단이니끼니 이거 미서워서."

동쪽 천마산을 넘어온 바람이 두 사람이 앉아있는 곳을 향
해 거세게 치닫는다. 이 백정은 도루묵 알처럼 끈적끈적한
쌈장을 한 수저 듬뿍 떠서 입쌀이 많이 섞인 곽서방의 상반
(두 가지 곡식으로 지은 밥) 위에 얹어주면서 말했다.

"내레 그래도 당가(장가)들 적에 가시집(처가집)에 가느꺼니
성찬을 대접받았디. 니팝을 옥터럼 지어 큰 사발 수북이 담
구서리 생티(生雉)구이랑 미역국, 백김티에 나물을 차린 상을
받았디. 가시 오마니레 음식 솜씨가 참 좋았디."

"머이 어드레서 가시집이 다른 데루 이사를 갔네?"

"강제로 쫓겨난 것이다. 내레 양반댁 종살이도 가시집 때문에 하는 것이구. 길쎄 가시집 어린 서날미(男兒)들에게 군포(軍布)가 나왔는디 농사 디어 입에 풀칠하기두 어려운 판에 기걸 어드렇게 물갔서. 가시 아바지와 오마니레 서날미들을 데불고 압록강을 건너 도망가는 밤, 강가에 숨어 망을 보았디. 얼음이 꺼져서 물에 빠져 한참 떠내려가다가 강둑으로 올라서는 가시 오마니 등에 업힌 망낭 아들은 머리까지 물속에 잠겼었스니꺼니 아마 얼어 죽었을 거야."

"우리 백덩보다 더 힘들구나. 우리 백덩에게 그런 거 달라고 하지 않아. 하긴 우린 사람이 아니느꺼니."

"백성이 있구 임금이 있는데 이 나라레 어캐 되려구 이 지경인디. 도망간 가시집 군포꺼정 내레 물어야 한다구 들볶으느꺼니 어드렇게 기걸 해낼 수 있갔어. 할 수 없이 자청해서 종살이루 들어간 거디. 종들에겐 군포레 면제되는 거 알구서리 종이 된 거디."

"나라가 어지러우느꺼니 사람 목숨도 디푸라기야. 피양 대동강에 쇠배가 들어온 걸 길쎄 몽땅 태워버리구 그 배에 탔던 머리칼이 노랗구 눈이 파래 귀신터럼 생긴 사람들을 죽여버린 뒤 인심이 더 흉흉해진 거야."

"이양선(異樣船)을 말하는 것인가?"

곽서방의 물음에 대답을 않고 이 백정은 입이 미어지게 쌈장과 밥을 퍼먹었다. 기장쌀을 된장에 묻혀 곰삭은 쌈장이 입맛을 돋우었기 때문이다.

곽서방이 자청해서 농사꾼의 신분에서 종으로 떨어진 것은 바보 같은 짓이요. 자유를 잃은 것이지만 목숨을 건지기 위해서 어쩔 수 없었다. 옆집에 살던 경칠네가 그런 일을 저지르지만 않았어도 그렇게 쉽사리 종의 신분으로 변신하지는 않았을 것이다. 눈에 진물이 나도록 물레질해서 실을 뽑아도 셋이나 낳은 어린 아들들의 군포를 낼 길 없어 혼자된 경칠네가 아이들을 데리고 복어 알을 끓여먹고 자살했다. 동네 사람들끼리 모여 상여도 없이 가마니에 시신들을 두르르 말아 지게에 얹고 가면서 어떻게든지 살아남아야 한다고들 했다. 우선 자식들을 살려놓고 보자고도 했다. 도솔천에 살고 있다는 미륵이 하생(下生)할 날을 기다리자고도 했다.

1861년 든 수재는 그래도 견딜 만했다. 그러나 2년 뒤에 다시 발생한 수재는 그야말로 막다른 골목이었다. 게다가 농지세 말고도 고급관리들의 술값과 밥값, 교제비, 서원의 제사비, 양반들의 족보 발간비, 신관 사또의 부임 여비, 구관 사또가 돌아갈 때 쓰는 여비, 가마수리비 등등 조세 조항이 될 수 없는 것까지 세목으로 책정하여 착취를 했다. 심지어 기생을 끼고 음풍농월하는 비용까지 농민들의 몫이었다. 대여양식인 환곡(還穀)은 관리들이 빌붙어먹어 농민의 손에 들어올 수 없을 지경이었다.

죽은 사람에게도 군포를 물리는 백골징포(白骨徵布), 어린애를 군적에 올려 군포를 거두는 황구첨징(黃口簽徵), 군역을 피하여 도망간 사람의 이웃에게 군포를 떠맡겨 수탈하는 인징(隣徵), 일가친척에게 넘겨 빼앗는 족징(族徵) 등등 말단 관리들의 부정한 수법이 판을 치며 농민들의 목줄을 조였다.

죽기 아니면 압록강을 건너 달아나는 길밖에 없었다. 월강 봉금령 때문에 기민(飢民)들은 달 없는 밤, 포졸의 눈을 피해

영하 30노가 넘는 추위에노 허술하게 하얀 옷을 입고 열 명씩, 스무 명씩 떼를 지어 압록강을 건넜다. 어쩌다 얼음이 두껍게 얼지 않은 때 바짓가랑이를 걷어 올리고 두 자 깊이의 강을 건너는 남자들의 모습은 그래도 괜찮았다. 남루한 옷을 얇게 입은 아낙들이 아이를 업고 강을 건널 때 포대기 밖으로 나온 아이의 발가락이 얼어 맞붙어 버리기도 했다. 저들이 국경을 넘어가서 중국인들의 집을 돌며 걸식을 할 때도 말이 통하지 않아 실정을 알릴 수 없어 더 답답했다. 어쩔 수 없어 자식을 되놈들에게 팔아 연명을 하는 사람들도 있었다.

"내레 가시집을 따라 강을 건널까 하다가 박진사댁 종살이를 택했디. 죽어도 내 땅에서 죽어야디. 강을 건너면 남의 땅, 기두루는 사람도 없구."

"기래도 우물터럼 답답한 나라에서 들볶이멘 사느니 훌쩍 강을 건너가면 광활한 대륙에서 설마 할 일이 없을까."

"아유! 산다는 게 정말 힘들어. 물이나 공기만을 먹고 살 수 있다문 얼마나 돟아, 숨이 막혀, 숨이… 숨을 터줄 무슨 큰일이 터졌으면 돟갔어."

곽서방은 막힌 숨통을 트려는 듯 헉헉거리다가 울창한 가문비나무숲 사이로 파고드는 햇살에 분풀이라도 하려는 듯 난폭하게 손을 휘젓는다.

"기래도 종의 신분인 곽서방은 백정인 나보담 훨씬 낫디."

"이런 세상에서 목숨을 이어가긴 백정의 신분이 낫네. 농지세니 머니 하는 잡세를 낼 필요도 없구 아덜이 있어두 군포를 내라고두 않구 말이디."

그러자 이 백정의 얼굴이 붉어지더니 나중에 귓불까지 벌겋게 물이 들었다.

"백정이 돟다구? 내레 살다가 벨소리 다 듣네. 호적두 없는 가이(개)나 돼지 같은 백정에게 어드렇게 돈을 달라구 손을 내밀간. 우리 손에 피가 묻었으꺼니 던디근해서(더러워서) 피하는 거디. 죽어두 상여를 탈 수 없는 백정들이야. 당개(장가)가는 날, 새시방은 말을 타지 못하구서리 소를 타야 하구 색시는 가매 대신 웃집이 없는 하장에 앉아 시집을 가디. 게 다가 새파란 아이들까지 해라 해라 하구 하대 말을 쓰느꺼니 이거 빙애리(병아리)나 송아지디 사람인가. 우리 백정들은 사 람 탈을 쓴 딤승이야. 눈, 코, 입이 있어 밥을 먹구 뒷간에두 가구 자식을 낳으면서 말이디 우린 짐승이야. 누군 태어나자 마자 양반이구 누군 백정이 되어 짐승터럼 살아가니 머이가 함찬 잘못된 거디."

장꾼들로 길이 붐비기 시작했다. 두 사람은 그들 틈에 끼 어 걸어가며 점심을 먹어서 훨씬 가벼워진 봇짐에 허리춤에 매달려 털럭대는 짚신을 넣었다.

아직도 분이 사그라지지 않았는지 이 백정의 숨결이 고르 지가 않았다.

"기래도 우린 온근(완전한)아를 낳넌데 박진사 아들은 조상 귀신이 몸을 꽁제개지구(묶어가지고) 있으꺼니 야난닸디. 자 네 아들, 대석은 귀가 어쩜 기렇게 큼직하구 길어서 꼭 부테 님 귀터럼 잘 생겼수다레."

"고럼 고럼, 백일에 발목에 소꼬리 털을 매어주었으꺼니 오래 살 거라구."

"소꼬리털이라니?"

"기게 우리 백정의 관습일세."

구창동이 가까워오니 사람들이 살아가며 뿜어내는 냄새가 역겨웠다.

"오늘 밤은 주막에서 자구서리 천마동으로 들어가디?"

"아니야. 바로 가야 되갔어."

"이보게. 국시라도 먹구 가디. 우리 같은 사람들 몸으로 먹구 사는 신세 아닌가. 주인에게 통성한다구 누구레 알아주간?"

성난 뿔처럼 울퉁불퉁 튀어나온 산봉우리들 사이에 걸린 해는 바로 땅거미를 몰고 올 것이 분명했다. 강남산맥의 서쪽 지역이지만 산세가 거칠어서 고준한 산간지대의 해는 노루꼬리보다 짧다는 걸 곽서방은 잘 알고 있었다.

"날레 가야디. 노마님이 얼마나 애타게 기두루갔어. 내레 주인집에 매인 몸 아닌가. 주인집이 편안해야 종들도 편하디. 황어인이란 삼매꾼이 천마동에 사는 게 아니고 그곳서 더 들어간 화전민 부락이라니 날레 가야디. 더구나 황절(黃節)이 아닌가. 초가알부터 서리가 내리는 때까디 작업을 한다니 벌써 떠났으면 큰일이디. 우리 도련님이 걸으려면 어서 산삼을 캐야 한다구."

곽서방은 배감투를 두 손으로 단단히 눌러쓰고는 천마동을 향해 짙은 산안개 속으로 사라졌다.

3

곽서방이 산삼을 구하러 천마산으로 떠난 탓에 점복 아버지인 최달수가 더 바쁘게 되었다. 곽서방 몫의 일까지 떠맡았기 때문이다. 꼭두새벽 눈을 뜨자마자 눈곱도 뗄 사이 없이 밭으로 나가 밤이 이슥해야 끙끙거리며 들어서는 부모에게 점복은 차마 그의 병을 말할 수가 없었다. 머리가 계속 지끈거리더니 며칠 전 물체가 뿌옇게 보이기 시작한 걸 그래서 숨겨왔다. 박진사의 밭뙈기를 소작해 겨우 조밥으로 끼니를 때우는 살림에 눈이 이상하니 한의원에게 가자는 말을 어찌하겠는가. 머리가 빠개질 것처럼 무거운 것은 참을 수가 있는데 간밤에 호롱불 주위에 일곱 가지 색을 띤 무지개가 선명하게 나타나 요괴처럼 어른거려 무섭기까지 했다.

"날마다 놀구만 있디 말구 날레 니러나서 성아지라도 몰고 나가 풀이라두 뜯어먹게 하라우."

아버지 최달수의 목소리가 거친 일에 몸이 쇠잔해져서 낡아빠진 풀무소리를 냈다. 그래도 모른 척 방바닥에 배를 깔고 누워 뭉그적거리는 점복의 마음은 밑 모르는 깊은 나락에라도 빠진 기분이었다.

"걱정 말구서리 들로 나가시라요. 곧 나갈 거이느꺼니."

말은 이렇게 해놓고 점복은 여전히 뭉그적거렸다. 가마솥에 넣어둔 갬조밥을 꺼내먹고 추우면 불을 조금 지펴 숭늉을 데워 먹으라는 어머니의 목소리를 들으면서도 그냥 누워 있었다. 어머니까지 아버지를 따라 들로 나가는 소리를 듣고서야 그는 천천히 일어나 앉았다. 몸에 비해 탐스럽게 많아 늘어뜨린 머리가 궁둥이까지 늘어져서 무겁게 치렁거렸다.

점복은 의주 서쪽 압록강 기슭 삼각산 위에 지은 정자인 통군정(統軍亭)으로 방향을 잡고 걷기 시작했다. 정자에 오르면 멀리 대안 만주 땅의 구련성과 오룡산이 마주 바라보인다. 삼각산에 올라가서 압록강을 향해 목이 쉬게 고함이라도 치면 눈을 가리고 있는 비늘 같은 것이 떨어져나갈 것 같은 기분이었다. 산을 넘어 온 강바람이 제법 찼다. 통군정으로 뚫린 길을 바라보며 잎을 떨군 떡갈나무 밑에 앉았다. 흐린 눈을 자꾸 비비며 강바람에 눈을 꿈적거려 보았다. 여전히 눈은 콩기름이라도 처바른 것처럼 뿌옇고 껍껍했다. 추수 막바지라 모두 들판으로 나간 탓에 통군정으로 뚫린 길은 헐렁하게 비어 있다.

슬슬 불어오기 시작하는 북풍이 허술하게 입은 무명 저고리 섶을 헤집고 가슴까지 시리게 파고들었다. 토시를 낀 것처럼 양손을 소맷부리에 깊이 묻고 통군정에 오른 점복은 압록강을 내려다보았다. 대형 범선 대여섯 척이 그의 흐린 눈앞에서 점점이 강물을 타고 유유히 흘러내려간다. 돛의 색이 검은 걸 보니 중국의 쟝크들이 틀림없다. 강 건너 멀리 만주의 구련성(九蓮城)이 보여야 하는데 온통 구름 낀 하늘처럼 흐렸다. 작년 이맘 때 통군정에 올랐을 적엔 눈도 밝았고 날씨도 청명해서 바로 맞은편 오룡산(五龍山)이 아주 또렷하게 보였다. 이제 그 산을 보려고 아무리 눈을 크게 떠도 점복의 눈앞은 는개가 낀 듯 그저 뿌옇기만 했다.

"눈에 귀신이 들러붙은 걸까. 고럼 내레 쇠경이 되는 것이디."

봉사가 된다는 생각에 이르자 정신이 아찔했다. 무서웠다. 정말로 겁이 났다. 두려웠다. 내가 눈이 멀다니! 어려운 집안의 장남인데 이를 어쩌지. 하필이면 그 순간 폭삭 늙어버린 아버지와 어머니의 주름진 얼굴이 보이고 지팡이를 들고 맹인이 되어 초라한 몰골로 그들 옆에 지질러 앉아있는 자신의 모습이 선명하게 떠올랐다.

백두산 천지에서 흘러나와 장장 2천 리를 흘러가는 압록강은 태곳적부터 지금까지 그의 발 밑에서 도도하게 흘러가건만 눈이 먼다면 그것도 보지 못할 것이 아닌가. 삐실삐실 울음이 터져 나왔다. 점복은 머리를 번쩍 치켜들고 압록강을 향해 고함을 쳐가면서 울음보를 터뜨렸다.

선조가 울었던 울음도 이랬을까. 왕의 신분으로 임진왜란 때 의주읍의 서쪽 압록강 기슭 삼각산까지 몽진(蒙塵), 당쟁에 대한 피맺힌 절규가 담긴 시구를 남긴 곳이 바로 여기가 아니던가.

痛哭關山月 凄凉水風 朝臣今日後 寧復更西東

의역하면 대강 이런 내용이다.

'어쩌면 이곳 서북단 관변까지 쫓겨왔단 말인가. 생각할수록 분통하구나. 조정 대신 이놈들아 나라를 이 꼴로 만들어 놓고 이제도 동인 서인하고 당쟁을 일삼겠는가.'

압록강의 청량한 바람을 마시며 이런 시를 쓴 왕의 심정을 헤아려보았다. 그렇게도 간절하게 청했던 원군을 데리고 온 명나라 장수는 선조를 만난 뒤 왕의 외모에 실망하고 회군했다. 키가 고렇게 작고 보잘것없는 사람을 왕으로 삼은 나라를 구해 주고 싶지 않아서였다. 선조는 너무나 당황해서 왕의 체면도 잊고 그저 울기만 했다. 이것을 본 신하가 기발한 생각을 해냈다.

선조는 신하의 말대로 정자에 올라가서 큰 독을 쓰고 목청껏 울었더니 독 속에서 메아리친 울음소리가 세찬 강바람을 타고 퍼져나가 마치 용이 울부짖는 듯했다. 그 기막힌 울음소리를 듣고 명나라 장수는 많은 걸 생각하게 되었다. 왕의 외모는 보잘것없는데 역시 왕다운 점이 있구나! 해서 돌아와 왕을 도왔다는 일화에서 통군정을 통곡정(痛哭亭)이라 부른다는 옛 이야기를 점복은 어른들에게서 수없이 들으며 자랐다.

통군정에 오르면 누구나 으레 선조의 울음을 떠올리게 된다. 한 나라를 맡은 왕도 여기서 서럽게 울었다는데 나 같은 사람이 울어대는 것은 당연한 일이 아닌가. 압록강 바람이 점복의 통곡소리를 계곡에 흩뿌리며 멀리멀리 실어갔고 더러는 강을 건너 만주 땅으로 퍼져나갔다. 왕처럼 독을 쓰고 울지 않아서 우렁우렁 소리가 크게 울려 퍼지지는 않았지만 그의 속에 고인 무섬증과 고통을 몽땅 쏟아내는 신음이요 절규였기에 압록강에 스며들어 있는 역사의 함성과 함께 그의 아픔도 녹아들어 강물을 타고 흘렀다.

누가 내 병을 고쳐줄 수 있을까. 누구에게 빌어야 한단 말인가. 성황당 앞에 가서 돌을 던지고 침을 뱉어볼까. 칠성님께 치성을 드릴까. 성주신, 토주신, 두왕신에게 빌어볼까. 조상신인 대감이나 마을네(馬乙女)에게 갈까. 어덕서니, 도깨비, 굴왕신, 세타니, 야광이, 어비, 명태귀신, 달걀귀신, 몽둥이귀신, 빗자루귀신, 시래기귀신….

그때 번개처럼 그의 뇌리를 스치는 것은 통군정 뒤 북천암(北天庵)이다. 그는 바삐 그 절을 향해 뛰었다. 북천암 돌부처는 그가 몸부림치며 울고 매달려도 끄덕하지 않았다. 그의 아픔을 달래주며 다정하게 어깨를 만져주는 것도 아니다. 그저 생명이 없는 차디찬 돌덩이일 뿐이다. 돈을 툭 떨어뜨려 주는 것도 아니고 도깨비 방망이처럼 뚝딱 아픈 눈을 고쳐주는 것도 아니었다.

석가모니불을 대신하여 중생을 구한다는 미륵이 지금 이 순간 온다면 이 지상이 낙원으로 변할 것이며 그땐 모두가 평등해지고 아픔도 고통도 질병도 다 없어진다는데 그때가 바로 지금이라면 얼마나 좋을까!

답답한 가슴을 안고 박진사댁으로 향했다. 돈만 있으면 왕의원에게 갈 수 있고 무슨 수가 날 듯했다.

'눈이 아파 돈을 꾸러 왔습네다. 훗날 몇 배로 갚겠습니다.'

이 말을 수없이 지껄여 보았다. 설마 지주로서 소작농의 아들이 눈으로 인해 고통을 받는데 그까짓 한약 값쯤이야 미리 내어주고 나중 받으면 되는 것이 아닌가. 북천암에 가서 허리가 휘도록 절하며 얻은 결론은 박진사가 베풀어줄 자비의 손길이었다. 용기를 내서 점복은 박진사댁에 갔다. 머리를 숙이고 솟을대문 앞에 섰다. 수만 가지 생각이 오갔다.

압록강을 건너 중국 땅에 가서 돈을 벌자. 통군정서 바라보니 얼마나 가까운 거리인가. 눈이 낫기만 하면 도검돌 아저씨를 따라 장사를 하자. 이제 열다섯, 홍삼을 지고 따라다닐 수 있다. 중국 놈들은 고려인삼이라면 끔뻑 죽는다는데, 부모님께 자신의 한 입을 줄여주는 것이 효도다. 이러다가는 동생들까지 모두 굶어죽을지도 모른다. 지주인 박진사의 비위를 맞추려고 눈치를 보고, 비를 내려달라고 하늘을 향해 빌어야 하고 하다못해 거목이나 큰 바위에도 빌면서 살아야 하는 삶에서 벗어나기 위해 중국에 가서 돈을 벌어 와야 한다.

점복의 귀밑에 밤톨만한 점이 두드러지게 눈에 띈다. 해서 사람들을 만날 때면 손이 자꾸 그리로 간다. 박진사댁 솟을 대문 앞에 서성이면서도 한 손으로 귀밑의 점을 가리고 있었다. 귀밑 점은 효자점이라고 부모님은 늘 자랑하고 다녔고 그 점이 복을 가져온다고 이름도 점복이라고 짓지 않았던가.

"뉘시오?"

"예에, 전 깝당고개 넘어 사는 홍서동의 최점복입니다. 박진사님을 좀 만나 뵙구서리 부탁드릴 일이 생겨 왔습네."

문 앞에서 서성거리는 점복을 보고 검동이와 곰보댁이 대문을 열고 나왔다.

"아니, 이거 점복이 아닝가. 이 시간에 어드런 일인가? 더구나 진사님을 만나보겠다느꺼니 먼 일이 크게 난 모양이디?"

점복은 곰보댁을 보자 삐질삐질 울기 시작했다.

"눈이 이상해요. 흐릿하고 뿌옇구 머리레 마구 아프구."

"데걸 어카디! 가만 있어보라우요. 오마니레 내게 오멘 비방을 닐어주디. 이 비법은 꾸먹땡이(귀머거리) 귀를 트이게 하구 꼽댕이의 허리도 짝 퍼지게 하는 묘한 힘을 지닌 비방이라구."

곰보댁은 점복의 눈꺼풀을 까뒤집어보고 눈알을 찬찬히 살펴보더니 자신 있게 자기의 비방으로 금방 고칠 수 있다고 점복이의 마음을 달래주었다.

"왕의원에게 보여서 침두 맞구 한약을 지어 먹구픈데."

"무어이 어드래? 우리터럼 가난한 사람들이 한약을 지어 먹을 수 있네. 목에 풀칠하기도 힘든 세상에 의원에게 갈 돈이 있으멘 니팝이라도 한 수저 더 먹디. 길쎄 내레 일러주는 비방만 기대로 하면 거뜬히 낫는다니까."

그래도 점복은 박진사를 만나 돈을 꾸어보려고 자꾸 안을 기웃거렸다. 그때 마침 그가 장죽을 물고 솟을대문을 향해 뒷짐을 지고 걸어 나왔다.

"천마산에 간 곽서방에게서 아즉 소식이 없는가?"

곰보댁은 한편으로 비켜서서 입을 열지도 못하고 그렇다고 머리만 조아렸다. 그때 용감하게 점복이 박진사 앞으로 나가 허리를 굽혔다.

"홍서동에 사는 진사님댁 소작농 최달수의 아들 최점복이 문안드립네다."

너무 비벼서 벌게진 눈을 하고 당돌하게 다가와 인사를 하는 점복을 박진사는 이맛살을 찌푸려가며 불쾌한 표정을 감추지 못하고 흘겨보았다.

"제게 돈을 좀 꾸어주시멘 내중 당사를 해서라무니 몇 배로 갚겠습네다."

이렇게 말문을 튼 점복을 박진사는 이맛살을 찌푸리고 머리부터 발끝까지 척 일별하고는 그냥 획 지나가버렸다. 양반의 눈에 농사꾼이 짐승으로 보이는 것일까. 분노가 솟구쳤다. 무서운 증오의 불길이 서서히 점복의 마음속에 고여 왔다.

"야이! 요노무 미재기(미련한) 두상 같으니라구 하멘서 볼기를 쳐서 끌어내라 야단맞디 않은 거이 다행이다. 우리터럼 하잘것없는 턴민이 양반 앞에 떡 버티어 서서 돈을 꾸어달라구? 덩말 진사님 앞에 섰는데두 미섭지 않던가?"

곰보댁은 사색이 되어 부들부들 떨고 있었다. 점복을 행랑채로 데리고 들어가 앉혀놓고 급하게 창호지를 농에서 꺼내 무엇인가를 열심히 그리기 시작했다. 얼마나 시간이 흘렀을까. 곰보댁이 점복에게 내민 종이 위엔 탈춤 출 때 흔히 쓰는 도깨비 가면이 그려져 있었다. 동그란 눈에 도토리만한 눈알을 꺼멓게 칠했다. 눈썹은 거꾸로 팔(八)자 모양으로 짙게 그렸으며 밤톨만한 코에다 입은 송편 크기로 그린 얼굴 그림이었다. 양쪽 귀는 마치 인절미를 뚝 잡아당겨 떼어서 붙여놓은 것이 꼭 밤도깨비 상이었다.

"이걸 개지구 가서 방 벽에 부텨라. 명심할 거는 모다구(못)를 개지구 그림 속의 아픈 눈에 콕 박아놓아야 한다. 기럼 며칠 지나 눈병이 싹 나을 거라구."

점복은 곰보댁이 준 그림을 접어서 허리춤에 넣고 깝당고개로 향했다.

'이따위 종이 그림을 개지고 눈이 나을까. 내레 의원을 꼭 만나구 싶은데.'

길가에 마른 명태 세 마리를 한지(韓紙)에 싸서 삼베 끈으로 일곱 군데를 묶어 내버린 걸 보고는 점복이 침을 퉤퉤 뱉었다. 잘못하다가는 다른 사람의 병까지 옮겨올 것이 겁이 났기 때문이다. 아침에 집을 나설 때보다 눈이 더 흐려 와서 시야가 좁아졌다. 깝당고개를 넘어가며 점복이 알고 있는 모든 귀신을 불러가며 절박하게 빌기 시작했다.

'서낭님, 칠성님, 부테님, 미륵님… 불쌍한 우리 아바지 오마니를 위해서라무니 내 눈을 낫게 해주시라요. 힐끄배기(사팔뜨기)가 되어도 돟습니다요.'

사내자식이 어쩐 눈물이 그리 많은지! 점복은 어깨까지 들썩이며 울었다.

곰보댁이 그려준 얼굴 그림을 벽에 붙여놓고 못 두 개를 까만 눈동자에 콕 박아놓았지만 눈앞으로 차츰차츰 시커먼 먹장구름이 다가왔다. 이젠 시력이 아주 가서 그믐밤처럼 한 치 앞을 볼 수 없는 어둠이 앞을 가려 꼼짝 못했다. 그제야 최달수는 아들의 눈에 이상이 온 걸 알았다.

'눈병에는 쎄한(하얀) 가이(개) 고기가 돟다고 그럽디다' 라고 주장하는 이웃 사람의 말을 듣고 최달수는 강아지를 구하러 오박고개 너머 사는 팔촌 아저씨 집을 찾아 나섰다. 털이 하얀 강아지를 기르는 걸 지난 제삿날 본 적이 있었기 때문이다.

오 일에 한 번씩 서는 남문 밖 오목장에는 콩, 조, 옥수수가 쏟아져 나왔다. 가을이라 농익은 밤이랑, 대추, 감도 소쿠리나 맷방석에 담겨 탐스럽게 쌓여있다. 소금과 조기를 파는 생선전 쪽이 제일 붐볐고 돼지, 소, 닭을 파는 한쪽 구석은 사람들이 뜸했다. 점복네는 각색 가죽신을 파는 신전을 지나 유기전(鍮器廛) 쪽으로 향했다. 윤이 자르르 흐르는 유기그릇, 철물, 나무그릇, 옹기, 사기그릇이 키 재기를 하며 삿자리 위에 즐비하게 펼쳐져 있다. 불쌍한 점복이를 위해 옷이나 한 벌 지어 입혀야겠다는 생각으로 유기전 옆에 자리 잡은 면포점으로 가는 참이다. 점복네 손에는 끼마다 허리띠를 조이며 모아놓은 갬좁쌀 자루가 들려 있었다. 마침 베와 무명을 보자기에 싸서 질빵으로 어깨에 메고 오목장으로 들어서는 보상(褓商) 총각과 마주쳤다.

"이 갬좁쌀이멘 무넝(무명)을 얼매나 줄 수 있네?"

총각은 땅 위에 털썩 주저앉아 봇짐을 내려놓고 어깨에서 질빵을 풀었다.

"값으로 치면 얼매 되지 않지만 자식이 눈이 멀어 죽어가고 있으니끼니 어카갔소. 입성(옷)이나 깨끗하게 입혀주려구 그러니꺼니 좀 싸게 하라우요."

"입성보담 눈병을 고티는 아주 돟은 방법이 있수다."

"덩말 눈병을 고틸 수 있다 이 말이요?"

점복네는 갬좁쌀이 든 자루를 봇짐 옆에 놓고 총각 앞에 바짝 다가앉았다. 총각은 면포를 팔 생각은 않고 땟국이 번지르하게 흐르는 소매로 얼굴의 땀을 쓱 닦더니 여유 있는 동작으로 허리춤에서 곰방대를 꺼냈다.

"내레 마음이 곪아서 뭉크러져버렸디. 이런 맘을 자식을 낳아보디 않구서리 어케 알갔수. 날레 그 방법을 좀 가르텨주구레."

점복네가 아무리 보채도 아랑곳없이 총각은 느린 동작으로 부싯돌을 비벼서 담뱃불을 붙였다.

오일장 안은 시간이 흐를수록 사람들이 꼬여들었다. 아침부터 술을 마셔서 눈이 게슴츠레하게 풀린 아전들이 장터 한복판에서 거드름을 피워 구렁이를 피해가듯 사람들의 물결이 휘기도 했다. 싸구려를 부르는 목쉰 남정네의 투박한 고함, 작년에 왔던 각설이타령을 구성지게 부르는 거지 떼거리들도 오일장의 한 모퉁이를 시끄럽게 했다. 평안도 안주(安州)반, 다과상에 쓰이는 팔각상, 술상으로 쓰이는 개다리소반, 아침저녁 밥상으로 쓰이는 장방형 사각반을 얼기설기 가슴과 등, 옆구리에 매단 상장수가 비좁은 장터를 누비고 다녀 오일장은 더욱 붐볐다.

"아즈바니의 훗댕내(후처)가 눈병을 앓아서 앞을 보디 못하였는데 이 방법을 쓰느꺼니 권병(꾀병)을 하는 거터럼 나았시요."

　소경이 눈을 떴다는 보상총각의 말에 구미가 당긴 점복네는 거머리처럼 총각에게 달라붙었다. 아무리 보채도 총각은 눈을 끔벅거리며 머리를 긁적였다. 오목장은 정오가 지나자 더욱 많은 사람들이 모여들어 사고파는 소리로 떠들썩해서 점복네는 총각의 귀에 입을 바짝 대고 목소리를 높였다. 총각은 보긴 보았는데 연습을 해보지 않아 잊어버렸다고 얼버무리며 기억을 더듬느라고 머리를 갸웃거렸다.

　그때 허연 수염이 다복솔처럼 자라서 입 가장자리를 두껍게 덮은 나무꾼이 가랑잎 나뭇짐을 지고 오다가 보상총각 보따리 옆에 지게를 내려놓았다. 저돌적으로 달라붙는 점복네의 닦달을 이마의 땀을 닦아가며 듣던 노인은 총각에게 손짓으로 어서 지필묵을 가져오라는 시늉을 해보였다.

　장바닥에 펴놓은 창호지에 먹물이 뚝뚝 흐르는 붓으로 노인은 아주 희한한 그림을 그리기 시작했다. 몸뚱이는 세 개인데 머리가 하나이며 눈도 하나밖에 없는 보기 드문 병신 물고기를 멋들어지게 그려놓았다. 보상총각은 바로 그 그림이라고 무릎을 치며 머리를 주억거렸고 장꾼들이 하나둘 점복네 주변으로 모여들기 시작했다.

　"이 물고기 부적을 집의 동쪽 벽기둥에 붙여놓고 한 개뿐인 물고기 눈깔에다 모다구(못)를 깊숙이 코옥 찔러 놓으시라요."

　점복네는 감읍해서 두 손을 합장한 채 부처에게 절을 하듯 굽실거렸다. 예리한 바늘이나 못, 칼로 물고기의 눈을 찌르면 눈 속에 자리 잡고 있는 악귀가 무서워서 도망가 버린다고 했다. 그때 주의할 것은 환자의 엄지손가락 손톱 밑을 바늘로 찔러 약간의 피를 내야 한다고 노인은 당부를 했다. 그래야 악귀가 피와 함께 몸 밖으로 빠져나간단다. 노인은 몸뚱이가 세 개이고 머리가 하나인 붕어 그림 밑에 삐뚤빼뚤 서투른 글씨로 이렇게 썼다.

'너는 몸뚱아리레 세 개고 눈이 하나 밖에 없는 물고기다. 나의 한쪽 눈은 병이 들었구 모다구에 찔려 있다. 네레 지금 내 눈의 모다구를 뽑아준다면 나도 또한 네 눈의 모다구를 뽑아주겠다.'

"낭구 당시(장수) 넝감이 모르는 거이 없수다레. 그카라 일러준 대로 집에 가서 한번 해보시라요."

장터의 관심이 온통 물고기 부적을 그린 노인에게 쏠리자 장꾼들이 송사리 떼처럼 모여들어 점복네를 둘러싸고는 한마디씩 거들었다. 그만두라고 도리질하는 나무꾼 손에 배를 곯아가며 모은 갬좁쌀 자루를 쥐어주고 점복네는 집으로 줄달음질했다.

꼬리를 꽁무니에 사려 넣고 끌려오지 않겠다고 끙끙대는 흰 개의 목 끈을 잡아끄는 최달수의 몸은 땀으로 흠뻑 젖었다. 암컷이라 팔지 않겠다고 도리질하는 개 주인에게 콩 서말을 주기로 하고 겨우 빼앗아 끌고 오는 참이다. 개는 죽을 것을 아는지 뒤를 돌아보며 서럽게 낑낑거린다. 최달수는 개의 목 끈을 마루 기둥에 묶어놓고 우물가로 갔다.

"날레 잡아야디요. 털을 그슬릴 장작을 준비하겠수다."

점복네가 헛간에서 개울가로 가져갈 나무를 묶는 동안 개는 버둥대며 기어들어가는 소리로 킁킁거렸다. 점복은 이제 완전히 멀어버린 눈을 허공에 대고 껌벅이며 온 신경을 모았다. 앞을 볼 수 없으니 귀와 코가 예민해지고 살갗이 눈 역할을 하고 있었다.

"아즈마니. 내레 연경에서 돌아왔습네다."

홍삼장사, 도검돌의 목소리다. 점복네의 육촌 조카가 되는 도검돌은 열다섯 살부터 차인(差人)꾼이 되어 평양과 한성을 돌아다니는 면포 보상이었다. 장가들고 나서는 장인을 따라 홍삼을 지고 중국을 오가는 국제상인이 되어서 몇 달씩 집을 비우기 일쑤였다. 압록강을 넘어갔다 올 적마다 그의 몸에선 싱그러운 냄새가 물씬 풍겼다. 언제나 새 것을 안고 와서 이야기보따리를 풀어놓기 때문이다.

"아즈바니! 내레 얼매나 기다렸는디 알우?"

도검돌의 목소리를 듣고 방안에만 있던 점복이 우당탕 밖으로 나와 마루를 내려서다 댓돌 위에서 나동그라졌다. 댓돌 옆에 놓아둔 나막신에 머리를 부딪치고 힘없이 나자빠진 점복은 쓰러진 채 그대로 꼼짝 않고 누워있었다.

"와 와! 그라네? 다 큰 아가 경망스럽게 댓돌에서 너머데서 어카간?"

도검돌이 점복의 팔을 잡아 일으키자 어린아이처럼 울어댔다.

"와 그라네. 먼 닐인가? 말 좀 하라우요."

"내레 쇠경이 되었습네다."

"데거이 무슨 말인가? 덩말 앞이 보이디 않는단 말임가?"

"며칠 전까지만 해두 물테레 움직이는 거이 보였더랬넌데 이젠 깜깜해요."

점복의 말을 듣는 순간 도검돌은 머리가 노랗고 코가 뾰족하고 눈이 파란 양인들이 떠올랐다. '야소'를 믿으라고 돌아다니며 책자를 뿌리는 걸 고려문에서나 우장, 영구, 심지어는 봉천에서 흔히 마주쳤지만 국법으로 금하는 종교를 전하는 사람들이라 상종을 하지 않았다. 그 사람들이 세운 병원에 가면 조선에서 고치지 못하는 병을 고친다는 소문이 파다하지 않던가.

　"오마니레 하시는 방법을 다 해보구서리 고티디 못하면 그담에 내레 널 데불고 야소 귀신에게 가야디 어카갔네. 모든 방법을 다 써봐야디 안카서?"

　"하지만 우리 귀신이 고티디 못하는 걸 어드렇게 서양 귀신이 고칩네까. 내레 이제 죽는 날꺼정 앞을 보지 못하는 쇠경이 되어뿌렸수다. 엉엉⋯."

　점복이 주먹으로 벽을 세차게 치며 울었다. 열다섯 살 소년의 절망이 도검돌의 가슴에 전율하도록 전해졌다.

　"내레 이번에 고려문에 갔더랬넌데 길쎄 우리 동네 사는 이응찬이란 텅년을 만났디 먼가. 그 텅년을 너두 알디?"

　이응찬이란 이름이 나오자 점복은 울음을 그치고 귀를 기울였다. 이응찬은 의주에서 많은 사람들에게 고임을 받는 총명한 청년이었는데 술을 먹기 시작하고 아편에 손을 대면서 가세가 기울자 헐렁한 모습으로 의주 시내를 어슬렁대던 청년이다. 그러다 작년에 양반 체면이지만 장시를 한다고 인삼을 한 짐 지고 압록강을 건너 만주로 훌쩍 떠났다. 중국을 드나드는 사신들이나 홍삼장수들은 서양의 새로운 모습을 접하고 있어 양반 이응찬이 홍삼을 지고 압록강을 건넌 사건은 의주 사람들 사이에서 큰 말거리였다. 중국에는 벌써 서양문물이 들어와 현대식 학교와 병원이 세워져 문명세계를 처음 보고 돌아온 사람들은 입이 닳도록 입이 혜폈다. 청년이면 누구나 압록강을 건너가서 이양선인 쇠배의 비밀을 알기를 열망했고 새로운 문화를 배우기를 갈망했다.

뒤란에 묶여 있는 함함한 쌀강아지가 이따금 컹컹 짖어댔다. 시월 중순이면 첫얼음이 얼기 시작하여 찬 겨울바람이 불어올 것이고 돈 많은 부자 양반들은 따끈한 구들을 베고 누워 배를 두드릴 것이며 가난한 사람들은 찬 구들에 몸을 앙당그리고 누워서 비어있는 창자소리에 더욱 절망할 것이다. 모든 걸 돈이 좌우하니 돈이 원수였다.

"응찬 나리는 만주에서 돈을 많이 벌었디요? 돈봇딤을 지구 오겠네요?"

"돈을 버는 것 같디는 않구 술과 아편을 끊은 것터럼 보였어."

점복이의 돈타령은 돈 힘이 세졌기 때문이다. 돈만 있으면 선달이나 참봉, 첨지 같은 공명첩을 사서 양반이 될 수 있는 세상이 되었다. 아전들까지 전국을 돌면서 천민이라도 돈이나 곡식을 바치는 자에게 명목만의 공명첩을 주는 바람에 그걸 사서 천대받던 과거 천한 신분의 서러움을 씻을 수 있는 시절이다. 오로지 돈이 문제였다. 돈, 돈, 돈을 중국에 가서 벌어가지고 압록강을 건너와서 대궐 같은 집을 짓고 토지를 사들여 떵떵거리며 살리라. 그는 박진사보다 더 큰 집에서 멋지게 살아볼 꿈을 꾸어왔다. 아버지는 박진사 앞에 서면 뒤란의 쌀강아지처럼 꼬리를 사타구니에 사려넣고는 쩔쩔매지 않던가.

일본은 1865년 미국 군함 페리 호의 포격을 받고 순순히 문호를 개방했다. 명치 천황이 들어서면서 개화작업을 착수한 것이 1867년. 다음 해에는 왕궁을 도쿄로 옮겨서 해군을 창설했으며 연이어 신문을 발행했다. 1872년에는 국립은행을 세웠고 노비, 창기(娼妓)를 해방했으며 음력대신 양력을 사용하고 도쿄와 요코하마를 잇는 철도도 개통할 정도로 급속도로 서양문물을 받아들여 개화의 길로 치달았다.

이 기간 조선은 고종의 친부인 대원군이 권력을 휘둘렀다. 나라의 권위를 세우기 위해서는 왕이 거하는 궁궐이 커야 한다고 온통 거기에 심혈을 기울였다. 나라 밖은 서세동점(西勢東漸)의 강한 파도가 일본과 중국을 강타하고 조선으로 밀어닥쳤다. 대원군은 외세를 막기 위해 쇄국을 주장하며 안간힘을 다해 방파제를 쌓고 나라의 문을 단단히 걸어 잠가놓은 때였다.

"이응찬 아즈바니 혼자 있습니까?"

"혼자레 아니구 의주 청년들 너이가 함께 모여 있더라구."

"기래요? 그 사람들이 누군지 아세요?"

"고럼, 내레 어렸을 적부터 아는 사람들이다. 홍삼을 디고 압록강을 건너서 막 고려문을 지나는 참이었디. 배가 고파 주막에 들어가느꺼니 길쎄 우리 동네 너이 청년이 한 구석에 앉아 있더라구. 박진사하구서리 서당을 함께 다녔던 백홍준, 이성하, 김진기가 이응찬과 함께 거기 있더라니까."

"우리 의주 사람덜은 궁궐 사람들에게 미운털이 박혀서 글을 아모리 잘해두 소용이 없으느꺼니 거기까지 가서 울분을 터뜨리고 있었갔디요."

"기게 고로코롬 된 거이 아니야. 숨어서 보느끼니 아주 이상하게 생긴 양귀들 둘이 들어오더라구. 이응찬 나리는 이미 양인들과 아는 사인지 다른 사람들을 소개하느꺼니 길쎄 양귀들이 청년들을 와락 껴안더라구."

도검돌은 그때 일을 떠올리며 몸을 움츠렸다. 세 사람이 놀라서 막대기처럼 굳어 있는 모습이 역력했다. 참으로 이상한 것은 양귀들 눈에 눈물이 그렇게 고여 왔다는 점이다. 이응찬이 양인들을 따라가자고 했고 다른 사람들은 도리질을 했다. 도검돌은 슬금슬금 뒤로 빠져서 멀찍이 섰다. 여차하면 도망칠 준비를 했다. 의주 외성의 변문 왼쪽에 허리를 굽혀야 드나들 수 있는 암구(暗口)가 있다. 비가 오면 물이 흘러나가는 하수구인데 이리로 양인들이 드나들었고 그 사람들은 거의 망나니의 칼날에 죽임을 당하지 않았던가. 저 사람들 손에 잡히면 난 죽는다, 도망가야 한다는 생각에 도검돌은 계속 뒷걸음질을 했다.

"응찬 아즈바니랑 모두 양귀들에게 잡혀갔단 말입네까?"

"고럼, 숨어 보느꺼니 메라메라 한참 말하드니 길쎄 너이가 함께 가더라구."

4

이 백정과 헤어져 산길에 접어든 곽서방은 그 밤에 천마동까지 가질 못했다. 북부지방의 적추인 낭림산맥을 기어오른 동해안 바람이 아득령에서 갈라져 압록강 남안을 요동 방향의 축과 나란히 달리는 강남산맥의 속살까지 파고 들어왔다.

나이 서른이 넘은 건장한 곽서방이건만 어려서부터 할머니 무릎 위에 앉아 귀 따갑게 들어온 귀신들이 떠올라서 등골에 식은땀이 흘러내렸다. 주인마님 박진사의 아들, 복출을 살리는 일이라면 목숨이라도 내놓을 마음으로 나선 길이지만 어둠이 짙어오니 그가 아는 모든 귀신들이 눈앞에서 어른댔다.

섣달그믐밤이나 정월보름 전날 밤에 나도는 명태귀신, 달걀귀신, 몽둥이귀신, 빗자루귀신, 시래기귀신 등등 상상 속에서 만났던 모든 귀신들이 엉뚱하게도 가을밤에 생생하게 살아나 무섭게 달라붙었다. 땅거미가 완전한 어둠으로 바뀌자 곽서방의 무서움 증은 더 심해졌다. 갑자기 칼을 든 장승이 그의 앞에 우뚝 섰다. 곽서방은 후유 안도의 숨을 내쉬었다. 부락의 수호신이 서 있는 걸 보면 인가가 가까이 있다는 뜻이다. 불빛이 어느 만큼에서 빛날 것인지 두리번거리며 그는 걸음을 늦추었다. 부락 신을 모신 도당(都堂) 옆에 마을의 나이만큼 늙은 느티나무인 신목(神木)이 거대한 귀신처럼 엉거주춤 하늘을 향해 잔가지를 머리카락처럼 풀어헤치고 서 있다. 어둠 속에서 불현듯 나났다가 사라지는 어둠의 요괴, 어둑시니가 아닌가. 해서 곽서방은 눈을 질끈 감았다. 어둑시니는 쳐다보면 볼수록 키가 커진다는 귀신이다. 험상궂게 생겨 사람을 놀라게만 하지 해치지는 않는다는 성질이 순박하고 어른다움이 있는 귀신이라고 들어왔다. 그는 신목이 마치 어둑시니라도 되는 듯 쳐다보지도 않고 얼른 지나 개 짖는 마을로 향했다. 하필이면 느티나무까지 어둑시니로 보일 게 뭐람 해가면서 투덜거렸다.

어둠이란 모든 걸 무섭게 한다. 나무도 무섭고 풀벌레소리도 귀신의 소리처럼 들려서 섬뜩하다. 더구나 사람을 만나면 더더욱 무섭다. 천마강물 흐르는 소리는 나그네의 고독을 더욱 깊게 해서 빛, 빛, 빛을 간절히 사모했다.

호롱불빛이 확 눈에 들어오는가 싶더니 두렛일을 하는 맨웃간(맨 윗방)에서 아낙들의 방구타령이 신나게 흘러나왔다.

목에 걸린 어둠조각이라도 토해내려는 듯 곽서방은 불 켜진 방을 향해 큰 기침을 하고는 가래를 캭 뱉어냈다. 그 순간 주인댁 복출 도련님의 얼굴이 그의 마음을 가득 채웠다.

아낙들은 타령가락에 취해서 갈갈 걸걸 웃어댔다. 화전민에게도 군포를 걷어가는 것일까. 물레를 돌려 무명을 짜느라고 두렛일을 하는 걸 보면 산을 개간해서 농사를 짓는 화전민들도 아전들의 수탈에서 벗어나지 못한 모양이다. 호롱불빛에 비친 촌 아낙들의 자태가 물레와 함께 창호지 문에 어른거렸다. 손뼉까지 쳐가며 아낙들이 또다시 신바람 나게 방구타령을 불러댔다.

우리 형님도 방구쟁이
사촌 형님도 방구쟁이
물 동구 산 동은데
방구타령 나간다.
시애비 방군 호령 방구

시에미 방군 걱정 방구

새서방 방군 글 방구

메니리 방군 도둑 방구

딸 방구는 연지 방구

절개(머슴) 방군 마당 방구

방구 타령 나간다.

며느리 방구는 도둑 방구, 딸 방구는 연지 방구를 부를 적
엔 웃음소리가 한층 요란했다. 안마당에 들어서니 구조가 크
고 방 들이 큰 농가였다. 산세가 험한 곳에 자릴 잡아 벼농사
가 귀한 탓일까. 개고개를 넘어가야 볼 수 있는 동기애(동기
와)집이다. 구창동엔 온통 초가들뿐이었는데 동기애집이라
니! 천마강을 끼고 얼마나 깊이 들어왔는지 모르지만 산세가
험해지더니 강의 폭도 개울처럼 좁다. 개울의 끝이 실개울이
되어 암반을 끼고 졸졸 흐르는 데서 멀지 않은 곳에 마을이
자릴 잡았으나 신목과 장승이 마을 입구에 서 있는 걸 보니
오래된 화전민 부락인 성싶다.

어둠 속에서 찍어 누르던 귀신공포증이 가시자 곽서방은
여유 있게 곰방대에 담배를 넣고 부싯돌을 그어 불을 댕겼
다. 굵은 참나무를 통으로 50센티 길이씩 작두나 큰 칼로 내
려쳐 2cm 두께, 너비 25cm로 한장 한장 빠개낸 나무기와로
지붕을 얹은 집을 보자 돌아가신 선친 생각이 났다. 처자식
의 목숨을 위해 지금은 남의 집 머슴이 되었지만 그의 조상
은 원래 북쪽 사람이 아니다. 선대에 무엇인가 죄를 짓고 의
주로 귀양을 왔고 어쩌다 보니 그의 대에 와서 머슴살이를

하게 되었다. 곽서방은 비오는 날이나 눈이 쌓여 일하러 나
갈 수 없을 적엔 손때로 얼룩진 족보를 꺼내보기도 하고 선
대들의 땀이 고인 책들을 쓰다듬는 버릇이 있다.

곽서방은 아버지가 이따금 웅얼대던 황희 정승의 시구를
지금도 기억한다.

地僻民風何朴略 更敎栢屋雨多聲

(외진 땅 인심 어쩌면 이리도 순박할까

나무지붕 요란한 빗소리 희한도 해라.)

황희 정승이 말한 백옥(栢屋)이 바로 이런 동기애집을 말하
는 것이다. 나무향기와 싱싱한 산의 풀냄새를 깊은 호흡으로
삼키며 그는 사람들이 사는 곳에 끼어든 편안함을 만끽했다.
동기애집의 흙벽에는 화상이나 동상에 쓰이는 바짝 말린 약
초, 지치와 강장제로 쓰이는 익모초가 조기두름처럼 묶여서
흙벽 가득 걸려 있다. 얼마간 뜸을 들인 뒤 곽서방은 맏웃간
(맨 윗방)을 피해 샛간 문을 두드렸다.

"뉘시오?"

예닐곱 살, 사내아이의 목소리가 들리더니 문이 벌컥 열렸
다.

"지나가는 과객이라요. 하룻밤 묵을 수 없을까 해서….."

아이는 조금 머무적거리더니 부엌문을 열어주었다.

"이리루 들어오시라우요. 남자들은 새벽 모두 길을 떠났는
데요."

"혹 황어인이란 분이 이 근처 어드메에 사는디 알간?"

"제 아바지입네다. 어드런 일로 아바지를 찾으십니까요?"

소년은 곽서방을 부엌에 딸린 반침으로 안내했다. 부엌과 부엌방인 반침 사이에 벽이 없어 휑하니 뚫려 있으나 부엌방 옆에 두리방이있고 그 다음에 샛간(가운뎃방)이 자리를 잡고 있어 맨 끝방인 맏웃간에서 두렛일을 하는 동네 아낙들과는 완전히 격리된다.

"아침에 오마니레 밥을 지으레 벽(부엌)크루 나오실 터이느 꺼니 두리방에서 주무시라요."

곽서방은 산신령님이 인도하지 않고서야 어떻게 이렇게 직통으로 황어인 집을 찾았는지 신기하기만 했다. 일이 풀리는 걸 보니 산삼을 캘 것이며 이걸 먹고 복출 도련님이 일어날 것이 확실했다. 세타니가 말해준 대로 조상의 무덤을 개장했고 또 다리굿을 해서 도련님을 짓누르고 있던 토라진 조상신과도 화해를 했으니 이제 도련님이 산삼을 먹어 건강만 회복하면 되는 것이다.

"황어인은 언제 집에 돌아오시는가?"

"때를 모릅네다."

"기게 무슨 말인가? 언제 돌아오실디 그때를 모른단 말인가?"

곽서방은 쇠뭉치로 뒤통수를 얻어맞은 기분이 들어 황어인의 아들을 붙들고 늘어졌다.

"내레 의주 박진사댁에서 절개살이하는 사람이라. 주인댁 도련님이 병들어 산삼을 사오라는 분부를 받구서리 예꺼정 온 거 아닝가. 황어인이 어드메 계신디 날레 만날 수 없을까?"

소년은 아주 곤란한 표정을 지으며 멈칫거렸다.

"황어인을 따라 황절산삼을 캐러 들어가라는 주인마님의 분부를 받잡고 여길 왔는디 이거 어커간?"

"오늘 새벽 입산하신다구 들었는디…, 이건 비밀로 해야 하는 거라구요. 내레 고만 입을 잘못 놀려서 산신령님이 화를 내시면 덩말 큰일납네다."

"아니 발쎄 산에 들어갔다구. 이를 어카나. 날 황어인 계신 데꺼정 대불구 갈 수 없능가? 엽전을 많이 줄 터이느꺼니."

곽서방은 봇짐을 풀어헤치고 동전꾸러미를 헐어 다섯 닢을 소년의 손에 쥐어주었다. 돈은 받으면서도 소년은 머리를 절레절레 흔들었다.

"몇 사람이 떠났간?"

"날소맹이(풋내기) 두 사람, 정재(취사원) 두 사람 그리고 아바지, 이렇게 다슷 사람이 떠났디요."

"지금 그분들이 어드메쯤 있는지 알디? 아들이 기겔 모르간?"

"새벽에 동구 밖 성황당에서 티성을 드리구 강줄기 끝에 있는 골짜기를 따라 올라서 계곡을 파구 들어가셨을 겁니다."

천마산은 물줄기가 많은 산이다. 이 산에서 발원한 큰 강들로는 서쪽으로 흐르는 천마강, 서남쪽으로 천창강(天倉江)이 흘러 계곡 평야를 이룬다.

여러 날 걸리더라도 어떻게 해서든지 황어인을 따라가서 진짜 산삼을 캐는가를 두 눈으로 확인하고 데려오라고 박진사가 아주 엄하게 명했는데 벌써 떠나고 없다니 큰일이다. 돈은 얼마든지 줄 터이니 산삼을 반드시 캐오라는 분부를 내리던 그의 표정은 아주 엄숙했다. 오로지 산삼에 가운을 걸고 매달리는 박진사의 얼굴이 곽서방의 뇌리에서 살아났다. 산삼을 먹지 못하면 도련님은 걷지 못할 것이고 그 책임이 온통 그에게 떨어질 것이니 참으로 난감했다. 소년은 그가 준 동전을 만지작거리다가 툭 한마디 했다.

"얼핏 들으느꺼니 금린사(金麟寺)를 지나간다구 했는디…"

"금린사가 예서 먼가?"

"그닥 멀디 않디요. 거기 가서 금린사 주지승께 물어보멘 어느 방향으로 갔는디 아시게 될 겁니다. 아바지는 언제나 금린사에 들러 불공을 드리디요."

곽서방은 그 밤을 소년과 함께 두리방에서 잤다. 샛간을 사이에 둔 맞웃간에서는 밤새도록 두렛일로 물레를 돌리는 소리와 재재거리는 아낙들의 소리가 그치질 않았다.

새벽 뿌옇게 동이 틀 적에 소년이 일러주는 산길을 타고 금린사로 향했다. 햇살이 하늘 위로 높이 올라왔건만 숲이 깊어 어둑했으며 낙엽이 발목을 덮는다. 강남산맥 서남단 의 주군의 동남부로 뻗어 내리며 그중 1.169m가 넘는 봉우리를 가진 천마산은 영장사와 금린사란 사찰로도 유명했다. 다행히 암자에서 다리를 쉬는 동안 금린사에 불공드리러 가는 길손을 만나 동행이 생겼다. 지름길을 안다는 길손은 초행이 아닌 듯 다람쥐처럼 가파른 산길을 타고 올랐다.

주지승은 막무가내로 삼메꾼들이 간 곳을 모른다고 머리를 흔든다. 하지만 예까지 와서 포기할 곽서방이 아니다. 더구나 박진사의 눈에 어린 애절하고 절박한 빛이 예까지 따라와서 강렬하게 그를 잡아 흔들고 있지 아니한가.

"스님, 사람의 목숨이 걸린 일입니다요. 한 가정을 일으키느냐 아니멘 넘어뜨리느냐 하는 중대한 문제이느꺼니 데발 그 방향을 좀 일러주시라요."

"고럼 여기서 묵으며 기다리시디요. 열흘이 지나면 그 사람들을 만날 수 있습니다. 첫 서리가 내리면 산삼을 캐지 못해두 바로 하산하니까요."

무뚝뚝한 스님의 말보다 '산삼을 캐지 못해'란 말이 그의 가슴을 철렁 내려앉게 했다. 무슨 일이 있어도 이 해가 가기 전에 복출 도련님은 마당을 딛고 걸어야 하며 성 밖에 질펀하게 펼쳐진 주인댁 소유의 들판을 망아지처럼 뛰어다녀야 한다. 얼 죽음이 되어 있는 주인집에 붙어살기가 종의 신분이지만 참으로 버거운 일이었다.

"병든 도련님이 금년 안에 산삼을 드시구서리 뛰다녀야 합네다. 그래설라무네 삼메꾼들을 따라 산엘 가라는 주인마님의 분부가 제게 내린거디요."

곽서방이 스님 앞에서 두 손을 합장하고 머리를 조아리며 간절히 애원했다. 그의 간절한 마음을 스님은 읽었는지 말씨가 조금 부드러워졌다.

"백일기도는 해보셨소?"

"사람이 할 수 있는 일은 다 했습니다요. 산삼만 빼놓구서리 해보지 않은 일이 하나두 없습니다. 그러니꺼니 내레 삼메꾼들을 따라가서 돈을 원하는 대로 준다구 꼭 산삼을 캐라구 하멘 더 열심히 산을 뒤질 거 아닙니꺼?"

"산삼은 산신령님의 영험이 어린 겁니다. 외부의 부정한 사람이 들어가면 산신령님이 노하셔서 산삼이 자취를 감추니까 여기서 기다리시오."

늦은 봄인 묘절(苗節), 다른 풀들이 무성하기 전 특이한 모양새를 지닌 삼 잎 발견이 쉬워서 삼메꾼들은 채삼작업을 봄에도 한다. 가을인 황절에 삼을 캐지 못하면 묘절까지 기다려야 하는데 그때까지 박진사댁은 얼 죽음판이 될 것이다. 묘절인삼은 겨우내 진기가 빠져나가 황절 삼만 못하다고 하니 도련님을 위해선 어떻게 해서든 황절 삼을 캐야 한다. 만약에 황절에도 묘절에도 삼을 캐지 못하면 중복 무렵까지 기다릴 수밖에 없다. 산속의 모든 것이 푸름을 한껏 자랑할 때 유독 새빨간 다알(열매)로 삼메꾼의 눈을 끄는 산삼을 캐러 여름은 여름대로 삼메꾼들이 들뜨는 때가 된다. 다른 절기야 어떻든 산야가 풀색을 잃고 시들어가는 황절이 산삼의 효능도 좋고 또 캐기가 아주 좋은 절기임을 삼메꾼이 아닌 그도 잘 알고 있다.

의주가 위치한 평안북도는 동(東)으로 낭림산맥을 경계로 함경남도와 접해 있고 서(西)로는 서해에 임해서 멀리 중국 본토를 바라보는 위치에 있다. 남(南)으로는 묘향산맥과 청천강을 경계로 평안남도와 접했으며 북(北)으로는 압록강을 국경으로 만주 대륙과 접하여 있다. 그 중 의주는 압록강 가에 자리 잡아서 국토 상 제일의 요충지이고 대륙과의 문물교류의 관문이 되는 곳이다. 북부지방의 척추인 낭림산맥과 요동 방향으로 뻗은 강남산맥, 적유령산맥, 묘향산맥 그리고 북으로 장백산맥, 모두가 높은 산들뿐인 이 지역에서 자란 사람은 누구나 산삼 캐는 맛을 간접으로라도 경험을 한다.

낙엽 속에 숨은 버섯을 캐고 약초를 뜯는 것도 가슴 설레는 작업이지만 특히 채삼작업은 노름이나 마약만큼이나 강력한 마력을 지니게 마련이다. 노련한 경험을 가진 어인을 중심으로 풋내기인 날소댕이들이 산의 신비를 헤치고 자연의 품에 안겨 산울음도 듣고 산새소리도 들으며 산만이 내는 산의 소리를 듣는 것은 사람들 속에 묻혀 살적에는 전혀 느껴보지 못하는 전율할 만한 경험이다.

"산삼을 캐는 것은 전적으로 산신령님의 뜻이기에 삼메꾼들이 입산 사흘 전부터 준비를 한다는 걸 아시는지요?"

스님은 그를 절대로 황어인에게 보내지 않을 자세였다.

"입산 사흘 던부터 살생을 금하고 낸(여자)을 가까이하지 않구서리 술은 물론 입에 대지두 말아야 하는 거쯤은 압네다."

"성산(聖山)에 오르는 자세를 가져야 합니다. 시기, 질투, 미움, 더러움, 욕심이 가득 찬 하계(下界)에서 살다가 상계(上界)에 올라가는 마음가짐이지요. 산에 오르면 산신령님 앞에 있기에 부정한 마음이나 몸으로는 생명까지 위험합니다. 이래도 산에 오르갔다 이 말씀이오?"

"내레 목숨을 걸구라도 산삼을 캐 개지구 가야 합네다. 빈손으로 가서 노마님과 진사님의 얼굴을 어드렇게 봅네까?"

"강남산맥에서 천마산이 가장 높고 험한 산인 걸 아시디요?"

"잘 압네다. 의주 사람이 천마산을 모른다면 의주 사람이 아니디요."

스님은 염주를 굴리며 눈을 감고 깊은 생각에 잠기더니 입을 열었다.

"깨끗한 마음으로 가십시오. 미움을 버리구 세상의 욕심두 버리구 마음을 비우구 가란 말입니다. 모시구 있는 주인에

대한 충성심과 주인 아들에 대한 사랑에 감복해시 부처님의
지시에 따라 보내는 것입니다."

스님은 그를 절 마당 끝까지 끌고 가서 삼메꾼들이 올라간
방향을 상세히 일러주었다. 절을 감싸고 있는 다섯 봉우리
중에서 제일 잘생긴 가운데 봉우리를 향해 계곡을 타고 오르
라고 했다. 곽서방은 스님이 일러준 골짜기를 끼고 산봉우리
를 향해 산을 타기 시작했다. 산삼이란 밀림 속 남향 큰 나무
그늘이나 음지에서 자란다. 낙엽거름과 생토 어간에 뿌리를
박고 비스듬히 누워 있으며 개울이 있는 곳으로 머리를 둔다
는 건 산(山)사람이면 누구나 아는 상식이다. 남향 산기슭,
밀림을 끼고 흐르는 개울을 더듬으며 그는 작대기로 뱀을 쫓
기 위해 허리를 넘게 자란 잡목을 두드려가며 으흠으흠 헛기
침을 했다. 가파른 골짜기라 땀이 흘러내려 등이 푹 젖었다.

산허리를 휘감은 골짜기를 끼고 돌아서니 나무를 찍어 만
든 누게(산 움막집)가 눈에 확 들어왔다. 찾았구나. 복출 도련
님을 살리는 산삼을 캐라는 산신령님의 지시가 아니면 이렇
게 쉽게 삼메꾼을 만날 수가 없을 터인데 말이다. 누게 옆 신
당에선 산신제가 한창 진행되고 있었다. 제상에는 시루떡하
고 밥이 놓였으며 닭 한 마리가 덜렁 제상 한가운데 배를 하
늘로 쳐들고 누워있다. 분향재배하고 술 한 잔을 붓더니 그
중 제일 나이 들어 보이는 사람이 신당 안의 촛불 곁 신주(神
主)를 향해 손을 비비며 축원을 한다.

"오늘, 시월달, 초엿샛날, 천마동 근처에서 부대기(火田)를
갈아먹고 사옵는 황걸쇠, 김갑돌, 오소석, 박황소, 양덕쇠가
부리시리(산삼)를 구하옵고자 왕모래미(흰밥), 시더귀(떡)에

아랑주(술)며 끼아기(닭)에 중머리(돼지), 버섯시리(고기)를 저희들이 정성껏 차려놓고 티성을 드리오니 나쁘지게(배부르게) 흠향 받자 하시옵고 몽시리(꿈)로 점지하되 허몽(虛夢)일랑 마시옵고 네 잎 쌍대 오방초에 늒지배기 구년묵이 텁석부리 무둑시리 판시리로 점지하여 주시옵고 두리바리(범), 너페(곰), 긴딩이(뱀) 등은 멀리멀리 물리치사 이 멀커니(사람)들 노랑지기(병) 하나 없이 지내도록 신령하신 산신님이 두루두루 살피옵소서…."

황어인의 축원이 끝나자 일제히 절을 한다. 산삼을 캐는 것은 인간의 힘이 아닌 산신(山神)의 지배를 받는다는 믿음이 사내들의 몸가짐을 성스럽게 했다. 다들 마음이 깨끗해야 한다. 행여나 한 사람이라도 마음이 정결치 못하면 산신이 노해서 산삼이 보였다가도 갑자기 잡초로 변하는 걸 여러 번 체험한 적이 있었다. 황어인은 입산하기 전 아내가 준 개짐을 은밀하게 허리춤에 차고 있었다. 산신령님 자신은 여자를 좋아하는 고로 이렇게 몸에 지니고 있으면 몇 백 년 된 천종(天種)을 캐도록 인도해 주리라는 믿음 때문이다. 사람이 삼을 캐는 것이 아니라 산삼이 사람을 부른다고 하지 않던가.

산신제가 끝나는 걸 기다렸다가 곽서방이 삼메꾼들 앞에 불쑥 나섰다. 예상치 않은 낯선 사람을 대하자 모두 경악해서 경계의 태세를 취했다.

"도대체 당신 뭐하는 사람이오?"

"내레 의주 박종만 진사님댁에서 절개(머슴)살이하는 곽서방입네다. 도련님 병이 듕해 다슷 살이 넘어도 걷디를 못해서리 산삼을 캐러 예까지 왔수다레."

"우리레 여기 있는 걸 어드렇게 알구 찾아왔소?"

"금린사 주지스님이 일러주어서라무니 왔수다."

"으음… 금린사 스님이 우리 간 데를 일러주었다. 이거디요?"

스님이 이 사람을 보낼 적에 무엇인가 산신령님이 지시한 바가 있을 것이란 영감이 그의 머리를 번개처럼 스쳤다.

"여기 오기 던에 나쁜 짓을 했거나 여색을 가까이 한 적이 있소?"

곽서방의 훤칠한 키와 넙죽한 얼굴을 보니 걱정이 되었다.

"처자식이 있는 가장입네. 절개살이하는 사람이구요. 삼메꾼 친구레 있어 삼을 캘 적에 지켜야 할 수훈쯤은 귀동냥으로 들어 잘 압네. 산에서는 모두 세속 말이 아닌 은어를 쓰시는 것두 알구요."

황어인의 허락에 따라 곽서방은 겨우 삼메꾼들 일행에 끼게 되었다. 저녁을 든 뒤 일찍 잠자리에 들었다. 황어인이 지정해주는 구덩이 쪽으로 머리를 두고 똑바로 누워 두 손을 배 위에 올려놓고 잠을 청하며 꿈을 사모했다. 이 밤에 일행 중 누구라도 꿈을 꾸지 못하면, 산삼을 캘 수 없다. 꿈속에서 산신은 산삼을 어디에서 캘 수 있다는 것을 암시하기 때문이다. 곽서방은 스멀스멀 밀려오는 잠 속에서 간절히 마음을 다해 빌기 시작했다. 산에는 산신이 제일 높은 신이요 어떻게든 의지할 수밖에 없는 존재가 아닌가.

"거룩하신 산신령님! 박진사댁을 불쌍히 보시구 일행을 산삼이 있는 곳으로 인도해 주시라요. 불쌍한 도련님이 다른 아덜터럼 뛰다녀야 합네."

5

검동이는 자리끼를 들고 안마당을 돌아서 일각대문을 밀치고 사랑 마당으로 들어섰다. 소나무 밑 자그마한 둥근 물확에 낮에 내린 빗물이 고여 찰찰 넘친다. 보름을 지낸 지 이틀, 일그러지지 않은 달이 물확 한가운데에서 소나무 가지에 걸려 두둥실 떠다닌다. 달밑에 깔린 구름도 물확 가장자리에 척 걸쳐있다.

사랑채 띠살 창호지문으로 호롱불빛이 비쳐 나오는 걸 보니 박진사는 아직도 글을 읽고 있는 모양이다. 자리끼를 들고 들어가서 이부자릴 펼 때마다 가슴이 뛴다. 박진사의 눈빛에서 이상한 기운이 감지되기 때문이다. 검동이는 돌확 가장자리에 자리끼를 들고 앉았다가 두 다리에 힘을 주어 일어섰다. 벌써 팔년 가까이 해온 일이건만 초조(初潮)를 치른 작년부터 박진사의 눈길에서 무섬증을 느껴 자리끼를 들고 곧바로 들어갈 수가 없다.

일곱 살에 처음으로 자리끼를 들고 들어갔을 때 박진사는 장난기 어린 눈으로 검동이의 위아래를 훑어보더니 숱이 적어 참새 꽁지처럼 빈약하게 땋아 묶은 검동이의 머리를 잡아당겼다. 그때 검동이는 너무 놀라서 울지도 못하고 털썩 방바닥에 주저앉으면서 자리끼를 내동댕이쳤다. 다행히 물만 엎질렀지 그릇이 깨지지 않았다. 그런 뒤부터 박진사는 검동이가 들고 나는 것에 거의 신경을 쓰지 않았었다. 달빛을 전신에 받으며 검동이는 사랑채 뜰의 한가운데로 나와 댓돌 위에 미투리를 벗으며 기침을 했다.

"자리끼 들여놓을까요?"

"으음."

검동이는 허리를 조신하게 앞으로 약간 굽히고 들어가 이부자리를 펴고 나서 머리맡에 자리끼를 놓았다. 그 순간 박진사의 손이 우악스럽게 검동이를 잡아챘다. 그 다음 어떻게 그 방을 빠져나왔는지 모른다. 머리 위에 벌겋게 핀 숯불 화로를 인 듯이 얼굴은 확확 달아오르고 귀에서 이명(耳鳴)이 울렸다. 천둥소리 같기도 하고 폭포가 떨어져 내리는 듯 귀청이 얼얼했다. 돌확에 걸터앉았다. 무엇이 어떻게 돌아가는지 모르겠다.

아직도 박진사의 뜨거운 입김이 징그럽게 귓불에 남아 있어 세차게 머리를 흔들었다. 정신을 가다듬고 찬찬히 달빛 아래 전신을 훤히 드러낸 사랑 마당을 훑어본다. 적송이랑 졸참나무가 달빛을 받아 함초롬히 서 있다. 아무것도 변한 것이 없는데…. 누구에게 이 엄청난 사건을 말할 수 있단 말인가. 곰보댁의 얼굴이 떠올랐으나 검동이는 머리를 흔들었다. 봉수의 얼굴이 떠오르자 검동이는 흐흑 울음이 터졌다. 검동이는 후들거리는 다리로 힘없이 일어나 찔뚝거리며 행랑채로 향했다.

검동이가 나간 뒤 박진사는 벌렁 방바닥에 대(大)자를 그리며 누웠다가 심한 갈증을 느끼고 일어나 앉았다. 검동이가 머리맡에 놓고 나간 자리끼 물을 한숨에 마셨다. 육체의 정욕이 사그라지면서 밀려오는 허탈감은 몸을 천길 만길 나락으로 떨어뜨리는 절망감을 안겨주어 물을 마셔도 목이 말랐다. 육체뿐만 아니라 영혼 깊은 곳에서도 목마름으로 인해 갈증이 더했다.

지난 십 년 간 나라는 안팎으로 소란했다. 특히 바다를 타고 들어온 쇠배들의 소식, 아직도 수없이 죽어나가면서도 끈질기게 사학(邪學)인 천주교를 좇는 사람들의 이야기는 그의 마음을 뒤숭숭하게 했다. 가정적으로도 대를 이을 장손인 복출은 그의 자존심을 한껏 상하게 해서 우울증을 심어주었다.

대원군의 집권기간 동안 나라는 들쑤셔놓은 벌집처럼 소란했었다. 토목공사로 인한 부역과 원납전으로 백성들의 원망의 소리가 들끓는 가운데 경복궁이 완공되었다. 당백전을 쓰라고 엄명을 내려 장사꾼들과 서민들의 원성은 또 얼마나 높았단 말인가! 선비의 모태요. 발판이고 보루인 서원이 강압적으로 철폐될 적에 유림들의 반발은 또 어떠했던가. 그곳에 모여 술타령이나 하고 죄 없는 백성을 끌어다놓고 볼기를 치며 행패를 부리던 서원이었다. 서원철폐령은 숫자로 우세한 백성과 결탁한 대원군의 단안이었으나 지배층의 반항은 무시 못 할 소용돌이를 일으켰었다. 청주 만동묘(萬東廟)를 철폐해서 전국 유생들이 복구를 요구하며 들고 일어서서 소란하기도 했다. 만동묘는 조선 유학자들의 모화(慕華)사상의 상징이며 명나라 황제 신종(神宗)의 위패를 모신 사당이다. 만동묘를 철거한 것은 군신 간의 윤리를 무너지게 한 것이라고 아우성이고 서원혁파는 사제 간의 의리를 끊어지게 했다고 통분하는 소리 속에 사회구조와 계급은 서서히 무너져 내리고 있었다.

"주인마님, 홍삼장사 도검돌이레 왔는데 어드렇게 할까

요?"

여간해서 사랑채에 들어오지 않는 봉수의 목소리다. 곽서방이 산삼을 캐러 천마산으로 간고로 봉수가 곽서방 대신 안일을 보게 된 것이다.

나라 안도 소란하지만 나라 밖의 일도 심상치가 않을 때이다. 중국에 서양바람이 불어오는 증거는 도검돌이 박진사에게 가져오는 박래품에서 확연하게 나타난다. 사랑방에 들어앉아 사서삼경이나 읽고 있는 주제여서 바깥바람은 압록강을 자주 넘나드는 도검돌에게서 전달받을 수밖에 없다.

"어서 들라 이르라."

도검돌은 지고 온 봇짐을 내려서 보듬어 안고 들어와 소중하게 한 구석으로 밀어놓고는 박진사 앞에 무릎을 꿇었다.

벌써 잠자리에 들었는지 어수선한 이부자리를 도검돌은 곁눈질로 슬쩍 훔쳐보았다. 부부의 잠자리 냄새가 물씬 났다. 응달에만 살아서 두부 색깔을 띤 박진사의 얼굴, 책만 보아 퀭한 눈, 게다가 고여 있는 웅덩이처럼 비릿하고 텁텁한 냄새가 풍기는 사랑방, 그 한쪽 벽에 십장생이 수놓인 병풍이 펼쳐있다. 해, 산, 물, 구름, 바위, 거북, 학, 사슴, 소나무와 신선이 먹는다는 영지가 실제보다 현란한 색으로 방 분위기를 한껏 화려하게 부추기지만 방 안은 박제해놓은 사슴 같다.

"한성 소식두 고려문에 가서 들었나?"

"예에! 대원위 대감 물러간 뒤 민비의 세력이 대단하다구 합네다. 길쎄 병조판서에 민승호를 새웠다는디 그 사람이 바로 민중전의 오라버니라구 합네다. 예조판서에 민규호, 형조판서에 민겸호레 들어갔습네다."

"모두 민씨 세상이군."

"안동 김씨 대신 민씨덜 세상이 되었다구들 합네다."

"으음, 중국에 가선 어드런 소식을 들었는가?"

"참, 진사님과 서당에 함께 다니시구 친히 지내셨던 너이 분을 고려문에서 보았습니다레."

"누군가. 그 사람들이?"

박진사는 짐작을 하면서도 짐짓 이맛살을 찌푸리며 눈을 가늘게 떴다.

"이응찬, 백홍준, 이성하, 김진기 나리들입니다."

"응찬이가 어디메 있었다구?"

"고려문에서 뵈었습네다."

봉황성(鳳凰城) 아래 작은 마을, 고려문(高麗門)은 청국과 조선의 국경으로 양국 사이에 합법적 교역이 이뤄지는 관문으로 의주에서 약 120리 떨어진 곳. 여기서 음력 3월에서 6월까지 정기적으로 시장이 열리고, 8월에는 3주 간, 9월에서 10월까지 6주 간 그리고 12월에 개방하는 정기적으로 열리는 교역시장이다.

"응찬이레 게서 홍삼을 팔고 있던가?"

"덩말로 주인마님은 이응찬 나리 소식을 듣지 못하셨단 말입네까?"

"응찬에게 무신 일이 있었나? 중국에두 벨수레 없다 하구 넘어져삐렛나?"

"고려문에 가느꺼니 소문이 굉장해요. 물건을 잔뜩 실은 배가 압록강을 건너다 파선해서 죽은 사람두 있구, 산 사람은 간신히 목숨만 건졌다구요."

"기럼 그 배에 응찬이레 퇐었던 말인가?"

"이응찬 나리께서는 간신히 목숨만 건져서 뭍으로 헤엄쳐 나왔더랬넌데 장사할 물건이랑 돈을 몽땅 수장하구 길쎄 거랑뱅이 되어서 구걸하구 돌아댄닌다는 소문이 자자했습네다."

박진사는 번갯불에라도 덴 듯 놀라서 잠시 주춤한다.

"응찬 나리께서 거랑뱅이레 된 거는 기래도 괜찮습네다. 길쎄 다른 나리들을 홀려서 함께 대불구 양귀(洋鬼)를 따라갔습네다. 네레 두 눈으로 똑똑히 보았는데 모두 서양 귀신에게 잡혀서 끌려갔습네다."

"기게 무슨 말잉가? 덩말 그 사람덜이 양귀에 끌려갔단 말인가?"

"예, 예, 나리. 제 두 눈으로 봤으느꺼니 맞습네다."

박진사는 양초와 영국산 면포 값으로 엽전 두 꾸러미를 도검돌에게 내밀었다.

"요다음 번에 중국에 가멘 그 사람덜이 양귀에게 잡혀가서 어드렇게 되었는디 상세히 알아개지구 오라우."

도검돌이 나간 뒤 언젠가 밤늦게 찾아왔던 이응찬을 떠올렸다. 중국에 가기 전날 밤, 그의 앞에 불쑥 나타난 그는 홍삼장사를 해보겠다고 했다.

"양반의 신분에 장사라니 말도 되지 않는다."

"이양선이 들이닥치구 민심이 얼메나 소란한디 아나? 자넨 아방궁터럼 잘 지어진 사랑채에 숨어서 기름이 도는 니팝을 먹으느꺼니 바깥을 모르갔디. 조정의 정치는 부패하구 썩어서 구역질이 나니 더 이상 지켜볼 수가 없어. 너무 답답해서 술을 마시구 아편을 먹어봐도 갑갑해 죽갔서. 어제 의주

외성 남문에 갔다가 이상한 생각을 하게 되었디.”

“와? 남문이 어드래서 기래?”

박진사는 퉁명스럽게 받아넘겼다. 일전에도 응찬은 남문 왼쪽에 있는 암구(暗口)에 대해 말이 많았다. 어른의 허리까지 오는 조그마한 굴은 기어서 들어가거나 기어 나와야 하는 좁은 굴이었다. 비밀리에 이 문으로 신부들이나 천주학쟁이들이 드나드는 것을 의주 사람들은 암암리에 알고 있는 터였다.

“그 구멍을 통해 들어오는 양인들은 무언가 우리에게 전해주려고 애를 쓰고 있디. 사람에게 생명보다 더 귀중한 거이 없는데 저들은 자신의 생명꺼정 주어가며 우리에게 몸짓 발짓으로 절규하고 있어. 더구나 수없이 들어오는 이양선들은 모두가 쇠배라구. 우리가 상상도 못할 엄청난 힘을 지닌 배들이다. 조정 대신들이 메라든 양이(洋夷)들이 개지구 있는 지식을 배워와야겠어. 그러니꺼니 고려문에 가서 당사를 하면서리 돈도 벌구 새 지식두 배우자는 마음이야. 청나라와 일본을 엄청나게 변화시킨 바람이 지금 우리에게루 불어닥치는데 이 거센 바람을 누구레 막갔서. 너랑 나랑 홍삼당시로 변장하구 압록강을 건너가서 봉황성에두 가구 우장, 연경을 기웃거려 보자우.”

이응찬은 그야말로 들떠 있었다. 역마살이 낀 것이 틀림없다. 압록강을 건너가서 구경할 욕심에 눈이 벌게져 있었다. 이응찬의 마음은 이미 굳어 있어서 붙잡을 수 없는 상태였다.

“나꺼정 이 나라를 뜨멘 되선은 끝장나는 거다. 너 혼자 가디 다른 친구들 대불구 갈 생각은 마라. 왕의 할아버지 묘를 파헤쳐가멘서 날뛰는 양이들에게서 뭐를 배우갔다는 거냐.

너두 조심해라. 양이들의 속셈이 뭔지 내레 여기 앉아서도 다 알 수 있다. 되선을 집어삼키려는 거다. 끝꺼정 이양선에 대결해서 나라를 지켜야 우리는 살 수 있다."

박진사는 바위처럼 완강했다. 모두 함께 어린 시절 서당에서 뼈가 굵은 사람들 중 백홍준(白鴻俊) 이성하(李成夏) 김진기(金鎭基)는 응찬의 말에 모두 호응했다.

"혼자라두 떠날 마음이다. 당사를 하려드니 돈이 모자란다. 돈을 좀 빌려주려무나. 여기 있다가는 아편만 먹어 이대로 앉아 그냥 죽을 것이 뻔하다."

"도대체 양반이 어드런 당사를 하려구 그러네?"

"문종이나 쇠가죽은 너무 무거우니꺼니 인삼이나 지구 가서 팔려구 기래."

"인삼을 팔구서리 뭐를 들여오려구?"

"양반들이 좋아하는 양초나 박래품들이다."

"으흠. 계우(겨우) 넌 잠상(潛商)이 되어 밀무역을 하겠다는 말이네?"

박진사는 노골적으로 언짢은 표정을 지어 보였다.

"이렇게라도 해서 바깥바람을 쐬어보구서리 놀멘(천천히) 우리 되선이 필요하다멘 무엇이나 개져와야 하디 안카서?"

"기래도 양반이 당사 길에 나서면 이름난 송상(松商)이나 경상(京商), 아니면 유상(柳商)대열에 끼어야디 인삼을 들구 숨어들어가는 잠상 나부랭이레 되려구 나에게 돈을 빌려달라구?"

"당사를 하다 보면 만상(灣商)으로 이름 떨칠 날이 오갔디."

이응찬은 집요하게 돈을 요구했다. 박진사는 내심 무섭게 친구를 깔아뭉개가며 거절했지만 압록강을 넘어 불어오는 새로운 기운에 대한 호기심이 전혀 없는 바는 아니었다.

"기럼 양이들도 만날 작정이네?"

"고럼, 인삼을 팔아서 돈을 맹근 다음 양이들을 찾아가서리 서양과학을 배울 작정이디. 이양선을 내레 피양 갔다가 본 적이 있는데 우리레 타구 다니는 배와 비교할 수 없는 힘이 있는 배였다. 왜놈덜이 날뛰는 것두 따지구 보면 양이들에게 배워 만든 우수한 무기와 배를 가진 탓이 아니갔어. 자네는 부재라 토지레 많아서 움직이기 어려울 것이느꺼니 내레 가서 다 배워옴세. 아마 무시무시한 힘을 개지구 돌아올 걸세."

중국에 간 친구들 넷이 모두 양이에게 잡혀갔다니 큰일이다. 외톨이가 되어 의주에 남아 사랑방에 갇혀 편안히 지내는 것이 크게 잘못하는 짓이 아닌가 하는 자괴지심(自愧之心)도 들었다. 밤이 깊어 가는데 검동이를 건드린 탓일까. 마음이 개운치가 않은데다 더럭 외로움이 짙게 밀려왔다. 아궁이에 소나무를 지폈는지 매캐하고 쌉싸래한 냄새가 벽의 갈라진 틈으로 스멀스멀 파고든다. 멀리서 개 짖는 소리를 들으며 박진사는 천장을 보고 반듯이 누웠다.

남달리 글을 잘 읽고 머리가 총명했던 백홍준의 얼굴이 선명하게 다가왔다. 그 친구도 장사를 해보겠다고 나댔다. 글을 잘해도 조정에 나갈 기회가 주어지지 않는 서북 사람이다. 친구들은 세차게 불어오는 바깥바람을 느끼며 뭉근하게 고인 생활이 답답해서 강계 기방 출입도 했으나 금세 진력이 나서 팽개쳐버렸다. 도박도 해보고 술도 먹었고 중국에서 잡싱들이 들여온 아편도 밀으며 방황했있다.

백홍준이 중국에 가서 장사를 해보겠다고 한 것은 의주의 하급관리였던 그의 아버지가 만주를 다녀오며 양초와 한문 책들을 가져온 다음부터였다. 이상한 책들을 가지고 온 날, 백홍준의 아버지는 마을 사람들을 모아놓고 양초에 대한 자랑으로 정신이 없었다.

"이건 불을 켜는 것인디 이 안을 보시라요. 굵은 실 심지레 있디요?"

불을 밝히자 사람들은 우와 소리를 지르며 감탄했다.

"우리가 디금 쓰구 있는 것보다 둏구나. 훨씬 밝고 편리하구 끄름도 나지 않구 아주 둏은디 꼭 가래떡터럼 생겼네."

감탄사를 연발하여 모두 양초를 쪼끔씩 떼어서 입에 넣어보고는 맛이 없다고 뱉기도 하고 잘근잘근 계속 씹는 사람도 있었다. 모두 양초에 정신이 팔려있는 동안 백홍준은 아버지가 다락에 던져버린 한문책들을 펴보았다. 한 권은 거죽에 훈아진언(訓兒眞言 전도용 책자)이라 쓰였고 다른 한 권은 성경이라 쓰여 있었다. 백홍준은 서당에서 습득한 한문 실력으로 무리 없이 읽어나갔다. 하지만 너무나도 생소한 내용이었다. 수십 번 읽어도 무슨 내용인지 확 잡혀오지 않았으나 이상한 기운이 그를 감쌌고 그 신비한 감정을 뭐라 표현할 수가 없었다.

"아버지. 이 책들을 어디메서 구했습네까?"

"와? 그 책이 재미있네? 내레 기걸 버릴까 하다가 그냥 개 지구 왔는데 기게 아무래도 사학(邪學) 책이디 하는 맘이 들어. 머리카락이 노랗구 눈이 파래서 꼭 귀신터럼 생긴 사람이 주었디. 한문으로 쓴 책이라 홍준이 너라두 읽어보라구 개지구 왔다. 공짜로 주는 것이느꺼니 버리기도 아깝구."

그 뒤에 백홍준과 다른 친구들이 두 권의 책을 돌아가며 읽어보고는 들뜨기 시작했었다.

6

흰 개를 삶아서 점복이 혼자서 다 먹었다. 하루 세 때를 코에서 개 냄새가 날 정도로 열심히 먹었지만 눈을 가린 어둠은 벗겨지질 않는다.

"저 괴상하게 생긴 병신 물고기 부적을 떼어버리라우요. 기게 무슨 효험이 있다구서리 붙여놓구 냐단이우. 이 집 안에 모캐(목화)씨와 고추 태우는 낸내(냄새)로 내레 골이 아파 죽겠수다레. 집안 사방에 걸어놓은 마눌이랑 고추두 다 떼내어 버리라우요. 기게 귀신을 어드렇게 쫓는다구서리 기래요?"

점복이의 신경질이 너무 심해서 최달수와 점복네는 숨이 막혀왔다. 밥상을 차려 앞에 놓아주어도 더듬다가 통곡하고 밥상을 발길로 걷어차서 뒤집어엎고 동네가 떠나가게 고함을 치고 벽에 머리를 박고 야단이니 참다못해 최달수는 점복이를 마당 구석에 서 있는 늙은 오동나무에 묶어놓았다. 그래도 오동나무가 휘도록 발광을 해서 궁여지책으로 점복이가 제일 좋아하는 사람, 도검돌을 불러왔다.

"아니, 이거 점복이레 니 와 이렇게 냐단이네? 이래구 어

카갔다구 증을 내구 소린올 띠네? 사내자식이 벨난 거 개지
구 다 그러네."

도검돌의 목소리를 듣고서야 점복의 광기는 차츰 사그라
졌다.

"아즈바니, 내레 죽어버리구 싶구만요. 뒷간두 혼자 못가
는 넘이 되었어요."

"기야 넌습하면 되는 거 아니네. 날레 닐나서 내 손을 잡으
라우. 뒷간에 가는 넌습시켜 줄 터이느꺼니. 배와개지구 살
멘 되디."

양처럼 순해진 점복은 도검돌의 손에 이끌려 뒷간 가는 연
습을 했다. 뒷간까지 가는데 몇 발자국을 걸을 것이며 손으
로 더듬어서 어디에 어떤 물건이 있는가를 상세히 일러준 뒤
방으로 들어갔다.

"아즈바니, 이응찬 나리를 따라가서 어드렇게 되었는데 보
지 기랬어요?"

"그 일을 두고 내레 생각을 많이 했다. 박진사님두 이번에
중국에 가면 나리들 행방을 알아오라구 하셨다. 이응찬 나리
레 홍삼당시를 한다구서리 박진사 돈을 호께(매우) 많이 빌려
갔다구 하멘서 박진사두 친구들 걱정을 하더라구."

"내레 거기 있었다면 아즈바니터럼 도망치지 않구서리 숨
어서 따라가 양귀들이 어드렇게 사람을 홀리는가 보았을 터
인디."

점복이의 말을 듣다가 갑자기 도검돌의 얼굴이 굳어지면
서 '아아! 그랬었구나!' 외치면서 두 손으로 얼굴을 감싸 안
았다.

"아즈바니, 무슨 일이에요. 와 그라디요?"

어떻게 그때의 사건을 그렇게 까맣게 잊고 있었는지 모른다. 도검돌이 고려문에서 두 사람의 양인을 보았을 때 도망친 것도 따지고 보면 8년 전 사건이 그를 도망치게 한 것이 아니겠는가. 병인년, 천주학을 믿는 사람들을 모두 잡아 죽일 무렵이었다. 프랑스 신부들 12명이 조선에 들어와 있었는데 그중 아홉을 처형했다. 그뿐인가. 천주교인들을 8,000명 넘게 죽였으니 전국에 피비린내가 진동했다. 해서 사람들은 이양선이 나타나면 기겁을 하고 도망치는 판이었다. 심지어 양인을 봐도 옷깃이 스칠 것이 두려워 숨어버릴 지경이었다. 천주를 믿는다는 것은 곧 바로 저승사자를 만나러 가는 길이라고들 수군거렸다.

대원군이 경복궁을 중건하느라고 별별 수단을 다 써서 백성들을 들볶고 있는 판에 엎친 데 덮친다고 쌓아놓은 목재장에 불이 나서 목재가 모자라 양반 묘지에 목재랑 심지어는 서낭당 목재, 석재까지 몽땅 공출해서 인심이 아주 흉흉했다. 그해에 도검돌의 머리에 인각되어서 꿈에까지 그가 놀래는 엄청난 일을 목격했던 것이다.

더위가 한창 기승을 부릴 7월 7일이었다고 기억된다. 도검돌은 십대의 어린 나이로 평양에 내다 팔 약초를 지고 강둑을 따라 걷고 있던 참이었다. 갑자기 우와우와 하는 웅성거림이 아래쪽에서 들렸다. 큰 서양배가 대동강을 따라 서서히 위로 올라오고 있었다. 강의 양 언덕으로 사람들이 배를 따라 뛰고 있었다. 도검돌은 말로만 듣던 쇠배를 처음 보게 되있다. 돛이 4개 달린 배였다. 도검돌이 중국을 드나들며 이제는 그게 뭔지 알게 되었지만 그 당시엔 아주 생소했던 천리경, 자명종, 유리그릇을 실은 배였다. 배에 탄 20여 명의 사람들이 일제히 강둑을 향해 소리쳤다.

"통상을 합시다. 양식을 구합니다. 식수를 공급받기 원합니다."

그들은 연신 손나팔을 하고 강둑을 향해 외쳐댔고 배는 서서히 상류로 올라가고 있었다. 강둑을 따라 뛰는 사람들은 웅성거렸다.

"대원위 대감이 데일 싫어하는 양놈들이 우리를 죽이려구 나타났어. 저 아래서 벌써 되선 사람을 일곱이나 죽이구 행패를 부렸다는군. 저 서양 오랑캐 놈들을 어떻게 죽여버리디. 우리 힘을 합쳐서 저 배를 박살내버리자우"

강둑엔 순식간에 흰옷을 입은 인파로 뒤덮였고 마치 하얀 구름기둥이 흘러가듯 그렇게 배를 따라 함께 움직였다. 평양감사 박규수(朴珪壽)가 대원군의 뜻을 받들어 서양오랑캐들의 요구를 거절했다. 서양 배에서는 박규수 감사의 뜻을 전하러 간 중군 이현익을 구금시키고 허공에 대포를 한 방 쏘았다. 천둥소리보다 더 큰 쇠배의 대포소리에 놀란 강둑의 사람들은 모두 귀를 틀어막고 납죽이 땅에 엎드렸다. 쇠배에서 내린 몇몇 양인들은 히히덕거리며 대포소리에 엎드려 있는 사람들을 발로 툭툭 걸어찼다. 놀라 도망가는 사람들을 쫓아가서 때리기도 하고 겁에 질려 징징거리는 사람의 멱살을 잡고 뺨을 치기도 했다. 짐승을 다루듯 치기(稚氣)를 부리는 눈빛에 도도한 빛이 번뜩였다.

"대원위 대감이 와 양인들을 미워하구 죽이는디 이제 알갔서. 우리를 가이(개)인 줄 아는 모양이야. 데거(저것) 보라우. 죄 없는 사람을 마구 때리멘 메라구 과테구(외치구) 있어. 데걸 그냥 두어. 칵 밟아서 쥑여뿌리디."

양인들이 야채와 양식을 앗아가며 죽인 시신 위에 가마니가 덮이고 유족들의 통곡소리가 높아지자 군중의 분노가 타오르기 시작했다. 도검돌의 마음에도 '데걸 그냥 둬' 하는 불붙는 마음에 주먹을 불끈 쥐었다.

"어어! 저 쇠배가 어드렇게 하려고 자꾸 위로 가디?"

"천우신조다. 동방예의지국을 약탈하는 저놈들을 죽이려는 하늘의 신조다."

평양에서 보산까지만 배가 갈 수 있는데 배는 자꾸 위로 올라갔다. 밀물과 썰물의 영향을 받는 강을 저들이 알 턱이 없다. 결국 양인이 타고 온 쇠배는 대동강 하류 양각도(羊角島) 부근 모래톱에서 우뚝 멈춰 서버렸다. 누가 시킨 것도 아닌데 강둑에 섰던 사람들이 일제히 돌팔매질을 하며 소릴 높였다. 중군 방면, 중군 방면… 돌덩이가 날고 활을 쏘는 사람이 있는가 하면 조그마한 아이까지 합세해서 이양선(移讓船)을 향해 손에 잡히는 대로 던졌다. 아장아장 이제 막 걸음마를 하는 아가도 강가에 난 풀을 뽑아서 쇠배를 향해 던졌다. 돌과 화살이 비 오듯 쏟아지고 공분(公憤)으로 군중들의 숫자는 불어나는데 배의 밑바닥이 강바닥에 닿아서 움직이지를 않았다. 배에 탄 사람들이 겁에 질려 사색이 되는 걸 양편 강둑에서 똑똑히 볼 수가 있었다. 그들 중 제일 눈에 띄는 사람은 새까만 턱수염을 기른 사람이다. 그는 아주 침착하고 담

대한 태도로 상둑을 향해 서툰 조신말로 외쳤다.

"야소교를 전하러 왔습니다. 좋은 물품을 서로 교환합시다. 귀국의 산천과 밍승을 구경하러 왔습니다."

"야소교를 전하러 왔다는데 야소교가 무어네?"

"기걸 몰라서 물어? 서양인들이 냐단치는 건 천주학 비슷한 거디 멘가?"

"에이쿠! 기럼 야소교란 양귀(洋鬼)가 아니네. 우리 귀신도 많은데 양귀꺼정 모시라구 저러는 겐가. 호귀(胡鬼)보다 더 악독한 귀신이느꺼니 기렇게 많은 사람을 망나니 칼에 죽게 하디. 조상도 몰라보는 귀신이구 사람 둑는 거 구경하길 좋아하는 귀신이 아니네?"

갑자기 성문이 뽑혀나갈 듯한 굉음이 터지더니 이양선에서 불덩어리들이 쏟아져 나왔다. 땅이 꺼지는 소리가 그럴까. 천둥소리에 비할 바 없는 엄청난 소리. 배의 대포 두 문이 불을 뿜어내자 강둑은 아수라장으로 변해버렸다.

"낚싯배를 가져와라. 장작을 가져와라. 기름을 가져와라."

포졸들의 외침에 사람들은 장작을 날아오고 들기름, 콩기름, 집안에 고이 숨겨둔 참기름까지 몽땅 들고 왔다. 낚싯배에 장작을 가득 싣고 수없이 내미는 기름병을 받아서 솜에 부어 기름에 푹 젖은 솜을 장작 위에 얹었다.

"불을 당겨라. 날레 불을 당겨."

군졸들의 고함에 이어 기름 솜에 불이 붙더니 장작까지 옮겨갔다. 불이 붙은 서너 척의 낚싯배들은 물결을 따라 천천히 쇠배로 흘러내려갔다. 마침 거세게 불어오는 강바람은 아래로, 아래로 낚싯배를 몰고 가서 쇠배로 불길을 몽땅 옮겨

놓았다. 선실에 피해 숨어있던 사람들이 불길을 피해 우왕좌왕하다가 더러는 물속으로 뛰어들었다. 불길을 피해 도망 다니느라고 괴성을 지르며 두 손을 맞잡고 비는 시늉을 하는 사람도 있었다. 강둑에 둘러선 사람들은 모두 손뼉을 쳤다. 신이 나서 승리의 함성을 지르고 더러는 대원군 만세를 부르기도 했다.

그때 도검돌의 눈에 턱수염이 검은 사람이 들어왔다. 오이씨처럼 기름한 얼굴에 이마는 툭 불거지고 눈이 쑥 들어간 얼굴에 갓난아이처럼 머리가 짧다. 그는 많은 사람들이 모여서 있는 쪽을 향해 책들을 힘을 다해 던졌다. 한 권, 두 권, 세 권… 나중에는 한 아름씩 강둑을 향해 던졌다.

"예수 그리스도, 예수 그리스도…."

불길이 그의 등과 머리털에 붙어 연기를 내건만 그는 죽을 힘을 다해 책들을 던지며 무엇인가를 전하려고 몸부림을 쳤다. 우연히 도검돌은 똑똑히 그의 얼굴을 볼 수 있는 자리에 서 있었다. 그의 얼굴은 땀에 흥건히 젖어있었고 눈에 눈물이 그득 고여 있다. 불길에 몸을 태워가면서도 그는 결사적이다. 어떻게 보면 그건 초인적인 힘이었다. 배에서 던져진 책들은 더러는 강물에 떨어져 물속에 잠겼고 더러는 강둑에선 사람들의 발 앞에 떨어졌다. 마치 귀신이라도 대하듯 어떤 사람은 발로 걷어차서 강물 속에 던져버리기도 하고 어떤 이는 소란통에 슬쩍 책을 주워서 감추기도 했다. 도검돌의 발 앞에 검은색 뚜껑을 가진 한 권의 책이 떨어지는 순간 그는 이상한 힘에 끌려 얼른 사람들의 눈을 피해 주워서 허리춤에 슬쩍 감추었다. 가슴이 팍팍 뛰는 소리가 자신의 귀까지 들려왔다. 서양 귀신의 부적들을 묶은 책을 몸에 지녔으니 어떤 일이 일어날지 모르는 위험한 짓을 한 셈이다. 쇠배에 불길이 거세게 타오르자 책을 던지던 턱수염의 사내가 물속으로 뛰어들었다. 쇠배에 끝까지 남았다가 제일 나중에 물속으로 뛰어든 남자는 헤엄을 쳐서 강둑으로 올라왔다.

"와와…"

사람들의 웅성거림 속에 포졸들이 우악스럽게 그의 목덜미를 잡아챘다. 승선했던 사람들 중 더러는 화살에 맞아 죽기도 하고 더러는 물에 빠져 죽은 사람도 있다. 강둑으로 헤엄쳐서 기어오른 사람들은 모두 오랏줄에 묶여서 처형될 모래사장으로 끌려갔다.

이들 중 강둑에 선 사람들의 관심이 집중된 인물은 바로 책을 던지며 예수 그리스도를 목이 터지게 외쳐댄 사내였다. 행전을 치지 않은 바짓가랑이에 대님조차 매지 않아 일자로 내려진 옷이 이상하다고 손가락질하며 웃어대는 사람, 목을 바짝 조이게 묶은 나비형의 목 끈이 웃긴다고 배를 잡고 웃는 사람, 검은 겉저고리에 동정이 없다며 박장대소하는 사람…. 승리자들처럼 모두 한껏 들떠있었다. 도살당할 짐승처럼 양 손과 팔이 묶여 끌려가면서도 떠들어대는 사람들을 향해 그는 계속 외쳤다.

"예수 그리스도, 예수 그리스도…"

예수 그리스도가 무엇을 뜻하는 말인지 아는 이는 단 한 사람도 없었다. 나중에는 먹 울음을 토해내며 질질 끌려가면서도 그는 처절하게 예수 그리스도만을 외쳐댔다. 너무나도 간절하고 애절하게 끊임없이 외쳐대는 말이 군중의 머리에

그대로 인각되어서 많은 사람들의 귀에 두고두고 쟁쟁하게
메아리쳤다.

"예수 그리스도, 예수 그리스도, 예수 그리스도…."

죽음의 자리까지 끌려가면서도 쉴 새 없이 외쳐대서 어린
아이들까지 이 말을 가만가만 흉내 냈다.

예수 그리스도, 예수 그리스도…. 도검돌은 무서운 힘에
이끌려 형장까지 따라갔다. 망나니들이 내리치는 칼끝에서
다른 양인들은 비굴하게 울부짖고 두 손을 모아 빌기도 했
다. 하지만 책을 던져주며 예수 그리스도를 외쳤던 사내는
모래바닥에 무릎을 꿇고 앉더니 얼굴을 하늘로 향하고 무엇
이라 중얼댔다. 죽음을 앞에 놓고 너무나 당당한 자세에 질
려 봉두난발한 망나니가 멈칫하자 군중의 함성이 터졌다.

"양귀를 쳐 죽여라. 서양귀신을 박살내라. 서양오랑캐의
피를 보자."

그때 남자는 품에서 꺼낸 책 한 권을 자신을 죽이려고 칼
을 든 망나니에게 두 손으로 공손하게 바치는 것이 아닌가.
망나니는 얼떨결에 그 책을 받아서 허리춤에 끼워 넣고 칼을
번쩍 치켜들었다. 순간 형용할 수 없는 눈, 무어라 표현할 수
없는 눈, 인간의 말로 도저히 그려낼 수 없는 눈이 곁에 바짝
다가서서 구경하고 있던 도검돌의 눈과 마주쳤다. 그의 등줄
기를 타고 뜨거운 전율이 흘렀다. 몇 초 뒤에 죽을 사람의 눈
에 어떻게 그토록 착하고 평안한 빛이 고여 있을까? 미움과
두려움에 떠는 눈이 아니다. 죽음을 앞둔 사람의 눈이 아니
다. 지극한 평화가 깃들인 눈이다. 그런 놀라운 힘이 어디서
나오는 것일까. 망나니는 칼을 허공에 휘두르며 미친 듯이

검은 수염의 사내 주위를 한 바퀴 돌며 춤을 추었다. 쉬익쉬익 칼바람이 공기를 가르는 소리에 사람들은 몸을 움츠렸다. 목을 칠 듯 말듯 번쩍이는 망나니의 칼날이 공중에서 둥근 선을 그렸다. 사람들은 침을 꿀꺽 삼켰다.

"쓰으으윽…."

단칼에 베어진 목이 모래밭에 떨어졌다. 도검돌의 옷에 피가 튀어서 점점이 붉게 물들었다. 몸에서 떨어져나간 머리. 바로 그 머리의 목에서 피가 뿜어 나오며 계속 이상한 소리가 들렸다. 도검돌은 긴장해서 귀를 기울였다.

"예수, 예수, 예수…."

피가 멎을 때까지 예수라는 소리가 꼬로록꼬로록 끓어올랐다. 잘려진 목에서 계속해서 세미하게 들려오는 예수, 예수라는 소리에 도검돌은 아악! 외마디 소리를 내지르며 펄썩 모래바닥에 주저앉아버렸다. 그때 맑은 하늘에서 우르릉, 우르릉 천둥이 치기 시작했다.

"백주에 천둥이라니! 참으로 기괴한 일인지고."

"하늘이 신음하는 것터럼 들리지 않네?"

사형장에 둘러섰던 사람들은 모두 머리를 외로 꾀고 비실비실 형장을 빠져나갔다. 꺼림칙해서 구름 한 점 없는 하늘을 감히 올려다보는 사람도 없었다. 그가 죽어가면서까지 간절하게 외친 예수 그리스도란 도대체 무슨 뜻일까. 목이 잘려서도 대동강 가에 무리지어 서 있는 흰옷 입은 조선 사람들에게 전하려 했던 예수는 과연 무엇이란 말인가? 도검돌은 군중 틈에 끼여 밀려나갔다. 처형될 차례를 기다리는 양이들의 처절한 울부짖음이 귀청을 찢었고 대동강 바람에 실려 온 피비린내에 토악질을 하는 사람도 있었다.

그리고 8년 세월이 흘렀다. 귀밑까지 거뭇하게 자란 수염의 목 잘린 남자가 이따금 꿈속에 나타나 그의 옷자락을 부여잡으며 예수 그리스도, 예수 그리스도를 외쳐서 진저리를 치다 깨어나기도 했다. 잘려나간 목에서 꼬록꼬록 예수, 예수, 예수… 메아리치던 소리가 점점 커지더니 천둥소리로 변해서 그의 고막을 찢을 적엔 가위에 눌려 버둥거린 적도 있었다.

과거의 회상에 빠져들어 갑자기 대화를 멈추더니 멍청히 있다가 이따금 열병 든 사람처럼 예수, 예수, 예수라고 중얼대는 도검돌을 점복이 와락 잡아 흔들었다.

"아즈바니, 도대체 와 그라요? 예수, 예수라니 기게 먼 말이요?"

"나두 몰라. 그 양인이 죽어가며 외쳐댄 예수레 도대체 먼 뜻일까?"

7

산삼을 캐러간 곽서방을 고대하는 박진사는 한편으로는 의주에 간 친구들로 인해 고민에 빠져들어 잠을 이루지 못하고 새벽까지 뒤척였다. 바로 그 새벽, 어슴푸레한 빛이 어둠을 몰아내고 있을 즈음 곽서방은 산 움막을 빠져나왔다. 안개가 머리를 풀어헤친 여자처럼 흐느적이며 발밑을 휘감고 돌다가 뭉클뭉클 피어오르고 산허리를 타고 급하게 도망치다가 가파른 바위에 부딪쳐 흩어지기도 했다. 산안개는 평지의 안개와 다르다. 기묘하게 생긴 산과 조화를 이루어 살아 있는 거대한 동물처럼 꿈틀거리며 신비스러운 기운을 뿜어냈다. 허리까지 안개로 가린 채 혼자서 치성을 드리는 황어인의 모습이 병풍에 그려진 한 폭 그림처럼 곽서방의 눈에 들어왔다. 발소리를 죽이고 가만히 다가갔다. 안개 속에 서 있는 나무는 벌거벗은 여자 모습이다. 여자의 형상을 지닌 괴목의 가지 끝에 누리끼리한 개짐을 매달아놓고 황어인은 중얼중얼 치성을 올리고 있었다.

"소례(小禮)로 드리는 정성 대례(大禮)로 받으시고 미련한 인간은 초지(草紙) 한 장으로 가려도 앞을 내다보지 못하는데 너그러이 굽어 살피시고 오늘 산삼을 캘 수 있도록 인도해 달라구 산신님께 빕니다."

그의 간절한 축원에 곽서방도 끼어들어 두 손을 합장하고 빌기 시작했다. 햇살이 퍼지며 안개는 사라지고 일행 여섯 사람은 누게 안팎을 깨끗이 치우고는 아침을 먹기 전 한자리에 모였다.

"간밤에 몽시리(꿈)를 꾸었으면 말하라우요. 먼제 덕만 아바지레 산신녕이 점지한 거 있으멘 털어놓으시오."

황어인에게 제일 먼저 지적당한 날소댕이(풋내기) 오소석은 전혀 꿈을 꾸지 못했다고 머리를 흔들었다. 어인의 명령에 따라 차례차례 간밤 꾼 꿈을 말해야 하는데 모두 도리질을 했다. 순간 황어인의 얼굴은 낙망으로 일그러졌다. 마지막

불청객인 곽서방의 차례가 왔다.

"간밤에 몽시리를 꾸었으면 말해보시라요. 산삼은 산신녕님이 꿈에 점지해 주어야 캐는 고로 이러는 겁니다."

곽서방은 끔찍한 간밤의 꿈을 말해야 할지 어쩔지 몰라 얼굴을 붉혔다.

"우리와 함께 잠을 잤으느꺼니 산신녕님이 우리 대신 곽서방에게 몽시리를 심어줄 수도 있디요. 만에 하나 흉몽이면 우린 그냥 산을 내레가야 합네다."

"꿈을 꾸긴 꾸었는데요. 하지만 너머너머 미서워서."

긴장의 순간이 일행을 찍어 눌렀다. 황어인이 꼴깍 침을 삼켰다.

"누게에서 꾸는 몽시리는 모두 산신녕님이 내려주시는 거요. 그러니꺼니 솔직하게만 말해 보시라요."

열 개의 눈이 곽서방의 입에 모아져서 기대와 불안이 함께 좌중을 덮었다.

"어드런 몽시리(꿈)인지 아주 소상하게 말해 주어야 해몽을 합니다. 두려워 말구서리 날래 말해 보시라요."

곽서방은 간밤에 너무나 무섭고 힘든 꿈을 꾸어서 등이 푹 젖을 지경이었다. 어린애도 아닌데 어떻게 그런 꿈을 꾸었는지 참으로 신기했다. 꿈속에서 어찌나 힘을 많이 썼는지 아직도 오른팔이 뻐근하고 무거웠다.

"깊은 산속을 하하(한참) 가느라느꺼니 길쎄 큰 바위만한 곰이 날 잡아먹으려구 덮쳐와서 넘의 목을 졸라 죽이느라구 얼매나 애를 썼는디 지금도 팔이 아프디요."

"우와! 무어이 어드래? 너페(곰)라구?"

모두의 눈에 생기가 돌았다. 황어인은 아주 친차하게 다그쳐 물었다.

"그 너페를 죽었나요. 아니면 집까지 살려구 혼자서 달아나려고 뛰었나요?"

"처음엔 기를 쓰구 도망텼디요. 그 곰이 어드렇게 빨리 쫓아오는디. 앞에는 깎아지른 절벽이 있어 더 이상 도망틸 수는 없구 에라 죽기 아니멘 살기다. 막다른 골목에서 허리춤에 차고 있는 칼을 빼들구서리 마구 찔렀디요. 기래도 죽지를 않구 뎀벼서 목을 마구 졸랐디요. 이렇게 이렇게 말이디요."

곽서방은 꿈속에서 한 그대로를 재연하느라고 힘을 주어 곰의 목을 조르는 시늉을 한다.

"기래서, 기래서 그 너페를 죽여버렸나요?"

"고럼, 고럼, 죽였디요. 죽여놓구 보느꺼니 끔찍하게 큰 놈이더라구요. 내레 어드렇게 그 곰을 죽였는디 지금 생각해도 얼떨떨해요. 아마 산에서 자느꺼니 산즘승이 미서워 기런 꿈을 꾸었나보디요."

"으음. 으음. 이건, 이건…."

길몽이다. 금린사 스님이 이 사람을 그에게 보냈을 적엔 산신령의 지시가 있었을 것이라고 짐작은 했었다. 황어인의 입가에 비밀스러운 미소가 고여 왔다. 드디어 산신령이 그들을 불쌍히 보시고 산삼을 점지한 것이다. 아아! 산삼을 발견하고 캐게 하는 모든 걸 주관하는 산신령님이여! 그들은 일제히 일어나 보이지 않는 산신을 향해 경건하게 넙죽 절을 올렸다.

"산신녕님이 우리 멀커니(사람)들에게 부리시리(산삼)를 점지하셨습니다. 이제 탐색을 해야 하는데 몽시리에 현몽한 걸 보멘 절벽 근체 어드메일 겁니다. 큰 너페라니 몇 백 년 된 삼이 틀림없어요."

황어인의 말에 모두 흥분해서 들떴으나 아무도 입을 여는 사람이 없었다. 혹여나 산신님의 마음을 다칠까봐 겁이 나서였다.

사람의 침입을 엄정한 힘으로 거부하는 수림(樹林)을 뚫고 산봉우리에 도착한 일행에게 황어인은 아래를 내려다보며 상세히 일러준다.

"이 모두가 산신녕님의 동산이요. 산신이 거하는 곳에 왔으니꺼니 먼저 마음을 정하게 개져야 하오. 자, 동서남북의 사표를 눈에 잘 익혀 두시요. 데쪽을 보시오. 산봉우리레 온통 바위로 뒤덮여서 대머리 같다요. 데거가 동쪽이요. 남쪽의 특징은 두 산 새가 벌어져서 마치 앞니레 벌어진 거터럼 생겼디요. 북쪽은 산세가 거칠어 깎아지른 계곡이 많으니꺼니 여러분은 이 지형을 잘 기억해야 아전(초저녁)에 서로 만날 수 있소."

모두 눈을 부릅뜨고 사표(四標)를 눈에 익힌다. 그러고는 좌우양 횡대로 산병선(散兵線)을 펴면서 아래로아래로 전진하기 시작했다. 허리를 넘게 자란 덩굴이 발을 옮겨놓을 적마다 앞으로 나가지 못하게 몸뚱이를 잡아 묶었다. 바위 이끼에 미끄러져 허우적이는 곽서방이 일행에서 뒤처졌다.

"마대시리(지팡이)를 적절히 사용하시라요."

곽서방이 수림에 갇혀 뒤로 처지자 제일 가까이에 있던 황어인이 고함쳐서 주의를 주었다. 아래로 내려갈수록 소리의 거리가 멀어졌다. 깊은 계곡, 절벽 언저리에 이르면 혹시 이 근처에 곽서방의 꿈에 산신이 보여준 산삼이 있을까 해서 모두 신경을 곤두세웠다. 서로의 유대관계를 유지하기 위해 연쇄적으로 일행은 고함을 내질렀다.

"위대, 위대….'

"워워워… 대….'

'위대'라고 내지르는 고함이 끊기면 일행에서 떨어져나갔다는 뜻이기에 함께 움직이고 있다는 증거로 '위대'를 주고받아야 한다. 아주 깊은 산에는 산새도 없다. 간간히 들려오는 위대 소리만 메아리칠 뿐 산은 태고의 정적 속에 잠겨 있다. 대원들은 금방 보일 것만 같은 삼 잎을 찾아 거목 밑 부토를 살폈고 곽서방의 꿈에 산신령이 암시했음직한 절벽을 찾느라고 눈들이 번득였다. 해가 살포시 서쪽 봉우리에 걸릴 즈음 삼메꾼들은 황어인을 중심으로 모여들었다. 너도 나도 배낭에서 석이버섯을 수북이 꺼내놓았다.

"어유! 산삼은 보이딜 않구서리 석이만 자꾸 눈에 띄어 따 넣다 보느꺼니 메대기(배낭)만 무거워지고 나중에 차개시리 (주머니)꺼정 가득 따넣었네."

"내레 고캇(종이 노끈으로 갓 모양 짜서 기름칠한 모자)에 따개지구 왔어. 약초들도 눈에 띄지만 지금 기걸 캘 땐가?"

"암벽에 석청이 있는데 기걸 따먹다가 위대를 못하면 큰일 이라 기냥 두구 온 게 아까워 죽갔네."

제각기 산봉우리에서 산 밑까지 내려오며 겪었던 일들을 털어놓았다.

"뛰어미(노루)레 두 마리 옆에 바짝 다가오지 안카서, 사람을 미서워하질 않더군. 황어인 말씀대로 산신녕님이 사는 동산이라 그런가봐."

"웅치(멧돼지)가 골짜기 건너편에서 멍청히 나를 노려봐서 겁이 나더군. 공공이(개)가 지나가기에 가슴이 철렁했디 머야. 산삼은 공공이가 있는 곳에선 자라질 않는다구 어인 어른이 말씀하는 걸 들었거든. 나중에 자세히 보느꺼니 공공이가 아니구 볼조비(다람쥐)였어."

삼메꾼들은 산에 오면 특이한 저들의 언어를 쓰기에 곽서방은 전혀 알아듣지 못하는 부분에서 그저 바보처럼 웃기만 했다. 황어인은 혼자 밖으로 나와 밤하늘을 살폈다. 곽서방이 따라 나왔다.

"반들개(별)가 유난히 반짝이는 걸 보느꺼니 흐리미(비)는 오지 않캈군, 안개시리(안개)가 너무 짙게 끼면 비치(해)가 늦게 나오지만 기래도 흐리미 오는 거보다 낫디."

"산삼을 캐디 못하구 내려간 적도 있디요?"

"고럼, 이번엔 자네가 심을 볼 것이니 두구 보라우요. 기런 감이 잡혀오느꺼니. 이건 산신녕님이 내게 주는 예감이야."

"내레 삼메꾼도 아니구 초행에 어드렇게 기런 일이 일어날 수 있습네까? 아직 삼 잎을 구별할 능력두 없어요. 단절(丹節)이라멘 새빨간 삼다알(열매)을 보구서리 저 같은 초마니두 산삼을 캔다지만 황절이니 산삼 잎도 누렇게 되어 다른 잎들하구 구별할 수 있겠습네까?"

"산삼 잎은 누렇게 물들었어두 아주 특별한 색을 띠고 있어 멀리서두 직감으로 알 수가 있디. 절개(머슴)살이하는 사람이 위험한 산속꺼정 따라와 주인을 섬기는 정성이 갸륵해서라무니 산신녕님이 자네에게 산삼을 점지할 것이니 두고 보라우. 산두 사람을 알아본다구."

황어인의 단호한 말에 곽서방은 몸이 붕 뜨듯 기분이 좋았다. 가엾은 복출 도련님을 위해 산삼을 캘 수 있다면 그 이상 무엇을 바라겠는가.

"50년생인 오구(五球)산삼을 캐도 잎이 스물다섯이나 달렸어. 산삼 크기가 칠팔십 센티가 넘어 엄청 비싼 값을 받을 수 있다구. 만약 백 년 된 산삼을 캔다멘 농토를 사서 일생 먹고 살 터인디 그걸 자네의 주인인 박진사에게 바치겠다는 겐가? 절개살이를 고만 두어두 될 재물이 생기는데두?"

"그저 우리 도련님만 나아서 황소터럼 씩씩거리며 돌아다니기만 한다면 그 이상 바랄 것이 없습네다. 이런 시대에 땅을 개지구 사는 것두 싫구 포악한 관리들 등쌀에 질렸습니다."

곽서방은 진심으로 복출 도련님이 가엾어서 가슴이 찡했다. 그건 종의 입장에서가 아니라 어버이 심정이다. 만석꾼 부모를 가졌으면 무슨 소용이 있는가. 걷지도 못하고 일생 뭉그적거리며 그야말로 종의 신세보다 더 비참하게 방에 갇혀 살 것이 아닌가. 사람으로 태어나서 두 발로 걷지 못하는 것은 아무리 생각해도 머슴살이보다 더 불행한 삶이 아니겠는가.

"내 마음두 이렇게 뭉클하니 산신령님도 감동할 것이요. 그나저나 와 그리 절개(머슴)살이를 돟아하우?"

"농토를 개지구 농사를 지어봤자 농지세니 잡세니 뭐니 해서 시달려 살 수가 없습네다. 차라리 절개살이를 하면 배부르게 먹을 수 있구 들볶이지 않으꺼니 마음이 편해 돟지요."

"산삼을 캐두 주인인 박진사에게 바칠 것이오?"

"내레 산삼을 캐멘 고생한 대원들과 함께 나누어 개져야디요."

"그 말 덩말이오?"

"기럼요. 먹을 거랑 입성(옷)꺼정 주인마님이 다 주는데 메가 필요 합네까? 그저 도련님만 산삼을 자시구서리 걸을 수만 있다멘 그걸로 족합네다."

"그럼 우리 서루 서약한 걸로 알갔수다레. 심을 본 사람이 산삼을 다 개지구 다른 대원들은 쌀 두어 말 정도 받는 게 우리 관습이지요. 그런데두 우리 모두에게 골고루 혜택을 준다니 덩말 고맙수다레."

그날도 하루 종일 산을 헤매다가 모두 지쳐 저녁에 한자리에 모였다. 깎아지른 듯이 가파른 계곡을 내려다보며 땀을 닦고 있었다. 곽서방은 산삼을 찾는 것보다 깊은 산속에서 일행과 떨어져 혼자 될 것이 두려워 하루 종일 가슴을 졸였었다. 독사나 맹수의 위험에서 벗어나 이렇게 일행에 끼여 하루가 간 것에 안도의 숨을 내쉬었다. 머리를 들어 앞을 보는 순간 곽서방의 눈에 이상한 잎이 들어왔다. 깎아지른 바위를 받쳐주듯 서 있는 거목 밑에 하루 종일 산을 헤매면서 보지 못했던 잎이 눈 시린 빛을 토해낸다. 곽서방은 무슨 큰 힘에라도 잡힌 듯 몽유병자처럼 그 잎에 홀려서 걸어갔다. 갑자기 정신나간 사람처럼 계곡을 향해 걸어가는 곽서방을 대원들이 놀라 쳐다보며 긴장했다. 황어인이 잽싸게 곽서방의 뒤를 따랐다.

"참 이상한 잎이 여기 있네요."

곽서방의 손끝을 보는 순간 황어인의 입에서 산이 쩌렁 울리는 고함이 터져 나왔다.

"심봤다!"

우우 삼메꾼들이 곽서방의 주위로 모여들었다. 흥분을 누르며 삼메꾼들은 황어인과 곽서방을 빙 둘러섰다.

"곽서방! 두루 살피시라우요. 삼 잎을 중심으로 그 일대를 다 둘러보란 말이오. 다른 삼 잎이 그 둘레에 없으멘 우리에게 포기선언을 하시라요."

곽서방은 황어인이 말하는 포기선언이 무슨 뜻인지 몰라 어릿거렸다. 단지 산삼을 캐게 되었다는 기쁨으로 가슴이 터질 지경이었다. 걷지도 못하고 늘 곰보댁의 등에 업혀있는 도련님의 얼굴이 크게 다가와 어른댈 뿐이다.

"이 주변을 잘 살피구 포기선언하기 던에는 우리 대원 중 어떤 사람두 이 지역을 침범하지 못합니다. 자세히 살피구서리 지역권 포기를 선언해야 우리 차례가 됩니다."

곽서방은 너무 들떠서 그저 주위를 한번 쓰윽 훑어보고는 황어인이 하라는 대로 포기선언을 했다. 연이어 황어인의 개방선언이 있자 삼메꾼들은 일제히 산삼 주변을 뒤지기 시작한다. 황어인은 삼다알이 매달렸던 부분이 어느 방향으로 수그러졌는가를 천천히 살폈다. 그 방향 어디엔가 또 다른 산삼이 자라고 있을 것이다. 겨울이 지나 묘절이 오면 그 방향으로 가볼 참이다. 황어인의 손에 들고 있는 지팡이로 산삼 둘레에 넓은 금을 그었다.

"앙기리(낫)로 주변의 잡초를 다 쳐버리구 힘든 잡목들은 주청이(도끼)로 찍어내라우. 허버기(호미)를 개지고 여기, 바로 여기를 조심스럽게 파라우. 잔뿌리 하나라두 다치지 않게 조심, 조심…."

황어인의 명령에 따라 삼메꾼들은 일사분란하게 움직였다.

"머리카락터럼 가는 잔뿌리라두 다쳐서는 산삼의 효험이 없는 법."

참으로 큰 삼이었다. 갓난 아이 팔뚝만하다. 몸체만큼 길고 자잘한 실뿌리까지 조심스럽게 캐느라고 모두의 이마에 땀이 흥건히 고였다. 잔뿌리에는 콩 뿌리처럼 동글동글 자잘한 콩나물 콩 크기의 알맹이들이 수없이 매달려 있다. 갓난 아이를 다루듯 모근(毛根) 한 올이라도 상할세라 조심조심 파낸 산삼을 이끼에 싸고 다시 나무껍질로 포장해서 묶었다.

황어인은 삼을 캔 자리에 백지(白紙)와 엽전을 묻고 치성을 드렸다. 산삼은 한 뿌리씩 외롭게 자라는 것이 보통이나 때로는 수십 뿌리씩 마치 삼포처럼 무더기로 밀집되어 있을 수도 있다. 이런 무둑시리는 일생 한두 번 있을까 말까한 행운이다. 곽서방이 캔 것은 오직 한 뿌리. 황어인의 말을 빌리면 백 년은 족히 되는 산삼으로 약효가 대단할 것이라고 했다.

곽서방은 구름을 탄 듯 두둥실 붕 떠올랐다. 박진사댁에 울려 퍼지는 웃음소리, 박진사의 활짝 펴진 얼굴, 마님과 노마님의 미소, 힘 있게 걸을 복출 도련님…. 솟을대문 안에 살아날 생기를 떠올리며 그는 입이 찢어지게 웃었다.

치솟는 샘물

1

눈이 내리고 얼음이 얼기 시작했다. 의주의 겨울은 시월 중순부터 기승을 부려 삼남 지방보다 눈이 먼저 오고 춥기도 더하다. 문고리가 손에 쩍쩍 달라붙는 날씨다.

박진사댁 복출 도련님은 곽서방이 천마산에서 캐온 산삼을 먹고 기적처럼 차도를 보이기 시작했다. 가늘어지는 다리에 힘을 심어주려고 날마다 곰보댁이 둥게둥게둥게야를 부르면서 두 다리를 주무르며 굽혔다 폈다 하는 운동을 시킨 탓도 있을 터이다. 어떻든 백 년 된 산삼을 먹고 힘을 얻은 복출이 드디어 걸음마를 시작했다.

모두가 나름대로 병이 나은 경위를 자랑한다. 다리굿을 통해 조상과 화해를 해서 조상신(祖上神)이 도운 거야, 곰보댁이 귀신을 목이 긴 백자술병 속에 가둬둔 탓이야, 조상의 묘를 옮겨서 병이 나은 거야, 백 년 된 산삼 효험이야. 어떻든 겨울이 깊어 가는데 박진사댁은 복출이 한 발자국 걸을 적마다 까르르까르르 웃음이 터져 나와 생기가 돌았다.

복출의 여동생 숙출은 아주 또랑또랑하다. 태어날 적에 하도 드세게 울어대서 여장부가 태어났다고들 수군거렸다. 아들과 딸이 바뀌었다고 박진사는 이따금 어두운 얼굴을 했으나 남남북녀라고 하지 않던가. 숙출은 오빠보다도 힘도 더 세고 머리도 총명해서 이제 막 발을 떼어놓는 복출을 뭉개고 생쥐처럼 날렵하게 들쑤시고 돌아다녔다.

정월 보름을 닷새 앞둔 밤, 달은 한쪽이 조금 일그러졌으나 새벽 동틀 때처럼 밝다. 초저녁부터 압록강을 건너 불어오는 바람이 어찌 드센지 가랑잎과 솔잎을 긁어 묶어놓은 나뭇짐은 단단히 얽어놓지 않으면 흩어져 날아갈 지경이다. 행랑채나 사랑채, 안채까지 모두 일찍 잠자리에 들어 불을 켠 방은 하나도 없었다. 모두가 이불을 머리까지 푹 뒤집어쓰고 잠든 밤, 자정이 되었을까. 한숨을 자고 난 곰보댁의 귀에 이상한 소리가 들렸다. 어찌 들으면 바람에 나뭇가지가 떠는 소리 같기도 하고 더 자세히 들으려고 귀를 곤두세우면 늑대들이 기분 나쁘게 여운을 남기며 울음을 토하는 것 같기도 했다. 솟을대문 바로 옆 행랑채에서 잠자고 있던 곰보댁은 겨울에 먹이를 찾아내려온 짐승소리인가 싶어 몸을 이불 속에 앙당그리고 잠을 청한다. 이상한 소리를 몰고 온 바람이 세상을 삼킬 듯 불어와서 덜그렁덜그렁 흔들어댈 수 있는 모든 걸 잡아낚는 소리가 요란했다.

"여보! 잠깐 눈을 좀 떠보라우요. 밖에서 괴상한 소리가 나요!"

곯아떨어진 곽서방을 곰보댁이 드세게 흔들었다. 아무리 야단을 해도 깨는 기척이 없어 할 수 없이 코를 비틀면서 다급하게 남편을 깨웠다. 만주벌판을 휩쓸고 다니다가 압록강을 건너온 바람은 죽음을 앞두고 몸부림치는 사람처럼 신음하다가도 성난 짐승처럼 포효했다.

"여보! 더 소리를 좀 들어보시라요. 괴상한 소리레 안들립네까?"

"나 피곤해 죽갔는데 와 이리 못 살게구나."

"잘 들어보시라요. 꼭 가이 새끼 우는 소리 같기두 허구 개승냉이레 울부짖는 소리같기두 해요. 계속 저렇게 끙끙대구 있어 잠을 잘 수 없어요."

"바람이 심하게 부느꺼니 세상 만물이 다 들볶여서 내는 소릴 개지구 무슨 소리라구 야단이야. 한밤중에 남 곤하게 자는 걸 깨우구 와이래?"

"아니라요. 잘 들어보시라요."

우우 으으 아아앙…. 바람소리가 멎자 이상한 소리는 밤의 정적을 타고 또렷하게 살아났다.

"가만있자. 이거 산에서 날즘성들이 우리 좀닥(토종닭)을 잡아먹으러 들어온 거 아닝가. 아니멘 봉수녀석이 달걀 훔치러 들어가서리 좀닥들이 푸덕이며 나단치는 소린지도 몰라."

"봉수레 이 추운 밤에 달걀 훔치러 나갔을까요?"

"고 넘이 달걀을 모아서 달걀끼우리(달걀 꾸러미)를 서이나 맹글어서 오일장에 개지구 나가 판 걸 내레 보았어."

"그 아는 와 그리 돈을 모으느라구 그라디요?"

봉수는 아홉 살에 박진사댁에 들어온 꼴머슴이었다. 동부동(東部洞)에 사는 김서방, 그러니까 박진사댁 마름인 김서배의 조카다. 여덟 살에 양부모를 잃고 작은아버지인 김서방 집에 맡겨졌다가 박진사댁으로 들어와 종이 되어 금년에 열다섯 살, 검동이와 동갑내기다.

"봉수레 검동이를 돌아해서 작년 가알(가을) 추석에도 오목장에서 비단댕기를 사다 주는 걸 보았디. 그 돈이 전부 달걀을 훔쳐다가 끼우리를 만들어 내다 파는 거라구."

"고럼, 어이 잡으라우요. 마님이 아시는 날이멘 죽이디 살려두갔어요?"

곽서방은 정신이 번쩍 나는지 후다닥 일어나 앉더니 어서어유 등잔에 불을 켜라고 곰보댁을 재촉했다.

"여보, 봉수가 아니구서리 날즘성이나 다른 것이라멘 혼자당해내갔수?"

곰보댁도 후앙을 깊숙이 눌러쓰고 솜을 두둑이 누빈 등거리를 걸친다. 구황미(救荒米)를 풀어도 배고픔을 달래지 못한 사람들이 떼로 몰려다니며 가축을 끌어간다는 소문이 나도는 때다. 삭주나 운산에도 화적들이 날뛰어서 부잣집 종들까지 발을 뻗고 잠을 자지 못한다고 하지 않던가. 우직한 곽서방은 덧저고리를 걸치고는 머리맡에 놓인 몽둥이를 집어 들었다. 단단히 각오한 얼굴이다. 닭장에서 봉수가 달걀을 훔치건 산짐승이건 몽둥이로 콱 때려잡을 기세다. 암내를 풍기는 짐승처럼 검동이 주위를 맴돌며 도둑질까지 하는 봉수의 버릇을 이번 기회에 단단히 고쳐놓을 참이다.

"여보! 조금 기다려 보시라요. 무슨 소린지 좀 생각해 봅시다레."

"걱정 말라우요. 내레 이래 뵈두 천마산 산삼을 캐온 사람이야. 산신녕님이 함께 해서 힘이 펄펄 나느끼니 겁낼 거 없어."

산삼을 캐온 뒤부터 곽서방은 매사에 늘 우쭐댔다. 그래도 마음이 놓이지 않은 곰보댁은 결사적으로 남편의 허리를 안고 매달렸다. 아무리 가늠해 봐도 닭장이나 외양간에서 나는 소리가 아니라 솟을대문 밖에서 나는 소리였기 때문이다. 신경을 잔뜩 집중하고 들으면 신음하는 소리같기도 하고 절규하듯 처절한 외침같기도 하다. 어찌 들으면 선불 맞은 호랑이의 신음같기도 한 괴이한 소리는 거센 바람을 타고 끊기었다가 다시 살아나고 뜸을 들였다가 확 퍼져나가 듣는 사람의 마음을 무서움으로 가득 채웠다. 그러나 다시 가만히 들어보면 병든 아이의 숨넘어가는 소리처럼 들리기도 했다.

"아무튼 나가 봐야디. 이러고만 있을 수는 없어. 분명한 것은 바람소리가 아니야. 사람이 아니멘 포수에게 선불 맞은 범일 거라구."

"그런 게 아니구 굶어 죽어가는 사람들이 마님댁 곳간에 쌀이 쌓인걸 알구서리 솟을대문 앞에 모여서 웅성거리는 소리일 수도 있어요."

"기렇다멘 날레 나가봐야디. 배고픔보다 더 서러운 일이 세상에 또 어딨나. 밥과질(누룽지)이라두 나누어주어야디. 사람을 죽게 둘 수는 없잖은가."

오랜 기근으로 죽어가는 사람들일 수 있다는 생각에 이르자 곽서방과 곰보댁은 용기를 내서 밖으로 나와 두리번거리다가 소리가 들려오는 솟을대문으로 향했다. 눈발이 날린다. 어두운 하늘에서 하늘하늘 떨어져 내리는 눈 오는 밤, 코끝에 숨이 붙어있는 모든 것들을 안으로 기어들어가게 하는 그런 겨울밤이다. 무거운 대문을 밀치고 조촘조촘 밖으로 나간 부부는 대문 옆에 놓인 어떤 물체에 눈이 멎었다. 닭살이 전신에 돋아 겁에 질린 곰보댁은 남편의 뒤에 숨었다. 곽서방도 숨을 죽이고 그 실체를 가늠하느라고 눈을 크게 떴다. 짐 승인지 사람인지 밝은 달빛 아래서도 가려낼 수가 없었다. 동그랗게 움츠린 물체는 꼬르륵 끄르륵 하다가 이따금 끄으응 끄으응 기어들어가는 신음을 삼켰다. 곽서방과 곰보댁은 어둠에 눈이 익자 물체 앞으로 다가갔다. 꿈틀, 동그랗게 웅크린 것이 움직인다. 두 사람은 놀라서 뒤로 물러섰다.

"오…마마마…니…."

분명한 발음은 아니었으나 어머니를 찾는 아이의 음성이다.

"아니 이 추운 밤에 이 애가 어드런 일로 여기 이러구 있을까?"

곰보댁은 남편의 허리춤을 잡고 혹처럼 뒤에 붙어 있다가 와락 웅크린 물체 앞으로 다가가서 손을 내밀었다. 그 순간 작은 뭉치는 지게에 얹힌 마른 풀짐처럼 힘없이 옆으로 픽 쓰러졌다.

"아쿠쿠! 이를 어드렇게 허디? 이거 아가 버려져 있수다레. 얼어 죽어가고 있잖아요. 날레 데불구 들어갑시다."

곰보댁은 당황해서 갈피를 잡지 못하고 덜덜 떨기만 했다. 곽서방은 재빠르게 아이를 번쩍 들고 행랑채로 들어갔다. 앉은 그대로 얼어붙은 아이를 끌고 들어가 호롱불 밑에서 보니 아이는 개구리처럼 바짝 쪼그리고 양 손으로 두 무릎을 껴안은 채 풀지를 않았다.

"맥을 집어보시라요. 이런 밤에 아래(아이가) 어쩌자구 밖에서 혼자 그러구 있었을까?"

곰보댁의 놀랐던 가슴이 연민의 정으로 차올라 터질 듯했다. 복남이 밑으로 샛을 초학으로 잃은 경험이 있기에 이렇게 아픈 어린아이를 보면 가슴이 떨리고 눈물이 앞을 가려 울먹이는 버릇이 있다. 아랫목에 누인 사내아이는 웅크린 다리를 펴질 않는다. 곽서방이 아이의 가슴에 손을 얹어보았다.

"가슴이 뛰는 걸 보니꺼니 숨은 붙어있네."

"우리 복남이두 우리레 없으멘 저 꼴이 될 거 아니오? 복남이 나이 또래터럼 보이디요?"

"잔소리 말구 날래 솥에 불이나 지펴서 더운 물을 가져오라우요. 입에 더운 물이라두 흘려 넣어야디."

곽서방은 아이의 손과 발을 비벼주고 언 뺨이랑 팔뚝 어디고 손이 닿는 대로 마구 비벼댔다. 아이는 시퍼렇게 죽은 뺨에다 눈은 꼭 감은 채 입을 앙당그려 물고 있었다. 혼수상태에 있으면서 이따금 주기적으로 짐승처럼 *끄응끄응* 신음을 토해냈다. 새카맣게 탄 입을 억지로 벌리고 더운 물을 조금씩 입 안으로 흘려 넣었다. 이 지경에 이른 아이의 모기처럼 작은 소리가 바람을 타고 그렇게 무섭고 크게 들렸던 게 신기했다. 아이의 목숨을 산신령님이나 칠성님이 특별히 사랑해서 깊이 잠든 곽서방 부부를 깨운 것이 틀림없다. 어느덧 동이 트기 시작했다. 그때까지 아이는 정신을 차리지 못했다. 곽서방과 곰보댁은 끊임없이 아이의 전신을 더운 물수건으로 문질렀다.

"이 아는 죽디 않을 겁네다. 이 추위에 목숨이 붙어있었다는 것은 산신녕님의 도우심이디요. 그카니 곧 살아날 겁네다."

얼어붙은 피를 전신에 돌게 하기 위해 옷을 벗겼다. 바짝 마른 몸뚱이가 말리려고 매달아 놓은 명태 같다. 원래는 하얀 색이었을 저고리가 숯검정처럼 새까맣고 소맷부리는 땟국으로 반질거린다.

"부모레 살아있으멘 이렇게 놔두었을까. 아마 기근으로 부모는 죽어버리구 유랑 걸식하는 신세가 되었겠지요. 우선 뭘 먹어야 힘을 낼 터인데."

"엊저녁에 긁은 밥과질이 남았나?"

"살강에 넣어두었는데 봉수레 어찌나 걸근대는지 개져갔을 거라우요."

"벼케(부엌에) 나가 날래 아무거나 푹 끓여와요. 국물을 멕여봅시다레."

곰보댁은 부엌으로 나갔다. 관솔에 불을 댕겨 어서 타라고 마른 솔잎을 한 삼태기 가져다 위에 얹는다. 연기가 피어오르다가 솔잎에 확 불이 붙는다. 불길이 힘을 얻어 환하게 타오르자 썰렁했던 행랑채 부엌에 온기가 돈다. 누군 이밥에 고깃국 먹는데 어찌 이 지경으로 태어나서 추운 겨울에 얼어죽어가는 신세가 되었을까. 주인마님 댁에 태어났더라면 호강했을 터인데. 개코처럼 큼직한 코에 눈썹이 짙은 아이의 얼굴이 눈앞에 삼삼하다. 잘 생긴 얼굴이다. 이마가 헌칠하고 부처님처럼 뺨이 편안하게 나부죽하다. 속눈썹이 긴 것을 보니 눈을 뜨면 눈도 부리부리하게 크고 광채를 발할 것이 틀림없다. 잘 생긴 아이야. 뉘 집 아들인지 참 잘 생겼어. 저런 아이가 어쩌다가 이 추운 겨울밤에 남의 집 앞에 버려졌을까? 처음엔 아이를 살릴 욕심에 어떻게 생긴 것이 문제가 아니었다. 아이의 몸에 온기가 돌며 얼굴에도 핏기가 살아나자 생김새를 살피게 되었다. 웅크렸던 다리도 펴고 깍지 끼었던 손도 풀어시 편안하게 전신을 아랫목에 뉘었디. 죽음의 고비를 넘겨놓고 보니 정말 탐이 나는 아이다. 박진사댁 복출 도련님처럼 단 몇 끼만 잘 먹여도 아이는 금세 피어날 것이다.

가마솥에다 끓인 시커멓게 탄 누룽지 물을 아이의 입 속에 자꾸 흘려 넣으니 처음 몇 모금은 삼키다가 나중에는 도리질을 한다. 곰보댁은 아이의 뺨을 다독거리면서 점잖게 나무랬다.

"이 녀석아! 삼켜라. 턴하게 태어난 주제에 이런 국물도 못 생키냐? 먹어라, 먹어. 질경이터럼 끈질기게 살아야디. 와 죽을라고 기래. 날래 삼키라우."

기운이 진해 널브러진 아이를 옆으로 뉘고 등을 가만가만 다독거리다가 조심스럽게 무릎 위에 안아 올리는 곰보댁의 몸짓은 사뭇 경건하다. 누룽지 끓인 물을 입에 흘려 넣어주자 아이의 감긴 눈가에 눈물이 주르륵 흘러내렸다.

"사내녀석이 울긴 와 우네. 날래 많이 먹구 바루 니러나야디 죽긴 와 죽어. 자, 날레 썩 받아먹으라우, 넌지간(연자방앗간)에 넌지돌두 다 쓸데가 있는 벱인디 하물며 잠지를 단 사내녀석이 어딘가에 필요할 거 아니네?"

아이는 입을 벌리고 꿀꺽꿀꺽 따끈한 누룽지 국물을 받아 마시고 또다시 깊은 잠속으로 떨어졌다. 곽서방은 봉수가 방방이 불을 잘 지피고 있나 보러 나갔고 곰보댁은 살아난 아이가 신기해서 더 열심히 전신을 문질렀다. 살갗에서 온기가 살아나서 곰보댁의 손바닥에서도 불이 났다. 만에 하나 동상에라도 걸리는 날엔 살이 썩어 들어가 고생하는 사람들을 얼마나 많이 보았던가! 빨리 피를 통하게 해서 언 부분이 살아나게 하는 방법은 귀신을 부르는 것보다 문지르는 것이 제일 좋은 방법임을 곰보댁은 체험으로 터득하고 있었다. 복남이가 신기해서 아이의 몸을 만져보기도 하고 감은 눈을 뒤집어도 본다. 그래도 아이는 깊은 잠속에 빠져 정신없다.

"우리터럼 천한 것들은 목숨두 질긴 벱이어. 살아서 동을 것도 없는 세상이디만 기래두 태어났으꺼니 당개(장가)두 가구 자식두 낳고 살아보는 거 아니 갔어. 너두 박진사댁 아덜루 태어났더라맨 돟았을 걸. 목강(목욕)하구 깨끗한 입성(옷) 입구 있으맨 복출 도련님보단 헌칠할 외양인디 턴하게 태어났으꺼니 이 꼴이 아니네. 후유, 불쌍한 것."

봉수는 아궁이마다 불을 지펴놓은 뒤 사랑방 아궁이에 지켜 서서 뿔난 얼굴로 사랑방을 흘끔거렸다. 농익은 당초처럼 붉어진 얼굴로 자리끼를 들고 나오는 검동이를 봉수는 눈에 독을 품고 뚫어지게 노려보았다.

"와 그리 일찍 너 함자(혼자) 그 방에 들어갔네?"

"뷀 것을 다 참견하네. 고럼 종년이 함자 들어가디 종을 거느리구 가네?"

검동이는 봉수의 얼굴을 쳐다보지도 않고 퉁퉁거리며 댓돌 위에 벗어놓은 짚신을 신었다. 봉수는 손에 고이 든 것을 잽싸게 검동이의 손에 쥐어주었다.

"내레 널 주려구 어제 오목장에 가서리 장분을 사왔다."

"넝감터럼 장분을 와 사오네? 난 필요 없어."

검동이가 봉수 얼굴에 장분을 팽개치고 콧방귀를 뀌며 일각대문을 밀치고 안채로 사라졌다. 봉수는 부지깽이 끝에 붙은 불을 아궁이 흙바닥에 문질러서 연기가 눈이 맵도록 아궁이 언저리를 감돌았다. 봉수는 검댕이 묻은 손으로 눈을 비벼서 눈가에 앙괭이를 그리고는 검동이가 사라진 안채를 하염없이 쳐다봤다. 곽서방은 봉수와 검동이의 짓거리를 못 본 척하고 사랑 마당을 싸리비로 북북 쓸었다. 간밤에 세차게 불었던 바람이 낙엽이며 지푸라기를 몰아다 어지럽게 마당에 뿌려 놓았기 때문이다. 박진사가 장죽을 입에 물고 뒷짐을 지고는 큼큼거리며 별정을 한 바퀴 돌아서 사랑채로 들어왔다. 곽서방은 재빨리 싸리비를 어깨 밑에 넣고 공손히 허리를 굽혔다.

"흐흠. 간밤에 어드런 일로 그리 벅작괏나(시끄러웠나)?"

"예, 예. 진사님두 알구 계셨습네까. 버려진 아레 추운 밤에 솟을대문 앞에서 얼어 죽게 되어서라무니 쉰네가 대불구 들어왔습니다요."

곽서방은 허리를 굽힌 채 박진사의 안색을 살폈다. 잘했다는 건가 아니면 머슴살이하는 주제에 너희 가족 먹이기도 기근 끝에 힘겨운데 거지 아이까지 끌어들였느냐는 호통이 무섭게 떨어질 것 같아 머리를 들지 못했다. 침묵, 침묵… 박진사는 기분이 나쁘든지 마음에 들지 않으면 언제나 한참 뜸을 들였다가 응하여서 곽서방은 그런 침묵에 늘 몸서리를 쳤다.

"아이레 깨어나멘 곧바루 내보내갔습네다."

"이 추위에 버려진 아인 줄 알멘서 어드렇게 쫓아내간. 날 풀리멘 보내디."

"예, 예. 고맙습니다레, 나리. 고럼 당분간 이 집에 유하게 하겠습네다."

"아레 몇 살이나 되었네?"

"아직 깨어나질 않아 모르 갔으나 닐곱, 야들 살 나 보이는 사내 넘인데 아주 잘 생겼습네. 코가 크구 이마가 넓구 얼굴이 너부죽한 것이 꼭 부테님 얼굴터럼 생겼디요. 갉어서 상은 검구 목이 기다만 해두 쉰네레 보기에 장군의 기상을 타구 난 얼굴입네."

"이 사람, 아침부터 어쩐 말이 그리 많은가?"

"죄송합니다요. 아이를 당분간이라두 있게 해주스니꺼니 너무 돟아서…."

열흘이 지난 뒤 아이는 박진사의 호출을 받고 사랑채로 불려갔다. 아직 얼굴이 부석하고 거무죽죽한 살갗에 누런빛이 도는 것은 먹지를 못해 부황기가 남아 있는 탓이다. 복남이 옷을 입혔더니 발목이 껑둥하게 드러났으나 목욕을 하고 머리를 단정하게 빗어 등 뒤에 땋아 내리니 사람 티가 났다.

"이름이 무엇인가?"

"서문한이라 합네."

문한은 아주 또랑또랑한 목소리로 대답했다. 저렇게 똑똑하고 귀(貴)티가 흐르는 아이가 내 아들 복출이었다면 얼마나 좋을까 하는 생각에 박진사는 잠시 말문이 막혔다. 문한은 꼿꼿하게 서서 형형한 눈으로 박진사의 얼굴을 응시했다. 큰 눈동자에 사람을 끄는 힘이 서려있었다. 어린 문한은 다른 종들처럼 허리를 굽히거나 머리를 숙이며 쩔쩔 매질 않았다. 아주 당당하게 머릴 꼿꼿하게 치켜들고 사랑채를 구경하느라고 여유 있게 눈길을 사방에 던졌다. 느긋하게 앞뿐만 아니라 좌우 뒤까지 둘러보고 사랑 마당에 있는 정원수들을 하나하나 유심히 관찰했다.

"몇 살인가?"

"야들 살입니다."

"으음."

그건 신음이었다. 복출보단 두 살 위인 이 거지아이는 아주 헌칠하고 미끈한 모습으로 박진사 앞에 서 있다. 여태껏 다른 집 아이들을 많이 봤어도 이렇게까지 마음이 동하지 않았는데 정말로 탐나는 녀석이다. 코끝에 흐르는 선이며 송충이를 붙여놓은 것처럼 단단하고 힘이 서린 눈썹, 게다가 사내녀석 속눈썹이 여자처럼 길다.

"얼굴을 들어 날 보아라."

문한은 주위를 살피느라고 어릿대던 눈을 들어 박진사의 얼굴을 응시했다. 강렬한 빛을 뿜어내는 큼직한 눈과 마주치는 순간 박진사의 가슴에 찡한 전율이 흘렀다.

"네 이름이 한자로 어찌 되느냐?"

"예! 글월 문(文)자에 한수 한(漢)자, 문한이올시다."

으흠. 다시 박진사의 입에서 신음이 터져 나왔다. 언제 글을 배웠단 말인가.

"네 부모는 어찌 되구 너 함자 이 추운 겨울밤 헤매구 다녔단 말이냐?"

부모 이야기가 나오자 처음으로 문한의 표정이 흔들리며 호수처럼 맑은 눈에 눈물이 그렁하니 고였다. 사랑 마당 한 모퉁이에 놓여서 정원의 미세한 움직임을 담으며 하늘까지 품어 안은 돌확에 고인 물처럼 모든 것이 그 눈 안에서 어른거리는 듯했다. 입술을 자근자근 씹으며 꿀꺽 침을 삼키는 꼴이 어린 가슴에 상처가 크게 남아 있는 모양이다. 박진사는 끈질기게 물고 늘어졌다.

"날레 말해보라우. 내레 널 도울 수도 있으느꺼니."

"부모님은 모두 돌아가셨습네다."

"언제?"

"아매두 내레 아주 어렸을 적 일인 것 같습네다. 아바지레 봄에 돌아가시구 오마니는 곧바루 아바지를 따라 그 가을에 가셨다 합네다."

문한은 부모의 죽음을 어른처럼 애써 담담하게 말했다. 총기가 서린 눈에 눈물이 걷히자 씩씩한 기상이 넘쳐흘렀다. 무슨 병으로 이렇게 잘 생긴 아들을 놔두고 죽었을까.

"아버지는 농사꾼이었네?"

"아닙니다. 역관이었습니다. 아바지레 열병에 걸려 돌아가셨다구 합니다."

역관의 자식이라. 백정 같은 천민은 아니구나. 이 아이를 잘 길러서 집안일을 시켜도 되겠구나. 복출이 이제 걷기는 하지만 머리가 아둔하여 매사에 뒤떨어지니 곁에서 벗이 되어주고 힘도 되어줄 수가 있겠구나. 박진사는 문한을 앞에 놓고 여러 가지 계산을 했다.

"그간 어드메서 살았네?"

"작은 아바지 집에 맡겨졌더랬넌데 가난해서 늘 굶으느꺼니 미안하구 작은집 아이들하구 음식을 나누어 먹자니 눈치가 보이구서리…"

"작은 아바지 댁이 어드메인데 이 겨울에 가출을 했단 말인가?"

"회천(熙川)입네다."

"저런! 그 먼 거리를 이 겨울에 너 함자 걸어왔단 말인가?"

"아바지터럼 압록강을 건너가 중국어를 익혀서 내중에 역관이 되려 했습니다. 강 쪽을 향해 하하 오다가 너머너머 배레 고프구 추워서라무니 여기…."

어린 것이 쓸 만했다. 사람을 그렇게 많이 대했어도 요롷게 마음에 쏙 드는 인물은 박진사의 일생 처음 있는 일이다.

"어허! 참, 고얀 놈이로고! 지금이 어느 때라구서리 감히 기런 마음을 개지구 가출을 해. 강을 건넜다하멘 천주학쟁이들이 냉큼 잡아간다는 걸 모르네?"

천주학이란 말이 나오자 문한은 흠칫하면서 자세를 흩뜨렸다. 온 집안이 찡 울리도록 음성을 높이는 박진사의 호통에 놀라는 것만은 아닌 성싶다. 곽서방은 몸 둘 바를 모르고 어서 잘못했다구 빌라는 시늉을 연신 해보였다. 그래도 문한은 입을 굳게 다물고 목에 힘을 주며 박진사의 얼굴을 응시했다.

"이 겨울에 압록강을 건너간다 해두 그 다음 어드렇게 되는디 알렸다!"

"내레 먼 일이 있어두 아바지터럼 역관이 될 것입니다."

"데따우 거렝이레 멀 보러 압록강을 건너가겠다구 하네. 강을 넘어가맨 이제 야들 살인 넘이 굶어 죽거나 얼어 죽어. 만에 하나 살아두 사학꾼에게 잡혀가서 양귀신의 심부름꾼이 돼버려. 어른들인 내 서당친구들두 양인들에게 끌려갔어. 서양귀신을 섬기멘 되선에서 처형당하는 걸 덩말 모르간?"

"…."

"으흠, 기래도 대답하지 못할까!"

"기렇게 죽임을 당하는 천주학에 저는 절대루 홀리디 않을 겁니다."

문한은 머리를 뒤로 발딱 젖히고 아주 똘망한 음성으로 박 진사를 향해 다부지게 말했다. 천주학이란 말을 할 적에 문한의 얼굴에 증오의 빛이 순간 번쩍 지나갔다.

"고럼 넌 천주학이 먼지 알았드란 말이네?"

"조정에서 이미 수많은 사람을 죽였구 또 척화비의 내용이 먹에꺼정 새겨져 있는데 기걸 모르겠습네까?"

참으로 조숙한 아이였다. 척화비라고 하지 않는가. 대원군은 전국에 양이를 배척하는 길만이 조선이 사는 길임을 알리려고 척화비(斥和碑)를 세웠다. 높이가 넉 자 다섯 치, 너비는 한 자 다섯 치, 두께는 여덟 치 닷 품의 크기의 화강석에 대원군은 아래와 같이 비문을 새겼다.

洋夷侵犯 非戰則和 主和賣國 戒吾萬年子孫 丙寅作 辛未立

'서양 오랑캐가 침입하는데 싸우지 아니함은 그들과 화친하자는 것이요, 화친하자는 것은 곧 매국이니 자손에게 만년을 두고 경각심을 주노라. 문지(文志)는 병인양요에 지은 것이고 신미양요에 비를 새겨 세우다.'

문한이 말하는 '먹에 새겨졌다'는 것은 먹을 만드는 사람에게 '洋夷侵犯 非戰則和 主和賣國'이란 열두 글자를 먹에 새겨놓도록 헤서 먹을 갈 때마다 이 글을 읽고 마음에 새기게 한 적이 있었기 때문이다. 먹을 다루었기에 그 내용을 아는 것일 터이고 그렇다면 글을 많이 읽고 썼다는 뜻도 된다. 자신의 아들 복춤은 그저 먹고 놀고 자는 것밖에 모르고 서당엘 가도 천자문을 들고 왔다 갔다 하는 것이지 하루 한 자를 외우기 힘든 상태가 아닌가. 그런데 문한이란 거지아이는 겨울밤에 까딱하면 얼어 죽었을 기아(棄兒)면서 적화비를 알고 있었다.

"저 아래 이 겨울에 돌아다니다 얼어 죽을 것이느꺼니 이 집에 머물게 하라우, 곽서방이 행랑채에서 함께 대불구 지내구레."

"예, 예! 진사님, 덩말 고맙습네다."

문한은 자막대기처럼 꼿꼿하게 서서 말이 없는데 곽서방은 코가 땅에 닿도록 박진사 앞에서 깊은 절을 수없이 하고는 문한의 등을 밀어서 행랑채로 나왔다. 중문이 닫히자 문한의 목덜미를 세차게 거머쥐고 으름장을 놓았다.

"어드런 안전이라구 고렇게 말이 나오냐. 헛똑똑했다. 우선 입에 먹을 것이 들어가야 목숨을 부디하는 거다. 생명이 있어야디 역관이 되구 머가 보이디 안카서? 네 나이레 디금 게우 야들 살이다. 이 집을 벗어나면 굶어죽을 것이느꺼니 꼼짝말구서리 시키는 대로 해라. 그 밤에 우리레 조금 늦게 나갔어두 넌 얼어 죽어서 아매두 디금 땅 속에 있을 거라."

문한은 곽서방이 떠드는 말에 대꾸를 않고 방바닥에 길게 누워버렸다. 곰보댁은 매일 짬을 내서 개울에 나가 돌을 굴려내고 겨울잠이 든 개구리를 잡아왔다. 창자까지 통째 고아서 한 그릇 문한의 앞에 내놓았다.

"네레 살아난 거는 요걸 먹은 탓이야. 겨울 개구마리는 보약이라. 니팝 몇 그릇보담 나은 것이느꺼니 날래 마셔. 죽을 뱅이라두 겨울 개구마리를 대려서 맥이문 바루 니러난단 말이야. 여보! 문한의 요 뺨다구를 좀 보시라요. 살이 통통하게 올랐수다. 개구마리레 전부 요 뺨다구로 몰린 것 같수다레."

곰보댁은 연한 분홍빛이 돌고 살이 뽀얗게 오른 문한의 뺨을 만지며 귀여워서 죽겠다는 표정을 지었다.

"복남이레 보면 질투하라구서리 먼말이 기리 많아. 낸(여자)이란 모두 속알지레 없다니까."

그때를 맞추어 복남이 코를 훌쩍이며 제기를 들고 방에 들어왔다. 어느 날 갑자기 나타난 자기 또래의 아이를 부모님이 어찌나 위해 주는지 마음이 무척 상해 있었다. 얼음을 깨가며 개울 돌 밑에 숨어 있는 개구리를 잡아다가 날마다 정성스럽게 고아먹이는 문한이라는 아이가 도대체 양반이라도 된단 말인가. 게다가 무서운 박진사 말을 터억 턱 받아넘겼다고 입이 닳게 칭찬을 늘어놓는 아버지로 인해 복남은 잔뜩 토라져 있었다.

"우리 복남이레 친구 생겨서 돟갔다. 이 백정 아들, 대석이랑 놀지 않아두 문한이레 있으니꺼니 잘 되었디."

곰보댁은 살이 오르고 건강해진 문한이 대견해서 죽겠다는 얼굴이다. 마치 아들이라도 하나 낳은 것 같은 기분인 모양이다. 문한이 얼마나 영악하면 모두 홀딱 빠져있나 보려고 복남은 얼굴을 그 애의 턱밑에 바짝 들이댔다.

"너 꼬리따기요(謠)할 줄 알간?"

"…."

"이거 봐라. 기것두 모르간. 내레 오마니한테 귀가 닳도록 배운 것인디."

곰보댁은 안채로 가고 행랑채에 두 아이만 남았다. 복남이가 꼬리따기요로 대결을 하려고 바짝 덤볐으나 문한은 귀찮다는 듯 이불을 뒤집어쓰고 벽을 향해 돌아 누워버렸다.

"너 기런 것 들어본 적이 없어서 그라디? 내레 모를가봐? 너따우 거렁이레 멀 알겠네. 요노무 믹재기(미련한) 두상 같으니라구."

복남이가 이불을 잡아채며 어이 일어나 해보자고 욕까지 섞어 들볶자 문한이 벌떡 일어나 앉더니 무서운 기세로 복남의 멱살을 잡았다.

"머이 어드래? 요놈 새끼! 무어이 어드래? 내레 언나가 아니다. 꼬리따기요나 부르멘서 지낼 언나가 아니다 이 말이야."

2

도검돌은 고려문에서 홍삼과 바꾸어온 박래품 중 양반들이 제일 좋아하는 유리그릇을 지고 평양으로 갔다. 음식을 담으면 밥알까지 훤히 보이는 유리그릇이 제일 값이 나갔으나 깨지기 쉽고 무거운 것이 흠이다. 부자들의 주문을 받은 것이라 가지고 간 당일로 모두 팔아버렸다. 그 밤 주막에 들어서니 하루 종일 걸은 발가락에 물집이 생겨 쏨벅거렸지만 너무나 곤해서 바로 잠이 들어버렸다. 간밤에 밥 대신 막걸리를 두어 잔 마시고 잤더니 갈증이 나서 새벽녘에 눈이 떠졌다. 깊이 잠들었을 적엔 몰랐는데 의식이 돌아오니 발가락에 생긴 물집이 뜨끔거려 아주 기분이 나빴다. 희끄무레한 새벽빛에 앞 벽면이 희미하게 눈에 들어왔다. 창호지문을 통해 들어오는 먼동은 밖보다 훨씬 어둑했다. 세상에! 천장이고 벽이고 온통 한문투성이 종이로 도배를 하다니! 무슨 책을 이렇게 찢어서 도배를 했단 말인가. 도검돌은 벽 도배지에 빠끔하게 쓰인 한문 글자들에 정신을 모았다.

순간 불에라도 덴 듯 벌떡 일어나 앉았다. 희한한 내용이 벽의 도배지에 적혀 있지 아니한가. 대동강에서 죽어가며 예수 그리스도를 외친 남자가 퍼뜩 머리에 떠올랐다. 도검돌이 서 있는 정면의 벽지에 바로 그 예수가 나오기 때문이다.

예수 씨가 문둥이에게 손을 얹으니 곧 나음을 받았고 성한 사람이 되었다고 했다. 너무 기이한 내용이라 도검돌은 겅중겅중 뛰어서 여기저기 눈 가는 대로 읽었다. 풍랑 이는 바다 위를 걸었다고 했다. 세상에! 예수 씨가 손오공 같은 사람인가. 물 위를 어떻게 걸을 수 있을까. 그럼 예수 씨는 하늘을 날 수도 있단 말인가? 호기심에 잔뜩 들떠서 도검돌은 갈증도 잊어버리고 도배지에 빨려 들어갔다. 예수 씨가 손만 얹으면 앉은뱅이가 일어서고 중풍병자가 나았다. 잔칫집에서 물로 술을 만들었다. 두 소경의 눈을 만져주니 눈을 떴다. 소경의 손을 붙잡고 마을 밖으로 나가 눈에 침을 뱉으며 안수하니 소경이 만물을 밝게 보았다는 대목에서 그는 앉지도 못하고 주막방을 서성거렸다.

검은 수염을 귀밑까지 짧게 기른 양인이 대동강 가에서 외쳐댄 예수는 그런 사람이었단 말인가! 예수는 유명한 점쟁이고 신통력을 지닌 사람이란 뜻인가? 그럼 예수 씨는 판수였구나. 도검돌의 가슴은 억제할 수 없이 뛰었다. 불쌍한 점복이가 예수 씨를 만나면 눈을 뜰 수가 있다. 이런 좋은 소식이 어디 있단 말인가. 주막의 도배지는 검은 수염의 양인이 대동강 가에서 죽어가며 던져준 바로 그 책이 틀림없다. 열여섯 나이에 그가 대동강 가에서 주워 허리춤에 감추었다가 다락에 숨겨놓은 바로 그 책이다.

도검돌은 허둥지둥 의주로 향했다. 이 소식을 점복에게 전해주어야 한다. 이 기쁜 소식을 불쌍한 점복에게 알려주어야 한다. 대동문에 이르니 쇠배의 닻줄이 구렁이처럼 척 늘어져 있다. 이양선을 무찌른 기념으로 매달아놓은 것이다. 도검돌은 밧줄을 향해 경건하게 절을 했다. 소경의 눈을 만져만 주어도 고칠 수 있는 산신령님보다 더 신통한 예수 씨와 관계있는 닻줄이 아닌가. 산신께 빌듯이 도검돌은 연신 예수 씨를 불러가며 의주에 도착했을 때는 깊은 밤이었다. 이 기쁜 소식을 점복에게 전해주려고 그는 곧바로 홍서동(弘西洞)으로 향했다.

"점복아 내레 좋은 소식 개지고 왔다."

"아즈바니! 피양 잘 다녀오셨습네까? 근데 먼 소식인디 그라요?"

"피양 주막집 벽 도배지에 너터럼 눈먼 사람을 고친 예수 씨 이야기가 적혀 있더라. 예수 씨에게 가멘 넌 눈을 뜰 수 있다. 대동강 가에서 예수 그리스도, 예수 그리스도를 외쳐댔던 사람이 그런 예수 씨를 우리에게 알려주려구 그랬더랬는데 그걸 모르구 우리레 그를 죽여버린 거다."

점복은 그가 무슨 말을 하는지 몰라 먼 눈을 멀뚱거렸다.

"벽 도배지에 예수 씨레 쇠경의 눈을 고쳐주었다구 기렇게 쓰여 있었다."

"기래요? 고럼 예수 씨레 판수란 말이요? 아니멘 무당이란 말이요?"

"아마 판수인 모양이야. 판수 중에 판수일 테지. 다리굿을 하는 무당이나 세터니 무당에 비할 건가. 길쎄 손을 얹고 말만 하면 병이 데꺽 낫는다구 쓰여 있었어. 중풍병자가 벌떡 일어나구 죽은 사람도 살렸다는구나."

"그런 예수 씨를 어드메서 만날 수 있디요? 주막집 도배지 앞에 가서 절을 할까요?"

점복의 이 말에 도검돌은 퍼뜩 정신이 들었다. 맞아. 예수 씨를 어디서 만난단 말인가. 대동강 가에서 외쳐대던 검은 수염의 예수 그리스도, 예수 그리스도가 또다시 천둥소리로 변해서 그의 고막을 찢었다. 국법으로 금한 그 책을 얼핏 펴서 한번 훑어본 기억 속에서 종이의 질감이 되살아났다. 맞다. 바로 그 책이다. 주막집 주인도 그 책을 대동강 가에서 주워서 종이가 귀하니 뜯어서 도배를 한 것이 틀림없다.

"주막방을 도배한 그 책을 대동강 가에서 주어다 숨겨 놓았는데…"

"기래요? 그 책 겉장에 머라 쓰여 있었어요?"

"한문으로 쓰여졌더랬던데 성스러울 성(聖)자에 책 경(經)이라 쓰여 있었으니꺼니 성경이라고 읽어야 되겠다."

"성경이 머이랍네까?"

"나두 몰라. 기걸 개지구 있는 거이 알려지멘 목 잘려 죽어. 기래서 천장 속에 넣고 아주 봉해버렸디."

검은 수염의 양이(洋夷)가 대동강 가에서 죽어가며 던져준 성경을 다락 천장에 감추어 놓은 지 그러고 보니 벌써 구 년이 흘렀다.

"아즈바니, 우리 그 성경이란 책을 읽읍시다레, 내터럼 눈이 먼 사람을 정말루 예수 씨레 고쳐주었는디 보구픕네다.

내레 기기다 절을 수없이 할 겁니다."

"그 책을 개지구 읽는 걸 알멘 우린 잡혀가서리 죽는대두."

"데발 그 책을 읽읍시다레. 내레 눈이 멀어서 기걸 읽을 수는 없구 아즈바니레 내 곁에서 읽어주구레. 데발 내레 이렇게 빕니다. 그 책을 개져오시라요. 망나니 칼에 죽어두 동으니꺼니 내레 그 성경이란 책을 읽을랍니다."

점복이 벌떡 일어나서 무릎을 꿇고 앉아 두 손을 싹싹 비벼댔다. 점복 어머니는 눈먼 데 좋다는 흰 개를 또 한 마리 잡아서 고기를 잔뜩 담은 그릇을 아들 앞에 놓고 수저를 쥐어주었다. 점복은 고기를 먹을 생각은 않고 도검돌의 바짓가랑이를 부여잡고 애걸했다.

"이 아레 갑자기 어드런 책을 읽어달라구 이러는가?"

"책을 읽는 것보담 고려문에 가서 이응찬, 백홍준 나리들이 어드메로 갔나 알아보자. 대동강에서 죽인 양인과 비슷하게 생긴 사람을 따라갔으니꺼니."

"이 아를 어디메루 데려간다구 냐단인가? 고려문에 간다구?"

"우장이나 봉천, 연경 어드메든지 양인들이 있는 곳을 찾아가야디요."

"양인이라구? 디금 무슨 소리를 하는 겐가?"

"오마니! 이제 눈병을 고치게 되었습네다. 압록강을 건너 우장이나 봉천에 가멘 예수 씨라는 판수가 있다는데 장님에게 손만 대두 데걱 보인답니다."

"너 뭬라구 했나? 예수 씨라구? 너 미쳐도 단단히 미쳤구나. 사학꾼들이 믿는 서양귀신이 바로 예수 아닝가. 양귀(洋

鬼)레 우리 귀신보담 세다 이 말잉가. 우리 가족 이제 모두 망나니 칼에 죽어나가야 네 속이 편하갔네. 믿으려면 우리 귀신을 믿디 사람을 수없이 잡아먹는 서양귀신을 믿어? 대원위 대감이 사학꾼들을 한꺼번에 팔천 명이나 죽인 걸 너 덩말 몰라서 이러네?"

"오마니, 고정하시랴요. 내레 양귀를 믿고 싶어 믿으려 하나요? 오마니레 벽에 부터놓은 부적이나 요상한 그림들이 눈을 고치디 못하니 어카갔소. 흰 개고기, 굼벵이 냉중에는 뱀꺼정 먹었어두 내 눈이 멀었습니다. 그러느꺼니 이번엔 예수 씨를 만나려 합니다. 양귀레 센지 우리 귀신이 센지 두구 봅시다레."

"눈이 낫기 던 양귀를 만나자마자 우리 가족 모두 목이 뎅겅 떨어지는데두 서학을 믿겠다는 게냐? 몇 천 명씩 죽일 때는 망나니레 팔이 아파 칼로 목을 다 칠 수가 없어서라무니 어드렇게 죽인 줄 알간? 사학꾼들을 죽인 무시무시한 방법을 덩말 네레 몰라서 이러간?"

점복네가 말하는 사형법이란 창호지로 얼굴을 덮고 그 위에 물을 부어 질식시켜 죽이는 도모지(塗貌紙)사형 법을 뜻한다. 많은 사람을 죽이다 보니 이런 방법으로 사학꾼들을 죽일 수밖에 없었다. 해서 이양선을 보면 즉각 죽음이 떠오르고 양인(洋人)을 보면 망나니 칼이 눈앞에 번쩍거렸다.

"다시는 내 앞에서 서학이니 예수 씨니 하는 말은 하디 마라."

점복네는 결사적으로 막아서며 안 된다고 악을 썼다.

"오마니, 내레 아즈바니를 따라 압록강을 건너가고 픕네다. 게 기멘 무슨 수레 날 것 같습네다. 예수 씨를 한번 만나고만 오갔습니다."

점복은 대동강 가에서 목이 잘려가면서 양인이 외쳤다는 예수 씨를 단단히 붙들었다. 모든 방법을 동원했으나 허탕 쳤으니 이제 예수 씨뿐이 없었다.

"게가 어드런 데라고 너레 눈이 멀어서 간다구 그러네?"

"아즈바니레 그러는데 고려문에 장이 선다고 했소. 중국 상인들과 되선 상인들이 서로 만나 상품을 거래한다는데요. 되선 상인들은 농기구나 가마솥, 인삼, 여우가죽, 삵가죽을 팔구 중국 상인은 비단, 사슴가죽을 비롯한 모피를 판다는군요. 내레 인삼을 개지구 가서 팔아 돈을 맹그러 여비를 마련하는 동안 되선 사람을 만나러 오는 양인을 만나 내 눈을 보여주고픕니다. 고럼 저들이 날 예수 씨 있는 곳으로 데불구 가서 만나게 해주갔디요."

"기렇게 말해두 못 알아듣구서리 서양 오랑캐를 만나겠다구 고집하냐?"

어머니의 신경질적인 반응에 점복은 가슴이 답답해서 숨을 쉬기 힘들었다.

"아아! 내레 어드렇게 살아야 하디? 차라리 칵 죽어버리고 싶어."

점복이 신음하며 머리를 두 손으로 감싸 안고는 머리칼을 복복 쥐어뜯었다. 도검돌은 너무 무섭게 몸부림치는 점복을 어떻게 달래야 할지 몰라 그저 멍청할 뿐이다. 예수 씨를 만나야 한다. 그분을 만나려면 어쩔 수 없이 다시 중국으로 가서 수소문하는 길밖에 없다는 결론에 이르렀다.

도검돌은 급히 압록강을 건넜다. 점복을 데리고 가기 전에 먼저 백홍준, 이응찬, 김진기, 이성하 이들 네 청년을 잡아간 양인들을 만나야 한다. 거기서 의주 청년들이 무엇을 하고 있으며 또 양인들이 진짜로 예수 씨가 있는 데를 알고 있는지 그걸 확인한 다음에 점복을 데리고 갈 참이었다.

도검돌이 중국으로 간 뒤 점복네와 최달수의 말씨름은 끝이 없었다. 점복의 어머니가 악을 썼다.

"할 수 없디요. 먼 눈이 다시 보이게 될 수는 없구서리 어카갔소. 우리가 천년만년 살 수 있으멘 몸이 부서져라 일이라도 해 먹여 살린다지만 우리 죽구나멘 누가 그 애를 돌보갔수. 피양의 맹청(盲廳)으로 보내서 점쟁이를 만드는 길밖에 없수다레."

"아니 임자레 제 정신으로 하는 말이가? 점복을 점쟁이로 맹글다니?"

"귀밑에 점이 있어 점복이라 이름을 지었는데 점을 치는 사람이 되라구서리 그런 이름을 주었나부디요. 모두 그 아에게 주어진 운명인 걸 어카갔소."

"임자레 다시 그런 말 내 앞에서 하멘 가만 놔두지 않을 거야. 어카든지 눈을 보게 해야디 디팽이를 집구 다니는 맹인 점쟁이를 맹글겠다구?"

최달수는 아들 점복을 절대로 점쟁이 길로 빠지게 할 수 없다고 처음에는 세차게 머리를 흔들었다. 지팡이를 짚고 더듬거리며 아이의 손에 이끌리어 골목을 누비며 점을 치라고 외치고 다니는 처량한 모습의 맹인 점쟁이 길을 어떻게 아들에게 가세 할 수 있단 말인가. 눈을 고쳐야 한다. 수없이 허탕을 쳤지만 신령한 무당만 만나면 즉각 고쳐낼 수 있다는 마음을 떨쳐버릴 수 없었다. 귀신과 직접 이야기를 할 수 있는 이름난 무당도 있다고 하지 않던가. 이름난 신의주의 신필점(神筆占)쟁이에게 가서도 시원찮으면 다른 곳, 그곳이 비록 땅 끝이 되더라도 쫓아갈 심산이었다.

"머리가 쎄한(하얀) 낭구당시(나무장사) 넝감이 일러준 거나 해봅시다레."

점복네의 닦달에 못 이겨 이른 봄, 최달수는 야산에 묻힌 할아버지의 무덤을 파헤쳤다. 정말로 나무뿌리가 두 눈과 콧구멍, 입으로 들어가 해골 안은 온통 하얀 뿌리로 가득 차 있었다. 그걸 다 제거하고 산소 주변의 모든 나무들을 뽑아냈다. 조상들이 후손을 돌봐야 제사도 풍성하게 드리고 무덤도 호화롭게 치장할 것이 아니냐고 백골에게 손이 닳도록 빌었다.

"양반으로 태어나게 했습니까. 토지를 물려 주었습네까. 그런 것들 하나두 바라지 않을 터이니꺼니 자식새끼나 고쳐 주시라요. 하필이멘 눈을 못 보게 할게 뭡네까. 제사를 더 정성스레 지내구 벌초도 더 잘 할랍니다. 제발 점복의 눈을 뜨게 해주시라요."

중국으로 예수 씨를 만나러 간 도검돌로부터 소식이 없자 점복은 더욱 의기소침해서 방 안에만 박혀 있어 얼굴이 누렇게 들뜨기 시작했다. 조상의 해골 속에 뒤엉킨 나무뿌리를 몽땅 제거해도 점복의 눈은 여전히 깜깜했다. 이런 아들을 바라보며 최달수는 날마다 조상들을 저주하는 일로 시간을 보냈다. 세상에 태어나서 배운 욕지거리를 몽땅 털어놓으면서 말이다.

"여보! 조용히 하시라우요. 조상신들이 들으면 더 패풍을 쳐서 아래 아덜꺼정 눈이 멀게 하면 어카갔소. 참읍시다레, 우리레 더 열심히 무덤을 돌보고 제사를 지내면 무슨 좋은 수레 나디 안카서요?"

"흐흥, 이미 멀어버린 눈이 어드렇게 보이간? 할 수 없이 신의주 무당을 만나 신자(神字)에 의해 길흉을 점친다는 신필점을 봐야갔어."

"모두 고만둡시다레, 점치는 것두 지쳤소. 그나마 손바닥만 하게 남은 텃밭 말구는 몽땅 무당들에게 바치구 이제 바가지 차구 다니게 되었수다레."

"자식이 눈멀어 방구석에서 신음하는데 부모로서 할 수 있는 일을 다 해봐야 한이 없을 터이느꺼니 텃밭이라도 내놓아야디. 신의주 점쟁이는 옥황상제의 붓끝에 의해 쓰인 신자(神字)를 개지구 문복(問卜)에 답을 한다는군."

"그럼 그 무당이 덩말 옥황상제가 써준 책을 개지구 있단 말이디요?"

"맞아. 그 책을 신서(神書)라구 하는데 그 책 안에 쓰인 글씨를 신의주 무당이레 좔좔 읽어서 풀어낸다구 합데다."

"기럼 이번이 마지막이오. 그 다음엔 무당에게 바칠 돈이 있으면 그 돈으로 불쌍한 점복이 니팝이나 한 그릇 더 먹입시다. 어이어이! 내 불쌍한 새끼. 어쩌자구 복대가리 없는 집에 태어나서 조상의 덕두 보지 못하구서리 눈이 멀었누?"

부부의 오랜 갈등 끝에 드디어 점복네기 이들에게 넌지시 말했다.

"너레 점치는 사람이 되맨 어드렇다고 생각하네? 너터럼 앞을 못 보는 사람들을 모아놓고 서당터럼 공부를 시키는 데가 있다구 들었다. 거기 가멘 불경두 배우구 진언(眞言)도 공부하구 주문(呪文)두 가르켜준다구 하더라. 게다가 점치는 데 필요한 역리산법(易理算法)인가 먼가 하는 것두 배울 수 있다던데 네 생각은 어드런가?"

점복네는 아들의 눈치를 보며 그간 비밀리에 탐문해 놓은 어려운 말들을 죽 늘어놓았다. 결국 눈먼 사람이 갈 길은 맹인 점쟁이가 되는 길밖에 없지 아니한가.

"싫어요. 싫어. 오마니는 날 점쟁이 맹글어 돈을 벌려구 그러디요? 차라리 날 통군정꺼정 데려다 주멘 산비탈을 걸어 내려가 압록강 물에 텀벙 빠져 죽을 겁니다."

점복은 주먹으로 방바닥을 치면서 울었다. 주먹이 거친 당목샅(수수대 껍질로 엮은 샅)에 긁혀서 피가 흘렀다. 답답한 가슴을 가누지 못하고 세차게 방바닥을 마구 때리는 아들을 점복네는 와락 한 손으로 다잡아 안고는 피가 철철 흐르는 손을 꼭 잡았다.

"우리는 네 곁에 항상 있을 수는 없디 않칸, 이 오마니두 아바지두 모두 늙어 죽을 터인데 고담에 널 누레 돌보간. 우리 없이두 네레 죽을 때꺼정 살 수 있는 방법은 이 길밖에 없다. 널 점쟁이로 만든다는 생각에 오장육부가 다 녹아내리게 아프구 억울하구 분해서 조상 무덤에 가서 모다구를 박으멘서 울었다. 무덤을 파헤쳐서라무니 유골을 파내 갈아서 갬좁쌀밥에 섞어 가마구에게 먹이구픈 심정이었다. 아으아으 아이쿠! 불쌍한 내 새끼야!"

점복은 어머니의 넋두리를 들으며 곰곰이 생각했다. 눈먼 사람이 살아갈 길이 무엇이란 말인가. 복술자의 거게가 맹인이 아니던가. 육신의 눈이 먼 사람은 보통 사람들이 볼 수 없는 신비유현(神秘幽玄)한 것이 보이는 심안(心眼)을 지니고 있다고 하지 않던가. 도검돌 아저씨가 말하는 예수 씨를 만나면 식구들이 죽는 위험성이 따르고 소개해 주는 아저씨도 망나니 칼에 목이 잘릴 수도 있다. 점복의 울부짖음이 잠시 가라앉자 이 틈을 이용해서 최달수는 집요하게 평양의 맹청(盲廳)을 소개했다.

"피양에서는 쇠경들끼리 조합을 맹글어서 점술두 가르티구 시험두 친다."

"게서 몇 년을 배와준답네까?"

"총명한 사람은 두어 해가 걸리구 둔하멘 다슷 해 걸린다구 하더라. 눈이 보이디 않아두 배와주는 방법이 있다구 소금당시, 장씨레 말하더구나."

긴 침묵이 흘렀다. 도검돌 아저씨를 따라 우장이나 봉천으로 가느냐 아니면 평양 맹청으로 가서 점쟁이가 되는 공부를 하느냐 하는 기로에 선 셈이다. 이러고 방구석에 앉아 세월을 보낼 수는 없는 일 아닌가. 어머니 말대로 먼 훗날 혼자서 어떻게 살아가야 한단 말인가. 점을 배워 점을 치면 점료(占料)를 받을 것이고 그것으로 먹고 살 수는 있을 것이다.

점술과 복술이란 과연 어떤 것일까? 사람의 운명이 숙명적이니 그대로 믿고 따르라고 일러주는 것이 아니겠는가? 모든 사람은 정해진 운명의 궤도를 피탈(破脫)할 수 없다. 맹인 점쟁이가 되는 것이 운명의 법칙으로 정해진 그의 길이라면 어찌 감히 이 길을 거절하겠는가.

점복네는 아들 앞에서 이름난 맹인 점쟁이 이야기를 푸짐하게 떠벌였다. 열다섯에 맹인이 된 전(全) 아무개라는 사람이 구월산에 들어가 도승을 만나 십 년 간 음양술을 배운 다음 삼백일 기도를 끝내고 평양의 방우골에 나와 길흉화복을 판단하는데 영험해서 돈이 삼태기로 들어온다고 했다.

점복은 어머니의 눈을 피해 방문을 걸어 잠그고 누워버렸다.

3

숫돌에 칼을 가는 이 백정 옆에서 대석의 바로 밑 여동생 금경(金敬)이 땅바닥에 퍼질러 앉아서 흙을 가지고 놀고 있다. 대석은 칼 가는 아버지 옆에 바짝 붙어 앉아 물을 조금씩 부어주며 어떻게 해야 칼날이 잘 서는지를 눈여겨보았다. 언제나 이 백정은 짐승을 잡을 적에 쌍칼을 쓴다. 두 개의 칼자루에는 각각 황소와 옥황상제의 그림이 새겨져 있다. 아버지의 우상은 바로 이 칼들이다. 그림처럼 앉아서 칼을 갈기 시작하면 거기에 몰두해서 칼을 갈기 위해 태어난 사람처럼 보였다. 이따금 햇살에 칼날을 비춰봐서 날 선 것이 미진하면 다시 숫돌에 정성스럽게 칼을 간다.

"오빠, 우리 꼬리따기요(謠)하자우."

금경이 먼저 꼬리 따기를 중간쯤 시작했다. 아무리 금경이가 졸라도 대석은 못 들은 척 바가지 물을 조금씩 숫돌에 부어주었다. 아버지처럼 입을 뾰족 내밀고 오로지 칼 가는 일에 정성을 쏟았다.

"네 구녕 났으면 동시루디, 그 다음이 머야? 오빠가 받아봐."

그래도 말이 없자 금경은 혼자서 꼬리 따기를 주고받는다. 노랑나비가 너불너불 이 백정의 우물가를 맴돌았다. 백정의 뜰에도 가정의 훈기가 봄볕처럼 따사롭게 고여 있고 금경의 웅얼거림이 한껏 평안을 안겨주었다.

"동시루면 새까맣디. 새까맣면 가마구디. 가마구면 너불거리디. 너불거리면 무당이디. 무당이면 춤을 추디. 춤을 추면 뚜드리디. 뚜드리면 대장깐이디. 대장깐이면 불디. 불면 피리디. 피리면 소리나디. 소리나면 북이디…"

그 다음을 잇지 못한 금경이가 혼자서 주고받고 하다가 끙끙거렸다. 이때 머리를 허리까지 땋아 늘인 박진사댁 꼴머슴 문한이 쪼르륵 마당을 가로질러 숫돌 앞으로 와서 조신하게 허리 굽혀 인사를 하고 쪼그리고 앉았다. 나이에 비해 몸집이 큰 문한은 매사에 아주 어른스러웠다.

"문한이 이 아침에 어드런 일로 여길 왔네? 서문골 마실 다니지 말라고 주인마님이 야단치지 않네?"

이 백정은 침을 퇴퇴 손바닥에 뱉어서 칼자루를 힘 있게 잡고 칼날을 비스듬히 숫돌에 대고 갈아 날을 세우며 물었다. 겨울밤 숫을대문에 기대어 얼어 죽을 아이를 곽서방 부부가 살려냈다는 소문은 서문골까지 자자했다. 그런 아이가 복출을 잘 돌봐주고 데리고 놀며 공부도 함께 한다는 소문도 퍼져서 굴러들어온 복덩어리라고 사람들이 문한을 놓고 수군거렸다.

소를 잡으면 으레 상등품인 제비추리와 안심을 박진사댁 몫으로 져 나르기에 이 백정과 문한은 솟을대문 안에서 자주 만나 낯이 익은 사이였다.

"글피가 우리 주인마님댁 둘째 도련님 백일인 것 알디요?"

"이 고장에서 무출 도련님 백일을 모를 사람이 있간?"

대석이 손에 바가지를 든 채 제기를 차자고 문한에게 눈짓을 했다. 문한은 궁둥이를 절반쯤 들고는 이 백정이 햇살에 비추어 보느라고 치켜든 칼날에서 뿜어 나오는 빛이 무서운지 뒤로 조금 물러나 앉았다.

"둘째 도련님 백일에 쓸 소를 잡구 있나 보구 오라구 해서 리 왔습네다."

"기래서 이렇게 정성스럽게 칼을 갈구 있는 거디."

"고럼 저녁에 쇠고기를 져 날라주시라요. 함자 힘들멘 곽서방을 보낼까요? 서문골서 향교동으로 넘어오는 국제고개레 너머 힘들디 안카시요."

"아즉은 내레 힘이 펄펄 나느꺼니 걱정마라. 땅거미 내리기 던에 박진사님댁에 당도할 터이느꺼니. 그나저나 무출 도련님은 건강하네?"

"예. 아주 똘방똘방하구 살이 올라 뺨이 오동통하디요."

문한은 무엇이 그리 바쁜지 줄행랑을 쳤다. 대석이 섭섭한 눈으로 문한이 사라진 대문 쪽을 하염없이 쳐다보았다. 무출 도련님이 건강하다니 다행이다. 그 집에 목을 매달고 사는 사람들이 얼마나 많은가. 박진사의 큰아들 복출 도련님은 아무래도 사람 구실할 것 같지는 않다. 곽서방이 생명의 위험을 무릅쓰고 천신만고 끝에 천마산에서 삼메꾼들과 캐온 산삼을 먹은 탓인지 걷기는 하지만 키가 작아 난장이에 가깝고 목이 양 어깨에 푹 묻힌 것이 이 백정이 보기에도 사내구실할까 싶다. 그 상황에 이번에 태어난 무출 도련님이 건강하다니 천만 다행이었다.

"대석아, 요즘두 곽서방 아들, 복남을 만나러 향교동에 가네?"

"가끔 가지만 단 한 번두 박진사님댁 솟을대문 안에는 들어간 적이 없어요. 행랑채 밖에서 불러내 개지구 남문을 빠져나와 들판에서 놀다 오디요."

"조심해야 한다. 짐승은 죽어 가죽과 고기를 남기지만 백정이 양반의 노여움을 사면 씨도 없이 죽는다는 걸 명심해라. 우리 백정은 즘승만도 못하다는 걸 잊지 마라. 백정의 자유가 가장 많은 곳에 와 있디만 팔도강산 어드메를 가두 양반은 양반이구 백정은 백정이니라."

"알갔시요. 아바지, 걱정마시라요."

"의주 지방에서 백정인 우리를 잘 대해준다 해두 백정에 대한 천대를 버리디 못하구 있다. 농민들이나 장사꾼들도 우리 백정에게 딸을 주지 않아. 그러느꺼니 박진사님댁에 갔다가 양반을 만나멘 언제 어디메서나 등을 돌리고 허리를 구부린 채 양반이 지나갈 때꺼정 기다려야 한다. 이렇게 말이디 이렇게…."

이 백정은 칼을 숫돌에 기대어 놓고 대석이 앞에서 허리를 깊이 꺾고 머리를 땅에 푹 숙인 채 아들에게 등을 돌린 자세도 선을 보였다. '이래야 너는 산다. 알았디?'를 연발하면서.

허리를 구부린 자세로 서서 이 백정은 어린 시절 당했던 수모를 떠올렸다. 열 살 되던 해 봄이었다. 다섯 살도 채 되지 않았을 양반 자식이 버선에 갓신까지 신고서 길에서 잠지를 내놓고 오줌을 갈겼다. 급히 길가로 물러서서 등을 돌리고 허리를 낫처럼 깊이 꺾었다. 보자고 한 것은 아닌데 두 다리를 엉거주춤 벌린 사이로 그 양반 자식을 훔쳐 본 것이다. 눈이 마주치는 순간 백정새끼가 양반을 쳐다봤다고 발길질을 했다. 얼마나 세게 걷어차이고 딱딱한 갓신에 밟혔는지 코에서 피가 철철 흘러나왔다. 땅에 쓰러져 얼굴을 두 손으로 가리고 울었던 일이 지금도 생생하다. 아파서 운 것이 아니라 속이 상하고 억울하고 분해서 울었다. 연락을 받고 달려온 그의 아버지는 또 어떠했던가.

"잘못했습니다. 자식을 잘 가르쳐서 다시는 이런 일이 없게 하겠습니다. 한 번만 용서해 주십시오. 죽을죄를 지었습니다."

아버지는 허리를 땅에 닿도록 굽히고 벌벌 떨면서 빌고 또 빌었다. 쪼그만 다섯 살짜리 아이에게 말이다. 단지 양반이라는 이유 하나 때문에.

"알았다. 다시 한 번만 더 양반을 노려보기만 해봐라. 그땐 죽여버릴 거야."

아버지의 허리께에 겨우 닿는 작은 키의 어린아이가 서른이 넘은 이 백정의 아버지에게 반말을 해대며 주먹을 휘둘렀다.

"절대로 그런 일이 없을 겁니다. 또 그런다면 그땐 쇤네를 죽여주십시오."

아버지는 그야말로 죽어가는 시늉을 하며 벌벌 떨었다. 아

들에게 그렇게도 엄하지만 양반 앞에서 기가 죽는 아버지를
따라 돌아오며 그는 울부짖었다.

"난, 난 절대로 그렇게 살 수는 없어. 죽어버리는 것이 낫
지 이게 사는 거야? 왜, 어째서 우리는 백정이 되었어? 난
이곳을 빠져 도망가서 중국으로 갈 거야. 도망가버릴 거야."

그때 이 백정의 아버지는 한숨을 푹 쉬며 중얼거렸다. 먼 산
을 바라보면서 하던 독백은 지금도 그의 가슴을 저리게 한다.

"백정은 이사를 갈 수도 없다. 말뚝처럼 한곳에 박혀서 백
정들끼리 모여 사는 이곳에서 태어나 죽어야 한다는 걸 명심
해라. 백정이란 양반들, 심지어는 농민이나 장사꾼들에게까
지 질시를 받고 차별받게 되어 있다. 벌써 오백 년 간이나 그
렇게 뿌리가 내려져왔다. 그걸 너 혼자 힘으로 어떻게 고칠
것이냐. 그러니 모욕과 학대를 견디며 살아야 한다."

이런 아버지가 돌아가신 뒤 고종이 철종을 이어 왕위에 오
르며 백정단취(白丁團聚) 조항을 폐지시켜 주었다. 다시 말해
백정들의 거주이전의 자유 금지법을 말살해 준 것이다. 왕이
백정들에게 다른 지방으로 이사 가도 된다는 자유를 준 것이
다. 백정이란 신분이 억겁으로 찍어 누르고 있는 이 고장을
이제 떠나도 된다는 뜻이다. 그러나 조상의 무덤이 있는 곳
이요, 몇 십 대를 대물림하며 살던 곳을 떠나기는 쉽지 않
다. 오랜 세월 우물 안에 길들여져서 바깥세상은 잘 모르고
무서웠기 때문이다

그의 고추친구 개똥이는 강릉 지방의 망한 양반 가문의 족
보를 거액에 사서 북청으로 이사, 양반행세를 한다고 했다.
돈만 있으면 양반이 될 수가 있다. 고향을 훌쩍 떠나 양반의

족보를 사기만 하면 새롭게 태어날 수가 있는 것이다. 이름도 개똥이에서 충의(忠義)로 고쳤다고 한다. 백정의 이름에는 인(仁), 의(義), 예(禮), 지(智), 신(信), 충(忠), 국(國) 같은 글자를 사용할 수 없게 되어 있는데 이름에 그런 글자를 사용했다니 얼마나 놀라운 신분 변화인가! 어쩌다 백정의 이름에 이런 글자를 사용하면 짐승을 잡아 죽이는 더러운 사람의 이름에 감히 어찌 이런 고귀한 글자를 넣었느냐고 매질을 당해 죽은 사람도 있다. 그런데 개똥이는 족보를 사서 양반이 되었다. 도포를 입고 망건과 갓을 쓰고 장죽을 물고 거드름을 피우면서 걸을 수 있게 되었다. 개똥이 아버지는 아들만이라도 피를 보며 사는 백정의 신분, 천대 받는 짐승 같은 삶에서 건지려고 악착같이 재물을 모아 양반 족보를 사가지고 변신을 시도했던 셈이다.

양반들은 자신들의 권위와 평안을 유지하고 살려고 백정과 천민계급을 맨 밑에 놓았다. 그들 위에다 농민과 상업을 하는 장사꾼들을 중간계층에 놓고 또한 부려먹었다. 그래도 중간계층은 최하위층 천민과 백정들이 있으니 한쪽으로는 양반을 섬기고 또 다른 한쪽으로는 천민들을 누를 수 있었다. 그러니 제일 떵떵거리는 사람들은 두 계급을 동시에 거느리고 온갖 특권을 누릴 수 있는 상층계급 양반들이었다.

"아바지, 박진사댁 복출을 길에서 만나두 아바지레 일러준 대루 길가루 물러서서 허리를 꺾구 머리를 수그려야 합네까?"

이 백정은 자신의 어린 시절의 추억에 푸욱 묻혀있어서 대석이 하는 말을 빨리 받아들여 이해하지 못하고 머무적거렸다.

"아바지, 그 병신같이 생긴 복출을 내레 길에서 만나두 낫처럼 허릴 꺾구 길가루 물러서야 하느냐 말입니다."

"고럼, 고럼. 나이 어려두 양반은 양반이느꺼니 만나멘 얼른 그래야 한다."

"내레 절대로 그 병신 양반 새끼에게 허리를 굽히디 않을 겁니다. 의주는 기생들두 칼을 휘두르며 춤을 추는 곳이야요. 기생이 말을 타기두 하구요. 이런 곳에서 남자인 내레 머가 모자라 굽실거리며 기어야 합네까?"

"큰일 날 소리 하지 마라. 의주 사람들 거게가 유배되어 온 사람들이거나 도망온 사람들이다. 우리터럼 유랑 길에 머문 사람들두 있구 장사하는 사람들두 있디. 모두 한이 많은 사람들이다. 박진사댁두 의주 토박이는 아니다. 밀양 박씨루 한성서 이조판서까지 지낸 집안인데 죄를 짓구서리 유배되어 예서 백여 년 흐르는 동안 토지레 많으니꺼니 부재란 말 듣구 살디만 한이 많은 집안이다. 박진사는 어려서부터 총명해서 장원급제할 수 있는데두 조정에서 이곳 사람들을 써야 말이디. 울분에 가득 차서 집 안에 갇혀 있는 신세라 화났다 하멘 무서울 거다. 더구나 복출 도련님이 저 꼴이니 디금 화풀이할 데가 없어서 몸살이 나 있어. 그르느꺼니 조심해야 한다. 내 말 알아듣간?"

"아버지레 메라 해두 내레 그 병신자식 앞에서 절하디 않을 터이느꺼니 두구보시라요. 절대로 허리를 구부리구 병신터럼 죽는 시능을 하지 않을 거야요. 한 대 쥐어박고 발로 칵 짓이기구 압록강을 건너 도망가버리면 되잖아요."

이런 대석(大石)을 앞에 놓고 이 백정은 끝 간 데 없는 불안을 감지했다. 광대도 갓과 망건을 쓰는데 유독 백정에게만

히용되지 않고 있으니 니이 들어기며 대석이 이걸 견딜 수 있을까? 연례적인 대제 때마다 양반들의 요구에 무보수로 짐승을 잡아주며 지방 관아의 아전들에게 재물을 수탈당하며 학대를 받아야 하는데 대석의 성품이 그걸 이겨낼까. 백정은 백정임을 자랑으로 알아야 한다는 것은 그가 경상도 고향을 떠나 무조건 북으로 도망쳐서 의주에 와 정착하는 동안에 체험한 새로운 경험이었다.

"소를 잡는 것이 싫어서라무니 압록강을 건너 도망간다는 게냐?"

"내레 백정이란 신분이 징그럽게 싫어요. 백정은 공동묘지에 다른 사람들과 묻혀도 안 된다, 굴건제복 해서두 안 된다, 장가들어도 아들을 낳아야 상투를 틀어 올릴 수 있다, 아들을 낳지 못하면 할아버지레 되어두 봉두난발해야 하는 백정이 메가 돋아요. 백정의 집 지붕에는 기와를 얹는 걸 나라의 법으로 금한다, 여자는 비녀를 꽂을 수 없다. 오마니레 비녀를 가끔 숨어서 방 안에서만 꽂는 걸 내레 숨어서 봤단 말이야요. 이 세상은 온통 백정들 들볶는 재미로 살아가는 것터럼 보여요."

어린 아들의 입에서 폭포수처럼 쏟아져 나오는 너무나 영악한 말에 이 백정의 팔뚝에 닭살이 돋아났다. 이 아이를 장차 어떻게 해야 할꼬 하는 한탄이 절로 흘러나왔다. 백정에게 이런 의식이 있다는 것은 살아남지 못한다는 뜻이다.

"대석아! 내 말을 들거라. 우리 백정은 특이한 명을 받은 사람들이다. 우리레 이 땅에서 사는 건 우리 백정만이 할 수 있는 특별한 일을 맡았기 때문이다. 그러니 다른 사람들이 우릴 천시할 수밖에 없지 안칸?"

　조선의 영의정인 황희가 8개의 천민 계층을 확정하지 않았던가. 노비, 기생, 노래와 익살로 사람을 웃기는 광대, 공장, 무당, 승려, 상여꾼, 백정이 있다. 백정 계급은 세종 5년인 1423년에 시행되었으니 근 오백년 간 제일로 천대를 많이 받아 서럽고 서럽게 살아온 천민이 바로 백정인데 무슨 말을 하려고 아버지가 저러나 싶어 대석은 의아한 눈길을 아버지의 얼굴에 던졌다.

　"양반들이 소를 잡는 걸 보았더냐?"

　"아닙니다."

　"고럼 농사짓는 사람들이 소를 잡는 걸 보았더냐?"

　"농사꾼이 어드렇게 소를 잡습네까?"

　"바로 기거다. 소를 잡는 일은 바로 백정만이 할 수 있는 특권이다. 소는 영물이다. 소는 다른 즘승하구 다르다. 넷날에 천왕의 아들이 천왕만 잡숫는 복숭아를 몰래 따먹었단다. 천왕이 다스리는 나라에서 모든 걸 다 왕자레 먹을 수 있으나 오직 한 나무에 열리는 복숭아를 천왕만이 먹는 것이니 먹지 말라는 엄명을 내렸더랬는데 길쎄 호기심이 발동한 왕자레 기걸 따먹었지 머냐. 천왕이 먹으면 괜찮았는데 왕자레 숨어서 몰래 복숭아를 먹자 뿔이 나구 노란 털이 머리부터 나기 시작하더니 차츰차츰 소로 변해서 나중엔 두 다리레 소 다리가 되구 꼬리꺼정 달린 황소로 변해버렸지 머냐. 소로 변한 왕자를 본 부왕은 대로하여 하계(下界)로 내려보냈다는 구나. 세상에 내려가서 사람들에게 고역을 당하다가 죽으멘 그 혼백만은 상계로 다시 올라오게 해준다구 하며 소가 된 왕자를 이 세상에 내려보낸 거란다. 너 이런 사실을 알간?"

"기럼 소는 죽어야 상계로 올라가겠네요?"

"맞아. 그러느꺼니 그 일을 맡은 우리 백정은 소를 천왕이 계신 곳으로 보내주는 어마어마한 일을 맡은 사람들이다."

"아바지레 기걸 믿습네까?"

"고럼, 조상들이 대를 물리면서 소를 잡을 적에 외우는 염불을 들어보라우."

봄철에 눈이 녹아 만산에 꽃이 피니
풀 뜯던 우공태자(牛公太子) 극락에 가는구나
저리고 아픈 고역 속세 인간 위해 바쳐
극락에 계신 천왕님 그대를 가상타 하리
관세음보살 하감하소서 나무아미타불

대석은 봄에 소를 잡을 적에 소의 머리를 붙들고 경건하게 읊조리는 아버지의 염불을 들으며 자라나지 않았던가. 대석을 잠재우며 불러주던 어머니의 애무요보다 훨씬 감미로운 것이 그 염불이었다. 그러고 보니 봄에 소를 잡으며 외우는 염불이나, 가을이나 겨울의 염불을 철들어 곰곰이 생각해 보니 모두 소를 상계로 보내주는 염불이었다.

"우리 백정이 소를 잡을 때 반드시 왼손을 쓰는 걸 너두 알디? 왼손은 신성한 것이다. 모두가 오른손을 쓰지만 소를 극락으로 보낼 적에는 왼손을 쓴단다. 이게 우리 백정들의 관습이구 법이니꺼니 너두 기걸 기억해라."

이 백정은 숫돌에 한 시간이나 갈아서 빛이 번쩍이는 칼을 햇살에 비춰보고 조금이라도 얼룩진 곳이 없나 정성껏 살폈다. 아버지는 매일 숫돌에 칼을 갈아 날을 세우며 보물처럼 위했다. 줄곧 닦은 칼은 언제나 콩기름을 발라놓은 듯 윤이 흘렀다.

"대석아! 대물림한 이 칼을 일생 소중히 여겨라. 이 칼로 소를 극락에 보내주는 것이다. 소는 죽어야 극락에 가느꺼니 원망하지 않구 고맙게 여기면서 떠나가구 마지막 남은 몸까지 사람을 위해 다 바치는 거다. 소를 죽이는 백정들두 소를 죽여주어 극락에 보내는 착한 일을 하느꺼니 소와 함께 극락으로 가는 도를 닦고 있는 거다. 소를 죽여 상계로 올라가게 하는 백정의 일을 그래서 아무나 못하는 거다. 알아들었지, 이 아바지 말을?"

이 백정은 박진사댁 둘째 아들 무출 도련님의 백일에 쓸 소를 잡으려고 동네 다른 백정들과 함께 도장으로 가고 대석은 복남이를 만나러 국제고개를 넘었다. 아버지가 이렇게 긴 이야기를 그에게 해준 것은 처음이었다.

'백정은 옥황상제의 아들을 돌보는 일을 맡은 사람이구나. 이 일은 우리 백정만이 하는 신성한 일이구. 소레 옥황상제의 아들이라니! 내레 이제부터 소고기를 먹디 말아야디. 아아! 내레 자랑스러운 백정의 아들이구나. 소레 가는 극락에 갈 수 있는 선택되어진 사람이느꺼니. 양반은 못 가는 곳이야. 소들이랑 우리 백정만 가는 곳이 따로 있었다니!'

이런 생각을 하며 대석은 깨구막질(앙감질)도 하고 콧노래도 부르며 고개를 넘었다. 그때 국제고개 밑에 자리 잡은 서당에서 아이들이 나오고 있었다. 대석처럼 검정 버선을 신은 아이는 하나도 없었다. 모두 흰 눈처럼 깨끗한 버선을 신고 천자문을 옆구리에 끼고 있었다. 눈부시게 호사스러운 옷차림이었다. 아버지가 말한 대로 길가로 물러서야 할 것인가, 말 것인가. 잠깐 멈칫거렸다. 지금까지 수없이 이 고개를 넘어 다녔어도 이렇게 서당 아이들과 맞닥뜨린 적은 없었다. 그러나 아버지의 말이 무섭게 그를 잡아당겨서 급히 길가로 물러서서 등을 돌리고 허리를 깊이 숙였다.

"데거이 머이가? 백당넘이 아닝가?"

"맞아. 서문골 백당이야. 퇴퇴… 재수 옴 붙었다. 백당넘을 만나다니."

서당에서 나온 세 아이는 신이 나서 푸푸거리며 장난기를 누르지 못하고 대석의 곁에 둘러섰다. 대석은 힘껏 당긴 활 시위처럼 허리를 앙당그렸다.

"야! 이 백당넘아. 머리를 더 숙여야디. 더 깊이 숙여, 아이 쿠! 냄새야. 소피레 몸에 엉겨 붙어서 썩었나 보디. 아유! 피 냄새야. 이 새끼야, 저리루 가디 못해? 하필이면 우리레 지나가는 길에 우덩 가디 않구 바짝 붙어 서 있으면 어드렇게 하려구?"

한 아이가 대석의 정강이를 팍 걷어찼다. 다른 아이도 질세라 대석의 머리며, 궁둥이, 나중에는 넓적다리까지 신나게 동네북처럼 걷어찼다. 셋 중에 제일 키가 작고 얼뜬 복출이도 뒤뚱대며 합세를 했다. 나무를 패듯 사정없이 날아오는 세 아이의 몰매를 견디려고 이를 악물었다. 이걸 참지 못하면 아버지가 고향을 등지고 도망쳤듯이 의주를 떠나야 한다고 하지 않던가. 매를 피하기 위해 대석은 얼굴을 두 손으로 감싸고 무릎을 배에 딱 붙여 뱀이 똬리를 튼 것처럼 몸을 동그랗게 말았다.

"칼도매기 위에 올려놓은 뱀당우(뱀장어)터럼 와 이리 꿈틀거리간?"

"요 행배리 같은 넘아, 와 가만 있디 않구 자꾸 빠져나가네?"

"재기차기보다 더 재미있다. 야아! 이 백당넘이 사람터럼 아픈 걸 아는 모양이다. 이 백당 새끼레 하늘 턴 재두 배우디 않구 사느꺼니 즘생이디."

"얼굴을 팍 때려야디, 얼굴을. 복출아 너레 얼굴을 때려라."

다른 아이들과 동질화되어 지내려고 복출은 땀을 삐질삐질 흘리며 발길질을 열심히 했다. 짚신을 신었더라면 덜 아팠으련만 갖신은 돌처럼 딱딱해서 대석은 손으로 얼굴을 가렸건만 어딘가 터져서 피가 연신 입으로 흘러들어왔다. 서서히 분노가 치밀었다. 왜, 왜 내가 맞아야 하는가. 무엇을 잘못했단 말인가. 백정은 이렇게 개처럼 맞아야 하는 것인가. 깊고 파란 봄 하늘에서 종달새가 울었다. 손가락 사이로 바라본 하늘은 아지랑이로 아른거리고 봄 햇살에 힘을 얻는 봄바람이 따스한 숨결로 그의 몸을 어루만졌다.

"복출아 잘한다, 잘해. 더 세게 걷어차라. 더 세게. 어여차, 어여차, 더더…."

두 아이가 복출을 부추겼다. 다른 친구들에 비해 키가 작고 병골인 것을 만회라도 하려는 듯 복출은 비틀대면서도 질세라 힘을 다해 대석을 걷어찼다. 울뚝 분노가 폭발했다. 대석은 얼굴을 가렸던 손을 떼고 발딱 일어섰다. 미움과 분노로 붉어지고 독기가 뿜어 나오는 눈으로 복출의 얼굴을 노려 보았다. 땀으로 얼룩진 창백한 얼굴에 실눈을 한 복출은 힘이 진해서 어깨 숨을 쉬며 식식거렸다. 목이 양 어깨 사이로 푹욱 묻힌 복출은 대석의 어깨 밑에 드는 조그마한 꼬맹이였다. 대석은 두 주먹을 불끈 쥐었다. 전신에서 힘이 솟구쳤다. 우리 백정들은 옥황상제의 아들인 소를 상계(上界)로 보내는 신성한 일을 수행하는 사람들이다. 우리 백정들은 소들을 이승에서 저승으로 보내주었기 때문에 소를 따라 극락에 갈 사람들이다. 이런 백정을 들볶는 저 애들은 이 땅에서 양반이지만 죽어서는 지옥으로 갈 아이들인데 무얼 두려워하고 피한단 말이냐.

"요노무 믹재기(미련한) 백당 같으니라구. 백당 새끼레 눈을 똑바루 뜨구 양반을 쳐다보면 어카갔다구 기래. 복출아 널 보구 있디 않네. 저 눈을 손가락으로 푹 찔러서 눈알을 빼버려."

아이들의 말을 듣고 진짜로 복출은 손가락을 갈퀴처럼 오므리고 대석에게 덤벼들었다. 대석은 뒷걸음질을 치며 지난 정월 보름 전날 어머니와 함께 박진사댁 솟을대문 앞에서 당했던 일이 주마등처럼 머리에 펼쳐졌다.

어머니는 껌정물 들인 무명치마를 입고 있었고 대석이 역시 검은 버선에 껌정물을 들인 바지 차림이었다. 어머니는 비녀를 꽂지 못하고 머리를 똬리를 틀듯 두르르 감아 트레머리를 얹었다. 그 머리에 아침에 잡은 소의 가장 좋은 부위인 안심과 갈비를 나무함지에 가득 담아 이고 나머지는 대석이 지게에 지고 갔다. 어머니는 머리에 인 나무함지가 무거워서 고개를 넘으며 자주 멈춰 서서 가쁜 숨을 몰아쉬었다.

"오마니, 이거 모두 개지구 가면 얼마나 받디요?"

대석이 지고 가는 지게의 고기도 상당량이라 어머니처럼 숨이 가빴고 이마를 타고 흘러내린 땀이 눈 속으로 들어가 따끔거렸다.

"주는 대로 받아야디. 많이 주면 고맙구 조금 주멘 억울해두 참아야디. 메라고 했다가는 여기서 살 수가 없다."

"제 맘대로 고기 값을 준다는 거 이상하디 않습네까? 와 그래야 하디요?"

"대석아! 깊이 생각하디 마라. 양반이 곧 법이느꺼니 우리는 그저 죽은 듯이 끌려가며 살아야 하는 거를 잊어삐리지 말거라."

"오마니, 내레 미움을 주체 못 하겠습니다. 속상함을 누를 수가 없습니다."

어머니의 음성엔 언제나 마력적인 힘이 서려있어서 묵묵히 어머니를 따라가며 대석은 분을 속으로 삼켰다. 박진사댁에 이르자면 개울 위 돌다리를 건너야했다. 어머니가 다리 난간에 이고 가던 소고기 함지를 잠시 내려놓고 숨을 돌리는 순간 솟을대문이 열렸다. 박진사가 앞장서고 곽서방이 뒤를 따랐다. 박진사를 이렇게 가까이서 보는 것이 처음인데다 갑자기 당한 일이어서 대석은 멀뚱하게 서서 박진사를 쳐다보았다.

"대석아! 날래 엎디리라우. 여기가 어디 안존이라구 너 고렇게 꼿꼿하게 서서 쳐다보간. 너 죽으려구 환장했네?"

대석의 어머니는 무릎을 꿇고 두 손으로 땅을 짚고 포옥 엎드려서 아들에게 속삭였다. 거지처럼 검은 옷을 입은 모자가 에미는 꿇어 잎디있는데 아들 너석이 당돌하게 목에 힘을 주고 서있지 아니한가. 그들의 곁에 놓여 있는 나무함지를 흘끔 쳐다본 박진사의 이마에 깊은 주름이 잡혔다. 검정 무명보자기로 덮어 놓았건만 핏물이 흥건히 고여 있었기 때문이다.

"백당들 아닝가. 쯧쯧…."

노기 띤 박진사의 음성이 차갑고 칼칼했다. 대석은 머리를 꼿꼿하게 세우고 박진사의 얼굴을 겁도 없이 쳐다보았다. 희다 못해 푸른 기운이 감도는 얼굴이 꼭 돌아가신 할아버지의 얼굴이었다. 거적에 두르르 말아 지게에 신기 전 마지막 본 할아버지의 얼굴이 그랬었다. 살아 있는 박진사의 얼굴이 생명이 떨어진 할아버지처럼 보이다니! 총감투를 쓴 얼굴에 검은 수염, 하관이 빠르고 높은 코에 기름한 얼굴 위로 압록강 찬바람이 설렁거렸다.

"어허! 고얀놈! 눈을 동그랗게 뜨고 날 노려보면 어쩌자는 겐가?"

곽서방이 잽싸게 달려와서 대석을 강제로 꿇어앉히고 엎드리게 했다.

"이 넘이 아직 잠이 덜 깼나. 와 이래? 날레 엎디리라우."

그때 복출이 서당에 가느라고 천자문을 옆구리에 끼고 나왔다. 그 뒤를 늘씬하게 큰 문한이 호위를 하듯 바짝 붙어 서 있었다.

"이 백당 새끼레 아침부터 와 여길 왔네?"

박진사는 곽서방이 대석을 강제로 꿇어앉히는 걸 보고는 뒷짐을 지고 몸을 뒤고 발딱 젖히더니 천천히 앞만 보고 갈

지(之)자로 걸어갔다. 이런 뒤를 박진사처럼 뒷짐을 지고 걷던 복출이 갑자기 되돌아오더니 엉거주춤 일어서는 대석의 머리를 발로 걷어찼다. 너무나 갑작스러워서 대석은 힘없이 옆으로 픽 쓰러졌다. 갖신의 딱딱한 감각이 뺨에 느껴지면서 끈적끈적한 피가 얼굴을 타고 흘러내렸다. 순간 대석은 발딱 일어나 명주처럼 하얀 복출의 얼굴을 도끼눈을 뜨고 노려보았다. 다행히 곽서방이 가려서서 위기를 무사히 넘겨주었다.

지난 정월 보름 전날 솟을대문 앞에서 일어났던 일을 떠올리며 대석은 두 주먹을 불끈 쥐고 복출 앞으로 한 발자국, 두 발자국 다가섰다. 복출은 뒷걸음질을 치며 뒤로뒤로 물러나다가 바랭이와 수박풀이 무성한 길가까지 와서 더 이상 갈 곳이 없자 주춤 멈춰 섰다. 봉두난발을 하고 검은 버선에 검은 바지를 입은 대석은 거인처럼 힘이 있어 보였다. 길가까지 밀려서 더 이상 갈 데가 없어지자 복출은 울상을 지었고 어쩔 수없이 대석과 바짝 몸을 맞대고 섰다.

"백당넘이 와 이라네. 너 덩말 양반 손에 죽으려구 기래?"

복출의 하얀 이마 위에 파란 실핏줄이 실지렁이처럼 꿈틀했다. 다른 두 아이는 대석의 위력에 눌려서 주위를 두리번거렸으나 국제고개 밑엔 들판이 질펀하게 펼쳐졌을 뿐 사람의 그림자도 없었다. 그렇다고 서당으로 뛰어가 노 훈장을 불러오기에는 거리가 너무 멀었다. 숨 막히는 순간이었다.

"백당두 똥싸구 오줌 누구 밥을 먹는다. 양반들터럼 슬프구 아프구 배고프구 기렇다. 우리 백정은 즘승이 아니구 극락에 갈 사람이다."

대석은 아주 바짝 복출의 코앞까지 다가섰다. 겁에 질린 복출은 대석의 가슴팍을 밀었으나 바위처럼 단단한 대석의 힘에 되밀려 벌렁 뒤로 넘어지면서 둔덕 아래로 굴러 떨어졌다. 순식간에 일어난 일이었다. 백정의 아이들은 그까짓 높이에서는 아무렇게나 굴러도 오뚝이처럼 발딱 일어나는데 복출은 널브러져서 목이 비틀린 닭처럼 버둥거렸다. 아! 백정하고 양반하고 다른 점이 저런 것이구나 하는 생각을 하며 대석은 벌렁 뒤로 나동그라져 버둥대는 복출을 내려다보았다.

"우와! 백당넘이 양반을 팼다. 쌍놈의 백당이 양반을 때려 죽이려 했다."

두 아이는 향교동 쪽을 향해 뛰어 달아났다. 곽서방이 오고 곰보댁이 오고 봉수도 오고 문한이 오고 한참 시끌벅적했다. 대석은 박진사댁 사랑 마당으로 끌려갔다. 박진사가 마루 끝에 앉아 장죽으로 무섭게 댓돌을 두드렸다.

"백당넘이 감히 양반을 무엇으로 알구 손찌검을 해?"

"때린 적이 없습니다."

"아니, 저 조고만 넘이 말대꾸를 해. 역시 방치(다듬잇방망이)로 맞아야 할 백당넘이로고!"

박진사의 쇳소리 나는 음성에 사랑 마당에 선 나무들까지 떠는 듯했다.

"날레 잘못했다구서리 빌디 못간? 두 손을 모으고 싹싹 빌디 못간?"

곽서방이 옆에서 허리를 굽실거리며 대신 빌 자세로 대석을 다그쳤다.

"내레 잘못한 거 없습네다. 빌 것이 먼지 모르갔습네다."

담 구석에 쪼그리고 앉은 복남이의 눈이 대석과 마주쳤다.

눈물이 그렁그렁 고인 눈이다. 곧 울음이 터질 듯 겁에 질려 있는 얼굴이다. 하필 그 얼굴 위로 어머니의 얼굴이 겹쳤다.

'참아라. 죽으면 안 된다. 살고 보자. 사노라면 무슨 수가 날 것이다.'

어머니의 절규가 대석의 귀를 스쳤다.

"저 넘을 멍석에 말아 심히 쳐라. 양반을 몰라보는 백당넘 같으니라구!"

"아이쿠! 주인마님 멍석말이 맞기엔 아즉 어렵니다요. 이 넘아 날레 빌지 못할까? 살려달라구 빌어라. 요노무 믹제기 (미련한) 두상아."

그래도 대석은 눈에 독기를 잔뜩 품고 목에 힘을 주고 빳빳하게 앉아있다. 어떻게 하든 위기를 넘기려고 곽서방이 대석이를 어르며 빌라고 야단이다.

"자넨 그 아이 아바진가? 와 이 냐단인가? 맨제 멍석을 내오라우."

"진사님, 소문에는 그 아이의 아바지레 백당이긴 하디만 힘이 항운데 길쎄 넌지알(연자방앗돌)을 팽가티멘 의주 압록강에 뚤릉 떨어제서 그 물방울이 튀어서 우리 집 텅간에 떨어진다구 합네다. 그러느꺼니 가만 내비리두는 거이 돟을 듯합네다."

박진사의 하얗다 못해 노리끼리해진 얼굴의 턱수염이 덜덜 떨리는 것이 완연하였으나 대석은 눈 하나 깜짝하지 않고 그대로 앉아있었다. 맞아서 이 자리에서 죽으리란 오기가 억누를 수 없이 그의 마음을 사로잡았다. 죽음을 각오하니 사랑 마당의 정경이 눈에 선연하게 들어왔다. 정심수 밑에 놓인 돌화도 보이고 행랑마당으로 뚫린 중문도 보였다. 안채와 연결된 일각대문도 보이고 물이 찰랑찰랑하게 괸 연못도 보였다. 봄 하늘에 연한 구름이 느릿하게 흘러가며 토끼도 되고 황소도 되었다. 바람도 달게 불었다. 복남이의 등살에 단 한 번도 들어와 보지 못한 솟을대문 안의 사랑채를 대석은 맘껏 바라보았다.

그때 느닷없이 대석의 입에서 개똥벌레 노래가 터져 나왔다. 왜 그랬는지 모르지만 죽음을 결심하고 나니 우습게도 입이 닳게 의주성 밖을 달리며 불렀던 노래가 터져 나온 것이다.

개띠벌기 또옹또옹
개띠벌기 또옹또옹
더기에는 띠 있구.
여기에는 청밀 있다.

"아니 저 아레 개띠벌기 노래를 부르네. 복출 도련님을 밀친 것도 따지구 보멘 저런 믹제기 두상에서 나온 거이느꺼니 주인 나으리 용서해주시라요. 이 백당넘아! 얼렁 데펜 뜰악 모캉이루 가서 개지(강아지)터럼 빌지 못할까?"

곽서방은 어떻게 해서든지 대석이를 박진사 앞에서 빼내려고 안달이다.

"양반을 모욕한 백당을 그냥 내놓을 수는 없다. 날레 멍석을 내오라니까."

대석은 멍석에 말려 몽둥이로 무섭게 맞기 시작했다. 매를 든 봉수의 끙끙거리는 신음을 들어가면서 대석은 이를 앙다물고 울지를 않았다. 사랑채의 소란한 소리가 안채까지 들렸는지 옥비녀 쪽을 찌고 남색치마에 분홍저고리를 받쳐 입은 마님이 일각대문을 밀치고 사랑 마당으로 들어섰다. 백정이라지만 아이를 멍석말이로 치는 걸 보고 언짢은 얼굴을 했다.

"내일이 우리 무출이 백일입니다. 이렇게 경사스러운 날을 앞에 두고 집안에 피 흘리는 일이 있으몐 상서롭지 못합니다. 저 아는 백당이라 하지만 아직 어립니다. 잘못한 거이 있으문 때리지 말구 냐단치시라요."

나지막한 마님의 음성이 나무를 하러 깊은 산 속에 들어가 팔베개를 하고 누웠을 적에 산기슭을 스쳐가는 산들바람 소리처럼 부드러웠다. 멍석에 둘둘 말려 있는 탓도 있겠으나 인자한 마님의 목소리에서 어머니를 떠올리며 그제야 대석의 눈에 눈물이 고였다. 멍석에서 풀려나며 대석은 마님을 훔쳐보았다. 키가 아주 작고 여윈 모습이었다. 보호본능을 자아내는 아주 가냘픈 자태였다. 몸에 비해 쪽진 머리가 너무 커서 무거워 보였다.

"으흠, 으흠. 임자 마음이 그렇다니 내 참디."

"아바지레 때려두지 않으몐 뼈다구가 뭉그러지게 내레 때리갔수다."

옆에 서서 구경을 하던 복출이가 멍석에서 풀려나와 일어서질 못하고 몸을 비트는 대석을 발로 누르고 서서 고함쳤다. 사랑채의 기와지붕과 사랑 마당의 고고함이 주는 위력 밑에 서 있는 복출은 들판이나 길에서 본 그런 복출이 아니었다. 위엄 있게 호령하는 태도는 몸이 작은 병신이지만 양반은 양반이었다. 봉수가 어릿대며 마지못해 기져다 준 막대기로 복출은 닥치는 대로 때리기 시작했다. 박진사의 얼굴에 만족한 미소가 스치는 반면 마님은 한숨을 푹 쉬면서 댓돌 위에서 마당으로 내려섰다.

"몽둥이루 고만 테라. 감정으로 사람을 치는 건 대장부레 할 짓이 아니다."

어머니 말에 작대기를 내던지고는 복출이 감정을 이기지 못해 투덜댔다. 봉수의 등에 업혀 솟을대문을 빠져나오며 대석은 그제야 소리 내지 않고 이를 악물고 울었다. 멍석에 말려 맞았는데도 다리를 움직일 수가 없다.

"너 오늘 죽을 뻔했다. 백정이 동헌에 불려가는 줄 아네? 백정은 양반의 밥인 걸 너레 덩말 몰랐네? 양반들 마음대로 곤장을 치구 형틀에두 올려놓디 않구서리 땅바닥에 놓구 몽둥이루 테서 뻬다구레 부러져두 고만이야. 백정을 죽여두 누구 한 사람 머라 하지 않는 걸 너 덩말 몰랐네? 이러구 아파 둔눠 있으맨 어카갔네. 머이던지 우덩 이 펜에서 믹제기인 척해야 살지 안카서?"

4

네 사람의 의주 청년들 앞에서 눈물을 글썽인 사람들은 영국인 로스 목사와 그의 매부 매킨타이어 목사였다. 이들이 영국이란 머나먼 땅에서 고려문까지 오게 된 이유는 이러했다.

중국 상해에 선교사로 파견된 토머스 목사는 아내를 낯선 땅에서 병으로 잃고 깊은 시름에 잠겨있었다. 그러던 중, 조선 땅에 아직 개신교가 들어가지 못했다는 소식을 듣게 되었다. 고집스럽게 문을 닫아놓고 외국과의 교역도 거절하는 미지의 나라가 바로 옆에 있는 조선이란 나라였고 이 나라에 대한 불붙는 마음을 토머스 목사는 누를 수가 없었다. 게다가 변장을 하고 조선에 숨어들어간 프랑스의 천주교 신부들이 연이어 회자수의 칼날에 목이 잘려 죽었다는 소문과 전도를 받고 신자가 된 수많은 천주교 신자들이 참형을 당하고 있다는 끔찍한 소식도 중국에 파다하게 나돌았다.

그 나라에 가서 내 인생을 바치리라. 아내도 선교지에서 죽은 마당에 무얼 두려워할 것인가. 조선에 가리라. 가서 임금과 독대(獨對)해서 문호를 개방하리라. 그때 마침 중국에 도망온 천주교인 김자평(金子平)을 만나게 되었다. 그를 앞세우고 중국 배를 빌려 타고 황해도 웅진군의 작은 섬에 도착해서 가지고 온 한문성경을 섬 주민들에게 나누어 주며 조선어를 익혔다.

1865년 하늘이 청명한 가을이었다.

"김자평 씨, 지금 당장 한성으로 가서 임금을 직접 만나 담판을 냅시다."

"그건 절대로 안 되는 말씀입니다. 서학(西學)이란 인류에 어긋나고 혹세무민(惑世誣民)하는 못된 무리의 사교이니 금한다는 척사윤음(斥邪綸音)에 젖어있는 임금을 만나러 간다니 큰일 날 소리 마시오."

"도대체 척사윤음이 무엇이오?"

토머스 목사는 왕을 직접 만나 대화를 해보지도 못하고 무조건 배척당한다는 것을 이해할 수가 없었다. 서로 만나 어떤 일로 조선에 왔는지 이야기를 듣고 조선을 위해 좋은 것이라 판단되면 허락해 주면 되는 것이지 무조건 도리질을 하고 죽인다는 것은 무언가에 꽉 막혀 앞을 보지 못한다는 뜻이다.

　　"척사윤음은 사학을 배척하는 임금님의 말씀이란 뜻입니다."

　　"세상에! 편견과 아집에 빠져 예수님을 무조건 거부하다니!"

　　"척사윤음에서는 야소는 흉악한 죄인으로 국법을 어겨 사형을 당했는데 그 제자들이 거짓으로 야소가 부활했다고 만들어낸 극악한 종교라고 했답니다."

　　황해 앞바다 작은 섬 오두막집에서 조선 땅을 바라보며 임금을 만나러 궁궐로 들어가자는 양인(洋人) 목사의 강권과 갈 수 없다는 김자평의 말씨름이 한창이었다. 저들의 말싸움만큼 파도소리가 요란했다. 바람이 일기 시작했다. 거센 풍랑은 날이 갈수록 심해져서 섬의 웬만한 집들의 지붕이 전부 날아가버리는 태풍이었다. 엄청난 폭풍우는 두 달이나 계속되었다. 황해도 서해안에 발이 묶인 토머스 목사는 한문성경을 주민들에게 나누어주며 조선 사람들과 친분을 맺었다.

　　'국왕을 만나서 당당하게 선교 자유를 얻어야 하리.'

　　토머스 목사는 짚더미처럼 우르릉대며 밀려오는 허연 파도를 바라보며 다짐을 했다. 그 옆에 바짝 붙어 서서 파도치는 바다를 바라보던 김자평은 답답하다는 듯 머리를 세차게 흔들었다.

"임금은 어리고 허수아비입니다. 임금의 아버지가 권력을 휘두르고 있는 판이고 강하게 쇄국을 주장하고 있어 절대로 들어갈 수 없습니다. 지금 민심이 얼마나 흉흉한지 아십니까. 양반들이 갑자기 불어나서 너도나도 양반이라고 야단이고 부패는 극에 달해 옳고 그름을 판단할 능력이 없는 상태입니다. 천주님의 때를 기다려야지 무조건 지금 한성으로 간다고 발을 들여놓으면 궁궐에 가기도 전에 잡혀 죽습니다."

오랜 가뭄 끝에 불어 닥친 폭풍우는 20년 만에 처음 보는 것이라고 했다. 하나님께서는 지금 너희들이 조선 땅에 들어갈 시기가 아니라고 꾸중이라도 하려는 듯 폭풍우를 통해 거세게 호령했다. 할 수 없이 중국으로 돌아간 토머스 목사는 조선에 다시 들어갈 기회를 노리다가 미국 상선 제너럴셔먼호를 얻어 타기에 이르렀다. 미국인 선주 프레스턴은 일본, 중국과도 교역이 트였으나 유일하게 문을 닫고 있는 조선이란 나라에 강한 집념을 불태웠다.

상선에 토머스 목사를 태운 것은 조선어를 짧게나마 구사할 수 있는 사람이라 도움을 얻을까 하는 의도에서였다. 미지의 나라 조선에 누가 먼저 손을 대느냐에 따라 돈을 얼마나 벌 수 있느냐 하는 이득이 얽힌 문제였다. 장사꾼의 배이면서도 군함처럼 무기를 설치한 상선에 포목, 유리제품, 철제품을 잔뜩 싣고 대포를 갑판에 설치하고 24명의 선원들은 총으로 무장했다. 통상을 요구하는 양인의 상선에 대항해서 평양 시민들은 열사흘을 싸워 배에 승선한 사람 모두를 죽여버렸다. 이것이 세상을 떠들썩하게 만든 제너럴셔먼 호 사건이고 스물일곱 살 토머스 목사의 죽음은 로스와 매킨타이어 목사의 마음에 성령의 불을 댕겼다.

그럼 로스와 매킨타이어 목사가 머무른 우장(牛莊)이란 어떤 곳인가? 우장은 봉천(奉天) 서남쪽 영구(營口)라는 항구 바로 북쪽에 위치한 한적한 마을로 영국영사관과 세관이 있는 곳이다. 우장에 자리를 잡은 두 선교사는 이따금 조선 사람을 만나기 위해 조선의 국경도시 의주에서 1백20리 떨어진 고려문에서 서성거렸다. 고려문은 조선인들이 중국에 들어가는 관문이라 그곳에 가면 조선 사람을 만날 수 있기 때문이다. 압록강 대안에 서서 조선의 산하를 바라보았다. 흰옷을 입고 거니는 조선 사람을 멀찍이서 보기만 해도 가슴이 뛰었다. 그러다가 이응찬을 만났고 그 일행인 의주 청년들을 만났으니 로스와 매킨타이어 목사의 눈에 눈물이 고일만 했다.

의주 청년들 중에서 가장 간절하게 서양인을 만나고 싶어 했던 사람은 백홍준이었다. 아버지가 중국서 가져온 성경과 훈아진언이란 책을 이미 통독한 그였다. 국법을 어기는 것이 두려워 망설이던 중이었는데 고려문에서 서양인들과 마주쳤으니 기막히게 좋은 기회를 잡은 셈이었다. 더구나 이응찬이 양인들과 함께 머물고 있다고 하지 않는가.

"우리는 조선어와 조선의 역사를 가르쳐줄 사람을 찾고 있습니다."

중국인 통역관이 유창한 조선말로 중간에 끼어들었다. 모두들 두려운 표정을 지었고 무거운 침묵이 흘렀다. 이때 백홍준이 담대하게 나섰다.

"조선어를 가르쳐주면 어떤 대우를 해주시렵니까?"

"후한 월급을 주고 서양과학을 가르쳐주겠다 합니다."

서양과학을 가르쳐준다니 백홍준이 얼마나 바라던 일이던가! 게다가 돈까지 준다고 하지 않는가. 이건 금상첨화였다. 압록강을 건너 멀리 중국 땅에 와서 양인과 접촉하는 것이니 숨어만 지낸다면 의주에 있는 가족들도 무사할 것이고 서양과학을 배워가지고 간다면 조선에도 이득이 되는 일이 아닌가. 생각이 이에 이르자 백홍준은 바짝 구미가 당겼다.

"우리 중 한 사람만을 조선어 선생으로 쓰겠단 말씀입니까?"

서당 훈장을 떠올리며 이렇게 물었다. 여럿이 배워도 선생이 하나면 족하기 때문이다. 그렇다면 나머지 친구들은 어떡해야 할지 그것도 문제였다.

"이응찬은 그대로 로스의 가정교사로 남고 세 사람 다 쓰겠답니다."

모두들 입이 떡 벌어졌다. 해서 네 사람은 로스와 매킨타이어 목사를 따라 우장으로 가게 되었고 그 순간을 도검돌이 목격했던 것이다. 의주 청년들은 모두 호기심에 들떠서 코뚜레를 낀 소처럼 이상한 힘에 끌려 줄줄 따라나섰다. 홍삼장수 도검돌만 겁에 질려 줄행랑을 쳤고 네 사람은 각각 영국 세관장, 병원장, 로스와 매킨타이어 목사의 조선어 가정교사가 되었다.

이런 연고로 의주의 네 청년들은 우장의 양인 집에 깊이 숨어버렸다. 그러니 도검돌이 고려문에 와서 그들의 행방을 찾아도 아는 이가 단 한 사람도 없을 수밖에. 박진사의 청을 받아들여 그들의 행방을 추적해야 하는데 너무나 완벽하게 자취를 감추어서 그들이 어디에 있는지 감을 잡을 수조차 없었다. 그는 무조건 우장으로 향했다. 거기엔 예수를 믿는 영국 선교사들이 세운 병원이 있고 세관도 있으며 양인들이 모여 사는 집들도 많은 곳이기 때문이다.

등짐에는 인삼이 그대로 있었다. 인삼을 팔면 비단과 천리경, 자명종, 철제품, 유리그릇 등 박래품을 사가야 하는데 인삼보다 부피가 크고 무거워 인삼을 그냥 지고 갔다. 봉천과 우장, 평양 세 도시는 똑같이 의주에서 5백리 길, 터벅터벅 등짐을 진 도검돌이 우장으로 접어든 산길이었다. 닭의 볏을 닮은 계관산(鷄冠山)은 높이가 비슷한 일좌(一座)의 산으로 1백리 길이 산악지대를 꿰뚫고 있어서 나그네의 설움이 왈칵 밀려왔다. 금석산(金石山)처럼 뼈만 남은 톱니 형상의 봉우리가 복잡 다양한 생김새를 자랑해서 금강산을 보는 듯했다. 영구를 통과하면 바로 우장이 나온다.

정치적 반란자의 유배지요. 거란족 몽고족 여진족의 끊임없는 침략과 약탈이 심했던 의주는 외족(外族)들의 귀화민(歸化民)이 많았다. 역사적으로 끊임없는 외세의 침략을 받으면서도 조정의 소외정책의 희생제물이 된 곳이 바로 의주였다. 그래서 의주 사람들은 자존(自尊)의 슬기를 터득해서 자립심이 강했다. 의주 출신인 도검돌도 예외는 아니었다. 입을 굳게 다물고 계관산 속을 두 주먹을 불끈 쥐고 영구로 뚫린 산길을 힘 있게 걸었다. 의주 성벽에 나 있는 조그마한 변문으로 서양 신부들이 얼굴을 덮는 커다란 삿갓을 쓰고 상복으로 가장하고 밀입국하는 통로도 바로 이 길과 통한다.

점복의 멀어버린 눈을 예수 씨는 고칠 수 있을 것이다. 그렇게 평양 주막의 도배지에 쓰여 있지 않았던가. 성경을 뜯어서 도배를 한 주막주인은 그런 놀라운 비밀이 벽지에 쓰여 있는 줄도 모르고 있으니 안타까운 일이다. 이번에 예수 씨를 만나면 평양으로 가서 전해주리라. 도검돌은 등에 매달린 홍삼 짐이 무거운 줄도 모르고 발바닥에 불이 나게 걸었다.

"아니, 이거 도검돌이 아닝가?"

갑자기 들려오는 자신의 이름에 얼굴을 들어보니 이응찬이 다가오고 있었다.

"이거 덩말 반갑습네다. 내레 박진사님의 부탁을 받구서리 나릿님들이 어드메 있나 찾아 나선 거 아닙네까?"

"쉬! 조용히 하라우. 우리레 서양인들과 함께 있는 걸 의주 사람들이 알면 큰일이다. 설마 의주 가서 소문낸 거는 아니디?"

"박진사님에게는 너이 분이 양인들에게 잡혀갔다구서리 내레 본대루 말했시오."

이응찬을 따라 도검돌은 로스 목사의 집으로 들어갔다. 아담한 양옥집 현관에 들어서니 네 청년들이 모두 함께 나와 반갑게 맞았다. 네 사람 다 얼굴들이 환했다. 살갗에 윤이 흐르고 눈에서는 빛이 났다.

"의주에서 우리들의 행방을 찾구 냐단이 갔디?"

"당사를 크게 하는 줄 알구서리 모두 기대리구 있읍네다."

"우리레 양인들과 함께 있다는 거 절대루 말하멘 안 되네. 우리 가족들이 물어두 모른다 하라우. 만에 하나 알려지면 기건 검돌이 자네책임이야, 알간?"

가족 이야기가 나오자 다들 얼굴이 어두워졌다.

도검돌은 호기심에 들떠 흘끔 안을 훔쳐보며 말했다.

"나리님들은 양인들 딥에서 멀 하십네까? 더 아낙을 딜다 봐두 됩니까?"

서로 눈치를 보며 대답을 피했다. 그때 로스와 매킨타이어 목사가 들어왔다. 그간 배운 조선어로 짧은 말을 구사했다.

"반갑습네다. 되선서 오신 손님입네까?"

"맞습니다요. 그런데 우리 나리님들이 예서 멀하구 있습네까?"

"여기서 서양과학두 배와주구 성경두 배와줍네다. 내일부터 한문성경을 되선말로 번역하려구 합네다. 되선 사람들이 이제 곧 되선글자로 쓴 하나님의 말씀을 읽을 수 있을 겁니다."

"하나님의 말씀을 읽을 수 있다고요? 고럼 예수님은 어디 있습니까?"

"아하! 예수님을 아십네까?"

"예! 피양에 갔다가 주막집의 도배지에서 읽어보았시요. 예수 씨레 쇠경두 고티구 문둥이두 고티구 물을 술루 바꾼다구 쓰여 있었디요. 제발 그 예수 씨를 만나게 해주시라요. 점 복이라는 아레 눈이 멀어 고통스러워 하느꺼니 내레 그분을 만나서 고텨달라구 매달리려 합니다. 어카문 예수 씨를 만나 디요?"

도검돌의 말이 길어지자 로스와 매킨타이어 목사는 무슨 말인가 해서 의아하게 의주 청년들을 보며 응원을 청했다. 이런 도검돌을 이응찬이 데리고 공부방으로 끌고 들어갔다. 이응찬, 김진기, 백홍준, 이성하 모두가 긴 책상에 서로 마주

보고 앉았다. 책상 위에는 한문성경이 여러 권 놓여 있고 그 옆에 종이와 붓들이 널려 있었다.

"우리레 여기서 양인을 도와 야소교 문서인 성경을 번역할 것이란 말이 되선에 알려지면 가족들이 모두 죽게 되네. 그러니꺼니 제발 입조심하라우."

"그카갔습니다. 기건 그렇구 얼렁 나를 예수 씨께 대불구 가주시라요."

"우선 내 서신을 박진사에게 전해주구 오멘 그때 우리레 예수 씨를 만나보구 자네에게 소개해주디."

이응찬이 급하게 편지를 써서 도검돌의 봇짐에 넣어주었다.

우장에서 의주까지 오백리 길을 도검돌은 발에 불이 나게 걸었다. 영구에서 인삼을 팔고 가벼운 비단과 자명종으로 바꾸는 일 말고는 부지런히 의주를 향해 뛰었다. 점복이의 눈을 고쳐주려면 박진사에게 편지를 전해주고 바로 되돌아서서 우장으로 가야 한다. 그동안 이응찬을 위시한 네 청년이 예수 씨를 만나보고 소개해 주겠다고 하지 않던가.

홍삼장수 도검돌이 의주 향교동의 박진사댁에 당도했을 때는 밤이 꽤 깊어서였다. 솟을대문 앞에서 한참을 지체했다. 늦은 시각이라 내일 오라고 봉수가 막아섰으나 도검돌은 급한 일이라며 무조건 몸으로 밀고 들어갔다.

"글쎄 밤이 깊어 내일 오라고 해두 막무가내입니다. 꼭 이 밤에 진사님을 뵙겠다구 냐단인데 어카갔습네까."

달빛에 드러난 나그네의 복색은 땀과 때에 절어 역겨운 냄새가 울컥 풍겼다. 사랑방의 대답도 기다리지 않고 무조건 도검돌은 댓돌 위로 올라섰다. 그제야 사랑방 문이 열리고

박진사가 일굴을 내밀었다

"쇠인 홍남동에 사는 도검돌입네다. 던할 편지레 있어 기두를 수 없어서 그캅네다. 이번에 중국에 홍삼을 팔려구 갔더랬던데 거기서 부탁하신…."

도검돌이 가슴을 풀어헤치고 깊이 간직해온 이응찬의 편지를 박진사에게 올렸다. 어떤 내용이 쓰여 있는지는 모르지만 어떻든 국법을 어긴 무서운 사람들을 만난 터라 편지를 가슴 판에 숨기고 고려문을 통과할 적에는 벌벌 떨었다.

순포(巡捕) 앞에서 어찌나 떨리는지 이빨이 딱딱 소리를 낼 정도였다. 어서 박진사의 손에 넘겨주고픈 마음뿐이었다.

편지를 받아서 호롱불빛 아래서 두루마리를 펴가며 읽는 박진사의 얼굴은 그다지 기분 좋아 보이지 않았다.

"우장에 있다고 했는데 게가 어디메쯤 되는가?"

"요동반도의 천산산맥(天山山脈) 뒤쪽에 있는 마을로 발해만 입구에서 얼마간 떨어진 곳입네다."

편지의 내용은 꿔간 돈을 약속한 기일 내에 갚지를 못하니 미안하다는 말과 굶고 있는 가족들을 좀 돌봐달라는 간절한 요청이었다. 언젠가는 돈을 갚아주겠다는 미안함이 덕지덕지 고여 있는 내용이었다.

"지난번 네레 일러준 대로 배가 파선해서 몽땅 읽어버려 응찬이 비렁뱅이가 되었다는 말은 이해가 간다. 하지만 디금 우장에서 먼 일을 하는디 밝히지 않았으느꺼니 네레 게 가서 보구 온 걸 소상히 말하라."

"서양 목사들과 항께 살며 되선어와 되선 역사를 배와 주구 있답네다."

"목사라니?"

"열교(裂敎)에서는 목사라 부르넌데 천주학의 신부와 같은 것이랍니다."

천주학이 나오고 신부란 말이 나오자 박진사의 얼굴은 눈에 띄게 일그러졌다. 눈을 가늘게 뜨고 미간을 찌푸린 것이 곧 폭발할 것 같은 험한 얼굴이다.

"고럼 사학(邪學)에서 찢겨나간 파란 말이네?"

네 사람이 천주교도 아니고, 거기서 갈라져 나간 파에 붙어 훈장질을 한다니 이게 무슨 소린가 해서 박진사의 오만상이 흉측하게 일그러지자 도검돌은 머리만 주억거렸다.

"그 사람덜 너이레 모두 열교에 빠져들었단 말이디?"

"양인들은 열교란 말을 싫어합네. 개신교라구 한답네다."

"당사하러 간 사람들이 모두 양인에게 붙어 훈장질을 하다니!"

도검돌은 한참 망설이다가 봉수와 곽서방의 귀에 들리지 않도록 목소리를 낮추어 저들이 곧 야소교 문서인 한문성경을 조선말로 번역할 것이라고 소곤댔다.

"고럼 자네는 그 성경이란 책을 본 적이 있네?"

"대동강 쇠배가 들어왔을 적에 보았습니다."

"으음. 모두 죽음을 자초하구 있군. 이 사실이 조정에 알려지멘 어떻게 의주에 돌아올 거며 가족들은 메가 되는 걸까. 참 한심한 일이디. 모두 덩신 나간 짓들을 하구 있어. 저들은 가디두 오디두 못하고 서양귀신에게 붙잡힌 게야."

"이상한 건 너이 나리님들 눈에서 빛이 났습네. 살갗도 변해서 아주 순한 빛을 띄구 있구 쉰네에게 건네는 말씨도 유순했시요. 어유! 그 눈이 길쎄 쇵아지의 눈터럼 순하디 순한 거이 아주 맑았시요."

"저런 고얀 넘이 있나. 감히 양반들을 놓구 쇵아지레 어드렇다구?"

도검돌은 봉수와 곽서방에게 밀려서 솟을대문 밖으로 나왔다. 문이 닫히는 둔중한 소리를 들으며 그제야 처자 생각이 났다. 달이 밝았다. 봄 달은 겨울 달하고 달리 푸근함을 안겨주어서 하늘을 올려다보며 다급하게 다리를 건넜다.

5

무출 도련님의 백일잔치는 인근 각처에서 모여든 손님들로 하루 종일 북적거렸다. 봉수랑 문한은 부엌에서 손님상까지 하루 종일 오가며 뛰어다녀서 녹초가 되었다. 대청과 마당에 깔려있는 멍석까지 음식을 나르는 일이 종아리 뒤 심줄까지 당기도록 아파서 절뚝거릴 정도였다. 찬방에는 빨강 노랑 파랑 삼색 물들인 골미떡이 나무함지에 반이나 남았다. 곰보댁이 부엌바닥에 짚 똬리를 틀고 털썩 앉아버린 봉수와 문한이 앞에 골미떡과 빈대떡을 내놓았다.

"쎄빠지게 일했으꺼니 갓 누른 국씨 두어 사리에 김칫국물을 부어 주시라요. 이왕 먹을 바엔 제대루 먹게 꿩고기를 꾸미루 얹구요."

봉수가 골미떡을 쉴 새 없이 입에 주워 넣으며 검동이에게 의미 있는 웃음을 보내자 하루 종일 국수를 누르느라고 손바닥이 부르튼 검동이가 팩 쏘았다.

"지텨 둑을 디경이느꺼니 먹구프멘 너레 손수 눌러 먹어."

검동이가 팽 토라져서 부뚜막에 털썩 앉더니 다리를 꼬고 팔짱을 끼고는 널브러지게 앉아 꼼짝을 않는다.

"날 구박하지 말라우, 냉중에 내게 매달리며 눈물 흘릴 날 있을 터이느꺼니."

"맞다. 맞아. 체네 총각이 잘 하면 새시방, 새색씨레 되는 거 아니네."

곰보댁이 농을 하며 이미 반죽이 되어 있는 국수를 누르기 시작했다. 가마솥 갈비찜에서 침선을 자극하는 맛있는 냄새에 홀려 시커먼 도둑고양이가 호롱불이 어른거리는 부엌문을 밀치다가 인기척에 놀라 달아났다. 봉수는 탁주(濁酒)를 한 사발 동이에서 퍼먹고 손등으로 입가를 쓱 닦았다.

검동이를 꼭 색시로 맞으리라 봉수는 결심하고 있었다. 그녀를 데리고 떳떳하게 박진사 앞에 나가 장가들어 이 집에 그냥 눌러 사느냐, 아니면 야반도주해서 추노가 되어 이 집을 떠날 것이냐 하는 기로에 서 있었다. 압록강을 건너 서간도로 갈 것이냐 아니면 아버지처럼 화전민이 되어 부대기(火田)를 갈아먹고 살 것이냐가 문제였다. 화전을 갈아먹고 사는 재미도 익히 알고 있었다. 깊은 산 속 밀림을 태우고 일군 부대기는 만고(萬古)에 쌓여온 낙엽이 지심(地心)까지 썩어 들어가 걸쭉한 비료가 되어 어찌나 기름지던지 조 이삭이 갓 태어난 강아지만 했다. 강냉이는 팔뚝만 하고 박통만한 감자알은 혼자서 한 알을 다 먹기 힘들 정도였다. 만주로 가서 장사꾼이 되는 것보다 조상들의 대를 이어 부대기를 갈아먹고 일생 신간을 전전히며 사는 인생도 과히 나쁘지는 않다고 생각했다. 이 모든 일이 검동이를 데리고 간다는 조건이 붙었다.

"내레 너터럼 배캐젖(새우젓) 냄새나는 거지 같은 사람한테 시집가멘 그날루 칵 죽어버릴 거다. 너랑 살멘 자식두 종이 되고 도망치멘 처자식 굶어죽일 터이니끼니 어드렇게 살간?"

송곳같이 찌르는 말을 하고 검동이는 자리끼를 들고 사랑채로 사라졌다.

부엌에서 뒷설거지가 끝나고 덩그렇게 큰 솟을대문 안이 정적에 싸일 즈음 박진사댁에 크나큰 슬픔이 스며들고 있었다. 복스럽게 살이 쪄서 가슴에 뿌듯하게 안겨오던 백일잔치의 주인공, 무출의 몸이 불덩이가 되었다.

"날레 사랑채에 알려라, 아유! 이 아레 어쩐 일로 몸이 이렇게 뜨거워."

마님이 기겁해서 내지르는 소리에 늦게까지 찬방에 혼자 남아 찌꺼기 음식을 손질하던 곰보댁이 후닥닥 뛰어나갔다. 마님이 대청을 가로질러 뛰어나와 버선발로 댓돌 위에서 신을 찾느라 어둠을 더듬고 있었다.

"문한이를 날레 불러라. 봉수야, 봉수는 어디메 있네?"

"와 그러십네까, 마님? 먼 일입네까?"

"무출이 열이 나구 경기를 하던데 왕의원을 불러와야디."

잔치 막판이라 어수선한 부엌에서 널브러지게 앉아서 배 터지게 먹으며 하루의 피곤을 풀고 난 문한은 벌써 행랑채로 나가고 없었다. 봉수보다는 몸이 날랜 문한을 왕의원에게 보내려고 곰보댁은 일각 대문을 벗어나 물확 옆을 지나 문정(門

庭)으로 뚫린 작은 문을 나오기 전에 사랑채 아궁이 쪽을 살폈다. 밤중에 문한이 사랑방 아궁이에 장작을 넣는 일을 맡았기 때문이다. 아궁이 앞이 빈 것을 확인한 곰보댁은 문정의 계단을 건너뛰면서 행랑채로 치달았다. 솟을대문 왼편에 있는 문한의 방문을 왈칵 열어젖혔다.

"밤이 깊었는디 이 아레 어드멜 갔네. 토까이(토끼)처럼 바줏구녕(울타리 구멍)으루 나갔나?"

곽서방이 다가왔다.

"길쎄 무출 도련님이 열이 대단하다우. 경기를 하구 혼절한 모양이라요. 아레 살아나기 힘들갔디요?"

곰보댁은 복남이 아래로 아이를 셋이나 잃었는데 모두 백일 전후에서였다.

"쇠삽시런 말 말라우. 날레 진사님께 연락해야디. 복남이는 어딜갔네?"

"문한이와 나간 모양이디요. 이 아덜이 성 밖에 나갔나. 이 시간에?"

곽서방은 후다닥 사랑채로 뚫린 중문으로 들어갔다. 달빛 아래 노란 매화가 눈이 시렸다. 사랑채는 불이 꺼져 깜깜했다.

"진사님! 쉰네 곽서방입니다요. 주무십니까요? 큰일 났습네다."

그래도 인기척이 없다. 다른 때 같으면 크음크음 기침소리가 들릴 만도 한데 조용했다. 코와 뒤꿈치에 태사문을 수놓은 박진사의 태사신이 댓돌 위에 없다. 어딜 갔을까. 곽서방은 달빛 아래 괴괴하게 잠든 사랑 마당의 여기저기를 기웃거렸다. 억지로 파서 만든 연못에 달이 떠있고 연못가에 줄지어 심은 작약 꽃몽우리가 열여섯 검동이의 입처럼 조그맣고 귀여웠다.

진사님은 이 야심한 시간에 도대체 어딜 가셨을까? 곽서방은 조좀조좀 사랑 마당 안으로 깊이 들어갔다. 사랑 마당과 붙어있는 별정(別庭) 안을 목을 늘이고 기웃거렸으나 터엉 비어있다. 별정 초입에 심은 정심수(庭心樹)가 달을 이고 음침한 그림자를 드리워 담이 센 곽서방도 어험어험 헛기침을 해가며 서재로 향했다. 낮이면 이따금 박진사는 별정 한가운데 자리 잡은 서재에 나가 서가를 가득 메운 책들을 꺼내 읽기도 하지만 야심한 이런 시간에 서재에 나간 예는 아직 한 번도 본 적이 없었다.

별정 가장자리를 장식한 괴석들이 달빛을 받아 기괴스러운 귀신처럼 보여 곽서방은 후딱 별정을 빠져나와 연못의 수구(水口)로 조금씩 흘러넘치는 도랑을 건너뛰었다. 이렇게 넓은 공간이 손님이 오는 때를 제외하고 항상 비어있었다. 박진사 혼자만의 영역이기 때문이다. 어째서 부자 양반들은 이렇게 썰렁하게 넓은 곳에서 외롭게 혼자 지내야 하는 것일까.

연못가에 장식품처럼 진열된 석함(石凾)에 걸터앉았다. 곰보댁은 호들갑을 떨고 야단이지만 이 야밤중에 무출 도련님이 죽는다 해도 어쩔 것인가. 곽서방은 안채에서 어떤 난리가 나든 아랑곳하지 않고 다리를 꼬아 한쪽 무릎에 올려놓고는 턱을 괴고 앉았다. 삐거덕 서재 문이 열렸다. 불빛이 없어서 비어있는 줄 알았는데 사람이 있었다. 곽서방은 반사적으로 몸을 일으켜 소리 나는 쪽을 보았다. 검동이와 박진사가 나란히 나오고 있지 아니한가. 곽서방은 멈칫 섰다가 어둠이 짙은 담장 밑 목단 뒤로 몸을 감추었다. 가슴이 뛰었다. 검동이가 언제부터 저렇게 되었단 말인가. 심장의 박동이 걷잡을 수 없이 거세지면서 곽서방은 담 밑에 쪼그리고 앉았다. 검동이가 옷고름으로 입을 가린 채 박진사를 앞질러 종종걸음으로 사랑 마당을 건너질러 문정으로 사라지자 곽서방은 천천히 몸을 일으켜 박진사 앞에 섰다. 조금 전에 본 것을 숨기느라고 짐짓 태연한 척했으나 목소리는 기어들어가면서 떨렸다.

"먼 일인가? 이 시간에."

술에 취한 박진사는 몽롱한 눈으로 그를 보았다.

"주인마님, 날레 안채로 가보시라요. 무출 도련님이 열이 대단해서 경기를 한다구 마님이랑 노마님이 냐단입네다."

"머라구? 고럼 날레 왕생당으로 가서라무니 왕의원을 불러와댜."

곽서방은 서둘러 사랑채의 중문을 빠져나와 문정을 거쳐 솟을대문을 벗어났다. 향교동 큰길 끝에 자리 잡은 왕생당으로 숨 가쁘게 달리기 시작했다. 곽서방이 왕생당에 도착했을 때는 삼경이 지난 깊은 밤이었다. 먼동이 트려면 아직도 멀어서 동쪽 하늘에 드리운 밤하늘자락이 서쪽 밤 하늘자락과 같은 색이었다. 곽서방은 단단히 잠긴 왕생당 문을 마구 흔들었다.

"어드런 일루 이 시간에 냐단이시라요?"

왕의원은 잠자리에서 그냥 뛰어나와 헝클어진 매무새 그대로였다.

"박진사댁 둘째 도련님이 얼이 나구 굉장합니다. 날레 가시자우요"

사십 중반의 왕의원은 자식이 없어 얼굴에 항상 그늘이 짙었다. 별의별 약을 다 써 봐도 아내인 북청댁에겐 태기가 없었다. 8대를 내려오며 한의사를 지낸 집안이 그의 대에 와서 끝나기에 아픈 사람들에게 약을 지어주면서도 항상 부끄럽고 조상에게 죄스러워 얼굴을 들 수가 없었다.

"잠깐 기다리시라요. 의관을 차려 입구 가야디."

왕의원은 서둘러 소세를 하고 총감투까지 쓰고는 곽서방을 따라나섰다. 북청댁이 쫓아 나오며 우황포룡환을 챙겨주었다.

솟을대문을 거쳐 행랑마당을 지나 중문까지 가는 길이 어찌 그리 먼지! 안채는 으스름한 밤하늘처럼 암울한 분위기에 휩싸여 있었다. 박진사의 품에 안긴 무출의 맥을 짚었다. 눈꺼풀을 뒤집어보고 숨소리도 들어보았다. 이런 고열에 아직 목숨이 붙어있는 것이 신기했다. 우황포룡환을 조금 떼어내서 더운 물에 풀어 입 속에 흘려 넣었다. 목으로 넘어가질 않고 모두 입 언저리로 흘러내렸다. 이런 땐 침을 꽂을 수도 없다. 이제 백일을 맞은 어린 아기가 아닌가. 박진사와 마님, 노마님의 간절한 눈을 피해 왕의원은 머리를 숙였다.

"어드런가? 괜찮을까?"

박진사의 얼굴은 흑색에 가까웠고 애원하는 눈에 눈물이 그렁하게 고였다.

"문한을 보내시라요. 열을 내리게 하는 약을 지어 보내겠습니다요."

"아레 너머 어려서 어드런 약을 쓸 것인가?"

한약재에 대해 어느 정도 알고 있는 박진사가 왕의원의 처방을 물었다.

"먼저 열을 내리게 하는 약을 써야 하느꺼니 약성이 찬 죽엽을 우선 다려 먹여야겠습니다."

"으음. 죽엽이라. 그 다음은 어드런 방법을 쓸 것인가?"

왕의원은 암담해졌다. 설령 일찍 왔다 해도 이런 경우엔 어쩔 수 없다는 절망감이 엄습했다. 대물림을 하며 산야에 널린 모든 약초를 수집해서 연구하고 맛을 보고 실험해도 사람의 힘으로 어쩔 수 없는 병들이 너무 많았다.

6

박진사댁의 불행을 뒤로 하고 압록강을 넘은 도검돌은 부지런히 우장으로 향했다. 예수 씨를 이번에는 만나야 한다. 평양 주막의 도배지 내용을 보면 예수 씨는 이 세상에서 가장 능력이 있는 분이다. 풍랑이 이는 바다 위로 걷기도 하고 죽은 사람을 살려내기도 하고 또 죽은 지 사흘 만에 무덤에서 살아나왔다고 했다. 부활, 부활… 부활이 도대체 무슨 뜻일까. 이 모든 걸 물어서 궁금증을 풀자면 우장에 어서 가서 예수 씨를 만나는 것이 급선무였다. 불쌍한 점복의 눈을 고쳐서 예전처럼 세상을 보게 할 사람은 예수 씨밖에 누가 있단 말인가. 또 누가 아는가. 도도한 박진사댁 아들을 고칠 수도 있는지, 왕의원도 못하는 걸 예수 씨가 척 해내면 얼마나 멋질까.

고려문에서부터 왕청문(旺淸門)까지 처진 장책(長柵)과 나란히 압록강 대안 서간도에 한인촌이 이삼십 부락을 형성했다. 강을 건너온 유민들은 조국을 마주 바라볼 수 있는 압록강변에 한인촌을 이루고 중국인들의 소작농이 되어 자리를 잡아가기 시작했다. 마치 강을 따라 널따란 무명필을 펼쳐놓은 듯 벽동, 초산, 강계, 자성을 바라보며 통구(通溝), 즙안, 중도(中島), 혼강(渾江)과 같은 촌락을 이루었다. 해서 이제는 강을 건너도 조선 땅에 들어선 듯 마음이 훈훈했다.

홍삼을 등에 지고 짚신을 신고 패랭이를 쓴 도검돌의 허리에서 짚신 세 켤레가 덜렁거렸다. 고개 하나만 넘으면 우장에 닿을 것이고 이번엔 무슨 일이 있어도 예수 씨를 만나리라 단단히 다짐했다. 그때 무성한 나무숲에서 예닐곱 명의 중국인들이 말을 타고 달려와서 길을 막았다. 험악한 차림이었다.

"등에 진 인삼을 순순히 내놓고 가거라."

여태껏 이 길을 수없이 드나들었지만 산 도둑을 만나기는 처음이었다. 말로만 듣던 마적을 만나니 공포로 인해 온 몸이 굳으면서도 악착같이 등짐을 움켜잡았다. 얼마를 끌려갔을까. 머리에 몽둥이가 탁한 소리를 내며 떨어지고 생살을 짓이기는 돌덩이의 감각이 의식에 전해지는 순간을 마지막으로 그 다음은 길고 긴 동굴 속으로 빨려 들어가서 그 굴을 따라 한없이 가고 있었다. 가도 가도 끝이 없는 굴속은 어둡고 습해서 몸이 무겁고 가슴이 답답했다.

"이제 정신이 드나 봅니다. 눈동자가 움직이는데요."

멀리서 바람소리처럼 사람의 음성이 들려왔다. 뿌옇게 사람들이 어른거렸다. 그들은 출렁이는 강에 빠진 사람들처럼 그의 시야에서 부침(浮沈)하고 있었다.

"이봐요, 도검돌. 날 알아보겠나? 날세, 나야."

도검돌의 눈앞에 나타난 사람들 중엔 산신령님처럼 수염이 길고 이마가 훌떡 벗겨진 사람도 있었다. 몸이 산허리를 간질이며 하늘거리는 산안개와 함께 붕 떠서 흐느적거렸다. 몸은 떠다니는데 손은 움직일 수도 없고 손을 올릴 수도 없었다. 말을 하려고 입을 벌려도 소리가 나오질 않는다. 예가 지금 어디쯤일까. 도검돌은 뿌옇게 흐린 허공을 자세히 보려고 눈을 끔뻑거렸으나 여전히 짙은 안개 속이고 웅성거리는 사람들이 희미하게 보였다.

"그냥 놔두시라요. 메칠 지나문 정신이 온전히 돌아올 터이느꺼니."

이렇게 말하는 사람은 산신령님처럼 수염이 긴 사람이었다. 기억을 더듬어 보니 우장 가까이 와서 화적을 만났던 생각이 퍼뜩 스쳤다. 그럼 나는 죽어서 상계에 올라와 있는 것일까. 등에 지고 온 그 많은 양의 인삼은 어떻게 된 것일까. 이번에는 박진사의 부탁으로 영국산 면포와 설탕을 사가야 할 터인데 몽땅 빼앗겼으면 무얼로 물건을 사갈 것인가. 아하! 나는 상계에 와 있으니 그런 걱정을 하지 않아도 되는 것이구나.

"이보라우. 내레 이옹찬이 아니네. 아즉두 뎡신이 아득하네?"

이옹찬이란 말이 귀에 들어오며 도검돌은 퍼뜩 눈을 떴다.

앞이 아까보다는 더 뚜렷하게 보였다. 이응찬이 보이고 백홍준도 보였다. 그리고 바로 고려문에서 만나보고 놀라서 도망치게 했던 양인(洋人)도 그의 곁에 서 있었다.

"우우… 예가 지금 어딥니까? 내레 와 여기 와 있습네까?"

도검돌이 일어나려고 하나 몸이 바위로 짓눌러놓은 듯 무겁고 감각이 없다. 아무리 안간힘을 쓰며 움직이려 해도 몸이 말을 듣지 않았다.

"이건 기적이야. 치유의 빛이 임했소. 예수 씨레 이 사람을 무척 사랑하오."

산신령님처럼 생긴 양인이 유창한 조선말로 이렇게 말하자 모두 머리를 조아리며 맞는 말이라고 이구동성으로 감탄했다. 도검돌의 몸은 그야말로 갈기갈기 찢어진 옷처럼 칼과 돌덩이로 짓이겨져서 길가에 내동댕이쳐 있었다. 피를 무척 많이 흘려서 흥건한 피 속에 누워있었다. 다리뼈가 부러져서 막대기로 붙들어 맸고 팔뚝과 넓적다리에 난 큰 상처는 서른 바늘이나 꿰맸다. 배를 찌른 칼끝이 등 뒤까지 나왔으나 창자를 피한 것부터 기적이었다. 뺨의 열십자 상처는 찢어진 홑이불을 깁듯이 꿰매놓았다.

"참으로 고맙습네다. 걸레처럼 찢어진 몸을 꿰매어놓은 걸 보니 참으로 놀랐습니다. 서양의 의술은 기가 막힙니다."

백홍준, 이응찬이 머리를 조아리며 말했다.

고려문 위쪽에 자리 잡은 봉황성(鳳凰城)에 다녀오던 로스 목사가 우장 근처에 이르렀을 때 길가에 버려져서 피를 많이 흘리며 신음하는 사람을 발견했다. 중국인과 조선인들이 수

없이 지나갔으나 모두 상을 찌푸리고 얼굴을 돌리고 종종걸음으로 그 옆을 지나쳤다. 맥을 짚어보니 희미하게 뛰었고 숨은 아직 붙어 있었다. 해가 지평선에 걸려있으니 이 밤을 그냥 두면 죽을 사람이다. 로스 목사는 아직도 피를 흘리는 다리와 팔을 우선 응급조치로 잡아 묶고 타고 오던 말에 태워 병원으로 곧바로 데리고 갔다. 그 병원에서 도검돌은 보름 만에 정신이 돌아온 것이다.

"자네 생명의 은인일세. 이보게, 바로 이분이 도검돌 자네를 살렸어."

이응찬이 로스 목사를 가리키며 도검돌에게 인사하라고 했다. 세상에 이럴 수가! 양이(洋夷)가 생명의 은인이라니! 도검돌은 어리뜩한 표정을 지으며 곁에 서 있는 산신령님처럼 생긴 로스 목사를 그저 멍청하게 올려다보았다.

이응찬이 가만히 그의 귀에 대고 속삭였다.

"자네레 피를 많이 흘려서라무니 덩신 잃은 걸 말에 태워 병원에 데불구 가서 게서 상처를 꿰매구 약을 바르구 해서 다시 살려낸 것일세. 이분이 아니었으문 자네는 발세 땅에 묻혀 썩었네. 이분은 덩말 착한 사마리아인이라구."

착한 사마리아인이라니 그게 무슨 소릴까. 그 순간 옆에 서 있는 로스 목사가 출렁이는 물결 위에 서 있는 예수 씨로 보였다. 저들은 도검돌을 둘러싸고 일제히 노래를 부르기 시작했다. 아주 멀리 아득히 강 건너 저편에서 퍼지는 산울림처럼 은은했다. 동굴을 타고 빠져나온 소리같기도 하고 하늘에서 내려오는 소리처럼 들리기도 했다. 하지만 도검돌의 귀는 징이나 바라, 꽹과리, 북, 장구 같은 악기에 익숙한 탓에 노랫소리는 이 세상에서 처음 들어보는 가락이라 어리둥절했다. 이상한 것은 그 노래가 마음을 편안케 했고 온몸이 빨려 들어가는 마력적인 힘이 서려있었다. 끊임없이 울려오는 가락의 가사 끝부분이었다.

쭈 예 수 아이 워(主耶蘇愛我)

쭈 예 수 아이 워(主耶蘇愛我)

쭈 예 수 아이 워(主耶蘇愛我)

요우 셩 징 가오 수 워(有聖經告訴我)

'예수 날 사랑하오, 예수 날 사랑하오, 예수 날 사랑하오, 성경 말삼일세.'

찬양은 도검돌의 귀에 계속해서 울렸다. 그 음감은 대동강 가에서 망나니의 칼에 죽는 순간 성경을 그의 발 앞에 던져주며 '예수 그리스도, 예수 그리스도'를 외쳤던 양인의 외침과 너무나 비슷해서 도검돌은 눈을 크게 떴다. 모두 머리를 숙였고 웅얼웅얼 말하는 사람은 로스 목사였다.

'불쌍한 도검돌을 긍휼히 여기사 살려주시라는 저희들 기도 들어주셔서 감사합네다.' 하는 말에 모두 힘차게 아멘으로 화답했다. 고향도 아닌 타향에서 내팽개쳐 죽어가는 버러지만도 못한 그를 위해 이렇게 간절히 기원하는 사람들의 마음이 전해지면서 가슴이 찡했다. 차츰 몽롱했던 정신이 맑아오며 묵직했던 머리가 가벼워지기 시작했다. 병원에서 예수를 믿고 있는 중국 사람들과 함께 로스 목사는 책을 펴들고 찬송을 부르기 시작했다.

예수 아이 워 워 션 즈(耶蘇愛我 我深知) 셩징 까오 수 워 루츠(聖經告訴 我如此)… 도검돌은 둘러선 저들을 똑바로 응시하며 가만가만 따라 불렀다. '주 예수 씨는 나를 사랑한다. 성경의 말씀이다. 어린 아이는 약해도 예수 씨는 강하네….중국어 찬송의 내용이 도검돌의 심령에 전해지자 가슴이 뜨거워지더니 눈물이 왈칵 쏟아져 나왔다. 도검돌이 평양의 주막 도배지에서 본 예수 씨가 그를 살린 것이다. 풍랑 이는 바다 위를 걸어오시고 문둥이를 고쳐주시고 소경의 눈을 뜨게 했으며 맹물을 술로 만든 예수 씨가 나를 죽음에서 살려주신 것이었구나. 눈물을 줄줄 흘려가며 도검돌은 저들과 함께 '쭈 예수 아이 워, 쭈 예수 아이 워'를 부르기 시작했다. 얼마나 흐느끼며 불렀는지 로스 목사가 가만히 그의 손을 잡아주었다. 뜨거운 손이었다.

부러진 다리가 다시 붙고 찢어진 상처가 아물고 비어있던 가슴에 성령이 차고 멍들었던 살갗이 제 빛을 찾는 동안 도검돌은 6개월 가까이 병원에 누워서 저들의 예배에 참석했다. 마음 놓고 찬송을 부르고 성경을 읽었다.

아하! 그랬었구나. 국법으로 금하며 죽여도 사람들이 왜 그렇게 악착같이 예수 씨를 믿었는지! 그렇게 많은 사람들이 망나니의 칼날에 죽어가면서도 예수를 믿었던 까닭을 이제 깨닫기 시작했다. 이 기쁨, 이 환희, 이 평안함. 독수리의 날개침처럼 뻗어 오르는 새 힘으로 인해 도검돌의 얼굴에 빛이 나기 시작했다.

"다리를 아직 절기는 하지만 걸을 수 있으니 의주로 돌아갈 것인가?"

로스 목사가 퇴원을 앞두고 진지하게 물었다.

"내레 이제 목사님의 것입네다."

"하나님의 자녀이지 제 것이 아닙네다."

"고럼 하나님의 자녀레 되어서라무니 목사님 곁에 있겠수
다."

"의주로 돌아가 식구들을 만나야지 벌써 의주를 떠난 지
반년이 지났어요."

"전 옛 사람이 아닙네다. 내 몸은 6개월 던에 죽었구 이제
새사람입니다."

도검돌을 눈이 빠지게 기다리던 점복은 이제 지쳐버렸다.
여름이 가고 가을이 가고 눈이 와도 예수 씨를 만나고 오겠다
던 도검돌은 점복이 앞에 나타나질 않았다. 방문을 열어놓고
대문 쪽에서 남직한 도검돌의 발자국 소리와 목소리를 기다
리다 지친 점복은 하릴없이 밥을 축내며 하루하루를 보냈다.

최달수가 마지막 소원이라고 고집을 부려서 데려온 신필
점쟁이는 머리에 바른 동백기름으로 인해 얼굴에 윤이 잘잘
흘렀다.

"아휴! 이를 어쩨. 조상신들이 전부 화가 나서 서로 맞붙어
싸우구 잽히워 멕히지 안캇다구 맨날 이 냐단이니… 눈이 망
가져버려서 고틸 수 없수다레. 얼매나 머리레 아팠을까? 얼
매나 함자 많이 울었을까. 불쌍하구, 가엾어라. 어이어이…
어흠어흠… 처음에는 굉장한 두중감(頭重感)이 있었을 거구
물체레 안개에 싸인 것처럼 무시(霧視)현상이 오래 나타나다
가 홍시(虹視)였을 터이구 냉중에 시야레 좁아지구 눈이 멀었

다 이 말이요, 잉. 아이구! 답답해."

점쟁이가 울기 시작했다. 마치 점복이가 되어서 그 아픔이 전가된 듯 서럽게 울어댔다. 최달수도, 점복네도 점쟁이를 따라 함께 울었다.

"어드런 일을 해야 화난 조상신들을 달랠 수 있슴네까? 방법을 일러주시라요. 머든지 해서라무니 감아버린 눈을 뜨게 해야디요."

"우선 부적을 주겠수다. 그카문 쌀 닐굽 말을 더 내야 합네다."

"쌀 닐굽 말이라구요? 일 년 내내 쌀 한 말 먹지두 못하는 집안에 쌀이 있어야디요. 맘 먹구 우리 개진 것 전부인 텃밭을 드린 것이 적슴네까?"

"정성이 부족하문 효험이 없습니다."

"이런 말 데런 말 하지 말구 콩으로 다숫 말 드리문 돟갔소?"

"할 수 없디요. 콩을 다숫 말 주시구레. 주사로 쓴 이 부적은 악귀들이 미서워하느꺼니 더 이상 덤비지를 못할 겁니다. 진작 부적을 붙였으문 이렇게꺼정 되지는 않았을 것인데 너무 늦었수다레. 일생 쇠경으로 살아야 하디만 이걸 부티문 더 이상 구신이 들볶지 않을 겁니다."

부적을 받아 쥐고 최달수는 절망했다.

"평양의 맹청(盲廳)으로 가자우. 숫탄 거 다 해봤넌데 어카간. 모두 겁소리(거짓말)만 하구 있으느꺼니."

마지막 맹청으로 점복을 보내는 결정을 내리는 날, 최달수는 뒷산에 올라가 가슴을 치다가 땅을 치고 울어서 가슴팍이 퍼렇게 멍이 들었다. 자식이 소경이 되어 점쟁이가 될 줄 누가 알았단 말인가!. 자라리 태어나시 말지.

아들을 평양 맹청으로 보내는 아침, 점복네는 쌀 한 움큼을 솥 한쪽에 넣어 밥을 지어 점복이 앞에 놔주었다.

"오마니, 어쩐 니팝이요. 입에서 청밀터럼 술술 녹소."

"집 떠나는 날, 니팝 먹는 것이 당연하디. 점술을 잘 배워 개지구 와서라무니 의주에서 점치는 집을 차리구 잘 살아보자우. 큰길가에 앉아 점을 치는 시시한 점쟁이레 되는 거 내레 싫다. 지팡이를 집구 떠도는 점쟁이두 싫으꺼니 집에 가만히 앉아 있어두 사람들이 구름터럼 모여드는 영험한 점을 배워 개지구 와야 한다. 알아들었갔디, 잉?"

아들 앞에서는 이렇게 말해 놓고 뒤란으로 뛰어나간 점복네는 앞치마 자락으로 눈물을 닦으며 탄식했다.

"구먹땡이(귀머거리)레 차라리 낫디. 꼽댕이(꼽추)레 되어두 그게 낫디. 살짝 더투아리(말더듬이)레 되었으멘 얼매나 좋아. 얼그맹이(곰보)라두 좋갔어. 조상님두 너머하시디. 자식을 쇠경으로 맹글게 머람. 넘통(심장)이 아파 숨을 쉬지 못하겠네. 차라리 이 원수 같은 조상신아! 아들 눈을 뜨게 하구 날 데불구 가라. 양반의 자식으로 태어났으멘 박진사댁터럼 산삼이나 사서 멕여 살릴 수두 있을 터인디…."

눈이 짓무르도록 앞치마 자락으로 문지르며 점복네는 조상신을 원망했다. 삼신할머니를 원망하고 칠성신을 저주했다.

점복은 집을 떠나며 단단히 결심을 했다.

'좋다. 나는 유명한 점쟁이가 될 것이다. 시시한 점쟁이가 아니라 진짜 이름난 점쟁이가 되어서 의주 시내가 떠들썩하게 소문난 점을 칠 것이다. 눈은 멀었지만 모든 사람을 내 앞에 굴복시킬 것이다. 내게 굽실거리게 할 것이다. 돈을 산더미처럼 벌 것이다. 압록강을 건너가서 서양문물을 배우고 장사를 해서 돈을 벌지는 못하지만 점을 쳐서 부자가 되어보자. 도검돌 아즈바니도 배신자다. 어서 와서 눈을 고쳐주어야지 어디로 가버렸는지 소식이 없으니 예수 씨도 어쩔 수 없는 힘도 쓰지 못하는 서양귀신인가 보다.'

"오마니, 걱정마시라요. 내레 기똥차게 유명한 점쟁이가 될 거구만요."

"아암, 그래야디. 의주에서 소문난 점쟁이레 되어서 부재 소리 들어야디."

점복이 의주를 떠나 아버지의 손을 잡고 평양으로 향했다. 소경 점쟁이의 길을 닦기 위해서이다. 그래도 무엇이 미진한지 점복은 압록강 내음을 싣고 불어오는 바람결을 따라 이따금 중국 쪽으로 머리를 들었다.

7

초하루와 엿새에 열리는 동부동의 오목장은 의주에서 가장 큰 장날로 돼지나 소까지 거래되었다. 시장의 중심부를 벗어나 가장자리로 나가면 닭을 몇 마리 다리를 묶어 들고 나온 농부도 있고 백당(白糖)이 담긴 목판을 놓고 손님 오기를 하염없이 기다리는 총각도 있다. 이 지역의 명물인 당목 샅이나 갈샅, 구름샅을 지고 온 사람들은 시장을 봐가지고 가는 사람들을 기다리다 지쳐서 늘어지게 자는 사람도 있다.

시전(柴廛)은 언제나 시장의 가장자리에 자리를 잡았다. 지게에 나무를 한 짐씩 지고 온 사람들은 지게막대기를 나뭇짐에 버텨놓고 탁주라도 한 잔 걸치러 갔는지 나뭇짐 주인은 눈에 띄지 않았다.

대석이와 대석네는 오목장의 가장 끄트머리 시전 옆에 쪼그리고 앉아있었다. 쇠고기를 담은 함지를 검정 무명 보자기로 덮었으나 핏물이 가장자리에 흥건하게 고여 있다. 다른 장사꾼들은 목청껏 손님을 청하며 가진 물건이 어떻고 어떻다고 소리를 치건만 백정의 아낙인 대석네는 지나가는 사람들도 제대로 쳐다보지 못하고 죄지은 사람처럼 머리를 푹 숙이고 직수굿하게 앉아있다. 비녀를 꽂지 못하고 머리를 두르르 말아 머리에 인 둘레머리에 검정 무명치마 차림이다. 몸이 약한 대석네는 무거운 나무함지를 이고 오지 못해 대석이 지게에 지고 따라와 어머니 곁을 지키고 있었다. 지난 해 박진사댁에서 멍석말이를 당한 뒤부터 어른스러워진 대석은 음울한 눈으로 이따금 사람들로 웅성거리는 시장 쪽을 흘끔거렸다. 시장을 다 보고 나오는 사람이 간혹 어떤 부위를 달라고 하면 그 주문을 따라 고기를 잘라 줄 뿐 모자(母子)는 병든 닭처럼 한쪽 구석에 쪼그리고 앉아있었다.

술이 거나하게 취해서 두 팔을 한껏 벌리고 몸을 뒤로 젖히고 비트적거리며 다가온 사람은 스물을 갓 넘어 보이는 향교동에서 이름난 문덕보란 건달이었다.

"안심 있네?"

"안심이나 등심이 예꺼정 나옵네까?"

대석네는 손님의 얼굴을 보지 않고 공손하게 대답했다.

"돟은 고기를 백당넘들이 다 베서 텨먹었넨데 멀 개지구 나왔간?"

"그런 말 하디 마시라요. 벨스레 생각하십네다."

술 취한 양반은 삐뚜름하게 상투를 틀어 올리고 갓을 삐딱하게 쓰고서 반말지거리로 우쭐댔다. 대석네는 이미 이런 일에 익숙해 있었는지 아주 차분하고 조용한 음성으로 대꾸하며 무명보자기로 함지를 폭 덮었다.

"이 쌍놈의 에미네레 팔 마음이 없나 와 자꾸 감추네?"

갓을 쓴 사내의 발이 함지박을 냅다 걷어찼다. 고기가 장바닥에 쏟아졌다. 오목장 끄트머리에 목판을 멘 엿장수마저 밥을 먹으러 주막으로 가서 대석네와 대석 둘뿐이었다. 대석네는 흙바닥에 흩어진 쇠고기를 검정 치맛자락으로 닦아내고 묵묵히 고기에 들러붙은 검불을 떼어냈다.

"이놈의 에미네! 등심이나 안심 같은 돟은 괴기는 백당넘들이 거지반 다 텨먹구 남은 걸 어드메 감추었네? 이런 괴길 파느꺼니 사먹으문 배찡(복통)이 나디."

양반의 발이 함지박을 다시 걷어차서 쇠고기가 장바닥에 흩어졌다. 그때까지 이를 악물고 두 손을 꼬옥 맞잡고 참고 있던 대석이 바람처럼 일어서더니 양반 녀석의 멱살을 잡았다. 순식간에 일어난 일이었다.

"양반 새끼문 이캐두 돟으네? 이저꺼지 당년히 여겼디만 이제 너 죽구 나 죽자."

멱살을 잡지 않은 대석의 오른손이 양반의 뺨을 보기 좋게 후려쳤다.

"아이쿠! 너래 와 그러네. 그카문 넌 죽디 살디 못하넌데.

이 일을 어드렇게 수습하러구서리 이 냐단이네. 대석아, 참 아라, 참아."

대석네가 울부짖으며 아들의 두 다리를 껴안고 늘어진다.

"백당넘이 사람을 틴다. 일루루 와보라. 양반이 백당넘에 게 맞구 있다."

매를 맞는 양반의 입에서 백정이란 단어에 힘을 주어 외쳐 대니 한산했던 시전 주변으로 순식간에 사람들이 구름처럼 모여들었다.

"아니, 저런 저런! 저 노무 백당 새끼레 감히 갓을 쓴 냥반 을 치구 있어. 이런 세상에! 녯날부터 이런 일은 첨 있는 일 이야."

"더 넘을 잡아 죽여라. 백당이 사람잉가? 백당넘이 감히 양반을 때리다니."

모여든 사람들은 사정이야 어떻든 대석을 죽이라고 고함 치며 발을 굴렀다. 구경꾼들 중에서 제일 키가 크고 몸집이 우람한 사십대의 사내가 앞으로 썩 나서더니 대석을 덥석 들 어서 장바닥에 패대기를 쳤다. 땅바닥에 떨어진 대석은 급소 를 맞은 닭처럼 전신을 파르르 떨었다. 장바닥에 축 늘어진 대석을 다시 들어서 패대기를 치려는 걸 대석네가 몸으로 막 으면서 두 손을 모아 빌기 시작했다.

"모두 제 잘못입니다요. 자식을 잘못 가르텨서 이렇게 되 었습니다요. 다시는 이런 일이 없두록 할 터이느꺼니 한번만 살려주시라요. 데발 살려주시라요."

대석을 향했던 사내의 손이 이번에는 사정없이 대석네를 때리기 시작했다. 잠시 기절했다가 정신이 돌아온 대석은 이

걸 보고 성난 범처럼 우람한 사내에게 달려들어 닥치는 대로 물어뜯었다.

"아야야야… 이 백당 새끼레 사람을 가이터럼 물어뜯어? 아이쿠! 아야야야…."

사내의 신음소리에 사람들은 한발 한발 대석을 가운데 놓고 조여 들어왔다. 우람한 사내의 입에서 신음이 터지고 팔뚝에서 피가 흘러내리자 사람들은 흥분했다. 피를 본 사람들의 눈에 광기가 번득거렸다.

"백당님이 즘승을 잡더니 이제 양반을 잡으려구 디렙다 물어? 우리레 백당님 눈에 즘승으로 보이는 모양이야. 저 년넘을 그냥 두문 큰일 나겠다."

우와와! 장꾼들이 달려들더니 저마다 대석네와 대석을 짓밟는다. 대석네가 대석을 감싸 안고 떨어지는 발길질을 전부 자신의 몸으로 막았다. 감히 아무도 말리는 사람이 없었다. 드디어 입과 코에서 피를 쏟으며 어머니와 아들은 장바닥에 널브러져 기절해 쓰러졌다. 대석네 쪽이 더 심하게 피를 흘렸다. 한참 만에 정신을 차린 사람들은 슬금슬금 자리를 뜨기 시작하더니 금방 오목장의 끄트머리 시전 옆은 휑뎅그렁하게 비었다. 모든 걸 숨죽이며 숨어서 지켜보던 갖바치 강귀동이 서문골로 달음질해 가서 이 백정을 데려왔다.

"날레 업구 이 자리를 떠야디 문덕보란 건달 녀석이 나타나문 이 백정두 살아남지 못하네. 아유! 자네 아들 대석은 어쩌자구 고렇게 당돌하디? 앞으로 큰일을 일으킬 녀석이니 두구 보라우. 백정의 집안에 태어났으문 백정답게 살아야디 자꾸 머리를 들문 어드렇게 하겠다는 거네?"

깃바치 깅귀동은 혀를 차며 대석을 돌리업었고 이 백정은 대석네를 업고서 앞서거니 뒤서거니 오목장을 빠져나와 서문골로 향했다.

"가죽신 맞지 않는 건 일 년 웬수요, 여편네 잘못 얻은 건 평생 웬수라지만 자식 잘못 낳은 건 일가족 웬수 되니 어카문 도카서?"

강귀동이 한숨을 삼키며 툭 내뱉었다. 축 늘어진 아내를 업은 이 백정은 들은 척하지 않고 그저 앞만 보고 걸었다. 진주에서 도망쳐 이 나라의 끝 의주까지 와서 자리를 잡을 적엔 자신이 당했던 아픔이 가족에게 일어나지 않으리라 믿었다. 해서 용기를 내서 고향을 버리고 왔는데 결국 팔도강산 어디에 가도 팔천역(八賤役)에 속한 백정을 사람 취급하는 곳은 없었다.

"가죽신 안 맞는 건 일 년 걱정이고 성깔 나쁜 아내는 평생 걱정이듯이 성깔 나쁜 자식도 평생 걱정이라."

강귀동 깃바치가 이 백정 뒤를 따라가며 다시 툭 내뱉는다.

"자꾸 부아를 돋우지 말게. 우리 모두 천민인데 자네두 옴짝 못하구 이런 일 당할 걸세. 이캐두 사람 축에 들려구 몸부림치는 자식이 내레 자랑스럽네."

"자네레 그르느꺼니 대석이레 기가 살아 이 지경이 되지 않았네."

강귀동의 등에서 혼절했던 대석이 정신이 드는지 몸을 비틀었다. 대석네는 이 백정의 등에 업혀 집에 돌아와 열흘을 못 넘기고 숨을 거두었다. 아들을 살리려고 등으로 가슴으로 얼굴로 온몸으로 아들 대신 맞은 발길질이 독을 뿌린 듯 온

몸이 시퍼렇게 물들어 죽었다.

이 백정은 넋 빠진 듯 앉아만 있었으나 대석은 달랐다. 처음엔 울부짖고 야단을 치더니 나중엔 어머니의 시신을 부둥켜안고 놓지 않았다. 얼굴을 쓰다듬고 제일 멍이 많이 든 가슴을 비비며 얼굴과 얼굴을 맞대고 송진처럼 딱 달라붙어 있었다.

갖바치 강귀동이 주동이 되어 산소자리를 보고 시신에 새옷을 입혔다. 백정의 아낙이라 생전에 비단 치마저고리는 물론 물색 옷을 입지 못하고 검정 치마 저고리를 입고만 살았다. 그 한을 마지막 가는 날 풀어준다며 이웃 백정의 아낙들이 다홍치마에 연두저고리를 시신에게 입히고 둘레머리를 풀고는 비녀를 꽂아주었다. 다홍치마에 연두저고리를 입은 어머니는 선녀처럼 고와서 대석은 더 서럽게 울며 시신에 매달렸다.

"요놈의 자식아! 숨 떨어진 오마니를 디레다 보구 냐단텨두 끊어진 목숨이 돌아오간? 살아있을 적에 효도 못 하구 죽은 뒤 그카문 무슨 쇠용이 있네."

강귀동이 우렁거리는 목소리로 호통을 쳐도 대석은 어머니를 붙들고 놓지를 않았다. 백정들이 모여들었다. 눈에서 뿜어 나오는 우울한 빛이랑 가죽 끈으로 머리를 질끈 동여맨 것까지 멀리서 봐도 백정 특유의 기름기가 전신에 흘렀다. 피를 보는 직업이어서 그런지 얼굴빛이 붉은 사람도 많았다.

"이걸 그냥 넘기문 우린 또 당할 거 아니네. 다음 번 장날에 우리 모두 나가 사람을 패 죽인 자를 찾든지 아니멘 시신을 들텨매구 나가 오목장을 돌문서 으름장을 놔야디 그라누

문 이담에 우리 둥 또 누레 당할디 모른다."

"누레 대석네를 죽였는디 아무도 모르는데 어카갔소. 그칸 다구 죽은 사람이 살아날 것두 아니느꺼니 죽은 사람을 편하게 보내줍시다레."

이 백정의 간청에 장날시위는 않기로 백정들이 결정을 했다.

양반이란 어떤 면에선 백정들만 못했다. 백정은 병들어 앓고 있는 소를 절대로 죽이는 법이 없다. 갑작스럽게 병들면 치료해 준 뒤 도살하는 것이 그들의 관습이고 심지어 병들어 죽으면 정성껏 묻어주기도 한다. 양반들이 천하게 보고 마구 대하는 백정도 짐승인 소에게 예우를 갖추거늘 몸이 가냘프고 연약한 여자를 백정의 아낙이라고 발길질해서 죽이는 양반들은 백정만도 못하지 아니한가. 한 가지 확실한 것은 양반들이 죽으면 꺼지지 않는 지옥 불에 떨어질 사람들이라고 백정들은 입을 모아 양반을 욕하고 저주했다. 양반을 헐뜯는 소리를 듣던 대석이 갑자기 발딱 일어섰다.

"오마니레 양반들터럼 꽃상여를 타구 나가문 안 됩니까? 우리끼리 있으느꺼니 불쌍한 우리 오마니 꽃상여를 태워주시라요."

예서제서 흐느껴 우는 소리가 마당을 꽉 메웠다. 백정으로 태어난 자, 그 누가 관과 상여를 쓸 수 있단 말인가. 맺히고 쌓인 한(恨)이 도살한 짐승의 피처럼 처절하게 가슴에서 흘러내리는 걸 장례를 치를 적마다 겪어야했다.

대석이 꽃상여를 태우자고 울고 늘어졌지만 시신은 백정들의 관습대로 거적때기로 싸서 널빤지에 실려 산으로 향했다. 대석이 이 백정의 손에 끌려 시신 뒤를 따라가며 땡고함을 질렀다.

"요넘의 양반 새끼들아! 문덕보 두고 봐라. 내레 크문 너덜을 죽여버릴 거야. 그냥 놔둘 줄 알았네? 우리 아바지 칼루 목을 댕강 텨죽일터이느꺼니 두구 보라우."

대석은 제정신이 아니었다. 양반이 곁에 있다면 그 자리에서 죽여버릴 기세였다. 전신에 불똥이 튀는 듯한 뜨거운 살기가 돌았다.

"쯧쯧… 데 혈기레 문제디. 양반이라문 그캐도 도캇넌데 우리 백정이 혈기 부리문 제 명에 못 살구 죽디. 그만하구 덩신을 차려야 할 터인데."

"이름을 대석(大石)이라 지은 거부터가 잘못이야. 백정의 신분에 맞게 개똥이니 쇠똥이니 길쭉이니 넙쭉이니 순돌이니 검돌이니 그렇게 지었어야디. 커다란 돌이라 지어놨으느꺼니 자꾸 큰 돌 행세를 하게 되는 거 아니네?"

옹기종기 모여선 아낙들이 삐질삐질 울어가며 수군댔다.

대석네는 야산의 한 모퉁이에 묻혔고 이 백정은 뗏장 입히는 걸 거절했다.

"이보게나! 겨울이 오문 춥지나 않게 뗏장이나 입히디 그것두 반대인가?"

백정들 사이에 옥신각신 말이 많았으나 이 백정의 소원대로 흙으로 봉긋하게 아주 초라한 봉분을 만들었다. 모두가 하산한 뒤 대석은 이 백정과 무덤가에 나란히 앉았다.

"마음을 진정하기 어려움 줄 안다. 니 오마니 멩이 그뿐이라 간 것이디 누구의 잘못이 아니다. 남을 원망하거나 미워하지 마라. 이 세상은 잠깐 살다가는 주막 같은 곳이다. 이 아바지두 너터럼 반항하구 원망하문서 여기 의주꺼정 왔다. 그게 다 속절없는 짓. 미움은 몸을 헤칠 뿐이다. 우리 백정은 동물을 죽이문서 살도록 태어난 운명이다. 사람을 죽이는 일이 아니느꺼니 우린 착한 사람들이다. 먼 훗날 네 오마니 무덤을 꼭 기억하구 보토해라. 끝꺼정 백정의 무덤임을 알도록 뗏장을 입히지 마라. 백정임을 부끄러워하지 마라."

이 백정이 유언이라도 하듯이 조근조근 말하자 대석은 성난 범처럼 발딱 일어섰다.

"오마니를 죽이도록 행패를 부린 양반 넘은 향교동 박진사 댁 옆에 사는 문초시의 소문난 아들 덕보라구 합디다. 압록강에 칵 체네쿠서라무니 얼쿼 죽이든지 아니문 한켄 구세기루 끌구 가서 대굴통을 테서 쥑일 터이느꺼니 두고 보시라요."

대석은 두 주먹을 불끈 쥐고 치자 빛으로 물들어가는 서쪽 하늘을 향해 서서 이를 간다. 그런 아들의 멱살을 이 백정이 단단히 잡고 으름장을 놓았다.

"또다시 양반을 건드리문 우린 모두 몰살당한다. 내 말뜻을 알간?"

이 백정이 대석의 머리를 쥐어박다가 참았던 울음을 터뜨렸다. 사람들 앞에서 용케도 참았던 한(恨)서린 먹 울음이 봇물 터지듯 터져 나왔다.

"비단 초매 한 번 입어보지 못하구 가버렸으니 님자레 내 가슴에 모다구를 박았수다레. 방 안에서라도 한 번 입어보고 죽었으문 얼메나 돟아, 님자 맨제 극락 가버리문 나 함자 어린 것들 데불구 어드렇게 살라구 그러네. 양반한테 맞았다구 덩말 죽기꺼정 참을 수레 없었더란 말이네?"

아버지가 서럽게 봉분을 두드리며 우는 동안 대석은 야무지게 입을 앙다물고는 산을 뒤져 팡파짐하고 단단하게 자란 소나무를 뽑아다 무덤 양편에 심었다. 소나무의 밑동을 손톱으로 긁어내서 굵은 생채기를 내 표시를 했다. 큰 돌들을 굴려다가 어머니의 무덤 주변에 정(丁)자 형태로 박아놓았다. 돌을 나르고 소나무를 캐서 옮겨 심으며 아버지의 한(恨) 서린 말들을 가슴에 담았다. 대석의 뺨 위로도 눈물이 흘러내렸다. 흐린 시야에 꿈결처럼 출렁이는 환상을 봤다. 멀리서 가까이서 상여꾼들이 득실거린다. 꽃상여를 탄 어머니가 보인다. 어야어야! 이제 가면 언제 오나, 어야어야. 꽃상여를 탄 어머니가 대석을 향해 환하게 웃는다.

집으로 돌아오는 길에 대석은 죽음을 생각했다. 원수도 갚을 수 없는 백정의 신세이니 죽는 길밖에 없지 아니한가. 소도 갈 수 있는 극락이 강하게 그를 유혹했다. 거기에 어머니도 가 있지 아니한가. 어떻게 죽어야 하는 것일까. 이웃집 서천댁이 자식들을 데리고 자살했을 때 무엇을 먹었더라? 맞아! 바곳뿌리를 다려 먹고 죽었다고 했다. 오월이라 들판은 물기가 잔뜩 올라 푸름이 무청처럼 짙푸르렀다. 댑싸리 잎을 뜯어 팽개치며 대석은 죽을 결심을 단단히 했다. 집에 돌아오는 길로 이 백정이 썰렁하게 빈 방에 죽은 듯이 누워버리자 대석은 살짝 집을 빠져나왔다. 눈물로 얼룩진 얼굴을 하고 왕생당에 들어서니 왕의원은 삽추싹 뿌리를 썰고 있다가 의아한 눈으로 대석을 맞았다.

"어드런 일루 왔네?"

"바곳뿌리를 사러왔습네다."

"그걸 와 찾네? 바곳뿌리라문 부자(附子)를 말하는 거 아닝가? 아바지레 신경통으로 고생하네?"

대석은 엉겁결에 그렇다고 머리를 주억거렸다.

"독한 것이느꺼니 물을 많이 넣구 다려 먹어보구. 필요하면 더 게질루 오라우."

왕의원은 부자를 한 뿌리 창호지에 싸서 내주었다. 대석이 선뜻 받지를 못하고 멈칫거리자 왕의원은 빙그레 웃으며 말했다.

"이런 걸 멀 팔갔네. 거저 게지라우."

왕생당을 나오며 대석은 공손하게 머리를 숙였다. 서문골이 내려다보이는 둔덕에 오르니 해는 살포시 서쪽 산 너머로 사라졌다. 의주를 둘러싼 산들은 준엄하게 치솟질 않고 살찐 구렁이가 길게 누워 있는 형상이다. 도톰하게 튀어 오른 산봉우리에 걸린 하늘로 서서히 연한 먹물 빛이 깔린다. 언제 보아도 신비스러운 저녁 하늘을 하염없이 바라보던 대석은 창호지에 싼 바곳뿌리를 단단히 움켜쥐었다. 오늘밤 나는 어머니 곁으로 가는 것이다. 아버지가 수없이 죽여서 극락으로 보낸 소들이 있는 곳 말이다. 이 세상을 하계라고 하니 나는 상계로 올라가는 셈이다. 내가 갈 상계는 어떤 곳일까. 살아생전 양반 앞에서 몸을 가누지 못하고 비켜서더니 죽어서도 초라하게 묻힌 천민의 무덤가에 앉았다. 양반 무덤처럼 비석이랑 봉분이 의젓하고 떡 벌어지게 자리를 잡고 당당하게 얼굴을 내민 곳이 아니다. 서쪽 하늘이 쪼그라든 홍시처럼 검불그레한 색이 짙어지면서 땅거미가 내려앉았다. 어둠과 함께 굴왕신이 나타날 것 같아 등이 오싹했다. 수묘신(守墓神)인 굴왕신은 천민이나 양반을 가리지 않고 무덤마다 하나씩 배치되어 있다고 한다. 대석이 앉아 있는 무덤을 지키는 굴왕신이 그의 앞에 갑자기 몸을 드러내는 것이 아닐까. 굴왕신이 덜미를 금세 낚아챌 것 같아 대석은 힘을 다해 뛰기 시작했다.

집에 오니 헐렁하게 빈집에서 이 백정이 눈이 빠지게 대석을 기다리다가 헐레벌떡 들어서는 아들을 맞았다. 순간적으로 대석이 손에 든 것을 등 뒤로 감추었다. 그걸 앗아서 호롱불 밑에서 펴본 이 백정의 얼굴이 벌겋게 달아올랐다. 아무 소리 않고 대석의 얼굴을 뚫어지도록 한참 노려보다가 아들의 뺨을 힘껏 때렸다. 대석은 흙바닥에 나동그라져 하늘을 보았다. 깜깜해진 하늘에 하나, 둘, 셋 별들이 얼굴을 내밀었다.

8

박진사댁 둘째 아들 무출은 왕의원이 걱정했던 그대로 전신이 비틀려져버렸다. 목도 제대로 가누지 못해 판때기를 대고 안아 들어야 했고 한 돌이 지났어도 머리를 들지 못하고 음식도 잘 삼키지 못했다. 우물가 동네 아낙들이 모여서 박진사댁 둘째 아들을 놓고 수군댔다.

"박진사댁 둘째 아들, 무출 도련님이 오징어터럼 흐늘흐늘하던데 노마님이 점즉해서(부끄러워서) 한 켄 구세기루 아를 갖다 감추고 지낸다는구만."

"솟을대문 아낙을 딜다보지두 않구서리 먼 소릴 그렇게 하네?"

"하인들에게 함구령이 내려져서라무니 모두 입을 다물구 산다넌데 기걸 몰랐네? 이 세상에 그런 아레 없을 거라구 하인덜끼리 말한다더군."

"그런 아를 차라리 죽게 놔두디 와 살렸네?"

"자식 개진 부모레 어드렇게 자식을 죽게 놔두갔네."

"노마님이 물두 먹이지 말고 그냥 두문 이레 안에 죽을 거이느꺼니 손쓰디 말라구 했더랬넌데 아이를 낳은 마님이 하두 울어서 왕의원이 침을 한 방 놓아주어 살려냈데요. 박진사댁두 이자 망해가는 거야. 큰 아덜은 얼띠구 작은 아들은 저 꼴이니 쯧쯧…."

아낙들의 입방아가 한창일 때 말방울소리가 요란했다. 한 아낙이 조용히 하라고 검지로 입을 가리자 다른 아낙들의 눈이 일제히 방울소리 나는 쪽으로 향했다. 점복이 점쟁이가 되겠다고 평양의 맹청으로 떠났던 그 길이다. 패랭이를 쓴 마부가 말고삐를 잡고 앞장을 서고 말 위에 박진사가 타고 옷을 넣은 부담이 말의 양쪽에 불룩하게 매달려 있다.

"저것 좀 보라우. 부담마(負擔馬)에 부담 농을 싣고 가는 걸 보느꺼니 오랜 나들이를 가는 모양이디. 색향인 강계로 가는 거 아닝가?"

"아들 둘이 그 꼴이느꺼니 먼 재미루 집에 붙어 있갔시오."

아낙들이 수군거리는 우물가를 박진사는 말총갓을 삐뚜름하게 쓰고 부담틀을 꼭 잡고 말발굽의 박자에 맞춰 몸을 흔들며 지나갔다. 곱게 손질한 명주 두루마기 밑으로 신코와 뒤꿈치에 흰 줄무늬를 새긴 태사혜(太史鞋)를 신은 발이 옥색 바지 밑에서 달랑댔다. 영변(寧邊)에 있는 관서 팔경의 하나인 약산동대(藥山東臺)도 돌아보고 그 옆에 자리 잡은 학벼루(鶴碩峰)에 덮인 눈도 올려다보고 산 속 깊숙이 자리 잡은 천주사(天柱寺)도 돌아볼 참으로 박진사는 길을 나섰다. 성 밖 구룡강(九龍江)으로 흘러들어가는 육승정(六勝亭) 연못의 시냇물 소리를 귀 기울여 듣다 보면 잠시 수심이 걷힐 것 같아 겨울여행을 단행한 것이다.

한일수호조약(韓日修好條約)이 조인되면서 굳게 닫혔던 쇄국의 문이 개방 방향으로 국책이 전환되어가는 겨울 의주는 동짓달 초하루부터 눈이 두 자가 넘게 내려서 하늘과 땅이 온통 하얗게 변해버렸다.

박진사가 겨울여행을 떠난 뒤 복출 도련님이 사랑채에 나가있어서 문한이 항상 옆에 붙어있으라는 마님의 명이 내렸다. 사랑 마당에 쌓인 눈이 장정의 정강이를 넘었다. 문한은 나무판으로 눈을 담 밑으로 밀어낸 뒤 얼굴이 홧홧 뜨겁도록 장작을 사랑방 아궁이에 쑤셔 넣었다. 서당에도 갈 수 없게 눈이 자꾸 내렸다. 복출은 박진사처럼 몸을 앞뒤로 흔들어가며 천자문을 읽다가 지쳤는지 군불 때고 있는 문한의 곁으로 파고들었다. 복출은 아직도 천자문을 떼지 못하고 날마다 그 모양이었다. 문한은 부지깽이에 붙은 불을 아궁이의 흙바닥에 비벼 끄고 연기가 피어오르는 부지깽이 끝으로 글씨를 써가며 중얼거렸다.

"옴 사바바바 수다살바 달마 사바바바 수도함 옴 사바바바 수다살바 달마 사바바바 수도함 옴 사바바바 수다살바 달마 사바바바 수도함."

"기게 먼 소리네? 꼭 천주학쟁이터럼 중얼거리느꺼니 미서워 보인다."

"천주학쟁이라니 그런 말 마시라요. 그냥 날 따러 넌습해 보시라요."

"싫어. 뜻두 모르문서 기걸 따라 외워서 멀해?"

"이건 정삼업진언이라구 몸, 입, 뜻을 깨끗이 하는 진언이 디요."

"진언이 머야?"

진언(眞言)이란 주문(呪文)같은 거라고 말해 주려다가 문한은 입을 다물었다. 살생, 도둑질, 음탕한 짓을 해서 몸으로 지은 죄업, 거짓말, 이간질 꾸미어 말해서 입으로 지은 죄업 그리고 탐내는 마음을 품고 신경질을 내고 성내는 마음을 가져 뜻과 마음이 일치하여 지은 죄업이 삼업인데 이런 죄업을 깨끗하게 해주는 주문이란 말을 이 얼뜬 아이에게 설명하는 게 부질없어서였다.

눈은 자꾸 내리고 밤이 깊어갔다. 넓디넓은 사랑채에 복출과 문한 두 사람뿐이었다. 아궁이 불빛이 닿지 않는 곳에도 하얀 눈빛이 눈이 시리게 훤하게 빛을 발했다. 키가 제일 큰 정심수가 이런 밤엔 제일 무섭게 보였다.

부모를 잃은 뒤 친척집에 얹혀 살 적에 그 집 할머니가 가르쳐준 정삼업진언을 마음이 울적할 적에 세 번씩 외우면 도움이 되었다. 그 뜻을 음미해 가며 암송하면 스님이 된 것 같기도 하고 주술을 외우듯 으쓱하기도 해서 문한은 이런 밤이면 더욱 소리 높여 암송했다.

복출 도련님이 갑자기 내뱉은 천주학쟁이란 말이 문한을 자극해서 잠을 이룰 수가 없었다. 천주학쟁이가 아니라는 걸 이웃 사람들에게 보여주기 위해 일부러 친척 할머니가 가르쳐준 주술이 아니던가. 그걸 열심히 외우는데도 부모에게 고였던 천주학 냄새가 얼뜬 복출에게 풍겼단 말인가.

눈이 그친 아침, 문한은 잠을 자지 못해 뻑뻑한 두 눈을 비비며 봉수가 군불을 지피는 아궁이마다 장작을 한 아름씩 날라주느라 헛간과 아궁이 사이를 뻔질나게 오갔다. 닷새를 쉴 새 없이 퍼붓던 눈이 아침 햇살이 따사롭게 내려 쪼이면서 녹아내리기 시작했다.

솟을대문 밖 눈을 치우던 곽서방이 갑자기 벼락 같은 소리를 내지르며 행랑마당으로 뛰어들었다.

"어이! 기분 나빠. 어린 아레 눈 속에서 얼어 죽었어."

"아니 어린 아레 눈 속에서 얼어 죽었다니 기게 먼 말이라요?"

이남박에 아침 밥쌀을 씻던 곰보댁도 달려 나오고 봉수랑, 검동이까지 행랑마당으로 나왔으나 감히 솟을대문 밖에는 나가지 못하고 기웃거렸다. 문한도 중문으로 해서 행랑마당으로 왔다. 모두가 궁금해서 안달했지만 곽서방은 곰방대를 허리춤에서 천천히 빼내 담배통을 채우고 부시쌈지에서 부싯돌과 부시를 꺼내더니 부싯깃을 비벼 넣고 불을 붙이느라 이맛살을 찌푸린다. 안방에서 빗접을 펴놓고 머리를 빗으려던 노마님도 밖의 소란에 귀를 기울였으나 양반댁의 안주인답게 느긋하게 얼레빗으로 머리를 빗고 빗치개로 가르마를 탔다. 동백기름을 바른 뒤 빗살이 촘촘한 참빗으로 윤이 나게 머리를 빗고는 꿀을 얼굴에 발라 문질렀다. 살결이 부드럽게 뇌노독 독독 누드려가며 꿀을 바른 뒤에 백분(白粉)을 바르고는 국화잠(菊花簪)을 쪽진 머리에 찌르고 느린 동작으로 대청으로 나갔다. 밖의 소리에 귀를 기울이면서도 아주 침착하고 당당한 걸음걸이다. 복남이도 나왔으나 비위가 약해서 토할 것 같다면서 행랑채 부엌으로 들어가버렸다.

솟을대문 안이 술렁이는데도 곽서방은 우울한 얼굴로 담배통에 가득 담은 담배를 다 피운 뒤에 천천히 일어섰다.

"문한이랑 봉수는 후양(목과 볼을 덮는 모자로 안에 모피나 솜을 두둑하게 둔 모자)을 쓰구 나오너라. 이자보탄 너덜 내레 하라는 대루 따라야한다. 남문 밖 산기슭에 묻어주어야 어카갔네. 눈 속에서 고마나(그만) 잠이 들었던 모양이니 얼어 죽는 순간에는 고통은 없었을 거다. 쯧쯧… 배가 고파서 어린 아레 음식을 찾아서 돌아다니다가 얼어 죽은 거디."

곽서방이 먼저 나가 가마니를 펴놓고 죽은 아이를 들어올렸다. 개구리처럼 웅크리고 죽은 아이의 뻣뻣하게 얼어붙은 몸을 가마니로 싸기 전에 흘끔 시신을 훑어봤다. 머리를 궁둥이까지 땋아 내린 사내아이였다.

"아메두 아들 낳았다구 돟아했을 부모레 맨제 저 세상에 갔나 보지요. 세상을 잘못 타고 났구 부모 잘못 만나 저렇게 가엾게 갔디. 극락왕생 나무아미타불 극락왕생 나무아미타불… 다시 태어날 때는 천한 집에 태어나지 말구 영의정이나 만석꾼의 귀한 아들루 환생하여라. 나무아미타불…"

곰보댁이 열심히 두 손을 비벼가며 중얼거렸다. 엎드려 죽은 채로 그냥 두르르 가마니에 말아 지게에 지고 가려다가 얼굴이나 볼까 하는 마음이 생겨서 곽서방은 시신을 젖혀놓았다.

"고 넘, 아주 잘 생겼다. 상을 보느꺼니 한 자리 할 넘이 어쩌다 겨울밤에 예꺼정 와서 죽었을까. 쯧쯧…."

곰보댁이 뻣뻣하게 웅크리고 죽은 아이를 보며 혀를 찼다.

"여보! 죽어서나 편하게 쉬게 팔, 다리를 펴서 묻어주구려."

"아모리 아이라지만 시신을 만지는 것이 싫어서 그라디."

곽서방이 쭈뼛거리면서 죽은 아이를 웅크린 채 그냥 가마니에 쌌다.

"우리두 자식 개진 사람 아니요. 몸을 펴줍시다레. 다 적선하는 것이디요."

곰보댁이 적선한다는 말을 하자 곽서방은 뻣뻣한 아이의 다리와 팔을 강제로 잡아당겼다. 그 곁에 검동이와 봉수가 손으로 입을 막고 바짝 다가갔다. 복남이도 호기심을 누르지 못하고 행랑채에서 나와 멀찍이 서서 시신이 가마니에 싸이는 걸 지켜봤다. 노마님도 솟을대문 안에 몸을 감춘 채 죽은 아이 쪽을 기웃거렸다. 문한은 봉수 뒤에 서서 시신을 보지 않으려고 등을 돌리고 있다가 다리와 팔이 강제로 펴지는 뿌드득하는 소리에 반사적으로 죽은 아이에게 눈길을 돌렸다. 그 순간 문한의 입에서 터져 나오는 소리는 분명 짐승의 소리였다. 꼭 선불 맞아 날뛰는 범이 내지름직한 그런 소리였다.

"그그그근한이… 아이유! 그그그근한이…."

두 발을 쭉 펴고 가마니 위에 반듯하게 누운 시신을 문한이 끌어안았다.

"아니 너레 아는 아이네?"

"야가 갑자기 와 이러네?"

곰보댁과 곽서방은 시신을 끌어안고 미친 듯이 뒹굴며 울어대고 봄부림치는 문한을 놓고 어찌할 바를 몰라 어리둥절했다. 문한의 울음소리가 너무 애절하여 솟을대문을 활짝 열어젖히고 노마님도 밖으로 나왔다. 복출은 솟을대문 밖에 나올 적에 으레 쓰는 복건을 팽개치고 맨머리로 달려나와 봉수의 뒤에 서서 울어대는 문한과 얼어 죽은 아이를 구경했다. 간밤에 군불을 지피며 의젓하게 '옴 사바바바 수다살바 달마 사바바바 수도함' 어쩌고 해가며 정삼업진언을 외우던 문한이다

목에서 피가 나도록 울어대던 문한이 갑자기 조용해지더니 죽은 아이를 가만히 들어서 무릎 위에 올려놓고 얼굴을 맞대고 비벼댔다. 목까지 내려덮는 후양을 벗어서 죽은 아이에게 씌워주고 솜을 두둑하게 둔 겉저고리도 벗어서 입혔다. 이런 두 아이들 위로 겨울햇살이 무심하게 내리꽂혔다.

"문한아! 이자 덩신이 드네? 도대체 이 아레 누구간?"

"…"

"안다 알아. 네 맘이 얼매나 아프갔네. 이 아는 죽었어. 숨이 끊어진 거야. 날레 어둡기 던에 남문 밖 산에 묻어주어야 하디 안카서?"

묻어주자는 말에 문한은 아이를 가슴에 세차게 끌어안으며 고함쳤다.

"이 아레 죽은 거 아니구 잠이 들었어요. 따뜻한 아랫목에 든 뉘서 한숨 자문 퍼뜩 일어나요. 이 아레 어리느꺼니 못 들오게 하느라구 그러디요?"

문한은 이제 죽은 아이를 자기 방에 뉠 참이다. 곽서방이 문한을 달래면서 속삭였다.

"객사한 시신을 집에 들여놓으문 귀신들이 따라 들어와서 서루까락 저덜끼레 뒹굴구 냐단할 터이느꺼니 안 된다. 날레 산에 묻어주자우."

문한의 곁에서 검동이가 제일 서럽게 울었다. 겁이 많은 복남이도 입을 씰룩이며 검동이를 따라 삐죽댔다. 얼어 죽은 아이를 보려고 하인청의 일꾼들도 모두 나왔고 개울 건너 사는 향교동 사람들도 하나둘 모여들었다.

"문한아! 날레 아이를 가마니 위에 내려놓아라. 산신에게 엎데서 빌어두 숨 끊어진 사람은 살아나디 않아. 극락엘 갔 넌데 어드렇게 도라 오간. 이렇게 울구불구하문 극락 간 혼 이 편안치가 않아서 돌아 나와 이 땅 위를 돌아다니문 어카 갔네?"

"으흐흐흐… 근한아! 너 극락에서 오마니 아바지를 만났 네? 거기 모두 함께 있는 거디? 거기서는 머이든지 개지고픈 거 다 개질 수 있디? 나도 죽어야디. 너를 따라 죽어야디."

"어머머! 고럼 죽은 아레 문한이 동생이었구나. 동생이 하 나 있다구 말했더렸넌데 형을 찾아 여기꺼정 와서 얼어 죽었 군 그래."

검동이의 말에 둘러선 사람들은 모두 혀를 차며 눈시울을 붉혔다. 뻣뻣한 아이의 무게가 문한의 몸에 버거웠는지 끌어 안았던 팔을 풀었다.

"임금님이 백성을 잘 다스리지 못하문 어린 아꺼정 고생을 하게 되는 거야. 나라가 편안해야 우리터럼 턴한 사람덜이 불행을 당하디 않는 벱이야."

곰보댁이 이렇게 말하며 문한의 팔에 안긴 아이를 앗아서 가마니 위에 눕히자 곽서방이 날쎄게 두르르 말아서 지게에 얹었다. 그 뒤를 따라 걷는 문한의 목이 훤하게 드러났다. 후양을 벗어서 죽은 동생에게 씌워주었기 때문이다. 복남이가 쓰고 있던 후양을 벗어서 문한의 머리에 씌워주었다.

언 땅을 파느라고 곽서방은 비지땀을 흘렸다. 봉수가 삭정이를 모아다가 모닥불을 놓아서 땅이 녹자 겨우 아이를 묻을 만한 구덩이를 파낼 수 있었다. 흙 속에 죽은 아이를 내려놓자 문한이 구덩이 속으로 함께 들어갔다.

"태어나질 말디 와 턴하게 태어나서 이렇게 죽어나가네."

말수가 적은 봉수가 이렇게 말하며 문한을 구덩이에서 끌어내며 하늘을 향해 고개를 꺾는다. 눈꼬리가 치켜 올라간 그의 눈에도 눈물이 고였다.

"내 동생 이름은 뿌리 근(根)자에 한수 한(漢)자예요. 내레 조금만 더 크문 동생을 찾아서 데불구 살문서 잘 키우려구 했더랬넌데… 어어어엉."

동생 근한을 묻고 온 뒤 문한은 내쳐 앓아누웠다. 불덩이처럼 열이 나서 입이 까맣게 타들어가고 까무러치듯 동생의 이름을 부르며 손을 허공에 내저었다. 곰보댁이 열심히 미음을 끓여다 입에 흘려 넣어 주고 복남이가 찬 물수건에 얼음을 싸서 머리와 겨드랑이에 대주었다. 곰보댁은 한탄을 금하지 못했다.

"어린 아레 부모 잘못 만나서 이 고생이다. 박진사댁에 태어났드라문 죽은 근한이두 호강했을 거구 문한이두 박진사댁 아들루 태어났드라멘 진사님 댁에 웃음꽃이 피었으련만 삼신할머니레 실수를 혹게 많이 한 것이디."

곰보댁은 겨울밤 얼어 죽어가는 문한이를 살려냈던 기억을 더듬었다. 어린 것이 무슨 죄로 두 번이나 이런 죽음의 늪을 헤매야 하는지 그저 불쌍해서 마음이 찢어졌다. 닷새가 지나자 문한은 일어나 앉았다. 눈이 휑하게 들어가고 입술은 갈라지고 총명하던 눈빛을 잃어서 멍청해 보였다.

"문한아! 덩신을 차려야디. 죽은 사람은 이미 제 갈 길루 가버렸으꺼니 팽개터버려라. 가슴에 묻어두문 서루까락 괴롭다."

곽서방도 이따금 문한이 누운 방에 들어와서 솥뚜껑 같은 손으로 문한의 등을 토닥이며 위로해 주었다. 겨우 몸을 움직일 정도로 회복된 문한은 몰래 솟을대문을 빠져나와 동생 근한이 묻힌 산기슭으로 갔다.

"근한아! 형아레 돈 많이 벌어서 너를 명당자리에 묻어주마. 그때꺼정 기다리거라. 형아는 터음에 아바지터럼 역관이 되려구 했더랬넌데 너 때문에 의주에서 데일 가는 부재레 되기루 했다. 돈으로 양반도 산다니 양반 부재가 되련다. 내레 절대루 아바지터럼 서학을 믿지 않구 돈만 벌 것이다. 형아레 부재 되는 걸 너레 두고 보아라. 너는 참 바보다. 죽긴 와 죽었네? 힘들어두 작은아바지 댁에 있다가 봄에 오디 어쩌자구 눈이 데일 많이 내린 겨울에 형아를 찾아 가출을 했네? 작은 오마니레 너무 들볶어서 나온 걸 나두 안다. 기래도 용케 이 근처꺼정 왔구나, 잉."

문한은 동생이 묻힌 무덤가에 앉아 마치 살아 있는 사람에게 말하듯 주절주절 입이 헤폈다. 문한이 없어진 걸 안 곰보댁은 봉수를 무덤까지 내보냈다. 봉수는 키다리다. 빼짝 마른 명태처럼 길쭉하고 얼굴도 개구리 참외 씨처럼 갸름하다. 좁은 얼굴에 코도 작고 입도 작다. 눈만 살아서 움직였다. 봉수가 성큼 문한의 곁으로 다가와서 나란히 앉았다.

"고만 들어가자우. 너머 추워서 병들멘 누레 널 돌봐주간. 곰보댁두 널 살리려구 너머너머 애를 써서 아까 들여다보느꺼니 든눠 있더라."

"아바지레 역관이 되어서라무니 중국에 가서 양인을 만나 천주학을 믿은 탓에 우리 집안이 망한 거야. 나는 죽어두 역관이 되질 않을 거구 천주학두 믿지 않을 터이느꺼니 두고 보라우. 되선에서 데일 가는 부재레 되어 양반 행세할 거야."

"고럼 고럼, 돈을 벌어야디. 이자보탄 나 하라는 대루 하간? 그카문 너두 부재레 될 수 있디. 언제꺼정 박진사댁 종살이만 하구 있갔네. 대원위 대감의 쇄국정책이 무너져서 양인과 왜놈들이 들어닥치구 있어. 세상이 마구 변하구 있넌데 우리만 이 집에 고삐 맨 쇵아지터럼 살 수는 없디."

겨울 해는 노루 꼬리처럼 짧다더니 금세 땅거미가 내려앉았다. 눈이 쌓인 산야가 눈빛을 발해서 희끄무레한 빛이 천지에 가득하다.

"나두 이제 춥다. 집에 가야디 그라느문 우리 모두 벵들어."

"근한이레 혼자 외로울 터인디."

"너는 보기보담 마음이 낸(여자)터럼 여리구나. 대장부가 되어야 돈을 벌디."

돈이란 말이 나오자 문한은 공처럼 뛰어 일어섰다. 압록강을 넘나드는 도검돌 인삼장사처럼 되리라 다짐을 하며 다부지게 입을 앙당그려 물고는 두 주먹을 불끈 쥐었다.

터진 웅덩이

1

화적에게 물건을 빼앗기고 6개월 간 병원에 누워있던 도검돌은 예수 씨를 믿는 사람들의 도움으로 기적적으로 소생했다. 다리뼈가 시원찮아 지팡이에 의지하고 걸었다. 뺨에 열십자로 남은 상처가 너무나 흉해서 그를 처음 보는 사람들은 도망을 쳤다. 그런 모습으로 그는 선교사 집의 문지기가 되었다. 목숨을 살려준 은혜를 어찌 잊겠는가.

도검돌은 세례를 받고 완전히 변해버린 의주 청년들이 한문성경을 조선말로 번역하는 걸 지켜보았다.

때는 1882년 누가복음과 요한복음의 번역이 완성될 즈음이었다. 의주 청년 네 사람은 매일 자고 깨면 예배를 드리고 긴 책상에 마주 앉아 성경을 한글로 옮기느라고 정신 없이 바빴다. 밤이 되면 도검돌은 책상 위에 어지럽게 흩어진 번역 지(紙)를 정리하고 방청소를 했다. 의주 방언으로 번역하고 있는 요한복음의 번역 지(紙)는 쓰고 또 쓰고 지운 흔적으로 알아보기 힘들었다. 도검돌은 흐린 불빛에 그 종이를 치켜들고는 천천히 읽었다.

'하나님이셰샹을사랑하여그외아들을주어무론밋는사는망
하물면하고길이살물엇게하미니하나님그아달을셰샹에보내
미셰샹을죄주미안이오셰샹이더로말무암아구완케하미니밋
는쟈는죄를주지안코밋지안는쟈는…'

도검돌은 요한복음 3장 36절을 더듬거리며 읽다가 4장으
로 넘어갔다.

"쥬가바리새인이자긔의밥팀례베푸무로뎨자모이미요안내
보담만타하물들으물…"

여기까지 읽다가 도검돌은 머리를 흔들었다. 밥팀례, 밥팀
례… 온통 무슨 말인지 모를 것 투성이었다. 산신령을 믿을
적엔 허리가 아프게 절만 하고 빌면 되었는데 예수 씨를 믿
는 것은 그게 아니었다.

의주 청년들 중에서 백홍준은 중국어 찬송 대신에 스스로
조선말로 작사해서 서양 곡에 붙여 불렀다. 도검돌도 그걸
배워서 일하면서도 백홍준이 작사한 찬송을 힘차게 불렀다.

어렵고 어려오나 우리 쥬가 구하네
어렵고 어려오나 우리 쥬가 구하네
옷과 밥을 주시고 됴혼 거살 다주네.

우리 긔도 다 듯고 항샹 갓치 잇고나
어렵고 어려오나 우리 쥬가 구하네.
우리가 자나 깨나 우리 쥬가 도라보네
(찬양가, 예수셩교회당간인 1895년 제93장)

1842년 아편전쟁 이후 중국에는 서양의 개화 물결이 거세게 밀려들어왔다. 서양의 개화 문물 속에는 서양 종교인 기독교도 끼여 있어 그에 대한 서적이 상당히 많이 퍼졌다. 이런 흐름을 타고 1870년대에 와선 영국 선교사들이 본격적으로 만주에서 선교를 시작했다. 그 즈음 의주 청년들이 한문 성경을 한글로 바꾸는 작업에 혼신을 기울이게 된 것이다. 도검돌은 번역된 요한복음을 읽다가 중국어로 부르던 찬송을 우리말로 고쳐 힘차게 불렀다.

예수 나를 사랑하오, 성경에 말삼일세.
예수 날 사랑하오, 예수 날 사랑하오.
어린 아해 임쟈요, 예수가 피로 삿네.
예수 날 사랑하오, 셩경 말삼일셰.
(찬양가, 예수셩교회당간인 1895년,제21장)

예수 날 사랑하오를 부를 적엔 눈물이 날 정도로 마음이 뜨거워지고 감격해서 그는 흑흑 책상에 엎드려 기쁨의 눈물을 흘렸다. 그때 그의 등을 다정하게 어루만지는 사람이 있었다. 깜짝 놀라 돌아보니 로스 목사였다.

"도검돌 씨, 다리레 너머 아파서 우는 거요?"

"아닙니다. 예수 씨레 날 사랑하는 것을 알구선 너머 감동해서 그럽네다."

"맞는 말입니다. 나터럼 힘없는 사람두 하나님을 믿구 예꺼정 나와 이런 일을 하구 있넌데 그게 모두 그분의 사랑 때문이오."

"고럼 저 같은 병신이 예수 씨를 위해 무엇을 해야 합네끼?"

이 말을 하며 대동강 쑥섬에서 성경을 던져주고 절규했던 토마스 목사를 떠올렸다. 목숨이 끊어지는 순간까지 토마스 목사가 외쳤던 예수 그리스도란 단어를 생생하게 기억해 내면서 도검돌은 몸을 떨었다.

"할 일이 많습네다. 흑암에 사는 1천2백만 되센 사람들에게 예수 씨의 복음을 전해야 합네다. 그러기 위해선 먼저 번역된 되센말 성경책이 필요합네다."

"한문성경도 돟습니다. 번역하지 않은 이 책을 그냥 들구 갈랍니다."

도검돌이 의주 청년들이 번역하던 한문성경을 번쩍 들고 이렇게 말하자 로스 목사가 빙긋 웃었다.

"한문을 읽을 수 있는 소수의 식자층들에게만 이 책이 필요한 것이 아닙니다. 누구나 읽을 수 있도록 불쌍하고 가난한 사람들의 문자인 한글로 번역해야 합네다. 백정이나 종들두 심지어 장님이나 점쟁이까지 되센 사람 모두가 읽을 수 있는 글로 번역되어야지요."

"고럼 내터럼 다리병신이 할 일은 무엇입니까?"

로스 목사의 눈에 빛이 번쩍했다.

"도검돌 씨! 덩말로 예수 씨를 사랑합네까?"

"고럼, 고럼요. 제 생명을 살려준 분이요. 진짜 신(神)입네다. 이런 신을 모르구서리 산신령을 믿구 새터니를 믿으며 무당의 말에 끌려가는 불쌍한 되센 사람들에게 이 기쁜 소식을 전해야 합네다. 내레 급한 거이 먼 친척 되는 쇠경 점복이란 아 때문입네다. 점복에게 이 소식을 날레 전해야 합네다."

이렇게 말을 해놓고 도검돌은 잠시 멈칫했다. 점복이를 여기 데려온다면 눈을 뜨게 할 수 있을까. 병원에 데리고 간다면 어떨까. 아니야, 성경에선 예수님을 만나면 된다고 했는데…. 그럼 기도를 하면 될 것이 아닌가. 어떻든 의주로 가야 한다는 생각이 불붙듯이 일었다.

"내레 날레 의주로 가겠습네다. 지난 번 되센말루 번역한 예수성교문답이란 쪽지와 예수성교요령이란 쪽지를 나누어 주며 예수 씨를 소개해야겠습네다."

"아직 위험합네다. 나라에서 법으로 금하는 예수 씨를 소개하러 다니다가 잡히면 죽습네다."

"아까 목사님이 흑암에 사는 1천2백만 되센의 영혼을 위해서란 말에 내레 가슴이 뜨거웠습네다."

"고럼 요한복음과 누가복음이 번역 인쇄되문 개지구 가는 게 동갔습네다. 금년에 두 책이 인쇄되어 나옵네다."

"급합네다. 날레 이 소식을 던해야디 언제꺼정 기대리구 있겠습네까?"

도검돌은 불같이 타오르는 가슴을 누르지 못하고 인삼을 지고 다녔던 봇짐에 전도서와 훈아진언, 그리고 아편쟁이였고 술고래였던 중국인이 예수 씨를 믿고 새 사람이 된 간증서인 인가귀도란 책들을 넣었다.

"고럼 의주를 한번 돌아보구 오시라요. 곧바루 돌아와야 합네다. 인쇄가 되문 진짜 하나님의 말씀인 되선말 성경을 들고가야 하니까요."

로스 목사와 의주 청년들의 전송을 받으며 도검돌은 지팡이에 몸을 의지하고 다리를 절뚝거리면서 우장을 빠져나왔다. 그의 입에서는 매일 즐겨 부르던 찬송이 우렁차게 흘러나왔다.

> 우리 예수 큰 공로가 내 죄악을 모도 씻네.
> 이 은혜를 생각하니 태산이 아조 가바압다.
> 지성으로 밋는 마암 죽기로셔 변할 손가.
> 맹셰하야 굿친 마암 금석갓치 단단코나.
> (찬양가, 예수셩교회당간인 1895년, 제38장)

압록강 대안에 이르러 책문에서 낯익은 순포(巡捕) 이경하를 만났다.

"아니 이거 홍삼 당시 도검돌이 아니네. 일 년이 넘두룩 그간 어드메 갔다 왔네? 가솔들이 예꺼정 와서 자네를 찾구 울부짖었넌데."

이경하의 말에 도검돌은 그저 빙긋 웃었다. 도검돌의 왼쪽 뺨에 십자형으로 패인 상흔이 웃을 때면 징그럽게 주름이 잡히고 일그러졌다.

"아니, 자네 뺨에 어쩐 상처레 기렇게 무섭게 났네?"

"이게 영광의 상처디. 이걸루 인해 내레 기막힌 진리를 터득했으느꺼니."

"기게 무슨 말이네? 당시들끼리 싸움질하다 다뎌개지구 영광이라니. 당시들이 자네를 구세먹은(고목나무 둥치가 썩어서 구멍이 난) 낭구 구덩에 체넷구 죽이갔다구 해서 지금꺼정 음쪽 못 하구 숨어 있다가 나온 것 아니네?"

순포는 도검돌의 봇짐을 풀어놓고 조사를 시작했다. 쏟아져 나온 것들이 도검돌이 항용 지고 다니던 물품이 아니었다. 희귀한 박래품은 단 한 점도 없고 모두 서너 쪽으로 된 책자들이거나 두툼한 한문책들이었기 때문이다.

"이게 다 먼 책들이네? 와 이런 걸 개지구 오능가?"

"홍삼보담 귀한 것들일세. 자네 이걸 읽어보게. 우리 같이 불쌍한 사람들을 구해낼 수 있는 책이라 자네두 읽구나문 나터럼 통곡할 걸세."

도검돌은 인가귀도란 책 한 권을 순포의 손에 쥐어주고 흩어진 봇짐을 다시 꾸려 등에 지고는 지팡이를 단단히 오른손에 잡고 일어섰다. 심하게 절뚝거리며 압록강 대안을 향해 걸어가는 도검돌을 머리를 갸웃거리며 이경하는 한참 쳐다보다가 인가귀도란 책에 눈길을 던졌다.

의주로 들어서니 골마지 낀 김장김치 냄새를 머금은 봄바람이 그의 코끝을 스쳤다. 그제야 두고 간 처자식의 얼굴들이 그의 뇌리를 스쳤다. 그는 아픈 다리를 더욱 재게 놀리며 그의 집이 있는 홍남동으로 뛰다시피 걸었다. 홍문재를 넘어갈 즈음 가마 두 채가 맞은편에서 왔다. 도검돌은 지팡이에 몸을 의지하고는 갓길로 물러서서 가마가 지나가기를 기다렸다. 그때 가마 문이 바로 그의 코앞에서 열렸다. 남색 치마에 분홍 저고리를 입은 양갓집 처녀의 맑은 눈동자가 도검돌의 얼굴에 난 흉측스러운 상처에 멈추더니 잠시 멈칫했다. 도검돌은 어쩔 줄 몰라서 그대로 머리를 숙인 채 서 있었다.

"내레 삭주에서 예꺼정 온 사람이오. 의주에 사는 바종만 진사님댁을 찾고 있소. 가마꾼들이 이곳 지리를 몰라 발쎄 오랫동안 여기서 맴돌구 있더랬넌데 길을 일러주시라요. 보부상이느꺼니 그 집을 잘 알디 안캇소."

"아! 의주 사람치구 박진사댁을 모르는 사람이 있겠습네까? 예서 죽 내려가문 큰 길이 나오는데 게서 남문을 찾으시라요. 남문 근체 데일 큰 집이 바로 박진사댁입니다요."

삭주에서 오는 가마들이 박진사댁으로 향하는 동안 박진사댁 안채, 숙출 아씨의 방에선 검동이가 점심상을 가운데 놓고 아씨와 신경전을 벌였다.

"아씨! 문한이는 동생이 길에서 얼어 죽어 놀래 게지구 병들어 든눠 있다가 이제 겨우 죽을 먹으느꺼니 조구에 손을 대지 않았습네다."

"아니래두. 요거 보라우. 손톱자국이 나 있잖아. 종놈 문한이 손을 댄 거라구. 다른 것으로 구워와. 밥 안 먹을 터이느꺼니 날레 새 조구로 개져와."

"아씨, 내레 이렇게 뜯어서 밥 위에 맛있게 놓을게요. 자, 자! 입 벌려요."

"싫다니가. 지난 번에두 문한이레 아궁이 앞에 앉아 조구를 구우며 떼먹는 걸 보았어. 가이 띠(개똥) 묻은 손으루 요렇게 해서 이렇게 먹더라구."

숙출이 앙증맞은 손으로 조기를 떼어서 입에 넣는 시늉을 해보인다.

"아유! 아씨 고집은 알아준다니까."

관솔에 불을 댕겨 잔 쏘시개에 불을 붙이던 문한은 숙출 아씨 방에서 새나오는 모든 말소리에 귀를 곤두세우다가 침을 꼴깍 삼켰다. 갑자기 조기가 먹고 싶어서 침선이 자제를 못하고 마구 맑은 침을 흘려보냈다. 꿀꺽. 입에 가득 고인 침을 문한은 물마시듯 삼켰다. 안에서는 여전히 조기를 먹지 않겠다고 투정부리는 숙출 아씨의 앙칼진 목소리가 드높았다. 조금 있더니 방문이 드르르 열리고 숙출 아씨가 조기를 들고 나와 마당에 휘익 던지려 했다.

"종놈이 띠(똥) 묻은 손으루 떼먹던 조구를 내레 와 먹어? 가이나 먹어라."

검동이가 따라나와 구운 조기를 내던지려는 아씨의 손을 잡았으나 숙출 아씨는 매섭게 뿌리치고 발을 동동 구르며 신경질을 부렸다. 검동이가 드디어 숙출 아씨에게 무릎을 꿇었는지 조기는 마당 한가운데 버려졌다.

"볙에 가서 다시 새 조구루 구워올게요."

검동이가 부엌으로 나가는 기척에 귀를 기울이던 문한은 마당 한가운데 던져진 구운 조기에 온 신경을 곤두세웠다. 저걸 주워다 먹을까. 동생 근한이 죽은 뒤 깊고 습한 어두운 동굴을 헤맨 듯 기력이 없었다. 긴 병을 앓고 난 문한은 속이 헛헛해서 연신 흘러나오는 군침을 주체할 수 없었다.

그때 가마에서 내린 두 처녀가 안채로 들어섰다.

"마님, 삭주에서 조케들이 왔습네다."

곰보댁이 두 아씨들을 대청마루 앞까지 모시고 와서 마님을 찾았다. 박진사의 아내는 무출을 안고 있다가 조심스럽게 방바닥에 내려놓고 흐트러짐이 없는 침착한 동작으로 문을 열었다. 양반의 아낙은 동동걸음을 걸어도 흠이 된다. 마님은 곰보댁의 화급한 전갈에도 눈을 대청마루에 두고 조용히 걸었다.

"고무님, 저희들입니다. 동미(東美)와 동옥(東玉)입네다."

"아니 너희들이 어드런 일루 왔능기? 삭주서 예꺼정 먼 일루 너희들만 왔단 말이네? 다 큰 여식들이 험한 길을 덩말 너희들끼리 왔단 말이네?"

좀처럼 흐트러짐이 없던 마님의 목소리에 놀란 빛이 완연하다. 하얀 목덜미 위 탐스러운 검은 머리에 꽂힌 꾸민 비녀의 떨새가 가볍게 흔들렸다. 빨간 댕기가 살짝 들어난 쪽머리를 당황할 적에 늘 하던 버릇대로 손바닥으로 꼭꼭 눌러댔다. 대청마루에 올라온 동미와 동옥의 절을 받으며 마님은 친정 피붙이를 만난 정이 그제야 솟아나는지 눈물을 찍어냈다.

"너희들이 올해 몇 살이네?"

"전 열 한나구 동옥이는 이 설 쇠구 여슷 살입네다."

"우리 숙출이보담 동옥이레 한 살이 적구나. 맞디 맞아. 내레 숙출이를 낳았을 때 오리미(올케)레 입덧을 하구 있었으느꺼니."

마님은 겁먹은 얼굴로 오라버니 내외분과 친정 소식을 곧바로 묻지 못하고 자꾸 말을 돌렸다. 이런 기미를 눈치 챈 동미가 먼저 입을 열었다.

"고무님, 저희들 이곳에서 살려구 왔습네다."

"…."

"온 식구들이 모두 화적들에게 죽임을 당했습네다. 갑자기 한밤중에 담을 넘어 들어온 도적들이 오마니랑 아바지, 오라버님을 다 죽였답니다. 저희들은 마침 이모님댁 잔치에 갔다가 화를 면했습네다. 돌아와보느꺼니 집안이 피바다가 되었구 안채는 타버렸구 재산은 한나투 낭구디 않구… 어어엉…."

"요즘 시대가 하 험해서라무니 사방에서 그런 도적들이 날

뜬다는 소문은 들었다마는 내 친정이 이렇게 될 줄이야."

고모의 목소리에 물기가 서리자 악몽이 다시 살아나는지 동미는 겁에 질려서 입술까지 파래졌다. 동옥은 그런 언니를 흘끔 훔쳐보더니 입술을 자근자근 씹어가며 언니의 무릎을 피가 나게 꼬집어 뜯었다.

"고만 울어라. 고무두 부모다. 내레 너희들을 거두마."

마님은 그러지 않아도 허전한 터다. 숙출이 병신 동생 탓인지 남자처럼 거칠어지는데 사촌언니와 동생이 생겼으니 훨씬 여성스러워질 것이고 복출이나 무출에게도 도움을 줄 것이 분명했다. 특히 집안에만 갇혀 지내는 무출에게는 더없이 좋은 업저지가 온 셈이다. 대청이 시끌시끌하니까 노마님도 얼굴을 내밀었다. 뇌성마비가 되어 전신을 오징어처럼 흐늘거리며 입까지 돌아가는 손자 무출 때문에 마음이 상해서 좀처럼 밖에 나오지 않던 분이다.

"사돈 색시들이 와서 좋지만 남자들이 많은 집이라 어드메에 거처를 정하는 것이 돟을까. 아하! 사랑채 옆 별정 한가운데 있는 서재가 어떨까?"

"거긴 아범이 글을 읽는 곳인데요. 오마니."

"책들을 사랑채 윗방에 날라놓디. 읽을 것들만 말이디. 책이 필요하문 사돈 색시들에게 개져오라 하문 되구."

박진사가 겨울에 나가 봄이 와도 돌아오지 않으니 빈 별정에 사람의 온기가 있는 것이 좋을 성싶어 마님도 크게 반대하지를 않았다.

문한에게는 일이 더 생긴 셈이다. 별당까지 군불을 때야 하니 말이다. 처마 끝에 고드름이 녹아내리는 이른 봄이라지만 구들의 한기가 더욱 시린 때다. 문한의 뒤를 따라 두 아씨는 별당으로 향했다. 안마당을 지나 일각대문을 거쳐 사랑채로 들어서니 겨우내 얼어붙었던 연못에 얼음이 녹아 둥둥 떠있다. 얼음 사이로 봄 하늘이 곱게 출렁인다. 두 자매는 아지랑이가 물 위에 어려 희뿌옇게 흐려 있는 연못가에 잠시 멈춰 서서 얼굴을 비춰보았다.

"우와! 언니야. 삭주 불타버린 우리 집보담 좋다. 이 큰 낭구 좀 보라우."

동옥이 정심수를 안고 한 바퀴 빙그르 돈다. 이런 동옥을 동미가 세차게 나무랐다.

"여긴 우리 집이 아니구 고무님댁이다. 고무두 시집살이를 하는데 우리레 붙어사는 거라구. 조심해야 된다. 이 집에서 꼭 필요한 사람이 되어야 한다."

동미는 키도 나이에 비해 훤칠하지만 아주 침착했다. 동옥은 언니보다 덜렁대기는 하지만 남자처럼 걸걸하고 당찬 구석이 있어보였다. 이런 두 자매를 별당으로 인도하며 문한은 은근히 걱정이 되었다. 동옥이라는 저 아씨는 큰일났구나! 숙출 아씨하고 막상막하일 터이니 날마다 싸울 것이 뻔했다. 맨발에 짚신을 신은 문한의 발에 동미의 눈길이 닿자 문한이 얼굴을 붉혔다.

두 조카를 별당에 받아들인 마님은 여행에서 돌아올 남편 박진사를 생각하면 걱정이 되었지만 숙출을 위해서 아주 좋은 일이라며 마음을 달랬다. 숙출이 구운 조기를 놓고 앙탈을 부리는 건 어머니에 대한 시위였기 때문이다. 몸이 비비꼬이는 동생을 끌어안고 밤낮으로 매달려 단 한 줄기의 사랑

빛도 그녀에게 비춰주지 않는 데 대한 시위였다. 그 화풀이가 언제나 문한에게 향했다. 종들 중 나이가 제일 어린 문한이 숙출에게 만만했기 때문이다.

검동이는 마님의 분부대로 왕의원을 모셔 와서 안채로 안내했다. 동생 무출의 다리를 손끝에 힘을 주어가며 암팡지게 주무르던 숙출이 왕의원을 보고는 한편으로 물러나 앉았다.

"어떻게 해볼 방도레 없갔습네까? 복출에게 멕였던 산삼을 먹이문 어테갔소? 곽서방을 천마동에 시금부리(심부름) 보내 황어인이란 삼메꾼과 봄산을 뒤지게 할까요?"

눈물을 글썽거리며 애걸하는 마님을 향해 왕의원은 거세게 머리를 흔들었다. 무거운 침묵이 방 안을 찍어 눌렀다.

"고럼 어드렇게 해야 무출의 몸이 정상으로 되돌아오옵네까?"

"차라리 그냥 뒤두시라요. 삼신할머니의 은혜를 입으문 몰라두 이 상태에선 살아있는 것이 도련님 본인이나 어른들 모두에게 고통입네다."

"부모는 고통을 참을 수 있습네다. 이 아레 불쌍해서… 흑흑…."

노마님은 이런 며느리를 못마땅하게 흘끔 훔쳐보고는 불뚝 한마디 던졌다.

"차라리 죄를 짓기 던 날레 극락으로 가서라무니 환생할 때 성한 몸으루 태어나는 것이 만 배나 낫디. 그러느꺼니 그냥 놔두어라."

"오마님, 산신령님이 지케보구 있습네다. 증이 나신다구 말을 마구 하시디 마시라요. 박씨 집안의 피를 받은 아덜이오. 오마님의 손자를 놓구 어드렇게 그런 무정한 말씀을…

흑흑…."

참고 있던 눈물을 봇물처럼 쏟으며 마님이 소리를 죽여 울었다.

"아레 복이 있다문 이런 몸으로 태어났겠느냐. 복출 정도만 되어두 산삼을 숫테 케멕여 고데주갔다구 나서겠다만 이 아는 포기해라. 아비두 자식 때문에 덜간에라두 갔는지 어디론가 가버리구 집안이 이게 먼 꼴이네. 쯧쯧…."

며느리, 네가 들어와서 집안이 이 꼴이 되지 않았느냐 하는 말이 목구멍까지 올라왔으나 그냥 삼켜버렸다. 어째서 태어나는 아이마다 이렇게 병신들인지! 이 집안에 대대로 이런 변고가 없었는데 몸이 허약한 며느리를 맞은 다음부터 재산도 술술 빠져나가고 대를 이을 자식들이 둘 다 이 꼴이니 창피해서 밖에 나갈 수도 없으며 친척들을 만나도 머리를 들 수가 없었다.

"저덜끼리 메라 말하든 아무래두 밭을 바꿔봐야겠어."

노마님이 툭 이런 말을 내뱉고는 휘익 일어나 나가버렸다. 시어머니의 말뜻을 박진사댁은 잘 안다. 벌써 이런 말을 수없이 들어왔기 때문이다. 이런 어른들 곁에서 숙출이 자꾸 몸이 휘돌아 안으로 말려들어가는 동생 무출의 손을 펴려고 끙끙거렸다.

양극에 서 있는 박진사댁과 노마님의 관계를 왕의원은 속수무책으로 지켜보아야만 했다. 참으로 가슴 아픈 일이지만 노마님의 푸념이 맞는 말이었다.

"마님, 최선을 다해보는 것두 돟지만 이 아는 사람 구실을 못합네다. 일생 건구 서구 정상으로 살기는 힘들 겁네다."

"고럼 이 아를 굶겨 죽이란 말입네까? 그렇게는 못합니다. 자식을 어드렇게 고렇게 죽게 내버려둡네까? 내레 둑어두 그럴 수는 없습네다."

왕의원까지 노마님 편을 들자 마님의 울음소리가 안마당까지 흘러나왔다. 부엌에서 조기를 굽고 있는 검동이는 석쇠에 엉겨 붙은 조기 껍질이 타는 연기로 인해 연신 콜록거렸다. 팡파짐하게 퍼진 궁둥이와 터질 듯 부풀어 오른 젖가슴에서 건강한 처녀의 풋풋한 냄새가 물컥 났다. 허리 부위가 두리두리한 걸 숨기느라고 검동이는 치마허리로 가슴을 세게 조여서 엎드려 조기를 구을 적에 색색 숨결이 가쁘고 고르질 못했다.

왕의원이 간 뒤 마님은 노마님의 방으로 들어갔다. 시집와서 늘 해오던 일상사를 시어머니로부터 가시 돋친 말을 들었다고 소홀히 할 수는 없는 일. 늘 하던 대로 어깨를 자근자근 주무르기 시작했다. 목 뒤로 해서 어깨로 내려오는 며느리의 손길을 느끼며 노마님은 눈을 지그시 감았다.

장방형 사각 반에 차린 저녁상을 들고 들어오는 검동이를 보며 노마님은 새삼스럽게 눈을 크게 떴다. 창호지문을 뚫고 들어오는 석양을 전신에 받으며 상을 들고 서 있는 검동이의 모습은 여자인 그녀에게도 탐스럽고 싱싱해 보였다. 숱이 많아 무겁게 땋아 내린 머리에 윤기가 자르르 흘렀다.

며느리를 처음 만났던 날을 떠올렸다. 검동이처럼 싱싱한 젊음이 넘치는 게 아니라 병든 닭처럼 비리비리했었다. 얼굴은 하얗다 못해 파란 빛이 돌지 않았던가. 한 줌 쥐어질 듯 가는 허리도 마음에 들지 않았다. 여자란 자고로 어깨가 투질 투신하고 엉덩이도 크고 허리도 굵어야 건강한 아이를 쑥쑥 낳을 터인데 저래서 가통을 이을까 하는 걱정으로 한숨이 절로 나왔다. 삭주에서 이름난 집안의 딸이다. 지체 높은 양반끼리 맺은 혼인을 아녀자가 나서서 뭐라고 말도 못하고 끙끙 앓았는데 그게 현실로 나타나니 기가 막혔다.

검동이는 여리어진 분홍빛 저녁노을을 옆으로 받으며 다소곳이 앉아서 원반죽이 담긴 그릇의 뚜껑을 공손하게 두 손으로 열었다. 그런 검동이를 황홀하게 바라보다가 노마님은 머리를 흔들었다. 이게 무슨 망측한 상상이람. 천한 여종의 몸에서 자식을 기대하다니….

2

눈 속에서 얼어 죽은 근한을 남문 밖에 묻을 적엔 그렇게도 춥더니 두껍게 쌓였던 눈이 봄바람에 녹아내려 사랑 마당이 질척했다. 처마 끝 고드름이 어린애 잠지만 하게 작아지며 떨어져 내리는 낙수로 땅이 패여 맑은 물이 고였다. 햇살이 퍼지자 숙출 아씨는 사내아이처럼 나무 밑 조금씩 녹아내리는 눈 위에서 미끄럼을 탔다. 초록치마 뒤가 젖고 옷고름이 풀린 채 콧물을 삼켰다.

문한이 삽을 들고 나와 처마에서 떨어지는 물이 마당으로 퍼지는 것을 막으려고 도랑을 파면서 박진사의 서가에서 훔쳐본 글을 웅얼댔다.

"季文子三思而後에 行하더니 子聞之하시고 曰再斯可矣니라.

계문자는 세 번 생각한 뒤에 실행한다 하니 공자 들으시고 말씀하시기를 두 번이면 된다 하시니라."

숙출이 얼음지치기에 싫증을 내고 낙수물꼬를 트고 있는 문한에게 다가왔다. 아씨가 다가온 줄도 모르고 문한은 열심히 '계문자삼사이후에 행하더니 자문지하시고 왈 제사가의니라.'를 외우고 있었다. 한 글자, 한 글자를 머리에 그리며 외우느라고 숙출 아씨가 다가온 것도 몰랐다.

"너 게서 천주학쟁이터럼 멀 속으루 중얼대구 있네? 엣다 받아라."

나무 밑 그늘에 아직도 남아 있는 잔설을 뭉쳐서 문한의 머리를 겨냥하고 던졌다. 눈이 문한의 목덜미를 타고 저고리 깃 속으로 파고들었다.

"이키! 차가워. 아씨, 이런 장난하문 개채 없다구(체신머리 없다고) 사람들이 흉봅네다. 차라리 수를 놓든지 도꿉지 놀음(소꿉장난)을 하시라우요."

"싫어, 싫어. 내레 서날미(사내아이)터럼 놀문 와 메라구 냐단들이야. 두고 보라우. 내레 어드렇게 노는디."

도리질을 하며 숙출 아씨는 또 눈을 뭉치러 정심수 밑으로 달려갔다. 치마 밑에 드러난 당혜(唐鞋)무늬가 하얀 눈 위에서 선명하게 드러났다. 비단으로 가죽을 싸서 거죽을 만든 마른 신이 녹아내리는 눈에 신코까지 푹 젖었다.

"아씨, 당혜(唐鞋)가 젖으문 오마니레 꾸중하실 겁네다. 데켄에 마른 땅을 딛구 토방으로 올라오시라요."

"갓신이 젖으문 문한이레 갓바치에게 가서 새 신을 사오멘 되디."

입을 새 주둥이처럼 뾰족 내밀고 어깨를 쫙 펴고 걸으며 장난기가 심한 사내아이처럼 행동했다. 앙증스럽게 작은 당혜에 사랑 마당의 질척한 흙이 엉겨 붙어 걸을 적마다 튀어 오른 진흙이 치마에 황색 점을 찍어 놓았는데도 숙출 아씨는 제기 차는 시늉을 하며 사랑 마당을 헤집고 다녔다. 사랑채에 들어앉아 글을 읽던 복출 도련님이 밖에서 시끌벅적하게 떠드는 문한과 숙출 아씨의 음성에 좀이 쑤셔 지레 앉아 있지 못하고 밖으로 나왔다.

"문한아, 우리 망깨놀이하자."

길게 땋아서 등 뒤로 늘어뜨린 머리가 사랑방에 누워서 얼마나 장난을 쳤는지 새둥지처럼 헝클어졌고 대님을 느슨하게 매서 바짓가랑이가 너풀댔다.

"전 지금 바쁩니다요. 낙수 물꼬를 따고는 행랑마당과 솟을대문 앞두 쓸어야 하느꺼니 도련님은 들어가 글이나 읽으시라요."

"그까짓 일 곽서방보구 하라구 내버려둬. 자 자, 이리와 나랑 망깨놀이하구 놀자우. 내레 심심해 둑갔어."

정원의 응달진 곳에 남았던 눈이 봄기운에 녹아내려 사랑 마당 한가운데를 빙 에워싸며 지도를 그리듯 젖어든다. 복출 도련님은 눈 녹은 물에 젖지 않은 마른 곳에다 나뭇가지로 금을 그었다. 어린애 손 크기의 돌을 금 밖에 던져놓고 엽전 한 닢을 허리춤에서 꺼내 겨냥해 던졌다.

무출 도련님을 곧추 안지도 못하고 포대기에 싸서 뉘어 안고 봄 햇살을 쬐러 사랑채로 나오던 곰보댁이 진흙으로 더러워진 당혜를 신은 속출 아씨를 보고 혀를 찼다. 이런 곰보댁을 놀려주려는 듯 숙출 아씨는 나중엔 앙감질로 사랑 마당을 휘젓고 걸어다녀서 다홍저고리까지 진흙이 튀었다.

"선스나터럼 깨구막질이라니! 아씨, 마님이 나오시문 회초리루 종아리를 맞습니다. 꺽두기(나막신)를 신든지 아니문 날레 안채로 들어가서 새 입성으로 갈아입으시라요. 쯧쯧…."

아씨가 사내가 되고 도련님이 여식이 되었더라면 좋았을 걸 하는 말을 차마 입 밖에 내지 못했다. 그래도 복출 도련님은 두 발 사이에 끼고 벽에 기대놓으면 목을 가누었는데 무출 도련님은 갓난아이처럼 뉘어 안아야 했다. 곰보댁은 몸을 흔들어가면서 풀무타령을 읊었다.

풀마 풀마/ 한성 갔다 오다가/ 밤 한 되를 얻어다가/ 실겅 우에 얹었더니/ 새앙쥐 한 마리가/ 밤 한 되를 다 먹었네/ 그 새앙쥐 잡아서/ 깍대기는 벳기구/ 푹푹 삶아서/ 아바지는 다리 주구/ 오마니는 간을 주구/ 진살이랑 뜯어서/ 너와 나와 둘이 먹자/ 소곰 띡어 빠작/ 장 띡어 꿀꺽

풀마 풀마를 입가에 거품을 물려 신나게 불어주어도 곰보댁의 팔에 전신을 맡긴 무출은 뜨거운 인절미처럼 푹 널브러져 있다. 갑자기 행랑마당이 시끌벅적했다. 주인이 겨울행을 떠난 뒤 늘 목소리를 죽이고 소곤거리며 말하던 곽서방의 걸걸한 목소리가 살아났기 때문이다.

"이거 도검돌이 아닝가? 오랜만이네. 아니 자네 얼굴을 누레 하부텼나(할퀴다), 먼 상처레 고렇게 굉장하네? 아니 다리두 성치 않은가 와 그리 걷네? 저런 지팡이를 짚구서리… 이

거 어드런 일이 일어나두 크게 일어났군."

곽서방은 도검돌의 뺨에 십자 형상으로 흉측하게 패인 상처에 놀랐으나 등 뒤에 매달린 봇짐은 여전해서 박래품을 지고 중국서 돌아온 차림새였다.

"우장 근터에서 화적을 만나 죽었다 살아났지요."

"중국의 화적은 한 사람두 살려놓디 않구서리 다 죽인다는데 어드렇게 살아났소? 이건 산신령님의 도움이야."

"아니요. 예수 씨의 도움이요."

곽서방은 도검돌의 입에서 튀어나온 예수 씨란 새로운 말에 자신의 귀를 의심했다. 예수 씨란 귀신이 새로 생겼는데 자기가 모르고 있었나 해서다. 행랑채에서 나온 하인들은 호기심에 가득 찬 눈으로 도검돌의 절룩거리는 다리와 얼굴의 흉측스러운 상처를 요모조모 살폈다.

"박진사님은 사랑채 아낙에 계시갔지요?"

"우휴! 무출 도련님이 몸을 쓰지 못하느꺼니 속이 상하신디 지난겨울 부담마에 부담농을 매달구 떠나셨는디 봄이 되어두 돌아오시질 안수다."

"기래요?"

"등에 진 박래품을 팔려면 안채에 계신 마님을 부를까?"

행랑채의 두런거림을 듣고 진흙으로 더러워진 당혜를 신은 채 숙출 아씨가 사랑채와 통하는 중문을 빠져나왔다. 치마가 흙으로 더러워진 걸 아는지 치맛자락을 한껏 올린 아씨는 도검돌의 뺨에 골 깊게 팬 상처에 놀라 입을 쩍 벌렸다. 숙출 아씨를 따라 나온 동미가 도검돌을 보고는 멈칫했다. 진사댁을 찾지 못해 홍문재를 헤맬 적에 길을 일러준 봇짐장수였기 때문이다.

"아씨. 그날 진사님댁을 잘 찾으셨군요. 홍삼 당시 도검돌 입네다."

도검돌이 동미를 향해 엉거주춤 절을 했다.

"아하! 맞아요. 그날 길을 잘 일러주어서 고맙수다레."

도검돌이 동미의 얼굴을 뚫어지게 보다가 무엇인가를 골몰히 생각하고는 급히 등짐을 내려서 행랑채의 툇마루에 놓고 풀어헤쳤다. 어떤 진귀한 박래품이 쏟아져 나오나 기대하는 눈들이 도검돌의 손끝에 집중되었다. 이야기로만 듣던 자명종이나 천리경, 아니면 영국산 면포나 색깔이 찬란한 중국 비단을 구경할 것이란 기대로 모두 침을 꼴깍 삼켰다. 그런데 도검돌이 풀어헤친 봇짐 속에서는 그들의 예상을 뒤엎고 책들이 쏟아져 나왔다.

"이게 먼 책들이네? 중국서 개져온 박래품을 어드메 두구 이게 머네?"

곽서방이랑 봉수는 웃긴다는 표정을 감추지 못하고 큼큼거렸다. 순간 화적을 만나 이 사람이 정신이 돈 것이 아닐까 하는 생각에 이르자 곽서방의 얼굴이 굳어졌다. 하긴 등에 지고 간 홍삼을 몽땅 중국의 도적놈들에게 빼앗겼으면 정신이 돌만도 하지 아니한가. 짐짓 다른 데로 말거리를 빼돌리려고 곽서방은 자신의 내밀한 사정을 꺼냈다.

"복남이 오마니레 오랜만에 아를 개지구 신거 먹구프다구 해서 식초를 얻어다 주문 살구루 바꽈오라구 과티느꺼니(소리치다) 아주 죽갔어. 부재집 마님터럼 말이야. 꼭 체네가 아를 밴 것터럼 들볶아. 이번에 망낭딸을 개졌나?"

"이히히…. 지금 살구레 나디를 않는데."

옆에 섰던 숙출 아씨가 장난기 어린 웃음을 날리며 진흙으로 짓이겨진 당혜를 신고 팔딱팔딱 뛰었다. 동미가 보다 못해 슬그머니 등을 꼬집었다.

"아쿠쿠! 아파 죽갔어. 와 이렇게 꼬집구 기래."

숙출 아씨가 죽는다고 아쿠쿠 거리는 사이 도검돌은 인가귀도란 책을 동미 앞에 내밀었다. 숙출의 짓거리로 인해 어쩔 줄 모르고 있던터라 홍삼장수가 내미는 책을 거절 못하고 얼떨결에 받았다. 그러고는 어리둥절했다.

"굉장한 책입네다. 아씨께서 읽구서리 돌려주세요. 이 넘이 중국에서 개져온 것인데 아주 재미있는 책입네다. 내레 그 책을 읽구서리 너무 감동해서 며칠을 두고 울었습네다. 딸을 팔아먹은 나쁜 아바지레 회개하구 진리를 터득한 내용이 적혀 있는데 냉중에는 새사람이 되는 진기한 이야기입네다."

"아하! 춘향전 같은 이야기 책인가부다. 어디 보자우."

숙출이 잡아챈 걸 동미가 되빼앗아 등 뒤로 감추었다. 책을 가운데 놓고 밀치고 야단하다가 동미는 붉어진 귓불을 감추려는 듯 황망히 책을 안고 사랑채로 사라졌다. 기어이 책을 빼앗으려고 숙출 아씨도 뒤따라 들어갔다.

"쯧쯧… 숙출 아씨는 낸이 아니구 서날미라니까. 누구레 저 아씨를 색씨루 데불구 갈디 꽁제 매놓고(묶어놓구) 살아야 할 거다."

봉수 말에 모두 하하 웃었으나 도검돌은 동미와 숙출 아씨가 사라진 중문 쪽을 향해 두 손 모으고 간절하게 무언가를 간구하는 표정이었다.

3

고종 후반기 온 나라 안의 노비는 일백만 명이 된다고 했다. 그 당시 인구비율로 보면 열 사람 중 한 사람이 종의 신분인 셈이다. 부모 어느 한 편에 노비의 피가 섞이면 그 사이에 태어난 소생은 무조건 노비가 되었다. 보통 비(婢)는 노(奴)와의 결혼이 허락되었으나 대관댁 비(婢)만은 평생 처녀로 늙는 수도 있었다. 오대조 때부터 아버지 대에 이르는 동안 사들인 여종은 전래비(傳來婢)라 하며 당대 자기가 산 여종은 매득비(買得婢)라 하고 여자가 시집올 적에 데리고 온 비는 조전비(祖傳婢)라고 한다. 그러니 검동이는 조전비에 해당한다. 삼대를 두고 박진사댁 비로 있는 검동이는 할머니 대부터 박진사의 솟을대문 안에 갇혀 삼대를 살고 있는 셈이다.

아침녘에 도검돌이 행랑채에 들러 잠시 소란했던 것 말고는 솟을대문 안은 쥐죽은 듯 괴괴하다. 이따금 꼴머슴으로 잡일을 맡아오는 문한의 잰 발걸음이 안마당이나 사랑 마당을 다람쥐처럼 오갈까 박진사댁의 아침나절은 웃음도 고함침도 없이 그렇게 흘러간다. 사랑 마당에서 망깨놀이를 하던 복출 도련님도 문한이 함께 놀아주질 않아서 안으로 들어가버려 사랑 마당도 휑뎅그렁하게 비었다. 남풍으로 눈이 녹아내리기는 하지만 아직도 햇살이 들지 못하는 구석진 응달에는 잔설이 남아 을씨년스러운 아침나절, 까치가 박진사댁 가장 높은 나무인 정심수의 우듬지에 앉아 시끄럽게 울어댔다.

"오늘 손님이 오시려나. 어쩐 까치레 아침부터 시끄럽게냐단일까?"

문한이 별딩에 거하기 시작한 동미와 동옥의 방에 아침 군불을 지피며 중얼댔다. 동생이랑 부모가 모두 세상을 떠나고 혼자 남아 이렇게 청승맞게 불을 때며 앉아있으니 오랜만에 강물처럼 흐르는 슬픔이 마음에 스며들었다. 죽음을 본 이후부터 인생을 보는 눈이 단단해진 셈이다. 그때 솟을대문께서 소리가 났다. 누굴까? 문한은 연기가 모락모락 피어오르는 부지깽이를 들고 대문 쪽으로 달려갔다. 까치가 시끄럽게 울어대서 손님이 올 것이라고 귀를 기울인 탓인지 제일 먼저 기척을 알아챈 것이다.

"밖에 뉘시오?"

대답은 않고 대문만 걷어찼다. 문한이 덜컹 솟을대문을 열자 놀라운 광경이 문한의 눈에 들어왔다. 박진사가 부담마 위에서 초죽음이 되어 누워있었다. 말도 마부도 후줄근했다. 말 등위에 축 늘어진 주인과 말고삐를 함께 얽어 잡은 마부가 짚신발로 마구 솟을대문을 걷어찼던 것이다.

"어이쿠! 이거 어떻게 된 일입니까? 마님, 노마님, 모두 나와보시라요. 진사님이 돌아오셨습네다."

문한이 중문을 지나 안마당으로 달음박질하며 소리쳤다. 마님이 탐스럽게 쪽진 머리를 손바닥으로 누르며 대청을 가로질러 나와 마루 끝에 섰다.

"아침부터 와 그리 뛰다니문서 벅작고네?"

"진사님이 돌아오셨는데 글쎄 부담마 위에 이렇게 누워서…."

"머이 어드래?"

마님은 댓돌 위의 신발을 발가락만 걸친 채 안마당을 가로

질러 중문을 빠져나갔다. 그때 박진사는 곽서방의 등에 업혀 행랑마당을 가로지르고 있고 봉수가 부담마에서 내린 부담 농을 어깨에 메고 들어섰다. 박진사가 입은 두루마기, 바지, 버선에는 때가 꼬질꼬질 흐르고 워낙 파리했던 얼굴이 이제 검은 기운이 돌아 꼭 숨넘어간 사람처럼 뻣뻣했다.

"날레 사랑채로 모셔라."

마님은 대갓집 며느리답게 이런 상황에서도 흐트러짐 없이 의젓했다. 한 치의 흔들림도 없이 다부지고 민첩하게 움직였다. 곽서방은 방향을 바꾸어 일각대문을 밀치고 사랑으로 갔다. 매일 아침저녁으로 혹여나 갑작스레 들어설 진사님을 위해 군불을 지폈더니 방바닥이 따끈했다. 마님이 박진사의 버선과 두루마기를 벗기는 동안 검동이는 금침을 아랫목에 폈다. 아무리 봐도 죽음의 그림자가 깃든 얼굴이다. 검동이가 질질 울기 시작했다. 본래 건강한 몸은 아니었지만 이렇게 망가져서 돌아오다니! 마님은 떨리는 가슴을 애써 눌렀다. 모든 죄가 자신에게 있는 걸 잘 안다. 대를 이을 아들을 번듯하게 낳지 못한 죄를 지었다. 더구나 무출은 사람들 앞에 내놓을 수 없는 흉한 몰골이니 마님은 조상이나 남편 앞에서 죄인일 수밖에 없다.

"아니 이거 어드렇게 된 일이네? 쯧쯧… 자식들이 온근치 못하니 애빈들 편하갔네? 집안이 잘 되려문 메니리레 잘 들어와야 하는 뱁이야."

마님은 시어머니의 가시 돋친 말에 더욱 주눅이 들어 몸을 움츠렸다.

"날레 문한을 왕의원에게 보래라우. 봉수는 어드메 있네?

봉수를 보내든지."

노마님의 호통이 사랑채를 잡아 흔들었다. 문한은 박진사가 벗어놓은 낡아빠진 갓신을 댓돌 위에 모양새 있게 나란히 놓았다. 동생 근한의 죽은 몸을 손수 만지고 묻은 경험이 있어 죽음의 분위기를 익히 알고 있는 터라 박진사의 얼굴에 어린 죽음의 그림자를 자신 있게 읽어낼 수가 있었다.

왕의원은 아주 침착하게 박진사의 맥을 짚었다. 잡힐 듯 말 듯 맥이 너무 약하게 뛰었다. 눈꺼풀을 뒤집어 보았다. 창호지처럼 하얗다. 단내가 물씬 풍겼다. 흐흠 왕의원은 신음을 삼켰다. 육체적으로 정신적으로 바짝 마른 상태였다. 아주 죽을 각오로 몸을 내동댕이치지 않고서야 이렇게 기력이 진할 수 있을까. 물에 뛰어들거나 나무에 목을 매어 죽는 것이 아니고 여자와 아편으로 세상만사를 잊고 죽으려고 작정한 박진사의 몰골은 처절했다.

"우선 몸을 보하는 약을 써야겠습네다. 침을 놓을 수 없는 것이 너무 기운이 진해 있으꺼니 효과두 보지 못할 것이구 위험합네다."

이 백정에게 연락해서 소를 잡는다. 구렁이를 잡는다. 사골이 뜨물처럼 되어 가마솥에서 끓고 등심과 안심을 다지고 볶고…. 박진사댁 안채는 도마 두드리는 소리, 가마솥에 물을 길어 붓는 소리, 나무를 꺾어 아궁이에 집어넣느라고 우드득거리는 소리로 갑자기 부산하게 살아났다.

눈이 움푹 들어가고 턱뼈가 뾰족해진 박진사 곁에 붙어 앉아 물수건으로 손발을 닦아주던 마님은 지나온 세월을 떠올리며 몸을 떨었다. 여태 함께 살아온 생활이란 천한 것들보다 더한 족쇄를 채운 나날이었다. 자신은 안방에 거처하고 박진사는 사랑에 거하며 낮에 사람들 보는 데서는 말도 나누지 못하고 타인처럼 피해가지 않았던가. 한 달에 두어 번 시어머님이 검둥이나 곰보댁을 향해 '서방님 자리를 들여오너라.' 하면 박진사는 어머니의 눈치를 보며 안방에 들었다. 좋은 날을 골라 시어머니의 지시에 따라 합방이 가능한 생활이었다. 안마당과 사랑채 사이에 담이 가로놓이고 그 중간에 일각대문으로 드나드는 구조는 평상시의 문이다. 뒤꼍 안채 툇마루와 사랑채 중간에 난 문으로 구부리고 드나들던 세월도 있었다. 어쩌다 들키는 날이면 노마님은 하루 종일 며느리를 들볶았다.

"내레 어드렇게 처신해서 기력이 약한 서방님이 상방(上房) 출입을 도둑고냉이(고양이)터럼 하는 게냐. 이러다가 새서방 잡아먹는 거이 아니네?"

마님은 아직도 정신이 돌아오지 않는 남편을 지난 세월 이런저런 일들을 떠올리며 물끄러미 내려다보다가 만약 이대로 숨이 끊어진다면 자신은 어찌 되는 것일까 하는 생각에 이르자 정신이 아득했다. 남편이 죽으면 나도 따라죽으리라. 품에 항상 지니고 다니는 은장도로 심장을 찌를 수도 있고 시신을 찾을 수 없게 통군정에 올라가 압록강의 강심(江心)에 몸을 던질 수도 있다. 그러나 죽는다고 문제가 해결되는 것이 아니잖은가. 겨우 바보를 면한 복출도 걱정이고 더구나 온몸이 뒤틀리는 무출은 어미가 없으면 금세 굶겨 죽일 것이 뻔하다. 두 아들을 다 데리고 죽는다면…. 숨결도 잘 들리지 않는 남편 곁에 앉아 새벽닭이 울도록 이런저런 망상 속을 마님은 헤매고 다녔다. 순간 머리에 번개처럼 한 생각이 스쳤다. 손가락을 칼로 쳐서 흐르는 피를 먹이면 죽어가는 사람이 살아난다고 하지 않던가. 마님은 가슴을 헤치고 팔각형(八角形)은장도를 꺼냈다. 칼집에서 빼어낸 먹감나무 칼자루를 오른손에 단단히 잡고 왼손의 검지를 자를 생각으로 힘껏 내리쳤는데 손은 부지불식간에 등 뒤에 숨어있다. 정말로 내가 남편을 사랑한다면 손가락 하나 끊어내는데 왜 이리 겁이 많을까. 수차례 손가락을 향해 은장도를 내리쳤으나 어김없이 손은 등 뒤로 가 있다. 혼수상태에서 깨어나질 못하는 박진사 곁을 떠나 사랑 마당에 서서 먼동이 터오는 동쪽 하늘을 바라보았다. 남편이 죽는다는 것은 영원히 이 사랑채가 비워진다는 뜻이다. 그러면 복출이 사랑채를 차지할 것이다. 얼뜨고 어린 복출이 혼자서 이 사랑채를 쓸 수 없을 터이니 문한과 함께 사랑채를 쓸 것이다. 어글어글한 눈에 속눈썹이 여자처럼 긴 네모진 문한의 얼굴이 마님의 눈앞에 다가왔다. 유난히 눈길을 끄는 얼굴이다. 병아리에서 닭으로 변하는 시기의 꽁지 빠진 닭처럼 미워질 소년기에 있건만 문한은 큰 눈과 짙은 눈썹으로 인해 더욱 돋보이는 아이였다. 이렇게 잘 생긴 자식이 박씨 가문에 태어나질 않고 어째서 삼신할머니는 병약한 아이들을 둘이나 이 집안에 점지해서 박진사를 상심하게 만들었단 말인가. 아직 젊은 나이니 자식을 또 낳을 수 있을 것이란 생각에 이르자 마님은 다시 손가락에 은장도를 대었으나 여전히 허사였다. 칼 면에 새겨진 일편단심(一片丹心)이란 글자가 마님을 부끄럽게 했다. 어째서 나는 이렇게 나약할까. 사랑 마당 구석에 놓인 돌확에 쪼그리고 앉아서 자신을 수없이 나무랐다. 그때 묘한 지혜가 떠올랐다. 손을 잘라 피를 내서 집안 식구들까지 알게 하는 것보다 장딴지에서 피를 빼내는 방법이 현명하다는 생각이었다. 마님은 사랑방으로 곤두박질해 들어가 검동이가 놓고 나간 자리끼의 물을 벌컥벌컥 다 마셔버리고 빈 대접을 허벅지에 대고는 눈을 질끈 감고 힘 있게 은장도로 찔렀다. 피가 쿨쿨 쏟아져 대접에 넘친다. 피를 멎게 하느라고 명주 수건으로 칭칭 감고는 대접에 그득 담긴 피를 남편 입에 흘려 넣었다. 완강하게 입을 다물던 박진사가 스르르 입을 열더니 꿀꺽 피를 삼키는 것이 아닌가. 참으로 신기한 일이었다. 마치 생수를 마시듯이 다시 입을 벌리고 더 달라는 시늉을 해서 자리끼에 넘치는 피를 박진사는 모두 마셨다. 마님은 자리끼에 남은 피를 검지로 찍어 남편의 이마에 귀(鬼)자를 써놓았다. 친정 어머니가 자녀들이 아플 적에 늘 하던 주술적 방법이다. 얼마나 시간이 흘렀을까. 어둠이 완전히 가시고 창살문을 타고 아침 햇빛이 찬란하게 파고 들어올 무렵 박진사는 눈을 부스스 떴다.

"내레 어지간히 오래 잔 모양이디?"

"집에 오셔서 발쎄 사흘을 깨어나지 못하셨습네다."

"으음. 그랬었나. 임자레 놀랐겠수다레. 내레 참으로 이상한 곳을 헤매다가 왔디. 디옥 같기두 하구 극락 같기두 한데 상당히 어수선한 곳이드랬어."

박진사는 입가에 피를 벌겋게 바르고 베개 위에 반듯하게 누워서는 입맛을 다셨다. 자리끼와 방바닥에 벌겋게 물든 피, 그리고 다리를 몹시 저는 아내를 지켜볼 마음의 여유가 없었디. 마님은 허벅지에서 피가 자꾸 흘러나와 흥건하게 젖은 명주 수건을 풀어내고 두툼한 명주 목도리로 단단히 묶었다. 현기증이 났다. 앞이 빙그르 돌면서 그대로 박진사 곁에 쓰러졌다. 얼마나 시간이 흘렀을까. 검동이가 수저로 물을 입에 떠 넣고 있었다.

"마님, 자리끼에 피가 많이 엉켜 붙어있어 전부 깨끗하게 씻었습네다. 방바닥 피두 닦았구요. 먼 일이 있었습니까요? 노마님을 부를까요?"

"아서라."

그때 박진사의 손이 허공을 휘저으며 바짝 마른 입술을 달싹거렸다.

"좀 전에 내레 마신 것이 머네? 아주 시원하구 속이 갑자기 확 뚫리는 것이 좋은 약이었어. 그 약을 먹으니꺼니 덩신이 맑아지구 혼미하던 앞이 선명하게 보이더군. 그 약을 더 내게 주구레."

"덩말이지요? 약이 효험이 있었다 이 말이디요. 엉엉…."

마님은 명주 목도리로 감아놓은 뻗정다리를 쓰다듬으며 통곡했다. 검동이가 얼른 일어나 자리를 피했다.

밖에 나오니 봉수가 아주 날카로운 눈으로 검동이를 쏘아보았다. 무엇인가 단단히 결심한 얼굴이다. 검동이가 굼뜬 동작으로 토방 위에 놓인 미투리를 꿰신고는 비실거리며 피해 달아나려 하자 봉수가 대뜸 검동이의 손을 잡아챘다. 발버둥쳤으나 검동이는 봉수의 억센 손아귀에 잡혀 별당 뒷동산으로 뚫린 작은 문 쪽으로 끌려갔다. 별당 한가운데 자리 잡은 동미 방에 불이 밝았다. 검동이의 손을 단단히 거머쥔 봉수가 불빛이 흘러나오는 서당 쪽을 흘끔 훔쳐보았다. 동미는 고모 댁의 소란에 잠도 오지 않고 마음이 편치 않아 홍삼 장수 도검돌이 강제로 읽으라고 빌려준 인가귀도란 책을 펴들었다. 중국사람 이 선생이란 자의 이야기였다. 건성으로 읽어내려다가 깜짝 놀라서 눈이 커졌다.

'아달이나딸이나다부모의골육은한가지여늘엇지딸니보나뇨. 나도참도를듯지못하기전에는아달을즁히녁이고딸은가배얍게녁였나니…. 그러나도를믿은후에는비로소알건대아달과딸이다샹뎨의은혜로주신거시요예수씨의구원하샤쇽하신사람이니사라셔가히샹뎨의 거룩한백성이되엿다가죽은후에령혼이텬당에도라가기리복을누리기는산아희나계집이나한가지오….'

(인가귀도 1894년 녜오쟝)

세상에! 아들이나 딸이 한가지라고! 그럼 아들과 딸이 같은 위치라는 말인데 이게 무슨 소린가? 생판 처음 듣는 말이었다. 너무나 엄청난 말이었다. 하지만 국법으로 금하고 있는 예수 씨가 나오는 것이 꺼림칙해서 가슴을 졸이다가 갑자기 들려오는 발자국소리에 얼른 명심보감을 인가귀도 위에 올려놓고 짐짓 성심편(省心篇)의 한 구절 '하늘에는 헤아릴 수 없는 비바람이 있고 사람에게는 아침저녁으로 재화나 복이 있느니라(天有不測風雨하고 人有朝夕禍福이니라).'를 읽었다. 명심보감의 이런 내용보다 아들과 딸이 동등하다는 인가귀도의 한 부분이 동미를 강하게 사로잡았다.

한년 봉수의 손에 이끌려 뒷농산에 오른 검둥이의 가슴은 놀란 참새처럼 할딱거렸다. 봉수가 눈치를 챈 것일까. 그럴 리는 없는데 무슨 일일까. 만약의 사태에 대비하느라고 검동이는 몸을 단단히 도사렸다. 뒷동산의 옹달샘 곁에 놓인 석상 위에 봉수는 검동이와 나란히 걸터앉았다.

"와 이러네? 사람들이 보문 어드렇게 하려구 이 밤에 날 끌구와 이러네?"

검동이는 몸을 앙당그리고 아주 단단한 알밤처럼 암팡지게 쏘아댔다.

"우리 도망가자우. 고인 물터럼 텁텁한 이 집에 언제꺼정 붙어 살 작정이네?"

"미쳤어? 여기 붙어사느꺼니 굶어죽디 않구 목숨이 붙어 있디. 개진 것두 없이 어드메루 도망가자구 기래? 하늘 턴 따아디두 배완 것이 없으문서 훈장질을 할 거여 무신 일을 하구 살거여?"

"데불구 도망가려구 서간도꺼정 갈 돈두 마련했다. 디금 도망가자는 게 아니다. 압록강이 얼어야 걸어서 건느니꺼니 그리 알구 준비하자는 말이다."

밤이 새도록 두 사람의 말씨름이 계속되었다. 아침 햇살이 퍼지며 물기가 오른 나뭇가지에 이슬이 맺혔다가 방울져 흐른다. 석상 위도 아침 이슬에 젖어 있어 냉기가 등줄기를 타고 올라와 검동이는 더욱 몸을 앙당그렸다.

"압록강을 어드렇게 건너가갔다는 말이네? 월강자들을 잡아서 망나니 칼에 죽이구 있다는 소문이 나도는 걸 알면서두 도망을 치자는 말이네?"

"변방 금령이 점차 해이해지문서 서간도의 혼강(渾江)에서

벌목꾼으로 일했던 의주 사람들을 만났더랬어. 땅이 비옥하
구 개간이 얼마나 쉬운지 벌목꾼들이 가족을 데불구 다시 들
어가서라무니 한인부락을 이루구 살구 있다구 하더라. 변방
정책에 변화가 온 거이느꺼니 우리두 그리루 가자우."

"게 가두 아전들이나 포졸들이 날뛰문서 들볶을 거이 아니
네?"

"그쪽 관헌들은 관대하다고 했어. 우리 되선 관리들처럼
가렴주구가 극악하지 않구 땅두 비옥해서 청인의 땅을 소작
해두 굶어죽지는 않는다구 그러더라."

"내레 서간도꺼정 절대루 가지 않을 거야. 아니 갈 수레 없
단 말이야."

갑자기 뜨거운 인두에라도 덴 듯이 발작을 하며 검동이가
울음보를 터뜨렸다. 이런 검동이를 봉수는 다정하게 어깨를
끌어안으며 토닥여주었다.

"울디 마라우. 우리 한번 잘 살어보자우. 되선에선 가렴주
구가 심하구 살 수가 없디만 서간도에 가문 수고한 대로 먹
구 살수 있으느꺼니 얼매나 돟아. 거기 가문 맨제 검동이란
네 이름을 고쳐주디. 머라구 불러줄까?"

봉수가 이름을 고쳐준다는 말에 검동이는 더 자지러질 듯
흐느꼈다. 노비의 이름은 주인이 노비문서에 마음대로 올린
다. 태어난 생일이나 외모의 특징을 따서 이름을 지었다. 삼
월에 태어나면 삼월이라 부르고 오월에 태어나면 오월이라
부른다. 유월에 태어나면 유월이가 되기도 한다. 성품이나
용모에 따라 어린년은 언년이가 되고 곱게 생겼으면 곱단이
가 된다. 순하면 순이가 되고 얌전하면 얌전이라 불러준다.

예쁘민 예쁜이가 되고 화를 잘 내면 섭섭이가 된다. 검동이는 얼굴이 까맣다고 검동이가 되었으니 봉수랑 서간도로 도망가면 검동이란 이름을 고쳐주겠다고 하는 것이다.

"검동이 대신 홍화라는 이름이 돟지? 붉은 홍(紅)자에 꽃화(花)자."

봉수가 지어준 이름을 검동이가 환호성을 지르며 좋아할 줄 알았는데 검동이는 성난 짐승처럼 발딱 일어서더니 줄달음질해서 별정으로 사라졌다. 새벽 공기를 가르며 검동이 한 말이 봉수의 귀에 쟁쟁하게 남았다.

"몰라몰라. 늦었단 말이야. 이 바보야, 이젠 늦었단 말이야."

4

마님의 피를 마신 탓인지 박진사는 차츰 기력을 회복했다. 그간 푹 수그러들어 조용하던 숙출 아씨가 소란스럽게 문한을 들볶았다.

"문한아, 통군정에 가자. 달밝이 할 적에 탔던 말동채를 타구 달려보자우."

숙출 아씨는 대보름밤 말이 끌고 달리는 썰매인 말동채를 타러 가자고 야단이다. 달빛이 휘황한 보름 밤 안주와 술을 잔뜩 싣고 은세계를 달리는 썰매를 탄 사람들은 흥겨운 노랫가락을 뽑아내게 마련이다. 기생이 동석한 경우 요염한 웃음소리가 눈으로 덮인 은세계를 잡아 흔든다. 썰매를 끄는 말의 목에 매단 말방울소리에 귀를 기울이면 눈 나라의 신비스러움이 이 세상이 아닌 저 세상에 온 것 같은 감동을 안겨주었던 정월 대보름 밤을 잊지 못하고 숙출 아씨는 말동채를 타러 가자고 보챘다.

"봄이라 얼음덩이가 강물을 타구 흘러가는데 말동채를 어드렇게 탑네까?"

"요노무 믹재기(미련한) 두상 같은 문한아! 날레 말이랑 썰매를 개지구 날 데불구 압록강에 가자우."

아씨는 막무가내로 발버둥쳤다. 마님을 닮아 나이에 비해 키가 앙증맞도록 작고 성깔은 박진사를 그대로 빼박아서 아주 차갑고 매섭다.

"정월 대보름 달밝이 하는 밤에나 타는 것이디 얼음이 떠가는 강에서 어드렇게 말동채를 타자구 그러십니까? 아씨, 디금은 겨울이 아니구 봄이라우요."

문한이 살살 피해가며 숙출 아씨 약을 올렸다.

"어엉! 머가 어드레? 난 주인이구 넌 머슴이야. 내 말 듣지 않으문 멍석에 말아서 볼기를 칠 터이느꺼니 조심하라우. 이래두 내말 듣지 않을 거네?"

숙출이 고사리 같은 손으로 자기보다 허리 위가 더 큰 문한의 궁둥이를 마구 때렸다. 문한이 장난기 어린 얼굴로 아야야야앙… 아이쿠! 아프다. 엄살을 떨어가면서 몸을 비틀었다.

"숙출 아씨, 쇤네 등에 업혀요. 내레 말처럼 뛸 터이느꺼니. 대낮에 체네가 어드렇게 나갑네까. 내우사까디(내외 삿갓)를 쓰구 나가야 하는데 아씨터럼 조그마한 여자레 기걸 쓰멘 삿갓 가장자리레 땅에 질질 끌릴 터이구 너무 무거워서 아씨가 짝 짜부라져 아주 납작해디지요."

"이 믹세기 두상 같으니라구. 나더럼 어린애는 내우사까디를 쓰구 댕기는 게 아니구 입는 게 따로 있어. 나가디 못하게 하느라구 나를 겁주는 거디?"

숙출이 문한의 정강이를 당혜 신은 발로 걷어차며 징징댔다. 이런 아씨를 번쩍 들어 업고 문한은 둥게둥게 둥게야를 부르며 사랑 마당을 말처럼 뛰어서 한 바퀴 돌았다.

도검돌은 이 백정이 사는 서문골로 가려고 국제고개로 잡아들었다. 지팡이에 의지하고 걷는 것도 구경거리가 되는 판에 뺨에 열십자로 그어진 상처는 너무 험상궂어서 어른들까지 슬슬 피해갔다. 심지어 동네 삽살개들도 꽁무니에 꼬리를 사려 넣고 비실비실 도망칠 정도로 도검돌의 얼굴은 보기에 흉했다. 칼로 난도질한 뺨을 억지로 잡아당겨 꿰매놓았으니 제멋대로 일그러져서 눈도 이상하고 코도 제자리에 있지 않아 귀신 같은 몰골이었다. 하지만 도검돌의 입에선 중국교회에서 즐겨 불렀던 찬송이 흘러나왔다.

예 수 아이 워 워 션 즈, 성 징 까오 수 워 루 츠
시아오 시아오 하이 통 다 푸 양, 워 먼 환 루어 다 깡 챵
쭈 예수 아이 워, 쭈 예수 아이 워
쭈 예수 아이 워, 요우 성 징 까오 수 워

찬란한 하늘이여! 아름다운 나무들이여! 공기에서도 하나님 냄새가 났고 나뭇가지에 앉아 지저귀는 새들도 사랑스럽다. 죽음의 늪에서 깨어나서 바라본 매킨타이어 목사의 홀떡

벗겨진 머리와 인자한 얼굴, 그리고 하얀 수염이 예수 씨의 모습일까. 예수 씨의 얼굴이 어떻게 생겼든 도검돌의 마음에 차오르는 기쁨은 세상이 온통 자신의 것 같고 마구 아무나를 사랑하고픈 마음이 용솟음쳐서 주체할 수가 없을 정도였다. 이 기쁜 소식을 이 백정에게 전하려고 빨리 걸으려 하나 부러져 이은 다리가 제대로 말을 듣지 않아 마음만 급했다.

이 어려운 시절에 그래도 백정들이 살아남을 수 있었던 것은 조선조 오백년 역사에서 국가의 재정적 간섭이나 부담을 받지 않고 살았기 때문이다. 이들은 양반이나 상민이 절대로 종사하지 않는 도살업, 피혁제조업에 종사해 왔다. 부업으로 푸줏간도 운영하고 아녀자들은 쇠고기 행상도 했으며 설렁탕집이나 개장국집도 그들 차지였으니 굶지 않고 살 수가 있어 오히려 수탈에 시달리는 농민이나 상민보다 나은 결과를 낳은 셈이 되었다.

이 백정의 아들 대석이 눈앞에 알찐거렸다. 말썽꾸러기로 소문났지만 양반 자제들의 흐리멍덩한 눈보다 반항하며 도전하는 대석의 똘망한 눈망울은 물에서 금방 건져 올린 붕어처럼 살아 움직였다. 맑으면서도 강렬하게 뿜어 나오는 안광(眼光)이 상대방을 찍어 누르는 이상한 힘을 지닌 녀석이다.

서문골에 이르니 저녁 안개가 자욱하다. 사립문을 밀치니 삽살개가 죽어라 짖어댄다. 그간 무슨 변고가 있었나. 이 집이 어찌 이렇게 냉할까. 도검돌은 으스스한 한기를 느끼며 마당으로 들어섰다. 이 백정이 숫돌에 칼을 갈다가 대문 쪽에서 나는 인기척에 얼굴을 들었다. 지팡이를 짚고 절뚝이며 들어서는 도검돌을 보고는 깜짝 놀라서 달려 나와 두 손을 공손하게 밎잡고 허리를 깊숙이 숙었다.

"중국에 가신 뒤 하 오래 소식이 없어서라무니 걱정했더랬년데…. 세상에! 얼굴의 상처레 깊은 걸 보느꺼니 생명을 부디한 것이 다행이요."

이 정도로 다쳤으면 어둡고 이상한 표정을 지으련만 도검돌의 얼굴에서는 빛이 났다. 눈도 예전보다 더 맑고 힘이 넘쳐서 전신에 빛이 서린 듯했다.

"와 이렇게 집에 찬바람이 도네?"

"아아! 오랫동안 중국에 가계셔서 몰르셨군요. 대석 오마니레 죽어삐렀습네다. 오목장날 낭구 함지에 소고기를 담아 이구 팔레 나갔더랬년데 사람들이 때려 죽여삐렀습네다. 대석을 데불구 나간 것이 잘못이요."

그리고 보니 이 백정의 얼굴이 말이 아니게 수척했다.

"세상에! 사람들이 힘두 없는 낸을 때려죽였단 말이네?"

"백정이 사람입네까. 짐승이디요. 이렇게 죽어두 어디 가서 말할 데두 없는 거이 백정 아닙네까. 호적두 없구 군적두 없구 세금을 내디 않아두 되구 그저 있는 듯 없는 듯 짓밟히다 죽을 짐승들이디요."

도검돌은 괴나리봇짐을 어깨에서 풀어내 마루에 내려놓고 지팡이 끝을 댓돌에 물려 마루에 기대놓았다. 손끝이 야무졌던 대석네가 없어서인지 마당도 지저분하고 열린 부엌 안도 헝클어져 있다. 대석의 여동생인 금경이 살림을 하자니 오죽하겠는가. 열려진 방 안에도 이불이 그대로 펴져있다. 대석네가 살았을 적엔 어디나 깨끗하고 반짝반짝 윤이 났던 집이었다.

"하나님 앞에서 인간은 모두 평등한 것이웨다."

도검돌의 말에 이 백정은 무슨 뜻인지 몰라 주춤한다.

"우리를 창조하신 하나님 앞에서 양반 쌍놈이 어디 있갔소? 하나님 앞에서 모두레 똑같이 평등한 것이다."

"양반과 저희 백정들이 똑같은 자리에 있단 말입네까? 아이쿠! 기런 말씀 마시라요. 양반들이 들으문 그 자리에서 맞아죽을 소리입네다. 다시는 고런 말씀 마시라요. 듣지 않은 걸루 하겠습네다."

이 백정은 도검돌의 말에 겁이 나서 벌벌 떨었다. 나중에는 손을 저으며 귀를 막는 시늉까지 했다. 겁에 질린 표정을 지으면서도 마음이 끌리는지 바짝 긴장된 얼굴로 도검돌의 입을 주시했다.

"마적의 습격을 받아 칼로 난도질당해 길에 버려졌을 때 중국 사람두 그냥 도망가구 되선 사람두 얼굴을 돌리구 피해 갔디만 오직 예수 씨를 믿는 사람이 나를 이렇게 살려냈수다레. 타향에서 피를 혹께 많이 흘려 죽어갔더랬넌데 동족이 아닌 양인 목사레 에수 씨의 사랑으로 나를 돌봐주어서 살아났디 먼가."

"우리 조정에서 금하는 교를 믿는 양오랑캐가 되선 사람을 구해 주었단 말이디요? 고럼 예수 씨를 믿는다 하는 사람은 어드런 사람이길레 그럽네까?"

"내레 우장에서 살펴본 바로는 예수 씨를 믿는 사람은 다른 사람과 같지 아니함이 있었수다레. 음식과 의복, 맨날 하는 일은 대강 세상 사람과 같으나 오직 마음에 두어 행하는 일은 세상 사람과 같지 않았디."

대석이 토방에 걸터앉아서 아버지와 홍심장수 도검돌이 주고 받는 대화를 숨을 죽이며 듣고 있었다.

"먼 일을 마음에 두어 행하길레 우리와 같지 아니한지 말해 주시라요."

"예수 씨를 믿는 사람은 홀로 하나님만 공경하여 날마다 예배를 드립디다."

"세상 사람두 하늘을 공경하고 땅, 산신령, 귀신까지 공경하는 자 많거늘 어찌 예수 씨를 믿는 자의 일이 다른 사람과 같지 않다 말씀하십네까?"

"세상 사람이 공경하는 바는 도모지 망녕된 뜻을 개지구 하는 것으로 사람이 손으로 만든 화상과 탱을 공경하야 절하니 소용없는 거짓 짓이요. 세상에 거짓 일은 허다하거니와 참된 일은 오직 하나님 한 분만 공경함이니 이런고로 예수 씨를 믿는 자는 다른 사람 같지 않은 것이다. 도무지 이상한 거는 예수 씨를 믿으문 마음이 상쾌하구 덩신두 맑구 사랑이 넘쳐서…."

도검돌의 눈이 붉어졌다. 대석이 한쪽 손으로 턱을 괴고 앉아 두 사람의 대화를 열심히 듣다가 끼어들었다.

"아즈바니는 몸이 흉하게 맹가졌는데두 덩말 기쁩네까?"

"예수 씨레 나와 함께 있어 힘을 주는데 두려울 게 머 있갔네?"

이 백정과 대석 앞에서 도검돌은 우장서 배운 찬송을 부르기 시작했다.

'어렵고 어려오나 우리 쥬가 구하네.' 이번에는 대석이도 저들을 따라 '돌다'라고 외치며 무릎을 쳤다. 생전 처음 들어

보는 음률로 부르는 찬송을 따라 이 백정과 대석은 '돟다'는 장단을 넣어가며 상체를 좌우로 흔들다가 대석이 툭 질문을 던졌다.

"아즈바니! 우리 쥬가 구하네 할 적에 쥬가 뭡네까?"

"쥬가 바로 예수 씨인데 그분은 우리터럼 천하구 불쌍한 사람을 부재나 양반보다 더 사랑하구 구해주시는 분이디. 예수 씨에 대해 쓰여진 책을 성경이라 하는데 의주 청년들이 되선어로 바꾸어 쓰구 있으니꺼니 조금만 기둘러."

"우리 아버지레 늘 가려쳐주신 건 소를 죽이문 죽은 소는 극락에 간다구 했더랬는데 고럼 예수 씨하구 어드런 관계가 있습네까?"

"극락은 참 이치인 하나님을 알디 못해서 사람들이 상상해 낸 거짓부리야. 성경에 보문 하나님이 계신 곳을 천국이라구 했어. 예수 씨를 믿으문 나터럼 뱅신이 되구두 두렵지 않구 마음이 편안하구 먹을 것이 없어두 하나님을 믿으니꺼니 배가 불러. 양반 상놈할 것 없이 모두가 하나님 앞에서 평등하느꺼니 가장 턴한 백정꺼정 예수 씨는 양반과 똑같이 사랑하는 거디."

그러자 대석이 두 손을 번쩍 들고 토방에서 벌떡 일어섰다.

"내레 그런 하나님을 믿겠수다. 백정을 양반과 평등하게 대해 주는 그런 하나님을 믿겠수다. 어드렇게 믿어야 되는 건디 가르쳐주시라요. 나두 하나님과 예수 씨를 따르겠수다. 산신녕은 아무리 불러두 대답두 않구 근냥 정성을 다해두 양반하구 백정인 우리를 구별해 왔더랬시요. 내레 디금 당장 그런 산신은 걷어차버리구 아즈바니레 믿는 하나님과 예수 씨를 믿겠수다레."

어린 대석의 입에서 폭포수처럼 쏟아져 나오는 말을 들으며 이 백정은 걱정스런 표정을 감추지 못하고 두려움에 떨면서 대석을 껴안고 침착하게 물었다.

"국법으로 금하는 야소교를 믿다가 망나니의 칼에 죽는 것이 아니네?"

그러자 도검돌이 확신에 찬 어조로 모두를 달랬다.

"걱정 말라우. 우리레 예서 목청껏 찬송을 부르구 기도를 하문서 예수 씨를 믿어 예배를 드려두 백정 마을꺼정 와서 잡아갈 사람이 없으꺼니."

도검돌의 확신에 찬 대답에도 불구하고 이 백정은 불안한 마음을 억제할 수가 없었다. 그간 천주학을 믿는다고 부지기수로 죽어나간 사람들을 생각하니 겁이 더럭 날 수밖에 없었다.

"세상 사람이 공경하는 것을 다 허탄한 것이라 하문 듣는 사람들이 돛아 아니 하구 도리어 예수 씨를 믿는 사람들을 그르다 할 것입네다."

이 백정이 강하게 반박을 하고 나섰다. 그의 걱정을 눈치 챈 도검돌이 싱긋 웃었다. 너무나 평안한 그의 미소에 오히려 이 백정 쪽이 겁을 집어먹었다. 경상도의 남단에서 자유를 찾아 의주까지 왔는데 야소교를 믿는다는 이유 때문에 그나마 근근이 부지해온 목숨이 망나니의 칼에 죽어나가는 것이 아닐까.

"세상 이치를 자세히 알기 젼에는 그렇게 말하는 사람이 있으문 도리어 그게 맞다고 생각했더랬넌데 그후 성신이 감화하심을 입어 마음이 밝히 깨달은 뒤에는 좀 전에 한 말이 진실하구 조곰도 그르지 아니한 줄 알게 되었디. 예전에 하던 일과 행실을 다 고쳐 다시는 거짓 일을 행치 아니하니 세상 사람이 도리혀 예수 씨를 믿는 사람덜을 그르게 여겨 여러 가지 말로 훼방하디만 성신이 함께하니 사람의 말을 두려워하지 않게 되었수다레."

"아아! 너머 미서워서 가슴이 마구 떨려요. 도대체 하나님이 누굽네까?"

"하나님은 천지 만물의 근본이니 전혀 능하시며 지극히 높고 착하신 분이야. 천지 만물을 주관하셔서 일 년 사시(四時) 되게 하여 세상 사람이 만 가지루 쓰는 것을 주시니 이러함으로 천하만국 사람이 마땅히 공경할 분이디."

도검돌이 뭐라 말하든 이 백정은 죽을상이 되어 창백한 얼굴로 벌벌 떨었다.

"두려워 말라우. 하나님이 항상 도와주시며 동행하는데 머가 미섭네. 우리는 나그네 인생, 잠시 왔다 가는 이 땅의 생활에 매이지 말구 영원한 나라꺼정 데불구 가는 예수 씨를 하하 따라가다 보문 천국꺼정 갈 것이야."

도검돌은 예수성교요령을 내놓고 대석에게 한글을 한자 한자 가르쳤다.

"대석아, 백정두 읽을 하나님의 말씀인 성경을 의주 청년들이 번역하구 있으꺼니 한글을 열심히 배와야 한다."

받침이 달린 글자를 더듬거렸지만 대석은 그날로 모두 줄줄 읽어냈다. 4쪽과 5쪽으로 된 예수성교요령과 예수성교문답은 이응찬 일행의 의주 청년들이 한글로 번역한 것을 도검돌이 우장에서 들고 온 것이다. 배운 글로 읽는 재미에 심취한 대석을 한참 바라보던 도검돌이 힘 있게 대석의 손을 잡았다.

"대석아. 내 청을 들어주간?"

"…."

"먹과 붓을 내레 사줄터이느꺼니 이 책들을 창호지에 베낄 수 있네?"

"이걸 베껴서 멀 하시렵니까?"

"이걸 게지구 돌아다니멘서 예수 씨를 사람들에게 알리자 우."

"예수 씨를요?"

도검돌이 돌아간 뒤 아무리 생각해도 나라에서 금하는 야소교를 믿는다는 것이 마음에 걸려서 이 백정은 초조하고 불안해 어찌할 바를 몰랐다.

"대석아, 너 덩말 야소교를 믿을 작정이네?"

"예, 아바지. 우리 백정을 사랑하는 예수 씨를 일생 따라다 닐랍니다."

"백정은 밭둑이나 산비탈에 널린 쑥과 같다. 대서리가 내려두 죽지 않구 땅이 꽁꽁 얼어붙어도 봄이 오문 살아나는 쑥 같은 사람들이긴하다만은…."

"알아요. 아바지레 그 말씀을 수없이 했시요. 우리를 쑥이라 함은 어드런 일을 당해두 죽디 않구 살아남는 질긴 생명을 지닌 사람들이란 말이라구요."

동지섣달 대 서리 같은 벼슬아치들과 탐욕스러운 양반들이 뼈를 훑어내는 토색질과 수탈을 해도 살아남은 백정이 아니던가. 들판에 널린 쑥은 사람들이 아무리 많이 뜯어 먹어도 없어지질 않고 새순이 돋아난다. 늦가을 무서리를 맞고도 봄이

오면 쑥은 밭두렁이나 산기슭 햇살이 닿는 곳이면 어디서나 지천으로 얼굴을 내밀 듯 백정은 그렇게 질기게 살아남았다.

먼 훗날 천지가 하얀 눈으로 뒤덮인 것처럼 깨끗한 새 세상이 올 것이다. 도검돌이 말하는 예수 씨가 바로 그런 세상을 만들 수 있는 참신(神)이라면 이 백정도 예수 씨를 믿다가 망나니의 칼에 죽어도 좋다는 생각이 들었다.

"넌 야소교를 믿다가 발각되어 잡혀 죽어두 돟으네?"

"예! 아바지. 백정들이 디금꺼정 살아온 것처럼 악착같이 예수 씨를 꽉 붙잡구 따라가문 양반과 백정이 평등해지는 그런 날이 올 겁니다. 그게 억울하게 양반들에게 맞아 죽은 우리 오마니의 한을 풀어주는 길이디요. 내레 힘을 다해 예수 씨를 따라가서 밭두렁에 뿌리를 내린 쑥처럼 살아남을 것입네다. 반드시 양반이나 백정들이 평등해지는 그런 새 세상이 올 것입니다. 아바지, 두려워 마시라요."

"덩말 기런 세상이 올까? 요 작은 책에 그런 힘이 있다구 넌 생각하네?"

"아바지, 도검돌 아즈바니레 이 책보다 더 돟은 책인 성경을 읽으라구 했시요. 우장에서 의주 청년들이 디금 하나님의 말씀인 성경을 한글루 옮기구 있으니꺼니 기걸 읽으문 내레 아주 무서운 힘을 지닌 사람이 될 것입니다."

대석의 눈에 빛이 서린다. 어린 대석의 입에서 어떻게 저런 말이 나올 수 있단 말인가. 도검돌이 두고 간 얄팍한 책이 상상도 못할 용기를 대석에게 준 것이란 생각에 이르자 이 백정은 무릎을 경건하게 꿇고 산신령에게 늘 해오던 것처럼 공손하게 책을 향해 절을 하며 두 손을 모았다.

5

문한이 조끼에 든 동전을 세어보았다. 오목장날 곽서방에게 부탁해서 병아리를 서너 마리 사다 뒷동산 양지바른 곳에 바자울이라도 치고 길러볼 참이었다. 장차 돈이 있어야 장사를 할 것이고 물건을 많이 사야 이익도 듬뿍 남길 것이다. 설날 노마님이 던져준 엽전이 다섯이나 되었다. 솔잎이 타고 있는 아궁이 앞에 앉아 부지깽이로는 마른 솔잎을 슬슬 밀어 넣으며 손 안에 놓인 동전을 불빛에 비춰보았다. 악착같이 돈을 모아 장사를 시작한다 해도 처음에는 차인이 되어 장사를 배워야 한다. 그럴 만한 사람으로 도검돌이 떠올랐다. 하지만 지난번에 보니 도검돌 아즈바니도 마적을 만나 홍삼을 몽땅 빼앗기고 병신이 되어 돌아왔으니 그런 시시한 장사꾼을 어떻게 따라다니겠는가. 거상이라면 마적을 피해 다닐 수 있는 장사꾼이 아니겠는가.

"야! 문한아 너 함자 멀 그렇게 생각하네? 아궁이 밖까지 솔잎이 타서 짚신을 태우는데두 와 그러구 있네? 날레 닐나 라우."

봉수가 문한의 등짝을 세차게 때리며 부지깽이를 앗아서 봉당 흙바닥에 타고 있는 솔잎을 아궁이 속으로 밀어 넣었다.

"아이쿠! 깜짝이야. 사람을 와 기렇게 놀래키구 있네?"

"너 먼 생각을 그리 깊게 하고 있간? 체네를 얻어 당개갈려구 하네?"

"체네 돟아하네. 어드런 당사를 배와 돈을 벌까 궁리하구 있었디."

"당사를 하려문 의주에서 이름난 거상(巨商) 임상옥(林尙沃)터럼 되어야디 시시한 조무래기 당사가 되려문 근냥 이 집에 종으로 사는 거이 낫디."

저녁을 먹은 뒤라 땅거미가 물밀듯이 솟을대문 안으로 밀어닥쳤다. 솔잎을 아궁이 속으로 요리조리 조금씩 살살 펴서 밀어 넣어가며 두 사람은 아궁이 앞에 나란히 앉아 손바닥을 쫙 펴 불을 쬐었다.

"임상옥이 어드런 당사를 했더랬넌데 그렇게 소문이 났네?"

문한이 봉수에게 바짝 매달렸다. 이십을 바라보는 봉수의 턱에 수염이 밤송이처럼 성글게 자라 오르고 목소리도 우렁우렁했다. 그에 비해 이제 소년기에 접어든 문한은 비릿한 젖비린내가 물씬 풍겼다.

"너 덩말 당사를 하구픈 거네?"

"이렇게 박진사댁에서 종살이를 하문서 늙어 죽디는 않을 거라우. 내 동생, 근한의 머이(墓) 앞에서 단단히 약속을 했드랬넌데 어드렇게 세월을 근냥 보내갔어. 돈을 많이 벌어서 내레 큰 부자가 될 거이느끼니 두구 보라우. 그러느꺼니 제발 그 거상이라는 임상옥 이야기 좀 해줘."

봉수는 긴 이야기를 할 모양인지 짚으로 만든 똬리를 궁둥이에 대고 털썩 봉당에 퍼질러 앉았다. 문한이도 나뭇간에서 짚 똬리를 하나 가져다 봉수와 나란히 널브러지게 봉당에 두 다리를 쫙 펴고 앉았다. 봉수의 이야기가 아궁이 앞에서 입가에 침을 뿜어가며 신나게 터졌다.

거상 임상옥(林尙沃 1779-1855)은 정조 2년에 태어나서 철종 6년까지 산 사람이다. 열 살에 장사를 하는 아버지를 따라 중국을 오갔다. 추운 겨울에 한데 잠을 자기도 하고 산 도적을 만나 가진 걸 몽땅 털리기도 하며 잔뼈가 굵었다. 나이 들어가며 국제무역에 눈을 떴다. 중국 사람을 어떻게 다루어야 돈을 챙길 수 있고 어떤 수단을 부려야 물건을 비싸게 팔 수 있는가도 자연스럽게 터득했다.

임상옥이 중국어를 유창하게 구사하는 장사꾼으로 성장해서 알게 된 것은 혼자 힘으로 국경을 넘나드는 장사를 하는 시대가 아니라는 점이다. 권력의 뒷받침이 절대적으로 필요했다. 어려서부터 익힌 경험과 배짱으로 될 장사가 아님을 깨달은 그는 이조판서 박종경(朴宗慶)과 친분을 맺고 그 배경을 뒤에 두고 국경지방의 인삼무역권을 독점할 수 있게 되었다.

조선 사신 일행에 끼어 연경에 가면 사신들이 도착했다는 소문보다 인삼의 거상, 임상옥이 왔다는 소문에 청나라 상인들이 들썩거릴 정도로 장사의 기반을 닦았다. 마흔이 넘어선 어느 날 노련한 거상 임상옥은 다른 때보다 왕창 많은 인삼을 싣고 연경에 도착했다. 앞을 다투어 밀려들 청국 상인들을 여사(旅舍)에서 느긋하게 기다리고 있었다. 그런데 이게 어찌된 일인가. 개미 한 마리 얼씬하지 않으니! 다른 때보다 양을 몇 배로 늘려 바리바리 싣고 온 인삼이 여관의 창고에 넘치게 쌓였는데 청국 상인들 기척이 없으니 아찔했다. 열흘이 지나고 보름이 흘렀다. 이제 내일이면 사신들이 연경을 떠나는 날이다. 그런데도 청 상인들은 단 한 사람도 얼굴을 내밀지 않았다. 도대체 무슨 일이 저들에게 생겼단 말인가. 오랜 장사꾼 생활에서 처음 당하는 일이라 난감했다. 무리하게 빚을 얻어 양을 늘려 싣고 온 인삼인데 이대로 돌아가면 망하는 판이다. 그뿐 아니라 다음번에 인삼을 가지고 와도 장사를 계속할 수 없다는 판단이 서자 현기증이 났다. 아무리 생각해 봐도 그가 청 상인들에게 잘못한 일이 없는데 어찌된 일인가.

그 순간 의주 거상 임상옥의 머리를 스치는 생각. 아! 저들이 불매운동을 일으켰구나. 인삼 값을 하락시키려고 저들이 동맹을 맺었구나. 사신들이 떠나는 날 동행해야 하는 임상옥의 약점을 노려 헐값으로 사려는 그들의 얄팍한 계략임을 감지했다.

봉당에 퍼질러 앉아 떠벌리는 봉수의 이야기는 귀신이나 산신령이 나오는 것보다 더 흥미진진해서 문한은 침을 게게 흘려가며 들었다.

"그래서 어드렇게 했어? 임상옥이 청 상인들과 어드렇게 맞섰느냐 말이야?"

봉수는 문한의 호기심을 잔뜩 자극하고 느긋하게 이야기 보따리를 풀었다.

"여봐라. 여사(旅舍)에 있는 일꾼들에게 창고에 쌓인 인삼 포대를 마당 한가운데 옮기게 해라. 일 삯은 두 배로 줄 것이니라."

잔주접에 찌들려 일감을 기다리던 여사의 막일꾼들이 우우 몰려나와 인삼포대를 나르기 시작했다. 숨어서 망을 보던 청 상인들은 쾌재를 불렀다. 그러면 그렇지! 제가 어떻게 할 거여. 저렇게 쌓아놓고 싸구려를 외치겠지. 최후의 순간까지 기다리다가 똥값이 되면 마지못해 사들이는 척 다가가야지. 부엌이나 담 옆에 손님으로 가장해서 숨어있던 상인들이 생쥐처럼 들락거리며 임상옥의 거동을 살폈다. 창고에 가득 쌓였던 인삼 포대들이 마당 한가운데로 옮겨져 높이 쌓이자 임상옥은 장작을 사오라고 돈을 내놓았다.

"아니 이렇게 많은 돈으로 장작을 사오라고요? 도대체 몇 짐이나 사올까요?"

"돈 준 대로 아주 많이많이 사와."

"그럼 서른 짐도 넘습니다."

"다 필요하느꺼니 걱정 말구 날레 져날러."

이걸 숨어서 보고 있던 청 상인들은 임상옥의 처사를 이해할 수 없어 머리를 갸웃거렸다. 여사 밖에 숨어서 기다리던 상인들에게도 좍 이 사실이 알려졌다.

"장작을 서른 짐이나 사러 일꾼들이 나갔는데 무슨 일인지 모르겠다."

"기다려 보자. 내일이면 사신들이 떠나는데 그 많은 인삼을 다시 지고 압록강을 건널 수는 없지 아니한가. 우리가 싸구려라도 사주지 않으면 버리고 갈 수밖에 없을 터이니 두고 보자."

청 상인들은 여기저기 무리지어 숨어 솰라솰라 야단들이었다.

여사 안에서 망을 보던 사람에게서 전갈이 왔다. 서른 짐이나 져 나른 장작을 쌓아놓은 인삼포대 둘레에다 삥 둘러놓았다. 저런, 저런! 임상옥이 관솔에 불을 댕겼다. 불길이 장작으로 곧 옮겨 붙을 기세다. 아니 그게 진짜인가. 그 많은 인삼을 모두 소각시켜버리겠다는 말인가. 어떻든 인삼을 사려고 모여든 사람들이다. 일이 이렇게 되자 청 상인들은 숨어 있던 곳에서 몰려나와 여사의 안쪽을 기웃거렸다. 임상옥은 패랭이를 삐딱하게 쓰고는 엄숙한 표정으로 타오르는 불길을 응시하고 있었다.

봉수는 박진감 넘치게 거상의 결단을 알리느라고 주먹을 불끈 쥐었다. 문한은 침을 꼴깍 삼키며 정말 그 많은 인삼이 잿더미로 변하나 해서 숨이 찼다.

"덩말루 그가 그 많은 인삼을 몽땅 태워버렸단 말이네?"

"한 켄에서는 연기가 나구 다른 켄에서는 청 상인들이 일루루 보구 델루루 보고 있넌데 갑제기 장작에 붙은 불길이 인삼 포대루 옮겨 붙었디 머야."

봉수는 문한의 표정을 읽어가며 천천히 이야기를 풀어나갔다.

"임상옥 선생! 이거 머하는 짓이오?"

청 상인의 두목이 임상옥을 밀어내고 어이 물을 가져오라, 모두 나와 불을 끄라 야단이었다. 여관 밖에서 숨어 숨을 죽이며 훔쳐보던 청 상인들이 벌떼처럼 덤벼들더니 물을 뿌려 타오르던 불길을 금세 잡았다.

"이보시오. 내 물건을 내 마음대로 하느꺼니 이런 말 데런 말 마시라요. 내레 내일 되선으로 돌아가야 하느꺼니 개져온 인삼을 몽땅 소각시키갔수다."

청 상인들은 손을 싹싹 비비면서 어이어이, 싸게 싸게, 삘리빨리 하며 와아 임상옥 주위에 모여들었다. 서로 먼저 인삼을 사겠다고 수라장이 되었다.

"영약(靈藥)을 천대하는 눈 어두운 사람들에게 굳이 권하지 않겠소. 내레 차라리 불사르구 돌아감이 되선의 영토(靈土)를 욕되지 않게 하는 길이오."

의주 상인 임상옥은 부싯돌을 비벼서 또다시 관솔불을 붙였다. 임상옥의 뜻은 아주 강했다. 장작에서 후드득 푸드득 불똥이 인삼포대로 옮겨 붙었다.

"임선생, 이러지 맙시다. 자자! 지난번보다 조금 싸게 해서 팔구 가시오."

"이번 개겨온 인삼은 지난 거보담 훨씬 돟은 것이라 기렇게 못 합니다. 싸게 팔문 인삼의 영험함이 사라지디요. 영약이란 비싸야 효험이 있는 법."

"그러문 지난 번하구 같은 값을 줄 터이니 고만 이 불을 끕시다."

청 상인들은 인삼포대에 불이 붙자 발을 구르며 덤벼들어 후딱 진화를 했다. 여사 안은 사람들의 웅성거림과 인삼 타는 연기와 냄새로 가득 찼다. 지나가는 사람들도 무슨 일인가 해서 들어오고 여사에 묵던 사람들도 모두 마당으로 나와서 그야말로 장터처럼 번잡해서 발을 들여놓을 틈이 없었다.

"우리들이 다 살터이니 지난 번 홍정했던 값으로 주시오."

"누가 메라 해두 돟은 인삼을 기렇게 싸게는 팔지 못합네다. 값싼 인삼은 그만큼 약효가 적은 법이느꺼니 알아서 하시라요."

"고럼 지난번보다 조금 더 올려주겠소."

임상옥은 당당하게 패랭이의 줄을 조이며 머리를 흔들었다.

의주 거상의 배짱에 너무 신이 나서 문한이 손뼉을 쳤다.

"고럼, 고럼 그래야디. 참으로 멋진 인삼 당시다. 고만에 두 배를 받디."

"내 말을 더 들어보라우. 임상옥이 얼매나 멋진 당시인가."

봉수는 아궁이에 솔잎을 한 삼태기 더 가져다가 살살 펴가며 불길을 달랬다. 문한이 바짝 구미가 당겨서 그 다음 이야기를 들으려고 안달했다.

청 상인의 제안에 임상옥은 묵묵부답. 그의 눈에서는 강렬한 빛이 뿜어 나와 눈이 시려진 청상의 우두머리는 기가 꺾인 음성으로 다시 타협안을 내놓았다.

"그럼 지난번의 두 배!"

설마 이 값이면 임상옥도 쾌히 응낙하리라 기대했다. 한데 예상을 뒤엎고 임상옥은 강하게 도리질을 하는 것이 아닌가. 다급해진 청상인.

"그럼 두 배반?"

청 상인의 두목은 얼뜨기 표정을 지으며 둘러선 상인들의 반응을 훔쳐보았다.

"그런 말 말라우요. 이번에 개져온 인삼은 백 년에 한 번 캘까말까 하는 귀한 거이느꺼니 어드러카갔소. 영약을 알아보는 사람만이 열 배를 내구 살려문 사구 그라느문 돌아가시라요."

하긴 약이란 비쌀수록 그 효험이 크다는 걸 중국 상인들도 잘 알고 있었다. 한 사람, 두 사람 청상들이 얼 배의 값을 지불하고 인삼을 사기 시작했다. 그렇게 비쌀 적에는 그만한 가치가 있는 것이 아니겠느냐는 수군거림이 상인들 사이에 퍼졌기 때문이다. 순식간에 인삼은 동이 났다.

그 다음날 사신들의 일행에 끼어서 임상옥은 수많은 은괴(銀塊)와 중국비단을 싣고 패랭이를 빼뚜름하게 쓰고는 의기양양하게 의주로 금의환향했다.

노모(老母)가 반갑게 아들 임상옥을 맞았다.

"이번 연경에 개지구 간 인삼을 잘 팔았네?"

"예."

"얼매나 이익을 남겼네?"

"은괴를 쌓으문 저 마이산(馬耳山)만 하구 비단을 쌓아놓으면 저 향교동에 있는 남문루(南門樓)만 하겠습네."

노모의 입이 크게 벌어지더니 주름살에 가려졌던 눈도 커졌다.

"어려서 찬밥 먹구 바깥 잠을 자문서 배운 상술이 이제야 빛을 내는구나."

손발에 동상을 입어가며 아버지 뒤를 따라 장삿길에 나섰던 어린 아들의 모습이 또렷하게 살아나자 노모는 감개무량하여 옷고름으로 눈물을 찍어냈다.

봉당에 앉은 봉수와 문한의 뒷모습은 짙게 내려덮인 어둠과 아궁이에서 타고 있는 불빛 속에서 한 폭의 그림이었다. 봉수의 등에 비해 월등 작은 문한의 등에 땋아 내린 머리가 봉수의 것보다 훨씬 더 탐스러웠다.

"야아! 임상옥이란 뚝심 있는 거상이 의주 출신 상인이었단 말이디?"

"고럼, 의주에 그런 인물이 있더랬넌데 장차 너두 당시가 되려문 그 덩도는 되야하지 안칸?"

"내레 요담에 크문 의주의 임상옥터럼 돈을 많이 버는 당시가 될 터이느꺼니 두구 보라우."

"임상옥이란 사람은 돈만 많이 번 것이 아니구 배고픈 노인덜을 돌봐서 이름이 되선 방방곡곡에 났더랬넌데 아주 재미있는 사건이 터뎄디. 번 돈으루 대궐 같은 집을 짓구 가난한 사람덜을 모아서라무니 날마다 잔채 떡을 해멕이구 사는데 하루는 이상한 나그네가 임상옥을 찾아왔더랬어."

봉수의 이야기가 새롭게 길어질 기미를 보이자 문한은 침을 꼴깍 삼키며 얼른 마른 솔잎을 한 삼태기 담아다가 아궁이 앞에 놓았다. 그의 이야기는 다시 열을 내기 시작했다.

"전주 감영의 이방(吏房)이란 얼그망이(곰보)레 쥔녕감을 찾습네다."

임상옥은 하인의 전갈을 받고 이상한 생각이 들었다. 전주에서 의주까지 먼 길을 걸어서 이방이 찾아온 것이 심상치가 않았다.

"아낙(안)으로 들라구 이르라."

천한 장사꾼으로 집을 대궐 같이 짓고 하인을 여럿 두고 살지만 신분이 높아진 것은 아닌데 전주 감영의 이방이 전라도에서 의주까지 왔다는 건 예삿일이 아니었다. 임상옥은 기이한 감정을 누르며 손님을 맞았다.

"오만 냥을 꾸어주시면 나중에 갚겠소."

임상옥 앞에 들어와 버티고 앉은 객의 첫마디였다. 검은 얼굴에 눈빛이 무섭게 번득거렸다. 무슨 일인가 해서 따라 들어온 임상옥의 아들이 너무나 엄청난 돈을 요구하는 이방을 기가 차다는 듯이 흘겨보았다. 그런데 이게 웬일인가. 임상옥의 입에서는 엉뚱하게 이런 말이 흘러나왔다.

"디금 당장 필요하단 말이디요?"

"네. 지금 가지고 가야 합니다."

"고럼 드리디요."

즉석에서 쾌히 승낙한 임상옥은 한성으로 환금 조치하는 친절까지 베풀었다. 이방이 거금을 받아들고 바람같이 사라지자 아들이 따지고 들었다.

오만 냥이란 돈에 놀란 문한이 봉수의 무릎을 탁 쳤다.

"내레 임상옥의 아들이라두 암소리 않구 그냥 있디는 않았을 거다."

"더 들어보라우. 임상옥이란 당시레 얼매나 벨스럽구 멋진가."

봉수는 텁수룩하게 자란 턱수염을 쓰윽 문지르고 임상옥의 아들 목소리를 흉내까지 내가며 거드름을 피웠다.

"아바지레 잘못 판단하셨습네다. 어드렇게 처음 보는 사람에게 오만 냥을 그냥 줍네까? 요담보탄 그런 일 다시는 하지마시라우요."

아들의 말에 임상옥은 그저 조용히 빙긋 웃다가 입을 열었다.

"너두 잘 들어두어라. 아무리 돈을 버는 것이 주목적인 장사꾼이지만 목숨이 있구 재물이 있는 법. 전주 이방의 얼굴을 보느꺼니 놀(살)이 들었어. 오늘 내레 그 돈을 주디 않았으문 내 목숨이 없어지는 판이었디."

아들은 아버지의 말을 확인해 볼 호기심이 생겨 몰래 염탐꾼을 보냈다. 원하던 돈을 움켜쥔 이방은 의주의 변두리 주막에 묵으며 술을 진탕으로 먹어 정신이 없었다. 취기가 잔뜩 오른 이방이 사람들 앞에서 일장 연설을 했다.

"만약 내가 요구하는 돈을 주지 않으면 임상옥이란 자를 단방에 죽여버리고 나도 죽으려고 이 칼을 가지고 왔당께."

진짜로 전주 이방은 봇짐에서 날이 시퍼런 비수를 꺼내놓았다.

"공금을 축내서 갚지 못하면 어차피 죽을 몸. 소문에 들으니 의주 상인, 임상옥이 돈도 잘 벌구 쓰기도 잘 쓴다기에 예까지 왔는데 용케 내 마음을 읽고는 선선히 돈을 내주니 정말 큰 인물이다. 의주에 이런 인물이 있다는 건 홍경래가… 끄윽…."

해가 뱀처럼 길게 누운 산을 완전히 넘어가버려 어두운 빛이 사방에 내려앉았다. 밤은 깊어 가는데 봉수와 문한은 이야기에 빠져 정신이 없었다.

"내레 임상옥 같은 거상이 될 거구만. 두고 보라우."

"임상옥터럼 되려문 글두 읽어야 해. 그 사람은 시인이었더랬어. 턴한 장시꾼이었디만 시를 읊구 쓰는 멋진 사람이었디."

"주인마님 책들을 몰래 꺼내다 열심히 읽구 있으꺼니 그건 문제없어. 나두 시를 쓰구 돈을 벌구 불쌍한 사람들을 돌볼 터이느꺼니 두구 보라우. 냥반도 돈주구 살거구."

"그거 돟다. 불쌍한 노인덜 돌보구 고아덜을 딥안에 모아놓고 길러 보라우. 냥반두 돈주구 사구 말이야."

문한은 머리를 주억거리며 그러리라 결심했다. 심장 뛰는 소리가 텅텅 귀에까지 들렸다.

6

검동이가 이쪽으로 오다가 봉수를 보고 달아났다. 조용한 밤에 달아나는 검동이의 발자국 소리가 또렷이 살아났다.

"먼 일루 날 보구 인차 다라뺴네? 와 그리 놀란 얼굴을 하구서리…."

검동이는 별정 뒷문을 빠져나가 밭 한가운데로 냅다 뛰다 넘어졌다. 그런 검동이를 잡아 일으키는 봉수의 얼굴을 피해 검동이는 목을 외로 꼬았다.

"체네레 애를 개졌나 와 이러네? 어둔데 다라뛰느꺼니 쉬쉬(수수)끌테이(베어낸 끝)에 걸레서 넘어졌디. 목강물 끓여놓구 이러네?"

봉수는 검동이가 목욕을 하려고 물을 데워놓고 주위를 살피러 나온 줄 알고 이렇게 물었다. 뒤란이나 헛간에다 함지 가득 더운 물을 담아놓고 말이다.

"아니야. 내레 목강하려구 그런 거 아니구 하 심심해서 함자 돌아다니랬는데 뒤란 근체서 먼 소리레 나서라무니…."

검동이가 머리를 절레절레 흔들며 울먹였다. 이때 동옥이 그들 쪽으로 다가왔다. 두 사람은 잡고 있던 손을 얼른 놓았다. 숙출 아씨와는 달리 동옥에겐 금단의 구역이 없었다. 하인들과 주인댁 사이를 오가며 모든 걸 만지고 두드려보고 물어보며 항시 종종거리며 싸다녔다.

"아씨, 이 밤에 와 예꺼정 나왔습네까? 얼릉 들어가시라요."

검동이 동옥에게 다가가서 아주 다정스레 말했다.

"무출을 목강시킨다구 엄물(우물)에서 물 떠다가 덥히라구 해서 나왔다."

검동이는 봉수에게 등을 보이구 돌아섰다. 동옥이 다람쥐처럼 바짝 따라붙었다. 장작을 아궁이가 터지게 처넣었다. 가마솥이라 물이 뜨거워지자면 한참을 때야 했다. 어느 정도 나무가 타들어가자 검동이는 불덩이들을 열두 개 꺼내서 부뚜막 위에 나란히 늘어놓았다. 동옥이 발끈해서 신경질을 부렸다.

"너 머하는 거네?"

검동은 대답을 않고 멍청하니 불덩이들을 뚫어지게 응시했다.

"너 내 말을 무시해? 내레 냥반인 걸 덩말 몰라서 이러네?"

그래도 말을 않구 부뚜막에 올려놓은 불덩이들이 어떻게 되나 보기만 했다. 다섯 번째 놓인 불덩이가 하얗게 재로 변했다. 금년에는 오월에 가뭄이 있겠구나. 열한 번째 불덩이가 꺼멓게 꺼졌다. 금년에 십일월에 비가 많이 오겠구나. 혼자서 숯불 점을 치면서 중얼댔다. 검동이 박진사댁에서 태어나 지금까지 살면서 수없이 죽어나간 종들에게서 배운 그해의 점괘다.

물이 끓어오르면서 가마솥 뚜껑 사이로 김이 푹푹 뿜어 나오자 갑자기 검동이 토악질을 시작했다.

"와 기러네. 저낙이 되문 늘 이렇게 아프네?"

어머니가 예전에 동옥에게 해주있듯이 검동이의 등을 두드려주었다. 그래도 자꾸 토하더니 노란 물까지 올라왔다. 나중에는 기운이 진해서 검동이의 눈에 눈물이 가득 고였다. 동옥이 안채로 달려가서 노마님을 숨 가쁘게 불렀다.

"클마님, 날레 벼케 가보시라우요. 목강물 데우다가 검동이레 자꾸 토해요. 눈에 눈물이 가득하구요. 너무 아파서 숨두 헉헉 가쁘게 쉬어요."

갑자기 방으로 뛰어 들어와 나불대는 사돈아씨를 의아하게 보던 노마님의 머리에 번개처럼 어떤 생각이 스쳤다. 만약 그렇다면 검동이… 그건 노마님의 간절히 바라던 바가 아니던가. 생각이 이에 이르자 노마님은 동옥의 손을 잡아당겨 자신의 무릎 앞에 바짝 앉혔다.

"벼케 누구레 토하구 냐단이라구?"

"검동이라요. 검동이레 우악우악 토하구 울구 기래요. 숨도 허프허프…"

"벼케 다른 사람이 함께 있었네?"

"없었시요. 나 함자 있다가 디렙다 일루루 왔디요."

"고럼 날레 벼케 가서 검동이를 데불구 들어오너라."

동옥은 신바람 나게 부엌으로 달려 나갔다. 왕의원을 불러다 침을 놔주려는가 보다 하는 마음에 콧노래까지 흥얼거렸다.

"클마님이 아낙으루 들어 오래. 날레 들어가보라우."

검동이는 토악질을 하다가 똥물까지 올라와 하얗게 질린 얼굴에 묻은 검댕을 앞치마 자락으로 닦고는 동옥을 따라 노마님의 방에 들어갔다. 호기심에 달떠서 눈을 반짝이는 동옥을 향해 노마님이 명했다.

"사둔아씨는 이제 나가보시라우요."

마지못해 동옥은 미적거리며 밖으로 나갔다. 노마님의 눈이 날카롭게 검동이의 몸을 훑었다. 허리께가 두루뭉술한 것이 아이를 낳아본 여자만이 느낄 수 있는 감이 잡혔다. 궁둥이도 팡파짐하게 더 퍼져 있고 숨을 어깨로 쉬고 있었다. 노마님의 예리한 눈초리에서 벗어나려고 바짝 긴장한 검동이의 숨결이 고르지가 않았다.

"아 개진 거이 몇 개월 되었네?"

검동은 대답을 않고 눈물을 글썽이며 샷 귀만 잡아 뜯었다.

"샷 귀만 뜯구 있으문 어카간? 아 개진 거이 얼매나 되었네?"

노마님은 검동이를 바짝 다가앉게 하고는 표독한 눈초리로 쏘아보았다. 그 앞에서 고양이의 눈에 잡힌 쥐처럼 검동은 그대로 얼어버렸다.

"다른 사람덜 눈을 속여두 내 눈은 못 속인다. 날레 직고하렸다."

두 손에 얼굴을 묻고 한참 흐느끼던 검동이는 모기소리로 말했다.

"쇤네는 아뭇 것도 모릅니다요. 머가 먼지 덩말 모르갔습네다."

"너 진사님 방에 자리끼 들구 뽀보하게 들어가 이부자리를 보문서 그런 일 당한 거이 몇 번인가 말이다. 날레 말 못하간?"

"주인마님이 지난겨울 나들이 가시기 던 매일 자리끼를 들구 들어가문… 쇤네는 덩말 머가 먼지 아무 것도 모릅니다요. 흑흑…."

노마님의 신음이 목구멍 깊은 곳에서 끓어올랐다. 머리가 지끈 아파오는지 오른손으로 이마를 고였다.

"덩말 머가 먼지 아뭇것도 모릅니다요."

"알았다. 나가 있어라. 절대루 아무에게두 이 일을 토설해서는 온근치 못하리라. 내레 지시할 때꺼정 기다려라. 내 뜻을 알아들었간?"

검동이 나간 뒤 노마님의 가슴이 뛰기 시작했다. 조상신이 우리 가문을 버리지 않았구나. 다리굿을 할 적에 한을 품고 죽은 조상신과 화해를 하지 않았던가. 우리 박씨 가문을 도와주갔다구 분명히 말했었지. 저 애를 통해서 튼실한 아들을 점지해 주시려구 계획한 걸 모르구 날마다 쓸데없는 걱정을 했구나. 이 일을 어떻게 처리할 것인가. 박씨 가문을 지탱해 나갈 여자다운 담력과 지혜가 필요했다.

밤낮을 가리지 않고 사랑방에서 박진사의 시중을 들다 안채로 들어온 마님은 무출에게 무얼 먹이라고 곰보댁에게 지시했다. 그리고 옷을 입은 채 아랫목에 누워버렸다. 몸이 구름 위로 두둥실 떠다니다가 아래로 곤두박질쳤다. 그때 노마님이 며느리를 찾는 소리가 들려왔다. 무슨 일일까? 무출의 병이 깊어진 다음부터 서로 얼굴 대하기를 꺼려오던 사이다. 시어머니에게 해야 할 도리만을 행할 뿐 얼굴을 마주하지 않으려고 애를 쓰던 마님은 마지못해 일어나 앉았다. 흐트러진 매무새를 고치려고 창호지를 여러 겹 붙여 기름을 먹여서 만든 빗접을 펴놓고 빗과 빗치개를 꺼냈다. 접은 경대를 펴고 면경에 얼굴을 비춰본 다음 단정하게 머리와 얼굴을 쓰다듬고 일어섰다. 현기증이 나서 잠시 비틀하다가 정신을 가다듬고 몸을 곧추세웠다.

노마님은 아주 팽팽한 얼굴을 하고 차갑고 권위 있는 기세로 며느리를 맞았다. 다른 때와 다른 점이 있다면 눈가에 부드러운 빛이 감돈다는 점이다.

"게 앉아라. 이런 말을 네게 하는 건 딥안을 위한 거이느꺼니 잘 들어라."

무슨 말이 나올까 싶어 마음을 다잡으며 마님은 단정하게 몸을 도사리고 앉아서 귀를 기울였다.

"네 몸에서 낳은 아덜들마다 이꼴이느꺼니 어드러카갔네? 박씨 가문을 살레놔야디. 우리 대에 와서 이 딥안을 팽개테서 망하게 할 수는 없디."

"오마님 뜻은 어드렇게 하는 겁네까? 고럼 씨받이를 불레와서…."

"우선 내 머리를 좀 빗겨다오. 서루가락 마음을 풀구 턴턴히 말하자우."

마님은 빗접을 펴놓고 빗살이 굵고 성긴 얼레빗을 꺼내 숱이 많지 않은 시어머니의 머리를 빗겼다. 중대한 발언을 할 적에는 때를 가리지 않고 머리를 빗기라고 명하는 시어머니였다. 빗치개로 가르마를 똑바로 타고는 빗살이 가늘고 촘촘한 참빗을 꺼내 머리 결을 곱게 빗긴 다음 다래함에서 다래를 꺼내 함께 묶어서 옥비녀를 찔렀다. 그동안 시어머니의 입에서는 이렇다 할 말이 없었다. 마님은 참빗살 틈에 낀 때를 빼느라고 빗치개의 둥근 머리를 빗살 사이사이에 넣고 바쁘게 손을 움직였다.

"네 기분이 어드런지 짐작은 한다. 나두 너터럼 아녀자니

라. 하나 여자란 시집오문 가문을 위해 목숨을 바쳐야 하는 법. 솔직히 말해서 복출이나 무출이 사람 구실 하갔네? 네 몸이 너머 약하니 앞으루두 건강한 아를 기대할 수 없다는 걸 너두 잘 알디. 게다가 아비는 벵이나서 든눠있구 어카간?"

"숙출은 건강하지 않습네까?"

"딸이 자식에 들더냐. 아유! 차라리 숙출이가 아들로 태어났더라문 이렇게 속을 끓일 필요가 없을 터인데. 그러느꺼니 어카문 동간? 검동이를…."

"오마니! 그건 아니되옵니다. 종의 몸에서 태어난 아레 어찌 가통을 잇겠습네까? 태어나는 아두 불행하구 이 딥안에 불행을 자초하는 일입네다."

마님은 표독스러울 정도로 매섭게 입술을 앙당그려 물고 참다가 마침내 소리를 죽이며 흐느꼈다.

"그러느꺼니 너와 나의 지략이 필요한 거이 아니갔네. 우리 두 사람 마음만 맞으문 못할 것이 없느니라."

노마님이 며느리의 귀에 대고 무엇인가를 속닥거렸다. 말뜻이 전해졌는지 마님은 머리를 크게 주억거렸고 얼굴에 비밀스러운 미소가 스쳤다.

노마님과 마님이 은밀하게 이야기를 나눈 다음날부터 곽서방은 바빠졌다. 목수들이 몰려와서 후원(後園)에 자그마한 집을 짓기 시작했기 때문이다. 한창 집안이 번성할 적에는 후원까지 손님들이 들끓어서 장터처럼 북적거렸었다. 하지만 복출과 무출이 태어나면서부터 집안에 침울함이 깃들자 손님들이 줄더니 폐쇄하다시피 된 후원에 집을 짓게 된 것이다.

"마님, 이 집두 너머너머 큰데 또 집을 지어야 합네까?"

곽서방이 어렵게 입을 열었다.

"으음. 자네 우리 집 사정을 잘 알지 않네. 무출이 저 모양이느꺼니 어카갔네. 하인 하나레 무출과 함께 후원에서 숨어 살아야디."

곽서방은 머리를 크게 주억거렸다. 몸도 못 가누고 오징어처럼 흐느적거리는 손자를 사람들 앞에 보이는 것이 얼마나 힘든 일이겠는가. 더구나 친척들 앞에 그런 자손을 공개한다는 것은 박진사댁 자존심으로는 정말 힘든 일일 것이다. 후원으로 통하는 담에 허리를 굽히고 들어갈 수 있는 협문을 철저히 봉쇄한다면 아무도 그리 들어갈 사람이 없는 구조가 된다.

후원에 공사가 시작되고부터 마님은 입덧을 심하게 해서 부엌에서는 별식을 차리느라고 야단이었다. 노마님의 열성은 대단해서 온 집안이 떠들썩하게 특이한 음식을 장만하느라고 소란했다. 이런 와중에 유별나게 입덧이 험한 곰보댁이 곤욕을 치렀다.

검동이는 무출의 시중을 든다고 안채 깊숙한 방에 갇혀 행랑채에 나오질 않았다. 별식으로 들어가는 음식은 거의가 검동이 차지였다. 봉수는 갑자기 안채로 사라진 검동을 찾아 배회했다. 애가 타게 기웃거렸으나 검동은 대청마루 깊숙이 어느 방엔가 박혀서 밖에 나오질 않았다. 이따금 나무를 안아다 부엌에 내려놓으며 찬방을 기웃거렸다.

바느질거리를 가지러 내왕하는 도검돌의 아내, 삭주댁도 검동을 만나지 못했다고 머리를 흔들었다. 마침내 참지 못한 봉수가 안채에 들어가 노마님 앞에 섰다.

"검동이를 만나게 해주시라요. 내레 할 말이 혹께 많으니꺼니…."

이런 봉수를 한참 노려보던 노마님은 버럭 우레 같은 소리를 지르고 대청마루가 꺼져 내릴 듯 발을 구르며 호통을 쳤다.

"아니 종놈 주제에 머가 어드레. 검동을 만나게 해달라구. 예가 기집질 하는 누각인 줄 알았네? 그라느문 검동이랑 혼세한(혼인) 사이라두 된단 말이네?"

노마님의 호통에도 봉수는 애타게 안채를 기웃거리며 맴돌았다. 곰보댁도 곽서방도 검동이 거처에 신경을 곤두세워 노마님의 심기를 상하게 했다. 아랫것들이란 저희끼리 아주 단단한 줄로 묶여 있나 싶어 노마님은 강하고 은밀한 조치를 취해야겠다는 생각에 이르렀다.

"봉수레 검동이를 혹께 동아하는 모양이니 이 일을 어드렇게 하디?"

단안을 내릴 때가 되었다고 느낀 노마님이 며느리에게 물었다.

"근테에 두는 거보담 멀리 보내문 패풍티는(훼방놓다) 일이 없갔디요."

"고럼 어드메루 보내야 하네?"

"되선에서 데일 멀리 떨어진 어드메루 시굼물(심부름) 보내문 오가는 시간이 많이 걸릴 터이느꺼니 그카문 둏갔디요?"

한참 고심하던 노마님은 무릎을 탁 쳤다. 팔촌 오라버니가 전라도 장흥에 자리 잡고 살고 있는 걸 까맣게 잊고 있었다니! 의주에 이삼 년에 한 번씩 들러 인사를 하지만 몰락해서 장흥까지 내려가 사는 탓에 기억에서 가물댔던 모양이다. 집안에서 가장 흥하지 못한 먼 집안이긴 하지만 그리로 보내면 시간을 벌 수 있지 아니한가.

봉수가 장흥으로 떠나는 아침, 노마님은 봉한 두루마리 서찰과 함께 엽전 한 꾸러미를 던져주었다.

"네 쪽으로 팔촌 오라버니 되는 사람이니라. 문중에서 내린 결정을 알리는 거이느꺼니 잘 전해야 한다. 의주에서 게꺼정 가자문 겨울을 나구 와야 할 것이니라. 장흥에서는 부재라고 소문난 사람이느꺼니 널 잘 돌봐줄 것이다. 답장을 받아 개지구 돌아온다는 조건으로 널 면천(免賤)시켜 주마."

노마님은 미리 꺼내두었던 빛바랜 종 문서를 봉수의 코앞에 바짝 내밀었다. 종 문서를 받는 손이 사시나무 떨듯 떨렸다. 한참 장승처럼 앉아있던 봉수가 어렵게 입을 열었다.

"마님, 덩말, 덩말루 고맙습네다. 쉰네 이렇게 머리 숙여 한 가지만 더 감히 청합네다. 검동이두 면천시켜 주시라요. 장흥에 다녀오문 내레 검동이와 혼례를 치르고 싶습네다. 그 일을 허락해 주시문 먼 일이나 다 하겠습네다."

봉수의 요구에 노마님의 눈에 노기가 번쩍 스쳤다. 하지만 애써 감정을 억제하며 부드러운 음성으로 말했다.

"걱정말구 다녀오너라. 문중의 둥요한 일을 적은 서찰이느꺼니 반드시 당사자에게 전해야 하느니라. 돌아오문 그때 검동이와 짝을 맺어주마."

봉수는 노마님의 허락을 받고는 코가 땅에 닿도록 넙죽 절을 했다

후원 별당은 장마철 직전에 완공되었다. 검동이는 무출의 업저지가 되어 별당에 갇혔다. 그 누구도 후원에 접근하지

말라는 주인의 뜻이 하인청에까지 전해져서 후원의 별당은 금단의 구역이 되었다. 노마님과 마님만이 드나들 수 있는 곳. 숙출 아씨도 심지어 복출 도련님까지 금해진 곳이다. 음식도 노마님이 후원과 안마당을 통하는 중문으로 받아갔다.

"와 내 동생을 못 보게 하는 거네? 내레 동생이 보구파서 죽갔네."

"몸이 흐물거리는 도련님이 식구들이랑 함께 살문 모두 슬퍼지느꺼니 따로 살게 하구 이켄 사람들은 그 사실을 잊구 살라는 마님의 깊은 뜻이 담겨진 거이느꺼니 아씨두 동생을 잊에뿌리구 기쁘게 사시라요."

"그따우 믹제기 소리가 어드메 있네. 날 약올릴려구 기런 말 우덩(일부러) 하문 작심이(작대기)로 때려줄 게야. 그렇다문 종년인 검동이는 와 거기서 사네?"

"그야 무출 도련님의 시중을 들어주어야 하느꺼니 어쩝니까. 밖에 나오문 도련님이 어드렇다는 걸 말하게 되구 그러문 우리 하인들두 근심하게 될 터이느꺼니 검동이레 함자서 그 짐을 다 지구 있는 거디요."

문한의 말에 숙출 아씨는 일부러 아무데나 머리를 부딪히며 징징거려 어쩔 수 없이 아씨를 서재가 있는 별정에서 동미랑 동옥 아씨하고 함께 놀게 했다.

7

동미는 도검돌이 주고 간 인가귀도를 숙출의 눈을 피해가며 읽느라고 진땀을 흘렸다. 중국인 이 선생이란 사람이 미혹의 길에 빠져서 청루에서 노름이나 하고 지내다 나중에는 아들과 딸을 팔아먹는 대목을 읽을 적에는 책을 감출 필요가 없었다. 그러나 이 선생이 인자한 교사를 만나고 참도를 깨우쳐서 예수 씨를 만나는 대목에 이르러서는 동생 앞에서도 책을 감추었다.

'…또성경에말아대지아비맛당이지어미사랑함을몸사랑함과갓치 할지니사람마다자긔몸을…상데는오직하나이시나한몸가온데 세분이계시니갈아대성부와 성자와 성신이시니 예수씨는곳세분 가온데둘재분성자ㅣ시라…셩자가강생하사사람이되샤셰샹사람을 구원하시니예수씨라함은유태국말이니번역하면셰샹을구원할이 라함이라…'.

(인가귀도 1894년 대구쟝)

생전 처음 들어보는 희귀한 인가귀도 내용에 동미는 깊이 빠져들었다. 예수 씨를 알고 싶은 마음이 간절해서 도검돌을 기다렸으나 그는 영 나타나지를 않았다. 동미는 날마다 예수 씨를 향해 두 손을 맞잡고 중얼거렸다.

"홍삼 당시 도검돌을 만나게 해주시라요. 예수 씨에 대해서 더 알기를 원하느꺼니 데발 한 번만 도검돌이란 홍삼 당시를 만나게 해주시라요."

장마를 몰고온 더위는 찜통이었다. 박진사는 오랜 병고에서 겨우 회복되어 오랜만에 땅을 밟고 서서 뜨겁게 내려쬐는 햇살에 눈을 가늘게 떴다. 만삭이 된 부인이 허리를 뒤로 섯히고 어깨로 숨을 몰아쉬며 용봉탕을 들고 들어섰다. 다른 아이를 임신했을 때보다 배가 훨씬 더 부르고 많이 힘들어했다. 박진사는 아편의 독에 빠져 버둥거리다가 이제 겨우 위기를 넘긴 듯 눈에 생기가 돌았지만 아직도 몸에선 이상한 냄새가 물씬 풍겼다. 용봉탕 한 그릇을 다 비운 박진사에게 마님이 어렵게 입을 열었다.

"곧 장마가 올 터이느꺼니 추월암에나 올라가시디요. 답답하디 않습네까?"

"어허! 그거 둏은 생각이디. 추월암(秋月庵)이라문 예서 동쪽으루 이십 리 거리에 있는 석숭산(石崇山) 속에 자리 잡은 절을 말하는 거 아니네?"

배부른 아내를 바라보는 눈길이 다정했다. 허벅지를 찔러 그 피로 자신을 회생시켰다는 사실을 안 다음부터 아내를 새롭게 대했다.

"전 어렸을 적에 클마니를 따라 송산에 가보았답네다. 오백여 년 된 절이디요. 무간지옥(無間地獄)을 방불케 하는 수백 척의 절벽을 굽어보며 얼메나 미서웠는디! 멀리 압록강 건너 만주땅, 연산(連山)도 한눈에 들어온답니다."

"어! 그거 몹시 가보구프군. 내레 의주에 태어나 살문서두 지금꺼정 거길 가보지 못했수다레. 갸우 서당에나 다녔디 밖엘 나다니디 않았으느꺼니."

"한 두어 달 푹 쉬시다 오시라요. 그카문 절 음식도 둏구 맑은 공기랑 산의 낭구들이 아매도 건강을 회복시켜줄 겁네다."

"임자레 아를 곧 낳을 때가 되었는데 어드렇게 나 함자 거길 가갔소."

"기건 아녀자들의 일이야요. 지금꺼정 하나 둘을 낳았나요. 걱정 마시구 휘잉 다녀오시라요. 그때 돌아오시문 건강한 아를 안겨드릴 터이느꺼니."

마님이 남편을 석숭산으로 보내는 것은 자신을 위한 일이었다. 한참 더위가 기승을 부릴 때 배에 두꺼운 솜 베개를 넣어 배띠를 두른 것도 그랬고 배와 사타구니로 흘러내리는 땀으로 인해 몸에 엉망으로 퍼진 땀띠를 더 이상 감출 수가 없었다.

후원에 지어진 별당 안은 상큼한 소나무 냄새가 아직도 물씬 풍겼다. 박진사가 추월암으로 떠난 뒤 검동이는 초저녁부터 배를 끌어안고 뒹굴기 시작했다. 노마님이 손수 불을 지펴 가마솥에 물을 데웠다. 검동이가 "아야야." 소리를 칠적엔 마님이 끼어들어 일부러 소리를 내지르게 해서 그 신음소리가 밖으로 새어나가도록 하고 검동이의 입을 수건으로 틀어막았다. 검동이 입에 수건이 단단하게 물려있어 산고를 속으로 삼키며 신음하는 동안 마님이 다른 방에서 죽는다고 악을 썼다. 노마님은 건강한 밭인 검동이에게서 태어날 아기는 박씨 가문을 이어갈 튼실한 아들임을 의심하지 않았다.

신경을 써서 해산 준비를 다 했다고 믿었는데 허둥댄 탓인지 탯줄을 자를 삼실이 없다. 노마님은 중문을 빠져나와 안채의 부엌과 중정(中庭)을 샅샅이 둘러보았으나 어디를 봐도 썰렁했다. 숙출은 별정의 서재에 있을 것이그 곰보댁은 부엌일을 마치고 행랑채로 가버린 모양이다. 만만한 사람이 문한이라 노마님은 숨넘어가는 소리로 문한을 불러댔다.

그 시산에 문한은 복남이와 함께 뒷산에 있었다. 나지막한 산은 작은 잡목이 우거진데다 돌확이랑 석상이 있고 정자도 있어 숨어서 놀기 딱 좋은 곳이었다. 거기 으슥한 곳에 문한은 오일장에서 병아리를 다섯 마리나 사다가 후미진 곳에 얼기설기 바자울을 치고 몰래 기르고 있었다.

노마님은 어쩔 수 없이 곰보댁을 찾아서 행랑마당으로 나왔다. 삼실을 어디에 두었는지 가져오게 하고 산모에게 먹일 미역국을 끓이게 할 참이었다. 행랑채까지 나가는 것이 은근히 화가 났으나 검동에게서 아들 얻어낸 다음 하인들 기강을 원상 복귀시키면 되는 일이라 꾹 참았다. 곰보댁이 기거하는 방문 앞에 서니 검동이처럼 헐떡이는 신음소리가 안에서 흘러나왔다.

세상에! 어떻게 이런 일이 일어날 수 있단 말인가. 한 집에서 같은 시간에 두 아이가 태어날 수 없는 일. 경사가 겹치면 어느 한 쪽이 기우는 법. 만에 하나 천한 것 대신 우리 아기가 기운다면 큰일이었다. 삼신할머니가 어쩌자구 같은 시간에 태문을 한 울 안에서 둘이나 열고 있단 말인가.

마지막 희망을 거는 손자, 검동이의 몸에서 태어나는 아들이 악운을 타고난다면⋯. 이런 생각에 이르자 노마님은 눈앞이 아찔했다. 생각만 해도 끔찍한 일이었다. 곰보댁이 산고에 시달리며 신음하고 있는 행랑채의 방문을 와락 열어젖혔다. 방안에서는 곰보댁이 혼자 갈샅을 쥐어뜯으며 신음했다.

"곽서방은 어데 있네?"

예고도 없이 방문을 열어젖히고 장승처럼 우뚝 서서 노기를 띠고 고함치는 노마님을 보자 곰보댁은 아픈 배를 움켜쥐면서 몸을 곧추 세웠다.

"복남아바지는 추월암에 계신 진사님이 강계에 시굼불을 보냈습네다."

"한 집안에서 이 저낙, 아를 둘 낳을 수는 없네. 날레 이 집을 나가라우. 행여나 재통에서라두 숨어서 아를 낳을 생각두 말구 다리 건너 멀리 가라우."

"하지만 노마님! 이 몸으루 혼자서 어드렇게 다리를 건너 갑네까"

곰보댁은 살려달라고 두 손을 모으고 빌었으나 실에 매달린 인형처럼 반항도 못하고 어기적거리고 기어나와 아픈 배를 움켜 안고 대문 밖으로 쫓겨났다.

"우리 땅이 아닌 다리 건너 길 너페 낳아개지구 들어와도 돛다. 하지만 이 저낙 한 울 아낙(안)에서 두 아를 낳을 수는 없어."

아주 매정하게 칼로 무를 쌍둥 자르는 말이었다. 솟을대문 밖으로 내밀린 곰보댁은 처음엔 얼떨결에 쫓겨나왔지만 어둔 밤에 어디서 아기를 낳는단 말인가. 세상에! 아무리 종이라지만 사람의 탈을 썼는데 이렇게 대해도 되는 것일까. 목숨을 걸고 삼메꾼을 따라다니며 천마산에서 백 년 된 산삼을 캐다가 복출 도련님을 걷게 만든 곽서방을 봐서라두 이렇게 대우해서는 안 되는 일이었다. 짐승이 아닌 사람에게 이럴 수가! 산고로 몸이 뒤틀리게 배가 아픈 것보다 박진사댁에 대한 무서운 배신감과 미움이 곰보댁을 괴롭혔다.

척척 늘어진 여름의 짙푸른 수양버들을 끼고 개울이 흐른다. 무조건 개울에 놓인 돌다리를 건넜다. 뱃속의 아이는 잠시 조용했다가 다시 용을 쓰는지 무서운 진통이 밀려왔다. 아기가 곧 태어날 것처럼 배가 뒤틀려서 걸을 수가 없었다. 이런 때 남편인 곽서방이라도 곁에 있어주었으면 좋으련만…. 곰보댁은 어떻게 해야 할지 몰라 개울둑에 쓰러져 몸부림쳤다. 하필이면 마님이 아기를 낳는 밤에 함께 아이가 태어날 게 뭐람. 찜통더위라지만 밤이 오니 땅에서 올라오는 한기가 뼛속으로 아리게 파고들었다. 아기가 곧 나오려는지 자꾸 힘이 주어졌다. 정신을 차리자고 다짐하면서도 혼곤하게 정신이 아물거렸다. 마침 도검돌의 아내 삭주댁이 박진사댁 노마님의 모시옷 한 벌을 삯바느질 해가지고 다리를 건너다 개울둑에서 신음하며 뒹구는 곰보댁을 보았다.

"아쿠! 이게 복남 오마니, 곰보댁 아니네. 와 거기 그러구 있네, 저런! 먼 일이네?"

"여보시, 삭주댁. 곧 아를 낳을 것 같아. 날 집꺼정 데불구 가주어."

"집이라니 어드런 집을 말하네?"

"주인댁에서 쫓겨났어. 데발 날 자네 집으로 데불구 가주구레."

"벨 소리 다 하네. 예서 게꺼정 가려믄 고개를 넘어가야 하넌데 우리 집꺼정 가자구. 해레 져서 깜깜한 길을 그 몸으로 어드렇게 가간?"

"기래도 어쩔 수 없어. 마님이 아를 낳구 있어. 두 아를 한 집에서 태어나게 할 수 없다구서리 길 너페서라두 낳으라구 종년인 날 쫓아낸 거 아닝가."

그제야 사건의 실마리를 잡은 삭주댁은 곰보댁의 한쪽 팔

겨드랑이를 단단히 끼고 홍문재 뚫린 길로 접어들었다. 그 고개만 넘으면 홍남동. 도검돌 홍삼장수 집이 있는 곳이다. 삭주댁의 팔에 매달려서 헐떡이며 몇 걸음 옮기던 곰보댁은 무거운 몸을 털썩 땅 위에 내던지고 이젠 죽어도 못 간다고 도리질했다.

"날레 일어나라우. 아를 길에서 낳으문 산모꺼정 위험하느꺼니 참구 걸우라우. 낮이라문 사람을 부를 수두 있넌데 밤은 자꾸 깊어가구 이거 어카갔네."

"덩말 못 가겠수다레. 다리레 움직여지질 않으꺼니 어카 갔소. 아이쿠! 배야. 나 죽는다. 예서 그냥 칵 죽으문 죽었디 더는 못 가. 데켄 길 옆 오동낭구 밑으로 가자우. 기걸 붙잡구 아를 낳을 터이느꺼니."

곰보댁은 몸을 비비 꼬다가 땅바닥에 개구리처럼 엎드렸다. 삭주댁의 이마에서도 땀이 줄줄 흘렀다. 달 없는 밤이라 어딜 봐도 깜깜절벽. 이 어두운 데서 더군다나 한데서 아이를 낳는다면 산모도 아기도 다 죽을 것이 뻔했다.

"조금만 더 가자우. 고개꺼정 왔으꺼니 조금만 더 요 길루 가자우. 뎌기뎌기 우리집 보이디. 이자 다 왔수다레. 사람 없는 고개에서 아를 낳으문 산즘승이 핏내를 맡구 덤빌 수도 있구 게다가 태를 어드렇게 자르며 에서 어카갔다는 거네. 복남이와 곽방을 생각하라우. 이렇게 태어난 아는 생명이 질기구 오래 살 터이느꺼니 힘을 내라우. 에미를 고생시키구 태어나는 아는 혹께 훌륭한 사람이 되는 거이느꺼니 힘을 내라우."

진통이 가시고 잠깐 편안해진 곰보댁은 눈을 스르르 감았

다. 여기서 사면 어쩔 거냐고 윽박시르며 삭주댁은 사뭇 초
인적인 힘으로 곰보댁을 질질 끌고 함께 뒹굴어가며 고개를
내려갔다.

아아! 우리 같은 인생도 살아야 하는 것일까. 양반은 솜이
불을 깔고 호강하면서 아이를 낳고 머슴의 아낙은 이렇게 밤
길로 쫓겨나도 되는 것인가. 양반에 대한 미움이 옻칠처럼
깜깜한 어둠 속에서 강렬한 빛을 발하며 뜨겁게 곰보댁의 마
음에서 타올랐다. 어떻게 해서든지 살아야 한다. 아이를 낳아
여봐란 듯이 잘 길러야 한다. 박진사댁 아이보다 더 훌륭하
게 길러야 한다. 박진사댁에 대한 미움이 상상도 못할 힘을
주었다. 목숨을 걸고 천마산을 헤매고 다니면서까지 주인댁
아들을 살리려고 산삼을 캐다 준 대가가 이것인가 하는 배신
감이 곰보댁의 전신에 믿을 수 없는 힘을 불어넣어주었다.

멀리 도검돌의 집이 보였다. 마치 난파된 배를 비춰주는
등대처럼 도검돌의 집에 켠 등불이 점점 크게 곰보댁의 눈앞
에 다가왔다. 불빛을 보며 삭주댁이 뭐라 외치는 소리가 가
물가물 곰보댁의 귀에서 멀어졌다. 삭주댁이 수수깡 울타리
위로 고개를 길게 빼고 고함을 쳐서 도검돌이 절뚝거리며 뛰
어왔다. 부부가 힘을 합해 산모를 방에 내려놓자마자 아기의
울음소리가 터져 나왔다. 수숫대를 빠개서 속을 훑어내고 엷
은 껍질을 가늘게 찢어 엮은 당목 삿을 걷어내고 짚을 한 아
름 안아다 깐 뒤 아기를 받아야 하는데 그대로 거친 삿자리
에 아기를 낳은 것이다. 천하게 태어난 아기가 어찌나 당차
게 울어대는지 삭주댁의 얼굴에 웃음이 퍼졌다.

"잠지를 단 사내아이라요."

삭주댁이 내지르는 기쁨의 소리에 창호지문 앞 툇마루에서 가슴을 죄며 기다리던 도검돌이 머리숙였다.

"주여! 감사합니다. 두 생명을 살려주셔서 감사합니다."

밖에서 도검돌이 두 손을 맞잡고 드리는 기도소리를 들으며 삭주댁은 재빠르게 핏덩이의 배에 매달린 탯줄에 피를 넣으며 에미쪽의 태를 꼭 쥐었다. 나무를 깎아 만든 잔에 생태에서 이리를 빼내 한 솥 고아 짠 기름을 담고 솜으로 심지를 박아 켜놓은 어유 등잔불이 아이의 울음소리를 따라 펄렁거렸다. 삿자리에 떨어진 아이는 네 활개를 펴고 우렁차게 울어대고 땀에 완전히 젖은 곰보댁은 실실 잠이 와서 자꾸 까부라졌다. 삭주댁도 산모와 마찬가지로 온몸이 푹 젖어서 삼베저고리가 비를 흠뻑 맞은 것처럼 등에 찰싹 달라붙었다.

"자자! 복남 오마니. 힘을 줘. 날레 후산을 하구 푹 쉬어야디."

아무리 삭주댁이 힘을 내라고 함께 힘을 주며 야단쳐도 곰보댁은 지독하게 밀려오는 잠을 이기지 못하고 자꾸 잠 속으로 빠져들었다.

"자문 어드렇게 해. 힘을 주어, 힘을. 예꺼정 와서 자문 더 고생한다구."

삭주댁이 산모의 뺨을 치고 어르고 야단치는 동안 도검돌은 산모가 누운 방에 불을 지피고 가마솥에 물을 끓이기 시작했다. 아기의 울음소리가 터지긴 했으나 아직도 후산이 끝나지 않았는지 산모의 신음소리가 문 밖까지 새어나왔다. 더운 물을 담은 나무함지를 도검돌이 방안으로 들이밀자 삭주댁이 의미 있는 웃음을 도검돌에게 흘렸다. 장사를 하러 밖으로만 나돌았던 도검돌이 아니딘가. 여태껏 님편의 도움 없이 삭주댁은 혼자서 아기를 낳아 처리했기 때문이다. 땀으로 머리까지 흠뻑 젖은 삭주댁이 수수깡 껍질로 태를 자르고 배꼽을 실로 친친 동여맸다. 곰보댁이 게슴츠레한 눈으로 삭주댁의 얼굴을 올려다보면서 눈물을 흘렸다.

"이 모두 하나님의 은혜요. 돟으신 우리 예수 씨레 하신 일이라요. 그 시간에 내레 와 거길 갔더렸는지 몰라. 다음날 개져다 주어두 되는 노마님의 초매저고리였넌데 예수님께서 날 복남 오마니에게 보낸 거라우."

하나님이라니! 예수님이라니! 곰보댁은 잠시 눈을 감고 삭주댁이 말하는 하나님과 예수님을 생각했다. 이런 땐 칠성님이나 삼신할미를 찾아야 하는 것이 아닌가. 아마 하나님이란 한울님을 말하는 것인지도 모른다. 아무튼 예수님이나 하나님이 누구든 삭주댁이 믿는 귀신은 고마운 신령임에 틀림없다. 버림받은 두 사람의 생명을 구해준 신(神)이니 말이다.

무섭고 지겨웠던 밤이 지나고 햇살이 곁에 뉘어놓은 아기 얼굴에 따사롭게 내려앉았다. 참으로 평화로운 아침이었다. 홍삼장수의 집안에 어떻게 이런 평안이 깃들어 있을까. 삭주댁도 이 집 아이들도 모두 한결같이 기쁜 얼굴들이었다. 아랫방과 연이어 있는 윗방에서 도검돌 식구들이 모여앉아 웅얼대는 소리가 들리더니 잠시 후에 노랫소리가 들렸다.

예수 아이 워 워 션즈(耶蘇愛我 我深知)

성 징 까오 수 워 루츠(聖經告訴 我如此)

시아오 시아오 하이 통 타 푸 양(小小孩童 養)

워 먼 롼 루어 타 깡 챵(我們軟弱 剛强)

쭈 예수 아이 워 쭈 예수 아이 워(主耶蘇愛我 主耶蘇愛我)

쭤 예수 아이 워 요우 셩 징 까오 수 워(主耶蘇愛我 有聖經告訴我)

생전 처음 듣는 노래였다. 그러나 삭주댁이 말한 예수라는 단어가 노래 가사 중에서 되풀이해 나오는 걸 보면 예수라는 귀신을 향해 절을 하며 복을 달라고 비는 주문인가 보다 하며 귀를 기울였다. 한참 듣다가 가만가만 따라 불러보았다. 같은 음률이 반복되는 '쭈 예수 아이워'를 힘 있게 부르자 가슴 가득 기쁨이 차올랐다.

"아, 이름을 멋으로 지을까? 아직 지어서는 안 되지. 죽을 수도 있으느꺼니."

곰보댁이 슬픈 얼굴로 중얼댔다. 삭주댁이 멀건 갬좁쌀죽을 간장종지와 함께 개소반에 받쳐 들고 들어오다가 이 말을 듣고는 질색을 했다.

"예수 씨를 믿구 그분에게 빌문 아이두 살구 복남 오마니두 살구 다 살 수 있으느꺼니 걱정 마시라요. 이름을 영생(永生)이라 지으문 돟갔는데."

"예수를 믿으문 아레 죽디 않구 산다 이 말이네? 영생이라, 곽영생…."

영생이란 말을 중얼거리며 곰보댁은 혼수상태에 빠져들었다.

곰보댁을 매정하게 솟을대문 밖으로 내몬 노마님은 가슴을 쫙 펴고 후원으로 향했다. 아기를 낳으려고 몸부림치는 종을 밖으로 내친 것은 그만큼 기문을 아긴다는 증표일 터이니 조상신들이나 삼신할머니가 얼마나 기뻐할 것인가. 이번에는 정말로 튼실하고 문한이처럼 잘생긴 아들을 점지해 줄 것이란 기대에 들떠서 노마님은 설레는 가슴을 쓰다듬었다. 검동이 대신 질러대는 며느리의 애절한 산고의 외마디 소리가 후원 밖까지 처절하게 울려 퍼졌다. 돌담 옆을 지나가는 이웃이 많기를 노마님은 진심으로 바랐다. 이 집의 며느리가 얼마나 산고를 힘들게 겪으면서 아들을 낳고 있는지 의주 시내에 널리널리 알려지기를 소원했다.

"날레 더 소리를 질러라. 아덜 낳기가 쉬운가. 신음을 삼키멘 찌그러진 아를 낳는다. 멧날을 두구 소릴 질러서 나두 박진사를 낳았다. 니빠리를 앙 물구 배를 흑게 많이 앓아야 아레(아이가) 건강하게 태어난다. 숨맥질하듯(헤엄쳐 물속에 들어가듯) 숨을 몰아쉬어 가문서 소릴 질러라."

어디서 그런 힘이 나오는지 노마님은 신바람이 나서 궁둥이를 씰룩거리며 별당 아궁이에 불을 지피고 가마솥에 그득 물을 부었다. 손자를 씻길 물이다.

"지벙 말레이에 매달린 쇠삽시런(방정맞은) 귀신들은 이 뜨거운 부지깽이루 아르덩강이(아랫정강이)를 때려줄 터이느꺼니 날레 뛔다라나 버리라오. 워이 워이… 페리한(생각이 모자라는) 잡신들도 멀리멀리…"

노마님은 불이 타고 있는 부지깽이를 처마 밑 여기저기에 들이대며 주문을 외웠다. 신들린 여자처럼 날렵하게 별당 주위를 춤을 추며 뛰어다녔다. 노마님은 별당을 돌면서 춤을 추고 마님이 산고로 내지르는 신음소리가 후원 담 밑까지 들리는 밤. 어둠을 이용해서 별당의 담 밑에 모여 귀를 기울이던 하인청의 하인들이 수군거렸다.

"이번에 태어나는 아는 복출이나 무출 도련님터럼 허한 아덜이 아니구 흑게 튼실한 아덜이 태어나는 모양이다. 노마님의 신들린 목소리두 들리구 마님의 진통도 심한 걸 보문 백일을 지난 아터럼 튼실할 것이 틀림없어, 잉."

입을 수건으로 물려놓은 탓에 몸부림을 심하게 해서 검동이의 산고가 더 길어졌다. 온 밤을 새우고 새벽닭이 울 즈음 검동이는 아기를 낳았다. 백일을 지난 아이처럼 뺨에 살이 오동통한 튼실한 아들이었다. 검동이는 감겨오는 눈을 억지로 뜨고 아기를 보니 귓불에 팥알 크기의 점이 있었다. 하반신이 피에 흠뻑 젖어 누워있는 검동이를 버려둔 채 노마님은 아기를 며느리의 품에 안겨주었다.

"네 아들이다. 네레 낳은 아들이다. 잘 길러라. 삼신할미가 같은 밤에 곰보댁의 태를 열어 아를 낳게 하였으느꺼니 그 사람의 젖으로 기르문 된다."

노마님은 한쪽 눈을 질끈 감아 보였다. 이건 두 사람만의 묵계니 너도 내 속뜻을 알겠지 하는 내용이 담긴 신호였다. 복출이나 무출를 낳아서 안았을 때와 다르게 이상한 섬뜩함이 마님의 온몸을 스치고 지나갔다. 아기 이마는 넓고 얼굴이 납대대했다. 아직 눈을 뜨지 않아서 모르겠지만 눈도 범의 눈처럼 광채가 있고 부리부리할 것이다. 그만큼 눈 부위가 오막했다. 잘 생긴 아이인데 성깔이 있겠구나. 이건 아마 검동이의 기질을 닮은 탓일 게다. 검동이는 전형적인 북쪽 여자의 기골을 가져서 눈이 크고 이마가 넓고 얼굴도 옆으로 퍼진 것이 특징이있다. 아기는 김동이를 빼박은 얼굴이었다.

"날레 아들 목강시킨 뒤에 목캐로 짠 옷을 입혀 이불에 싸서 아랫목에 뉘인 뒤에 일을 서둘자."

노마님의 손이 능숙하고 재빠르게 움직였다. 일생 종을 부리며 손가락 하나 까딱 않고 살아온 노마님의 어디에 그렇게 민첩하고 거센 힘이 숨어 있었단 말인가. 마님도 배를 감았던 배띠랑 불룩하게 넣었던 솜뭉치를 벗어던지고 시어머니와 함께 아기를 씻기고 입히는 일을 거들었다.

"날레 문한이를 불러라. 아덜을 낳았다구 소문을 내야디. 아참! 너는 나갈 수레 없다. 넌 아 옆에 한 달을 누워있어야 하련데 내레 잊제뿌리구 이러네."

노마님은 태어난 손자를 아랫목에 며느리와 나란히 누인 다음 행랑채로 나갔다. 마침 문한이 새벽 뿌유스름한 안개 속에서 사랑채 마당을 쓸고는 막 중문을 나오고 있었다.

"문한이 너 이리 오너라."

문한은 여느 때와 달리 다정하게 구는 노마님의 태도에 놀라 움찔했다.

"이 서찰은 지금 당장 동부동(東部洞)에 사는 마름 김서방에게 개져다 주구 오너라. 필히 그 사람을 줴야디 다른 사람에게 주문 큰일나는 줄 알아라. 내 말의 뜻을 알간? 날레 다라 뛔가야 한다. 조반 들기 던에 받아 읽어야 하는 일이다. 힐어(잃어)버리디 않도록 단단히 쥐고 후둑 뛔가라."

창호지에 싸서 두루마리로 감아 단단히 봉한 서찰을 가슴에 품고 문한은 동부동을 향해 뛰기 시작했다. 무슨 일인지 모르지만 상당히 다급한 일인가 보다. 노마님의 서두는 기세가 평상시와는 달리 사뭇 들떠있고 얼굴까지 벌겋게 상기되었을 뿐만 아니라 귓불도 물들어 있었다. 동부동에 사는 김서배는 박진사댁의 의주성 밖 농토를 소작하면서 대를 이어가며 박진사의 모든 농토를 관리하는 마름이다. 노마님이 제일 신임하는 사람으로 비밀리에 처리되는 모든 일들은 김마름을 통해서 이루어졌다. 아침 안개를 뚫고 달려와 베잠방이가 흠뻑 젖은 문한에게서 노마님의 편지를 전해 받은 김서방이 알았노라고 머리를 끄덕였다.

"마님에게 잘 받았다구 전해라. 당부하신 걸 잊제뿌리디 않구 잘 하겠다구."

문한은 이런 서찰 심부름을 자주 해서 농사에 관한 긴한 것이려니 하고 돌아섰다. 하지만 김서방의 얼굴에 검은 그림자가 스치는 걸 놓치지 않았다.

8

한편 검동이는 피가 흐르는 몸을 간신히 추스르며 일어나 앉았다. 정신이 드는지 옷매무시를 가다듬기도 했다. 좀 전에 하늘이 노래지도록 아픔을 겪으며 낳은 아기가 보이질 않았다. 눈을 크게 뜨고 사방을 둘러봐도 방안 어디에도 아기는 없었다. 잠깐 잠든 사이에 아기가 없어지다니! 왜 입을 수건으로 틀어막았을까? 마님이 같은 시간에 아기를 낳느라고 다른 방에서 내지르는 소리가 이제야 메아리치듯 검동이의 귀에서 살아났다. 종 신분으로 주인마님의 씨앗을 가지면 마님이 시샘해서 죽도록 때린다는 걸 귀동냥으로 들은 적이 있었다. 그러나 반대로 후원에 새집을 짓고 잘 먹이고 친절하게 대해 주지 않았던가.

안방에서 아기 우는 소리가 났다. 정신이 번쩍 들었다. 혹시 내 아기가 저 방에 있는 것일까. 아기를 낳고 나니 두 마님은 얼씬도 하지 않았고 윗목에 보자기를 덮은 개다리소반만 썰렁하게 놓여있을 뿐이다. 상을 잡아당겨 식은 미역국물을 한 수저 떴다. 입이 깔깔했다. 봉수 얼굴이 크게 검동이의 눈앞에 다가오자 눈물이 볼을 타고 줄줄 흘러내렸다.

별당의 안방에서는 대청마루를 사이에 두고 검동이가 알아듣지 못하도록 목소리를 죽이고 노마님이 며느리에게 소곤거렸다.

"조금만 참아라. 검동이를 처리하믄 안채로 나갈 수 있다. 오줌이 매리워도 요강에 누어라. 여기서 근냥 기두루구 있으믄 알려주갔시니 그때 나오너라. 내 말 알아 들었갔디? 아쿠쿠! 아 눈이 꿀종지터럼 잘두 생겼다."

기쁨에 들뜬 노마님은 입이 헤졌다. 태어난 손자를 얼러가며 호들갑을 떨었다. 박씨 문중을 위해 두 여인은 공범자가 되었으니 더 긴 말을 할 필요가 없었다. 하인청에 머물던 곰돌이의 새댁, 그러니까 북청에서 데려온 곱단이가 곰보댁 대신 부엌일을 해주는 것도 노마님에게는 편했다.

진통이 시작된 어제 낮부터 꼬박 굶었더니 배에선 쪼르륵 소리가 나고 입을 틀어막았던 수건 탓에 입술 가장자리가 찢어져서 피가 입가에 엉켜 붙어 있었다. 검동이는 식어버린 미역국에 밥을 말아 단숨에 먹고는 자리끼에 담긴 물을 먹으려고 윗목 한구석에 놓인 그릇 쪽으로 몸을 돌렸다. 아랫도리가 아파서 몸을 가눌 수가 없었다. 젖이 도는지 가슴도 아팠다. 여기 들어오기 전에 부엌에서 먹었던 조악한 음식상이 검동이 앞에 놓여있었다. 아기를 낳기 전 끼니마다 푸짐하게 차려주었던 기름진 음식이 아니었다. 생전 입에도 대보지 못했던 별식은 아기와 함께 사라지고 부엌에서 잔심부름하던 시절로 돌아간 셈이다.

너무 배가 고파 자리끼의 물이랑 김칫국물까지 몽땅 먹어치우고 이불이 놓인 아랫목으로 기어가서 끙끙거리며 누웠다. 입을 얼마나 단단하게 동여매었다가 풀었는지 아직도 입 언저리가 얼얼하고 남의 살 같았다. 검동이는 입가를 문지르고 너무 힘을 주어 핏발이 선 눈도 가만가만 만져보았다. 서러움이 울컥 치밀었다. 어머니도 나를 이런 과정을 거쳐서 낳은 것이 아닐까. 그러나저러나 내가 낳은 아기는 어디로 가버렸단 말인가.

그때 안방에서 아기의 울음소리가 우렁차게 들렸다. 아아! 아기가 저 방에 있구나. 그녀는 기어서 방문을 열고 대청마루로 나왔다. 마침 노마님이 젖은 아기 기저귀를 가지고 나오다가 기어 나오는 검동이와 맞닥뜨렸다.

"아니, 너 그 몸으루 어딜 가네?"

"아기 아기… 내레 낳은 아를 보려구요."

"네 아라니?"

"내레 오늘 새벽 낳은 아를 보려구요."

"네 아는 죽었다. 데 펜에 쌔한(하얀) 뭉체기가 안 보이네? 해레 져서 어둑어둑해지문 김서방이 개져다 산에 묻을 거다."

"아닙니다, 마님. 아레 둑지 않았습니다. 내 귀로 똑똑히 들었시요. 아가 내지르는 우렁찬 울음을."

"조런 페리한(생각 모자란) 계집년이! 저 쌔한 뭉체기를 펴볼레문 보라우. 앞으로 고따우루 쇠삽시런(방정맞은) 말을 하문 아르덩강이를 꺾어줄라."

"고럼 안방에서 우는 아는 누굽니까? 아레 울구 있잖아요. 젖이 붙었어요."

"저 아는 이집 마님이 낳은 아다. 너와 똑같은 시간에 마님두 몸을 풀었다 이 말이다. 아직두 못 알아들었네?"

검동이는 안방에 있는 아기가 울적마다 찡하고 뿌듯하게 젖 언저리에 멍우리가 서는 젖가슴을 두 팔로 팔짱을 끼면서 감싸 안았다.

곰보댁이 홍삼장수 도검돌의 집에서 아들을 낳았다는 전갈이 하인청에 전해진 저녁 노마님은 문한을 홍남동으로 보냈다. 산모에게 먹일 쌀과 미역을 지게에 지고 솟을대문을 나선 문한은 지게 작대기를 휘두르며 돌다리를 막 건너려는 참이었다.

"홍삼 당시 딥에 가는 거 아니네?"

문한은 엉거주춤 다리 중간에 서서 영문을 몰라 의아스러운 시선으로 동미(東美) 아씨를 바라보았다. 아씨는 남색 치마에 연분홍 저고리를 입고 어깨까지 푸욱 덮이는 내우사까디(내외삿갓)를 두 손으로 받쳐 들고 있었다.

"아씨레 이 저낙에 와 내우사까디를 쓰고 나오셨습네까?"

"홍삼 당시 딥꺼정 날 데불구 가주어."

"땅거미레 곧 내려올 터인데 아씨터럼 귀하신 분이 어드렇

게 게꺼정 걸어 가시려구 하십네까? 마님이 아시문 큰일납
네다. 날레 들어가시라우요."

"나하구 하낭(함께) 가자우. 내레 도검돌 홍삼 당시와 할 말
이 있어서 기래."

키가 어깨 밑에 들게 작고 몸집도 가냘픈 동미였으나 양반
특유의 당당하고 다부진 명령에 어쩔 수 없이 문한은 앞장서
서 걷기 시작했다. 홍문재를 올라가며 뒤를 돌아보니 아씨는
내우사까디를 뒤로 약간 젖혀 쓰고는 숨을 헐떡였다. 아씨의
불그레한 뺨이 저녁 햇살을 받아 연지곤지 찍기 직전의 신부
처럼 아름다워서 문한의 귓불이 붉게 물들었다. 저녁 해거름
에 기운을 잃은 햇살이 고개 언저리에 선 나무들 우듬지에
내려앉아 동미와 문한에게 기다란 그림자를 던졌다. 홍남동
에 자리 잡은 도검돌의 집에 당도했을 때는 땅거미가 완전히
내려앉은 뒤였다. 문한이 어유 등잔불을 희미하게 밝힌 방을
향해 소리쳤다.

"아즈바니 아낙에 계십니까요? 박진사댁에서 왔습네다."

문한의 목소리에 앉은 채로 창호지 방문을 연 도검돌의 눈
에 멧방석만한 내우사까디를 쓴 동미 아씨가 들어왔다. 도검
돌의 가슴이 후드득 뛰었다.

"아니 아씨께서 이 저낙에 어드렇게 재를 넘으셨습네까?
가마를 타고 오실 것이디 어쩌자구 걸어오셨습네까?"

도검돌은 누추한 집에 온 아씨 앞에서 어쩔 줄 몰라 했다.
삭주댁은 쌀과 미역을 받아 안고서 부엌으로 들어갔고 문한
은 뒤란 우물가로 가버렸다.

"먼 일루 이렇게 누추한 곳을 찾으셨습네까?"

지척에 있는 뒷간에서 풍겨 나오는 구린내와 산모와 아기에게서 풍기는 비릿한 냄새에 동미 아씨는 이맛살을 살짝 찌푸렸다.

　"쉰네레 빌려드린 인가귀도란 책을 다 읽으셨습네까요?"

　"고럼 발쎄 열다슷 번두 더 읽었디."

　"책을 개지구 오셨습네까? 다리를 다쳐서라무니 진사님댁에 자주 들리디 못해 죄송합네다. 문한을 시켜 개져다 주어두 되는데…."

　"책이 너머너머 재미있더랬넌데 어려운 부탁이 있어서라무니 이렇게 왔디."

　동미 아씨의 말에 도검돌의 눈에 번쩍 빛이 스쳤다.

　"내레 예꺼정 온 거는 예수 씨나 샹데님의 화상을 한 장 얻을까 해서라무니 왔넌데 기런 거 개지구 있네?"

　동미 아씨는 내우사까디를 벗어서 세워 들고는 총기가 밴 또렷한 음성으로 말했다.

　"아씨! 예수 씨나 샹데 하나님은 무형무상하사 사람이 능히 뵈올 수레 없는 고로 형상을 방불히 맨들지 못합네다. 성경에 닐러스되 샹데를 세상 사람이 금과 은이나 돌로 만들지 말라 했디요."

　"예수 씨레 하늘님과 먼 관계가 있네?"

　"예수 씨는 샹데의 아들이디요."

　"한울님도 아들이 있다, 이 말이네? 고럼 어드렇게 하문 예수 씨를 만날 수 있네? 정한수를 떠놓고 빌어야 되는 거 아니네? 굿하는 거터럼 말이야."

　"예수 씨나 샹데에 대해 혹게 배와야 하디요. 이레에 한 번씩 모여서 상데를 향해 예배를 드리문 만날 수 있으느꺼니 오일장 저낙에 여기 오시라우요."

"고럼 오일장 저낙에 그 예배라는 걸 올리러 올 터이느꺼니 우선 예수 씨를 향해 외우는 주술문이라두 있으문 개져다 외우게 한 장 주구레."

도검돌은 머리를 한참 긁적이다가 창호지를 꺼내놓고 먹을 갈았다.

'우리하날에게신아바님아바님의일홈이셩하시며아바님나라이님하시며아바님뜻이땅에일우기를하날에행하심갓치하시며쓰는바음식을날마당우리를주시며사람의빗샤함갓치우리빗을샤하시며우리로시험에드지안케하시며오직우리를악에서구완하여내소서'

도검돌은 아직도 먹물이 뚝뚝 흐르는 창호지를 소중하게 받쳐 들고는 입으로 호호 불어 말리더니 두르르 말아서 동미 아씨에게 건네주었다.

"이걸 날마다 외우시라요."

"몇 번이나 이 주술문을 외워야 하네?"

"우리 쥬님이 가르쳐주신 기도문입네다. 주기도라고 합니다. 혹께 많이 외울수룩 둏습네다."

홍남동과 향교동을 잇는 재를 넘으며 동미 아씨는 길가에 선 나무나 바위를 걸음을 멈춰가며 주의 깊게 살폈다. 솟을대문 앞에 도착하자 동미 아씨는 담을 끼고 후원 쪽으로 향했다.

"아씨! 쑥구(숯)터럼 어두운 밤에 와 그펜으로 갑네까?"

"함자 들어가라우. 항께 들어가문 저낙에 대문 밖 출입을 했다구 냐단이 날 터이느꺼니 몰래 들어가려구 그러디."

문한은 아씨 말도 맞다고 생각하고는 혼자 솟을대문 안으로 사라졌다. 동미는 후원 담을 끼고 돌아서 별당 뒷산을 향해 뚫린 협문으로 들어갈 참이었다. 아까 나올 적에 슬쩍 문고리를 풀어놓고 나왔기 때문이다. 후미진 후원 담 근처에 이르렀을 때 일 년에 한두 번 열릴까 말까 한 협문이 삐거덕 열리는 것이 아닌가. 동미 아씨는 민첩하게 담 한 구석에 몸을 숨겼다. 놀랍게도 노마님이 불쑥 얼굴을 내밀었다. 사람을 기다리고 있는 것이 틀림없었다. 바로 그 순간 지게를 진 건장한 사나이가 협문 앞으로 몸을 드러냈다. 노마님을 따라 사나이는 후원 안으로 사라졌다. 세상에! 밤에 후미진 협문이 열리고 비밀리에 사내가 들어가다니! 섬뜩했다. 동미 아씨는 담 너머로 목을 길게 뽑았다.

"마님, 동부동 김서배입네다."

사내 목소리가 두려움으로 인해 떨리는 것이 완연했다.

"종이자박에 적은 것을 자세히 보았으렷다."

"고럼요. 잘 읽구서리 저 함자 비밀리에 준비해 왔습니다요."

김마름이 내미는 약봉지를 노마님이 재빨리 받아 치마말기 속에 감추었다.

"이걸 어떻게 멕이네?"

"약을 입에 탁 털어 넣구서리 더운 물 한 대접을 마시문 됩니다요."

"내 지시가 있을 때꺼정 데 켄에서 기다리라우."

노마님이 손수 물 한 대접을 떠가지고 검동이가 누워 있는 방으로 들어갔다. 노마님이 내미는 약봉지와 물 대접을 받아

든 검동이는 순한 양처럼 아주 다소곳했다.

"너레 하두 힘들어 헛소리를 해서라무니 약을 지어왔다. 이걸 먹으문 몸이 개운해지구 아픈 것두 덜 할 터이느꺼니 날레 마셔라."

검동이는 노마님의 친절에 너무 황공해서 머리를 수없이 주억거려가며 약봉지를 입에 탁 털어 넣고 물 한 대접을 단숨에 마셨다. 이불을 어깨까지 푹 뒤집어쓰고 누우니 혼곤하게 잠이 왔다. 구름 위로 몸이 둥둥 떠다녔다. 노마님은 검동이가 잠든 걸 확인하고는 정자 쪽으로 신호를 보냈다. 김마름이 지게에 지고 온 짐을 안고 방 안으로 뛰어 들어왔다. 사람 크기의 부대를 방바닥에 길게 펴놓고 깊이 잠든 여자의 이불을 들췄다. 검동이의 얼굴을 보는 순간 흠칫 놀라 멈칫거리는 김마름의 이마와 눈썹이 꿈틀했다. 부대 아가리를 벌리고 깊이 잠든 여자를 집어넣었다. 애써 태연한 척 무진 애를 썼지만 김서방의 손이 와들와들 떨렸다. 어쩌다가 내가 이런 일에 끼어들게 되었지 하는 한숨을 삼키면서도 감히 무어라 입을 열지 못했다.

"날레 날레 서둘러라. 패랭이를 깊숙이 앞으로 내려서 얼굴을 가려야디."

노마님의 성화를 들어가면서 김서방은 부대에 검동이를 집어넣고 아가리를 삼끈으로 단단히 묶었다. 깊이 잠든 그네는 나무토막처럼 꼼짝하질 않았다.

"옛다. 받아라."

묵직한 엽전꾸러미를 노마님이 김서방의 무릎 위에 던졌다.

"고, 고맙습네다."

"착오 없이 일을 잘 처리하렷다. 제 너머 누평(못)보담은 압록강이 돝다."

"분부대로 시행하겠습니다."

늦게 찾아온 여름밤, 땅거미가 솟을대문 안을 덮어버리고 천지가 지척을 분간할 수 없이 어두워진 시간, 김서방은 검동이가 든 부대를 지게에 걸머지고 후원 문을 열었다. 담에 매달려 안에서 벌어지는 일을 훔쳐보던 동미 아씨가 나는 듯이 별정 쪽 뒷간으로 줄달음질해서 몸을 숨겼다. 협문을 나선 김마름은 통곡정을 향해 달리기 시작했다. 허리춤에 넣은 엽전과 걸머지고 가는 여자의 무게가 그를 찍어 눌렀으나 너무 긴장한 탓인지 그 무게를 가늠할 수조차 없었다. 통곡정을 지나 비탈을 내려가 압록강에 부대를 집어넣어버리면 그의 임무는 끝나는 것이다. 하지만 삼월이의 딸, 검동이를 자기가 죽이다니 세상에! 이럴 수가.

십칠 년 전 일이 선명하게 그의 뇌리를 스쳤다. 그날 밤 삼월은 후원의 정자 옆에서 울고 있었다. 보름달이 두둥실 석숭산 봉우리를 타고 깊이를 모를 높고 깊은 하늘로 휘영청 솟아올랐다. 속눈썹의 떨림까지 볼 수 있는 밤이었다.

"와 예서 함자 울간?"

대답을 않고 삼월은 숨을 죽이며 서럽게 어깨를 들먹였다. 그 당시엔 김마름을 모두 돌쇠라고 불렀다. 돌쇠가 다가가자 삼월은 언 땅바닥에 주저앉아버렸다. 행랑마당에서는 박대감, 그러니까 박진사의 아버지가 압록강에 달밝이를 가느라고 부산했다. 말이 끄는 말동채에 술과 안주가 가득 실렸고 기생까지 데리고 나가는 호사스러운 달밝이였다. 얼어붙은 강줄기를 따라 신나게 달리는 말동채를 구경할 수 있도록 종들에게도 바깥나들이가 허락되어진 밤이었다. 강둑에 앉아서 달맞이를 할 수 있는 자유가 박대감댁에 얹혀사는 사람들에게 허용된 기쁜 날이기도 했다.

삼월이와 돌쇠는 터놓고 말을 하지 않았지만 혼인까지 생각하는 사이였다.

"와 우네? 언나들터럼 밤에 와 울구 냐단이네. 녯날에는 어린 체네두 시집을 갔드랬넌데 다 큰 체네레 함자 지내문서 먼 울 일이 있네?"

삼월이는 돌쇠의 관심이 집중될수록 거북살스럽게 몸을 앙당그렸다. 겨울이라 솜바지를 입고 치마를 펑퍼짐하게 입고 있다지만 눈에 띄게 통통한 몸매였다. 의아하게 흘겨보는 돌쇠의 눈길을 피해 고슴도치처럼 더욱 몸을 앙당그렸다. 허리까지 치렁하게 땋아 늘어뜨린 머리끝에 드린 댕기는 돌쇠가 사다준 것이다. 댕기의 붉은 색이 달빛을 받아 만발한 봉숭아 꽃빛을 토해냈다. 귀밑머리 옆으로 하얀 목덜미가 밝은 달빛에 춥게 드러났다.

"넌 몰라. 종년의 신세레 얼매나 아픈 것인디. 덩말 넌 아무것두 몰라."

"어디레 아픈지 말해 봐. 모두들 압록강으로 달밝이 나가느꺼니 너를 데불구 한의원에게 갈 수도 있어. 속이 막힌 것이문 침을 맞자우."

"바보, 바보. 내레 힗어버린(잃어버린) 게 너머너머 많아서 기래."

"멀 힗어버렸네? 아하! 지난번 끼구 있던 은반지를 힗은 모양이구나. 이펜에서 힘었네, 데펜에서 힘었네? 달이 밝으느꺼니 내레 찾아줄 수 있다."

"그게 아니야. 내레 재 너머 누펑(못)에 칵 빠져 죽어버리고 싶어."

"죽긴 와 죽네? 내레 널 너머 돌보지 안아서 증이 난 모양이구나."

"내레 죽더라두 너 한 사람만은 그 이유를 알아야 한다. 너만은 내 속사정을 알구 있어야 해. 난 박대감의 아를 개졌어."

이 말을 내뱉고는 삼월은 땅바닥에 엎드려 서럽게 울었다. 돌쇠는 커다란 몽둥이로 뒤통수를 세게 얻어맞은 듯 정신이 얼얼했다.

"쉬! 마님이 들으문 어쩌려구 이래. 마님이 아시는 날이문 넌 죽어."

다행히 안채와 후원은 비어 있었다. 대보름 손님들이 사랑채에 몰려 있어 삼월은는 맘을 풀고 울면서 속사정을 털어놓았다. 그러고 두 달 뒤 삼월이는 딸을 낳았다. 그 아기는 태어나면서부터 얼굴이 검다고 검동이라고 불렀다. 행실이 나쁜 삼월이 배캐젖(새우)장수와 붙어서 아기를 낳고 함경도 산골에 산다는 어느 부상을 따라 도망가버렸다고 모두들 수군거렸다. 아기를 버리고 도망가버린 삼월이는 두고두고 몹쓸 여자로 낙인 찍혔고 검동이는 박진사댁의 조전비(祖傳婢)로 남았던 것이다.

검동이를 등에 지고 가며 십칠 년 전 삼월이도 이렇게 압록강에 던져 죽었을지도 모른다는 생각에 이르자 김마름의 두 다리에서 힘이 쑥 빠져나갔다.

이 백정은 대석이를 데리고 통곡정 비탈 어느 몰락한 선비의 고희잔치에 쓸 고기를 가져다주고 압록강 둑을 따라 밤길을 걷고 있었다. 그때 통곡정을 넘어선 장정이 지게에 무거운 짐을 지고 허우적거리며 내려오는 것이 눈에 띄었다. 이 깜깜한 밤에 혼자 강으로 내려오는 사람이 있다니! 이 백정과 대석은 본능적으로 둑 가장자리로 몸을 피해서 잎이 무성한 개암나무의 나뭇잎 속에 숨었다. 앙바틈한 들쭉나무들이 강 쪽을 가릴 만큼 개암나무 가에 줄지어 들어서 있어 두 사람이 몸을 숨기기엔 아주 적격이었다.

"아매두 새(나무)를 해서 팔아 개지구 살아가는 새꾼(나무꾼)일 겁니다."

하지만 대석의 짐작과 달리 그들 앞을 지나가는 장정의 짐은 나뭇짐이 아니었다. 그럼 아편 밀무역을 하는 사람일까. 이 백정은 숨을 죽이고 밤을 타고 강가로 허겁지겁 내려가는 남자의 거동을 살폈다. 통곡정 비탈에 드문드문 자리를 잡은 초가들은 멀리 떨어져 있어 개 짖는 소리가 강바람을 타고 메아리치듯 처량하게 퍼져나갔다. 칠흑의 밤에 장정은 무엇을 하려는 것일까. 아무리 둘러봐도 짐을 받아서 싣고 갈 배는 눈에 띄지 않았다.

"아바지, 저 사람이 강여억(강가)에서 등짐을 버리려나 보디요?"

"쉬이! 조용히 해라. 사연이 있갔디."

두 사람은 침을 꼴깍 삼키며 남자의 거동을 주시했다. 장정은 지게막대기로 지게를 세워놓고는 부대를 두 손으로 끌어안더니 강물에 풍덩 던졌다.

"아니, 저 넘이 강물에 포대를…."

"아바지, 부대 형상이 사람 같지가 않습네까?"

"저런! 고럼 사람을 강에 던졌단 말이네?"

대석이 생각할 겨를도 없이 들쭉나무들 사이를 비집고 나가 강 쪽을 향해 뛰었다. 갑작스러운 인기척에 지게를 버려둔 채 사내는 줄행랑쳐 어둠 속으로 사라졌다. 어려서부터 이곳에서 개 헤엄치며 놀던 대석이었다. 곧 바로 물속으로 첨벙 뛰어들더니 물결을 따라 부침(浮沈)하는 포대를 향해 헤엄쳐갔다. 아들과 부대가 흘러가는 물길을 따라 이 백정도 강둑을 뛰었다. 마침내 대석이 힘겹게 강가로 밀어낸 부대의 아가리를 동인 삼끈을 풀었다. 허리까지 머리를 땋아 늘인 처녀의 얼굴이 나타났다. 이 백정도 대석이도 겁에 질려 엉덩방아를 찧으며 뒤로 물러나 앉았다. 이따금 강바람을 따라 나뭇잎이 설렁거릴 뿐 사위는 죽은 듯이 고요했다. 이 백정이 여자의 맥을 짚어 보았다. 희미하게 뛰고 있었다. 가슴에 귀를 대어보니 심장도 박동했다. 엎어놓고 물을 토하게 했다. 숨을 쉬고 있건만 나무토막처럼 굳어있었다. 이를 어쩌지. 이 여자를 어떻게 처리한다지. 이 백정은 어쩔 줄 몰라 멍청히 여자 옆에 주저앉아버렸다. 잠시 혼동에 빠져든 이 백정은 여자의 몰골을 어둠에 익은 눈으로 샅샅이 훑어보았다. 입술이 터져서 피가 흐르고 부대를 다 벗겨보니 아랫도리가 피로 흥건했다. 처녀의 얼굴을 뚫어지게 보던 이 백정이 외마디 소릴 질렀다.

"이 체네래 이 체네레… 세상에! 어드렇게 이런 일이…."

"아바지, 와 그리 놀랍네까? 날레 체네를 집으로 데불구 가야디요."

대석은 처녀를 업혀달라고 등을 내밀었다.

"말두 안 된 소리 하디두 말라우. 대석아! 이 체네레 박진 사댁 비녀 검동이가 아니네. 우리레 이 일루 인해 양반들의 눈 밖에 나문 큰일이다."

"아바지, 걱정 마시라요. 도검돌 아즈바니레 가르쳐주는 하나님 말씀에 보느꺼니 하나님 앞에서 모든 생명이 귀하다구 했습니다. 예수씨 피루 샀으느꺼니 금터럼 비싼 사람들이라 구 했시요. 우리레 이 체네를 여기 버리구 가멘 이 밤에 죽어 삐릴 터이느꺼니 그라문 우리는 샹뎨께 죄를 짓는 겁니다."

이 백정은 아들이 원하는 대로 검동이를 들쳐 업고 통곡정을 오르기 시작했다. 손톱달이 뜬 밤이라 다행이었다. 이 밤에 압록강 가에 오는 사람도 없었고 밤이 상당히 깊어서 통곡정을 내려오니 의주 성문 안에 불을 켠 집도 드물었다. 향교동을 거치지 않고 들길로 돌아서 서문골로 향하는 동안 이 백정은 검동이의 숨결을 느낄 수 있었다. 그의 등에 땀이 흐르더니 업힌 검동이의 몸에서도 온기가 돌아 심장의 박동을 느낄 수 있을 정도였다.

검동이 깨어난 것은 다음날 정오쯤이었다. 피 묻고 젖은 옷을 벗기고 죽은 아내의 옷을 농에서 꺼내 입히며 이 백정은 깜짝 놀랐다. 아기를 낳은 몸인 걸 알았기 때문이다. 약기운으로 인해 깊은 잠에 빠졌던 검동이는 그간 무슨 일이 일어났는지 전혀 모르고 있다가 낯선 집에 누워 있는 걸 알고는 의아해서 한참 말을 하지 못했다.

"예가 어디메입니까? 내레 와 여기 누워 있습네까?"

건둥이는 백정의 아낙들이 입는 검은 무명치마와 저고리가 입혀진 자신의 몸을 놀란 눈으로 살펴보다가 이 백정과 눈이 마주치자 움찔했다. 이따금 박진사댁에 고기를 져 나르던 이 백정을 알아보았기 때문이다.

9

　홍남동의 도검돌 집에서는 이틀이 지났건만 곰보댁이 혼수상태에서 깨어나질 못했다. 아들의 이름을 영생(永生)이라 짓고는 고만이었다. 삭주댁은 당황해서 어쩔 줄을 몰라 허둥댔고 아기는 배가 고파서 젖을 빨려고 악을 쓰며 울어댔다.
　"아레 배가 혹게 고파서 이 냐단이니 이를 어카디요?"
　"애골애골 울어대두 대 엿새꺼정은 죽디 않아. 물을 입에 흘려 넣어주구레."
　도검돌이 누차 박진사댁에 들러 곰보댁이 홍남동 홍삼 장수 집에서 몸을 풀었으니 곽서방이 강계에서 돌아오면 그리로 오라고 연락을 해놓은 처지였으나 아직 소식이 없다. 노마님이 보낸 미역 두어 잎과 쌀 한 말을 문한이 엊저녁 져날라놓고 갔으니 곽서방이 오면 바로 이리로 달려올 것이다. 곧 장마가 닥치려는지 날씨는 숨 막히게 후텁지근했다. 바람 한 점 없는 날이라 가만히 앉아 있어도 땀이 흘러내리는 한낮, 아기는 울어대는데 곰보댁은 깨어나질 않았다. 이틀 지나도 깨어날 기미를 보이질 않자 도검돌은 무릎을 꿇고 기도하다가 확신에 찬 목소리로 말했다.

"아무래도 곽서방이 돌아와야 깨어날 모양이야. 둑지 않을 터이느꺼니 두고 보라우. 여보시! 하나님이 곽서방 오기를 기두루시나 봐."

이때 곽서방이 뛰어 들어왔다. 문한에게서 사건의 내막을 다 들었는지 얼굴이 온통 눈물범벅이다. 그렇게 착하던 곽서방의 얼굴이 살기로 가득 차서 눈빛이 벌겋다. 낫이라도 손에 잡히면 곧 사람을 죽일 기세였다.

"여보시, 여보시, 내레 왔소. 덩신을 차리라우요. 세상에! 아를 낳으려는 사람을 밤에 내쫓다니. 기럴 수는 없디요. 내레 목숨을 걸구 천마산을 헤매서라무니 산삼을 캐다가 복출 도련님을 먹여 살려준 정성을 봐서라두 이렇게 하는 거 아닙니다. 죽여버릴 거라우요. 만약 님제 살아나지 않으멘 내레 박진사네 사람들 모두 죽이구 나두 둑을 겁니다요."

곽서방은 제 정신이 아니었다. 물에서 건져 올린 물고기처럼 팔딱팔딱 뛰는 꼴이 잘못하면 큰일을 저지를 태세였다. 곽서방이 아무리 떠들고 야단을 쳐도 도검돌은 거들떠보지도 않고 곰보댁 옆에 무릎을 꿇고는 두 손을 맞잡고 열심히 기도했다. 혼자 날뛰다가 제풀에 죽어 곽서방도 슬그머니 무릎을 꿇고는 두 손을 맞잡았다. 그가 천마산 속에서 산삼을 캐러 헤맬 적에 황어인이 보여주었던 경건한 자세를 떠올리며 산신령님을 부르기 시작했다. 도검돌처럼 속으로 부르는 것이 아니라 고함을 치며 울부짖고 몸부림치며 불러대자 도검돌이 이죽거렸다.

"산신넝님이 아마 마실을 간 모냥이디. 더 크게 불러라. 나도 만나보자우."

도검돌의 핀잔에 머쓱해진 곽서방은 울부짖음을 멈추었다. 산신령님을 목에서 피가 나게 애타게 찾던 곽서방을 도검돌이 측은한 눈으로 한참 흘겨보았다. 곽서방의 눈에선 눈물과 땀이 비가 오듯 쏟아졌다.

"디금 자네레 애타게 찾고 있는 산신을 본 적이 있네?"

"본 적은 없디만 천마산을 헤맬 적에 산삼이 있는 곳을 일러준 걸 보면 진짜 놀라운 산신이디요. 이렇게 빌문 산신녕넝감이 도와줄 거라우요."

"이봐, 곽서방, 산신이 어드메 있네? 기건 다 거짓 거시라구."

도검돌의 말에 곽서방은 공포에 사로잡혀 움찔했다. 산신령님이 화가 나서 그나마 목숨이 붙어 있는 아내를 데려갈까 겁에 질린 얼굴이다.

"자네 오늘 밤새도록 한번 산신에게 빌어보라우. 그러구 나서 포기하문 내레 믿는 예수 씨에게 빌 터이느꺼니 한번 해보세."

곽서방은 결사적으로 산신령님을 불러댔다. 가슴을 치며 부르다가 나중에는 방바닥을 두드리기도 했다. 어서 아내를 깨어나게 해달라고 두 손이 닳도록 싹싹 비벼가며 몸부림쳤다. 나중에는 밖으로 나가 허공에 대고 사방에 절을 하며 조상신을 불렀다. 칠성신도 부르고 삼신할머니도 부르다가 막판에는 측간귀신까지 불러가며 몸부림을 치는 동안 새벽이 되었다.

곰보댁은 여전히 깨어날 기미가 없다. 숨은 쉬는데 깊은 잠에 빠졌는지 꼼짝을 않는다. 이따금 무엇이 그리 좋은지 벙긋벙긋 웃었다. 눈만 뜨면 금세 말을 할 것처럼 얼굴에 화색이 돌건만 아무리 흔들어도 반응이 없으니 더 미칠 지경이다. 밤새 몸부림치다 지친 곽서방은 그 분풀이를 박진사댁을 향해 쏟았다.

"가이(개)나 광이(고양이)가 새끼를 낳으려 해두 이렇게 못합네다. 세상에! 아를 낳으려구 뒹구는 사람을 쫓아내다니! 그 집안을 낫으루 근냥…."

묵직하고 성실하며 언제나 순종하던 곽서방의 어디에 그렇게 무서운 증오가 숨어 있었는지 선불 맞은 범처럼 헛간으로 내달리더니 낫을 들고 대문을 나섰다. 박진사댁으로 가려는 모양이다. 그런 곽서방을 도검돌이 붙들어 앉히고 대동강에서 주어다가 천장에 숨겨두었던 성경을 그의 가슴에 안겨주었다.

"이거 멉네까? 이거 먼데 내게 이걸 안겨주십네까?"

송충이에 살이 닿은 것처럼 곽서방은 펄쩍 뒤로 물러나 앉으며 성경을 방바닥에 내던졌다. 도검돌이 경건한 몸짓으로 성경을 집어다가 다시 곽서방의 가슴에 귀중한 보물을 안기듯 두 팔을 감아서 품어주었다.

"이 책이 자네의 아내를 살려줄 터이느꺼니 꼭 보듬어 안으라우."

갑자기 어떤 놀라운 힘에 끌려서 전신에 힘이 빠져나가고 성경을 보듬어 안은 손이 지남석에라도 붙은 듯 떨어지질 않자 곽서방의 얼굴이 하얗게 질렸다.

"천마동으로 갈랍니다. 황어인을 찾아 데불구 올 겁니다. 그분은 산신넝님을 일생 모신 분이느꺼니 그분이 오문 산신넝님을 데불구 와서라무니…."

곽시방이 밖으로 뛰어나가려 했다. 눈을 허공에 빅고 허둥대는 그를 향해 도검돌이 우렁찬 목소리로 힘있게 외쳤다.

"쥬님, 저 영혼을 긍휼히 여겨주시라우요. 저 영혼을 주님의 손에 맡깁니다. 저 영혼을 괴롭히는 악한 영은 예수의 이름으로 물러가라."

도검돌의 우렛소리에 풀이 꺾인 곽서방은 나가지도 못하고 목이 비틀린 닭처럼 잠시 퍼덕거리다가 방바닥에 털퍼덕 주저앉아버렸다.

"와 날 개지구 잡아먹갔다구 이 냐단을 하십네까. 어드렇게 해야 되는 거디요? 덩말 내레 어드렇게 해야 되는 건지 모르갔수다."

"나를 따라 기도하라우. 상데이신 하나님을 단단히 붙잡아보라우. 복남 오마니를 살릴 마음이 있다문 날 따라 해보라우. 예수님, 저를 받아주사라우요. 일생 쥬님을 따라 살겠수다. 예수님! 제 아내를 살려주시라우요."

곽서방은 진땀을 질질 흘려가며 강하게 도리질을 했다.

"진짜 우리를 다스리는 신이 누군지 이제 찾은 걸세. 우리레 이런 예수 씨를 몰라서 어둠 속을 더듬고 다닌 거야. 우리를 만든 신이 있을 터인데 하는 공포감에 아무거나 섬기며 살아온 거라네. 우리 민초들이 섬기는 모든 신은 거짓부리 신이야. 칠성님이 어드메 있네. 산신이 또 어드메 있어. 박진 사댁 다리굿에서 나타났다던 조상신도 없어. 기건 모두 악한 령의 장난이야."

"천마산에 사는 산신넝님두 없는 겝네까? 내레 천마산을 헤맬 적에 꿈에 나타나서 너페(곰)를 보여준 그 산신넝님이 덩말 없단 말입네까?"

푸근한 한복 치맛자락처럼 넓고 깊게 펼쳐진 천마산 어디엔가 살아있을 산신과 경건하게 그 앞에 선 황어인이 눈앞에 어른거렸다. 그러다 단호하게 입을 열었다.

"예수 씨레 참 신이라문 이 사람을 살려보시라우요. 고럼 믿겠수다레."

도검돌이 곽서방의 손을 와락 단단히 움켜잡고 간절히 기도하기 시작했다. 얼마나 시간이 흘렀을까. 곰보댁이 눈을 부스스 뜨더니 흐트러진 머리를 쓰다듬으며 일어나 앉아 항상 이 집안에 울러 퍼졌던 찬미가를 부르기 시작했다.

"예수 아이 워 워 선 즈, 셩징 카오 수 워 루 츠, 시아오 시아오…."

"아니, 여보시! 아니 당신 살아났지 않네. 맞아, 맞아, 예수 씨레 님자를 살렸어."

10

박진사는 가을바람이 서늘하게 불 무렵 석숭산의 추월암에서 하산했다. 절에 머물렀던 삼 개월 간 우연히 만났던 떠돌이 스님과 나눈 대화가 그의 마음을 아주 상쾌하게 했고 머리까지 맑게 했다. 산에 올라가 살리라. 남루하고 헐겁게 살지만 만사 도통한 그 스님처럼 도를 닦으며 일생을 살리라. 그와 함께 자란 친구들이 모두 압록강을 건너가서 사학(邪學)에 빠져 우장으로 떠나가 버리고 혼자 남았지만 암자에 머물러 도를 닦아서 세상의 모든 진리를 터득하리라. 이렇게 함으로 서양바람을 막아내 조상들이 물려준 것들을 단단히 지키리라.

박진사는 이제야 할 일을 찾은 것이다. 지루하게 사랑채에 갇혀 살면서 정신 차리고 아무리 읽어도 골치가 아픈 사서오경이나 뒤적이며 쇠잔해 가는 것이 아니라 도를 깨달아 그 스님처럼 영계(靈界)를 보리라는 꿈을 지니게 되었다. 생각할수록 추월암에 올라간 일이 잘 한 짓이라 여겨져서 웃음이 터져 나왔다. 스님의 말이 얼마나 옳은 진리를 일깨워주었단 말인가! 사람의 몸이란 지수화풍(地水火風)으로 이뤄진 것이라고 하지 않던가. 이 네 가지 기운은 천기(天氣)와 지기(地氣)이고 빛과 공기는 천기(天氣)라고 하던 스님은 칼날처럼 예리하게 번뜩이는 눈으로 그의 마음을 전부 읽어냈다. 대우주는 소우주인 인간에게 천지의 기(氣)를 무한히 베풀어준다고 하니 이 기를 듬뿍 먹어야 한다는 것이다. 그렇다면 하늘의 젖인 기(氣)를 먹지 않아 그는 병이 들었던 모양이다. 죽음이란 얼마나 무서운 것인가! 죽음의 문턱까지 갔다 온 그는 스님을 만나 죽음의 문제를 해결할 실마리를 잡은 듯했다. 천유(天乳)를 섭취하는 방법을 배워 생명을 유지하며 강인한 육체를 지니리라. 그리고 가장 무섭고 두려운 죽음의 문제를 해결해야 하리라. 어떻게 살아야 가치 있고 보람 있게 사는 길인지 알아야 한다는 강렬한 욕구로 박진사의 눈은 빛이 났다. 우장으로 가버린 백홍준이나 이응찬이 돌아오면 깜짝 놀랄 만한 도(道)를 닦으리란 다짐을 내심 단단히 했다.

추월암에서 만났던 이름도 모르는 스님이 들려준 말이 아직도 생생하게 귓가를 맴돌았다. 석가모니가 보리수나무 밑에서 삼매경에 빠져 우주천지(宇宙天地)와 마음이 통했을 때 우주에게 물었단다.

"우주야! 너의 정체는 무엇이냐?"

우주가 이렇게 대답했다.

"공즉시색(空卽是色), 색즉시공(色卽是空)이라."

무슨 뜻인지 몰라서 박진사는 걸인 스님에게 합장을 하며 머릴 흔들었다.

"너머 어렵군요. 기게 먼 뜻인디 좀 풀어주시라요."

파리한 얼굴에 기생오라비처럼 부드러운 손에다 먹고 책만 봐서 여인처럼 하늘거리는 박진사를 스님은 한심한 듯 한참 노려보다 입을 열었다.

"나는 있음도 없음도 아니니 있다 함은 기(氣)의 뭉침이요, 없다 함은 기(氣)의 흩어짐이라. 기(氣)는 흩어졌다 뭉쳤다 하는 것이니 있음이 곧 없음이요. 없음이 곧 있음과 다름없는 것이오."

"스님, 너무 어렵습니다. 더 상세히 설명해 주시라요."

"설명으로 되는 것이 아니오. 오랜 기간 도를 닦아야 깨달아지는 진리요."

알듯 말듯 하지만 얼마나 멋진 말인가! 두고두고 고민했던 죽음의 문제, 삶의 가치문제 등등 모든 것이 그 안에 있어 보여 가슴이 뛰기 시작했다.

"스님, 도를 닦으문 그 모든 걸 이해하구 통달할 수레 있습네까?"

박진사는 마치 산신령님이라도 만난 듯이 악착같이 스님

에게 매달렸다.

"나는 조선팔도를 내 집처럼 돌아다니는 땡땡이 중이오. 석숭산 깊숙한 곳, 험한 벼랑에 뚫린 굴속에서 도 닦는 사람을 만날 수 있을 것이오. 그 사람이 나보다 더 많은 도움을 줄 것이니 그리 가보시오. 나는 구름처럼 떠돌아다니는 사람이니 한 곳에 못 있어요. 부처님의 뜻이라면 다시 만날 것이오."

아내에게 모든 걸 맡겨두고 몇 해가 걸리더라도 그 도인(道人)을 만나 도를 닦으리라. 그러면 건강해질 것이고 그때 건강한 자식도 낳을 수 있으리.

석 달 만에 의주성 남문을 들어서며 박진사는 살맛이 났다. 날마다 사랑방에 갇혀서 유교의 가르침을 무조건 외워 머릿속에 지니고 있자니 머리는 늘 흐리멍덩하고 몸이 허약해져서 무기력하게 지내지 않았던가. 이제 석숭산 굴속에 산다는 도인을 곁에 모시고 새롭게 도전할 일거리가 생긴 셈이다. 그는 향교동 자신의 집을 향해 걸으며 그 스님이 잠시 설명해 준 단전(丹田)호흡을 해보았다. 배꼽 바로 아래 세 치쯤에 인체의 모든 기(氣)가 모인다는 단전은 전(田)으로 표현하기보다 해(海)로 표현해서 기해(氣海)라 부른다 했다. 배꼽 밑은 기(氣)가 전신을 도는 순환운동의 중앙본부라고 스님이 일러주었던 걸 생각해 냈다. 그는 스님이 가르쳐준 대로 머리꼭지 정수리에 자리 잡은 기혈인 백회혈(百會穴)에 모은 기를 숨을 내쉬며 천천히 아래로 아래로 내보냈다. 전신이 구름 위에 뜬 듯 황홀하고 피곤이 가시고 머리가 개운해지는 듯했다.

솟을대문 앞에 서자 배가 불렀던 아내가 생각났다. 그새 석 달이 흘렀다니! 건강한 아기가 태어났을까. 그때 마침 문한이 이 백정 옆에 사는 갖바치 강귀동에게 다녀오는 길이었다. 발 크기를 싸릿가지로 재서 가져다주었는데 지난번보다 작다고 다시 재오라고 해서 곤두박질해 갔다 오는 길이었다. 숙출 아씨의 당혜(唐鞋)는 붉은 바탕에 청문(青文)을 수놓은 청목댕이, 마님의 당혜는 청(青)바탕에 홍(紅)무늬를 넣은 홍목댕이로 맞추는 것이라 시간이 걸리고 비싼 것이어서 갖바치가 여간 신경을 쓰는 것이 아니었다.

"진사님! 이제 돌아오십네까?"

문한이 박진사 앞에서 허리가 휘도록 절을 했다. 석 달 전보다 한 뼘은 더 자란 키에 건강미가 넘쳐흐르는 문한을 눈을 내려뜨고 곁눈으로 흘겨보았다.

"그래! 으음. 당(장)에 갔다 오네? 딥안은 모두…"

"마님 순산하셨습네다요. 백일이 가까워오는데 아는 서날미(男兒)루 아주 튼실합네다. 벙글벙글 웃구 꺄르륵 소리두 지르는 걸요. 노마님은 기상구(기저귀)를 접어서 매일 데미구(積) 뒤게 놓구(포개놓구) 돟아서 냐단입네다."

"저런 고이한 넘 같으니라구! 먼 말이 그리 많네."

세 번째 낳은 아들이 건강하다고 하나 걱정이 앞섰다. 자신의 건강이나 아내의 체질로는 건강한 아이를 낳을 것 같지가 않아서다. 산 속에 들어가 도를 닦아서 건강해진 다음 아이를 낳아야 하는데…. 조상의 무덤을 이장하고 다리굿까지 하고 점을 쳐서 점쟁이가 원하는 것은 무엇이나 다 해보았지만 두 아들 모두 어떠한가. 창피해서 머리를 들고 다닐 수 없는 상태가 아닌가.

아내와 노마님이 달려 나왔다. 박진사는 먼저 어머니 앞에

근 질을 하고 새로 대이난 셋째 아들이 있는 방으로 들어갔다. 뺨이 터지게 살이 오른 아이가 낯을 가리는지 얼굴을 돌리고 칭얼거렸다.

"나두 없는데 함자서 수고 했수다레."

마님은 부끄러운 듯 귓불을 붉히고 뺨까지 벌게졌다. 박진사는 아내의 수줍음을 짐짓 모른 척하고 아이를 받아 안았다. 박진사의 품에 안긴 아이는 자배기 깨지는 소리로 우렁차게 울어댔다. 이 아이는 건강하게 클 것 같구나. 하지만 아직 마음을 놓을 수는 없지. 두 아들도 태어날 때는 건강했으니까. 생각이 이에 이르자 다시 근심의 구름이 그의 마음을 가득 채웠다.

"아레 태어난 지 석 달이 되었습네다. 이름을 지으시라요."

"으음. 우리 집은 끝자가 출(出)자 돌림이느꺼니 앞자만 넣으문 되디."

"새벽에 태어났으니꺼니 새벽 서(曙)자를 넣는 걸 어드렇게 생각하세요?"

"서출(曙出)이라. 새벽에 동터오는 빛인 서광(曙光), 새벽빛인 서색(曙色), 새벽별인 서성(曙星), 새벽하늘인 서천(曙天)… 그중에 우리 셋째아들 이름은 서출(曙出)이라, 참 좋수다레. 고럼 서출로 합시다."

몸이 허약하고 구부정하니 난장이인 큰아들 복출(福出)이나 온몸을 쓰지 못하고 비비 꼬며 병신으로 누워 있는 무출(茂出)이보다 서출은 무엇인가 집안에 새로운 빛을 가져올 이름처럼 느껴졌다. 어둠을 뚫고 빛이 비쳐오는 새벽이니 참으로 좋은 이름이라 박진사의 마음에 꼭 들었다.

"아녀자레 지은 이름이라서…."

"님제의 머리레 나보담 낫수다레. 서출이 태어남으로 이 집안이 새벽이 오듯 밝아져서 환한 빛이 찬란하게 우리 집을 가득 채울 것이네. 우리 서출이 태어남으로 나에게두 새빛이 번쩍이느꺼니 좀 기둘러 보라우요."

추월암에서 지낸 석 달간 박진사에게 영험한 일이 일어나서 새 빛이 비친다고 하는 것이 아니겠는가. 마님도 덩달아 가슴이 시원하게 뚫리는 것 같았다. 시어머니와 며느리만 아는 서출의 출생비밀은 꽁꽁 묻힐 것이고 건강한 아들을 보게 된 박씨 가문은 영원히 빛날 것이기 때문이다.

"추월암에서 둏은 일이 있었나 보디요?"

"도인(道人)을 만나 도 닦을 결심을 했오. 이응찬이랑 백홍준이 우장으루 가서 밥팀례(세례)라는 걸 받고 새 빛을 찾았다구 하넌데 이게 먼 소린지! 남의 나라 종교에서 새 빛을 찾는 것보담 우리의 깊고 긴 역사 속에 자리 잡은 우리의 종교가 그 친구들이 말하는 야소교보담 훨씬 둏을 것이란 확신이 왔으꺼니 나두 우리의 도(道)를 산에 가서 닦기루 했디. 따지구 보문 내 건강이 나빠 복출이나 무출이 저 꼴이 아니갔소. 서출이가 건강하다지만 마음이 놓이지 않소. 도를 닦아 도인(道人)이 된 다음 건강한 아를 낳읍시다."

박진사의 말이 길어졌다. 이 집에 시집와서 이렇게 오래 부부가 마주 앉아 긴 이야기를 하는 것도 서출이 가져온 새 벽이 든 이름 탓이 아니겠는가. 검동이 낳은 서출이 건강하고 유모로 택한 곰보댁의 젖이 넘쳐흘러서 셋째 아들은 제 몫을 단단히 할 장군감이었다.

"님제 건강이 둏지 않은 걸 나두 알구 있어. 내레 도를 닦구 하산하문 배와개지고 온 비법을 가르쳐주갔소. 우리 그때 더욱 건강한 아를 낳읍시다."

박진사는 도를 닦으러 산에 올라갈 꿈에 들떠있었다. 이응찬이나 백홍준이 깜짝 놀랄 도통한 도인이 되겠다는 욕심에 박진사 마음은 불이 붙었다.

11

어려서부터 백홍준은 생각이 많았다. 산속에 들어가 도를 닦아서 도인이 되겠다는 생각을 백홍준은 아이 적부터 노래처럼 하고 다녔었다. 그는 청년이 되어서도 죽음이 무어냐, 왜 살아야 하느냐, 5천 년의 역사가 해결 못한 이런 문제를, 압록강을 넘나들며 목숨을 걸고 덤벼드는 양인들이 풀어줄 수도 있을 거라고 입버릇처럼 말했다. 그러더니 의주 청년들과 어울려 우장으로 가버렸다. 처음에는 홍삼장사를 해보겠다, 서양 과학을 배워 오겠다, 서양 종교를 알아보겠다느니 해가며 떠났는데 밥팀례(세례)인가 뭔가를 받고 완전히 딴사람이 되었다는 소문이다. 밥팀례가 무엇인지 모르지만 박진사는 이 나라의 것을 붙들기로 결심했다.

산신령을 만나고 하늘님의 영력을 빌려 산더미 같은 바위를 들어올리기도 하고 개나 소 같은 짐승으로 변하는 변신술(變身術)을 터득한다면 그까짓 사람이 약간 변하는 밥팀례에 비할 것인가. 도통하면 양도깨비들이 할 수 있는 것보다 더한 신통술을 부릴 것이 아닌가. 가만히 앉아서도 먼 곳의 사정을 알 수 있는 투시력과 앞날을 예견할 수 있는 신통력도 산 속에서 도를 닦으면 습득한다고 하니 노력만 한다면 우장 가서 야소교인이 된 친구들보다 월등 뛰어날 것이 뻔했다. 축지법(縮地法)을 쓰면 하루 수백 리를 갈 수 있다니 훌쩍 우장에 가서 저들을 만나보리라. 변신술로 개나 쥐가 되어 숨어들어가 저들이 무얼 하는지 볼 수도 있을 것이니 어서 산으로 올라가 도인을 만나리라. 진짜 조선인이 돼야 한다. 우리 조상들이 심어온 조상들의 종교를 가져야 한다. 서양 종교를 받아들여 요상한 냄새를 풍기며 나대는 친구들처럼 변하는 것이 아니라 진짜 종교를 배우고 닦아 저들을 눌러야하리. 아내가 내놓은 명주 바지저고리로 갈아입고 목침을 베고 한숨 자려는데 바람처럼 서상륜이 그의 앞에 나타났다.

"아니, 자네레 중국에서 몹쓸 벵이 들었다는 소문을 들었더랬넌데…."

"사심이 가죽터럼 온몸이 변했었디. 벵들어 죽게 되느꺼니 오마니 생각이 데일 간절하더라구. 밤마다 불을 혜놓구(켜놓고) 나를 기두루는 오마니…."

"백홍준이랑 이응찬 그리고 다른 친구들은 우장에서 별일 없네? 자네 돌아올 적에 데불구 오디. 되선 사람은 되선이 데일 둏은 곳이야."

"밥팀례 받구 예수 씨를 따르기루 결심한 사람들이느꺼니 돌아오지 않아."

"그럴 수가! 양귀들이 세게 달라붙은 모양이군, 내레 날레 축지법을 배와개지† 가서 저늘을 모두 변신술로 바꾸어 되선으로 데불구 와야디."

박종만 진사가 축지법을 배워서 우장에 있는 백홍준이랑 다른 의주 친구들을 데리고 오겠다고 야단하는 걸 물끄러미 바라보던 서상륜의 마음에 연민의 정이 끓어올랐다.

"내레 중국에 나갔다 둘온 거이 덩말루 샹뎨의 은혜였네."

"고럼 인생이 샹뎨의 눈에서 어드렇게 벗어나갔네? 샹뎨 인 하늘님이 데일 아니네. 샹뎨가 천신(天神)이니 그분이 만 물을 다스리디 안캇네."

박진사는 서상륜이 양도깨비들과 함께 있었다는 소문을 듣고 완전 변할 줄 알았는데 상제를 찾는 걸 보니 반가웠다. 유명한 산마다, 반드시 산신(山神), 하천에 있는 수신(水神), 물 속에 있는 용왕, 불 속에 있는 화신(火神), 큰 나무에 있는 목신(木神), 바위에 있는 석신(石神), 별에 있는 칠성신, 음양 의 신으로 집안에 있는 산신(産神), 집안 신인 성주, 변소에 사는 측신, 바람으로 공중을 지배하는 풍신…. 조선에도 얼 마나 많은 신들이 있는가. 그중에서 제일 높은 천신인 상제 를 치켜세우는 친구가 반가웠다.

"자네 열병이 어떤 병인지 알간? 더구나 타양인 영구(營口) 의 한 객점에서 엠병에 걸려 온몸에 갬좁쌀 크기의 종기레 퍼지구 몸은 불덩어리였디. 설사를 하두 많이 해서 냉중에는 나올 것두 없으꺼니 입으로 뜨물터럼 하얀 물을 토하구 위 지사경(危至死境)을 헤매고 있었더랬넌데 게서 살아난 것이 디. 만약 되선에서 이 벵에 걸렸드라문 날 성(城)밖에 내다버 렸을 거라구."

"이 사람아, 되선에 있었더라문 내레 열병을 다스리는 비법을 알구 있으느꺼니 처방을 잘 해서 쉽게 나았을 것이야. 엠병에는 이성(異性)의 피를 먹으문 바루 일어난다구들 하더군. 토깽이 띠(똥)를 뜨거운 물에 넣어 복용하든지 불에 태운 가이띠(개똥)를 물에 타서 마시문 열병을 다스릴 수레 있디."

박진사가 늘어놓은 열병 다스리는 비법을 들으며 서상륜은 다시 한 번 깊은 비애를 느꼈다. 서상륜이 마근태(馬勤泰) 목사에게 배운 것은 그게 아니었다. 영국 선교사인 마 목사는 열병을 아주 다른 식으로 접근했기 때문이다. 열병은 장티푸스라고 하는데 장티푸스 균이 경구(經口)로 감염되므로 물을 끓여 먹으라고 했다. 조선에서는 열병에 걸리면 산 밑에 내다버리고 식구들까지 도망가버리는데 마근태 목사는 옆에서 그를 극진하게 돌보지 않았던가.

"내 곁에 있다가 병에 옮기멘 어드렇게 하시려구 이러십네까?"

"열병의 균은 직사 일광에 나오면 죽습네다. 열에 약하니까 음식을 끓여먹으면 병에 걸리지 않습네다. 병균이 입으로 전염되니까 먹는 걸 조심하고 집안을 청결하게 하면 괜찮지요."

열병은 균이 입을 통해 들어가 경구로 감염, 그 균이 소장에 이르면 발병하여 열이 나고 설사를 하며 심하면 피부에 좁쌀처럼 종기가 나는 병이다. 서상륜의 경우는 열병으로 인해 지라가 커진 비종(脾腫)까지 가서 무척 위독했으나 하나님의 사람들을 통한 투약과 사랑이 그를 살려낸 셈이다.

"자네레 말하는 하늘님이 날 살린 것이 아니야. 날 살리신 분은 턴디를 지으신 샹데 하느님이야. 그분만이 참 도(道)가 되시구 만사를 자기 뜻대로 행하시구 우리를 구하는 구세쥬기 되시기 때문에 사람이 미땅히 공경히구 두려워할 그런 분이디."

서상륜의 얼굴에는 두려움이 가시고 아주 강한 빛이 서려 있었다. 항상 불만투성이라 주위 사람들이 가까이 못할 사람으로 천대받던 사람이다. 그런 사람이 중국에서 염병을 앓고 살아오더니 변한 것이다. 중국으로 인삼을 지고 떠날 적에는 돈에 미친 사람이었다. 양반 가문 출신으로 장사꾼이 된 것부터가 박진사의 조롱거리였다. 서상륜은 조정과 이웃에 대해서 항상 불평이 많았던 사람이다.

1624년 평안도 사람들이 일으킨 이괄의 난 뒤부터 서북인에 대한 조정의 견제와 경계가 강화되어서 중앙 진출이 막혀 있었다. 게다가 숙종은 평안도인들에게 정거령(停擧令)까지 선포해서 과거(科擧)도 보지 못하게 된 것이 청년들의 울분을 샀다. 정치 길이 막힌 서북인들의 불만이 자라서 홍경래의 난으로 터지기도 했다. 해서 양반 계층은 농업, 공업, 상업에 진출하고 있는 때였다.

의주는 국경 지역이니 자연스럽게 장사꾼이 되는 양반들이 많아지고 있어 중앙의 양반 계층이 누리지 못하는 자립경제의 풍요로움을 누리고 있는 것도 사실이다. 이런 상황에 서상륜의 반체제 의식이나 천민처럼 장사꾼이 된 걸 탓하자는 것이 아니다. 어려서부터 박진사와 함께 서당에서 유교교육을 받아 익힌 인(仁) 예(禮) 의(義) 지(智)의 덕목을 몸에 지닌 사람이 장사를 하면서 변해버린 것이다. 14세에 부모를 잃고 상인의 길에 나서서 재산을 전부 날린 뒤부터 상륜은 변질되었다. 철저한 장사꾼이 되어서 모리배 짓을 양심에 거리낌 없이 해대고 거짓말을 밥 먹듯이 했다. 탐심을 채우려고 남을 해하는 일까지 서슴지 않고 하니 개똥 같은 사람이 돼버렸다. 장사로 잃은 재산을 찾고 돈을 모으려고 물불을 가리지 않고 날뛰다가 영구에서 열병으로 쓰러졌던 것이다. 이런 상륜을 두고 의주 사람들은 이렇게 말했다.

"상륜이란 사람은 양반이라 거죽은 뻔지르르한데 돈에 미쳐서라무니 면주자루 아낙에 넣은 가이띠(개똥)처럼 고약한 냄새가 나는 사람이야."

그 같은 지탄을 받을 수밖에 없는 것이 서상륜은 벼슬한 양반 가문 출신이었기 때문이다. 달성 서씨 승사랑공파(承仕郞公派) 후손으로 고조부 대(代)까지 한성에서 벼슬을 하다가 증조부 때부터 의주로 이주해왔기 때문에 전통 양반가문 출신인 서상륜에게서 주위 사람들은 고고한 처신을 기대했다.

"자네를 두고 사람들이 머라 말하는 줄 아네?"

박진사가 노골적으로 들리는 소문을 알려주어 경각심을 일으키려 했다.

"면주자루 속에 든 가이 띠라고 수군덕거리는 걸 말하려 하네?"

"그뿐인 줄 아능가? 인물 둥은 도적놈이라고 하는 사람들두 있어."

다른 때 같으면 얼굴이 붉어질 정도로 핏대를 올리며 무엇이라고 구시렁대며 화를 냈으련만 그는 고개를 푹 숙이고 있다가 이렇게 말했다.

"당연한 말이다. 어려서부터 배운 대로 입으로는 공맹자(孔孟子)의 도를 숭봉하구 문벌을 내세우고 거드름을 부렸으느꺼니. 그런 사람이 상인이 되어서라무니 장사꾼의 기질에 물들어 개지구 속이구 욕심을 내구 남을 업신여기고 깔아 뭉기고 내레 데일 지혜가 많다구 나댔으니 참으로 한심한 넘이었디. 이 세상에 나터럼 어리석구 불쌍한 사람이 또 있갔네?"

기가 꺾인 것도 아닌데 상륜은 아주 덤덤하게 중얼댔다. 양반이 장사꾼이 되었으니 혼자서 얼마나 고민을 했으면 자기를 비하시키는 그런 말을 하고 있을까 하는 생각에 박진사는 가슴이 아렸다.

"당시는 집어치우고 나랑 함께 농사를 짓자우. 요즘은 종들꺼정 당시를 해보겠다고 나대는 세상이니 사람 손이 모자란다구. 자네레 나와 함께 우리 집 농토를 돌보구 피양에 곡식을 내다 파는 일을 거들문서 함께 살자우."

도를 닦으러 산에 갈 참인데 집을 맡길 좋은 사람이 생겨서 박진사는 신이 났다. 서상륜이 감지덕지하여 그의 손을 잡고 눈물을 글썽이며 굽실거릴 줄 알았는데 뜻밖에도 그를 한참 물끄러미 쳐다보다가 머리를 흔들었다.

"내 나라 친척이나 친구들이 나를 인물 둫은 도적놈이라구 흉만 보구 말두 아니하문서 바린 물건터럼 여기는데 타국의 보두 듣두 못한 사람이 나를 친부형터럼 사랑하구 돌봐주었으니꺼니 이거이 어드런 연고인지 모르갔어."

"자네 아직두 양도깨비에 홀려있는 모양이군. 날레 양귀자의 마술에서 벗어나야 하는데 이거 큰일났네. 날레 거기서 빠져나오라우."

박진사는 서상륜의 손을 잡아 흔들어가면서 놀란 눈을 동그랗게 뜨고 겁먹은 목소리로 정신을 차리라고 간절히 타일렀다. 박진사의 충고와 간절한 타이름을 들으면서 사상륜은 깊은 생각에 빠져들었다. 텅 빈 머릿속에서는 중국 교회에 여러 번 참석하여 들은 찬미가가 끊임없이 메아리치며 웅웅 울렸다.

죄지고 있는 이마다 쥬께 곳 오시오
쥬말삼만 참 밋으면 태평 함 주시네
밋기만 하오 밋기만 하오 지금 밋으오
구하겟네 구하겟네 곳 구하겟네"
(찬양가, 예수셩교회당간인 1895년 127장)

찬미가와 함께 마근태 목사가 그에게 베푼 사랑도 잊을 수가 없다. 죽게 된 그를 조선 사람도 아닌 대영국 목사 마근태 씨가 자기 집으로 옮겨놓고 동국의사를 청하여 매일 이삼차씩 진병하며 복약을 시키고 거의 두 주일 동안 돌봐주지 않았던가. 예수 그리스도께서 마근태 목사를 감동해서 그에게 보내지 않고서야 전염병인 열병에 걸린 사람을 자기 집에 옮겨놓고 어떻게 그렇게 정성을 다해 돌볼 수가 있단 말인가. 동족인 조선 사람들도 그런 병에 걸리면 동네 밖 산에 내다 버리는 것이 일반 상식인데 자기 집에 옮겨 놓았다는 것은 예수 씨의 사랑이 아니면 절대로 할 수 없는 일이었다. 한데 공교롭게도 살아난 서상륜은 수중에 돈이 없었다.

"돌봐주신 것 너머너머 고맙습네다. 그 은공을 어떻게 갚아야 할디. 이렇게 살아났넌데 무염치한 넘이 글쎄 약값이 없습네다. 어카디요?"

그때 마근태 목사는 서상륜의 등을 다정하게 다독이며 이렇게 말했다.

"자네 생각은 좋은 마음이나 재물이 없으니 할 수 없지 아니한가. 자네가 진심으로 고마운 마음이 들거든 하나님께 감사하게. 말로만 감사하는 것이 아니구 자네가 예수 씨를 믿으면 이에서 더한 기쁨이 없겠네. 성경을 한 권 줄 터이니 읽어보구 예수 씨를 영접하게."

서상륜은 생명의 은인이 주는 책을 거절 못하고 두 손으로 받았다.

"이거 덩말 미안합네다. 난 예수 씨를 믿을 수가 없습네다. 되선에서는 예수 씨를 믿으문 잡아 죽입니다. 죽을 벵에서 살려주신 거는 고맙지만 예수 씨를 믿는 거는 아직 마음이 내키지 않습네다. 그러느꺼니 이 성경이란 책을 한켄 구새기루 갯다 감추는 걸 용서하시라요."

그리고 의주에서 돌아왔는데 날마다 마근태 목사의 말이 그의 귓가를 맴돌았다. 예수 씨를 믿으면 이에서 더한 기쁨이 없다니 내가 예수 씨를 믿는데 어째서 마근태 목사가 기쁘단 말인가. 무슨 목적으로 양인이 그에게 그렇게 친절함을 보수도 받지 않고 베풀었단 말인가. 이해할 수가 없었다.

날마다 겪는 갈등으로 수척해진 서상륜의 마음속을 헤아릴 길 없는 박진사는 혼자 신이 나서 떠들어댔다.

"야소교 굴에서 빠져나와 되선에 온 이유가 머네?"

"족보와 문집을 목판으로 찍어내서 서씨 가문을 두루 나누어줄 의무를 맡아 놓고 무작정 그곳에 있을 수는 없었디. 오마님과 처자식두 있구."

"우리 친구들이 빠져든 야소교란 것은 검은 모자를 쓰구 검은 옷을 입은 귀신에 의탁하여 허황하기 그지없는 것을 좇구 있는 것이 아니갔네? 야소교도들은 금수(禽獸)요, 견양(犬羊)이라 조상두 모시지 않구 예의 범절두 모르는 야만인이라구 하던데 자네는 어드렇게 보았네?"

"내 보기에는 그런 거이 아니었어. 목숨을 걸구 피두 통하지 않구 말두 다르며 아무 관계도 없는 엠병에 걸린 나를 사랑하구 도와주는 걸 보문 기막힌 참 진리가 거기에 숨어있는 거이 틀림없어. 디금 곰곰이 생각해 보느꺼니 나를 살려준 사람은 하늘나라 백성이었어. 예수 씨를 믿으문 모두 그렇게 되는 모양이야. 그러느꺼니 의주 청년들이 돌아오딜 않구서리 거기 살구 있는 것이 아니네. 날마다 참 하늘나라 백성이 되는 도(道)를 닦으면서 말이네."

서상륜이 야소교에 무엇인가 신비하고 놀라운 것이 감추어있을 것이란 표현을 하자 박진사는 발끈 화가 치밀었다. 그가 알고 있는 사실이란 야소교란 미소 지은 탈을 쓰고 중국을 좀먹더니 급기야는 조선에 침입할 준비를 하는 것이 틀림없었기 때문이다. 기회를 봐서 조선을 삼킬 준비를 하고 있는데 조선 사람을 포섭하는 수단으로 서상륜을 살려주는 정도의 선심을 과시하는 것이 당연한 것이 아니겠는가. 사랑을 가장하고 착한 척하고 무엇인가 깊은 진리가 숨겨있는 척해야 공자 맹자 노자 주자의 가르침을 누를 수 있지 않겠는가. 사학(邪學)을 물리치는 단 한 가지 길은 성현들의 가르침을 올바로 지키고 산에 들어가 산신령님을 만나 신통술을 익히는 길밖에 없다는 확신이 왔다. 그러자면 친구와 함께 산에 들어가는 수밖에 없다는 결론이 났다.

"이봐, 상륜이! 나랑 함께 산에 들어가 백일기도를 하자우. 도를 닦잔 말이야. 자네를 구할 수 있는 유일한 길은 바로 이 방법밖에 없네."

"바위니 낭구니 하는 것들이 무얼 하겠네? 그런 것들이 우리 민족을 요 꼴루 만든 것이 아니네. 제발 이젠 자네두 덩신을 차리게."

박진사는 야소귀신에게 붙잡힌 친구를 구해내야겠다는 생각에 잠시 머릿속에 든 것을 정리해 보았다. 그가 추월암에 올라가서 스님들에게 들은 것들을 어떻게 서상륜에게 전해야 좋을지 몰라서였다. 팔만 사천 개의 기(氣)와 삼백 육십 오 개의 기혈(氣穴)로 구성된 인간의 몸이 도를 닦고 훈련 받으면 기(氣)를 받아들이고 내보낼 수 있다고 하지 않던가. 그렇게 되면 모든 병이 낫고 강철같이 단단한 몸이 된다고 했다.

"야소교 목사 양이(洋夷)레 자네 벵을 치료해 주구 건강을 되찾아 주느꺼니 마음이 끌리는 모양인데 자네가 몰라서 그래. 되선에두 놀랍구 신비한 비법이 있넌데 그걸 모르구 있는 거디. 석숭산 굴속에 숨어 도(道)를 닦고 있는 누걸래치(걸인) 스님을 찾아가문 참 진리를 배울 수 있넌네 우리 함께 산속으로 가자우."

박진사는 자신이 만났던 스님을 떠올리며 자신 있게 말했다. 이런 박진사를 서상륜은 빙긋 웃으며 한참 그윽한 눈으로 바라보았다.

"디금꺼정 우리레 개졌던 가치관과 너머 다른 각도에서 양이들은 시작하구 있어. 자네두 마음속에 웅덩이터럼 괸 썩은 물을 다 퍼내버리구 비운 다음 야소교를 대하문 달라질 거네. 아니지. 그게 아니야. 우리 힘으로 어드렇게 할 수 없는 힘이 자네를 사로잡아서 이슬이 내리듯 야소교에 젖어들 걸세."

서상륜은 마근태 목사가 약값도 받지 않고 정성스럽게 병을 고쳐주고 아무 대가도 요구하지 않았던 일을 떠올릴 적마다 감동으로 몸과 마음이 떨려왔다. 요구한 것은 딱 한 가지, 그가 주는 성경책을 읽어주는 것이 자신을 기쁘게 해주는 일이라고 하지 않았던가. 의주에 돌아와서 서양목사에게 빚을 갚는 심정으로 매일 밤 성경을 읽었다. 마목사의 집에 머무르며 치료를 받는 동안 매일 백홍준, 이응찬, 이성하, 김진기를 위시한 의주 청년들이 빙 둘러앉아 경건하게 무릎을 꿇고 성경을 읽은 다음 눈을 감고 기도하는 걸 보았다.

우리말로 드리는 예배였다. 조선말에 서투른 로스나 마근태 목사는 멀찍이 물러나 앉아 예배 장면을 지켜보았다. 그 장면이 이상하게도 그를 여간 강하게 붙들어놓는 게 아니었다. 압록강을 건너서 고향땅 의주에 왔건만 성경을 대할 적마다 그 분위기가 그를 감싸고 돌았다. 이 아침 성경을 완독(琓讀)하다가 진정할 수 없는 떨림에 사로잡힌 서상륜은 혼자 있을 수가 없어서 박진사를 찾아왔던 것이다.

"야소교 이론은 한없이 넓구 커서 공자 맹자 석가두 감히 일컫지 못할 미서운 거라우. 그 술책이 간사하구 기만적이어서 양자, 묵자두 차마 따를 수 없구 심지어 황건적(黃巾賊)이나 백련교(白蓮敎)의 요사스러움을 이어받아 교활하기가 그지없다고 하더군. 그러느꺼니 자네 덩신 똑바루 차리라우."

박진사는 예수교에 대해 어디서 그렇게 많은 비판을 얻어

들었는지 청산유수였다.

서상륜은 확신에 차서 빛나는 박진사의 얼굴을 한참 멍하니 노려보았다. 항상 소금에 절인 배추처럼 후줄근했던 친구가 무엇에 홀려서 이렇게 힘이 날까 의아한 생각을 감출 수 없었다. 여태까지 비리비리 뒤틀려서 무력한 자세로 고집스럽게 사랑채만 지키던 사람이 아니던가.

"자네 말을 따지구 보문 야소교 전파로 인한 위기의식 때문이 아니겠는가. 자신이 있다문 대항할 것이디 와 그리 냐단을 하네? 샹데의 말씀인 성경에선 우리 모두를 하나님이 창조했다고 했어. 그러느꺼니 우리는 창조주 앞에서 모두 평등한 거야."

"우리 모두레 평등하다구? 기럼 백당넘들두 갖바치두 절개살이(머슴)하는 넘두 모두 우리 양반하고 같다 이 말이네? 자네 당시를 하더니 미쳐버렸어. 어드렇게 그런 생각을 할 수레 있네?"

"백당이나 갖바치가 우리하구 다른 게 머네? 그들이 눈이 하나구 다리레 하나이네? 입을 서이 개 개지구 있네? 외모레 똑같듯이 모두가 평등한 거라구 성경에 쓰여 있었디. 똑같이 병들구 아프구 죽는 거 아니네? 양반이라구 영원히 사는 거이 아닌데 공자 왈 맹자 왈 해가며 인(仁) 의(義) 예(禮) 지(智)를 따지구 앉아 인륜과 제도를 따지면서 엄격한 관습으로 사람이 사람을 차별하는 거이 이상하디. 자네레 양반을 고집하는 거이 자네의 기득권과 이득을 앗기구 싶디 않은 욕심이 아니네."

서상륜의 논리에 박진사는 기가 막힌지 얼굴빛이 파래졌다.

"이상하게 변했군. 머가 자네를 그렇게 병들게 했네? 외국과의 강화조약 때문이 아니겠네. 아니야, 바로 그 사교인 야소교 때문이다. 우장에 간다구 압록강을 건넸던 거이 자네를 중병 들게 했어. 으드렇게 고런 말을 할 수레 있네. 다시 내 앞에서 고런 말 하문 그땐 내레 가만 놔두지 않을 터이느꺼니."

박진사는 그렇게 말해 놓고도 분이 풀리지 않아서 압록강을 건너 만주로 가는 사람들은 모두 굶어 죽어가는 천민들이거나 아니면 죄 짓고 도망가는 사람들뿐이라고 기염을 토했다. 해서 그는 조선의 전통을 고수하기 위해 산 속에 들어가 백일기도를 할 것이며 그때 힘을 얻을 터인즉 두고 보라고 입에 거품을 품었다. 하긴 서상륜 자신도 마근태 목사를 만나기 전, 그리고 성경을 읽어보지 않았을 때 박진사와 똑같은 생각을 했었다. 그건 우물 안에 갇혀 세상을 보지 못했을 때 바라본 작은 하늘이었다. 우물을 빠져나와 넓은 세상을 보니 그게 아니었다. 세상은 넓고 할 일은 많았으며 배워올 것도 많았고 고칠 것도 많았다.

서상륜 자신이 과거에 가졌던 생각을 되씹어 보았다.

…양이들이 강화를 하려는 목적은 교역을 빙자해서 약탈하려는 수작이다. 사치하고 기이한 노리개를 들려와서 우매한 백성이 그것을 사려고 땅을 팔아 망할 것이며 더구나 교역에서 가장 무서운 것은 사학(邪學)이 묻어 들어와 수천 년의 전통이 무너지고 집집마다 사학을 하고 사람마다 사학에 미쳐서 아들이 아비를 아비로 여기지 않고 신하가 임금을 임금으로 여기지 않아서 예의는 시궁창에 빠지게 되고 인류는 변하여 금수(禽獸)가 된다는 걸 알아야 한다….

아무리 강화를 반대하고 몸을 도사려도 이미 일본하고 맺은 수호조약은 부산, 인천, 원산 항구를 개항했고 특히 부산과 동래는 왜색이 판을 치고 있는 판국이다. 군함을 타고 들어온 일본 군인들이 훈련을 한답시고 거리를 행군하고 게다 짝을 딸가닥거리며 끌고 다니는 걸 이제 흔히 보게 되었다. 하오리를 입은 사람들과 곳곳에서 충돌했다는 소문이 나돌고 있으며 일본 상품이 상점마다 쌓여 있는 형편이 되었다.

땅을 치고 통곡하며 격렬하게 유교의 사서오경(四書五經)을 붙들고 늘어지며 몸부림쳐도 밀려들어오는 파도를 피할 수는 없는 지경이 되었다.

"우린 너머 오래 고인 물속에서 살아왔어. 웅덩이에 고인 물이 썩어서 냄새가 나는데도 새물이 들어오는 걸 미서워하구 있디. 하지만 이제 새물이 들어오구 있구 그 새물에 밀려 오랜 세월 고여서 냄새 나는 웅덩이 둑도 터져나가고 있어."

서상륜의 말은 아주 단호했다.

"너 미쳤구나. 우리 되선이 이자 망했다 이 말이네?"

"이보게, 심댕이 나서(심술이 나서) 억지부리지 말구 덩신을 차리구 바깥을 보라우. 내레 우장에서 올 적에 성경만 개져온 것이 아니구 세계 각국의 역사와 지리, 철학과 과학에 대해 쓰인 책들을 개져와서 읽구 있는 둥이야."

서상륜은 보따리를 풀어서 책들을 내놓았다. 해국도지(海國圖旨), 영환지략(瀛環知略), 중서견문록(中西見聞錄), 만국사기(萬國史記)와 성경이었다.

"자네레 이 모든 책들을 다 읽었단 말이네?"

"고럼, 앞이 탁 트이고 하늘과 땅이 맞붙은 곳에 나와 있는 것 같은 기분이야. 특히 성경이란 이 책은 그저 지식적인 것이 아니라 이상하게 영혼을 잡아댕기며 감동케 하는 미서운 힘을 개지구 어찌나 세차게 나를 잡아당기는지 가만히 앉아있을 수레 없게 맨들디."

서상륜이 성경을 집어 들자 박진사의 얼굴이 분노로 찌그러졌다. 박진사의 일그러진 얼굴에서 눈을 떼지 않고 서상륜은 확신에 찬 몸짓으로 책들을 그의 앞에 더 바짝 밀어놓았다.

"내레 이 책들을 자네에게 주디. 한번 읽어보문 내 말 뜻을 짐작할거네. 우린 나면서부터 세습된 양반이라는 윗자리에 앉아서 돟은 비단옷을 입구 살았디. 디금 그런 우리의 마음속을 한번 냉정하게 관찰해 보라우. 교만하구 거짓이 가득하구 욕심이 혹게 많구 사람의 생명을 턴하게 알아 짓밟지 않았네? 나로 말하문 열 너이 살에 부모 구몰(俱沒)하시구 일찍 교훈을 받지 못하구 자행자지하문서 조업(祖業)을 수년간에 탕패(蕩敗)한 걸 자네두 알구 있지 않네? 외모로는 공맹자의 도를 숭봉하며 문벌을 자뢰(資賴)하구 안으로는 교만과 궤휼과 거짓과 간음과 탐심을 품고 당시를 한답시고 남의 생명을 해하구 재물을 속이며 남을 업수이 보구 나만 잘 생긴 체했디."

서상륜은 작년 이맘 때의 일을 떠올렸다. 마근태 목사의 도움으로 코끝에 호흡이 붙어 있으니 또다시 돈을 벌어야겠다고 중국 비단을 사가지고 오지 않았던가. 마침 의주의 몰락한 선비가 혼수감으로 쓰겠다고 비단을 요구했다.

"참으로 돟은 비단이라 마음에 드는데 얼매나 받을 거요?"

몰락한 선비의 두루마기 소매 끝이 닳아서 나긋나긋 실밥이 보였다. 가난이 흐르는 의관 차림이었다. 하지만 그렇다고 돈 버는 걸 자제하는 건 상인의 논리가 아니다. 능수능란하게 사람을 우려먹어야 한다. 서상륜의 머리는 번개처럼 계산을 했다.

"못 받아두 백 원은 받아야겠소."

"아니 백 원이라구! 아무리 장사꾼이라지만 그런 값이 어드메 있네."

"열다섯 살 전후의 예쁜 비녀(婢女)도 백 원을 호가하는 세상에 이 중국 비단이 종년 몸값만 못하단 말이오? 싫으문 그만 두시라요."

"혼수감에 인색할 수는 없으꺼니 마음에 들문 사야디오."

옆에서 선비의 아내가 안달했다. 선비는 아내와 자식 앞에서 체면을 세우려고 가보인 고려청자 술병을 내놓았다. 서상륜의 눈에 빛이 번쩍했다. 저걸 가져다 중국에 팔면 열 배 이득을 남길 수 있다. 하지만 그런 내색을 보이는 것이 상인의 술수가 아니었다.

"그것 개지구 백 원이 되갔습네까? 다른 도자기를 하나 더 얹어주시라요."

"세상에! 아무리 돈이 돟은 거지만 양반 태생이 이럴 수 있네?"

선비의 입이 분노로 씰룩거리다가 경련을 일으켰다. 서상륜이 비단을 아예 척척 개서 옆으로 밀어 넣으며 머리를 흔들자 선비의 아내가 안으로 들어가더니 옥가락지를 가지고 나왔다.

"이거이 우리 가문 여자들이 대물림한 반지라요."

서상륜은 그것도 게 눈 감추듯 냉큼 받아 넣었다. 중국 비단을 팔고 돌아서는 그의 등에 대고 선비가 짐짓 모든 사람들이 들을 정도로 큰 목소리로 구시렁거리며 욕을 했다.

"면주자루에 가이 띠 같은 사람이군. 턴민의 미꾸넝만도 못한 넘! 텅깐에 송아지가 저 사람보담 나을 거야."

여직 그렇게 속이고 이득을 취하며 살아도 편안하던 양심이 꿈틀했다. 면주자루에 개똥이란 말이 씨앗이 커지더니 무의식중에 그의 가슴을 뚫고 나와 그를 계속 괴롭히기 시작했다. 성경이 안겨준 이상한 들뜸과 자신의 더러움을 동시에 끌어안고 박진사 앞에 앉아 있는 서상륜, 사랑 문을 빠끔히 열어놓고 박진사와 마주 앉아 잠깐 침묵하는 동안 가벼운 발걸음 소리가 났다. 박진사가 고개를 늘이고 내다보니 동미가 내우사까디를 안고 총총걸음으로 행랑채로 나가는 것이 보였다.

"체네레 대낮에 내우사까디를 안고 나가니 이거 어드렇게 된 노릇이가?"

목을 외로 꼬고 생각에 잠겨 있던 서상륜은 박진사의 말에 정신이 들어 그의 눈길을 따라 밖을 내다보았다. 처녀의 봉숭아꽃빛 저고리와 쪽빛 치맛자락이 강렬하게 서상륜의 눈길을 끌었다. 그 순간 옷의 색깔처럼 선명하고 명확한 생각이 서상륜의 머리를 스치는 바람에 입을 열었다.

"내 이웃과 친척들이 나를 인물 동은 도적넘이라구 흉을 보며 수군대는데 눈이 파랑구 머리가 노란 양인이 병들어 객점에 누워 있는 나를 구해 주었디. 그라느문 난 죽었을 거야. 그런데 내레 몰염치하게 그냥 와버렸디 먼가."

"자네레 돈 없는 걸 알구서리 냉중에 이자꺼정 개져오라구

하지 않았네?"

"그렇게 말하디 않았어. 진실루 고마운 마음이 나거든 하나님께 감사하구 예수 씨를 믿으문 이에서 더 큰 기쁨이 없겠다구 했어."

"으음. 자네레 이상한 곳에 빠져들었어. 고등 사기술에 걸려든 거네."

"아니야. 예수 씨를 믿는 사람들은 참 하늘나라 백성이야."

서상륜은 세차게 터진 웅덩이를 빠져나오고 있었다.

"내레 우장으로 가야겠네. 당시를 하러가는 거이 아니구 녕혼의 문제로 가는 거야. 양인 목사들을 만나서라무니 저들과 함께 예수 씨를 믿어야겠어."

막아서는 박진사의 손을 뿌리치며 서상륜은 결연하게 일어섰다. 서상륜이 다시 압록강을 건너가서 예수 씨와 양인을 만나겠다고 서둘러 나가버린 중문 쪽을 박진사는 멍하니 보고 있었다. 그때 문한이 주뼛거리며 박진사 앞에 읍하고 섰다.

"저저…."

몰라보게 껑충 자란 문한은 어깨가 쫙 펴진 것이 늠름한 기상을 엿보였다.

"말을 하려무나. 먼 일루 날 보러 왔네?"

송충이처럼 굵은 문한의 눈썹이 꿈틀했다. 솟을대문 앞에 버려져서 한겨울 밤 얼어 죽어가며 부황에 들떴을 때도 꿈틀했던 짙은 눈썹이 건강해진 문한의 얼굴에서 더 강한 인상을 풍겼다. 언제나 씩씩하게 턱턱 말을 잘 하던 문한이 머무적거리는 것이 이상해서 박진사는 서상륜으로 인해 꺼림칙했던 생각을 떨쳐버리고 문한의 얼굴에 시선을 돌렸다.

"남문 밖 진사님의 산기슭 묵정밭을 사용해도 될까 해서라 무니….."

"먼 소릴 하네? 집안일 보기두 바쁜데 자갈밭인 묵정밭을 어떻게 하겠다구 그러네?"

"그 밭에 염소를 길러볼까 합네다."

이제 병아리 시절을 벗어나 꽁지 빠진 닭처럼 어른도 아이도 아닌 문한이 나이에 걸맞지 않게 돈에 욕심을 내다니!

"넌 가끔 엉뚱한 데가 있구나. 염소를 길러서 머에 쓰겠다구 그러네?"

"새끼를 내서 또 팔구 또 팔구 해서라무니 돈을 모으려구 합네다."

"돈을 모아 멋에 쓰려구 그러네. 날마다 먹여주고 입혀주넌데."

"언제나 이렇게 살 수는 없습니다요. 돈을 모아 도검돌 아즈바니나 서상륜 나리터럼 고려문으로 당시를 하러 다닐 겁네다."

"네 아바지터럼 역관이 된다더니 당시를 해보겠다구?"

문한이 이 집에 처음 들어왔을 때처럼 박진사의 입에서는 사랑 마당에 선 나무잎들이 흔들릴 정도의 큰 음성이 터져 나왔다. 너무나 어려운 부탁을 하느라고 얼마나 힘이 들었는지 문한의 코끝에 땀이 송골송골 스며 나왔다.

"내레 임상옥터럼 거상(巨商)이 될 겁네다."

"임상옥에 대해서 누레 말해 주었네?"

"봉수레 말해주었습네다. 내레 덩말루 엄청나게 돈을 많이 벌어서 큰 부재가 될 겁네다. 이 집보담 더 큰 집을 짓구 돈이 많은 부재 상인이 될립니다. 두고 보시라요. 염소를 기를 수만 있으문 당시할 밑천을 만들 수 있을 터이니까요."

"죽을 넘을 살려놓으느꺼니 머라구. 너 이넘! 이 집을 떠날 생각을 해?"

박진사의 호령에도 문한은 꿈쩍 않고 우뚝 서 있었다. 이 당을 사먹느라고 아이들이란 푼돈이 남아나질 않는 법인데 유독 문한은 침을 삼켜가며 돈을 움켜쥔단 말을 벌써부터 들어 알고 있는 터였다. 저 녀석이 그럼 염소를 사려고 돈을 그렇게 아끼고 모았단 말인가. 태생이 역관의 아들이었다고 했지. 그래서 그 피에 외지(外地)에 대한 꿈이 있는 모양이구나.

"알았다. 고럼 집안일에 지장이 없이 어디 한번 해보아라."

"고맙습네다. 덩말 고맙습네다."

문한은 묵정밭 오백 평을 이렇게 얻어서 염소를 길러 거름도 하고 새끼를 내 팔기로 계획을 세웠다. 왕의원과 의논해서 약초를 재배할 수도 있을 것이다. 북향이고 너무 가파른 곳이라 농사짓기는 어려운 땅이건만 문한은 해볼 참이었다. 남초(南草)를 길러 내다 팔아도 돈이 될 것이다. 당초(唐草)도 심을 것이고. 자초, 당귀, 석이, 송이, 산개(山), 진심, 석창포… 평안도 지역의 채소들을 하나하나 떠올리며 문한은 머리를 빠르게 회전했다. 잣, 오미자, 산포도를 밭 가장자리에 심으면 어떨까. 씨앗을 구할 수 있다면 청국에서 이식해 한참 구황식품(救荒食品)으로 흉년에 먹기 시작한 마령서(감자)를 심어도 잘 자랄 것이다.

역관을 포기한 것은 얼어 죽은 동생 근한의 영향이었으나 역관보다 흩어진 구슬을 줍듯 돈 벌 생각을 하니 신바람이 났다. 묵정밭을 놓고 문한의 머릿속은 이런저런 계획으로 핑 핑 돌아갔다.

"문한아! 너 예서 멀 하네? 연실이 엉켰단 말이야. 날레 풀 어내라우."

숙출 아씨가 동옥이와 함께 별정(別庭)에서 나와 사랑 마당 의 연못가에 서서 소리쳤다. 동옥은 사랑채에 들어오자 두려 운 빛을 감추지 못하고 박진사 있는 쪽에 신경을 쓰며 숙출 의 등 뒤로 몸을 숨겼다.

"저런 변이 있나, 여식이 연날리기라니! 그건 서날미(男兒) 들이 노는 놀이가 아니네. 저런, 저런! 저거 큰일 났네. 날레 고만 두지 못할까!"

박진사의 불호령에 숙출 아씨는 당돌하게 덤벼들었다.

"와 서날미만 연을 개지구 놀아야 합네까? 내레 서날미터 럼 놀문 큰일납네까?"

딸자식이 사내처럼 거세구나. 장남인 복출이하고 바꾸어 되었으면 얼마나 좋아. 박진사는 노여운 얼굴을 하면서도 그 나마 딸자식의 핏속에 살아 있는 박씨 가문의 꿋꿋한 혈기에 웃음이 터져 나왔다.

"아씨! 제켄 석상으루 가시라요. 연줄을 살살 풀어줄 터이 느꺼니."

"손에서 쿠리쿠리한 가이띠(개똥) 냄새가 나잖아. 날레 씻 구 오라우!"

숙출 아씨의 붉은 당혜 신은 발이 문한의 정강이를 세차게 걸어찼다.

흘러넘치는 물

1

입을 꾸욱 다물고 죽도록 인종(忍從)했던 어머니의 자리에 박진사댁 비녀(婢女) 검동이가 들어온 뒤 대석은 말수가 적어졌다. 검동은 겁에 질려 울 밖에도 나가지 못하고 작은 인기척에도 벌벌 떨며 나뭇더미 뒤로 몸을 감추었다. 박진사댁 사건의 내막을 짐작한 검동은 벙어리가 되어 한동안 말문을 닫고 살더니 차츰 입을 열면서 이 고장을 뜨자고 날마다 울었다.

"대석아, 새오마니레 저렇게 여길 뜨기 원하느꺼니 내 고향인 남쪽 땅으루 내려가는 걸 어드렇게 생각하네?"

"싫습니다. 돌아가신 오마니 무덤을 누레 돌봅네까? 잔디두 입히지 않아 흙이 자꾸 흘러내리는데 보토(補土)를 하지 않으문 평토가 되어버립네다."

대석은 남으로 가느니 차라리 북으로 가기를 원했다. 압록 강을 넘어서 서간도 쪽으로 유민들이 줄을 이어 들어가고 있지 아니한가. 금경이랑, 새어머니, 아버지 모두 함께 얼어붙은 강을 걸어서 서간도로 가는 것이 소원이었다.

아침 조반을 들고 대석은 송아지와 어미 소를 산 밑 풀이 무성한 개울가로 몰았다. 마침 복남이도 박진사댁 송아지를 몰고 나와 있었다. 오월 하순의 태양 아래서 배불리 풀을 뜯어먹은 소들이 개울둑에 주저앉아 반추하며 오수를 즐기는 한낮. 복남이와 대석은 소 곁을 떠나 풀꽃을 뜯어 모았다. 손아귀가 아프게 양손에 풀꽃을 듬뿍 뜯어 가지고는 개울둑으로 올라왔다. 서로 얼굴을 마주하고 펄썩 풀밭에 주저앉아 복남이 먼저 힘차게 들꽃 한 송이를 내놓았다. 풀꽃 싸움이 시작된 것이다.

"나는 할미꽃하구 산골무꽃."

"나두 여기!"

"앉은뱅이꽃하구 범부채."

"나두 여기 범부채는 두 송이나 된다."

두 아이는 신바람 나게 뜯어온 풀꽃들 중에서 상대방이 내놓은 꽃에 맞장구를 쳐가며 골라내서 풀밭 한가운데 내놓았다. 봄날의 한낮은 개울물 소리와 이따금 송아지가 어미를 부르는 느리고 처량한 울음소리를 타고 흘러갔다.

"여기 데일 찾기 어려운 산나리꽃."

"그 비슷한 솔나리."

"그건 안 돼. 산나리꽃을 내놔. 그라느문 내레 이긴 거야."

복남이가 고집을 부리자 대석이 벌떡 일어서더니 소복하게 모아진 풀꽃을 짚신발로 짓밟아버렸다. 그때 복출과 과수댁 외동아들 민재호가 서당을 나와 이쪽으로 오고 있었다.

복출과 재호를 본 대석이 달아나기 시작했다.

"야! 양반귀신 온다. 날레 뛔달아나자우."

복남이도 송아지를 내려둔 채 개울 옆 산으로 도망가버렸다. 금경도 나물을 캐러 나간 오후. 검동이는 제법 힘이 세진 따끈한 봄 햇살을 받으며 툇마루에 앉아서 까박까박 졸았다. 이 백정은 내일 향교에서 드릴 제사용 소를 잡으려고 숫돌에 칼을 열심히 갈고 있었다. 참으로 평온한 봄날 오후였다. 총 감투를 쓴 머리가 울타리 너머로 알찐댔다. 졸던 검동이의 눈에 총감투가 들어오자 겁을 잔뜩 먹고는 우물가로 달려와서 숫돌 옆에 쪼그리고 앉으며 손가락으로 담 너머를 가리켰다. 이 백정이 벌떡 일어나는 순간 검동은 헛간으로 달아나버리고 바자 울타리 문이 덜컥 열리더니 도검돌이 서상륜을 데리고 들어섰다.

"이 누추한 곳에 어드런 일루 나리님들이 오십네까?"

이 백정이 허리를 낫처럼 휘며 구부정하니 절을 했다.

"여보시! 머리를 들게. 우리 모두 하나님 앞에서 평등한 사람들인데 먼 절을 그렇게 하네. 예수 씨를 모르는 사람들이나 양반놀음을 하구 있지 우리는 모두 형제이니 이러는 거 아니네."

도검돌과 서상륜이 마루 위에 올라앉자 이 백정이 잽싸게 안으로 들어가 횃대에 걸린 옷들 뒤에 숨겨놓은 한문성경을 꺼내왔다. 도검돌이 중국에서 가져온 것이다. 이 백정 식구들이 기도할 적에 늘 쓰다듬고 어루만지며 그 위에 손을 올려놓는 책이다. 세 사람이 조용히 원을 그리며 둘러앉자 검동은 방 안으로 들어가서 문을 조금 열어놓고 예배에 참석했다. 찬송을 부르려는 순간 내우사까디를 쓴 처녀가 마당으로 들어섰다. 봉숭아꽃빛 저고리와 쪽빛 치마를 입은 동미였다.

"아앗! 저 체네는 박진사댁에서 본 아씨인데 어드렇게 여길…."

이 백정이 얼른 안방에 눈길을 주었다. 검동이가 잽싸게 문을 닫았다.

"아니 아씨레 여길 어드렇게 알구 오셨습네까?"

도검돌이 공손하게 일어나서 동미 아씨를 맞았다.

"예수 씨에 대해서 궁금한 거이 있어서라무니 물어보려구 왔디. 홍남동에 갔더랬던데 서문골 이 백정네 갔다구 해서리 무니 이렇게 여길 찾아왔디."

"곧 예배를 드릴 터이느꺼니 얼릉 올라오시라요."

내우사까디를 벗어들고 엉거주춤 서 있는 동미 아씨를 도검돌이 안방으로 인도했다. 검동은 겁먹은 얼굴로 동미 아씨의 얼굴을 피해 돌아앉아버렸다. 이 백정이 안방으로 들어가 횃대에 걸어놓은 옷들 뒤에 벽을 오목하게 파고 감추어둔 4쪽 짜리 예수성교문답을 가지러 들어왔다. 검동은 여전히 목을 외로 꼬고 동미 아씨를 외면했다.

"여보시! 괜찮아. 동미 아씨는 예수 씨를 믿는 사람이 되었어. 홍남동에서는 여러 번 예배를 드렸다구. 하느꺼니 서루 가락 인사하라우."

남편의 말에 마지못해 검동이 얼굴을 돌리자 동미 아씨가 잠시 멈칫하더니 가만히 검동의 손을 잡아주었다. 군살이 박히고 거친 손에 비해 동미 아씨의 손은 비단결처럼 보드라웠다. 동미의 손에 힘이 주어졌다.

"내레 그 밤에 담에 붙어 서서 검동이 김마름의 지게에 실려 가는 걸 모두 지켜보았다. 검동이레 낳은 아 이름이 서출인 걸 아직 모르고 있네?"

이번엔 검동이 움찔했다. 마루에 둘러앉은 세 남자는 이 백정이 내온 성경을 가운데 놓고 찬미하기 시작했다.

예수의 놉흔 일흠이 내귀에 드러온 후로
전죄악을 쇼멸하니 사후텬당 내거실셰.
사람육신 생긴 근본 생어토 귀어토하네
가련하다 천한 몸을 조곰도 생각지말셰.
(찬양가, 예수성교회당간인 1895년 61장)

예배가 끝나자 서상륜이 무겁게 입을 열었다.

"의주에 공공연하게 나도는 소문이 홍삼 당시 도검돌을 중심으로 양방(洋房)을 채리구 텬한 사람들이 모여 야소교를 믿는다고 수군대더군."

"그래요. 우리레 늘 모여서 이렇게 가정 제단을 쌓구 있습네다."

"참으루 놀라운 일이요. 베루디(벼룩) 같이 날구 뛰는 양반이나 포졸두 백정들이 사는 이곳꺼정 오지를 않을 터이느꺼니 아주 안전한 곳이야. 내레 내일 아침 일찍 우장으루 떠나기 전에 소문을 듣구 예께정 와본 거디."

"나리, 그곳에 가시문 되선말 성경이 다 되었는디 궁금합네다. 우리 모두 언문을 익혀놓구 그 성경이 오기를 기두루구 있습니다요."

"지금 열심히 번역하구 있을 거야. 도검돌 자네레 한번 우장에 가서라무니 되선말루 된 성경을 개겨오디 그러네?"

서상륜의 말에 도검돌이 한숨을 깊게 삼켰다. 다친 다리 때문이다.

"나리, 이 백정의 아들 대석이를 우장으루 보내겠습네다. 백당으루 태어났디만 아주 영악해서 되선말 성경을 의주꺼정 잘 개져올 겁니다."

도검돌의 말에 이 백정이 움찔했다.

2

문한은 박진사에게 허락받은 묵정밭을 열심히 가꾸었으나 농사를 짓는다는 것은 그리 쉬운 일이 아니었다. 허드렛일을 끝낸 느지막한 밤이나 어둔 새벽 짬을 내서 하는 일이었다. 사다놓은 두 마리 염소가 네 마리로 불어난 것 말고 땅의 소출은 보잘 것이 없었다. 매일 새벽 염소를 묵정밭에 풀어놓았다가 밤에 데리고 들어와 하인청 옆 마구간 한구석에 묶어놓았다.

"너 멀 어드렇게 하려구 이런 고생을 하네? 박진사댁에 꽁제(묶여)있어 일만 하구 사는 우리네 터디에 건강이 나빠지문 길에 나가 둑어야 해."

셋째 도련님인 서출과 한날에 태어난 영생(永生)의 비비꼬인 다리를 눈물이 글썽해서 만지며 곰보댁은 짐짓 문한이 염려가 된다고 목청을 높였다. 서출 도련님에게 젖을 몽땅 먹이고 자신이 낳은 자식에게 암죽을 먹이며 아무렇게나 팽개쳐둔 자식이 곰보댁을 괴롭혔다. 젖을 먹지 못하고 자란 영생은 일어서려면 아직도 비트적거렸다. 서출은 신나게 마당을 가로질러 뛰어다니건만 영생은 파리한 얼굴로 문지방을 잡고 우두커니 밖을 내다보기만 했다.

"젖을 두 아레 먹을 수 없디. 기(氣)가 한 아에게만 가야디 두 아를 먹이문 둘 다 약해지느꺼니 영생에게 젖꼭지를 물리문 어드렇게 되는 줄 알디?"

날마다 곰보댁 옆에 지켜 앉아 잔소리를 하던 노마님의 표독스러운 얼굴을 떠올릴 적마다 곰보댁은 진저리를 쳤다. 맺힌 한(恨)을 퍼부어 대듯 그녀는 문한에게 잔소리를 해댔다.

"영생터럼 너 문지방 잡구 서서 내다보려구 환장했네?"

"내레 임상옥터럼 부재가 되문 천마산 산삼을 사다 영생을 먹여 건강하게 해줄 터이느꺼니 조금만 기두루시라요. 목돈을 거머쥐어야 당시를 하디요."

염소가 새끼를 낳으면 다섯 마리가 될 것이고 그 다음에는 열 마리, 또 그 다음에는 스무 마리…. 새벽 4시 사위가 정적에 빠져있을 즈음 문한은 묵정밭으로 가기 위해 측문을 빠져나오는 순간 담 밑에 바짝 서 있는 사람이 있었다. 잠이 덜 깨서 허깨비를 본 것일까? 문한은 눈을 비비며 희끄무레한 사람이 누구인가 확인하려고 정신을 바짝 차렸다. 세상에! 이 새벽에 동미가 몸을 반쯤 뒤로 돌리고 이쪽을 보고 있지 아니한가. 못 본 척 행랑채 옆 측문을 나오려는 순간 동미가 다가오더니 창호지에 싼 것을 코 밑에 바짝 들이밀었다. 그러지 않아도 요즘 동미 아씨의 거동이 수상하다고 행랑채에서 수군덕대는 판인데 뭔가 해서 문한은 바짝 긴장했다.

"이이… 이게 멉네까? 아씨?"

"골미떡."

"골미떡이라니요?"

"새벽일하구 배고플 적에 먹어."

"이런 걸 와 주십네까?"

"냉중에 말할 터이느꺼니 우선 이걸 받아."

문한은 이 집의 종이고 상대방은 상전댁 마님의 조카딸 신분이다. 또 나이로 봐서도 이래서는 안 되는 것인데 하는 생각에 이르자 잠시 멈칫했다. 귓불이 확확 달아올랐다. 동미는 오뚝이처럼 발딱 머리를 젖혔고 문한은 고개를 깊숙이 숙였다. 동미가 골미떡을 싼 창호지 뭉치를 문한의 손에 억지로 안겨주고 휑하니 사랑채 쪽으로 사라졌다. 가늠할 수 없는 찡한 심장의 울림이 가슴 한가운데를 꿰뚫고 지나가서 그는 장승처럼 한참 서 있었다.

염소를 묵정밭가 풀이 소복이 난 나무 밑에 묶어놓고 동미가 싸준 떡 뭉치를 풀었다. 빨강, 노랑, 파랑 물감을 들여 만든 절편이 뿌연 새벽빛 속에서 드러났다. 울컥 돌아가신 부모님과 무작정 형을 찾아 나섰다가 얼어 죽은 동생 근한이 떠올랐다. 삼색 골미떡이 오랫동안 잊고 지내온 가정을 듬뿍 안아다 문한의 가슴에 풀어놓았다.

"괜스레 이런 걸 주어서라무니 갸우 달래서 잘 이겨내고 있는 맴을…."

동미의 얌전한 몸매가 어머니의 모습과 겹쳐졌다. 앞으로 다소곳이 숙인 자그마한 어깨가 보호본능을 자아내는 아씨였다. 만약 어머니가 문한과 근한, 두 아들을 데리고 도망갔었더라면 지금쯤 어떻게 되었을까. 문한과 젖먹이 근한을 버려두고 아버지를 따라가서 함께 죽을 이유가 무엇이었을까? 자식들보다 남편을 더 사랑해서였을까. 천주학을 믿는 부부는 함께 죽어야 한다는 법이 있단 말인가. 어머니가 살아계셨더라면 동생 근한은 눈 속에서 얼어 죽지 않았을 터인데⋯. 천주학에 대한 가늠할 수 없는 증오가 들끓어 올랐다.

"두고 봐라. 내레 천주학쟁이들을 몽땅 잡아 죽일 터이느꺼니, 천주라는 말만 하는 사람을 만나두 악살을 낼 터이느꺼니."

미움에 들떠서 몸을 떨던 문한은 임상옥 거상을 떠올렸다. 맞다, 맞아. 거상이 되려는 사내대장부가 이까짓 골미떡을 앞에 놓고 이러고 있을 것이 아니지. 그는 힘차게 떡을 밭두렁에 팽개치고는 벌떡 일어섰다.

그때 복남이 손을 내두르며 이쪽을 향해 내닫고 있었다. 어둠이 서서히 엷어지는 틈새로 복남이 헐레벌떡 뛰는 것이 마치 구름 속을 유영하는 솔개 같았다. 염소가 소리 나는 쪽을 향해 길게 울었다.

"먼 일이네?"

"숙출 아씨레 문한이 널 찾구 냐단이다. 날레 집으루 가야디 그라느문 노마님의 호령이 떨어질 거야. 날레 날레⋯. 염소는 버려두고 다라뛔가라."

복남이 뒤돌아서서 먼저 달려가며 어서 따라오라고 몸짓으로 야단이었다. 흥건하게 흘러내린 땀이 베잠방이를 적시도록 앞서거니 뒤서거니 뛰어서 솟을대문 안에 들어섰다.

"꼭두새벽부터 문한이 요념이 어드메를 가구 없네? 복남은 어드렇게 된 거네? 믹제기 두상 같은 넘들, 행배리터럼 어드메로 날마다 뽀보하게(뺀질나게) 빠져나가네?"

문한이 사랑 마당에 들어서며 숙출 아씨를 향해 다소곳하게 머리를 숙였다. 심장의 고동소리가 자신의 귀에까지 들렸다.

"지연 줄이 엉켰단 말이야. 날레 반짇고리에서 실을 개져 오라우."

톡 튀어나온 이마와 뾰족한 코에 고집이 시퍼렇게 고여 있다.

"아씨, 마님이 아시문 큰일 납네다요. 반짇고리 실은 귀한 것이느꺼니 절대루 건드리지 말라구 하신 걸 니지뻐리셨나요?"

"종넘이 머라구 냐단이네. 오마니레 머라하문 동옥이가 그랬다구 하문 된다구. 앰새박부터 어드메로 돌아다니다 와서 그래? 이 행배리 겉은 넘이!"

문한이 숙출 아씨에게 잡히지 않으려고 서너 발자국 뒤로 물러섰다.

"아씨 나이 아홉 살입니다. 데발 얌전하게 수틀 앞에 앉아서라무니 수를 놓으셔야디요. 동부동에 사는 야들살 난 어드런 아씨는 어제 시집을 갔답니다. 아씨도 시집을 가시려문 문안례 드리는 법두 배와야디요."

"문안례가 먼데 종넘이 아칙(아침)부터 날 가르치려구 냐단이네?"

"양반집으로 시집가시문 날이 밝기 전 세수하고 머리 빗구 노랑저고리 다홍치마를 입구 평례루 절하며 문안드리는 거디요. 시부모님 앞에서 양수거지(兩手擧止)하구 있다가 물러가라는 허락이 있어야 물러 나와야 하구요. 그뿐인가요. 계녀서(誡女書)두 읽으셔야디요. 데사 때 곡(哭)하는 법두 배와야디요. 양반집 규수레 공부할 것이 너머너머 많은 법인데 서날미(男兒)터럼 연을 날리구 다니문 어드렇게 하려구 이러십네까?"

문한의 긴 말을 듣고 있던 숙출 아씨가 화를 발끈 내며 바로 옆에 놓여있던 빗자루를 집어 들어 문한의 엉덩이를 세차게 때리는 순간 사랑문이 열리더니 박진사가 긴 담뱃대를 입에 물고 느릿느릿 걸어왔다. 문한의 마음은 급했다. 어이 마당도 쓸어야 하고 부엌에 물을 길어다 주어야 한다. 부엌 잔일을 맡은 곱단이가 부지깽이를 들고 문한을 찾으며 뛰어나올 듯했다.

"먼 일루 앰새박(이른 아침)보탐 이렇게 소란하네?

박진사의 호령에 문한은 숙출 아씨의 빗자루 매를 전신에 연신 맞아가며 공손하게 허리를 굽혔다.

"종넘이 날 보구 곡(哭)하는 법을 배워야 한다구 그러느꺼니 어카갔습네까. 곡하려문 곡비(哭婢)를 부르문 되지! 요넘 어디 한 번 맞아보라우."

"어험! 뒝치의 차랍을 쏟드리겠다.(뒤웅박에 담은 찰밥을 쏟드리겠다는 뜻으로 까부는 걸 나무라는 말) 빗자루를 인차 내려놓지 못할까. 저런! 쇠겡(거울)을 개껴다 얼굴을 보여주어라. 얼굴에 먼 앙쾡이를 고렇게 그렸네."

동옥이 거울을 가지러 별당으로 달려가고 문한은 검댕으로 까매진 숙출 아씨 얼굴을 흘금 훔쳐보았다. 아씨는 툴툴대며 낯을 씻으러 샘으로 가고 박진사와 문한, 두 사람만 사랑채에 남았다.

"곡(哭)을 배워야 한다니 그게 먼말이네?"

"아아… 양반들이 하년 일을 배와 개지구 시집을 가라구
했습네다."

그러자 박진사가 담뱃대를 수평으로 들고는 한 모금 깊게
빨아 입 안 가득 고인 연기를 천천히 문한의 얼굴을 향해 뱉
어냈다.

"네 생각에 양반이 어드런 일을 배와야 한다구 생각하네?"

질문의 의도를 몰라 문한은 찔끔 놀란 표정으로 박진사의
눈치를 살폈다. 박진사의 얼굴에 잔잔한 미소가 넘치자 문한
은 용기를 내서 입을 열었다.

"쉰네레 머를 알갔습네까. 그저 귀동냥으루 들은 것은 양
반이란 더위에두 보선을 벗지 말구 국물을 마시되 훌쩍훌쩍
소리 내서 먹지 말구 제까치(젓가락)를 방아 찧듯이 딱딱 드놓
지 말구 생파는 먹지 말구 술 마실 때는 수염까지 빨지 말구
노하더라두 그릇을 발루 차지 말구 노비를 죽인다구 꾸짖지
말구 화롯불에 손을 쬐지 말구 소를 잡지 말구 돈으루 도박
하지 말구 음음… 또 제사 때 중을 데려다가 제 올리지 말구
말할 때 침을 튀기지 말구… 또 음음…."

박진사는 웃음을 참느라고 볼을 씰룩거렸다. 저 녀석이 실
학파의 학자 박지원(朴趾源)의 소설 양반전(兩班傳)을 읽었구
나. 그때 안채에서 숨넘어갈 듯 문한을 찾는 노마님의 음성
에 이어 일각대문이 삐거덕 열렸다. 노마님과 눈이 마주치자
박진사는 담뱃대를 내려놓고 공손히 일어섰다. 아직도 건강
이 좋지 않은 박진사는 산신차력주문(山神借力呪文)을 석숭산
의 도인에게 배워 열심히 외웠으나 손 떨림은 여전했다. 이
번에는 석숭산이 아닌 천마산 암자에 가서 도를 닦겠다고 짐

을 꾸리고 있는 목덜미에 병색이 짙었다.

"문한아! 넌 꼭두새박부터 사랑 마당에서 멀 하구 있네. 날 레 동부동에 가서 김마름을 데불구 오너라."

아침부터 일이 단단히 터진 모양이다. 노마님의 이마에 꼬막 살이 고인 걸 보니 보통 일은 아닌 성싶었다. 문한은 곳간에 가서 망태기를 찾아 어깨에 메고 나섰다. 언제나 문한은 이걸 메고 다녔다. 새벽 길가의 개똥을 줍기 위해서였다. 개똥만큼 좋은 거름이 세상에 어디 있겠는가! 염소 똥과 개똥에 풀을 베어다가 섞어서 썩히면 훌륭한 거름이 된다고 봉수가 그러지 않았던가. 개똥을 떠올리자 봉수 생각이 났다. 그나저나 봉수 형은 어떻게 되어서 몇 해가 지나도록 돌아오지 않는단 말인가. 이 집 식구들에게서 완전히 잊힌 봉수가 문득 못 견디게 그리웠다. 땅을 보고 걸으면서 여기저기 흩어진 개똥을 열심히 망태기에 주워 담았다. 날마다 숙출 아씨가 문한의 손에서 개똥냄새가 난다고 면박을 주는 것은 새벽에 줍는 개똥 탓이다. 그의 몸에 밴 개똥냄새는 행랑채 머슴들에게도 유명해져서 늘 구박덩어리였다.

동부동 근처의 구나무다리에 이르니 납대대한 돌이 놓여 있었다. 그것도 냉큼 주어서 망태기에 넣었다. 문한의 망태기 속에는 돌멩이도 있고 나뭇조각도 있다. 문한은 무엇이나 주어다가 묵정밭에 묻고 밭 가장자리에 쌓아올렸다.

"노마님이 앰새박보탐 먼 일루 부르시네?"

"꽹장히 증을 내구 계셨더랬넌데 누레 기길 압네까."

김마름의 가슴이 철렁 내려앉았다. 검동이 때문에 그러는 것이 아닐까. 사철 솟을대문 안 깊숙한 안채에서 사는 노마님이 무엇을 알겠는가. 더구나 분명히 자신은 검동을 넣은 부대를 통곡정을 넘어가서 압록강에 밀어 넣어버리지 않았던가. 한 가지 꺼림칙한 일이 있다면 등 뒤에서 났던 인기척이었다. 하지만 검동이 문제라면 노마님도 드러내놓고 사람들 앞에서 떠벌일 일이 아니잖는가. 안채 깊숙한 방에 비밀리에 불려 들어간 김마름은 노마님의 손짓에 따라 가까이 다가가 앉았다. 노마님의 얼굴에는 불안과 노기가 함께 서려있었다. 밖에 신경을 쓰는 노마님의 얼굴은 영 편안치가 않았다.

김마름의 머리에는 검동의 모습이 가득 차올랐다. 따지고 보면 양반이 보잘 것 없는 노비를 죽이든 살리든 큰 문제가 아니다. 마음에 걸리는 것은 박진사댁의 세 아들 중 유일하게 온전한 서출 도련님이었다. 노마님과 마님 그리고 김마름 자신의 가슴에 영원히 묻혀야 할 비밀이 아니던가.

"검동을 내레 시키는 대루 잘 터리했갔디?"

"발쎄 끝장난 이야깁네다. 아매두 검동은 물속에서 고기밥이 되어서라무니 디금쯤 뼈다구가 황해꺼정 흘러가서 압록강엔 하나도 없을 겁네다."

무슨 말이 노마님의 입에서 나올지 몰라 잔뜩 긴장해 있던 김마름은 즉각 이렇게 대답했다. 태연한 척 마음을 가다듬지만 약간 떨리는 음성이었다. 김마름의 목소리가 크다고 생각했던지 노마님이 검지를 세워 입을 가렸다.

"이상하게 신경이 쓰인단 말이야. 이 백정에게 에미네(여편네)를 얻어준 둥매비(중신아비)가 누군지 김마름 자네는 알갔디?"

"아니오. 전혀 모르는 소리인데요. 턴한 것들에게 먼 둥매비가 있갔습네까?"

이 백정의 이야기가 니오지 김마름의 가슴이 쿵더쿵 뛰었다. 그렇지 않아도 어제 다녀간 방물장수의 말로는 이 백정이 아주 새파랗게 젊은 여자를 얻어 사는데 정말 예쁘게 생겼다고 했다. 그 소식을 들으며 하필이면 검동이 머리에 떠올라서 밤새 뒤척이며 잠을 이루지 못했었다. 마음속은 어떻든 완강하게 도리질하는 김마름의 얼굴을 빤히 노려보며 노마님은 중얼댔다.

"와 그리 자꾸 마음이 그리루 가는지 내레 신경이 너머 예민한가? 고럼 자네가 인차 그 딥에 가서 그 백당넘이 얻은 에미네를 보고 오렷다."

"마님! 기건 헛수고입네다. 백정 같은 턴한 것들이 당가를 가지 못해 습첩을 하는 걸 아시문서 먼 신경을 그리 쓰십네까?"

새벽 자시가 되면 밥그릇 하나, 숟가락 하나, 옷가지를 싸 챙긴 보따리를 가슴에 안고 성황당에서 먼동이 트기를 기다리는 여자들이 있다. 소박데기일 수도 있고 시집살이에 지쳐 집을 나온 여자도 있으며 더러는 도망친 비녀도 있다. 이런 여자는 무조건 처음 만나는 남자와 함께 살아야 하는 운명을 지닌 여자들이다. 꼭두새벽 이런 여자를 주우러 성황당을 어둑새벽에 기웃거리는 남자들이 또 있다. 노총각이나 상처한 홀아비나 천민 출신 백정들이다.

김마름의 습첩이란 말에 노마님의 눈에 번쩍 생기가 돌았다.

"이백덩이 성황당에서 습첩을 했다 이 말이디. 고럼 김마름이 서문골에 슬쩍 숨어들어 가서 어드렇게 생긴 에미네를 얻어 사는디 확인해 보라우."

김마름은 벌레 씹은 얼굴을 하고 퉁명스럽게 말했다.

"습첩으로 들어온 낸(여자)은 몇 년 간 밖에 나오디 않는 법입네다. 거길 가두 숨어 있으느꺼니 만날 수도 없을 겁네다. 고런 에미네를 멋하러 만나러 백당 촌엘 들어갑네까? 쇤네두 턴한 신분이지만 백당들이 사는 데 가지 않습네다. 죽은 소들이 달려들 것 같구 피 냄새가 어찌 심한지 피해 가디요."

"고만두게. 내레 너머 과민했나보군."

김마름은 태연하게 노마님 앞에서 습처가 어쩌고저쩌고 했지만 몸이 달았다. 검동을 넣은 부대가 물속에 잠기는 걸 확인했어야 하는 일이었다. 그까짓 인기척에 기겁해서 도망쳤으니 누구냐고 소리 질렀던 사람이 수상히 여겨서 부대를 건져냈다면 검동은 어딘가에 살아 있다는 뜻이 된다. 이 백정의 여자가 만에 하나 검동이라면 어쩌나 싶어 김마름은 이 백정이 사는 서문골로 향했다. 그의 집은 쉽게 찾을 수가 있었다. 바자 울타리 너머로 고개를 길게 빼고는 안을 기웃거렸다. 여러 사람들이 모여 있는지 두런두런 거리는 소리가 흘러나왔다. 가만히 귀를 기울여보니 염불을 외우는 것도 아니고 노랫가락도 아닌 생전 들어보지도 못한 소리였다.

"아반이아반이일홈이성하시며나라님이하시며우리쓰는비냥식을날마당주시고우리죄를샤하여주시문우리또한우리게죄진쟈를샤하여주미니이다우리를미혹에인도치말으소셔…."

아무리 귀를 곤두세우고 뜻을 새겨들으려 해도 무당들이 중얼대는 소리도 아니고 주술을 외우는 소리도 아니다. 바자 울타리 밑에 엉거주춤 서서 손가락으로 울타리를 비집고 안을 들여다보았다. 마루에 빙 둘러 앉은 사람들은 모두 남자들이었고 뺨에 열십자 흉터가 있는 다리병신 도검돌이 의젓하게 앉아서 이것저것 지시히고 있었다. 그 옆에 이 백정, 대석이 그리고 갖바치 강귀동의 얼굴도 보였다. 더욱 김마름을 놀라게 한 것은 글쎄 그 사람들 틈에 박진사댁 머슴 곽서방이 끼어 앉아있는 것이었다.

도검돌이 책을 치켜들고 무어라고 말하자 모두들 머리를 주억거렸고 곽서방은 무엇이 그리 감격스러운지 눈물을 닦기도 했다. 천주학쟁이들이 비밀리에 모임을 갖고 있는 것일까. 아니면 동학꾼들인가. 생각이 이에 이르자 김마름의 가슴이 콩닥콩닥 뛰기 시작했다. 그때 뒤란에 있던 함함한 쌀강아지가 김마름을 향해 마구 달려오더니 죽어라 짖어댔다. 강아지의 소란에 놀란 김마름은 엉덩방아를 찧으며 바자 울밑에 주저앉아버렸다. 쌀강아지가 너무나 방정맞게 짖어대며 달려들자 엉거주춤 채소밭 쪽으로 피했다. 안에서는 강아지가 짖건 말건 노래가 계속되었다.

나난 밋네 나난 밋네 여호와이
턴디만물 만다신줄 나난 밋네
나난 밋네 나난 밋네 구셰쥬가
육신으로 강생함을 나난 밋네.
(찬양가, 예수셩교회당간인 1895년 115장)

얼마나 시간이 흘렀을까. 모임이 끝났는지 간간이 웃는 소리도 나고 뒷간에 가는 소리도 났다. 다시 울타리로 다가가서 비집고 들여다보니 찐 옥수수를 푸짐하게 담은 소쿠리를 대석이 마루에 가져다 놓았다. 모두 옥수수를 먹느라고 야단이었다. 문제의 쌀강아지가 먹을 것이 있는 마루 밑으로 가서 알찐대며 흘린 옥수수알을 주워 먹다가 배가 찼는지 갑자기 바자울로 뛰어와서 냅다 앞발로 북 긁었다. 바자울에 구멍이 뻥 뚫리면서 김마름의 얼굴이 드러났다. 안에 있던 남자들의 눈이 일제히 그의 얼굴에 꽂혔다.

"어험! 어험."

김마름이 헛기침을 하며 의젓하게 몸을 뒤로 젖히고 바자울 문을 열었다.

"아니 어드런 일루 김마름이 백정마을 마실을 다 오셨습네까?

이 백정의 떨떠름한 음성에 의심이 담뿍 묻어있다.

"실은 집사람 귀빠진 날이 내일이라 고기를 좀 살까 해서라무니…."

"아무 때나 오신다구 고기가 있습네까."

도검돌이 앉아있는 마루 위에는 한문성경과 훈아진언, 장원량우상론이란 책이 아직 그대로 놓여있었다. 눈을 그 책들에 두고 조촘조촘 안으로 들어가 마루에 걸터앉은 김마름의 눈이 연신 안방과 부엌을 살폈다.

"누굴 찾느라고 자꾸 이렇게 두리번거리네?"

도검돌의 신경질적인 반응에 깜짝 놀란 김마름이 마지못해 입을 열었다.

"이 집에 새로 들어온 낸이 도망친 박진사댁 검동이와 비슷하다는데…."

순간 이 백정의 얼굴이 하얗게 질렸다. 곽서방도 당황한 빛을 애써 감추며 떨리는 손으로 소쿠리에서 옥수수를 하나

집어 들고는 한입 깨물었다. 모두 입을 꾸욱 다물고 있자 김 마름이 단호하게 입을 열었다.

"그 에미네를 내레 잠깐 보문 안 되갔네?"

이 백정을 향해 아주 명령조로 말했다. 이 백정은 가슴을 조이며 부엌 쪽에 신경을 곤두세웠다. 그때 부엌에서 쨍그랑하고 그릇 떨어뜨리는 소리가 요란하게 들려왔다. 김마름이 날쌔게 부엌으로 다가가자 이 백정이 그의 허리춤을 잡았다.

"아무리 턴한 백당의 아낙이디만 이러는 거 아닙네다."

이 백정의 완강한 손에 잡혀서 김마름은 떫은 감을 씹은 얼굴이다. 도검돌이나 곽서방의 눈길이 곱지 않다는 걸 알아차린 김마름은 슬그머니 물러서서 바자울 문을 향해 뒷걸음쳐 나가버렸다.

"저 사람 냄새를 맡은 모양이네. 날레 이 고장을 떠나게."

도검돌이 비장한 음성으로 한숨을 삼키며 내뱉었다.

"배부른 사람을 데불구 어드메로 갑네까? 더구나 이자 하나님과 예수 씨를 알게 되어 이렇게 기쁘게 살고 있넌데 어드메로 갑네까? 죽어두 여기서 죽디 의주를 떠나지 않으렵니다."

이 백정의 얼굴에 슬픈 기색이 역력했다. 더구나 백정이란 아무데나 가서 살 수 있는 신분이 아니잖는가. 조선의 북쪽 끝 의주를 이제 떠난다면 압록강을 건너는 길밖에 없다. 유민이 되어 도강하자면 시간이 필요했다. 더구나 만삭의 검동을 데리고 도망이라니!

"아무리 생각해도 자네 이 고장을 떠야겠어. 날레 준비하라우."

도검돌이 혼자서 결정을 짓고 의주를 뜰 것을 명령했다.

"고럼 예배 터소를 어드메로 정합네까? 여기만큼 둏은 곳이 어드메 있습네까? 디금 의주 시내에는 공공연하게 양방(洋房)소문이 나돌구 있넌데 발견되기만 하문 돌덩이가 마구 날아올 것입네다."

곽서방이 예배 처소를 걱정했다. 백정 마을이라 사람의 눈을 피하기 좋았고 이 마을에서도 이 백정의 집은 산기슭 한 귀퉁이로 마을 후미에 외따로 떨어져있어 사람의 눈을 피하기 안성맞춤이었기 때문이다.

"우리레 여길 떠나두 이 딥에서 근냥 예배를 드리시라요. 제 딥을 하나님께 바칩네다. 옆집에 사는 강귀동이 이 딥에 와서 살아두 되구…"

이 백정이 의주를 떠날 빛을 보이자 도검돌이 턱을 괴고 중얼댔다.

"아무래도 서간도로 가야되갔디. 그리루 가서 우리레 예서 예배드리는 것터럼 자네레 예배를 인도하라우. 대석이 이자 컸으느꺼니 우장으루 보내서 되선말 성경을 개져다가 하나님의 말씀을 되선말루 읽어가문서 예배를 드리문 하나님이 얼매나 둏아하시겠네?"

서간도 이야기가 나오자 부엌에서 끄윽끄윽 손으로 입을 틀어막고 울음을 삼키는 검둥이의 흐느낌이 높아졌다.

박진사댁의 고인 물 같은 퀴퀴한 분위기 속에서도 싱싱하게 살아가는 사람은 문한 한 사람뿐이었다. 칡넝쿨을 모아서 큼직한 어리를 만들어 엎어놓고 그 안에 병아리를 길러볼 참이다. 쥝넝쿨 사이사이에 짚을 넣어 든든하게 붙들이 매느라고 문한의 이마에 땀이 흥건하게 고였다. 그때 문한을 찾는 노마님의 음성이 행랑마당까지 울려서 하던 일을 팽개치고 마님 앞에 대령했다.

"날레 서문골 이 백정네 가서 갈비를 개져오라구 일러라. 그리구 그 딥에 새루 들어왔다는 에미네를 슬쩍 보고 오라우."

조금만 더 손을 대면 어리가 완성되는데 그걸 못 하고 한쪽으로 밀어놓고 궁둥이에 붙은 짚북데기를 털어내고 솟을대문을 나섰다. 잔망스러운 참새들이 낙엽이 떨어지듯 우수수 행랑마당에 내려앉더니 어리를 만들려고 쌓아놓은 짚에 듬성듬성 붙어 있는 쭉정이에 덤벼들었다.

문한이 서문골 이 백정 집에 당도해서 바자울타리에 몸을 숨기고 안을 훔쳐보았다. 안에서는 웅얼웅얼 주문 같은 걸 외우는 소리가 나더니 연이어 힘찬 노랫소리가 흘러나왔다.

어렵고어려오나 우리쥬가 구하네
옷과밥을 주시고 됴흔거살 다주네
어렵고어려오나 우리쥬가 구하네
(찬양가, 예수셩교회당간인 1895년 93장)

마루와 안방이 빤히 보이는 곳으로 옮겨 앉은 문한은 아악! 터져 나오는 소리를 손으로 틀어막았다. 세상에! 안방 문을 빼꼼 열고 얼굴을 반쯤 내민 처녀는 분명히 박진사댁의 동미 아씨였기 때문이다. 모임이 끝난 뒤 강귀동이 이 백정과 평상에 마주 앉아서 한성 길거리에 희한한 군복을 입고 돌아다닌다는 별기군 이야기를 푸짐하게 늘어놓았다.

"왜놈 군인을 초빙해서 신식훈련을 시키구 있다네. 그들이 입은 요란한 입성에 비하문 우리 군졸들은 진짜 거래치(거지) 같다구 하드군. 별기군은 패기레 넘쳐 흐르넌데 우리 군졸은 후줄근하구 맥아리가 없어서 이빨 빠진 범터럼 보인다구 오목시장에 온 아래쪽 보부상들이 주절대더라구."

동미를 훔쳐 본 문한은 집 안으로 파고 들어가 발자국소리를 죽이고 바자 울타리를 따라 허리를 굽힌 채 조촘조촘 기어갔다. 마침 검동이 만삭이 된 배를 쑥 내밀고 양념장에 무친 강낭묵을 쟁반에 담아들고 뒤란을 돌아 나오는 중이었다. 바자울 가에 엉거주춤 서 있는 문한과 눈이 마주치는 순간 강낭묵 쟁반을 내려뜨렸다.

"아앗! 너 검동이 어드르케 해서 이백덩 딥에 있네?"

강낭묵 접시 깨어지는 소리가 산자락 한편에 자리 잡고 있는 이 백정 집안에 요란하게 퍼졌다. 두 사람 모두 너무 놀라서 그저 멍청히 입을 떡 벌린 채 한동안 서로 마주보고 서 있었다.

"이를 어째! 이를 어드르케 허디?"

겨우 정신을 차린 검동이 중얼대며 땅바닥에 주저앉았다.

문한의 귓속으로 한겨울 찬바람이 윙윙 불더니 노마님의 얼굴이 또렷하게 다가왔다. 연이어 동미 아씨의 얼굴도 앞에서 핑그르르 맴돌았다. 등짐장수와 바람나서 도망갔다던 검동이 이 백정의 여자가 되었다니! 정신을 차리지 못하고 혼란에 빠져있는 문한 앞에 시커멓게 탄 살에 떡 벌어진 어깨의 이 백정이 성큼 다가섰다. 그의 얼굴에 살기가 서렸다. 험악힌 기세에 눌러 문한이 한 걸음 뒤로 물러섰다.

"여기 염탐하러 온 목적이 머이가? 소를 잡아 죽이듯 너를 한칼에 둑여버릴 수도 있어. 내 평생 소 잡는 일만 해왔으느꺼니 너 하나 쯤이야…."

도검돌과 대석도 평상에서 우뚝 일어나 이쪽에 신경을 곤두세웠다. 여차하면 정말로 이 백정이 문한을 죽일지도 모르는 긴장감이 감돌았다.

"노마님이 안심하고 등심을 개겨오라는 말을 전하라구 해서라무니…."

"소를 잡으문 언제나 그 부위는 박진사댁 차지였어. 새삼스럽게 기걸 말하러 예꺼정 온 거이 수상하다구. 바른대루 말하라우. 내레 백당이지만 내 식구를 건드릴 적엔 근낭 당하구만 있을 수레 없디."

이 백정이 우악스럽게 문한의 멱살을 잡아끌고는 뒤란에 있는 곳간으로 갔다. 바자울 밖으로 지나다니는 사람들의 눈을 피하기 위해서였다.

"이넘으 새끼! 골간(곳간)에서 대딥(대접)을 팡가티듯 깨티려버리겠다."

"와 이라요. 이거 놓으시라요. 나두 속이 상해 죽갔넌데 와 이라요?"

질질 끌려가며 문한이 울부짖었다. 우람하게 키가 크고 팔뚝에 심줄이 툭 불거진 이 백정의 눈에 불꽃이 튀었다.

"우리 딥에서 본 거이 머이가? 박진사댁에 가서 고갱질할 거이 머이가?"

"내레 본 거이 아무것도 없시요. 멀 봤다구 이 냐단이라요?"

"겁도 없이 삼천 년 묵은 굼여우(구미호)터럼 혜(혀)를 놀려? 너 죽디 안카스문 바른 말을 해라. 강낭묵 접시를 떨굴 만큼 델루 놀래버린 만삭된 내 아내와 동미 아씨를 뎡말 보디 않았네? 넌 와 우리 집을 해 할라 하네? 줸이 그카라 시켰디?"

장승처럼 버티고 서서 이를 갈며 이 백정이 으르렁댔다.

"요넘이 이렇게 해서라무니 빠져나가 줸에게 일러바칠려구 이러디?"

이 백정의 손이 우악스럽게 문한의 뺨을 내려치려는 순간 곳간까지 뒤쫓아 들어온 대석이 이 백정의 손을 붙들고 늘어졌다.

"아바지! 큰소리루 벅작고지 말구 차분하게 우리 딥에 들어온 이유를 물어봅시다레. 문한아! 우리 다 항께 턴한 것들 아니네? 다 서러운 사람덜이야. 우리 오마니가 된 검동이를 보구두 거짓부리 한 이유레 머네?"

아들 대석의 차분한 말에 이 백정은 문한을 잡았던 멱살을 놓았다.

"사실은 노마님이 보내서라무니 왔어."

"우릴 살려다오. 우리 오마니레 만삭이라 디금 당장 도망가지두 못하는 텨디가 아니네. 아를 낳구서라무니 의주를 떠날 터이느꺼니 그때꺼정 입을 다물어줄 수 없네? 사람도 아닌 백당을 놓고 양반덜이 멀 그러네."

대석이 간절하게 빌었다. 문한이 대석의 애첨에 머리를 푹 숙였다.

"처음보탐 못 봤다구 할 참이였다. 그르느꺼니 걱정하지

마. 하디만 다른 사람이 또 올지두 모르니 조심하라우. 김동이 아를 낳으문 사람이 많은 당날 헹펜을 봐서 다라나라우. 그라느문 다 죽어서 시테가 될 터이느꺼니."

어떤 사연으로 검동이 이 백정의 아내가 되었는지 모르지만 만에 하나 박진사네 사람들에게 들키는 날이면 멍석말이를 당하든지 광에 갇혀서 죽음을 면치 못할 것이 뻔했다. 종의 신분에 도망쳤다는 것은 중죄였다. 어른들의 걱정스러워하는 시선을 뒤로 하고 대석과 문한은 바자울을 벗어났다. 문한을 저렇게 보내면 일이 터질 것이라고 다시 잡아들여서 화근을 막자는 이 백정을 도검돌이 막아섰다.

"예수 씨를 믿는 사람이 마음에 살기를 품으면 성신님이 슬퍼하느꺼니 참으라우. 대석이 슬기로우느꺼니 잘 처리할 거네. 메칠 기다려보문 알디."

대석과 문한은 나란히 들길을 걸어 고개에 올라섰다. 문한은 이 백정의 집을 빠져나온 것이 기적처럼 여겨져서 두근대던 가슴을 쓰다듬었다.

"조금만 참아주문 우리 식구 모두 서간도로 갈 거야. 거기서 내 함자 우장으루 가서라무니 도검돌 아즈바니레 말해 준 서양 목사를 찾아갈 계획이야."

"검동이랑 이 백정이 서간도로 간다구? 그리구 넌 우장으루 가구?"

"으음. 양인을 만나는 것이 머이 잘못되었네?"

"양인을 만나문 모두 서학꾼이 되는 것 몰랐네? 고럼 너덜 다 죽는다구."

"난 볼쎄(벌써) 예수 씨를 믿구 있어. 그분은 덩말 돟은 분이야."

죽는 게 무섭지도 않은지 예수 씨를 믿는다고 담대하게 밝히는 대석을 문한은 걸음을 뚝 멈추고 한참 노려보았다.

"너 머라구 했네? 예수 씨를 믿는다구. 너 덩말 죽구 싶네? 박진사가 너덜 모두를 잡아가기 던에 포졸들 손에 죽을 소리를 겁두 없이 이렇게 하문 어카갔다구 이러네? 우리 아바지 오마니레…."

천주를 믿는다는 이유 하나로 비참하게 죽어나간 부모님들을 차마 입에 올릴 수가 없었다.

"우리터럼 턴한 것들이야 이래 죽으나 저래 죽으나 같은 것 아니네. 도검돌 아즈바니 말루는 양이들이 찢어진 상처를 옷을 꿰매듯이 바늘로 꼬맨다구하더라. 아즈바니 얼굴에 난 열십자 상처두 바늘루 기운걸 너 몰랐네?"

"덩말 사람의 살을 실루 꿰맬 수 있을까?"

"고럼. 도검돌 아즈바니레 그런 말을 하느꺼니 덩말이다. 예수 씨를 믿는 우장의 양이 의원은 우리 백덩터럼 칼을 잘 쓰는 모양이야. 우리 아바지는 소를 칼로 자르넌데 서양 의원은 사람을 칼루 자르구 꿰매구 하나봐."

대석은 숫돌에 늘 붙어 앉아 칼을 가는 아버지를 생각했다. 칼과 피, 나자빠진 소, 그 소의 배를 칼로 가르고 끄집어낸 내장들, 몸뚱이에서 떨어져나간 소머리, 토막을 친 다리…. 이 모두가 대석에겐 익숙한 것이었다. 양반들이 무서워 피하는 칼이나 피는 대석에게 아주 친근감을 주는 것들이었다.

"누가 머라 해두 양이를 만나문 큰일 난다. 사람이 어드렇게 사람의 몸을 킬루 째고 꿰매고 하네. 속지 말구 덩신 차리라우."

"신기한 일은 배가 아파 뒹구는 사람의 배를 칼로 북 찢어 창자를 꺼내놓구 나쁜 부위를 잘라내구 꿰매 놓으문 메칠지나 벌떡 일어난다는군."

"고럼 우리 무출 도련님의 비비꼬인 몸을 칼로 똑바로 펼 수 있을까?"

"그럴 수도 있다. 예수 씨를 믿구 기도하문 기적이 일어난다구 도검돌 아즈바니레 성경을 읽어주며 말해주었다."

"예수 씨를 믿어야 된다구? 고럼 글렀다. 주인마님은 도술을 배와 개지구 산에서 내려와서 무출 도련님을 고치구 있는 둥이야. 도술이 얼매나 신기한디 몸이 붕 위루 뜨기도 하구 주술을 외우문서 별 짓을 다 할 수 있단다."

"그렁 거이 모두 귀신에게 잽히워 먹이고 있는 짓이야. 쥔 네 집이 믹제기(바보)레 돼놔서 너두 슬프갔다."

대석이 주인집을 싹 무시하는 바람에 조금 전 이 백정의 집에서 본 걸 노마님에게 일러 바쳐야겠다는 강한 충동이 문한의 마음속에서 출렁했다. 문한의 마음속에 일어나는 파문을 알지 못하는 대석은 신나게 덧붙었다.

"초학에 걸린 사람에게 녹두알만한 크기의 노란 알을 입에 넣어 주문 인차 말짱하게 나아개지구 일어난다구 하더라."

"고런 말 하디 말라우. 노란 알이라구! 개똥이는 초학에 걸려 죽게 되느꺼니 무당이 목에 뱀을 감아주어 고쳤어. 병귀는 뱀을 무서워하느꺼니 기겁을 해서 도망갔다. 뱀이 싫은 부재(부자)는 범고기를 삶아 먹우문 즉각 낫는 거이 초학이 아니네. 범고기를 살 수 없으문 범호(虎)자를 붉은 글씨를 써서 앓는 사람의 등에 붙여놓아도 초학귀신이 도망가는 걸 너덩말 모르네?"

문한은 질세라 대석에게 맞섰다.

"그게 웃기는 일이다. 우리 되선 사람들이 몰라두 너머너머 모른다구 도검돌 아즈바니레 한탄했더랬어. 노란 알 하나만 먹으문 인차 낫는 병을 개지구 징그럽구 미서운 범과 뱀을 와 개오구 그러네?"

"노란 알 속에 귀신을 쫓는 부적이 들었을 거야. 우리는 붉은 글씨를 쓰넌데 양이는 노란 걸 쓰는 모양이디?"

문한이 으스스한 얼굴로 자꾸 귀신을 들고 나왔다.

"예수 씨를 믿으문 귀신이 미서워서 뛔다라난다구 도검돌 아즈바니레 말했어. 예수 씨를 믿는 내 곁에 있으문 귀신이 접근을 못하느꺼니 걱정 말라우."

자신이 만만한 대석의 얼굴에 윤기가 돌았다. 이런 대석이 갑자기 무서워지기 시작해서 문한은 두말 않고 냅다 달리기 시작했다. 헐떡이며 산길을 내닫는 문한을 대석은 손을 펴서 이마에 대고 한참 올려다보았다.

3

혼자 남은 대석은 풀숲에 앉았다. 유월의 뜨거운 햇살에 풀잎이 김장 무청처럼 짙은 빛을 뿜어냈다. 대석이 앉은 데가 마침 당산제를 지내는 곳이었다. 돌무더기가 나무줄기를 가릴 정도로 높이 쌓여 있고 니뭇가지 여기저기에 울긋불긋 매달린 헝겊들이 산바람에 너울댔다. 당산제를 지내는 바로 거기서 대석은 무릎을 꿇었다. 백정의 자식인 대석을 사랑하는 하나님을 향해 두 손을 맞잡았다.

'하나님! 저를 우장으로 보내주시라요. 서양의원을 만나서 칼 쓰는 기술을 배와 개지구 사람의 몸을 째고 꿰매는 사람이 되게 해주시라요. 아바지터럼 칼루 짐승을 죽이는 거이 아니구 사람을 다루렵네다.'

갑자기 가슴이 뜨거워지더니 눈물이 줄줄 대석의 볼을 타고 흘러내렸다.

그 사이 등이 푹 젖도록 뛰어온 문한은 행랑채로 들어가 찬 방바닥에 누워버렸다. 노마님에게 이 사실을 알려야 한다. 빨리 알려야 한다. 속마음이 자꾸 문한을 부채질했다. 순간 번개처럼 문한의 머리를 스치는 것은 그까짓 천한 검동이, 배불뚝이가 된 비녀를 고해바쳐 봐야 도망간 종년이란 죄명으로 맞아죽을 게 뻔한데 잡초처럼 아무데나 버려져서 살도록 놔두는 것이 적선하는 길이 아니겠는가 하는 마음이었다. 그렇다면 동미 아씨의 문제는 어떻게 해야 할 것인가. 생각이 이에 이르렀을 때 솟을대문이 열리는 소리가 났다. 몸을 반쯤 일으키고 검지에 침을 칠해 창호지를 비벼 뚫고 내다보니 동미 아씨가 내우사까디를 벗어 가슴에 안고 들어섰다. 얼마나 급히 왔으면 땀으로 젖은 이마 위에 머리카락이 흐트러져 있었다. 뺨이 발그레 달아오르고 숨이 가빠 헐떡이는 숨결이 귀에 들리는 듯했다. 앞가슴에 눈이 가면서 새벽녘에 골미떡을 안겨주던 동미 아씨의 얼굴이 어머니의 얼굴과 겹쳐졌다. 문한은 인두에라도 덴 듯 벌떡 일어나 앉았다.

'동미 아씨를 살려야 한다. 이대로 놔두문 오마니터럼 망나니의 칼에 죽을지도 모른다. 동미 아씨를 살려야 한다.'

문한은 곤두박질해서 안채로 달려 들어갔다. 급하게 들어서는 문한과 안마당을 서성거리던 노마님의 눈이 마주쳤다.

"와 그러네? 어드런 일루 그렇게 경망스레 뛔들어오구 그러네? 그래 이백덩 딥에 가보느꺼니 새로 들어왔다는 습첩이 덩말 예쁘던가?"

노마님이 바짝 문한의 옆에 다가와서 속삭였다.

"이 백정의 아낙이야 턴한 것이느꺼니 별거이 아닌데 길쎄 거기 가느꺼니 천주학쟁이터럼 사람들이 모여앉아 비밀모임을 열구 있었습네다."

"고럼 이백덩이 천주학을 믿는다 이 말이네? 민퉁 겉은 턴한 것들은 동학을 믿는다구 들었더랬넌데 이백당이 동학꾼이 된 거 아니네?"

"동학은 아닙니다. 내레 서학을 믿는 분위기를 잘 알고 있습네다. 천주학쟁이들과 조금 다르지만 양방(洋房)을 채리구 몰래 숨어서 모임을 갖구 있다는 서학 무리들이 틀림없습니다요."

"으음. 고얀 것들. 의주에 양방이 있다는 소문은 들었지만 겁 없이 대낮에두 그 짓들을 하구 있어. 몹쓸 것들 같으니라구. 그래 몇 사람이나 모이네?"

"남자들이 마루 위에 빙 둘러 앉아있었구. 낸들은 방문을 조금 열어놓구 모여 있었습네다요. 둥요한 거는 이 말씀을 드려야 할지 이거 참! 아! 글쎄 그 낸들 틈바구니에 끼어 앉아있는 사람이… 참 내레 이 사실을 말씀을 드려야 할지 어쩔지…."

문한이 우물대자 노마님이 바짝 다가와서 귀를 기울였다. 순간 문한의 얼굴에 비장한 각오가 서렸다.

"낸들 둥에 누레 있었넌데 고렇게 망설이네? 날레 말하지 못할까."

노마님의 가슴이 철렁했다. 검동이 살아서 그 방에 있더라는 말이 문한의 입에서 곧 튀어 나올 것 같아 섬뜩했다.

"길쎄 이 말을 해야 할디 말아야 할디 모르갔넌데 주인 나리 댁을 위해서라무니 말을 해야겠디요. 이거 참 어려운 일인데… 동미 아씨레 게서…."

"너 이넘! 분명히 말하렸다. 네 눈으루 똑똑히 사돈아씨레 거기 있는 걸 보았단 말이네? 백당넘들 사는 곳에 사돈아씨가 갔을 리가 없다."

갑자기 범처럼 돌변해서 고함치는 노마님 앞에서 문한은 당황했다. 단지 아씨를 망나니의 칼끝에서 구해내 자신의 오마니, 아바지터럼 비참한 죽음 당하는 걸 막아보자는 뜻에서 한 말인데 노마님의 기색이 심상치 않았다.

"사돈아씨가 백당넘들 사이에 끼어 앉아 사학하는 걸 보았다 이 말이디? 별정에 갇혀 지내던 아씨가 거길 갈 리 없다. 너 고런 모함을 하문 어드런 벌이 내려디는 걸 덩말 몰라서 이러네?"

이마가 넓고 눈이 부리부리한 서출 도련님은 바지저고리에 대님을 매고 복건까지 쓰고는 대청마루 끝에 앉아 아주 흥미로운 얼굴로 구경을 했다. 사층 채화 장을 닦던 마님도 시어머니의 고함에 얼굴을 내밀었다.

"먼 일루 이렇게 냐단이십네까?"

"저 문한이란 넘이 미쳤어. 이백덩 딥에 시굼불(심부름) 보 냈더랬넌데 사학하는 무리들 틈에서 사돈아씨 동미를 보았 다구 해서 이러는 거 아니네."

"네에? 우리 동미가 사학하는 무리들 틈에 끼어 있었다구 요? 오마님! 그럴 리가 없습네다. 규방에 갇혀 사는 동미가 어드르케 날개(고개)를 넘어 턴한 것들이 모여 사는 동네꺼 정 갈 수 있었겠습니까? 잘못 보았을 겁네다. 비젓하게(비슷 하게) 생긴 사람들이 많으꺼니 문한이 실수를 한 겁네다. 마음이 놓이디 않으시문 동미를 불러다 물어보시라요."

동미가 안채로 불려왔다. 댓돌 위에 당혜를 벗고 올라서는 아씨의 버선 뒤꿈치를 마당 한 구석에 숨어서 지켜보던 문한 이 떨리는 가슴을 쓰다듬었다.

"너 오늘 이백덩 딥에 갔더랬네? 사학하는 사람들 틈에 끼 어 있었느냔 말이다. 솔직히 말해야디 이 자리가 거짓부리할 곳이 아니다."

마님은 억울한 조카의 누명을 벗겨주려고 다그쳤다. 어떻 게 그런 끔찍한 거짓 소문이 날 수 있느냐고 펄쩍 뛰는 걸 확 인하고 싶어서였다. 그러나 동미 아씨는 입을 굳게 다문 채 머리를 푹 숙여버렸다.

"와 대답을 못하네? 날레 말하디 못할까?"

마님의 호통에도 동미 아씨는 입술을 잘근잘근 씹을 뿐 좀 처럼 입을 열지 않았다. 그럼 동미가 진짜 이 백정 집에 가서 사학 무리들과 이울렀단 말인가. 점점 불안해진 마님의 눈앞에 장차 닥쳐올 무서운 장면들이 어른거렸다. 목이 잘린 천주학쟁이들의 무수한 죽음이 몸서리를 치게 했다. 시체 썩는 냄새로 코를 들 수 없더라는 소문이 파다하지 않았던가. 노마님이 하얗게 질린 얼굴로 비틀거리며 안방으로 들어갔다.

"동미야. 이 고모에게 숨길 것이 머가 있네. 우리 둘뿐이느꺼니 상세히 내막을 말하려무나."

동미의 태도를 보아서 사학 무리에 끼어있었다는 것이 생판 거짓은 아닌 것 같았다. 문한이 잘못 보고 말했다면 벌써 펄펄 뛰고 야단쳤을 것이다. 얼마나 시간이 흘렀을까. 고모의 끈질긴 다그침에 동미가 입을 열었다.

"문한이 말이 맞습네다. 전 이미 예수 씨를 믿기루 작정한 몸입네다."

"머라구? 너 디금 머라 했네. 예수 씨를 믿기루 했다구?"

혹시나 했던 마님의 얼굴이 하얗다 못해 나중에는 어린 가지색으로 변했건만 동미는 아주 침착하고도 냉정한 눈으로 고모를 바라보았다.

"도대체 어드렇게 이백덩 집을 오갔으며 어드렇게 예수라는 양귀를 믿게 되었네? 규방에 갇힌 체네가 어드르케 사악한 양귀의 무리에 낄 수 있었느냔 말이다. 박씨 집안이 결단나는 미서운 일을 너는 하고 있는 것이다."

공포와 분노로 헉헉거리는 마님 앞에서 동미는 모든 걸 각오한 얼굴로 눈을 감고 앉아서 주술을 외우듯 무엇인가를 중얼대기까지 했다.

"너 이 고모를 사랑하네? 얼굴을 들구 고모 눈을 똑바루 보아라. 이 고모를 사랑하느냐 이 말이다."

동미는 조용히 머리를 끄덕거렸다.

"고럼 문한이 한 말이 거짓부리라 하구 이제보탐 절대루 밖에 나가디 않는다구 해라. 알갔네? 만에 하나 나가는 것이 발각되는 날이문 넌 이 딥에서 쫓겨나는 것이다. 내 말 알아들었간?"

마님의 다그치는 말에 동미는 눈물이 핑 도는 눈으로 도리질을 했다.

"아니 고럼 넌 이 고모레 이렇게 애청하는데두 이백덩 딥에 가서라무니 서학의 무리에 끼겠다 이 말이네?"

동미는 머뭇거림 없이 머리를 끄덕였다. 마님 눈에서 불똥이 튀었고 감정을 억제하느라고 애를 쓰는 바람에 뺨이 씰룩거렸다.

"고모꺼정 못 살게 할 작정이네? 너두 살구 나두 사는 길은 예수라는 귀신을 쫓아내는 길밖에 없어. 서양귀신이 얼매나 미서운 건지 넌 몰라."

동미는 눈물이 그렁하게 고인 눈으로 고모를 호소하듯이 바라보았다.

"고모님두 세터나나 다리굿 겉은 거를 버리구 진짜 신인 예수 씨를 믿으시라요."

"이제 나꺼정 서양귀신에게 끌구 가려구. 참으로 기가 막힌다. 도대체 어드르케 해서 너는 서양귀신에게 잡혀갔단 말이네?"

규방에 갇혀 사는 동미가 어떤 경로를 통해 사학의 무리와 어울려 다니게 되었는지 모를 일이었다. 솟을대문을 벗어난 것도 신기했고 양반 집안의 규수가 백징 집에 가는 것도 희한한 일이었다. 마님이 갈피를 잡지 못하고 휘청대는 사이 동미는 저고리 섶을 헤치고 책 한 권을 꺼내놓았다.

"이게 먼 책이네?"

"인가귀도란 책입네다."

"무슨 내용이네?"

"중국사람 이 선생이란 자의 이야기입네다."

"중국사람 이야기책을 누레 너에게 개져다 주었네?"

"인삼 당시 도검돌 아즈바니입네다."

마님은 끄응 신음을 삼켰다. 박래품을 가지고 숫을대문을 드나들던 도검돌이 양귀에게 홀렸다는 소문은 벌써 여러 번 들은 적이 있었다.

"고모! 데발 이 책을 읽어보시라요. 고모도 저처럼 변할 겁네다. 예수 씨를 만나문 마음이 시원하구 평안하구 힘이 생깁네다."

고모의 무릎에 인가귀도란 책을 올려놓는 동미의 손을 매섭게 뿌리치고도 분을 삭이지 못한 마님은 책을 집어 벽에 힘껏 내던졌다.

"고모님! 부부가 서로 사랑하는 것이 다 헛겁니다. 이 책에 보느꺼니 중국의 이 선생이란 사람이 자식들 낳구 아내와 사랑하문서 살다가 술을 먹구 노름을 하구 마지막에는 자식을 팔아먹는 지경꺼정 갑니다."

"되선에도 아녀자들이 읽을 책이 많이 있넌데 하필이문 중국 넘의 이야기냐. 심청전, 숙향전, 홍길동전, 장화홍련전, 흥부전 그리고 양반 가문에서 금단의 책으로 감추어둔 마님

전 등등 얼매나 재미있는 책이 많으냐."

"고런 책들은 인가귀도와는 그 내용이 아주 다릅네다."

"아무래도 널 이대로 놔둘 수레 없다. 이봐라! 밖에 아무두 없느냐?"

마님의 명에 따라 머슴들 대여섯 명이 안마당에 모여들었다.

"너희들 디금 당장 동미 아씨를 별정으로 모시구가서 단단히 지켜라."

어깨가 떠억 벌어진 머슴들에게 이끌려 안채에서 벗어나서 사랑채로 들어선 동미는 마당을 쓸고 있는 문한과 마주쳤다. 흠칫 놀라서 숨듯이 등을 돌리는 문한을 동미는 걸음을 멈추고 서서 차가운 눈으로 한참 노려보았다.

그날부터 별정 문이 굳게 닫혔고 머슴들 둘이 번갈아 망을 보는 가운데 하루하루가 흘러갔다. 동부동에 오목장이 서는 날 이 백정 집에 모여 예배를 드리게 되어 있는데 해가 중천을 한참 지나 서쪽으로 기울고 있건만 동미는 별정을 빠져나갈 수가 없었다. 그때 아주 기발한 묘안이 떠올랐다.

'아아! 주여! 감사합니다. 이런 기막힌 지혜를 주시다니!'

동미 아씨는 허리를 깊숙이 구부리고 수챗구멍이 나있는 담 밑으로 기어갔다. 냄새나는 이 구멍을 눈여겨보는 머슴은 없었다. 담 밑 더러운 수챗구멍을 기어서 별정을 빠져나왔다. 수채의 오물로 더러워진 옷과 몸에서는 역겨운 냄새가 물씬 풍겼다. 수챗구멍을 빠져 밖으로 나온 동미 아씨는 뒷산으로 해서 서문골로 향했다. 찬미가 절로 입에서 흘러나왔다.

우리쥬의 피랄보면 정신이 아득하다.

자존지대하시거날 엇지죽으셨나

나죄인을 구하엿고 너도 구하엿네

만국사람을 구하니 은혜무궁일세

(찬양가, 예수성교회당간인 1895년 29장)

서문골 이 백정 집에 도착한 동미 아씨를 모두 반갑게 맞
았다. 함께 모여 찬미를 부르고 도검돌이 더듬으며 읽어주는
중국 성경 말씀을 듣고 나서 도검돌이 즐겨 늘 입에 올리던
장원량우상론에 귀를 기울였다

'…이제예수를밋고죄를곳치면반다시샤죄하심을엇고만일예수
를밋지아니하고죄를고치지아니하면디옥에무궁한고생을면치못
하리니청컨데샹공은생각하쇼셔이제죄를곳치는거시잠시괴로옴
과디옥에고생함이어나거시가쟝견듸기어려오리오…'

(쟝원량우상론 1894년 뎨 일회 중에서)

참으로 맞는 말이다. 지금 당하는 잠시의 괴로움이 지옥에
가서 무궁한 고생을 하는 것에 비할 것인가! 신기하게도 동
미의 마음에 깊은 평안이 깃들었다.

예배를 드린 뒤에 동미 아씨는 향교동 집 근처에 이르자
어떻게 수챗구멍을 통해 별정으로 들어가느냐 하는 문제에
봉착했다. 조심스럽게 내우사까디를 먼저 수챗구멍으로 들
이밀고 담과 수채 사이에 조금 들떠있는 틈으로 기어들어가
려는 찰나, 등을 와락 잡는 손이 있었다.

"아니 동미 아씨! 어드르케 하려구 또다시 서문골 백당 딥

엘…."

문한이었다. 동미는 입을 악물고 도끼눈으로 문한을 노려
보았다.

"이거 모두 아씨를 위한 일입네다. 거길 근냥 드나들다가
는 죽습네다. 와 고냉이(고양이)나 가이(개)터럼 죽으려 하십
네까?"

"머? 나를 위한 일이라구? 나를 덩말 위한다문 그렇게 할
수 있네?"

그 순간 머슴들이 우와 몰려나와 두 사람을 에워쌌다. 안
채로 끌려간 동미 아씨는 노마님의 노기어린 눈앞에 쪼그리
고 앉았다. 노마님은 분을 삭이느라고 쥘부채를 펴서 펄렁거
렸다. 부채 끝에 매달린 옥구슬 선추(扇錘)가 노마님의 옥색
치마 위에서 춤을 춘다. 동미 아씨는 노마님의 얼굴을 차마
마주하지 못하고 시선을 부채를 쥐고 있는 손에 던졌다. 은
(銀) 파란 쌍지환(雙指環)을 낀 노마님의 작은 손이 희다 못해
입고 있는 엷은 옥색저고리 빛깔로 물들어있었다. 시어머니
곁에 앉아있는 마님의 뺨 위로 눈물이 흘러내려 고모의 아픈
심정이 동미 아씨의 가슴까지 전해졌다.

"덩말 이러기네? 고모래 이 딥에서 쫓겨나는 걸 봐야겠네?"

며느리가 동미의 곁에 바짝 다가와서 애걸하는 걸 한참 독
살스러운 눈으로 쏘아보던 노마님은 안마당이 찌렁하게 울
리는 명령을 내렸다.

"사돈아씨의 당혜를 내 방에 개져다 놓아라. 이 딥안에 망
신살이 뻗히기 던에 손을 써야디. 양반집 규수가 신을 신지
않구서리 어드렇게 바깥출입을 하겠네. 그러느꺼니 사돈아

씨의 신은 모조리 개져오너라."

별정 서재의 댓돌 위 앞코와 뒤에 당초문을 새긴 청목댕이 당혜(唐鞋)는 치워지고 동옥의 작은 홍목댕이 당혜만이 동그마니 놓여있었다.

또다시 장날이 왔다. 동부동의 오목장날 정오쯤 이 백정 집에 모여 예배를 드리고 장원량우상론 데 2회를 들을 날이다. 신이 없으니 나갈 수가 없다. 안달이 난 동미 아씨는 새벽부터 가슴을 조이며 기도를 했다.

'주여! 소녀를 긍휼히 여겨주시라요. 어드렇게 해서든지 이 딥을 빠져나가 서문골로 가서 예배를 드리도록 도와주시라요.'

해가 중천을 향해 치솟았다. 감시를 당하는 데다 신까지 없으니 너무나 막막했다. 얼마를 고심하고 있을 때 주를 만나러가는 판에 신이 없으면 어떠랴 하는 생각이 번개처럼 머리를 스쳤다. 동미 아씨는 버선발로 뒷간 뒤에 있는 담을 기어올라 도둑고양이처럼 허리를 굽히고서 날렵하게 담을 뛰어내렸다. 바로 곁 별정의 괴석에 기대어 망을 보던 머슴은 동미 아씨가 빠져나가는 걸 눈치 채지 못했다. 울 밖 석상에 앉아 있던 머슴은 뒷간 옆에 서 있는 밤나무의 무성한 잎 때문에 아씨가 빠져나가는 걸 놓쳤다. 동미 아씨는 버선발로 미친 듯이 달렸다. 사람들의 눈을 피해 들과 산을 내달려서 마침내 버선 바닥이 뚫어져 맨살이 드러나 피가 흘렀다. 서문골 이 백정의 집에 닿았을 때는 예배가 이미 끝나고 장원량우상론 데 2회의 끝부분만을 겨우 들을 수가 있었다.

'…예수를밋는사람은무삼유익함이잇느뇨쟝이갈아대진실노크게유익하오니첫재는밋는사람의죄악은크던지적던지다샤하야면함을엇고둘재는또그사람의마음이셩신의감동하심을닙어반다시깨긋하게되야악한생각이업고선한생각만나게하고셋재는또세상에어려온일을당할때에도셩신이그마음을위로하야비록고생 즁에잇서도오히려깃부고평안함을엇게하고….'

　(쟝원량우샹론 1894년 뎨 2회 중에서)

죄악이 사함을 받고 악한 생각이 없어지고 성신의 감동으로 선한 생각만 하게 되며 세상 어려운 일을 당하고 있으나 성신의 위로함을 받아 오히려 기쁘고 평안함이 임한다니 모두 동미 자신을 두고 하는 말들이었다.

집으로 돌아가는 아씨에게 검동이 백정의 아낙들이나 신는 검은 버선과 미투리를 내놓았다. 뒷간의 담을 타고 넘어 들어가자면 뒷산 쪽으로 접근해야 한다. 숲에 몸을 숨기고 집을 내려다보니 머슴들이 웅성거리고 노마님도 나와 있다. 언제 천마산에서 내려왔는지 박진사가 장죽을 물고 솟을대문 앞에 터억 버티고 서 있다. 분위기가 아주 살벌하여 이번에는 무사히 넘어갈 것 같지 않았다. 차라리 솟을대문으로 해서 떳떳하게 걸어 들어가기로 했다. 검은 버선에 미투리를 신은 동미 아씨는 솟을대문과 맞뚫린 돌다리를 천천히 걸었다.

행랑 마당에 해쓱한 얼굴로 서 있는 마님의 모습도 보였다. 조금도 움츠리지 않고 떳떳하게 걸어오는 동미를 보고 모두들 경악하여 그저 쳐다보기만 했다. 목에 힘을 주고 저들 앞을 지나서 사랑채를 거쳐 별정으로 들어가려는 동미 아씨의 등을 마님이 거세게 잡아낚았다.

"배은망덕한 것 같으니라구! 너 덩말 이렇게 나갈 것이네?"

"고모님! 내레 이자 예수 씨의 사람이니 막지 말아주시라요."

"야! 이 민퉁 같은 것아. 서양귀신에게 단단히 홀렸구나. 너터럼 똑똑한 체네레 덩신이 혼미해져서 입성꺼정 백당 흉내를 낼 줄 덩말 몰랐다."

백정 여자들처럼 검은 버선에 미투리를 신은 동미가 박진사댁 사람들을 곤욕스럽게 만들었다. 바로 그날 밤 박진사와 노마님은 중대한 결정을 내렸다. 양반 가문에 똥칠을 한 아씨를 단단히 묶어 놓았다가 시집을 보내자는 것이었다. 또다시 이 백정 집에 가서 사학의 무리에 섞이지 못하도록 의주에서 멀리 떨어진 북청이나 평양에 사는 신랑을 구하기로 했다.

"날레 서둘러야디 근냥 두었다가는 이 딥안이 쑥밭이 된다. 방물당시들에게 부탁해라. 어텡이(언청이)나 외퉁이(애꾸), 꼽땡이(곱추)도 돟다."

노마님의 닦달에 마님은 애간장이 탔다. 보름 만에 한 방물장수가 물어온 신랑감은 평양에 사는 몰락한 양반 가문의 후손이었다. 몇 대 전까지는 떵떵거리고 살았으나 지금은 아주 가난한 박목양이라는 노총각이었다. 동미 아씨보다 열 살이 많았으나 장가들 돈도 없고 서둘러줄 어른들도 모두 죽고 없으니 그 나이가 되도록 머리를 치렁치렁 허리까지 땋아 늘어뜨리고 다니는 총각이었다. 모든 비용을 박진사가 대고 치르는 결혼이었다.

복더위에 동미 아씨는 드디어 신부단장을 했다. 댕기머리를 틀어 올려 쪽을 찐 뒤 큰 비녀를 찔렀다. 숱이 많아 탐스러운 머리에 칠보화(七寶貨)를 꽂고 족두리를 썼다. 원삼(圓衫)을 입고 백주한삼(白紬汗衫)으로 손을 가렸다.

머리에 오사모(烏紗帽)를 쓰고 청빛 대례복에 각대를 띤 신랑은 목혜(木鞋)를 신고 말을 타고 솟을대문을 들어섰다. 나무 기러기를 든 안부(雁夫)를 앞세우고 청사초롱을 든 하님들이 신랑을 앞뒤로 에워싸고 호위했다. 짚방석을 깔아 놓은 길을 신랑이 걸어 들어가는 동안 신랑 측 기럭아비에게서 신부 측 안부(雁婦)가 공손히 기러기를 받았다.

"새시방 눈이 와 저러디? 힘이 하나두 없구 눈동자두 흐릿하니 이상하다."

사람들이 예서제서 수군거렸으나 박진사댁에서는 얼마나 다급했던지 당일에 신행을 보냈다. 새신랑이 가진 것이라곤 평양 대동문 밖 산기슭에 자리 잡은 허름한 움막이 전 재산이었다.

동미 아씨를 태운 꽃가마가 솟을대문을 나서는 순간 억제할 수 없을 정도로 줄줄 흘러내리는 눈물을 문한이 팔뚝으로 쓰윽 닦았다.

'아씨! 정말 이렇게 하려구 고해바친 것이 아닙네다. 아씨의 생명을 건지려구 한 짓이었넌데 이렇게 다급하게 혼례를 치르고 떠나게 될 줄 몰랐습네다. 용서해 주시라요. 이 민퉁겉은 넘이 차라리 입을 다물고 있을 걸….'

이런 문한을 가마의 쪽문으로 내다보던 아씨는 이를 악물었다. 동옥이 울면서 매달리자 참았던 울음이 터져 연지를 찍은 뺨 위로 눈물이 쏟아졌다.

"아씨! 아들딸 많이 낳으시구 무병장수하시구 행복하게 사시라요."

평양 쪽으로 머리를 돌린 꽃가마를 바라보며 문한은 하염없이 울먹였다.

4

검동이 해산날을 기다리며 이 백정은 짐을 꾸리기 시작했다. 백정 집안에서 제일 소중한 칼을 먼저 챙기고 마루 밑에 숨겨둔 은덩이도 꺼냈다. 상민들은 가렴주구에 시달려 먹고 살기도 힘들지만 짐승 피로 물든 백정 돈은 더럽다고 해서 그나마 숨겨둘 수 있었다.

소란스러운 틈을 타서 대석은 도당(都堂) 옆에 우람하게 서 있는 신목(神木) 밑으로 갔다. 마음에 상처를 입은 사람들이 찾아오는 곳이다. 의주를 떠나는 날을 손꼽아 보며 고목 앞에 서서 그는 하나님을 생각했다. 기도하면서 대석은 논리적이고 과학적인 사고가 무엇을 말하는지 하나님께 물었다. 서양은 과학적이고 논리적인 사고구조를 가졌으니 이걸 배워야 한다고 예배드릴 적마다 도검돌 아즈바니가 언급했기 때문이다.

언젠가 왕생당 의원이 초학에 걸린 아버지 약을 지어준 것이 바로 과학적인 것이 아닐까. 왕의원이 쓴 처방은 시진탕(柴陳湯)으로 시호, 반하(半夏), 인삼, 황금(黃芩), 진피(陳皮), 적복령, 그리고 감초였다.

도검돌 아즈바니가 말하는 논리적이고 과학적이란 말은

이렇게 약을 짓는 것을 뜻하는 것이 아닐까. 무당이 허공에 대고 지껄이는 것보다 하나님이 만들어 자연 속에 박아놓은 약초를 뜯어다 먹여 고치는 것이 더 좋은 방법임에 틀림없다. 그보다 더 나아가 칼로 사람의 몸을 째고 병의 원인이 되는 것을 바로잡는 것이 제일 논리적이고 과학적인 게 될 것이다. 그런 흐름이라면 어서 우장에 가서 논리적이고 과학적인 방법을 서양 사람들로부터 배워 와야 한다.

대석의 가슴은 뛰기 시작했다. 새 것을 향한 바람과 설렘으로 한껏 부풀었다. 몸이 뜨거워졌다. 둥실 구름을 타고 흘러가듯 황홀하기까지 했다. 아버지처럼 백정이 되어 숫돌 앞에 앉아있는 것이 아니다. 죽은 소를 칼로 난도질하는 것도 아니다. 병든 양민이나 천인의 몸 가릴 것 없이 모든 사람의 몸을 칼로 째고 꿰매어 고쳐주리라.

빛빛빛… 빛이 눈앞에서 번쩍했다. 힘이 솟구쳤다. 세상이 온통 달라 보였다. 모든 것이 대석이 자신을 위해 존재하는 것처럼 보여 눈에 보이는 모든 것들이 사랑스러웠다. 신목(神木) 앞에서 대석은 몸을 앞뒤로 흔들며 기도하기 시작했다.

"으하하… 저 백당넘이 부정 타게 도당(都堂)에 오다니! 신목 밑에서 절을 하구 중얼대구 있네. 감히 게가 어드메라구 짐승 피 묻은 몸으루 신목을 향해 저렇게 절을 허구 있으니 저넘의 믹제기를!"

대석의 등 뒤에서 나는 목소리의 주인공은 박진사댁 큰 아들 복출이었다.

"어어! 덩말이네. 백당넘이 감히 부락신(部落神)이 거하는 곳에 오다니."

노훈장의 아들 동혁의 음성도 또렷하게 대석의 귀에 들려왔다.

"저 백당넘을 근냥 놔두문 의주에 돌림병이 돈다. 짐승을 죽이는 부정한 넘이 저러구 있으꺼니 이거 어카디? 더러운 백당이 성스러운 도당에 와서 절한 것은 사당 안의 주신(主神)과 삼시하신(三時下神)을 모독한 것이라 신들이 결을 내개지구 미서운 병을 퍼뜨려 의주를 망가테 놓으면 어카디?"

과수댁 외동아들 재호 말이 또렷하게 대석의 귀에 꽂혔다. 모든 걸 참기로 했다. 등 뒤에서 양반 자식들이 무어라 말하든 상관 않고 돌처럼 두 다리에 힘을 주고 대석은 꿋꿋하게 서 있었다. 속으로는 연신 예수님을 찾으며 도와달라고 빌었다. 아버지, 이 백정을 닮아 우람한 체격으로 성장한 대석은 열다섯 살. 이제 아이가 아니었다. 가슴이 넓고 어깨가 떡 벌어진 대석이 장승처럼 서 있는 모습이 그들의 감정을 한껏 자극했다.

"복출아! 우리 저 백당넘에게 돌을 던지자."

"그래, 그러자. 새하레(나무하러) 왔다구 빌문 살려줄 터인데 그냥 있어. 이 백덩넘아?"

"둑도록 때려주자. 버릇을 고텨주자."

자잘한 돌들이 대석의 어깨, 등, 허리, 다리에 날아오기 시작했다. 머리로 날아오는 돌을 선 채로 피하면서 대석은 이런 생각을 했다.

'곡식이나 채소, 심지어 무명이나 베를 생산하는 사람들이 과연 누구란 말인가. 양반들의 권위나 세력이 인간의 생존에 필요한 물건을 하나도 만들지 못하면서 우두커니 앉아 몸을 돌처럼 놔두고 입으로 호령이나 하고 들볶고 있다. 소나 돼지를 잡아 저들의 밥상에 올리는 것도 우리 천민인 백정들의 땀과 희생과 기약 없는 무한한 복종의 결실이다. 나인이나 역졸, 기생, 관노비 같은 공천역(公賤役)들의 눈물의 바다 위에서 호의호식하는 양반들은 단 한 번만이라도 그들의 노고를 고맙게 여긴 적이 있었단 말인가. 사가(私家)의 노비나 종들, 창기나 점쟁이 같은 사천인(私賤人)들의 섬김을 받으며 마음의 공허함을 채우는 양반들이여! 무당, 광대, 포졸, 갖바치, 고리장, 광대, 백정 같은 팔천역(八賤役)의 고통과 땀으로 짜낸 기름으로 불을 켜고 먹으며 일생 편안함을 만끽하는 양반들이여! 그중에서도 백정은 천역 중의 천역으로 짐승 같은 삶을 살고 있는 현실이다.'

이 대목에 이르러서 대석은 울컥했다. 얼굴 근육이 경련을 일으켰다. 등 뒤에서 야유하는 양반 자식들의 거들먹거림을 참고 아버지, 이 백정처럼 머리를 땅에 박고 절을 하든지 아니면 허리를 낫처럼 깊숙이 꺾고 살려달라고 빌어야 하는 상황에 처한 것이다. 한데 대석의 심중에 불끈 힘 기둥이 일어섰다. 예수님을 향해 간절히 기도하고 있는 지극히 개인적이고 비밀스러운 순간을 침해한 무례함을 절대로 용서할 수 없다는 분노가 치밀어 올랐다. 끊임없이 돌들은 대석의 몸을 향해 날아왔다. 연못에 머리를 내민 죄 없는 개구리를 향해서 돌을 던지듯 그렇게 저들은 재미있게 낄낄거리며 돌을 던졌다.

'오백 년 긴 세월 우리 백정들은 짓밟히고 살아왔지만 우리는 벌레가 아니다. 우리는 지렁이도 아니고 소도 아니다.

인간이다. 사람이다. 짐승도 밟히면 항기히는 법. 여태껏 우리 백정들은 벌레같이 살아왔다. 감정도 죽이고 사지의 힘도 죽이고 달팽이처럼 기어들어가 살아있으면서도 돌조각처럼 살아온 자들이다. 그래 나는 백정이다. 그러니 이러고만 있으란 말인가.'

대석의 머릿속에서 부글부글 용솟음치며 큰 반항의 기둥이 치솟았다. 그가 도검돌 아즈바니와 예배를 드리면서 배운 것이 무엇이던가? 예수성교문답이나 예수성교요령을 베끼면서 알아낸 것은 이런 것이 아니었다. 그 속에 담긴 진리는 창조주 하나님이 천민인 대석을 구원하여 사랑하고 있다는 사실이었다. 손과 발, 전신이 떨리도록 치밀어 오르는 분노를 끄느라고 대석은 두 손을 더욱 힘을 주어 맞잡고 머리를 숙이고 기도에 열중해서 중얼거렸다.

'스데반도 돌에 맞아 죽었습니다. 저도 죽어야 하는 것인가요. 예수님! 제게 힘을 주시라요. 바람이나 쏟아지는 비터럼 스치구 지나가는 일루 여기도록 제 마음을 넓혀주시라요. 제 오마니를 죽게 한 혈기를 꾹꾹 눌려주시라요.'

대석은 돌을 맞으면서도 신목을 향해 서서 열심히 예수님을 불렀다.

"아하! 저 백당넘이 이젠 귀꺼정 먹었잖아. 구먹땡이 백뎡을 근냥 두문 신목에 거하는 수호신이 더 증을 낼 것이느꺼니 버릇을 고쳐놔야디."

생쥐처럼 약삭빠르고 얼굴이 얄팍하게 생긴 노훈장의 아들 동혁이 바람을 잡으면서 손뼉을 쳐가며 귀머거리 노래를 부리기 시작했다.

'구먹땡이 딱쟁이/ 굴레 벗어 내어라./ 여우 좆이 약이다.'

그래도 대석은 손을 힘 있게 맞잡고 기도를 했다. 두 다리에 힘을 주고 꼼짝 않고 서 있어 마치 뿌리를 깊이 내린 나무라도 된 듯 흔들림이 없었다. 대석은 진짜 구먹땡이가 되어 저들의 모든 소리를 듣지 않으려 애를 썼다. 안간힘을 다해서 고목을 응시했다. 아버지의 숫돌에서 뿜어나오는 칼날의 찬란한 빛도 떠올렸다. 그 빛을 껴안으며 간절히 기도했다. 그야말로 힘을 다해서 예수님께 매달렸다.

"아니! 저 백당넘이 덩말 구먹땡이레 된 모양이군. 하긴 메라구 벤멩할 수두 없갔디. 고럼 우리 한번 해보자. 자자! 일제히 공격."

동혁의 명령신호에 따라 세 사람은 대석에게 덤벼들어 지렁이를 밟아 짓이기듯 뭉개기 시작했다. 이래도 우리의 조상들처럼 돌조각이 되어 그냥 맞고 있어야 하는 것일까. 대석의 마음속에서 일어나고 있는 무서운 갈등을 알 리 없는 세 명의 양반 자식들은 낄낄대며 재미있다고 시시덕거렸다. 대석은 어린 시절처럼 비겁하게 몸을 달팽이처럼 앙당그리질 않고 뻣뻣하게 누워서 눈을 똑바로 뜨고 저들을 도끼눈을 하고 노려보았다.

'쥬여! 도와주소서. 원수를 사랑하라 하셨지요. 용서하는 마음을 주시라요.'

신음하며 살려달라고 애걸하지 않는 것이 저들의 마음을 더욱 부채질하며 강퍅하게 만들었다. 나중에는 모두 대석의 배 위에 올라서서 널을 뛰었다. 마치 서당에서 공부하느라고 쌓였던 지겨움을 대석의 배 위에 몽땅 털어놓으려는 듯이 말이다. 아팠다. 징말로 아팠다. 양반들이 백정을 생각하듯 진짜 돌조각이라도 되었다면 아프지도 말아야 할 터인데 뼛속이 아리게 아파왔다. 몇 백 년 그 자리에 서 있는 고목 뿌리가 오랜 세월 비바람에 시달려 마귀할멈의 뼈처럼 앙상한 뿌리를 땅 위에 드러내고 있었다. 하필이면 드러난 뿌리들 중 동맥처럼 툭 불거진 제일 큰 뿌리에 대석의 목이 척 걸쳐졌다. 목뼈가 참을 수 없게 아파오며 위기의 순간에 직면하자 대석은 벌떡 일어섰다. 순간 눈앞에 불이 확 타올랐다. 대석은 자제력을 잃고 선불 맞은 범처럼 저돌적으로 덤벼들었다.

"내레 광구(바위)가 아니다. 이 넘들아. 나는 사람이다. 사람이야."

동혁과 재호는 민첩하게 물러섰으나 제일 몸이 둔한 박진사의 아들 복출이 대석의 손에 잡혔다. 그건 순간이었다. 좀 전에 대석의 목뼈를 아프게 했던 바로 그 굵직한 뿌리 위에 복출의 허리를 척 걸쳐놓았다. 나이에 비해 엄청나게 큰 발로 짓이기며 그간 깊이를 모르게 곪아 있던 응어리진 한(恨) 덩어리가 박진사의 병신 아들 복출의 허리에 가해졌다. 아버지 이 백정이 소의 정수리를 향해 도끼를 내려찍듯이 대석은 힘을 다해 복출의 허리를 겨냥해서 발길질을 했다. 정신을 차릴 수 없을 정도로 마구 걷어찼다.

"아하하… 아이쿠! 사람 둑는다. 사람 살리라우."

신목의 돌출된 굵은 뿌리에 허리를 척 걸치고 네 활개를 펴고 누운 복출의 몸이 활처럼 휘었다. 뿌리 위에 걸쳐진 허리께를 대석은 힘을 모아 짓이겼다. 도검돌 아즈바니와 무릎을 마주하고 앉아 기도할 적의 그 잔잔하고 평안했던 얼굴은 어디론가 사라지고 몸 전체에 살기가 무섭게 휘감겼다.

"이 넘의 양반 새끼야! 네 넘을 이 신목 뿌리에다 제물루 바치련다. 다시는 교만하게 목에 힘을 주구 앉아서라무니 사람들을 찍어 누르며 짓밟지 마라. 사당 안에 귀신이 덩말루 있다문 이 제물을 받으시라요. 오랜 세월 턴한 사람들의 피를 빨아먹고 살찐 이 양반의 제물이 혹께 맛이 있을 터이느꺼니."

뿌리에 걸쳐 누워있는 복출을 정신없이 짓밟던 대석은 발끝이 뿌리에 닿아 아픔을 느끼면서 퍼뜩 제 정신이 들었다. 동혁이와 재호는 도망가고 없었다. 네 활개를 펴고 고목 뿌리에 척 걸쳐 누운 복출의 입과 코에서 쏟아져 나오는 피가 뿌리 밑에 흥건히 고여 있었다. 사방을 둘러보니 울긋불긋 헝겊으로 치장한 신목과 사당 추녀에 새끼줄을 늘여놓은 것이 섬뜩했다. 게다가 나뭇잎 사이로 파고 들어오는 저녁 빛 기둥이 괴기스럽기까지 했다.

"아아! 내레 사람을 죽였구나. 이를 어드렇게 하디? 예수씨를 믿으문서 살인을 했으꺼니 이를 어카디. 십계명을 어긴 거다. 오오! 주여!"

머리를 터억 내려뜨리고 기절한 복출 옆에 대석은 털썩 주저앉아버렸다. 땅에서 올라오는 습하고 음산한 기운이 그의 몸을 감싸면서 정신이 맑아진 대석은 이상하리만치 차분해지는 마음으로 사방을 다시 한 번 휘이 둘러보았다. 머리가 빨간 산새 두어 마리가 후드득 나뭇잎을 스치며 날아갔다.

천천히 일어섰다. 짚신 바닥으로 피가 스며들어 풀처럼 끈적거렸다. 산을 내려와 집에 가까이 오자 대석의 발걸음이

빨라졌다. 어시 집으로 기이겠다는 생각밖에 없었다. 저고리 앞섶이 피로 물든 것을 보고 두 팔을 휘감아 앞가슴을 감싸 안고 바자울 문을 향해 정신없이 달렸다.

이 백정은 향교에서 제상용으로 쓸 소를 잡으려고 칼을 숫돌에 정성스럽게 갈고 있었다. 갑자기 헐떡이며 피를 가슴에 뒤바르고 뛰어 들어오는 대석을 보는 순간 심상찮은 일이 터진 걸 직감하고 이 백정은 벌떡 일어섰다.

"먼 일이네? 와 피가 고렇게 네 앞가슴과 짚신에 묻어 있네?"

"사사… 사람을 둑였습네다. 내레 사람을 둑였습네다."

"아니 그게 덩말이네? 사… 사… 람을 둑였다구?"

눈에 핏발이 서 있긴 했으나 대석의 얼굴은 얼음처럼 차고 냉정했다.

"머라구? 사람을 둑였다니! 누구를 둑였단 말이네? 날레 말해 보라우."

"박진사댁 병신 북출이디 누구겠어요?"

"저런! 이를 어커디. 넌 예서 살아남지 못한다. 날레 서둘러라. 날레 의주를 떠야지 시간이 없다. 날레 날레…."

검동이 아이를 낳으면 도망가려고 꾸려놓은 은괴 세 덩이를 마루창 밑에서 끄집어냈다. 창호지에 여러 겹 싸가지고 솜을 두껍게 넣은 솜바지에 한 겹을 더 쌌다. 중태기(배낭)의 아구리를 여는 손이 걷잡을 수 없이 떨렸다. 방한용으로 솜을 두껍게 둔 겨울용 모자인 후양을 배낭의 밑에 깔았다. 목이 길고 끈이 달린 덧버선도 은괴 위에 얹었다.

"초를 다투는 일이다. 날레, 날레 압록강을 건너야 하는데 얼음이 얼지 않은 강을 어드렇게 건너가겠네. 강을 따라 무조건 뛰어라. 배를 타야 하는데 뱃시간을 기두르다 잡히문 그 자리에서 둑으느꺼니 할 수 있으면 의주에서 멀리 도망쳐라. 아매두 박진사댁 사람덜이 널 찾으루 강을 따라 북으로 뛸 것이느꺼니 넌 반대루 강을 따라 아래쪽으로 가다가 뗏목이라두 타거라."

우람한 몸에 떡 벌어진 가슴의 이 백정 얼굴 위로 눈물이 번뜩였다.

"도검돌 아즈바니를 만나구 가렵니다. 그리구 내레 우장으루 갈랍네다."

"아즈바니를 만날 시간이 없다. 날레 날레 도망가라니까."

그때 마침 바자울 문이 열리는 소리가 났다. 잔뜩 긴장한 대석은 재빨리 뒷간으로 몸을 피했다. 집안의 이상한 기류에 머리를 갸우뚱거리며 도검돌이 절뚝이면서 마당으로 들어섰다. 죽을상을 하고 맞는 이 백정을 보고 도검돌은 무겁게 입을 열었다.

"기어이 복출을 죽였네? 내레 기걸 걱정하구서리 늘 기도했더랬넌데 결국 이런 일이 터지구 말았수다. 검동이 아를 낳으문 함께 보내려했넌데 어카갔네. 대석이 함자 우장으로 가야디. 우장에 가서 서상륜 나리를 만나 장래를 의논해야디 다른 방도가 없다."

대석은 피 묻은 옷을 벗어던지고 검동이가 내주는 새 옷으로 갈아입었다.

"새오마니두 몸을 풀구 중국으로 오시라요."

검동은 물기 어린 눈으로 잔잔한 미소를 띠며 무겁게 입을 열었다.

"살레문 함자라두 맨제 도망테라우. 박진사댁 머슴들이 들이닥치문 내레 내레… 어카야 할디…."

밖에서는 이 백정과 도검돌이 어서 서둘라고 야단이었다. 옷고름도 미처 매질 못하고 뛰어나온 대석에게 이 백정은 보물처럼 아끼며 매일 윤을 내던 두 개의 칼 중 하나를 건네주었다. 대물림하며 생명처럼 아끼던 아버지의 칼을 대석은 선뜻 받지 못하고 멈칫거렸다.

"턴하게 태어나서 이 칼에 매달려 살아온 우리 백정들의 한이 서린 물건이다. 이걸 개지구 다니문서 일생 만지문서 살아라. 이 아버지레 그 칼과 함께 있다. 다른 하나의 칼은 네 오마니레 낳을 아의 것이다. 압록강을 건너가서 살아남으문 먼 훗날 이 칼을 개지구 짝을 맞추어 네 동생을 꼭 찾아라."

솜을 두고 누빈 검은 무명 천 주머니에 넣은 칼을 배낭에 넣어주는 이 백정의 행동과 말 모두가 마치 유언처럼 들렸다.

"아버지 먼말을 그렇게 하십네까. 우린 서간도에서 꼭 만날 겁네다."

대석의 말에 대답을 않고 아주 차근차근 훗일을 일러주었다.

"네 오마니레 낳을 아 이름은 백석(白石)이다. 꼭 기억하구 있거라. 딸을 낳으문 백경(白敬)이라 부를 터이느꺼니 그리 알거라."

바자울 문을 나서는 대석의 등에 대고 이 백정이 다시 한 번 당부했다.

"대석아! 이 아바질랑 잊어삐리구 중국 가서라무니 예수 씨를 잘 믿어라. 이 아바지터럼 백정의 길을 걷지 말구 다른 길루 가라. 알아들었간?"

이 백정은 멀어지는 대석을 바라보며 울음을 참지 못하고 흐느꼈다. 도검돌이 절뚝이며 대석의 등 뒤를 바짝 따랐다.

"우장 가문 이응찬 도련님과 서상륜 도련님을 만나 모시구 살문서 예수 씨 말씀을 더 많이 배와 개지구 예수 씨 일을 하문 넌 크게 성공할 것이다. 대석아! 이 아즈바니레 한 가지 소원이 있던데 들어주갔네?"

도검돌의 간절한 청에 대석이 도망치던 걸음을 멈추고 뒤를 돌아보았다.

"멉네까? 날레 말하시라요. 날레 여길 빠져나가야 하느꺼니."

"우장에 가문 한문성경이 되선 말루 번역되어 인쇄되고 있을 거다. 그런데 기걸 의주꺼정 날라줄 사람이 없어. 그 일을 할 사람은 바루 너밖에 없던데 이 일을 너 함자서 할 수 있간?"

"우리 오마니 아바지레 서간도꺼정 도망틸 수 있게 돌봐주시라요. 그카문 내레 목숨을 걸구 번역된 성경을 개지고 오갔습네다."

도검돌과 헤어져 산허리를 타고 도망치는 대석의 뒤를 곽서방의 아들 복남이 바짝 따라붙었다.

대석을 떠나보낸 이 백정은 이번에는 검동이의 짐을 꾸리기 시작했다.

"나 함자 어드메루 가라구 이렇게 짐을 꾸려 내쫓습네까?"

검동이가 앙탈을 하며 터부덕 마룻바닥에 주저앉아 도리질을 했다.

"턴한 것들이 살아남는 길은 흩어져 도망가는 긴밖에 없수다. 그러느꺼니 임자는 내 말을 들으라우. 대석이 간 북으로 가디 말구 남으로 가라우."

검동이가 이고 갈 짐에는 대석에게 준 것과 쌍이 되는 칼을 넣고 은괴 한 덩이를 넣어서 등을 떠밀어냈다. 검동이 봇짐을 이고 뒤뚱거리며 바자울 문을 마악 빠져나간 뒤 박진사 댁 머슴들이 몽둥이를 들고 들이닥쳤다. 이 백정과 딸 금경이 마당 한가운데로 끌려나왔다. 대석을 찾느라고 머슴들이 짚신을 신은 채 집안을 들쑤시고 다니며 분풀이로 문짝을 잡아 떼어내고 부엌의 그릇들을 와장창 내던지고 장독간 위에 나란히 놓인 된장과 간장독을 박살냈다. 이내 이 백정의 집은 불길에 휩싸였다.

산비탈 나무숲에 숨어서 불타는 집을 보고 검동이는 흐느꼈다.

'주여! 주여! 살아계셔서서 우리를 돌봐주시고 동행하신다문 어드렇게 이런 일이 일어날 수 있습네까? 대석 아버지를 불쌍히 여겨주시라요. 백정으로 태어나서 사람들에게 턴대를 받구 살았지만 너머 둏은 사람입네다. 여보시! 당신 도검돌 아즈바니레 말해 준 하늘나라에 먼저 가 계시라요. 게서 우리 만납세다. 아를 낳아서 아주 잘 기를 터이느꺼니 걱정 마시라요. 죽어서 만날 곳을 서루가락 알구 있으느꺼니 염려 말구 맨제 가 계시라요.'

검동이는 무작정 남쪽으로 도망갈 작정이었다. 한낮 사람들 눈에 뜨일 것이 두려워 우선 산 속에 들어가 숨어서 해가 지기를 기다렸다. 밤이 오면 어둠을 이용해서 곽서방이 산삼을 캐러 갔던 천마산 쪽으로 해서 한성으로 갈 참이었다. 태어나서 단 한 번도 의주를 떠난 적이 없는 검동이다. 그렇지만 길에서 해산하는 한이 있어도 의주를 등지고 멀리멀리 달아나야 살 수 있는 운명에 처해 있었다. 커다란 나무 밑에 숨어있는 동안 잠이 가물가물 오면서 봉수의 우람한 어깨가 떠올랐다. 어디에서 무얼 하고 있을까. 지금까지 깜깜 소식이니 노상에서 병들어 벌써 오래 전에 죽었는지도 모른다. 해가 지면서 서서히 땅거미가 파고들었다. 어둠을 타고 활동하는 산짐승들이 꿈틀대는 소리가 검동의 신경을 곤두서게 했다. 산 중턱 동굴 속의 박쥐들이 몰려나오는 지척을 분간 못할 깜깜한 시간대가 되었다. 나뭇잎을 스치는 박쥐에 질겁한 검동은 허둥지둥 의주 시내를 향해 뛰기 시작했다.

구창을 지나 천마동에 가려면 의주 시내로 가야 했다. 다른 길도 있겠지만 검동이가 아는 길이라곤 남문과 연결되어 뚫린 길밖에 없었기 때문이다. 깜깜한 시간에 무슨 수를 써서라도 박진사댁에서 멀어지는 것이 상책이었다. 뱃속의 아이를 살려야 한다. 벌써 압록강에서 죽었을 생명을 살려준 보답으로라도 아이를 낳아 잘 길러야 한다. 오직 이 한 가지 생각을 부여잡고 검동은 잰 걸음을 옮겼다. 하지만 향교동 길 끄트머리에 이르렀을 때 진통이 시작되었다. 여기서는 안 되는데 이래서는 안 되는데 중얼거리며 검동은 배를 감싸 안고 몸을 비틀었다. 박진사의 아이를 낳을 때보다 더 진한 진통이 아랫배를 꿰뚫고 지나가서 검동은 향교동의 맨 끝 외따외양간 옆으로 엉금엉금 기어갔다. 개울을 막아놓아 고인 작은 웅덩이에 늦게 떠오른 손톱달이 잠겨있다. 으스름한 빛을 따라 새 짚을 수북하게 깔아준 외양간으로 기어들어간 검동은 이를 악물고 신음을 삼켰다. 진땀이 온몸에 흥건히 고였다. 순해터진 암소가 놀라는 기색도 없이 멍청한 눈으로 검동을 맞았다. 우물우물 반추하면서 진통으로 뒹구는 그녀를 소리 없이 내려다보았다.

송아지와 암소 곁에서 이 백정이 싸준 보따리를 가슴에 꼭 껴안고는 검동은 이내 혼절해버렸다. 얼마나 시간이 흘렀을까. 젖은 물수건이 검동의 입술에 닿자 꿈틀했다.

"덩신이 드는가 봅네."

여자의 음성이다.

"근냥 한참 놔두구 봅세다. 피를 혹게 많이 흘려서라무니 살아날까?"

익히 듣던 목소리였다. 검동은 정신을 모았다. 누굴까. 순간 번쩍 목소리의 주인공이 떠올랐다. 박진사댁을 자주 드나드는 왕의원이 틀림없다. 범의 굴에 굴러들어온 셈이다. 이를 어쩌지! 검동은 눈을 질끈 감아버렸다. 만약 눈을 떠서 서로 알아본다면 그녀는 곧바로 박진사댁으로 넘겨질 것이고 거기서 이 백정과 함께 죽게 될 게 뻔했다. 왕의원 내외가 그녀만 남겨놓고 자리를 뜬 사이 가만히 몸을 일으켰다. 몸이 무겁다. 하지만 살아야 한다. 도망가야 한다. 낳은 아이를 안고 달아나려고 곁을 보니 갓난아이의 새까만 머리통 둘이 나란히 누워있지 아니한가. 아가 머리가 하나가 아니고 둘이었다. 갓 태어난 아이의 머리가 둘이라니!

그때 방문이 열리고 왕의원의 아내 북청댁이 들어왔다. 엉거주춤하면서 검동이는 얼굴을 붉혔다.

"아이쿠! 살아났군. 이건 기적이야. 왕의원의 침 솜씨가 살렸수다레. 쌍둥이를 낳았다네. 아덜을 맨제 나은 거루 하구 딸을 냉중 나은 거루 해야갔디."

검동은 북청댁이 자신의 얼굴을 알아볼 것이 두려워 머무적거렸다.

"왕의원 말루는 아무래도 자네가 박진사댁 비녀였던 검동이가 아닌가 하넌데 그게 사실이네?"

검동은 이제 죽었구나 하는 생각으로 얼굴이 파래졌다. 입술을 떨다가 나중에는 턱까지 덜덜 떨었다.

"염려 말게. 우리두 사람이네. 어떻든 사람을 죽이게 하는 나쁜 사람들은 아니네. 염려말구 이 음식이나 들구 힘을 내야디."

검동은 북청댁이 차려온 미역국과 이밥을 받아서 먹는 시늉을 했다. 가슴이 답답하게 조여 와서 음식을 삼킬 수가 없었다. 그때 큼큼 기침을 하며 왕의원이 들어왔다. 검동이는 상을 밀쳐내고 몸을 조금 돌려 외면했다. 북청댁이 진맥할 수 있도록 검동이를 눕히고 오른손목을 왕의원에게 내밀게 했다.

"아주 오래 푹 쉬면서 몸조리를 잘 해야디. 그라느문 걷지도 못할지 몰라. 우리 부부레 그 시간에 텅깐에 갔다는 거이 천우신조가 아니갔네. 조금만 늦었어두 갓난 아랑 산모 모두 목숨을 잃을 뻔했으꺼니."

왕의원과 북청댁은 새벽녘의 일을 다시 한 번 떠올렸다. 북청댁이 외양간 옆 거름더미에 요강을 들고 나갔다가 피비린내가 확 풍겨서 질겁하고 요강을 잿더미에 버려둔 채 뛰어들어왔다. 곤히 잠든 왕의원을 깨워서 두 사람은 조촘조촘

외양간으로 다가갔다. 새끼를 낳은 소를 위해 푸짐하게 깔아 놓은 짚더미에 산모는 혼절해 있었고 갓난아이들은 탯줄을 단 채 파들파들 떨고 있었다. 새벽 미명 인적이 끊긴 시간인지라 소리를 죽여 가며 산모와 두 아기를 방으로 끌어드렸다. 다행이 아기들은 건강했다.

왕의원과 북청댁의 얼굴에 화기가 돌았다. 두 사람이 서로 터놓고 말은 하지 않았지만 삼신할머니가 점지해 준 자식이라는 생각이 들었기 때문이다. 자식이 없어 고민하는 집의 외양간에 쌍둥이를 낳을 여자를 보내주었으니 세상에 이런 고마운 일이 또 있겠는가. 쉬쉬 감추고 북청댁이 낳은 아이로 소문을 낸다면 감쪽같이 조상을 섬길 자식을 얻은 셈이다. 왕의원과 북청댁은 너무 좋아서 춤이라도 추고 싶을 지경이었다.

5

박진사댁 사랑 마당은 이 백정이 내지르는 신음과 장정들이 고함치며 내리치는 곤장소리로 가득 찼다. 마당 한 구석에 놓인 연엽형(蓮葉形) 석련지(石蓮池) 위에 담긴 파란 하늘과 흘러가는 새털구름까지 신음소리를 따라 흔들렸다. 결국 사흘이 지나자 금경이 숨이 끊겨서 광의 짚더미 속에 밀어 넣고 이 백정도 정신이 오락가락했다.

"요 백덩 넘아! 대석이란 넘을 어드메 감추었네? 고 행배리 겉은 넘이 도망테두 멀리 못 갔을 터이느꺼니 날레 의주

변두리꺼정 샅샅이 뒤져보라우. 도강할 수 있는 나루터마다 사람을 보냈겠디. 범몰이를 하듯 길목마다 산골마을마다 사람을 보내라우. 잡기만 하문 단숨에 능지처참을…."

숫을대문 안에 갇혀 지내며 쌓였던 울분을 박진사는 화산이 터지듯 뿜어냈다. 마치 이 가정의 모든 불행이나 자신의 병까지도 이 백정과 대석으로 인해 생긴 것이라고 고함을 쳤다.

"우리 복출을 이렇게 만든 대석이란 넘을 찾아내지 못하문 너의 뼈마디를 매일 하나씩 꺾어낼 터이느꺼니 날레 불지 못할까."

"모릅네다. 대석이 어드메로 갔는지 덩말 모릅네다."

이 백정은 이를 악물고 모른다고 머리를 흔들었다. 곽서방과 곰보댁은 그가 당하는 고문을 차마 볼 수가 없어 행랑채에 몸을 숨기고 기도를 했다. 이제 세 살이 된 서출 도련님이 끼루룩 웃어가며 이 백정의 주위를 맴돌았으나 같은 날 비슷한 시간에 태어난 곽서방의 아들 영생(永生)은 사랑 마당의 소란한 소리에 문지방을 잡고 일어섰다 힘없이 방바닥에 주저앉았다.

옷이 걸레처럼 찢어지고 터진 살갗에서 흘러내리는 피가 굳었다가 다음날 다시 계속되는 매질에 터져서 고름과 함께 전신을 적셨다. 건강한 체질인 이 백정의 몸은 강하게 생명의 끈을 놓지 않았다. 그는 딸, 금경의 시신이 있는 데로 굼벵이처럼 굴러서 다가갔다. 서러움 같은 것은 이미 사라진 지 오래다. 도검돌이 말해 준 하늘나라만을 바라보았다. 그곳으로 가서 기다리고 있을 금경을 생각하니 깊고 깊은 평안이 충만하게 차올랐다.

그때 어둠을 헤치고 다가오는 발자국 소리. 광문이 조용히 열리더니 문한이 들어왔다. 어둠에 눈이 익지 않아 한참을 더듬거리면서 툭 한마디 했다.

"이 지경이 되구두 아직도 천주님이 돌보신다고 믿습네까?"

"고럼, 내레 믿는 분은 천주님이라 부르지 아니하구 하나님이라 하지."

문한은 재빨리 가슴에 숨겨온 칼을 꺼내 양손에 묶인 줄을 끊었다.

"야! 너 와 이러네? 너 죽을려구 이러네. 내레 죽을 결심을 했으꺼니 이런 일 하지마라우. 내레 죽어야 우리 대석이가 살 수 있어. 그리구 아를 배구 도망틴 내 아내 검동이두 살구."

조용히 하라고 문한이 야단이었으나 이 백정은 찬송을 우렁차게 불러댔다.

…우리 긔도 다 듯고 향상 갓치 잇고나. 우리가 자나 깨나 우리 쥬 도라보네. 어렵고 어려오나 우리 쥬가 구하네….

"쉬! 아즈바니. 제발 조용조용. 자자! 이 음식을 드시구 멀리멀리 달아나시라요. 대석이두 검동이두 이 백정두 모두 의주에는 다시 오지 마시라요."

문한이 가슴에 숨겨온 밥과질을 내놓았다. 묶였던 손이 저려오는지 이 백정은 양손을 천천히 주무르다가 문한이 꺼내놓은 누룽지를 한입에 넣었다. 그 행동이 너무나 여유가 있었다. 오히려 다급한 쪽은 문한이었다.

"날레 날레 이 곳간을 벗어나서 담을 뛰어넘어 뛔다라나시라요. 날레, 날레 그라느문 날이 새구 조금 있으문 사람들이 모두 깨어나서 들통이 납네다."

이 백정은 빙긋 웃더니 평안한 목소리로 천천히 말했다.

"예수를 믿는다는 사람이 그렇게 도망티구 싶지 않네. 내레 여기서 죽을 작정이야. 예수님두 자기 몫에 태인 십자가를 지셨어. 내레 박진사를 어기구 달아날 마음이 조금두 없어. 아바지인 내레 살갔다구 뛔달아나문 아들 대석이랑 만삭인 검동이 어드렇게 살아나갔네. 박진사와 노마님의 분노가 극에 달해 있으느꺼니 내가 대신 죽어야 다른 식두들이 살 수레 있디 안카서?"

너무나 담대한 그의 말에 문한은 경악했다. 모두가 죽음 앞에서는 비겁해지고 자신의 목숨을 위해 별별 수단을 다 쓰는 것이 상례가 아니던가.

"그런 용기를 누가 주었습네까?"

"내레 믿구 있는 돟으신 예수님이 주신 지혜구 힘이디."

그의 결심이 단단한 걸 알게 된 문한은 그를 다시 묶어놓고 광을 빠져나갔다. 문한이 나가버리자 이 백정은 아픈 몸을 추스려 무릎을 꿇었다.

"쥬여! 전 여기서 죽갔습네다. 하지만 쥬여! 우리 대석이는 압록강을 무사히 넘어가게 해주시라요. 쥬께서 대석을 통해 영광을 받아주시라요. 우장에서 밥팀례(세례) 받구 하나님의 머슴이 되어서라무니 되선 땅에서 저터럼 턴대를 받구 있는 턴민들을 위해 복음을 전하게 해주시라요. 그리구 우리 불쌍한 검동이를… 만삭이 되어 함자서 도망틴 제 아내 검동이를…"

이 백정은 저미게 아파오는 가슴을 쓰다듬으며 마침내 울음을 터뜨렸다.

향교동의 변두리, 산자락에 인접한 왕생당 한의원 댁에 검동이는 감쪽같이 숨어 지냈다. 쌍둥이를 한데서 낳으며 너무 많은 피를 흘린 탓에 널브러져 있던 검동이는 북청댁이 정성껏 끓여온 용봉탕(龍鳳湯)을 대하자 가슴이 뭉클했다. 종의 신분으로 백정의 아낙이 된 검동이 감히 입에 댈 수도 없는 귀한 음식이었다. 닭을 푹 삶은 뒤 뼈를 골라내고 그 물에 은어와 쌀을 넣어 쑨 죽으로 돈 많은 양반들이나 먹는 것이다. 은어가 특산물인 희천(熙川)이나 청천강변의 지방 음식을 북청댁은 검동이를 위해 장만한 것이다.

"날레 먹구 일어나야디. 왕의원이 박진사댁에 갔더랜넌데 글쎄…."

박진사댁 이야기가 나오자 검동이는 수저를 내려놓았다.

"말씀 계속하시라요. 복출 도련님 장세를 오늘 지냈나요?"

"그게 아니구… 이거 말하기 곤란한데 그래도 해야디. 복출 도련님이 몸이 불덩이라더군. 간신히 고비를 넘겼지만 척추 뼈를 다쳐서라무니 등이 툭 불거져 나왔다는군 기래. 목숨이 붙은 것이 다행이지만 일생 꼽땡이로 살아야 하는데 이런 도련님을 볼 적마다 박진사댁 사람들은 대석을…."

어려서부터 곰보댁과 함께 업어주고 달래며 키운 도련님이 일생 꼽추로 살아야 한다니! 도련님이 죽지 않았다는 것은 천만다행이지만 대석을 향해 뿜어낼 박진사댁의 원한이 하늘까지 사무칠 것이니 앞일이 걱정되었다.

"큰 도련님이 살으셨다니 그래두 마음이 놓이네요."

"대석을 잡으려구 모두 혈안이 되어서라무니 의주 시내를 들쑤시구 다니넌데 어드메루 갔는디 찾을 수레 없다구 하더라는군. 그뿐인 줄 아네. 이 백정의 아낙이 검동이 자넨 걸 알아 개지구 노마님과 마님이 눈에 불을 켜구 있다는군. 지금 길에는 박진사댁 사람들이 깔려있넌데 여기 숨어 있으문 목숨을 보존하겠지만 두 아를 데불구 어드렇게 도망갈 수 있갔네? 이 몸으로 나갔다가는 바루 잡혀 죽을 터이느꺼니 이를 어카문 돟지?"

북청댁은 박진사댁에서 일어나고 있는 사건들을 소상히 검동에게 일러주었으나 이 백정과 딸, 금경이에 대해선 아무 말도 하지 않았다.

"대석 아바지는 어드렇게 되었습네까?"

북청댁이 멈칫거렸다.

"괜찮습네다. 종년으로 태어나서 백정의 아낙이 된 터에 멀 가리겠습네까?"

"아매두 지금쯤 목숨을 부지 못했을 거야."

검동은 용봉탕을 입에 퍼 넣으며 후드득 눈물을 국그릇에 쏟았다.

입쌀, 좁쌀, 팥 세 가지를 섞어 지은 세아리밥에다 산후 회복에 좋다는 미역국이 삶은 달걀과 함께 푸짐하게 검동이 밥상에 올랐다. 명절이나 잔치 아니면 제사 때나 먹을 수 있는 녹두지짐이 상에 오르면 검동은 너무 감동해서 몸 둘 바를 몰랐다.

이 백정 집에서는 소나무 안 껍질을 벗겨다가 물에 여러 날 담가서 송진을 우려낸 뒤 두들겨 솜처럼 부드럽게 하여 곡식과 섞어 송구지떡을 만들어 먹었다. 둥구레 뿌리를 며칠 간 물에 담가 풀물을 우려내고 삶으면 단 맛이 도는 시커먼

떡이 되었디. 코에서 강냉이 냄새가 나도록 강낭국씨나 강닝묵 그리고 갬좁쌀이 천한 사람들의 주식이었다. 이런 처지에 기름진 음식상을 대하니 이 백정 생각이 간절했다.

'쥬여! 대석 아바지 몸이 망가지더라도 그 영혼을 구하소서. 확신을 개지구 당당한 걸음으로 금경이랑 손잡구 천당에 들어가게 하소서. 오! 쥬여! 양반들이 우리의 영혼꺼정 죽이지 못하는 거이 너머너머 감사합네다.'

박진사댁 사람들도 대석과 검동을 찾아 헤매다가 지칠 즈음 계절은 밤이 입을 쩍 벌려서 새벽 미풍에도 와스스 떨어지는 가을이 되었다. 검동이 떠나야 하는 새벽, 왕의원과 북청댁이 검동이 앞에 앉았다.

"두 아를 어떻게 함자 데불구 가겠네? 서날미를 우리에게 주구 딸만 업구 의주를 벗어나라우. 쌍둥이레 한 집에서 키우는 것도 돟지 않은 일이느꺼니 갈라놓아 살게 하는 거이 상책이라구 생각하넌데."

하긴 박진사댁 종살이를 하는 동안 솟을대문 안에서만 살았고 이 백정의 아내가 된 뒤에는 숨어서 지낸 탓에 바깥 세상에 깜깜한 검동이 젖먹이를 둘이나 데리고 도망칠 수는 없는 노릇이었다.

"이미 죽었을 우리 서이의 목숨을 건져주셨구 종년을 이터럼 돌봐주셨넌데 어떻게 그 은혜를 잊겠습네까. 대신 간청이 있습네다."

아들을 주겠다는 승낙의 말에 왕의원과 북청댁의 눈에 생기가 돌았다.

"먼말이네? 들어줄 터이느꺼니 머든지 다 말해 보라우."

"아를 자기 핏줄인 아바지레 지어준 이름으루 불러주시라요."

"으음. 그 이름이 어드런 이름이간?"

"백석이라 하옵네다."

"으음, 고럼 우리의 성을 따서 왕백석(王白石)이라 부르란 말이디."

"백석이라 불러주디 않으시문 아를 데불구 가겠습네다. 데불구 다니다 우리 서이 길에서 죽어도 둏습네다. 아의 아바지레 백정이지만 그 청을 들어주는 거이 도리라 생각합네다."

검동이 낳은 아들의 이름을 항렬을 따라 왕규석이라 지어놓았던 왕의원은 떨떠름한 표정이 되었다. 그러자 북청댁이 안달했다.

"백석이란 이름이 얼매나 둏아요?"

하는 수 없이 왕의원이 머리를 주억거렸다.

"감사합네다. 또 한 가지 청이 있습네다."

검동이는 이 백정 집을 떠날 적에 이고 온 보따리를 풀었다. 창호지에 여러 겹 싸서 칼집에 넣은 이 백정의 칼을 꺼내 놓았다. 백일이 지났건만 날마다 이 백정이 숫돌에 갈아 윤을 낸 탓인지 아침 햇살에 눈부신 빛을 발했다.

"이 칼은 아이의 아바지인 이 백정네 대물림 칼입네다. 쌍을 이룬 것인데 하나는 아이의 형이 되는 대석이 개지구 갔구 이건 백석의 몫입네다. 대석의 칼에는 용이 그려져 있구 여기에는 잘 보시라요. 황소가 새겨져 있습네다. 왕의원님의 아들이 된다 해두 다 성장한 뒤에는 자신의 핏줄을 찾으려 할 것입네다. 그때를 대비하셔서 이걸 간직하셨다가 물려주시라요."

검동이 건네주는 칼을 왕의원은 마지못해 받았다.

"그리구 그리구 저저…."

검동이가 자꾸 말을 더듬으며 잇지를 못하자 북청댁이 나섰다.

"날레 말해 버리라요. 갑갑하게 속에 지니구 있디 말구."

"백석은 예수 씨를 믿으면서 태어난 아입네다. 그러느꺼니 냉중에 예수 씨를 찾으문 너머 나무라지 마시라요. 그점꺼정 받아주신다문 마음 놓구 백석을 이 집에 아들로 주구 떠나겠습네다."

아들을 받을 욕심에 왕의원도 북청댁도 모두 머리를 주억거리며 찬성했다. 북청댁의 가슴에 안겨서 까르르 웃어가며 재롱을 떠는 백석을 한참 바라보던 검동은 냉정하게 돌아서서 왕생당을 빠져나왔다. 등에 딸 백경을 업고 이 백정이 준 보따리를 머리에 인 모습이었다. 곧 서리가 내리고 첫 눈이 올 터이니 서둘러야 했다. 남편인 이 백정이 원했던 것처럼 대석이와 반대 방향인 남쪽으로 방향을 잡았다. 다리에 힘이 생긴 검동은 의주를 등지고 남쪽을 향하여 달음질했다. 노마님이 독기 어린 눈으로 검동이의 등 뒤에서 노려보는 듯했다. 마님의 얼굴도 떠오르고 귓불에 팥알만 한 점이 있는 박진사에게 낳아준 아들, 서출의 모습이 왕의원에게 주고 떠나는 백석의 얼굴과 겹쳐졌다. 이미 죽어 땅에 묻혀 있을 이 백정과 금경의 미소 띤 얼굴도 뒤에 바짝 따라붙었다. 검동은 이 모두를 뒤에 두고 한성을 향해 뒤도 돌아보지 않고 달렸다.

2부

새벽에 깨어난 바람

흩어지는 사람들

1

한미수호조약(韓美守護條約)이 조인된 4월은 전국적으로 비가 오질 않아 인심이 흉흉했다. 하늘을 올려다보던 백발의 농부들은 이상한 예감이 든다며 머리를 흔들었다. 식수도 구하기 어려운 가뭄이 계속될 징조가 보인다고 한숨을 삼키는 사람도 있었다. 하늘을 쳐다보며 농사를 지어먹고 살아온 농민들은 하늘의 변화와 짐승들의 동태만 봐도 그 해의 비 사정을 점칠 수 있었다. 어른들의 불안이 아이들에게까지 전해져서 얼굴에 깃들인 불안이 물기 없는 가문 하늘의 석양처럼 모두의 눈을 붉게 만들었다.

박진사댁 막내아들 서출은 꼽추가 된 복출이나 겨우 벽에 기대놓아야 앉을 수 있는 무출과는 달리 저지레를 하고 장난이 심했다. 문한이 새벽부터 물을 뿌려놓은 사랑 마당에서 제기를 찬다고 나댔다. 대님이 풀리고 옷고름이 뜯겨져도 신바람 나게 돌아다녔다. 이런 아들을 박진사는 느긋하게 웃음을 삼키며 기분 좋은 표정을 지으며 바라보았다. 서출의 탄탄한 등과 다부진 이마에 아침 햇살이 쏟아져 내려 눈이 부셨다. 콧물을 훌쩍 들이마시면서 서출은 새로운 저지레를 찾아다녔다. 제기차기에 싫증을 느낀 터라 문한을 때려줄 작대기를 찾고 있는 눈치였다. 자신의 키보다 큰 문한의 엉덩이를 작대기로 때려주면 그 큰 몸으로 엄살을 떨면서 도망 다니는 꼴이 재미있었기 때문이다.

이런 기미를 알아챈 문한은 잽싸게 사랑 마당을 빠져나와 행랑채로 나갔다. 그간 열심히 염소를 길러가며 모아놓은 엽전을 천장을 뚫고 감추어놓고는 가끔씩 몰래 꺼내서 세어보는 기쁨을 만끽할 참이었다. 방문을 열고 방안으로 들어서는 순간 솟을대문이 열리면서 패랭이를 쓰고 짚신을 허리에 찬 장대처럼 큰 사나이가 성큼 행랑마당으로 들어섰다. 얼굴이 검게 타고 도끼날처럼 가느다란 눈에서 강렬한 빛이 뿜어 나왔다.

"누구십니까?"

"날세 나야. 날 알아보디 못 하는 걸 보느꺼니 세월이 흑게 많이 흘렀군."

장승처럼 큰 키에 턱수염이 무성한 얼굴이 무섬증을 안겨주어서 문한은 잔뜩 어깨를 움츠리고 방어하는 자세를 취했다.

"문한아! 나야 나. 봉수를 못 알아 보문 어카갔네."

"아니 이게 누구야! 봉수 형이 살아있다니!"

"고럼, 고럼 이렇게 살아서 건강한 몸으로 돌아왔디."

그러고 보니 눈매랑 입가에 봉수의 옛 모습이 남아있었다. 바깥바람에 그을린 봉수의 얼굴에는 절게살이(머슴살이의 평안도 방언)할 적에 보지 못했던 생기가 넘쳐흘렀다. 봉수기 돌아오다니! 전라도로 노마님의 시칠을 지니고 떠난 뒤 소식이 끊겨서 길에서 죽었거나 도망쳤을 것이라고 사람들의 입방아에 오르내리다가 까맣게 기억에서조차 사라진 봉수가 살아 돌아오다니! 꿈만 같았다. 순간 이 백정네서 마지막으로 보았던 검동의 불룩한 배가 문한의 머리를 스쳤다.

"그간 어디메 갔다 이데야 오네?"

문한은 짐짓 성난 얼굴을 하고 불뚝 한 마디를 던졌다.

"삼천리를 걸어 오가느라구 한 해가 갔구, 그 다음보탐 전라도에 사는 노마님의 친척이 거머리터럼 달라붙어 빠져나올 수레 있었어야디."

봉수는 그 큰 몸을 어린아이처럼 흔들어가며 흔쾌하게 말하고는 연신 눈길을 안채로 뚫린 중문에 던졌다. 검동을 찾고 있는 모양이다.

"문한아! 너두 혹게 많이 컸다. 이제 통각 티가 나는데. 키두 크구 몸두 크구 이제 꼴머슴이 아니라 머슴이 되었구나."

봉수는 눈가에 곰살가운 주름을 잡아가면서 웃다가 문한의 손을 떠억 잡고는 안마당까지 들릴 걸쭉한 목소리로 말했다.

"너 안채에 들어가서라무니 검동에게 이 봉수레 왔다구 전해라."

"저저… 검동이는…"

"괜찮아. 검동이와 나는 노마님이 허락한 사이라구. 이제 검동이는 내 색시야. 우린 가바시(부부)야."

"검동이는… 이거 참 어드렇게 말해야 할지 모르갔넌데 검동이는…"

문한이 당황한 기색을 보이며 어물쩍거리자 이상한 예감이 든 봉수가 와락 문한의 어깨를 두 손으로 잡아 돌려세웠다.

　"먼 말하려구 고롷게 머무적이네. 검동이레 어드렇게 되었단 말이네? 병이 들어 아프단 말이네? 아니문 아니문…."

　"검동은 이 집에 없어. 발쎄 이 집을 떠난 지 오래 되었단 말이야."

　"기게 먼 말이네? 검동이 이 집을 떠났다니? 나랑 약속을 했으꺼니 날 기대리구 있을 터인데 없다니. 설마 죽은 건 아니갔디?"

　봉수가 마지막 본 검동의 그늘진 모습이 눈앞에 스쳤다.

　"날레 사실을 말하라우. 죽은 건 아니갔디. 고럼 도망을 갔단 말이네?"

　"봉수 형이 전라도루 떠난 뒤 얼마 있다가 갑자기 없어져 버렸어. 어드렇게 없어졌는디 내레 어캐 알갔네."

　봉수는 잡고 있던 문한의 어깨를 거세게 밀어내고 안채로 들어갔다. 중정(中庭)에서 제기차기를 하고 있던 서출이 우악스럽게 문을 밀어붙이고 험악한 표정을 지으며 들이닥치는 봉수를 보고 놀라서 우뚝 멈춰 섰다.

　"봉수레 돌아왔습네다. 노마님의 서찰을 잘 전해주구서리 이렇게 돌아왔습니다요. 마님, 봉수레 돌아왔습니다. 이제 검동이를 제게 주시라요."

　마당에서 들려오는 거친 사내의 음성에 영생(永生)에게 줄 죽을 끓이던 곰보댁이 부지깽이를 든 채 뛰어나왔다. 같은 날 태어난 주인댁의 유모노릇을 하느라고 젖을 몽땅 서출 도

런님에게 빼앗긴 불쌍한 아늘을 위한 죽이다. 방구석에 팽개쳐 놓았는데도 죽지 않고 비실비실 살아난 영생에게 곰보댁은 항상 죄의식을 지니고 있었다. 바람이 아궁이 쪽으로 거슬러 불어와서 벌게진 눈을 발등까지 덮은 행주치마 자락으로 닦았다.

"아니! 이게 봉수 아니네. 봉수가 살아 돌아오다니! 세상에! 죽은 줄 알구 잊어삐렸던 봉수가 살아있었다니!"

"맞습니다요. 죽지 않구 이렇게 살아 돌아왔습니다요. 검동을 데불구 살려구 죽을 고비를 혹게 많이 넘기면서도 이렇게 살아왔습니다요."

"검동이는 검동이는 이거 참 내레 머라 말할지… 검동이는…."

아니 고럼 문한의 말이 맞습네까. 검동이가 봉수를 기두리지 않구서리 이집을 나갔단 말입네까?"

봉수의 고함이 어찌나 컸든지 서출 도련님이 우와! 울음보를 터뜨렸다. 인두에라도 댄 듯이 자지러지게 울어대는 울음소리에 마님도 뛰어나오고 노마님도 달려 나왔다.

"먼 일루 이렇게 소란하네?"

몸이 날랜 노마님이 먼저 마루 끝에 달려 나왔다가 봉수와 눈이 마주쳤다.

"마님! 봉수레 머나먼 전라도꺼정 가서라무니 마님의 서찰을 잘 전달했습니다요. 그런데 그분들이 먼 일인지 나를 붙들어놓고 이러저런 농사일을 얼매나 많이 시키는지! 잡구 놓지를 않아서라무니 들볶이다가 이제야 돌아왔습니다요."

"그래 고럼 답신 개져왔갔디?"

"아닙니다요. 날마다 써달래구 해두 요리저리 피해서 견딜 수레 없어서라무니 도망테왔습네다. 마음이 급해서 참을 수레 없었시요. 검둥이와 혼약을 하구 너무 오래 헤어져있으꺼니 가슴이 타서 견딜 수레 있어야도요."

봉수는 노마님 앞에 너부죽 엎드려 절을 하고 훌쩍였다. 멀고 먼 타향에서 살아온 세월들이 노마님 앞에 엎드리니 눈물로 쏟아졌다. 의주에서 전라도까지 그 먼 길을 걸어가서 주인의 편지를 전해주고 돌아온 머슴을 대하는 노마님의 눈에 서릿발처럼 찬 기운이 서렸다.

"고얀 넘 같으니라구! 답장을 받지 못하구 왔으문 거기 갔다 온 징표가 없지 않네. 어드메루 싸돌아 댕기다 이제 와서 이 냐단이네!"

"아닙니다요, 마님. 겨울이 가구 또 가구 자꾸 가두 답장을 써주지는 않구서리 요리조리 피해가문서 자꾸 일만 시켜서라무니 어쩔 수 없이 도망테 왔습네다. 그 집 이야기를 전부 해드릴 터이느꺼니 들어보시라요."

봉수가 아무리 전라도에 살고 있는 노마님의 친척집에 대한 이야기를 늘어놓아도 노마님의 이마에 낀 꼬막 살이 펴지질 않았다.

"저 넘을 인차 묶어 광에 처넣어라. 세상에! 생명보다 더 중요한 일을 전하는 서찰을 전하지두 않구서리 어드메 갔다 이제야 들어와! 저런 고얀 넘이 있나. 고런 주제에 어느 안전이라구 말이 고렇게 많네?"

봉수는 둘러선 장정들에게 끌려가면서 몸부림쳤다. 대 여섯 몸집이 장대한 머슴들이 달라붙어 오랏줄로 묶어놓으니 아무리 힘이 징사라지만 꼼짝없이 붙잡힌 몸이 되었다. 하루가 가고 또 가고 물 한 모금 넣어 주지 않는 어둔 광속에서 봉수는 이를 갈았다. 분명히 편지를 전해주고 오면 검동을 색시로 준다고 하지 않았던가. 답장을 차일피일 미루기만 하던 전라도의 친척도 이상했지만 혼인을 약속한 검동이 그를 기다려주지 않고 없어졌다는 것도 이해할 수 없는 일이었다.

그때 누군가가 가만히 광문을 열고 들어섰다.

"쉬! 조용히. 나야 나. 문한이야."

철철 바가지에 넘치도록 담아온 물을 봉수의 입에 대주었다. 사흘을 꼬박 물 한 모금 마시지 않고 굶은 터라 두어 모금에 한 바가지 물을 몽땅 마셔버렸다.

"봉수 형! 검동이는 이 집에 없어. 도망테버렸어."

"어디루 도망갔네?"

"…."

"서간도루 간다고 했디? 우리가 서루까락 서간도루 가자구 했으니꺼니 아매두 날 찾아서 그리루 갔을 거다."

"서간두로 갔넌지 어쩐지 난 몰라. 아무튼 이 집안에 검동이는 없어."

"날 좀 풀어다오. 내레 서간도루 가야겠다. 검동이를 찾아서 이 세상 끝에라두 갈 것이다. 문한이! 나를 좀 풀어다우."

문한은 두려운 표정을 감추지 못하고 잠시 멈칫했다.

"문한아! 세상이 변했다. 한성을 지내오다 보느꺼니 양인들이 종로 거리를 활보하구 있었다. 장차 종들도 풀려날 거다. 그러느꺼니 제발 칼을 개지구 와서 끈을 풀어라. 내레 서간도루 가서 검동을 찾아내서라무니 우린 가바시가 될 거다."

봉수의 결심이 단단한 것을 눈치 챈 문한이 어렵게 입을
열었다.

"만약에 말이야, 만약에 검동이 시집을 가버렸다문 형아는
어드렇게 할 거야. 낸이 검동이 하나뿐인가. 잊어삐리구 다
른 낸을 색씨루 맞으라우."

검동이 이 백정의 아낙이 되어서 배가 부른 걸 직접 두 눈
으로 보았다는 사실을 차마 봉수에게 말해줄 수가 없었다.

"절대루 그럴 리가 없어. 검동은 나를 기두르다 지쳐서 서
간도루 간 거야. 나를 찾느라구 압록강 여역(江가)을 얼매나
헤매구 다닐까. 날레 이 줄을 끊어주라우. 내레 서간도루 갈
것이다. 만약 검동에게 먼 일이 일어났으문 돌아와서 이 집
안을 작살낼 터이느꺼니 두고 보라우."

문한은 식칼을 가져다가 봉수의 가슴과 허리를 감고 있는
오랏줄을 끊어냈다. 저린 손을 한참 주무르던 봉수의 눈에서
닭똥 같은 눈물이 떨어졌다. 문한이 가져온 음식을 깔끄러운
입에 가득 쑤셔 넣어가며 억지로 삼키고 난 봉수는 희끄무레
하게 동이 트는 마당을 흘끔 내다보더니 다람쥐처럼 날렵하
게 광을 빠져나갔다. 두어 걸음 뒤로 물러서더니 힘껏 앞으
로 내달려 훌쩍 기와를 얹은 담을 뛰어넘어서 이내 시야에서
사라져버렸다.

햇살이 안채에 가득 퍼진 아침 봉수를 데려오라는 노마님
의 분부가 내렸다. 이 백정과 그의 딸 금경이가 죽어나간 것
처럼 이번에는 봉수 차례였다. 중정(中庭)과 문정(門庭)뿐만
아니라 괴석(怪石)을 담아 마당가에 놓은 석함(石函)까지 이

백정을 매질해서 죽였을 때처럼 살기가 감돌아서 노비들은 숨도 제대로 쉬지 못하고 발꿈치를 든 채 허리를 구부리고 다녔다.

곽서방이 휑뎅그렁하니 텅 빈 광을 여기저기 기웃거리다가 봉수가 도망가버린 걸 확인하고는 노마님 앞에 달려와서 고했다.

"마님! 봉수레 간밤에 광을 빠져나갔습네다. 아무리 찾아두 흔적이 없습니다요. 아메두 칼을 몸에 숨기구 있다가 끈을 끊구 도망틴 것 같습네다."

화가 난 노마님은 종들을 불러모아놓고 모두가 견딜 수 없을 정도로 하루 종일 닦달을 했다.

2

인삼장수 도검돌이 압록강을 넘나들 때는 박진사댁에 진귀한 박래품들을 수없이 날라다 풀어놨는데 다리를 다친 뒤 그게 문한의 몫이 되었다. 박진사는 문한을 평양으로 보내기 전날 사랑방에 불러 앉혀놓고 자신이 도인에게 배운 산신차력주문(山神借力呪文)을 따라 외우게 했다.

"피양에 오갈 적에 밤낮으로 이 주문을 계속 외우문 강령(降靈)이 되어 몸이 떨리다가 냉중에는 심신이 유쾌하게 되개지구 기력이 강해질 것이다."

문한은 공손하게 무릎을 꿇고 앉아 박진사가 내미는 주술문을 두 손으로 받았다. 심신이 약해지거나 울적하면 박진사는 으레 사랑방에서 나오지 않고 밤낮으로 주문(呪文)을 무아도취에 빠져들도록 중얼거렸다. 온 정성과 마음을 한 곳에 모아서 열심히 외우면 마음속에 서렸던 걱정근심이 점차로 사라지고 무아의 경지에 이르면 영(靈)이 임하여 한바탕 몸이 떨린 다음 힘이 생기고 입맛도 나고 소화도 잘 되었으며 아픈 것도 싹 가시기 때문이다.

"요즘 내레 입산수도해서 배운 옥경(玉鏡)의 구령삼정주송법(九靈三精呪訟法)을 피양엘 댕개오문 가르쳐주디. 이걸 외우문 방 안에 앉아서두 옥피리 소리를 들을 수 있구. 몸이 두세척 높이로 뛰어오를 수도 있디. 이런 걸 너두 배와개지구 대석이란 넘을 만나문 도망티지 못하개시리 목덜미를 꽉 잡아개지구 끌구 와야 한다. 그 넘이 아무래도 피양에 가있을 터이니끼니 거기 가문 당시보다 그 넘을 맨 멘제 잡는 일이 급해. 내말 알아들었네?"

그늘 속에서만 지낸 박진사의 누런 얼굴에 증오와 생기(生氣)가 묘하게 얽혀있었다. 선도에 몰입한 뒤부터 몸은 비쩍 말랐지만 눈에서 뿜어 나오는 빛이 너무 강렬해서 상대방이 감히 그 눈을 직시할 수가 없을 정도였다.

문한이 평양을 향해 떠나는 새벽 노마님이 부른다는 전갈이 왔다.

"피양엘 가문 검동이란 에미네 게 있나 잘 살펴보라우. 그 자리에서 잡지 말구 어드메 사나 알아 개지구 오문 그 다음은 내레 처리할 터이니끼니."

문한이 평양에 가는 목적은 박래품을 사오는 것 외에 대석과 검동을 잡아오는 일까지 주어진 책임이 막중한 여행이었다.

문한은 박진시가 알려준 주술문을 암송하며 평양 대동문 안으로 들어섰다. 제너럴셔먼호인 이양선(異樣船)에서 끊어낸 닻줄이 대동문 기둥에 죽은 뱀처럼 척 걸쳐있었다. 바로 그 닻줄이 걸린 문 옆에 사람들이 웅성거리면서 빙 둘러 서 있었다. 호기심에 들떠서 문한도 사람들 사이를 비집고 들어갔다. 길바닥에 주저앉아 달팽이처럼 몸을 앙당그린 여자의 뒷덜미를 성난 사내가 단단히 잡고 있었다. 얼마나 오랫동안 빗지 않았는지 빗이 들어가지 못할 정도로 쑥대강이 된 머리를 푹 숙인 여자는 전신에 쏟아지는 사내의 매를 무방비 상태에서 전신으로 맞고 있었다.

"쯧쯔… 불쌍한 여자군. 젊은 나이에 아편을 먹다니! 멀끔하게 생긴 여자가 아편 맛을 알아 가지고 몸을 아주 버렸군 그래. 아편을 끊기는 담배를 끊기보다 더 힘들다는 데 젊으나 젊은 나이에 어커다 저 지경이 되었디."

나이 지긋한 노인들은 볼썽사나운 여자의 몰골에 머리를 흔들었다. 여자의 뒷덜미를 잔뜩 감아쥔 사내는 입에 거품을 물면서 너스레를 떨었다.

"이년이 날마다 면포점에 나타나 일루루 델루루 피해 숨어 있다가 손님들이 모여들어 바쁠 적에 슬쩍 비단을 훔쳐간단 말이야. 발쎄 열 번째요. 이걸 기냥 두문 우리 점포가 거덜이 날 터이니끼니 손모가지를 꺾어버려야디."

점포주인은 정말로 젊은 여자의 손목을 꺾어놓을 기세로 덤볐다. 여자는 훔친 비단을 빼앗기지 않으려고 더욱 몸을 앙당그렸다. 사내와 여인의 몸싸움이 계속 되자 사람들의 호기심이 여자의 얼굴에 집중됐다. 이런 분위기를 알아챈 사내는 비단을 빼앗는 것보다 여자의 직수굿한 얼굴을 들어서 둘러선 사람들에게 보여주어 창피한 꼴을 당하게 하려고 여자의 쑥대강이가 된 머리를 잡아챘다. 아편 독으로 벌그스름한 흰자위, 흐릿한 눈동자가 위로 향하는 순간 문한은 아앗! 소리를 내질렀다.

"아씨! 아씨! 세상에 이럴 수가! 이게 어케 된 일입네까?"

문한이 팔뚝으로 사람들을 밀어붙이자 군중들은 한쪽으로 쫙 물러서며 길을 터주었다. 문한은 사내의 억센 손에 잡힌 여자 앞에 무릎을 꿇었다.

"이 여자와 아는 사이네?"

"네. 바루 우리 집 아씨입네다."

사람들이 놀라서 웅성거리는 소리가 문한의 귀에는 바짝 마른 갈대들이 바람에 몸을 비벼대며 흔들리는 것처럼 아련하게 멀리서 들려왔다.

"동미 아씨! 정신을 차리시라요. 박진사댁 종, 문한을 알아보시겠습네까?"

여자는 직수구린 머리를 천천히 들어 목소리의 주인공을 보았다. 숨넘어가는 참새가 마지막 파닥거리는 듯 눈에 생기가 살아나더니 발딱 일어섰다. 사람들 사이를 뚫고 여자는 잽싸게 달아나기 시작했다. 순간에 일어난 일이었다.

"아씨, 아씨, 동미 아씨! 쫓겨나면서꺼정 믿던 예수 씨를 어카구…"

문한이 달아나는 동미 아씨의 뒤를 따라 뛰기 시작했다. 아씨는 흘끔 뒤를 한번 돌아보았을 뿐 대동문통 뒷골목 거미

줄처럼 얽힌 샛길로 사라져버렸다.

평양을 다녀온 문한은 행랑채 자신의 방에 틀어박혔다. 얼굴엔 우울한 기색이 완연했고 도통 말이 없는 사람이 되었다. 곰보댁이 야단, 곽서방이 지청구를 주면 그저 입을 꾹 다문 채 묵묵히 시키는 일만 했다.

"문한이 날레 사랑채에 가보라우! 진사님이 찾구 있어."

곱단의 전갈을 받고 문한은 느릿한 동작으로 중문을 밀치고 사랑채로 들어갔다. 문한의 키가 그간 몰라보게 커서 박진사 자신은 그 어깨 밑에 들 정도였다. 사랑 마당에 대령한 문한을 그윽한 눈으로 바라보던 박진사는 솟을대문 앞에 버려졌던 어린 문한을 떠올렸다. 벌써 열여섯이라. 이제 어엿한 청년으로 성장한 문한을 한참 말없이 바라보다가 입을 열었다.

"피양 가서 당시를 한다문 먼 당시를 하려구 돈을 모으구 그 야단이네?"

"개화바람을 타구 들어온 성냥이나 석유, 양철, 양솜, 화학염료 당시를 할 수 있습네다. 특히 화학염료는 우리레 여직 써오던 거이 아니구 우리 눈이 놀랠 정도루 고운 색깔을 내는 물감으루 이것도 좋은 당시가 될 겁네다."

평양을 다녀온 뒤 갑자기 이상해진 문한을 놓고 개화바람을 타고 도망치는 종들이 많은 판에 달아나려구 저러나 하는 근심을 박진사는 하고 있는 터였다.

"고럼 그 중에 하나를 골라서 당시를 해볼 맴이 있다 이건가?"

"밑천도 문제지만 우선 차인이 되어라서무니 당시하는 법을 배와야디요."

"당시를 한다문 어드런 당시를 할는지 하나만 골라보디 기래."

박진사의 음성이 사뭇 신경질적이다.

"면포점이디요. 면사, 면포 뿐만 아니라 맨체스터 옷감두 있어요. 영국이란 나라에서 양털로 맨든 것인데, 솜옷보담 훨씬 따뜻하고 가벼운 거라 불티나게 팔린답네다. 대동문통에 이런 점포를 내기만 하면 큰 부재가 될 겁네다."

문한의 이야기를 듣던 박진사의 눈에 서서히 빛이 차오르기 시작했다. 깊은 생각 속에 한참 빠져있던 박진사는 은밀한 말을 하려는 듯 가까이 오라고 손짓했다. 마당에 서 있던 문한이 박진사의 곁으로 바짝 다가섰다. 처음 있는 일이라 문한은 몸 둘 바를 몰라 두 손을 맞잡고 엉거주춤 귀를 기울였다.

"너 그 당시를 하문 정말 부재가 될 자신이 있네?"

"당시란 돈 개지구 돈을 따먹는 것 아닙네까. 마치 망께놀이 하듯 말입네다. 밑천만 호께 많으문 돈을 벌게 되어있습네다."

문한이 다부지게 확신을 가지고 말하자 박진사는 길지도 않은 턱수염을 아래로 연신 쓰다듬으며 무엇인가를 골똘히 생각했다. 얼마간 깊은 생각에 빠져있던 그가 문한의 귀에 입을 바짝 댔다.

"내레 그 밑천을 몽땅 다 대주마. 원하는 대로 줄 터이니끼니 피양 대동문통에 큰 면포점을 하나 잡아보라우."

너무나 놀라운 제의에 문한은 한발자국 뒤로 물러서며 입을 딱 벌렸다.

"어어… 진사님이 며… 며… 면포점을 낼 밑천을 대주시갔다구요?"

박진사는 머리를 크게 주억거리며 묘한 웃음을 삼켰다.

그때 마침 숙출 아씨가 안채와 연결된 일각대문을 밀치고 들어섰다. 이른 봄의 여린 아욱 색 치마에 황매화색 저고리를 입은 딸을 박진사는 빙긋 의미있는 웃음을 삼키며 바라보다가 그의 곁에 와 앉으라고 손짓했다.

"아바지 건강이 어드렇습네까?"

"옥경의 구령삼정주송법을 요즘 매일 외왔더니 눈에 띄게 혹게 돠아졌디. 네 오마니두 내레 배와준 산신차력주문을 외우구 있갔디?"

"오마니 보다 클마니 병이 심상치가 않습네다."

부녀가 나누는 대화를 곁에서 듣던 문한은 작열하는 햇살을 받고 서 있는 숙출 아씨의 황매화 빛 저고리의 금물 빛에 눈이 시려 시선을 땅에 던졌다.

"너두 이리 와서 들어보려무나. 문한이 피양 대동문통에 면포점을 차린다는 계획을 세우고 있넌데 종넘이 돈을 어드렇게 벌어 멀 하려는지 한번 들어보자우."

문한의 입에서는 폭포수처럼 밤마다 생각했던 꿈들이 쏟아져 나왔다.

"돈을 벌려면 먼저 인격수양이 돼있어야 하고 그 다음 그 재물을 어디에 쓸 것인가 하는 목표가 정확해야 합니다. 동생 근한이 얼어 죽은 것은 가난 때문이었으니 우선 돈을 벌어 고아들을 돌볼 것이고 또한 버려진 노인들을 모아놓고 돌보며 모두가 잘 사는 나라가 되도록 힘쓸 것입니다. 하지만 장사를 잘 해서 돈을 아무리 많이 벌어도 낭비하면 깨진 독에 물을 붓는 것이 되지요. 해서 담박명지(澹泊明志)를 휘호(揮毫)로 내걸겠습니다. 생각은 깨끗하고 뜻은 분명한 상인이 될 것입니다. 장차 임상옥 같은 거상이 되어서 그 사람처럼 시도 쓰고 글도 잘 하는 사람이 될 것입니다."

문한의 신바람 나는 인생설계를 박진사는 그저 빙긋빙긋 웃어가며 경청했다. 숙출 아씨는 아버지와 문한의 얼굴을 번갈아 보며 상을 찌푸렸다. 몹시 아니꼽고 못마땅하다는 기색이 역력한 얼굴이다.

"아까 면포점을 낸다구 했던가? 양이들이 개져온 옷감두 팔구."

박진사는 문한의 장황한 꿈보다 돈 벌 수 있는 장사에 더 흥미를 보였다. 박진사의 관심이 면포점에 있다는 걸 눈치챈 문한은 이번에 평양에 가서 나름대로 궁리하고 조사한 것들을 늘어놓았다.

"구체적으로 말씀 드리자문 면사(綿絲) 면포(綿布)업을 하는 겁네다. 한산모시랑 되선 전역에서 생산되는 면사 면포를 취급하문서 일본과 중국 산(産) 고급질의 면사 면포두 다뤄야 갔디요. 하지만 서양에서 들어오는 옷감들이 대단합네다. 아주 신기한 무늬를 새겨 넣고 빛깔도 희한해서 우리 입성의 질이 달라지구 있디요. 그러느끼니 무엇이나 매제 상권을 잡구 독점하문 돈을 벌게 되어 있습네다. 다시 말해서 밑천이 넉넉하문 그 물건을 몽땅 잡아 쌓아놓고 팔면 값을 마음대로 조정할 수 있을 껍네다."

그간 본 것을 풀어놓은 문한의 얼굴에는 싱싱한 생기가 뿜어 나왔다. 이런 문한을 뚫어지게 노려보던 숙출 아씨가 툭 끼어들었다.

"피양 어디메에 면포점을 낸다고 그러네?"

"대동문통(大同門通)에 낼가 합네다.

"종살이 하는 넘어 당시를 하겠다구 설치다니 분수를 모르는 종넘이로군."

열 살인 숙출 아씨의 면박에 문한의 송충이처럼 짙은 눈썹이 꿈틀했다.

"아하하… 고런 말에두 눈썹이 꿈틀한다문 먼 당시를 하겠다구 그러네."

박진사의 너털웃음에 곁들여 숙출 아씨도 사랑채가 떠나가게 웃어댔다. 어린 아씨의 자지러지는 웃음소리에 문한의 자존심이 꿈틀했다. 어금니를 앙당그려 물고는 어디 두고 보자. 분풀이를 반드시 하리라 다짐했다.

"얼매나 돈을 대주문 면포점을 낼 수 있간?"

박진사의 구체적인 제의에 문한은 퍼뜩 놀라움을 감출 수가 없었다.

"피양 대동문통에 점포를 내자문 오십만 냥은 개져야 할 것입네다."

"아바지, 저 종넘에게 정말 돈을 대줄 작정이십니까. 조건두 없이 대주문 저 넘이 그걸 개지고 좋다구나 하구 도망쳐 버리문 어카갔다구 이러십네까."

딸의 당돌한 항의에 박진사는 그저 빙글빙글 웃다가 넌지시 물었다.

"그 많은 돈을 내주문 넌 내게 어드런 약조를 할 셈이네?"

"그건 진사님이 내놓으셔야디요."

"그럼 맨제 말하디. 우리 집안을 이 지경으루 만든 대석이란 넘과 도망틴 종넌 검동을 잡으라구 너를 피양에 보내 점포를 내게 하는 거 명심하렷다."

대석과 검동이 말이 나오자 문한의 짙은 눈썹이 다시 꿈틀했다.

"오라버니를 이 지경으로 맨든 대석이란 백당넘을 문한을 시켜서 잡아오란 말입네까? 문한이두 똑같은 종넘이라고 백당넘을 만나문 날레 도망티라구 할 겁네다. 아버지! 오십만 냥이란 돈을 고렇게 내주지 마시라요."

숙출 아씨가 아주 당돌하게 저지하고 나섰다. 그래도 박진사는 빙글빙글 웃어가며 두 번째 조건을 제시했다.

"원금은 내 것이니낀 언제나 내레 그 돈을 찾을 수 있다. 그리고 이득의 칠 할이 내 것이란 점을 명심하라우. 또 담보가 있어야 하넌데… 아아! 좋은 생각이 떠올랐다. 네가 이 집의 종이란 종 문서를 맹들구 또 차용증서를 써서 담보루 하야갔다. 그래야 도망티디 못할 거 아니네."

종 문서를 새삼스럽게 만들겠다는 말에 문한의 짙은 눈썹이 험상스러울 정도로 깊게 파여 꿈틀했다.

"종 문서는 오십만 냥을 다 개져오문 불살라 버릴 터이느꺼니 걱정마라우. 내일이라두 짐을 꾸려 피양으로 가거라. 게서 차인 노릇을 하문서 당시하는 법을 배와 개지구 오문 원하는 돈을 내주디."

숙출 아씨가 등 뒤에서 뭐라구 박진사에게 구시렁거렸으나 문한은 그에게 큰절을 하고 행랑채로 나오면서 속으로 단단히 다짐했다.

'무슨 일이 있어도 면사 면포상(綿絲綿布商)으로 성공해서 냉소를 흘리며 나를 무시한 숙출 아씨 코를 납작하게 만들 것이다. 근검절약해서 배고프면 소금에 물만 먹어가면서라도 돈을 모아 부자가 될 것이니 두고 보아라. 평양 근교에 박진사가 소유한 땅보다 더 넓은 논과 밭을 살 것이고 백 간이 넘는 집을 지을 것이다. 양반직도 돈 주구 살터이고 그때 당당하게 숙출 아씨 앞에 우뚝 서서 창피할 정도의 면박을 줄 터이니 두고 보자.'

다음날 아침, 문한은 박진사댁 솟을대문을 빠져나왔다. 평양으로 향하는 문한의 등 뒤에서 까치가 서럽게 짖어댔다. 까치 소리에 문득 대동문통에서 아편 중독자가 되어 달아나버린 동미 아씨 근황을 박진사댁 그 누구에게도 말하지 않은 것은 아씨의 비운이 바로 문한 자신 때문이라는 죄책감에서였다.

'동미 아씨를 구해야 한다. 날레 가서 동미 아씨를 찾아 구해야 한다.'

평양의 대동문통에 들어선 문한은 이곳저곳을 기웃거렸다. 동미 아씨를 찾고 있었다. 박진사가 잡아오라는 대석을 찾고 있었다. 달아나버린 검동이도 찾고 있었다. 차인 노릇을 하며 장사를 배울 좋은 면포점도 찾고 있었다. 어릿거리며 거니는 문한의 눈에 대동문 바로 옆에 있는 면포점이 마음을 끌었다.

3

다섯 살 서출 도련님은 박진사댁 노마님의 애물단지로 눈만 뜨면 한시도 마음을 놓지 못하고 손자 곁에서 맴돌았다. 무엇이나 아이가 원하는 걸 무조건 다 해주어 서출은 할머니 앞에서 꼬마 독불장군이 되어 설치고 돌아다녔다.

"오마니! 아를 기리케 길러서라무니 어칼라구 그럽네까."

참다못한 며느리인 마님이 정면으로 대들었지만 노마님은 끄떡하지 않았다.

"서출아! 듣거라. 넌 이 집안의 기둥이다. 두 형들두 네 손에 달렸느니라. 일은 종들이 하는 것이구 넌 편안히 앉아서 부려먹으문 되는 것이야. 양반 집안의 귀한 아들은 손끝에도 물을 묻히는 법이 아니다. 글이나 읽으며 호령을 하문 된다. 장차 네가 할 일은 딱 한 가지. 이 집안을 이 지경으로 만든 대석이란 넘을 잡아서 원수를 갚는 일이다. 이 클마니 말을 알아들었제?"

서출 도련님은 알았다고 머리를 주억거리며 사랑채, 안채, 별정까지 어디든지 가는 곳마다 저지레를 했으나 모두들 노마님의 눈치를 보며 뒤로 물러섰다. 꼽추 복출과 뇌성마비로 몸을 쓰지 못하는 무출은 검동이 갇혔던 후원의 별당에서만 지내니 솟을대문 안은 온통 서출 도련님 혼자만의 독무대요, 세계였다.

왕의원이 지어준 보약을 세제(劑)나 달여 먹고 간신히 병석에서 일어난 노마님은 혼자 집안을 휘젓고 돌아다니는 서출을 보면서 그를 위해 오래 살아야겠다는 집념으로 생에 대한 집착이 대단했다. 며느리에게 서출을 맡길 수 없다는 마음이 삶에 대한 애착을 더 부추겼는지도 모른다.

"내레 오래 살아야디 저 불쌍한 서출을 잘 기를 터이느꺼니 복출이 먹었던 것과 똑같은 산삼을 캐러 곽서방은 내일 당장 천마산으로 떠나라우."

노마님은 그의 앞에 준비해 두었던 돈 꾸러미를 휘익 던져 주었다. 곽서방은 심마니들을 따라 다시 천마산을 헤맬 생각을 하니 아찔했다. 그때는 복출 도련님을 살려야겠다는 마음이 불탔으나 다 늙어 죽음을 앞둔 노마님을 위해 목숨을 걸고 산삼을 캐러 천마산 속을 헤집고 다닐 마음은 조금도 없었다.

그때 세미한 음성이 곽서방의 귀를 파고들었다.

'심마니들이 그토록 믿는 산신은 헛것이니라. 산신의 자리에 하나님이 있어야한다. 그들에게 참 신인 예수 씨를 소개하려고 너를 그리 보내는 것이다.'

적막하던 왕생당은 날마다 웃음소리로 가득했다. 왕의원은 걸음마를 시작한 백석을 데리고 산에 약초를 캐러 가는 극성을 부리기까지 했다.

"약초 캐러 댕기기엔 아레 너머 어려요. 조금만 더 크문 데불구 나가시라요."

북청댁의 핀잔을 들으면서도 왕범룡 의원이 백석에게 건 꿈은 암팡졌다.

"아가! 이걸 잘 봐라. 이건 연자육(蓮子肉)이라는 연꽃씨란다. 모양이 심장처럼 생개서 이 넘은 심장에 좋은 약이 되는 것이다."

어린 백석은 아버지 왕의원의 정성이 담긴 가르침에는 관심이 없고 그걸 앗아서 입에 넣으려 했다. 왕의원은 그걸 막으면서 연자육을 들고 흔들었다.

"자자! 백석아 요걸 잘 봐두라우. 요건 창출(蒼朮)이란 것인데 우리 말루 하문 삽추싹 뿌리다. 시골 할아버지들이 장수 약품이라고 요 넘을 깨끗이 씻어서 말려 개지구 가루루 맹글어 먹는거다. 이걸 먹으문 오래 살구 몸에 습기가 빠져 비만증에 아주 좋은 거다. 어려운 말투로 말하문 발한(發汗) 제습(除濕)하는 뿌리라 이 말이다. 이 아바지의 말을 알아들었네."

어린 백석은 왕의원의 손에서 삽추싹 뿌리를 앗으려고 매달렸다. 세살 버릇 여든까지라 하지 않았던가. 왕의원은 결사적이었다. 이번에는 도꼬마리(蒼耳子)를 백석의 코앞에 바짝 들이댔다. 귀 모양으로 생긴 열매다.

"요 넘은 풍습으로 사지가 아픈 사람에게 좋은 것이구, 이걸 데려서 바르문 옴이나 창독(헌데)에 좋다. 또 코가 맥힌 축농증에두 쓸 수 있구."

아직도 밤에는 기저귀를 차야하는 백석은 아버지의 손에 있는 것을 뺏어가지고 놀려고 몸을 비틀었다.

"넌 대를 이어 유명한 한의원이 되어야 하느니라."

백석은 아버지의 입이 귀에 닿은 것이 간지러워서 몸을 뒤틀면서 까르르 웃어댔다. 아이가 무어라하든 왕의원은 자기만이 쓰고 있는 비법이라며 도꼬마리에 참기름을 넣고 붓꽃을 넣어 달인 액체를 비염이나 축농증에 쓰면 귀신같이 낫는다고 일러주고 그러면 돈을 아주 많이 벌 수 있다는 뜻으로 한 아름 돈을 안는 시늉을 했다. 사십 중반에 얻은 자식이다. 자신이 죽은 뒤 제사상에 음식을 차려줄 아들이다. 죽어 조상들 앞에 가도 이 아들로 인해 떳떳하게 되었으니 백석에게 가업을 미리미리 가르쳐서 이어주어야 한다. 백석은 아버지처럼 한 아름 돈을 끌어안는 흉내를 내며 까르르 웃어댔다.

"여보! 당신두 박진사댁 종 문한의 소식을 들었갔디요?"

북청댁이 정색을 하구 묻자 왕의원은 백석에게 집중했던 시선을 아내에게 던졌다.

"문한이라니?"

"와 너머 총명해서 종살이 하는 사람답지 않게 잘 생긴 총각 말이야요."

"으음. 곽서방이 한겨울 솟을대문 앞에서 주워온 거래치(거지)아이 말이디?"

박진사댁의 내막을 알고 있는 사람은 누구나 문한을 주워온 거지라고 말했다.

"아가 아니구 이젠 어엿한 총각이라요. 길쎄 복출 도련님을 꼽댕이로 맹근 이 백정의 아들 대석이하구 이 백정의 아낙 검동을 잡아오라구 피양에 점포를 차례 준다지 멉네까. 만약 그들이 잡혀오문 우리 백석의 일이 밝혀질 터이느끼니 이거 어카디요. 엊저낙 어슬막에 그 소문을 듣구 너머 놀라서…."

북청댁이 백석이 들을까봐 목소리를 낮추고 속삭이며 말끝을 흐렸다. 왕의원의 눈초리가 날카롭게 치켜 올라갔다. 이런 남편의 심기를 살피며 북청댁은 입을 다물어버렸다. 대석이나 검동이 모두 아주 멀리 멀리 가버려 의주나 평양 어디고 얼씬거리지 않기를 바라는 마음뿐이었다.

　박진사댁 사람들이 대석과 검동을 잡으려고 기를 쓸 적마다 왕의원과 북청댁은 그들이 사람이 들어갈 수 없는 첩첩산 속에 처박혀있기를 간절히 바랐다.

　"박진사댁두 망해 가는구만. 꼽땡이 자식에 전신마비 아덜게다가 막판에 종 넘을 내세워 돈을 벌여구 하다니! 그 집두 막 가는 거 아니가. 몇 대를 두고 흥왕하던 집안이 망하려니 우습게 무너지는군."

　"노마님과 마님이 검동을 잡으려구 눈에 불을 켜구 사람들을 풀었답네. 봉수라는 종 넘이 도망텼는데 계획적으로 미행을 시켰다지 멉네까. 와 문초시의 못된 아들 덕보를 아시디요? 이 백정의 아낙을 오목시장에서 때려죽인 사람 말이야요. 그 사람이 노마님에게서 돈을 듬뿍 받구 봉수를 따라붙었답니다. 봉수가 검동을 찾을 거이느끼니 두 사람을 함께 잡으려구 말입네다. 세상에! 백당자식 대석을 잡아 죽인다구 복출의 등이 퍼진답네까. 집안이 기우려져 가니끼니 그 분풀이를 이 백정 집안에 하는 거 아니갔소."

　그때 걸음마가 서툰 백석이 힘차게 달려와서 북청댁의 가슴에 안겼다. 아들이 그렇게 뛰는 게 신기해서 부부는 손뼉을 쳤다. 엄마 아빠의 칭찬을 듣고 백석은 입이 함박 만하게 벌어졌다. 아내의 손에서 백석을 앗아 머리 위로 높이 들어 올렸다. 아이가 발버둥치며 좋아서 끼룩거리자 왕의원은 어린 걸 가슴에 꼭 껴안고는 얼굴을 가슴에 묻고 비벼댔다.

　그때 도검돌의 아들 종우가 왕생당 문을 밀치고 들어섰다. 종우를 보자 퍼뜩 왕의원의 머리에 한 생각이 스쳤다. 종우는 흘러내리는 누런 코를 손등으로 쓰윽 닦았다.

"너 도검돌 홍삼당시 아들 아니가?"

"네! 우리 오마니레 초학에 걸려서라무니 약을 지어오랍네다."

"아버지는 집에 계시네?"

종우는 머리를 끄떡거리며 백석이 가지고 놀던 연꽃씨에 시선을 돌렸다. 왕의원은 먼저 학질 처방을 또박또박 쓴 뒤에 백석을 강제로 잡아당겨 옆에 앉히고 처방전에 쓴 것을 큰 목소리로 읽어가며 가르치기 시작했다.

"초학에는 시진탕(柴陣湯)을 짓는 거다. 시진탕, 시진탕이라고 해보라우."

백석이 듣건 말건 왕의원은 힘을 다해 아들의 머리에 시진탕이 새겨지도록 안간힘을 썼다. 종이 위에 한약 재료를 놓아가며 하나하나 상세히 설명을 했다. 시호(柴胡)를 놓으며 묏미나리라고 부연해 말했다. 황금(黃芩), 적복령(赤茯苓). 적복령이란 소나무 뿌리에 생긴 균 덩어리라고 백석이 알아듣건 말건 왕의원은 열심이었다. 감초를 넣으며 맛을 보라고 아들의 입에 조금 떼어 넣어주는 왕의원을 보고 도검돌의 아들 종우가 어처구니없다는 표정을 지었다.

"집에는 부모님 말구 또 누가 있네?"

그러자 종우의 얼굴색이 변했다. 한참 말을 못하고 머무적댔다. 어린 아이답게 난처한 표정을 짓던 종우는 약 뭉치를 받아들고는 달아나버렸다.

왕의원은 두루마기에 갓까지 쓰고 도검돌이 살고 있는 홍남동으로 향했다. 백석을 보호하기 위해서는 모든 수단을 써

야한다는 생각뿐이었다. 어른 걸음이라 빨랐는지 멀리 앞서
가는 종우가 눈에 띄었다. 왕의원은 멀찍이 거리를 두고 종
우를 따라가면 도검돌의 집이 나오려니 믿고 그저 적당한 간
격을 두고 걸었다. 그런데 아이는 홍문제를 넘더니 인가가
없는 산속으로 향하는 것이 아닌가. 부쩍 의심이 생긴 왕의
원은 몸을 도사리고 나무 뒤에 몸을 숨겨가며 종우의 뒤에
따라붙었다. 의주에 공공연히 나도는 소문에는 도검돌이 양
방(洋房)을 차려놓고 이상한 짓을 한다는데 그 집으로 가는
것일까. 종우가 들어간 집은 흉가로 버려진 고가였다. 높은
벼슬을 하던 집안의 아들이 중한 병이 들어 요양하다가 죽어
나간 뒤 오랫동안 비어있던 집이다. 뻘건 피를 토하며 죽은
사람이 끌어들인 도깨비들이 밤마다 춤을 추는 곳이라는 소
문이 난 집이다. 안을 들여다보니 열 사람도 넘는 건장한 사
내들이 모여 앉아 있었다. 흉가에서 저들이 무얼 하는지 보
려고 왕의원은 밤나무에 몸을 숨기고 안을 훔쳐보았다. 도검
돌 바로 곁에 앉은 곽서방이 눈에 띄었다. 노마님이 분부한
산삼을 캐러 천마산에 들어갔다던 곽서방이 어떻게 여기에
와있단 말인가.

"황어인님! 앰새박에 발가벗은 낸(여자) 형상의 늙은 낭구
에 누리끼리한 개짐을 걸어놓구 치성드렸던 일이 생각나십
네까?"

곽서방의 질문에 황어인이 걸걸한 음성으로 대답했다.

"어허허… 산삼을 캐러 가문 늘 그렇게 치성을 드렸디."

"여러분이 앞으로 약초를 팔러 셴첸, 넹볜, 갱계, 휘창을 돌
문서 전도하문 심봤을 때보다 더한 기쁨을 맛볼 겁네. 나

무숲이 아니구 이제 우리는 사람 숲을 쑤시고 댕기며 인삼 대신 사람을 케는 거디요. 산삼을 캘 때 경건하게 치성을 드렸듯이 하나님을 향해 기도한 뒤에야 사람을 캘 수 있갔디요."

전도의 기쁨을 이미 맛 본 곽서방이 구체적으로 실감나게 이렇게 말했다.

"하나님은 우리 삼메꾼들을 깨닫게 하시려구 산삼을 사람 형상으루 맨드셨나보오. 그러나 요런 산삼을 사람의 생명에 비하갔오."

황어인이 천마산에서 캐온 산삼을 높이 치켜들고 흔들었다.

"몽시리(꿈)두 꾸지 않았구 너페(곰)을 보지 않았어도 기도하니 인차 백년 묵은 산삼을 캐게 해주셨으꺼니 하나님이 진짜 신이요. 산신령이 있지두 않은 허깨비인 걸 알갔더라구요."

날소댕이(경험 없는 삼메꾼) 오미석의 기쁨에 들뜬 음성도 들렸다.

"산삼을 캐며 모셨던 산신은 하나님을 모르느끼니 하나님 대신 맹글어놓구 절을 한 것 아니갔어. 하나님을 알게 해준 곽서방에게 어케 보답해야 할디. 잘난 척하고 앞장 선 나를 따라다니문서 헛것에게 빌게 하구 있지두 않은 산신이 무섭다고(무섭다) 벌벌 떨어가며 날소댕이들을 고생시켰으니…."

황어인이 울먹였다. 저들이 천마산 산신에게 치성드리는 걸 막느라고 곽서방이 얼마나 고생을 했던가! 삼메꾼들의 몰매를 맞아 죽을 위기를 넘기면서까지 악착같이 매달려 산신 자리에 하나님을 놓고 기도한 끝에 백년이 넘었음직한 산삼을 캤던 것이다.

얼마간 재미있는 대화를 나누던 저들이 무릎을 꿇고 빙 둘러앉았다. 왕의원 생전에 처음 들어보는 찬송이 흉가를 가득 채우고 깊은 산속으로 우렁차게 울려 퍼져나갔다. 찬송 소리와 함께 어디서 날아오는지 모를 돌들이 우박처럼 흉가를 향해 쏟아졌다. 도깨비라도 나타난 것일까.

왕의원은 호기심에 들떠 밤나무 위로 올라갔다. 이 많은 돌들이 도대체 어디서 날아오는 것일까. 정말 도깨비들 짓일까. 이상한 것은 흉가 안에서는 전혀 동요하는 기색이 없다는 점이다. 돌들은 자꾸 날아오는데 마루 위에 둘러앉은 사람들은 수숫대 발을 늘어뜨려 날아오는 돌을 막으면서 조금도 흐트러지지 않고 예배를 계속했다. 돌들이 날아들수록 찬송소리가 드높았다.

이 셰샹을 내신 이난 여호와 하나 뿐일셰
턴디 만물 내신 후에 일남일녀 시조 냇네.

먹고 닙고 쓰난 거산 은혜마다 감샤하셰
쥬색 간음 방탕 말고 일뎡지심 찬미하셰.
(찬양가, 예수셩교회당간인 1895년 4장)

드디어 숲속에 숨어서 돌을 던지던 사람들이 하나 둘 몸을 드러냈다. 모두 갓을 쓴 양반 차림의 청장년들이었다.

"못된 것들 같으니라구. 서양 귀신에 잡히문 귀도 먹나보지."

"저러고 있는 걸 보문 양도깨비에 혼을 다 빼주고 징신이 없는 것 아니갔네. 양쪽 도깨비들이 저 아낙에서 싸우고 야단이났군. 우리 그냥 가자우. 되선 도깨비들이 서양 도깨비들보다 더 힘이 세지 안갔어."

찬송소리가 들릴 적마다 늘 돌을 던졌는지 댓돌 언저리에는 성황당처럼 잔돌들이 수북이 쌓여 있었다. 한 떼의 양반 무리들이 사라지자 흙이 묻은 손을 털고 왕의원은 큼큼 기침을 하며 흉가 안으로 들어섰다. 그래도 그들은 계속 눈을 감고 몸을 앞뒤로 흔들어가면서 도검돌의 선창을 따라 찬송을 부르고 기도하면서 눈물을 흘리고 있었다. 할 수 없이 왕의원은 댓돌 가에 서서 저들의 예배가 끝나기를 기다렸다. 흉가라지만 안은 상당히 깨끗하게 정돈 되어있었다.

"아니 왕의원님이 야길 어케 알구 오셨습네까?"

도검돌의 놀란 음성에 왕의원은 뒤란으로 가자며 먼저 앞장섰다.

"와 먼 일이 있습네까?"

"백당 아들, 대석이 어디메루 갔는디 자네 알구 있네?"

갑자기 대석의 이야기가 나오자 도검돌은 긴장했다.

"대석이 피양에 있다문 위험하니끼니 피하라구 알려주었으문 해서 내레 일부러 이리케 왔디 먼가. 박진사가 문한이라는 종넘을 피양으로 보냈다느만. 게다가 검동을 잡으려구 봉수두 미행당하구 있으꺼니 조심하라구 전해 줄 수 없갔네."

검동이 이름이 나오자 도검돌은 날카로운 눈으로 왕의원을 쏘아보았다.

4

 의주 청년들과 로스 목사, 매킨타이어 목사가 우장에서 봉천으로 옮겨온 것은 순전히 한글로 번역된 성경 인쇄 때문이었다. 이제 천신만고 끝에 누가복음 삼천 부를 찍었고 요한복음도 삼천 부를 찍었다. 그간은 번역작업에 열중해서 이쪽복음을 조선 땅에 전할 방도를 연구하지 않았는데 최초로 한글 쪽복음이 인쇄되고 보니 이제 압록강을 건너 조선에 전하는 일이 문제였다.

 "되선으로 가기 앞서 서간도에 이 책을 뿌려봅시다레. 내레 살던 서간도의 집안(輯安)을 중심으로 백두산 서남쪽 압록강변 계곡마다 부락을 이루고 흩어져 살고 있는 조선인들에게 예수성교 누가복음서와 예수성교 요한복음서를 반포해보겠습네다. 그 반응을 본 뒤에 되선으로 가는 것이 좋갔디요."

 식자공으로 쪽복음을 찍어낸 김청송이 먼저 서간도에 전해본 뒤에 압록강을 건너 조선으로 가자고 제의했다. 로스 목사와 매킨타이어 목사는 한참 깊이 생각한 끝에 청송을 전도자 겸권서로 서간도에 파견해서 성경반포를 시도해보기로 했다.

 그때 마침 우울증에 걸린 환자처럼 날마다 압록강 너머 의주를 향해 목을 기린처럼 늘이던 대석이 병원 근무를 마치고 로스 목사 방엘 들어왔다.

 "아하! 내게 좋은 생각이 떠올랐습니다. 전도란 절대루 함자서는 못하는 법, 두 사람이 가야 허넌데 대석군이 함께 가는 거 좋겄수다."

로스 목사의 말에 긴장감이 감돌았다. 하긴 무거운 전도책자와 쪽복음 수백 권을 지고 먼 길을 가자면 건장한 대석이 적격이었다.

"지금 병원에서 많은 걸 배우고 있넌데 서간도엘 가라 이겁네까?"

대석은 불만스러운 얼굴이었다.

"병원에서 배우는 것도 중요하지만 그간 고생하며 맹근 쪽복음을 전하는 것이 더 급하디요. 맨제 하나님이 돌아하시는 일을 해야디 안갔소. 그러니끼니 서간도에 다녀온 뒤에 본격적으로 의사공부를 시작하기루 하자우요."

로스 목사의 뜻에 따라 대석은 김청송을 따라나서게 되었다.

"복남이두 함께 데불구 가문 좋갔는데요?"

향수병에 걸렸는지 도통 말이 없는 복남을 데리고 가자는 김청송의 제의에 모두 찬성한다며 손뼉을 쳤다. 의주청년들의 눈물어린 기도와 전송을 받으며 세 사람은 서간도에 예수씨를 전하기 위해 봉천을 떠났다. 고구려의 고도인 국내성(通溝)을 위시해서 압록강변에 자리 잡은 28개의 한인부락이 전도의 대상지였다. 김청송 일행은 한글로 번역된 최초의 쪽복음을 등에 지고 조선 역사상 첫 개신교 전도여행을 떠났다. 한약재료 행상을 해서 길을 잘 아는 김청송이 앞장섰다. 그 뒤를 대석과 복남이 어깨가 휘도록 무거운 쪽복음과 전도지를 지고 따랐다. 눈이 침침하고 손재주가 없으며 걸음걸이도 굼뜬 김청송은 이해력도 보통사람들보다 서너 배나 느렸다.

그러나 한글성경을 식자하는 과정에서 복음서의 내용을 한자 한자 마음 판에 새긴 끝에 신앙고백을 하고 지난 삼월에 세례를 받는 초신자였다.

"아즈바니, 이렇게 떠나문 언제쯤 봉천에 돌아올껍네까?"

어쩌지 못해 갑자기 전도 길에 오른 복남은 겁에 질려있었다.

"도문강꺼정 올라가서 서서히 압록강을 타고 서남쪽으로 내려가려구 하니끼니 아매두 반 년이 지나야갔다. 그러니끼니 복음서를 꼭 필요로 하는 사람에게 돈을 받으문서 주어야 한다."

"되선에서는 예수 씨에 관한 기록을 사서(邪書)로 알구 있넌데 서간도에서는 괜찮갔습네까? 우리 이런 일 하다가 모두 잡혀 죽는 거 아닙네까."

"하나님이 함께 하시는데 머이 걱정이네. 이 세상을 손가락으로 지으신 하나님이 우리를 파송했구 그때그때 필요한 지혜를 주문서 도와주실 터이니끼니 염려하지 말라우. 걱정과 근심은 마귀의 짓이야."

김청송의 행동이나 말씨는 굼떴지만 목소리에는 놀라운 힘이 서려있었다.

"아이쿠! 무거워. 진땀나네. 나는 더 이상 갈 수가 없어."

세 사람 중 몸이 제일 약한 복남이 쪽복음을 진 채 주저앉아버렸다.

"복음 짐이 무겁다구 하문 기건 믿음이 없는 증거야. 날레 일어나라우."

김청송이 잔소리를 했으나 얼굴이 노리끼리해진 복남이

일어실 기미가 없었다. 벌써 심백 리를 걸었으니 그럴만했다. 할 수 없이 대석이 복남의 짐을 앗아서 자신의 등에 겹으로 엏어 걸머쥐고 복남을 질질 끌면서 남하했다.

청(淸)은 만주일대를 청 태조의 발상지라 하여 이를 성역으로 규정한 뒤에 유민의 유입을 금하는 봉금(封禁)정책을 폈다. 조선과의 분쟁을 막기 위해 위원(威遠) 영액(英額) 왕청(旺淸) 성창(城廠) 요양(遼陽) 고려의 여섯 곳을 연결하는 장책(長柵)을 설치했다. 그러니 압록강과 이 여섯 개 문 사이에 생긴 중립지역은 양국의 행정력이 제대로 미치지 않는 반 자치구역이 되어버렸다. 이 지역 중 백두산의 서남쪽 자성 강계 초산 벽동과 마주보이는 압록강 대안에 흩어져 부락을 이루어 살고 있는 한인촌들이 김청송과 대석, 복남의 선교지역이 된 셈이다.

만주의 먼지바람은 그야말로 대단했다. 김청송이 앞서 가며 수건으로 얼굴을 가리고 눈만 빠끔 내놓고 실눈을 뜨라고 일러주었다. 풍진세상이라더니 바로 만주 벌판을 두고 하는 말이라는 걸 실감나게 하는 세찬 먼지바람이었다. 짙은 안개보다 더 흐린 먼지바람에 몇 발자국 앞서 가는 김청송이 보이지 않을 정도라 세 사람은 바짝 붙어 서서 걸었다.

오후부터는 비가 내려서 먼지는 덜했으나 땅이 곤죽처럼 풀어져서 걷기가 힘들었다. 산을 넘고 개울을 건너니 이번에는 길이 돌덩이처럼 단단하고 요철이 심해 발을 디딜 수가 없었다. 그렇게도 질척하던 땅이 날씨가 개이기 바쁘게 말라붙어 버쩍 갈라져서 먼지가 피어올라 다시 눈을 뜰 수가 없었다.

맞은 편 대안(對岸)은 그리운 조선 땅인데 압록강을 사이에 두고 이쪽 땅은 검고 물은 억세고 바람이 거세니 그야말로 남의 땅에 와 있다는 걸 실감나게 하는 곳이다. 세 사람은 배를 기다리며 강둑에 나란히 앉았다. 복남이 손을 씻으려고 서간도 지역의 지류인 작은 강가로 내려갔다.

"흙이 검은데 반해 물은 누렇구나."

대석도 복남을 따라 내려가서 함께 손을 강물에 담갔다.

"되선의 산천을 따라갈 곳이 없어. 우리의 강물은 하늘빛을 닮아가며 쪽빛으로 물드는데 어째서 이곳 물빛은 이렇게 누럴까, 잉! 구정물 같구나."

"이게 흙탕물이디 어디 구정물이네."

"기래서 만주의 지명에 도랑구(溝)자가 많이 쓰이는 거이 아니갔네."

갑자기 복남이 앓아 누워버렸다.

"아무래도 우리의 기도가 부족해서 기래."

김청송의 황소처럼 순한 눈에 눈물이 넘치게 고였다.

"이 주막에서 복남이 나을 때까지 기다릴 수밖에. 꼭 집안(輯安)이 아니드라두 이 주막 근처에 사는 되선 사람들에게 쪽복음을 나눠주문 되갔디요."

대석의 말에 동의한 김청송은 목적지인 집안(輯安)으로 가지 못하고 그냥 주막에 주저앉아버렸다. 날이 갈수록 복남의 병은 중해지고 겨울이 다가왔다. 주막에만 있는 것이 너무 답답해서 주위도 둘러보고 한인촌의 현황도 살펴볼 겸 김청송과 대석은 압록강이 멀리 내려다보이는 제일 높은 산꼭대기에 기어 올라갔다. 백두산 천지에서 발원한 압록강이 굽이치며 조선과 만주 사이에 국경을 이루며 흘러가는 것이 아득하게 보였다. 검은 돛을 단 중국 상선들이 점점이 강 물결을 따라 유유히 흘러갔다. 강물이 붉은 색으로 변했다가 보라색으로 변하면서 바로 어둠이 내렸다. 두 사람은 천천히 일어나서 산을 내려오기 시작했다. 조금 전까지만 해도 잠잠하던 날씨가 갑자기 영하로 곤두박질치면서 세찬 바람이 불더니 앞을 볼 수 없을 정도로 눈바람이 몰아쳤다. 어찌나 바람이 거세던지 몸집이 대석이보다 작은 김청송이 비틀거리며 쓰러졌다. 대석이 그를 일으켜 껴안고 두 몸이 하나가 되어 천천히 하산할 즈음 순식간에 쌓인 눈으로 길이 없어지고 무릎이 눈에 잠길 정도가 되었다. 아직도 산을 내려가려면 멀었는데 폭설에 갇힌 셈이다.

"주위를 둘러보라우. 외진 집이나 암자, 머든지 찾아서 들어가야디 이대로 있다가는 눈 속에 묻혀 큰일 나갔다."

김청송이 연신 쿨룩거리면서 대석에게 몸을 의지하고는 헉헉거렸다. 잿빛 하늘에서 쏟아져 내려 바람결을 따라 몸부림치는 눈발을 잠시 올려다본 대석은 이대로 여기 쓰러져버리면 죽을 것이란 공포심에 정신이 퍼뜩 들었다. 불빛도 없고 천지가 온통 회색과 흰색으로 덮어버린 별천지였다. 순간 먹물 같은 공포가 내리눌렀다. 그때 매미처럼 산에 납작하게 달라붙은 자그마한 암자가 그들의 눈에 들어왔다. 대석과 김청송은 눈발을 헤쳐 나가며 작은 나무들로 인해 살짝 몸을 드러낸 자드락길을 따라 간신히 암자에 도착했다. 문을 밀치고 들어가니 눈을 반달처럼 감은 목(木)보살을 모신 신당(神

堂)안은 짙은 향내로 가득했다. 촛불이 그들이 여닫는 문바람에 펄렁거렸다. 두 남자가 앞에 엎드려 있었다.

"아니! 우리 되선 사람이 예꺼정 와서… 아무튼 반갑수다레."

머리가 허연 노인이 몸을 의지하고 있는 지팡이가 앉은키의 배가 넘었다. 그의 모습은 인자함이 넘쳤으나 두억시니 같은 모습도 잠간 스쳤다.

"아하! 산신령을 모신 사당이군요."

"그러하외다. 내가 바로 이 신당의 신당지기인데 치성을 드리러 왔소?"

"아니요. 눈바람이 그칠 때꺼정 잠시 피하러 들어왔습네다."

대석은 향내가 밴 신당 입구에 털썩 주저 앉아버렸고 김청송이 신당지기 노인 곁으로 갔다. 하얀 두루마기를 단정하게 차려입은 사내가 산신령 앞에서 수없이 절을 하고 있었다. 얼마나 깊이 몰두해서 치성을 드리는지 곁에서 지켜보기에도 처절해 보였다. 나중에는 술과 고기, 실과를 꺼내 즐비하게 늘어놓고 한참을 빌다가 종이옷을 불태우고 나서 다시 분향을 했다.

"저렇게 분향하는 거이 먼 뜻입네까?"

김청송이 신당지기에게 물으니 박속처럼 허연 이를 드러내고 빙긋 웃으면서 답했다.

"그건 정성을 드리는 마음을 표하는 것인데 그걸 정말 모른단 말이요."

"게다가 저 산신령은 마른 낭구 등걸을 깎아서 맹근 상이 아닙네까."

"나무로 새긴 상을 위하는 거이 아니라 이 상에 붙이있는 신령을 위하는 것이지. 그 신령님을 섬기는 사람은 도우심을 받아 복을 받게 되는 거구."

"참말로 신령이 이 낭구 상에 주접(住接)하여 있습네까?"

"그럼. 신령님이 거기에 주접해 있으니까 내가 이러고 있는 것 아닌가."

그러자 대석이 두 사람의 대화에 끼어들었다.

"만일 신령이 상에 주접하여 있다문 어카서 쥐가 구멍을 내고 좀이 먹는데두 스스로 능히 보전을 못하디요? 자기 몸도 보전하지 못하거늘 하물며 만민을 어드렇게 보전하갔습네까? 살아있는 사람이 썩어 없어질 낭구에게 절하니끼니 오히려 생명이 있는 거북이나 구렁이에게 절하는 것보다 더욱 우습지 않습네까. 술과 고기를 벌여 놓은 거는 또 먼 뜻이라요?"

대석의 빈정거림에 노인의 얼굴에 분노의 기색이 치솟더니 키가 넘는 지팡이를 번쩍 치켜들었다. 그의 옆에 앉아있는 치성꾼은 군신좌석(君臣座席)이 분명한 계급에 속한 사람인지 사내의 얼굴에는 그런 지위에 속한 사람만이 지닐 수 있는 위엄이 서려있었다. 그의 눈치를 흘깃 살피던 신당지기 노인이 무르춤해서 슬그머니 지팡이를 내려놓았다.

"술과 고기를 드림은 산신령님이 흠향하라 하신 건데 여직 그것도 정말 몰랐단 말이오."

꼬치꼬치 따지고 드는 젊은 청년이 괘씸해서 신당지기 노인은 신경질적인 반응을 보였다.

"제사한 물건들이 다 그대로 있거늘 와 산신령님이 흠향했다고 하십네까?"

"산신령님이 제물을 잡수심이 아니라 다만 냄새를 맡지."

"그라문 제사 후에 제사상에 올렸던 음식에서 냄새가 나지 않을 터이느끼니 제사지낸 술이 물과 같이 심심합네까?"

"그건, 그건…."

신당지기 노인이 더듬거렸다. 그때 죽은 듯이 산신령 앞에 엎드려 위엄 있는 자세로 치성을 드리던 사내가 벌떡 일어서 더니 대석이 앞으로 왔다.

"그렇게 당당하게 말하는 걸 보면 힘이 제일 센 신(神)을 믿고 있는 것 같은데… 내 짐작이 맞지요? 제발 죽어가는 우리 아들을 좀 살려 주시오."

그는 임오군란이 일어났을 적에 구군(舊軍)의 주동인물들 중 한 사람이었다. 임오군란은 열석달이 넘도록 녹봉을 받지 못한 군졸들이 일으킨 폭동이었다. 굶주림에 지친 군인들이 선혜청에 모여들어 난동을 부리고 민겸호 집을 습격하고 신식군대 훈련을 받고 있는 별기군(別技軍)을 타도하자고 목이 터져라 외치자 겨우 한 달 분의 군료를 받았다. 그런데 그게 문제였다. 쌀에 겨와 모래가 섞였고 그 양도 반이나 모자랐다. 눈에서 불이 난 구군들은 모두 일어섰다. 이틀 동안은 신이 났다. 민초(民草)들이 승리했다고 들떠있었다. 하지만 대원군이 청국으로 잡혀가고 주모자들은 북쪽 변방으로 유배되었다. 거기서도 하나 둘 처형당하자 용감한 유배자들은 서간도로 도망을 쳤다. 바로 이 사람이 그런 인물들 중의 한 사람이었다.

"사시는 곳이 예서 멉네까?"

"아니요. 오리쯤 북쪽으로 가면 됩니다."

"여기 매일 오십네까?"

"그럼요. 오늘은 날씨가 나빠 고만 둘까 하다가 신령님이 정성을 보는 것일 터이니 힘을 다해 왔지요. 제발 제 아들을 살려주세요. 이렇게 빕니다."

사내는 김청송과 대석에게 바짝 달라붙었다.

압록강을 건너오기 전에는 조국을 지키던 군인이었다. 서당 교육도 받았고 조상의 음덕으로 다복하게 지냈던 사람이다. 하지만 태어난 땅을 떠나 유민신세가 되니 남의 땅을 갈아먹는 사내의 얼굴에 깊은 우수가 서려있었다. 문 틈새로 하얀 눈송이들이 떡가루처럼 스며들어와 소복이 쌓였다. 눈 내리는 미세한 소리만이 암자의 사위에 가득한 밤이었다.

"아드님이 얼매나 아픕네까?"

"생명이 풍전등화 같아요. 간신히 명만 붙어있지요. 임오군란 때 잘 먹이지 못해 허약해진 칠대 독자지요. 고열에 시달리며 헉헉거리는데 곧 숨이 넘어갈 듯해요. 벌써 한 달을 저러고 있습니다. 아마도 내가 이렇게 여기 와서 치성을 드린 결과일 겁니다. 그러니 우리가 마땅히 산신령님을 섬겨 은혜와 덕택을 바랄 것인데 그대들은 그걸 우습게 여기고 버리라 하니 참으로 억지 같기도 하구 또 그대들 말이 맞는 것 같기도 해서…"

치성을 드려 그나마 아들의 코끝에 숨결이 남아 살아있는 터에 갑자기 들이닥친 두 사람이 산신령님을 놓고 좀이 먹은 나무니 어쩌니 해대니 그는 정말 혼란스러웠다. 그에겐 오로지 아들을 고쳐줄 수 있는 진짜 신을 만나야 하는 열망뿐이었다.

그러자 김청송이 봉천을 떠나기 전에 열심히 외워둔 전도문을 풀어놓았다.

"낭구 토막을 조석으로 섬기문 영원한 턴벌을 면치 못할 거요. 그러니끼니 우리는 하나님의 참 도를 깨닫게 해서 모든 거짓 도를 바리고 바른 도에 돌아오게 인도해야 합네다. 하나님을 섬기문 디옥을 버셔나서 턴당에 올나가리니 가령 사람이 바른 길을 내여놓고 빗두룬 길로 드러가는 걸 보고도 바른 길로 인도하지 아니하문 종래 바른 길을 찾지 못하리니 우리가 이 도를 전파함이 길을 잃은 사람을 길 인도함과 같다요. 믿고 아니 믿고는 사람에게 있는 것이어니와 당신을 강권하여 참 도로 인도함은 나의 당연한 직분이오."

신당지기 노인이 화를 터뜨리며 소리를 질렀다.

"아니 여기가 어느 안존이라고 이렇게 말이 많아. 어서 이 암자에서 나가시오."

"클바지, 이터럼 조급히 굴지 말고 자세한 말 좀 들어보시라오. 세상 사람들이 섬기는 산신령님이라는 것은 모도 다 거짓 거시요. 예전 신농황뎨로부터 요순에 니르도록 백성이 오래살구 태평할 때는 중국에 우상이 없었디요."

대석이 김청송의 말에 덧붙여 설명하자 신당지기 노인은 키가 넘는 지팡이로 마룻바닥을 쾅쾅쾅 내려쳤다. 밖은 완전히 어둠에 묻혔고 암자가 위치한 산비탈로 불어 닥치는 바람은 온통 산을 집어삼킬 듯이 거셌다.

무위영(武衛營) 군인이었던 사내가 대석에게 바짝 다가앉았다.

"계속 말해 보시오, 젊은이. 신령님을 우상이라니!"

"한나라 상나라에 이르러 인심이 점점 변해 탐도를 배반하구 외도를 숭상하여 귀신에게 복을 구하더니 상나라 무율황제가 처음으로 우상을 만들어 신령이라 하였디요. 그는 후에 들에 나갔다가 벼락을 맞아 죽었답네다. 이는 하나님께서 우상 만든 자를 형벌해서 후세 사람을 경계하심이 아니갔어요. 한나라 명제 때는 우상을 섬기는 풍속이 점점 성해지문서 중국에 끼치는 피해가 대단했답네다. 게다가 보살이란 것은 중국에서 난 것이 아니구 서역 텬축국으로부터 나온 거시여늘 중국 사람이 믿어 섬기게 되었디요. 보살 섬기는 풍속이 생기자 하나님이 텬디 간에 큰 주재이신 줄을 모르고 우상을 공경하여 이마를 뜨며 손가락을 태우고 늙은이 젊은이 할 것 없이 모두 조석으로 재산을 허비하야 생애를 내버리니 그 폐가 상당히 컸답네다. 한나라로부터 지금까지 절과 신당이 없는 곳이 없고 군왕 이하로 백성꺼정 힘을 다하야 받들어 왔디요. 만일 보살이 진실로 재앙을 없이 하고 복을 줄터이문 보살 섬기는 사람들은 다 태평을 누리고 요순시절터럼 오래 살구 편안할 거시어늘 어캐서 진나라 한나라 이후로는 난리와 망함이 서로 있구 나라 복이 길지 못하며 세상이 쇠하구 도적과 재변(災變)이 쉬지 아니하니 이 같은 환난이 보살 섬김 연고가 아니갔어요."

대석이 그간 봉천에서 익혔던 이론을 청산유수로 늘어놓았다. 신당지기 노인은 화가 머리끝까지 올라서 어서 나가라고 긴 지팡이를 휘두르기 시작했다. 사내가 신당지기를 가로막았다.

"더 들어봅시다. 뭔가 새로운 뜻이 담긴 말이오. 눈이 뜨이는 것 같아요."

"사람이 산신령님을 섬김은 복을 달라구 비는 것이어늘 도리어 앙화를 얻은 즉 산신령 섬기는 것이 수고만 하구 공효 없음을 알 수가 있는 것 아니갔어요. 그러니끼니 산신령을 외도라고 말할 수밖에 없디요. 아즈바니두 조용히 생각하야 이 말을 범연히 듣지 아니하시문 매우 둏을 거시라요."

"지금까지 산신령님을 섬김으로 그 도와주심을 입지 아니한 이가 없거늘 젊은이 말이 그런 신이 없다 하니 그럼 누가 우리를 도와준단 말이요?"

사내가 매달리듯 묻자 신당지기 노인은 붉으락푸르락 어찌할 바를 몰랐다. 떡 벌어진 어깨에 자신감이 넘치는 대석은 아예 마룻바닥에 털썩 주저앉아 길게 이야기할 자세였다. 신당지기는 매일 고기와 술을 져 나르는 단골손님인 치성꾼을 어찌할 도리가 없었다. 더구나 양식이 귀한 겨울철이 아닌가.

"옛적에는 텬하 만민이 다 하나님이 기르시는 은혜를 입었디요. 해서 흥하구 망하며 성하고 쇠하디요. 가난하구 부하며 귀하구 천한 거시 다 하나님이 주신 것이니끼니 산신령이 상관 없었디요. 되선 사람이 섬기는 신령들은 다 옛적에 죽은 것을 사람들이 낭구와 돌로 형상을 새겨 놓구서리 망령되게 높은 일흠을 지어 신령이라 부르니 그 미혹함과 죄악이 측량할 수 없시요."

"신당지기가 들려준 말로는 신령님은 봉하심을 받은 고로 비록 우상이라 하나 그 실상인즉 신에게 절하는 거라구 했오."

"우상이 뉘게 봉함을 받았단 말이요?"

그 말에 대답이 궁해진 사내는 신당지기에게 도움을 청하는 눈길을 던졌다. 머리끝까지 화가 치밀어 오른 노인이 버럭 소리를 질렀다.

"옥황의 책봉하심을 받은 이도 있고 천자의 책봉함을 받은 이도 있지요."

"자기도 사람의 봉함을 받았거늘 어드렇게 다른 신을 봉하여 주잤습네까. 황제의 권이 능히 신하로 하여금 타국에 봉하여 벼슬을 시키지 못하거든 우상을 봉하여 신이 되게 하느냐 이 말이야요. 모두 허한 마음에서 나온 허탄한 일이디요."

신당지기가 말이 막혀 대꾸를 못하자 사내는 대석의 손을 두 손으로 와락 잡으며 아주 간절한 얼굴로 매달렸다.

"우리 섬기는 천지신명(神明)이 다 허탄하다 하면 누구를 섬겨야 하오?"

"하늘에 두개의 해가 없구 백성은 두 임금이 없는 것터럼 턴지 간에 다만 하나님 한 분이 있을 뿐이라요. 그분만을 믿으문 구원을 받을 수 있디요."

그러자 신당지기 노인이 조금 누그러진 음성으로 끼어들었다.

"천지가 한량없이 넓고 크니 자네가 말하는 하나님이란 분이 어찌 혼자서 다 다스릴 수 있겠나. 임금이 홀로 나라를 다스리기 어려운고로 백관을 봉하여 함께 나라를 다스리듯 하나님이란 귀신도 일백 귀신을 봉하여 서로 돕게 하는 것이 아니겠어."

살뚱스럽게 굴던 노인이 갑자기 태도를 바꾸어 자기가 받드는 산신령님도 인정하라는 투였다.

"하나님은 능치 못하심이 없으니끼니 텬디를 창조하셨은 즉 능히 텬디를 다스릴 거라우요. 만민을 창조하셨은 즉 능히 만민을 다스릴 거구요."

사내는 자신보다 훨씬 나이가 어린 대석 앞에 무릎을 꿇었다.

"자네가 섬기는 하나님을 더 상세히 내게 소개해 주시요."

"하나님은 텬디 간 큰 주재시라요. 생사화복의 권능을 잡으시구 지극히 높아 비할 이가 없고 하나이시오, 둘도 아니계시디요."

사내는 두 손을 맞잡고 마치 신령님께 하듯 대석을 향해 빌기 시작했다.

"내게 빌지 마시라요. 하나님께 마음과 뜻과 정성을 다 드려야 합네다."

"하나님이 보이지 않으니까 내게는 당신이 하나님이요."

"나두 당신터럼 같은 성정을 지닌 피조물이요. 자자! 일어서시라요."

"우리 아들을 고쳐주시요. 조금 전에 생사화복을 주장한다고 하지 않았소. 참신이라면 우리 아들을 일으킬 수 있지 않소. 우리 함께 내려갑시다. 우리 집으로 갑시다. 천지 간 큰 주재시요 생사회복의 권능을 잡으신 분이라면 우리 아들을 살릴 수 있을 것이 아니요."

사내의 다그침에 끌려서 세 사람은 동이 트자 걸을 수 없을 지경으로 쌓인 눈길을 더듬으면서 나섰다. 눈은 멎고 하늘은 칼날을 벼려놓은 것처럼 푸르렀다. 신당지기 노인이 대석과 김청송을 향해 주먹질을 하며 고함쳤다.

"세상에! 치성 드리는 사람을 앗아가는 도둑놈도 있나? 조선족끼리 이럴 수가 있어. 내가 그냥 두나 어디 두고 보자. 한인촌에 알려서…."

사내의 뒤를 따라서 얼마를 걸었을까. 산모퉁이를 돌아 후미진 곳에 이르니 삼십여 호의 초가들이 옹기종기 모여 있는 계곡에 이르렀다. 다듬이질 소리가 들렸다. 소나무도 있었다. 인기척에 이 집 저 집에서 개들이 컹컹 짖어댔다. 사내의 기침소리에 흰 옷을 입은 여인이 방문을 열었다. 소나무, 다듬질 소리, 흰 옷, 개 짖는 소리… 이 모두가 떠나온 그리운 고향의 그윽한 정취였다. 게다가 까치까지 울었다면 여기가 만주의 한 귀퉁이가 아니고 조선 땅이라는 착각이 들 지경이었다.

여인은 다소곳이 뒤로 물러서서 김청송과 대석이 방안으로 들어갈 수 있도록 비켜섰다. 온돌을 깔아서 솔잎 태운 냄새와 더운 기운이 방안에 은은하게 감돌았다.

아랫목에 이불을 덮은 아이가 누워있었다. 코로 숨을 쉬지 못하고 입을 딱 벌리고 푸푸거리며 연신 체머리를 흔들어댔다. 아이의 얼굴은 난초꽃 빛이었다. 어른들도 아이 못잖게 죽을상이 되어 서성거렸다. 대석이 환자 곁에 앉자 김청송이 따라 앉으며 겁에 질려 속삭였다.

"너 정말 어칼려구 이러네. 봉천 양인병원에서 조금 일한 경험으루 이 아를 고칠 수 있단 말이네. 이거 어카디. 이러다 우리 맞아 죽는 거 아니네."

벌벌 떠는 김청송 옆에 대석은 바위처럼 떠억 버티고 앉아

숨도 제대로 쉬지를 못해 난초꽃 빛이 되었다가 수수 빛으로 변하는 아이의 얼굴을 들여다보았다. 아이는 네 살 나이에 비해 아주 작았다.

"만약 이 아이가 죽으면 당신들도 살아남지 못할 거요. 그간 그래도 신당에 가서 산신령님께 치성을 드려 이나마 명이 붙어 있었는데 당신이 모시는 하나님이란 귀신이 이 아이를 죽게 하면 산신령님을 모신 것만 못한 것이니 아이와 함께 죽을 각오를 하란 말이요. 조선 땅을 떠나 예까지 온 것도 서러운데 가문을 이어 제사를 지낼 외아들까지 잃는다면… 아아! 나는 어쩌지. 우리 집안이 망하고 마는 것이니 이를 어쩌지."

창호지문을 사이에 두고 여인의 흐느낌이 애절하게 들렸다. 대가(大家)의 범절(凡節)이 분명하고 남종여비가 무수한 걸보니 무위영에서 낮은 지위는 아니었나 보다. 횃대에 걸린 옷가지가 만주벌의 황토로 인해 햇고사리 색으로 찌들었지만 양반의 것이었다.

난처한 기색을 감추지 못하는 김청송과 입을 꾸욱 다물고 턱을 괴고 있는 대석만을 남겨놓고 이동호라 부르는 사내는 밖으로 나가버렸다. 이웃집 다듬이질 소리가 더욱 커다랗게 들려왔다. 밤은 자시를 넘어 깊어갔다.

"어캐 할 것이네. 큰일이다. 이런 아를 어드렇게 살려내려구 기래."

김청송은 앓아 누워있는 아이처럼 사색이 되었다. 대석은 그의 걱정을 귓가로 흘리며 무릎을 꿇고 열심히 몸을 앞뒤로 흔들며 기도했다. 그 밤이 그렇게 지나고 또 지나갔다. 아이는 여전히 숨을 헐떡거렸다. 날이 새자 동네 사람들이 모여

들었다. 병풍을 세워 접어놓은 듯한 계곡 사이에 촌을 이루어 살고 있는 유민들이 하나, 둘 모여들어 마당이 가득 찼다.

"산신령님도 못한 일을 저 사람이 하겠다고 그랬단 말이오. 하지만 서양귀신이 우리가 긴 세월 섬겨온 산신령님만 하겠소. 여기니까 괜찮지 저 압록강만 건너면 저 두 사람은 망나니의 칼에 죽어나갈 사람들이 아니오. 그동안 조정에서 사교(邪敎)를 믿는 사람들을 겁나게 많이 죽였는데 쯧쯧… 아이를 살리려고 이젠 야소교를 믿는 사람들까지 불러들이니 큰일 났군."

흰 옷을 입은 무리들은 서양귀신이 어떻게 하나 두고 보자며 웅성거렸다. 대석은 입이 바짝 타들어가도록 하나님을 불렀으나 아이는 전혀 소생할 기미를 보이지 않았다. 아이의 얼굴이 핏색이 될 지경으로 위독한 상태에 처하기도 했다. 그럴 때마다 날카로운 이동호의 눈길이 대석의 전신을 훑고 지나갔다.

김청송은 복남이 앓아 누워있는 주막을 오가며 양쪽의 사정을 살폈다. 아이는 영 나을 기미를 보이지 않고 이틀이 지나갔다. 그간 복남은 쾌차해서 함께 이동호의 집에 와서 되어가는 상황을 살폈다.

"이러다가 우리 일행이 몰매 맞아 죽는 것이 아니네. 어칼려구 대석은 당돌하게 그런 장담을 해가지구서리 우리 모두를 곤란하게 맨들구 기래."

김청송의 잔소리가 드세졌다. 복남은 겁에 질려 대석의 눈치를 살폈다. 닷새가 흘러가도 아이의 얼굴은 난초꽃 빛과 농익은 수수 빛을 오가며 숨을 헐떡였다. 미음을 입에 넣어

주어도 조금도 삼키질 못하고 토해냈다. 열흘이 지나자 흰옷 입은 무리들이 술렁대기 시작했다.

"야소교의 귀신이 산신령님하고 싸우느라고 아이를 고칠 시간이 없는 건가."

"그렇다면 신당의 산신령님도 화가 나 있을 터이니 거기 갈 수도 없고 이거 어떻게 하지 참! 야단났군."

"저 사람을 죽여서 본때를 보여주고 곧바로 신당으로 가서 산신령님을 깔본 사람을 처치해버렸다고 빌면 잘 했다고 아이를 살려줄지도 몰라."

둘러선 사람들의 수군거림이 드높아갔다. 결국 그 밤에 사교를 믿는 죽일 놈들이란 죄명으로 광에 갇히고 말았다.

"어카디? 지고온 쪽복음을 단 한 권도 나누어 주지도 못하구 죽게 되었잖네. 대석이 어쩌자구 일을 이렇게 난감하게 몰구 가는디 모르갔어. 조정이 금하는 것을 뿌리려 왔으문 죽은 척 숨어서 살살 몰래 나누어 줄 것이디 마치 자기가 하나님인 것터럼 나댔으니끼니 이를 어카디. 나 혼자 도망칠 거라고."

잠잠했던 복남의 면박이 터져 나왔다.

대석이만 바위처럼 요동하지 않고 묵묵히 눈을 감고 있었다.

말수가 적고 늘 무엇인가를 곰곰이 생각하며 속으로만 삭이는 겁쟁이 복남이 무슨 마음으로 혼자 도망가겠다고 하는지 알 수가 없었다.

"어드메루 도망간다구 기래. 우리 죽어도 함께 죽구 살아두 함께 살자우."

"내 동생 영생(永生)이 박진사댁에서 젖꺼성 빼앗겨가며 서
럽게 크는 걸 보구 이대로 죽을 수는 없어. 내레 살아서 성공
을 해야겠어. 세상 돌아가는 것이 아무래도 큰 나라에 가서
많이 배우는 길밖에 없다는 생각이야. 박진사댁에 종살이하
는 부모님을 구하는 길은 이렇게 쪽복음을 뿌리구 다니는 게
아니야. 야소교를 믿는다는 이유 하나로 우리를 죽이려구 살
기어린 눈으로 흘겨보는 사람들이 미섭단 말이야. 쪽복음을
들고 다니문 우리 그야말로 개밥에 도토리루 고생만 하다 맞
아서 개죽음을 당할 거이 뻔해."

"갑자기 와 그런 생각을 하게 되었네?"

"주막에서 함자 앓고 있는 동안 한성에서 온 젊은이들이
내 방에 들어와서 말해 주었디. 그 사람들은 합이빈(하얼빈)을
거쳐 아라사에 가서 새 것을 배와 개지구 온다구 했어. 내일
암새박에 떠난다니까 그들을 따라가야겠어."

복남의 결심은 확고했다. 이렇게 잡혀있는 신세가 아니더
라도 그들을 따라갈 마음을 먹은 것이 확실했다.

"너 개진 것두 없으문서 어캐 게꺼정 가려구 기래."

"그 사람들 말이 무침도보(無針徒步)로 노경(露京) 성피득보
(聖彼得堡=페테르부르크)로 간다는군 기래. 무턱대고 걷는 것이
라문 나두 따라갈 수 있어. 소나무 껍질두 벗겨 먹구 풀도 뜯
어 먹으며 갈 거야. 두고 보라우. 내레 꼭 큰 사람이 되어 돌
아올 터이니끼니."

새벽에 복남은 깊이 잠든 대석에게 한마디 인사도 없이 광
을 빠져 나갔다. 회인현(懷仁縣)에서 동으로 2백 여리 김청송
의 고향땅 집안현(輯安縣)을 앞두고 지고 온 쪽복음을 주막에

버려둔 채 곽복남은 사라져버렸다.

햇살이 퍼지면서 동네 사람들이 하나 둘 모여들었다. 광문을 열어보고 복남이 도망간 일로 몹시 격분하기 시작했다. 도망친 녀석이 응원군을 청하러 갔을 것이라고 웅성거리기까지 했다. 두 손을 허리께로 돌려 묶인 채 간밤의 추위로 거의 죽을 지경이 된 김청송과 대석이 마당으로 끌려나왔다. 야소교에 속은 것이 분해서 이동호의 얼굴에 살기가 돌았다. 치성을 드리는 사람을 골탕 먹이려고 속임수를 쓴 야소교인을 그냥 둘 수 없다고 동네 사람들은 입을 모아 성토했다.

"산신령님 앞에서 부정 타는 짓을 하는 이런 사람들은 악질이야. 압록강을 건너 예까지 와서 서럽게 살고 있는 불쌍한 유민을 속이는 이놈들을 그냥 둘 수 없어. 서양 오랑캐들이 믿는 야소교에 홀려서 잠시 내 눈이 멀었던 게 창피하군. 어찌나 말을 그럴 듯하게 해대는지 홀딱 속아 넘어갔다니까."

이동호는 과거에 군인으로서 많은 사람들을 고문했고 심지어 죽인 적도 있었다. 유민생활을 하는 동안 깊은 곳에 숨어 잠자고 있던 활달한 기상이 살아나서 옛날처럼 당당하고 거세졌다.

"때려 죽여버려. 다시는 한인촌을 돌면서 고런 짓을 하지 못하도록 버릇을 고쳐주든지 아니면 아주 죽여버려서 더 이상 이런 피해자가 없도록 해야지."

모두 두 주먹을 불끈 쥐고 떠들어댔다. 차라리 쌀을 훔쳐 갔다든지 아니면 금붙이나 은붙이를 가져갔다면 이렇게까지 분개하지는 않았을 것이다. 칠대독자의 목숨을 건지려는 치성을 못하게 하고 사기를 치다니 개만도 못한 사람들이다.

저들이 같은 피를 나눈 동족이지만 죽여도 싸다고 했다.

옥황은 성이 장이요 정월 초구일에 탄생하였으니 탄일이 있은 즉 반드시 부모가 있을 것이요. 부모가 있으면 사람이니 어떻게 상제라 망령되이 말할 수 있느냐고 떠벌였다니 이건 옥황상제나 신령님 앞에 부정탈 짓을 한 것으로 마땅히 죽여야 한다는 분노가 전염병처럼 퍼졌다.

그때 대석이 머리를 번쩍 들었다. 어젯밤 목숨을 걸고 처절하게 기도를 할 적에 번개처럼 귓가를 스치는 음성이 또렷하게 살아났기 때문이다.

'아이의 입을 벌려 보아라. 아이의 입을 벌려 보아라.'

선교사가 운영하는 봉천 병원에서 의사를 따라 돕던 일이 주마등처럼 지나갔다. 환자의 입을 크게 벌리게 하고 진료하던 의사의 모습이 스쳤다.

"자! 이제 아이를 살려낼 때가 되었수다. 아이 있는 방으루 갑시다레."

모였던 사람들이 비아냥거리는 투로 말했다.

"아니 아이를 열흘이나 밤낮으로 보고도 못 고친 사람이 웨 또 그래."

"내레 섬기는 하나님이 지금 막 치료법을 가르쳐주었소. 그러니끼니 아이가 있는 방으루 날 데불구 가주시라요. 딱 한번만 아이를 봅시다레."

이동호는 별도리 없이 대석을 아이가 누워있는 방으로 인도했다. 대석은 아랫목에 죽은 듯이 누워있는 아이를 일으켜 무릎 위에 올려놓았다.

만주의 추위는 조선에 비할 바가 아니었다. 콧물이 그대로 고드름처럼 얼어붙는 지독한 날씨였다. 그런 추위 속에서도 구경꾼들은 와와! 문이 미어져라 얼굴을 디밀고 안을 들여다 보았다.

대석은 봉천 병원에서 본 의사처럼 아이의 입을 벌리려했으나 완강하게 다물었다. 아이의 얼굴은 불덩이였다.

"수저를 개져다 주시라우요."

아이의 어머니가 수저를 가져왔다. 대석은 수저로 아이의 입을 벌리고 입속을 들여다보았다. 목젖 부위가 퉁퉁 부어서 목구멍이 보이지 않았다. 저래서 숨을 헐떡거렸구나. 그러나 주여! 저는 의사가 아니잖습니까. 봉천에 있는 의료선교사들처럼 환자를 어떻게 고치는 줄 모릅니다. 주님이 보라고 하셔서 보기는 하지만 그 다음에는 어떻게 해야 합니까?

놀랍게도 다시 이런 음성이 들렸다.

'목젖 부위를 찔러라.'

아이의 목을 바늘로 찌르라니요! 참으로 모를 일이었다. 하지만 감히 거역할 수 없었다. 대석은 주인에게 바늘을 달라고 하여 그것으로 아이의 퉁퉁 부어오른 목젖 부위를 쿡 찔렀다. 피와 고름이 대석의 얼굴로 봇물 터지듯이 뻗쳐올랐다. 수수 빛이었던 아이의 얼굴이 금세 온화하게 퍼지더니 차츰 배추줄기 빛이 되었다. 이 모든 걸 지켜보는 사람들은 숨을 죽였다. 그때 아이가 눈을 가늘게 떴다.

"우와! 아이가 살아났다. 아이가 살아났어. 세상에! 야소가 병을 고쳤다."

사람들의 놀라움은 대단했다. 모두 감격한 얼굴로 물을 삼키는 아이를 신기하게 바라보았다. 아이를 부둥켜안은 이동호 부부는 기쁨의 눈물을 흘리며 대석 앞에 무릎을 꿇고 절을 했다.

"당신은 우리의 은인입니다. 당신이 믿는 신은 참신인 하나님입니다."

이동호가 머리를 수없이 조아리는 동안 그의 부인은 눈물을 펑펑 쏟으며 두 손을 모아 합장하고 대석을 향해 머리를 수없이 조아렸다.

"내레 하나님이 아니니끼니 기리캐 빌지 마시라오. 위에 계신 하나님께 기도하시라요. 상제 하나님은 절로 계신지라. 텬디개벽 이전부터 계시고 시작도 없고 종말도 없으신 고로 상제 하나님은 만대 만민의 큰 주재시니 만민이 마땅히 섬겨야 옳은 분입네다."

모여선 사람들이 일제히 맞는 말이라고 머리를 주억거렸다.

계곡 여기저기 흩어져 살고 있는 한인촌의 장정들이 모여들기 시작했다.

"야소교는 어떻게 믿어야 하는 것입니까? 부처에게 절하듯 해야 하는데 무엇을 놓고 절해야 하는지 모르겠습니다."

여자들은 부엌이나 담 뒤에 몸을 숨기고 장정들이 하는 일을 숨어서 엿보았다. 대석은 「예수셩교요안내복음젼셔」와 「예수셩교누가복음젼셔」를 꺼내 높이 치켜들었다. 그간 의 주청년들이 우장에서 이걸 번역하느라고 얼마나 고생을 했단 말인가! 우리 글로 쓰인 성경을 든 손을 타고 뜨거운 전율이 흘렀다.

"바로 여기 있습네다. 이걸 읽어 보시문 그 아낙에서 하나님 아바지와 그 아들 예수 씨를 만날 수 있습네다."

너도 나도 쪽복음을 사기 시작했다. 순식간에 대석이 들고 있던 쪽복음들이 장정들의 손으로 옮겨졌다.

한글을 제대로 읽을 수 있는 사람이 드물었다. 할 수 없이 대석과 김청송은 주막에 거하며 모여드는 사람들에게 한글을 가르치기 시작했다. 얼마나 놀라운 글인가! 얼마나 신비로운 성령의 역사란 말인가! 다들 쉽게 한글을 터득했다. 이레나 여드레를 배우고는 쪽복음을 줄줄 읽어냈다. 이건 그들에게 엄청난 기적이었다. 기막힌 기쁨이었다. 눈이 확 떠져서 세상이 넓어 보였다.

5

만주의 혹독한 추위를 무릅쓰고 대석과 김청송은 회인현 지역에 흩어져 살고 있는 한인촌을 두루 다니며 복음을 팔고 한글을 가르쳤다. 산골짜기에 대여섯 채씩 모여 사는 한인촌에 들러서도 으레 한 주일을 머물며 쪽복음을 가지고 한글을 가르쳤다. 예수를 좇는 무리들은 자꾸 불어났다. 계곡 사이사이에 자리 잡은 한인촌 사람들에게 성경을 가르치고 예배를 드리고는 또 다른 마을로 자리를 옮긴 어느 날 불뚝 대석이 김청송 앞에 무릎을 꿇었다.

"아즈바니! 내레 의주를 댕겨와야겠습네다."

"아니 이 겨울에 어캐 의주를 가려구 하네? 더구나 요렇게 전도가 잘 되구 있넌데 여기는 어카구 기래."

"아즈바니 함자 하구 계시라요. 내레 날레 의주를 다녀오갔습네다."

"이 추위에 너 함자 게꺼정 어캐 가려구 기래."

"혼강구(渾江口)꺼정 말이 끄는 마차를 타구 가서라무니 위화도(威化島)꺼정 얼어붙은 압록강을 따라 걸어갈 겁네다. 아즈바니 함자 계곡 사이사이에 있는 한인촌에 전도를 하구 있으문 날레 일을 마치구 돌아올 겁네다."

회인현(懷仁縣)에서 혼강구(渾江口)까지 얼어붙은 눈길을 마차를 타고 달렸다. 마부가 채찍을 들고 어허! 하면 말들이 으흥! 소리치며 살같이 뛰었다. 요철이 심한 도로가 얼어붙어서 마차는 몸을 가누지 못할 정도로 흔들렸다. 혼강구부터는 압록강이 꽁꽁 얼어붙어서 예상 못했던 교통수단이 등장했다. 중국 노동자들이 강빙(江氷)을 이용해서 사람들을 태워가는 썰매가 있었다. 이걸 타고 두어 시간 가면 의주에 도착할 수 있다고 했다.

눈 덮인 산야에 점점이 흩어져있는 초가들이 스쳐지나갔다. 남부여대(男負女戴)하고 고향을 떠나 산전박토(山田薄土)나 일궈 감자, 옥수수를 심어 겨우 연명하고 있는 불쌍한 조선 사람들이여! 이런 추위에 시량(柴糧)이 부족해서 거무죽죽해진 얼굴들이여! 쪽복음을 가지고 한글을 터득하고 나서 너무 좋아 춤을 추던 사랑하는 내 조국의 사람들이여! 조선 사람들이여! 갈수록 첩첩산중에 만학천봉(萬壑千峯)은 하늘에 닿을 듯했다. 기암괴석(奇岩怪石) 봉봉의 칼날 같은 사이에 쌓이고 쌓인 백설이 장관이었다.

'오오! 놀라운 하나님이여! 세상을 어떻게 이토록 오묘하게 창조하셨습니까. 이런 하나님을 되션 사람들이 마땅히 섬겨야 나라와 민족이 구원을 받을 수 있겠지요. 또한 나처럼 학대받는 천민들이 자유를 얻을 수 있구요. 내 등에 지고 가는 성경을 의주까지 무사히 운반하게 하소서. 금서(禁書)인 성경을 무사히 가지고 되선 땅에 들어갈 수 있는 방법을 일러주시라요.'

대석은 눈 덮인 산야에 스며있는 하나님의 모습을 향해 열심히 기도했다. 등짐 속에 있는 「예수셩교누가복음젼셔」와 「예수셩교요안내복음젼셔」를 들키지 않고 통과할 수 있는 지혜를 간구했다. 일세(日勢)가 저물 즈음 눈 덮인 산야엔 더욱 하나님의 놀라운 숨결이 서려있었다. 그 산야를 보고 있는 동안 놀라운 묘안이 대석의 머리에 번개처럼 스쳤다.

혼강구(渾江口)의 주막에 짐을 푼 대석은 주막주인에게 부탁해서 굵다란 대나무 지팡이를 하나 샀다. 밤새워 대석은 쪽복음을 풀어서 가느다랗게 끈을 꼬기 시작했다. 창호지인 쪽복음은 침을 칠하면 도르르 잘도 말렸다. 대나무 지팡이 속에 쪽복음은 끈이 되어 꼭꼭 숨어 들어갔다.

"꺼우리(高麗人)이지? 짐 조사를 해보아야지."

만약에 순포(巡捕)들이 지팡이 속까지 조사한다면 어떻게 되는 것일까. 대석의 마음은 걷잡을 수 없이 떨렸다. 발견되면 그는 죽임을 당할 수도 있었다. 바짓가랑이까지 샅샅이 더듬어보고 이 추위에 윗옷을 훌렁 벗겨서 뒤져보고는 나중에 대석의 짐 속을 샅샅이 조사하고 몸까지 검색하면서 지팡이 속을 보는 순검은 없었다. 썰매가 의주 근교의 압록강 변에 섰을 때 대석의 가슴은 터질 것만 같았다. 지팡이를 짚고 절름발이 행세를 하며 의주 땅을 밟았다. 부대에 든 검동이를 건져 올렸던 개암나무 근처에 숨어 있다가 어두워진 뒤에 의주시내로 들어갔다. 행여 박진사댁 사람들 눈에 띌 것을 대비해서 대석은 패랭이를 깊숙이 쓰고 대나무 지팡이에 의지해서 절름거리며 걸었다. 두근거리는 가슴을 억제해가며 향교동을 지나 서문골로 향했다. 으스름 달빛에 박진사댁 솟을대문이 괴기스러운 모습을 드러냈다.

서문골이 가까워 오자 대석의 가슴이 뛰기 시작했다. 어떻게 되었을까? 모두들 어떻게 되었을까? 아버지 이 백정은 여전히 숫돌 가에 앉아 소 잡을 칼을 갈고 있을까. 홋오마니(계모) 검동에게서는 남동생이 태어난 것일까 아니면 여동생일까. 국제고개를 넘어서자 대석은 지팡이를 휘두르며 뛰기 시작했다. 깊은 밤이라 마을은 조용했고 이따금 컹컹 개들이 짖었다. 서문골의 외딴 산 밑 대석의 집에 이르니 썰렁하니 주춧돌만 남아있었다. 여기저기 삐쩍 말라붙은 잡풀들이 우거져 몇 년간 농사를 짓지 아니한 묵밭처럼 보였다.

"아아! 모두가 떠나버렸구나. 모두들 어드메로 갔단 말인가?"

대석은 털썩 주저앉아버렸다. 의주에 왔다는 기쁨보다 밀려오는 고적감과 두려움에 몸을 떨었다. 겨울의 차가운 밤바람에 등이 오싹했다. 도검돌 아즈바니 댁으로 가서 대나무 지팡이 속에 감추어온 쪽복음을 전하고 가족의 소식을 듣는 길밖에 없었다. 거기까지 가는 동안 행여나 사람들의 눈에 띄어 박진사댁에 소식이 들어가면 대석은 죽음을 면치 못할 것이다.

'오! 쥬여! 저를 긍휼히 여기사 길을 인도하소서.'

대석은 천천히 지팡이에 몸을 의지하고 일어나 도검돌 아즈바니처럼 절뚝거리며 홍문재를 향해 걷기 시작했다. 가족들이 없는 의주는 그에게 봉천이나 유민들이 모여 사는 서간도의 한인촌과 다름없었다.

홍남동에 이르렀을 때는 한밤중. 불 꺼진 문을 두드렸다.

"어허! 뉘시라요. 이 밤중에."

도검돌의 음성이다. 이내 부스럭거리며 어유등잔불이 켜졌다.

"접네다. 대석이 돌아왔습네다. 문 좀 열어 주시라요."

"머라구? 이 백정 아덜 대석이라구. 아이쿠! 대석이가 돌아오다니!"

대석은 쪽복음이 들어있는 지팡이를 가슴에 힘 있게 껴안으며 눈물을 글썽거렸다. 대석은 도검돌 앞에 대나무 지팡이를 바치고 너부죽 절을 올렸다.

"아즈바니께 약속한 것을 개져왔습네다. 예수셩교누가복음젼셔와 예수셩교요안내복음젼셔입네다. 곧 뎨자행전(사도행전)도 인쇄될 것입네다."

도검돌은 떨리는 손으로 대나무 지팡이 속에 든 끈 다발을 꺼냈다.

"바루 이거이 되선 말로 쓰인 상뎨님의 말씀이라 이 거디요?"

삭주댁이 겁에 질린 음성으로 물으며 밖에 신경을 곤두세웠다. 아직도 의주 곳곳에 대석과 검동이를 잡기 위해 박진사댁 사람들이 깔려있는 판이다. 더구나 그들 앞에 놓여있는 것은 금서(禁書)인 성경이 아닌가.

대석과 도검돌은 끈으로 변한 성경을 열심히 풀이내기 시
작했다. 삭주댁이 윗목에 놓인 화로에 인두를 박으면서 떨리
는 몸을 진정하려고 애를 썼다. 도검돌이 구겨진 요한복음
한 장을 집어 들고 천천히 읽어 내려갔다.

"요안내뎨십사쟝:너희마암이울울치말고하나님을밋으며또
나를밋으라내아밤의집에방이만코그러치안은즉내너희게말
하리라내가행하문너희를위하여한곳을에비하미라"

도검돌의 열십자 흉터 위로 눈물이 줄줄 흘러내렸다.

"이자 되었다. 너머너머 수고했다. 이 복음이 이 민족을 구
원할 것이다."

"서간도에 쪽복음을 뿌리고 왔습네다. 처음에는 무서울 정
도로 거부반응을 보였으나 성신이 역사하시니끼니 지금은
가랑잎에 불붙듯 굉장합네다."

"기래! 그 말이 참말이네?"

"게다가 놀라운 일이 일어나고 있습네다. 이 복음서를 개
지구 글을 가르치넌데 얼매나 빨리 터득하넌지 몰라요. 로스
목사님 말로는 우리글이 소리글이라 매우 단순하고 아름다
와서 누구나 쉽게 배울 수 있어 일단 이 쪽복음이 사람들 사
이에 퍼져나가문 기름에 불을 당기듯 예수 씨가 전파될 것이
라 했넌데 그말이 참말이라요. 서간도에 전도해보니끼 알갔
어요."

"되선을 구하는 길이 바로 그거다. 우리 되선을 가난과 무
지에서 건져내는 길은 한자의 구속과 지배계급의 횡포에서
벗어나는 것이 아니갔네."

두 사람이 비비꼬인 끈을 풀어놓으면 그걸 삭주댁이 열심

히 인두로 다렸다. 쪽복음이 한 장, 두 장 펴지는 동안 대석이 어렵게 입을 열었다.

"아즈바니! 제 아바지랑 오마니는 모두 어드메로 이사를 했습네까?"

도검돌은 대답을 않고 꼬깃꼬깃한 쪽복음을 푸느라고 손끝에 힘을 주었다. 그때 인기척이 들렸다. 도검돌과 삭주댁은 얼굴표정이 굳어지면서 귀를 곤두세웠다. 자시가 넘은 시간, 바람에 가랑잎 굴러가는 소리가 요란했다. 바람 소리가 잠시 그치자 숨소리까지 들릴 정도로 조용했다. 삭주댁이 방문을 빼꼼 열고 내다보았다. 칠흑 같은 어둠이 안마당과 산기슭에 가득했다.

"날레 의주를 떠야한다. 그라느문 잡혀 죽을 터이니끼니 우드르카갔네."

도검돌은 인두로 주름살을 문질러 쫙 펴진 쪽복음을 이불 밑에 감추었다.

"식구들 소식을 모르구는 의주를 떠나지 않을 겁네다. 사람을 죽이구 숨어살자니 기도를 해두 괴롭구 성경을 읽어두 맴이 편치가 않습네다."

대석의 얼굴에 고뇌의 빛이 서렸다.

"저런! 아직 모르구 있었네. 복출 도련님은 죽지 않구 꼽땡이가 되었디."

순간 대석의 얼굴이 환하게 살아났다.

또 다시 밖에서 소리가 났다. 아주 미세했지만 가랑잎 굴러가는 소리가 아니고 분명 인기척이었다. 삭주댁이 사색이 되어서 조용히 하라고 집게손가락을 세워 입을 막아보였다.

기세게 불이대는 바람에 헛간에 매달아 놓은 소쿠리가 덜렁거렸다. 도검돌이 대석의 귀에 입을 대고 다급하게 속삭였다.

"네 아바지와 동생 금경은 박진사댁 사람들의 매를 맞구 모두 하늘나라로 갔다. 쉬! 쉬! 조용히! 아무래도 박진사댁 종들이 네가 여기 온 걸 눈치 챈 것이 틀림없으니끼니 잘 들으라우. 박진사의 분노가 극에 달해서 조상신이구 무당이구 다 팽개치구 오직 대석이 너만을 잡으려구 혈안이 되어있다. 내 말 알아들었네? 의주 시내에 널 잡아주문 사례한다는 방문(榜文)이 나붙어 있구 우리 집두 감시를 당하구 있으니끼니 날레 예서 뛰달아나야 한다."

대석은 눈이 벌게질 정도로 눈물을 흘리다가 목젖이 꿈틀하도록 이를 악물고 침을 삼켰다. 바람소리에 섞여 간간히 발자국 소리도 들렸다.

"훗오마니는 어캐 되었습네까? 박진사댁 검동이 말입네다."

"쉿! 목소리를 낮추어라. 아무래도 바깥이 수상하다. 검동이는 무사히 의주를 빠져 나갔넌데 어드메로 갔넌지 아무도 모른다. 왕의원이 먼 낌새를 맡았넌지 예꺼정 왔었다. 모두가 박진사댁 끄나풀들이다."

삭주댁이 검은 이불 거죽을 뜯어내서 대석의 머리부터 발끝까지 덮어 씌웠다. 흰 옷을 입은 대석을 감시꾼들의 눈에서 보호하기 위해서다. 대석은 검은 이불 거죽을 뒤집어쓰고 뒷문으로 빠져나오면서 도검돌에게 약속했다.

"뎨자행뎐(사도행전)이 인쇄되문 개지구 또 다시 의주엘 오갔습네다."

대석이 뒷문으로 빠져나가 산등성이를 오를 적에 몽둥이

를 든 박진사댁 장정들이 떼를 지어 도검돌의 집안으로 달려들었다.

6

나막신바치들이 살고 있는 연못골(蓮池洞) 한 모퉁이는 나무가 빽빽하게 우거진 야트막한 산이 자릴 잡고 있다. 우람한 느티나무와 늠름한 노송(老松)들이 빈틈없이 들어선 이 산에 이상한 이야기들이 동네에 나돌아서 사람들이 들어오기를 꺼렸다. 더구나 산 밑에 자리 잡은 연못은 잡목이 우거진 산 그림자를 안고 아침저녁으로 자욱한 안개 속에 잠겨있어서 이무기가 살고 있는 연못이라고 했다. 또 어떤 이는 곧 승천할 용이 살고 있다고도 했다. 나무숲 속에 살고 있는 도깨비들이 연못가에서 춤추는 걸 저녁 어슴푸레한 석양에 보았다는 사람도 있고 귀신이 이상한 소리를 내며 연못가를 뛰어다니는 걸 봤다는 사람도 있어 연못골에 사는 사람들도 그 산과 연못을 피해 다녔다.

연못의 서쪽, 산 뿌리 공터는 구한말 삼군부 훈련청의 일부로 한쪽에 무기고(武器庫)가 있다. 바로 그 옆에 전라감사가 살았다는 50여 평의 기와집을 중심으로 앞에는 행랑채가 뱀처럼 누워있다. 연못의 동편에는 홰나무 한 그루가 삼각형의 꼭짓점처럼 하늘을 향해 치솟아 있다.

한낮에도 사람의 그림자가 없는 이 연못가에서 검동이는 땀과 먼지로 찌든 몸을 씻고 딸, 백경의 머리를 감겼다. 연꽃이 흐드러지게 핀 연지(蓮池)에서 여름 한낮, 옷들을 빨아서 나뭇가지에 널었다가 땅거미가 내려올 즈음 꾸득꾸득 마른 옷을 입고 사람들이 모여 사는 마을을 찾아 나섰다.

한성에 도착한 검동이는 하층민들의 마을로 흘러들어갔다. 배추장수들이 모여 사는 방아다리(현 충신동 일부)에서 구걸해 먹다가 병졸들의 마을인 두다리목(현 종로5가 일대)을 돌아다녔고 이제 연못골로 들어온 것이다. 밀림처럼 나무가 우거진 산 밑 연못가에서 한낮을 보내고는 어두워지니 한 끼라도 얻어먹고 잘 곳을 찾아야 했다. 집 없이 떠도는 비렁뱅이에게는 밤이 제일 무서운 시간이다. 사람들로부터 버림받았다는 외로움이 검동을 서럽게 찍어 눌렀기 때문이다.

동대문에 이르니 인경 소리와 함께 이미 문은 닫혔고 미처 피신을 못한 사람들이 옷 보퉁이와 세간을 성 위에서 동아줄로 달아 올리고 있었다. 줄에 매달려 월성(越城)하는 사람들 모습도 어스름 달빛에 드러났다. 쓰개 치마로 얼굴을 가린 규중(閨中) 처녀가 쇠창살을 박은 오간수(五間水) 구멍을 엉금엉금 기었다. 그러자 기다렸다는 듯이 여자들이 줄을 이어 오간수 구멍으로 해서 성 밖으로 기어나갔다. 치마와 단속곳이 물에 젖어 온몸에 찰싹 달라붙고 물이끼가 이마를 퍼렇게 물들였으나 성을 빠져나온 걸 다행으로 알고 그저 앞만 보고 달아나는 여자들을 물끄러미 바라보고 있던 검동이는 백경을 업고 연못골로 돌아왔다. 모두 도망가버린 빈 집에 거하는 편이 현명하다는 생각이 들었기 때문이다. 담 사이 길은 집집마다 하수를 마구 흘려보내서 흙색을 잃고 거무스름했다. 검동이는 마을의 한 구석 진흙으로 굴뚝을 두툼하게 입힌 허름한 집으로 가서 방문을 흔들었으나 안으로 걸어 잠그고 응답이 없다. 곧 새벽이 올 터이니 조금이라도 잠을 자려고 검동이는 굴뚝을 의지하고 눈을 감았다.

희불그레하게 동이 트는 새벽, 요강을 들고 잿더미로 향하던 검은 치마에 흰 저고리를 입은 아낙이 굴뚝으로 다가왔다.

"아니 이 난리 통에 아이를 데리고 한데서 잠을 잤단 말이요?"

이십을 갓 넘겨 뵈는 여인의 손은 가난으로 찌들어 투박했다.

"미안합니다. 이 집 주인이십네까?"

"허물어져가는 흙집에 주인이 따로 있갔소. 어서 부엌으로 들어갑시다. 먹을 것은 없지만 아궁이에 불을 지폈으니 더운 물이라도 마시고 가시요."

여자의 친절에 검동은 백경을 안고 흙토담집으로 들어갔다. 여자는 조금 전에 아궁이에 가랑잎을 넣고 불을 지폈는지 작은 무쇠 솥에 손을 대니 썰렁했다. 백경이 불빛을 보자 어미의 품에서 빠져나와 아궁이 앞에 바짝 쪼그리고 앉았다. 가운데 가리마를 타서 뒤로 땋아 내린 머리가 참새꼬리 같았다.

"고향이 어딘데 가난한 나막신바치들이 사는 연못골에 들어왔소? 연못골 언저리에는 나막신바치, 갓바치, 배추장수, 배오개시장의 상인, 종묘의 수라군, 백정, 무당 등 가난하고 억눌린 자들의 터전인데 여길 들어오다니."

"저 북쪽의 끝 의주에서 왔습네다."

"의주에서 예까지 혼자 아이를 데리고 걸어왔단 말이오?"

검동은 머리를 끄덕이며 구석에 놓인 솔잎을 끌어다 아궁이에 넣었다. 개항 후 가뭄이 겹치고 곡물가격이 치솟아 한성 빈민들의 배고픔은 극에 달했다. 임오군란에는 이런 빈민들이 다수 참여하여 대원군이 입궐하고 민비는 충주로 도망가는 와중에 먹을 것이 없는 백성들이 길로 뛰어나왔다. 대원군은 통상과 외국문물 수용을 담당하기 위한 통리기무아문(統理機務衙門)을 폐지하고 삼군부(三軍府)를 다시 설치하여 복고적인 정책을 펴서 일시 안정이 되는가 싶더니 청군이 밀어닥쳐 대원군은 청나라로 강제로 호송되고 한성 거리에는 청군들이 깔렸다.

"이런 세상에 우리 같이 천한 것들의 남정네들이 어떻게 살아남겠나. 나도 어린 딸 아이 하나를 데리고 혼자된 박복한 여자야."

여자는 복순(福順)이 엄마라고 자신을 알린 뒤 친근하게 말을 놓았다. 배추저린 것을 오지항아리에서 꺼내 끓는 물에 된장을 조금 풀고 숭덩숭덩 썰어 넣었다. 냇가에 나가 배추장수들이 어쩌다 흘리고 가는 겉잎을 모아 소금에 절여놓은 걸로 멀건 국을 끓여 끼니를 이을 참이었다. 구수한 된장국 냄새를 맡고 백경이 손가락으로 솥을 가리키며 울먹였다. 복순엄마는 바가지로 국을 뚝배기에 퍼 담더니 함께 방으로 들어가자고 눈짓을 했다. 검동은 못 이기는 척 방으로 따라 들어가 더운 국물을 후후 불어가며 정신없이 먹었다.

수수깡에 짓이겨 붙여놓은 벽의 진흙이 군데군데 떨어져 나가 밖이 훤하게 내다보였다. 뜨거운 국물을 먹은 탓에 검동의 이마 위로 땀이 흥건하게 흘러내렸다. 이런 검동을 한참 물끄러미 바라보던 복순엄마가 한숨을 내쉬었다.

"우휴! 자네두 입성을 잘 입혀놓고 얼굴을 매만지면 상당히 고운 여자일 터인데 천한 곳에 잘못 태어나서 이 꼴이 되었지. 쯧쯧…."

의주에서 한성까지 오는 동안 온갖 가난을 겪었지만 이렇게 밑구멍이 빠지게 가난한 집은 처음이었다. 방바닥에 깔아놓은 거적은 구멍이 숭숭 뚫려서 흙먼지가 풀풀 피어올랐다. 집안에 있는 것을 모두 양식과 바꾸어 먹었는지 방안에는 아무 것도 없었다. 백경보다 두 살 위인 복순이는 영양실조로 배가 맹꽁이처럼 볼록하고 황달이 들어 눈자위가 누르퉁퉁했다.

"복순 아범은 이런 가난을 견디다 못해 이번 난리에 끼어들었지. 여직 집에 돌아오지 않는 걸 보면 아마 시궁창이나 산기슭에서 굶어죽었거나 총에 맞아 죽어버렸을 거야. 백경 아범은 동학군이었나 보지. 왜 고향을 떠났어?"

"아니야. 내 남편은 예수 씨를 믿기 때문에 죽은 사람이야."

검동은 남편 이 백정이 마음만 먹었다면 박진사댁에서 도망칠 수 있었다는 걸 잘 알고 있었다. 예수를 믿지 않았다면 박진사를 죽였든지 아니면 방화를 해서 박진사댁을 망하게 할 수도 있었을 것이다. 순순히 맞아 죽은 것은 예수의 사랑에 사로잡힌 남편이 아내인 검동이와 아들 대석을 살릴 시간을 벌기 위해서였다. 이건 이심전심으로 이 백정인 남편의 마음과 통해 알 수 있었다. 이런 연고로 검동은 당당하게 예수 씨라고 말하자 복순엄마는 멈칫했다.

"예수 씨라면 야소교를 말하는 거 아니야?"

검동이는 그렇다고 머리를 끄덕였다.

"세상에! 자네 남편은 동학군보다 더 무섭게 매를 맞고 죽임을 당하는 천주학쟁이였단 말이지. 그럼 자네도 야소를 믿고 있나?"

맞다고 검동은 머리를 크게 주억거렸다.

"믿기만 하면 죽임을 당하는 야소를 뭣 때문에 그렇게 믿는가?"

"예수 씨가 주시는 평안과 기쁨 때문이지. 우리가 죽은 뒤 하늘나라에 갈 것이니 이 세상의 고통과 배고픔은 잠시뿐이야. 어차피 인생은 고통을 위해서 태어난 것이 아니겠어. 이 땅 위에 칼 권세를 잡은 자들이 우리를 죽일 수 있어도 내 몸 속에 거하는 성신을 죽일 수는 없어. 눈에 보이는 것을 없앨 수 있지만 내 안에 거하는 보이지 않는 영원한 것을 없앨 수는 없다."

누더기를 걸친 비렁뱅이에게서 나오는 놀라운 말에 깊은 감동의 물결이 복순엄마의 가슴으로 밀어닥쳤다.

"나도 야소를 믿으면 자네처럼 평안과 기쁨을 맛볼 수 있을까?"

"물론이다."

"우리에게 제일 고통스러운 것은 배고픔이 아니겠어. 그것도 해결되나?"

"사람이 밥으로만 살 것이 아니구 상뎨 하나님의 입에서 나오는 말씀으로 살 것이라구 예수 씨는 말씀하셨디."

멀건 배춧국을 먹고 곯아떨어진 백경과 복순을 한 구석에 뉘어놓고 복순엄마는 검동이와 머리를 맞대고 앉아서 주님의 기도를 복창했다.

"우리하날에게신아바님아바님의일홈이셩하시며아바님나라이님하시며아바님 뜻이이땅에일우기가하날에행하심갓치하시며쓰는바음식을날마당우리를주시며사람의빗샤함갓치우리빗을샤하시며우리로시험에드지안케하시며오직우리를악에구완하여내소셔."

두 여자는 손을 서로 맞잡고 무릎을 꿇고 앉아 간절히 기도하기 시작했다.

7

육 개월 간의 서간도 전도를 마치고 돌아온 김청송과 대석의 보고를 받은 로스 목사는 말로 표현할 수 없는 충격을 받았다.

"임오군란으로 유민이 된 무관들과 심지어는 유학자들까지 밥팀례(세례) 받기를 원하고 있습네다. 우리가 뿌리는 쪽복음을 꿀보담 더 달게 받아 먹으문서 로스 목사님이 오셔서 밥팀례 베풀기를 기다리고 있습네다. 마치 가랑잎에 불이 댕겨지듯 다투어 예수를 믿겠다구 합네다. 날레 서간도의 한인촌에 우리랑 함께 가서라무니 밥팀례를 주시는 것이 돟겠습네다."

"그게 정말이네? 이거 믿어지질 않아. 단지 전도지 하고 쪽복음을 뿌렸을 뿐인데…."

해서 1884년 11월 중순 로스 목사는 동료 선교사 제임스 웹스터와 함께 서간도로 떠났다. 만주벌의 영하 20도 추위는 무시무시했다. 이런 추위를 뚫고 묘이산(猫耳山)부터 시작하여 흩어져 살고 있는 한인촌을 찾아 나선 것이다.

해질녘 추위는 바람을 동반하니 더 극성을 부렸다. 눈발까지 날리기 시작해서 이 밤의 추위는 더 극심해질 조짐을 보였다. 멀리 호롱불빛이 희미하게 눈에 들어왔다. 허덕이며 간신히 마을에 도착하니 하얀 두루마기를 입고 갓을 쓴 한인들이 마을입구까지 나와 예의를 갖추어 정중하고 반갑게 맞아들였다. 마을 한가운데 자리 잡은 큰 집으로 인도받아 들어가니 방안에 저녁상이 준비되어있었다. 상 위에는 돼지고기, 닭고기, 이밥에 감자까지 만주벌에서 구하기 어려운 음식이 그득했다. 양도깨비라고 무서워하며 도망가서 뒤에 숨어 수군덕대던 사람들이 호의와 친절을 베풀며 다가왔다. 조선 땅을 떠나 유민이 된 온순한 농민들은 벌써 20년이 넘도록 이 골짜기를 개간하여 농사를 지어왔다. 그저 하루하루 탈 없이 목숨만을 부지하고 살기만을 바라는 소망이 없고 어두운 삶이었다. 남의 땅에서 짐승처럼 살던 이들이 쪽복음을 받아 읽고 구원의 길을 찾은 뒤에는 날마다 기쁨에 찬 생활을 했다.

혹독한 추위를 무릅쓰고 계곡에 자리 잡은 마을을 돌면서 로스 목사는 많은 지원자들 중 시험 봐서 골라낸 85명에게 세례를 주었다. 여자와 아이들을 제외하고 가장인 남자들만 85명이나 세례를 받은 셈이다.

로스 목사와 웹스터 목사가 서간도를 다녀간 뒤에도 대석과 김청송은 그대로 남아서 전도를 계속했다. 그런데 상상 못했던 이상한 문제가 발생했다. 로스 목사가 다녀간 뒤부터 중국인들 사주를 받은 마적단이 한인촌을 습격하고는 예수를 믿는 사람들만 골라서 박해를 가하기 시작했다.

"큰일 났습네다. 이렇게 나가다가는 예수를 믿는다는 이유 하나로 손수 지은 집과 개간한 땅을 버리고 이 고장을 떠나야 하는 것이 아닌디요."

대석은 한숨을 푸욱 쉬며 등에 진 쪽복음을 내려놓고 혼강이 보이는 산언덕에 앉았다. 저녁놀에 넓은 논물이 하늘을 그대로 받아 안고 있었다. 씨나락을 낙종(落種)하려고 물을 대놓았기 때문이다. 만주벌에 논이라니! 이건 모두 우리 조선 사람들의 피땀이 어린 것이다.

서간도는 조선 땅만큼 배고픈 곳이 아니었다. 열심히 일하면 일한 만큼 먹고 살 수가 있었다. 굶어 죽게 되어 도망쳐온 유민들이 아니던가. 모두 방천살이(牛作農)를 하지만 굶지는 않았다. 방천살이란 소작인 지주(地主)에게 직접 작권(作權)을 얻는 것이 아니고 중간인이 만인(滿人) 지주에게 소작권을 빌려가지고 중간작의 이득을 취하는 것이다. 이런 토지 차득인(借得人)은 자기가 농사를 직접 짓지 않고 소작인에게 농량(農糧)을 대주어 가며 대작(代作)시킨 뒤 수확 곡물을 절반씩 분배하는 제도였다.

원래 중국인들은 논농사를 지을 줄 몰랐다. 압록강을 건너온 우리 유민들이 그악스럽게 개울 물꼬를 내고 물을 끌어다가 물을 가두어 놓고 논을 만들어 벼농사를 지은 것이다. 만주 황량한 벌판에 수수와 조를 심고 있었는데 조선족이 와서 벼농사를 짓게 된 셈이다.

"되선족이 논으로 만든 땅을 되찾아개지구 자기들이 직접 농사를 지으려구 우리를 핍박하는 것이 아니갔어요."

"기런 거이 아니야. 로스 목사가 우리 되선족만을 찾아다니니끼니 중국사람 편에서 생각하기에는 어떤 음모가 이뤄지고 있다고 판단한 것이디."

대석은 아무리 생각해도 이해할 수가 없었다. 어제만 해도 마을에서 쪽복음을 받고 예수를 믿는 집만이 쑥밭이 되었다. 마적단들은 귀신처럼 예수를 믿는 집만을 골라서 급습했다. 얼굴을 가리고 말을 타고 바람처럼 나타났다가 사라졌다. 더 안타까운 것은 조선 사람들이 마적단에 끼여 있어서 칼과 총을 휘두르니 동족끼리 참으로 가슴이 아팠다. 서간도를 휩쓸고 다니는 야비한 마적단은 복음에 거침돌이 되었다.

"예수님을 믿으문 핍박이 따르구 그래야만 믿음의 뿌리가 깊이 내린다구 로스 목사님이 그러지 않았네. 좋은 징조야. 우리가 물러서문 영적 싸움에 지는 것이니끼니 우리 용감하게 돌진하자우."

김청송과 대석은 물이 괴어 바다처럼 된 논을 끼고는 복음짐을 지고 얼얼하게 부르튼 발을 질질 끌며 혼강으로 향했다.

해동(解冬) 후에 물을 대놓고 볍씨를 뿌린 며칠 뒤 낙종(落種)이 싹을 트면서 농부들은 물속의 풀을 위 둥치만 예취(刈取)해 버리느라고 마치 두루미처럼 논물에 발을 담그고 엎드려 있었다. 위 둥치가 잘린 풀뿌리는 물속에서 썩어 비료가 되고 벼 싹만 물 위로 커 나오기 때문에 나중 두서너 번만 김을 매주면 되었다. 소출이 조선의 몇 배가 되어 수전농(水田農)이야말로 금점(金店)꾼이 투기심을 낼만했다. 그래서 한인촌은 항상 싸움이 잦았다.

혼강에 들어서니 굴뚝에서는 연기가 오르고 집집마다 맛있는 음식을 만드느라고 어디를 가나 온통 음식냄새로 가득했다. 술에 취한 청년이 비틀거리면서 지나갔다. 흰 바지저고리가 진흙에 뒹굴어서 감자껍질 색깔이다.

"유민 와서 정신을 못 차리구 저렇게 술을 먹어두 되는 겁네까?"

대석이 이해할 수 없다며 언짢은 표정을 지었다.

"이곳의 황주(黃酒)가 워낙 독하니끼니 조금만 먹어두 저 꼴이디."

"황주가 어드런 술입네까?"

쑥대머리를 하고 비틀대며 걷는 청년에게서 눈길을 떼지 않고 대석이 한심하다는 듯 물었다.

"찰수수나 차조에 누룩을 넣어 맹근 담갈색 술이디. 독한 넘은 흑갈색의 빛깔을 띠기도 해. 저 청년을 구하는 길은 예수 씨를 믿게 하는 길밖에 없디."

술 취한 청년 뒤를 따라서 걷던 두 사람은 주막으로 들어갔다. 이미 이곳은 지난 번 지나가며 쪽복음을 뿌린 곳이었다.

"어어! 이분들 또 왔구먼. 제발 우리를 좀 살려주구레. 예순가 먼가 때문에 착한 사람들이 죽어가구 있넌데 또 오면 어칼라구."

주막 여주인의 지청구에 술을 마시던 사람들이 일제히 머리를 들어 대석과 김청송을 보았다. 그러자 대석이 쪽복음을 높이 치켜들고 전도를 시작했다.

"쥬 예수를 믿으시오. 그러문 당신과 당신의 집이 구원을 받을 것이요. 우리의 산 날이 베틀의 북보다 빠르니끼니 지옥에 내려가 올라오지 못하지 말구 예수 씨를 믿으시라요.
쥬 예수를 믿으문 나그네 생활에 평안이 옵네다."

그때 주막의 평상 한구석에서 혼자 앉아 술을 마시고 있던
청년의 눈에 빛이 번쩍 스쳤다. 갓을 쓴 점잖은 차림이었으
나 오랜 나그네 생활로 인해 전신에 피로의 기색이 역력했
다. 대석이 봇짐에서 쪽복음을 꺼내 여기저기 앉아 있는 주
막의 손님들에게 나누어주기 시작했다. 마침내 한구석에 혼
자 앉아 술을 마시고 있는 청년에게 쪽복음을 내밀자 그의
손이 날쌔게 대석의 손을 움켜쥐었다. 마치 움킬 것에 날아
내리는 독수리처럼 청년의 몸짓은 민첩했다. 손을 빼려는 대
석의 목에 시퍼런 힘줄이 불거져 나왔다.

"봉수 넘을 잡아 죽이려고 예꺼정 왔다가 너꺼정 잡았으니
끼니 이거 산나게 되었넌데."

"아니 와 이러시요. 이 사람은 내 사람이오. 날레 이 손을
놓으시라우요."

김청송이 다가와서 대석을 청년의 손에서 잡아 빼려고 대
들었다. 하지만 어찌나 청년의 손이 강한지 둘이서 힘을 합
쳐도 꼼짝하지 않았다. 대석은 봉수라는 이름이 나오자 독사
앞에 선 개구리처럼 얼어붙어버렸다.

"요넘! 너가 바루 이 백정의 아덜 대석이라는 넘이지? 어
쿠! 이 백당넘아! 짐승 같은 주제에 엎드려 기어나다니지 않
구서리 만주꺼정 와서 먼 짓을 하구 있어. 쥬 예수를 믿으면
너와 네 가정이 구원을 받는다구."

주막 여기저기 모여앉아 술을 마시던 사람들 시선이 일제
히 그리로 꽂혔다. 압록강을 사이에 두고 상상도 못할 지경

으로 춥던 영하 35도의 혹한이 지나고 논에 푸릇푸릇 벼 잎이 살아나는 계절이다. 따스한 봄볕을 즐기면서 술을 마시던 사람들이 우우 모여들었다.

"이 백당넘이 양반을 때려 꼼땡이로 맹글구 서간도루 떼달아난 걸 예꺼정 와서 잡게되었수다레. 이런 넘은 이 칼로 푹 찔러 죽여야 합네다. 근냥 두문 예서 먼 짓을 할지 모르느끼니 이 자리에서 처치해버려야디요."

청년의 손에 어깻죽지가 단단히 잡힌 대석은 냉정을 되찾고 청년의 얼굴을 찬찬히 훑어보았다. 순간 서서히 대석의 눈에 살기가 돌기 시작했다. 무서운 증오의 빛이 번쩍 스치는가 싶더니 날쌔게 청년의 손을 발로 걸어차고 몸을 빼냈다.

"아하! 너 잘 만났다. 여기가 어드멘 줄 알았네? 여기는 만주다."

"기래 어카갔다구 이러네. 만주에 오문 백당이 양반이 된다구 생각하네."

청년은 다시 독수리처럼 달려들어 대석의 배를 걸어차고 등 뒤에서 대석의 목을 조였다. 두 사람의 몸싸움이 한참 계속되자 둘러선 구경꾼들은 대석이 아닌 청년을 응원하기 시작했다.

"여기가 만주긴 하지만 사람을 병신으로 만들고 도망친 나쁜 놈이 우리를 곤경에 빠뜨리려고 야소교를 전하고 있었어. 중국인 지주 눈치를 보며 살얼음판을 걷듯 살아가는 우리에게 불행을 가져온 저 넘을 칵 죽여버리자."

군중의 부추김에 신이 난 그는 허리춤에서 칼을 꺼내 대석의 목에 댔다. 대석은 죽을힘을 다해 몸부림쳐서 청년의 손에서 풀려났다. 아슬아슬한 순간을 모면했지만 둘러선 사람들의 벽에 갇혀 독 안에 든 쥐 꼴이었다.

신풀(황무지를 개간하는 것)로 인해 휘어진 허리와 굳어진 손바닥이 서러워 유민들은 독한 술을 먹었다. 추워서 먹기도 하고 값이 싸서 마시기도 했다. 한(恨)이 깊어 훌쩍이기도 하고 기쁜 일이 있어 찾기도 하는 술이다. 개간한 땅에서 한 삼년 힘들이지 않고 농사지어 먹다가 지력(地力)이 떨어져서 수확이 누그러질 때쯤 돌피(稗)가 무성하여 피사리를 하다 지쳐 술을 찾기도 했다. 지주들에게 쫓겨나서 낙담한 유민들이 주막에 모여 한탄하며 술을 마시기도 한다. 이래저래 주막엔 사람들이 붐빈다. 더구나 봄이 아닌가.

이런 사람들에 둘러싸여 대석은 똥개처럼 청년의 발길질을 당했다. 얼마나 맞았을까. 청년의 힘이 진해진 틈을 타서 대석은 벌떡 일어섰다. 두 사람의 눈과 눈이 마주쳤다. 대석의 눈에 불똥이 튀었다.

"이 양반 새끼야. 여기가 어드멘 줄 아네? 여긴 만주다. 만주에서도 양반 쌍넘이 있다던. 너 문초시 아들 덕보 아니네? 오목 시장에서 우리 오마니를 죽인 이 넘! 너 잘 만났다. 이제야 오마니의 웬수를 갚게 되었다. 불쌍하게 죽은 우리 오마니의 한을 풀어야겠다."

대석이 덕보의 칼을 앗아서 가슴팍을 향해 힘껏 내려찍으려는 순간 전율이 전신을 관통하면서 대석의 귀에 굉음처럼 들려오는 소리가 있었다.

'넌 내가 피로 산 내 아들이다. 넌 새로운 피조물이다. 옛것을 버려라.'

숨 막히는 순간이 지나갔다. 손을 치켜든 채 얼굴이 하얗게 질린 대석은 힘없이 칼을 땅에 내던져버렸다. 이 순간을 이용해서 문덕보가 칼을 집어 들고 대석에게 덤벼들었다.

만주는 아편과 도박이 성행하는 곳. 주색잡기에 눈을 뜨기 좋은 땅이기도 하다. 농사를 지어 수중에 조금이라도 돈이 들어오면 술, 아편, 도박, 주색잡기로 시간을 보내는 것은 유민들의 한(恨)이 이런 데로 분출되기 때문이다. 해서 싸움도 잦은 곳이다. 이런 데서는 구경만 하지 저지하는 사람이 없었다.

"흥! 백당님이 양반을 꼽땡이루 맹글구 그것두 부족해서 날 죽이려구 기래. 조상신이 네 손을 붙들구 놓지 않는 걸 보라우. 요놈! 이제 너 내 손에 죽어봐라. 이제야 박진사댁 한을 내레 대신 풀어주게 되었다."

박진사댁 노마님의 명을 받들고 봉수의 뒤를 미행하면서 서간도까지 온 문덕보가 날이 시퍼렇게 선 칼로 대석의 가슴팍을 찍으려고 높이 치켜들었다. 눈에 핏발이 선 문덕보의 얼굴과 비수를 보며 대석은 눈을 감아버렸다.

"쥬여! 제 영혼을 당신께 맡깁니다. 저 사람을 용서하여 주소서."

대석은 아주 평안한 마음으로 죽음을 맞을 준비를 했다.

그때 둘러선 무리 중 한 사람이 고함쳤다.

"마적이다, 마적! 저기를 보라고! 저 먼지바람이 이리로 오구 있지 않아."

그러자 사람들은 우우 흩어지기 시작했다. 부엌으로 달아나서 아궁이로 기어들어가는 사람도 있고 무조건 들판을 향해 달아나는 사람도 있었다. 순식간에 먼지를 몰고 온 마적단은 30여 명. 허공을 향해 총을 쏘아가며 말을 타고 주막을 한 바퀴 돌았다. 너무 돌발적으로 일어난 사건이라 대석의 가슴팍을 움켜잡고 비수를 겨누고 있는 문덕보와 대석만이 미처 숨지를 못하고 그냥 주막 한가운데 그대로 있었다.

"양오랑캐들이 와서 만나고 간 사람들을 찾고 있다. 우린 양민을 죽이지 않는다. 야소교를 구실 삼아 파고 들어와 우리 중국인을 해치려는 정탐꾼만 죽인다. 어서 대주지 않으면 이 주막을 불살라버릴 것이다."

마적의 두목이 말을 탄 채 이렇게 외치자 평상 밑에 숨어 있던 주막주인이 기어 나와 대석을 향해 손가락질을 했다.

"바로 저 놈이요. 저놈이 양이들을 데리고 왔었소. 오늘도 요도(妖道)를 믿으라고 이런 책을 나누어 주었지요."

주막주인이 마당에 흩어진 쪽복음을 하나 주워서 두목에게 바쳤다. 마상(馬上)에서 쪽복음을 받아 훑어본 두목은 바로 옆 마적에게 넘겨주었다.

"자네가 저놈을 처치해버려. 가자! 우리 고만 이 주막을 떠나자. 저 앞마을로 가서 사교(邪敎)를 믿으라고 희떠운 소릴 하는 놈들을 잡아야겠어."

마적단은 먼지 구름을 일으키며 앞마을을 향해 달리기 시작했다. 김청송은 헛간 나뭇단 뒤에 숨어서 이제 곧 죽게 될 대석을 안타까운 마음으로 지켜보았다. 말을 탄 사람이 긴 칼을 한번 휘두르면 대석의 목은 댕강 잘리게 되는 것이다. 숨 막히는 순간이었다. 그런데 어찌된 일인지 마상에 앉은 마적은 칼을 뽑았을 뿐 조용했다. 대석은 눈을 감았다. 아버지 이 백정과 동생 금경이 있는 하늘나라를 사모하며 마적의 칼날을 기다렸다.

덕보는 자기 대신 대석을 처치해줄 사람을 만난 것이 흡족해서 만면에 웃음이 넘쳤다. 마적의 칼이 휘익 파란 빛을 내며 내리꽂혔다. 아악! 쓰러진 사람은 대석이 아니라 덕보였다. 덕보는 피가 콸콸 뿜어 나오는 팔을 부여잡고 마당 한가운데 나동그라졌다. 문덕보를 칼로 내리친 사내는 다시 훌쩍 말에 올라 먼지 구름을 일으키며 마적단을 향해 내닫기 시작했다. 김청송이 나뭇단 뒤에서 뛰어나오고 주막 주인도 나왔다. 피투성이가 되어 나동그라진 문덕보를 모두 구경만 했다.

대석이 민첩하게 자신의 저고리 소맷부리를 부욱 찢어내서 상처 바로 윗부분을 꽁꽁 잡아매 지혈시켰다.

봉천 선교사병원에서 의사 보조원으로 일할 때 눈여겨 보아둔 솜씨였다. 피가 멎자 덕보를 업어다 주막방에 뉘고 대야에 물을 떠다 피로 얼룩진 상처부위를 닦아주기 시작했다. 자신을 죽이려던 사람을 돌봐주고 있는 대석을 놀라운 눈으로 쳐다보던 술꾼들은 정신이 들자 자신들의 집을 향해 모두 뛰기 시작했다.

밤이 왔다. 얼굴을 찡그리고 이빨 사이로 신음을 토해내는 덕보의 입술이 바짝 타들어가며 쩍쩍 갈라졌다. 대석이 물수건을 가져다 입술을 적셔 주었다. 사위가 조용해지자 김청송은 긴장이 풀려 따끈한 구들에 배를 깔고 곯아떨어졌다. 신음하는 문덕보를 치켜보며 혼자 앉아있는 대석의 마음에 앙금처럼 굳어있던 미움이 서서히 끓어올랐다. 저 사람을 그냥 두었더라면 피를 많이 흘려서 지금쯤 저절로 죽어버렸을 터인데 내가 왜 살려주었을까. 나의 어머니를 주인 원수를 다른 사람의 손을 빌려 죽일 수 있었는데… 이제라도 늦지 않았다. 어머니의 원수를 갚을 수가 있다. 넌 지금 무얼 하고 하느냐. 어서 저 사람을 죽여라. 대석은 마음 속에 일어나는 무서운 갈등을 참아내느라고 머리칼을 쥐어뜯으며 방바닥에 이마를 대고 신음하면서 엎드렸다.

"쥬여! 쥬여! 저를 긍휼히 여겨주소서. 쥬여! 쥬여! 저 살인자 원수 놈을 죽이지 못하게 막으신 분이 당신인 걸 제가 잘 압니다. 그러나 불쌍한 우리 오마니를 생각해보세요. 쥬님이 제 입장이라면 어떻게 하시겠습니까."

대석은 땀을 흘리며 몸부림쳤다. 손이 자꾸만 덕보의 목을 향해 가는 걸 막느라고 두 손을 맞잡고 진땀을 흘렸다.

멀리서 닭이 울고 동이 트는 새벽, 부드러운 음성이 대석의 귓가를 스쳤다.

'원수를 사랑하는 것이 내 뜻이니라.'

'아니 원수를 사랑하라구요. 세상에! 원수를 사랑하라구요. 전 전 못합니다. 죽이고 싶은 사람을 사랑하라구요.'

창문이 희붐히 밝아올 무렵, 행전을 치고 대석은 떠날 차비를 했다. 주막주인에게 돈을 주며 다친 문덕보를 잘 돌봐달라고 부탁하고 마적들이 쳐들어간 마을을 향해 대석과 김청송은 천천히 발걸음을 옮겼다.

마을에서 치솟은 불길이 새벽하늘을 검붉게 물들였다. 불타는 집에서 피어오른 연기가 아침 안개처럼 자욱하게 스며든 들판 한가운데를 뚫고 대석을 향해 말을 타고 달려오는 사람이 있었다. 김청송은 겁에 질려 대석의 등 뒤에 몸을 숨겼다.

말에서 훌쩍 뛰어내린 마적은 바로 어제의 그 사내였다.

"넌 이 백정의 아들 대석이 아니네? 내레 어제 널 한 눈에 알아보았다."

"아아! 봉수형! 박진사댁 절개살이 하던 봉수형 아니네."

"기래 기래. 내레 봉수다."

"봉수형! 아이쿠! 하나님 감사합니다. 어제 너머너머 고마웠어요."

두 사람이 서로 껴안았다.

"형이 마적단에 끼어있다니! 박진사댁 노마님의 서찰을 개지구 전라도에 갔다구 들었넌데 어캐 서간도에 와서 마적이 되었습네까?"

"내레 검동을 찾으루 예꺼정 온거 아니네. 우리레 혼세하문 서간도루 가자구 서루까락 약속을 했으니끼니 검동은 서간도 어드멘가 있을 거라우. 나를 찾아서 이 넓고 황량한 만주 벌판을 돌아다닐 것이 분명하니끼니 내레 어카갔네. 이렇게 마적단에 끼어 있어야 서간도의 모든 부락을 날레날레 돌아다니문서 둘러볼 수 있구 그래야 검동을 찾을 수 있디 안갔어."

"아아… 검동을 찾는다구요?"

대석은 봉수를 껴안았던 팔을 풀고 한 발자국 뒤로 물러섰다.

"와 그러네? 너 검동을 보았네. 보았다문 일러주라우. 제발 어드메 검동이 있넌지 알문 날레 말해보라우."

대석은 말을 못하고 머뭇거렸다. 세상에! 홋오마니가 된 검동이가 봉수와 혼인할 여자였다니! 마적단이 휩쓸고 지나간 마을에서 울부짖는 부녀자들의 울음소리가 만주벌의 계곡과 들판을 직셨다.

"얼릉 말해 보라우. 내레 검동이를 찾으려구 마적단에 들어있디만 사람 죽이는 걸 좋아하지 않아. 검동이만 찾으문 내레 마적단에서 빠져나와 북간도로 가 살 거야. 중국 넘들이 우리를 고용해서 돈을 혹게 많이 주면서 이렇게 하라구 시켜서 하는 짓이디 진짜 마적단두 아니야. 양놈들이 들어와서 되선족들을 꼬드겨서 중국 지주들을 죽이려 한다고 혼을 내주라고 해서라무니 내레 이러구 다니는거 아니가. 검동이만 찾으문 이 짓도 하지 않을 게다."

검동을 애타게 찾고 있는 봉수의 얼굴은 만주벌의 거센 바람으로 검붉었고 눈은 강렬한 광채를 발하며 이글거렸다.

"검동은 내 홋오마니가 되었수다레."

대석이 감히 봉수의 얼굴을 쳐다보지도 못하고 불쑥 내뱉었다.

"너 지금 머라구 했네? 다시 말해보라우. 갑재기 기건 먼 말이네. 고럼 검동이 이 백정의 색씨가 되었다 이말이간?"

대석은 그렇다고 머리를 끄덕였다.

"그럴 리가 없어. 우리는 서루까락 사랑했넌데 그럴 수레 없디. 검동이 어드렇게 이 백정의 아낙이 될 수 있단 말이네."

봉수는 대석의 말을 믿으려 하지 않았다. 머리를 아주 세차게 도리질하며 아니라고 부인했다. 나중에는 두꺼비 같은 손으로 대석의 목을 조이기 시작했다. 봉수는 키가 어찌나 큰지 보통 사람보다 머리 하나가 더 큰 우람한 체격이었다. 대석이도 건강했지만 봉수 앞에서는 작아 보였다. 이런 봉수가 무섭게 나대자 어쩔 수 없이 대석이 입을 열었다.

"제발 이 두터비 같은 손을 놓으라우. 박진사댁에서 검동을 부대에 넣어 압록강에 버린 걸 우리 아바지가 건져 살렸으니끼니 어카갔어. 아를 낳아 몸이 억망이라 우리 집서 돌봐주며 지내다 고만 홋오마니가 되어버린 거디."

봉수의 손에 힘이 빠져나갔다. 그리고 정신 나간 사람처럼 중얼거렸다.

"그랬었구나. 기래서 나를 강제로 전라도루 보내구 붙잡아 간우구… 검동이 씨받이가 되어서라무니… 아아! 박진사넘! 데 따우레 무신 넘의 양반이야. 내레 박진사 집안을 돌루 찍어케서 산산조각을 맹글어버릴 터이니끼니 두고 보라우. 검동의 원수를 내레 갚구 말기다. 앞당 세워 박진사 목을 눌러 죽이구 앙큼한 노마님 가슴에 비수를 꽂을 터이니끼니."

봉수의 얼굴이 온통 가지색이 되었다. 떠오르는 햇살을 받고 선 봉수의 얼굴은 피가 역류하는지 다시 하얗게 질리면서 몸을 부들부들 떨기 시작했다.

"검동은 고럼 이 백정과 의주에 살구 있다 이 말이간?"

"아니야. 아니야. 그렇지가 않아."

"고럼 검동이 봉수를 찾아 어드멘가를 하하 헤매구 다니갔디?"

"아바지와 내 동생 금경이는 박진사가 때려 죽였구 검동이, 내 홋오마니는 남쪽으루 간다구 도망텨버렸다구 했넌데 어드매로 갔넌지 아무도 몰라."

대석은 정말 모른다고 머리를 크게 좌우로 흔들었다. 이런 대석을 남겨두고 봉수는 말에 훌쩍 올라타더니 마적단이 사라진 반대방향. 압록강의 대안 의주를 향해 미친 사람처럼 치닫기 시작했다.

봉수가 가버린 압록강 반대쪽 만주 벌판을 향해 대석과 김 청송은 복음 짐을 지고 걸었다. 로스 목사가 다녀간 마을들은 이미 쑥밭이 되었고 두 사람이 쪽복음을 나누어 주며 한글을 가르친 곳에 어김없이 마적들이 나타났다.

"참으로 이상한 것은 마적들이 야비하게 칼을 휘두르고 총을 쏘고 무섭게 난리를 치구 심지어 집을 불태워도 사람을 죽이지 않는단 말이야."

김청송이 어눌한 음성으로 이렇게 말하며 머리를 갸우뚱거렸다.

"기게 바루 성신의 도우심이 아니갔어요. 먼가 쥬님이 뜻하는 바가 있을 겝네다. 우리 같은 인생이 감히 어드렇게 하나님의 뜻을 헤아릴 수 있습네까."

두 사람은 복음이 들어가지 않은 한인촌으로 발길을 돌렸다. 마을 어귀에 들어가니 중국인 지주와 조선 사람이 맞붙어 격렬하게 싸우고 있었다. 신풀이 하여 기름이 도는 논에 모를 다 심어놓아서 광활한 논물 위로 얼굴을 내민 어린 벼들이 바람결을 따라 하늘거렸다. 그런 논을 앞에 두고 아편에 적당히 취하고 돼지 기름이 전신에 고인 지주가 턱을 바짝 치켜들고 대드는 조선족을 향해 뒷짐을 진 채 호통을 쳤다.

"소작료를 더 내든지 불연(不然)이면 토지를 반환하시오."

"아니 이건 계약과 다르지 않습니까. 저희들에게 양식을 대주어가며 개간하는 동안 도와주었다고 하지만 이게 첫 농사가 아닙니까. 서로 반타작할 것을 약속하지 않았습니까.

이제 와서 6할을 내라니 이건 너무 억울합니다."

중국말을 몰라서 통역을 내세워 놓고 답답해서 온몸으로 하소연하는 한인의 얼굴은 논의 흙 빛깔 그대로였다. 중국인 지주는 담뱃대에 아편을 넣어 한 모금 빨고는 항의하는 유민을 바라보며 입가에 묘한 웃음을 머금었다.

"너희 동족이 말하기를 이 논의 소작료가 너무 헐하다고 더 내어도 좋으니 떼어 달라는 데야 어찌 하겠느냐. 배부르니 양인(洋人)들을 데려다가 야소를 구실 삼아 공모하여 지주를 제거하려고 하니 소작료를 올리라고 하더라."

"우리 마을에는 야소를 믿으라고 들어온 양인도 없고 그런 한인도 없단 말이요. 그러나 저러나 우리 조선족이 정말 소작료를 올리라 그랬단 말이요."

중국 지주는 그렇다고 머리를 크게 주억거렸다.

울며 겨자 먹기로 소작료를 그렇게 올려야할 판이었다. 여기는 만주벌판 남의 땅에 와 있으니 억울해도 어디에 호소할 수도 없었다. 둘러선 사람들의 흐느낌이 전염병처럼 퍼지며 울음소리가 신풀이 해놓은 논물 위로 퍼져나갔다.

울어대는 유민들을 향해 대석이 쪽복음을 번쩍 치켜들었다.

"인생이란 잠깐 있다 없어지는 아침 이슬이요, 구름이 사라져 없어짐 같은 거라우요. 그러니끼니 쥬 예수를 믿으시라요. 그리하문 당신들과 집안이 구원을 받을 것이요. 우리 앞에 천국이 가까웠으니끼니 회개하라우요. 이건 높으신 샹뎨 우리 하나님의 말씀이야요."

대석의 말에 놀란 사람들의 울음소리가 논물 위로 사그라지고 저들의 눈이 일제히 대석의 손과 얼굴에 꽂혔다. 그들 중 이 마을을 대표로 보이는 백발의 할아버지가 대석의 멱살을 잡았다.

"남의 땅에 붙어 살기두 어려운 디경에 야소를 믿으라구. 게다가 앵인(洋人)을 끌구 온 연고로 중국인 디주들의 감정을 건드려서 지금 이 야단이 아닌가. 우리 마을도 마적단의 습격을 받아서 콩가루가 되는 걸 보려구 기래. 저놈들을 잡아 가두었다가 마적단에게 넘겨줘라."

순식간에 장정들이 대석과 김청송을 묶어서 마을의 제일 큰 집 곳간에 가두었다. 대석은 손목이 너무 꽉 조이게 묶여서 참을 수가 없었다. 죽음에 대한 두려움이 엄습했다. 억울하다는 생각이 들었다. 그러고 보니 예수를 믿다가 가정이 깨진 것이 아닌가. 하나님을 향해 원망이 솟구쳤다. 앞을 분간 못할 어둠이 대석을 엄습했다. 음부에 내려간 기분이었다. 하필이면 이런 시간에 퍼런 심줄이 실지렁이처럼 꿈틀대던 복출의 이마가 선명하게 대석의 눈앞에 다가왔다. 그러자 꼽땡이가 된 복출을 향한 연민의 정이 샘처럼 고여 왔다. 순간 울컥 입에서 절로 이런 말들이 마구 쏟아져 나왔다.

"오! 쥬여! 저를 긍휼히 여겨 주시라요. 저는 죄인입네다. 벌레터럼 죽어도 좋을 더러운 넘입네다. 아바지와 오마니를 죽게 하구 동생 금경이를 죽게 한 죽일 넘입네다. 양반 복출 도련님을 꼽땡이로 만든 죽일 넘입네다. 양반들을 저주하고 미워한 죄를 지은 넘입니다. 이렇게 당하는 것이 당연하디요…."

대석은 광 바닥을 뒹굴며 울었다. 가슴속에 깊이를 모르게 차곡차곡 고였던 오물들이 쏟아져 나오는 순간마다 격렬하게 울어댔다. 전신이 불덩이처럼 뜨거워졌다. 너무 울어대니까 김청송이 달래지를 못하고 따라서 울었다.

그때 광문이 열렸다.

"왜 그렇게 울어대는 거요? 울음소리 때문에 잠을 잘 수 있어야지."

텁텁하게 쉰 목소리를 지닌 늙수그레한 남자가 대석에게 다가왔다.

"누구십네까? 이 밤둥에 여기 오신 분이."

"쉬이! 조용히. 당신이 준 쪽복음을 받고 예수 씨를 믿게 된 사람이요."

평북 강계 부사가 조사한 바에 의하면 압록강 대안에 흩어져 살고 있는 유민이 3만7천여 명에 달한다고 한다. 사람들이 모여 살면 장사꾼이 있게 마련이다. 유민들에게 문종이, 소가죽, 홍삼을 가져다주고 만주에서는 맨체스터 산(産) 면제품이나 설탕, 사치품에 속하는 박래품을 대신 가지고 압록강을 건너 평양이나 강계로 나온 밀무역상들은 짭짤한 이득을 보고 있었다.

"압록강을 넘나들며 장사를 하다 보니 이상한 일이 벌어지고 있습니다. 마적들에게 들볶인 야소교인들이 압록강을 건너가서 강계, 자성, 초산, 벽동… 압록강 대안의 어디를 가나 서너 명씩 모여 몰래 외딴집이나 산속에 숨어 쪽복음을 가지고 예배를 드리고 있더라고요."

대석은 새우처럼 허리를 휘고 광 바닥에 모로 누운 채 고개를 들었다.

"그 말이 정말이라요? 유민들이 우리가 전해준 쪽복음을 개지구 되선 땅으루 되들어갔다 이 말이야요?"

그렇다고 믿무역하는 사내는 머리를 주억거렸다.

"오! 쥬여! 감사합네다. 우리가 수고하지 않아도 흩어지는 사람들이 복음을 개지구 되선 땅으로 갔군요. 아아! 우리 되선 사람들을 사랑하시는 쥬여!"

묶여서 환호하는 대석을 한참 바라보던 사내가 이렇게 속삭였다.

"여기 이렇게 갇혀 있다가는 큰 봉변을 당할 것인데 이를 어떡하지!"

"고름 우리를 도망시키려구 들어왔습네까?"

김청송의 말에 그 사내는 아니라고 머리를 흔들었다.

"좋은 방법이 하나 있긴 하오. 이 집의 외동딸이 초학에 걸려 골골하고 있는데 예수 씨의 힘으로 고쳐준다면 두 사람의 목숨도 살 수 있고 이 마을이 모두 예수 씨를 믿을 겁니다. 그만큼 이 집 주인은 유민들 사이에서는 신임이 두텁고 존경을 받고 있으니까요."

사내의 말에 대석이 다급하게 물었다.

"이 집 따님이 하루거리에 걸렸다 이 말이라요?"

"그래요. 몸이 약한 여아라 목숨이 경각에 달려서 슬픔이 대단하지요. 그전에 집안현 근교에서 칠대 독자를 살려냈듯이 이번에도 이 집 딸만 살려낼 수 있다면 자네들은 당장 여기서 살아나갈 수 있단 말이오."

"나를 그 딸 있는 곳으로 데려가시라요. 그 자리에서 고쳐낼 수 있디요."

대석이 자신 있게 말했다. 또 어떤 일을 저지르려고 이러나 해서 김청송이 묶인 팔뚝으로 대석의 등을 세차게 때렸다.

송대근이라는 밀무역자는 대석에게 몇 번이고 초학에 걸린 아이를 단숨에 고칠 수 있느냐는 다짐을 받고 한밤중 안채로 달려들어갔다. 어떻게 떠들어댔는지 여식의 아버지와 할아버지가 대석이 갇힌 곳간까지 왔다.

"정말 초학에 걸린 내 손녀를 고칠 수 있다 이 말인가?"

이 사람은 낮에 대석의 멱살을 잡고 닦달하던 노인이었다. 대석은 자신 있게 그런 병을 치료할 수 있다고 응했다.

"야소교에서는 이런 병을 고칠 수 있는 특별한 비법을 지닌 귀신을 모시고 있다 이 말이요? 절에 가서 불공을 드렸고 아낌없이 돈을 들여 굿을 해보았지만 손녀는 죽어가고 있는데 이런 아이를 고칠 수 있다니 도저히 믿어지지 않는군. 곤경을 면하기 위해 우리에게 속임수를 쓰는 것이 아닌가?"

"하루가 지나면 일어나서 거동을 할 것이니끼니 의심하디 마시라요."

대석의 말에 김청송은 걱정이 되어 죽을상이었다. 대석은 옆에 놓은 괴나리봇짐을 끌어안고 안채로 따라 들어갔다. 아랫목에 누워있는 여자아이는 콧날만 오똑 살아있고 아주 가녀린 몸집이었다. 대석은 여아 옆에 무릎을 꿇고 간절히 기도하기 시작했다. 송대근이 대석을 따라 무릎을 꿇자 아이의 조부와 아버지도 눈치를 보며 무릎을 꿇었다.

"쥬님! 이 가정을 긍휼히 여겨주심을 감사합네다. 이 가정이 구원받게 하여 주시옵소서. 모두 예수를 믿게 하여 주시옵소서. 해서 서간도가 이 집을 등심으로 복음이 불붙어 교회가 반석 위에 서게 하여 주시옵소서."

대석의 기도소리가 컸고 내용을 다 들으면서도 자식을 살릴 욕심에 막는 사람이 없었다. 대석은 봇짐에서 노란 알약을 꺼냈다. 금계랍이었다. 봉천을 떠날 적에 병원의 선교사들이 필요할 것이라며 손에 쥐어준 것이다.

"물 한 대접 개져다 주시라우요."

여아의 어머니가 물 대접을 남편의 손에 넘기고 딸을 안아 일으켰다. 대석이 아이의 입에 노란 금계랍을 넣어주고 물을 마시게 했다.

"잠시 뉘어 두십시오. 곧 일어날 것입네다. 날레 입쌀로 죽을 멀겋게 쑤어 개져오시라우요. 덩신 들게 되문 배가 혹께 고플 거웨다."

여아의 어머니가 믿을 수 없다는 듯 대석을 바라보다가 부엌으로 달려 나갔다. 이내 솔가지를 꺾어 아궁이에 불을 지피는 소리가 들렸다. 방안의 분위기는 떨떠름했다. 아무래도 미심쩍어서 대석의 위 아래를 날카로운 눈으로 훔쳐보며 아이의 동태를 살피는 노인의 눈이 제법 매섭다.

대석이 마을에서 제일 높은 어른 댁의 손녀를 고쳤다는 소문은 한인촌에 삽시간에 산불이 번지듯 퍼져나갔다. 초학에 걸린 사람들이 원근 각처에서 모여들었다. 마적의 출몰로 인해 야소교를 믿는 것을 꺼려했던 사람들이 변하기 시작했다. 이런 일로 해서 김청송과 대석은 서간도 구석구석을 돌며 쪽복음을 팔고 글을 가르칠 수 있었다. 서간도에 예수 소문이 누룩처럼 번졌다.

"마적이 우리를 못 살게 해도 우리는 서간도를 떠나지 말자."

"아편이랑 술을 끊고 예수를 믿어서 잘 살아보지."

"예배를 드릴 예배당을 짓고 거기서 글을 배우자."

"우리가 여직 섬겨온 다른 귀신들은 몽땅 거짓이구 상제가 진짜구나."

마적의 등쌀에도 꿋꿋하게 서서 유민들은 한손에 쪽복음을, 다른 한손에 쟁기를 잡았다. 고래로 한전(旱田)만 지어먹던, 물이 귀한 만주의 평원에 조선 유민들이 기적을 창조하고 있었다. 물이 올라 잎이 난 버드나무 가지를 꺾어다 포갬포갬 쌓아 올리고 나무토막으로 만든 갱목(坑木)을 땅 밑까지 내려 막는 작업을 했다. 보(洑) 도랑을 길게 그리고 아주 깊게 파서 고인 물을 논으로 끌어들여 작답(作畓)하는 조선족들의 팔뚝에 심줄이 불끈 솟아올랐다. 갑자기 요술을 부린 듯 밭에 물이 바다처럼 질퍽하게 고이는 걸 중국인들은 그저 놀라서 바라보며 감탄사를 연발할 뿐이었다.

밭을 논으로 바꾸느라고 바쁜 유민들을 찾아 나선 대석과 김청송은 만주 벌판을 종횡무진으로 편답했다. 너무 바빠서 거들떠보지를 않을 적에는 논둑에 올라서서 찬송을 불렀다. 대석의 우렁찬 찬미소리가 물이 흥건히 고인 논배미 위로 퍼져나가면 유민들은 하는 일을 멈추고 그 앞으로 모여들었다. 초학을 고쳐주는 고마운 야소교인들이란 소문을 이미 듣고 있던 외롭고 서러운 사람들은 너도나도 손을 내밀어 금계랍과 쪽복음을 받았다.

조선족과 중국인의 충돌이 잦아지면서 야소를 믿는 사람들은 하나로 똘똘 뭉쳐서 예배당을 지어 마을을 지켰고 향수병에 걸린 사람들은 압록강을 건너 고향으로 향했다. 국경을 사이에 두고 이쪽저쪽으로 갈라졌다. 모두들 쪽복음을 봇짐 속이나 이불 속에 아니면 이고 가는 솥 안에 넣어 가지고 만주와 압록강 대안의 조선 땅으로 떠났다.

하나님이 손바닥을 탁탁 치자 조선의 요단강인 압록강을 사이에 두고 유민이 복음짐을 지고 뿔뿔이 흩어지고 있었다.

귀소본능

1

박진사댁의 아침은 굴뚝에 연기가 오르고 정심수 우듬지에 앉은 까치들이 시끄럽게 짖어대며 시작된다.

별당에 신방을 차린 꼽추 복출 도련님이 새색시 농 밑바닥에서 쪽복음 「예수성교누가복음젼셔」를 찾아냈다. 한밤중 사위가 죽은 듯이 고요해지면 시집 온 지 한 달이 채 안된 새색시가 살그머니 일어나 농 밑바닥을 뒤져 무엇인가를 꺼내 읽고 있는 것이 수상해서 견딜 수가 없었다. 용기를 내서 아침나절 색시가 부엌으로 나간 사이에 뒤져낸 것이다.

"오마니! 이게 멉네까? 밤마다 이걸 내 색시가 읽구 있넌데 먼지 모르갔읍네다. 농 밑에 보물처럼 감추어 놓은 걸 제가 몰래 찾아냈읍네다."

안채로 달려 나간 복출이 쪽복음을 내밀자 마님은 의아한 표정을 지으며 복출의 손에서 얄팍한 책을 받아들었다.

"아매두 부녀자가 읽어야 할 계녀서가 아니갔네. 어머머! 이건 진서(眞書)가 아니구 언문이 아닌가. 양반집 아녀자가 언문책을 시집오며 숨겨오다니!"

마님은 쪽복음이 무슨 책인지 몰라 이리저리 뒤척였으나 감이 잡히질 않았다. 그때 마침 조반상을 들고 들어오는 곰보댁과 숭늉을 들고 앞장선 복출의 새색시가 마님의 손에 들린 쪽복음을 보고 사색이 되었다.

"너 게 앉거라. 이게 먼 책이네? 진서가 아니구 언문으로 된 책이라면 규방에서 못된 것들이 숨어서 읽는 기런 책이 아니갔네?"

새색시는 무릎을 꿇고 다소곳이 머리를 숙인 채 말이 없다. 시어머니의 꾸중을 들으며 귓가에선 친정에서 자주 들었던 시집살이 민요가 맴돌았다.

'시아버지 호랑새요, 시어머니 꾸중새요, 시누이 하나 뾰족새요, 남편은 미련새고 자기는 썩은 새.'

이 미련한 신랑이 색시의 농까지 들춰내서 안방에 들이밀다니! 다섯 살 위인 새색시는 신랑에 비해 훨씬 어른스러웠다.

"날레 직고하지 못할까? 이게 먼 책이냐구 묻지 않네."

시어머니의 호령에 새색시는 놀라서 꿈틀했다. 그래도 입을 떼지 않았다. 시간은 자꾸 흘러 숭늉도 식고 밥상의 국도 썰렁해지건만 새색시는 입을 열 기미가 없다. 쪽복음으로 인해 바늘방석에 앉은 듯 불안해진 곰보댁이 행주치마에 투박한 손을 감추고 어렵게 새댁을 옹호하고 나섰다.

"저, 저… 그 책은 제 것입네다. 모든 잘못은 제게 있으니끼니 절 나무라시라요. 아씨에게 제가 그 책을 주었습네다."

곰보댁이 죽어가는 시늉을 하며 읊조리자 그때까지 벙어리처럼 입을 다물고 머리를 직숙이고 있던 새색시가 당돌할 만큼 당차게 머리를 바짝 치켜들었다.

"기건 쪽복음입네다."

"쪽복음이 머이가? 남녀 간에 이야기를 쓴 이상한 내용이 간?"

마님은 한글로 **빽빽하게** 들어찬 쪽복음의 책장을 신경질적으로 넘겼다.

"길쎄 이걸 밤마다 함자 일어나 읽는 걸 보문 나쁜 책이 틀림없습네다. 좋은 책이라문 와 감춰놓고 나꺼정 속입네까."

꼽추 복출이 어깨를 으쓱이며 어머니에게 일러바쳤다.

"혹시 부적을 쓸 경우 참작할 가정길흉비결서 같은 거이 가?"

마님은 은근한 목소리로 그렇다고 대답하라고 새 며느리에게 다그쳤다.

"그런 책이 아니구 예수 씨의 말씀인 성경입네다."

새색시의 입에서 예수 씨니 성경이란 말이 튀어나오자 인두에라도 덴 듯 마님은 흠칫 놀란다. 조카딸 동미의 얼굴이 순간적으로 눈앞을 스쳐지나갔다.

"아니, 아니! 너 머라구 했네? 머 성경이라구? 그럼 너 야소교인이란 말이네. 이거 어케 된 일인가? 이 집안이 어드런 집안이라구 사교를 믿는 며느리가 들어왔네. 우리 복출이 몸이 성치 못하지만 이 집안의 대를 이을 장손이다. 너 한번 외소박을 받아봐야 덩신을 차리갔네."

외소박이란 여자에게 가장 힘든 것으로 남편이 다른 여자를 집안에 끌어들여 살면서 본실을 본체만체 소박 놓는 걸 말한다.

시어머니의 호령이 떨어지는데도 새댁은 도통 말이 없다.

"불순부모(不順父母)도 칠거지악(七去之惡)에 속히는 걸 몰랐네? 이 일루 인해 내일 당장이라두 친정으루 보내버리문 너 어카갔네."

곰보댁이 울상이 되어서 안 된다구 마구 머리를 흔들며 사실을 토해냈다.

"실은 아씨가 시집오기 전에 열병에 걸려 성 밖에 내다버린 적이 있었습네다. 그때 복출 도련님이 잡수셨던 산삼을 캐온 황어인이 지나다가 죽어가는 아씨를 보고는 불쌍히 여겨 데려다 돌보문서 예수 씨께 기도해서 살려냈습네다. 기래서 예수 씨의 말씀인 쪽복음을 개지구 시집온 거디요."

"으음."

마님의 깊은 한숨은 신음에 가까웠다.

"그럼 홍남동에 도검돌이란 자가 양방을 차리구 사도(邪道)를 가르치구 있다넌데 그 무리가 우리 며느리를 살려냈다 이 말이가?"

맞는 말이라고 곰보댁이 머리를 주억거렸다. 동미의 일이 다시 주마등처럼 마님의 머리를 스쳤다. 그럼 며느리도 극성을 부리며 이 집을 빠져나가 천민들의 무리에 끼어들어가는 것이 아니겠는가. 이건 큰일이었다. 미리 오금을 못 쓰도록 단단히 박아두지 않으면 집안이 발칵 뒤집힐 일이었다. 좋은 가문의 규수가 복출에게 시집오는 걸 순순히 응해서 묘하다 했더니 내막이 있었구나.

"너 내 말 잘 들어라. 네가 야소교 책을 이 집안에 들여온 것은 이 가문에서 내보낼 조건이 된다. 삼불거(三不去)라는 참작의 조건이 있긴 하다만 너에게 해당되는 것이 하나도 없다. 가난할 때 시집와서 귀히 된 조강지처(糟糠之妻)도 아니구 부모의 3년상인 초토(草土)를 같이 치른 아내도 아니잖느냐. 또한 늙어 의지할 데 없는 여자도 아니구. 그러니끼니 시아바지나 시클마니에게 알리지 말구 조용히 해결하자우. 이 책을 날레 아궁이에 넣구 태워버리자. 양귀를 쫓아 보내버린 뒤에야 박씨 가문의 여자가 되는 것이니라."

마님은 벌떡 일어나 쪽복음을 신경질적으로 꾸기적거리더니 들고 나가 안방 아궁이에 처넣어버렸다. 기다렸다는 듯이 곰돌이가 불쏘시개를 넣고 불을 댕겼다. 이 모든 걸 새댁은 한마디 하지 않고 입술을 깨물며 지켜보았다.

어깨 사이에 목이 자라처럼 쏘옥 들어간 복출은 색시의 쪽복음이 아궁이에서 재가 되는 걸 구경하다가 사랑채로 조촘조촘 빠져나갔다. 사랑채에서는 서당에 가지 않겠다고 칭얼대는 서출의 종아리를 박진사가 호되게 때리고 있었다. 목침 위에 올라서서 따갑게 내리치는 매를 맞는 서출은 화등잔만한 눈이 벌게지도록 분을 못 이겨 식식거리며 승복하지 않았다.

"그까짓 서당에 가서 멋해. 사랑 마당에서 망깨놀이하며 놀문 어드래서 기래."

박진사의 이마에 퍼런 심줄이 솟아났다. 이런 망종(亡種)이 있나. 종아리에 수십 마리의 실지렁이가 기어 다니는 것처럼 흉측한 맷자국을 남기고 제풀에 지쳐 회초리를 놓은 순간 박진사의 눈이 복출과 마주쳤다. 사랑채에는 절대로 오지 말라는 엄명을 어긴 것이다. 사랑채에 드나드는 손님들에게 허리가 휜 병신자식을 보여주고 싶지가 않아서였다.

"너 이님! 별당에서만 지내라고 한 내 말을 잊었네."

박진사의 호령에 겁을 집어먹은 복출은 일각대문을 밀치고 안채로 줄행랑을 쳤다. 그때 장옷을 머리까지 뒤집어쓴 마님이 가마에 오르고 있었다.

"오마니! 어디 가십네까?"

아들의 질문에 상만 찌푸리고 가마 문을 덜컹 닫았다. 가마채를 멜빵에 걸어 메고 솟을대문을 벗어난 교군들은 도검돌이 사는 홍남동을 향해 달렸다.

박진사댁 가마가 홍남동 도검돌의 집을 향해 가고 있는 그 시간에 봉천에서 고려문을 통과해서 의주로 돌아온 백홍준이 고지(古紙) 묶음 등짐을 마루에 내려놓았다. 도검돌이랑 황어인, 옆에 사는 갓바치 강귀동까지 모두 백홍준이 등짐을 풀어헤치고 있는 동안 바짝 긴장했다. 백홍준은 고지를 묶은 노끈을 마치 소중한 금덩이처럼 조심스럽게 다루었다.

"박진사댁 마님 드십니다."

교군들이 외침에 화들짝 놀란 백홍준은 사색이 되어 노끈과 고지를 감싸 안고 날쌔게 안방으로 들어가 숨어버렸다. 갑작스런 마님의 방문에 놀란 도검돌이 허리를 낫처럼 휘고 머리를 숙였다. 불길한 생각이 머릿속을 오갔다.

"예가 도검돌 홍삼당시 집이렷다."

"맞습네다. 마님이 어캐 예꺼정 오셨습네까?"

"으음. 우리 며늘아기 문제로 왔넌데 제발 우리 집을 귀찮게 들볶지 말아 주었으믄 해서 내레 이렇게 가마를 타고 오지 않았네."

박진사댁 며느리라면 작년에 성 밖에 버려져서 죽어가던 양반집 규수가 아닌가. 열병에 걸려 내다버린 걸 황어인이 돌보아 살려낸 기억이 되살아났다. 건강을 되찾아 집으로 돌아간 뒤에 시집을 갔고 이따금 예배에 참석하겠다고 홍가 근처를 맴돌았으나 워낙 출입이 제한되어서 발길을 끊은 아씨였다.

"먼 말을 하시려구 그러십네까?"

"양귀에 홀린 며느리가 밤마다 이상한 책을 몰래 꺼내 보문서 중얼거린다는구만. 제발 우리 며느리를 그 주술에서 풀어줄 수 없갔네. 여기 돈이 있으니끼니 이 돈으로 양귀신이 섭섭지 않게 치성을 드려서 쫓아버려달라고 내레 예꺼정 이렇게 왔디. 저 길체기루 해서 덩체없이 양귀를 보내주게나."

마님의 눈짓에 따라온 비녀가 돈 보따리를 도검돌에게 내밀었다. 도검돌은 그게 아니라고 머리를 흔들었으나 안방에 있는 백홍준을 의식했다. 돈을 받지 않으면 말이 길어질 것이고 그러다 백홍준이 천민 집에 숨어있는 것이 발각될 것이 두려워서였다.

마님이 탄 가마가 산기슭을 돌아 시야에서 사라지자 백홍준은 고지 갈피갈피에 낱장으로 끼워 넣어 가져온 복음과 노끈을 풀어내서 함께 묶었다.

"이 모두가 대석의 지혜를 빌린 것이다."

날카로운 순검의 눈을 피해 고지 속에 감추기로 하고 더러운 노끈으로 꽈서 금서인 성경을 밀수입할 수 있었던 것은 하나님의 은혜요, 기적이었다.

"다른 도련님들은 어케 됐습네까? 이성하, 서상륜 나리 말입네다."

도검돌이 목소리를 죽이며 백홍준의 귀에 입을 바짝 대고 물었다.

"이성하는 나보담 먼첨 쪽복음 보따리를 지고 대석이랑 십리하(十里河)를 거쳐 구련성(九蓮城)꺼정 왔더랬넌데 대석이란 넘이 겁이 나서 주막에 짐을 놓고 도망가버렸디 먼가. 하긴 대석이레 여기 오디 않으려구 피한 이유를 이제야 알갔구만. 의주 시내 방방곡곡에 대석을 잡는 자에게는 오만 냥을 주갔다는 방이 나붙었더군 기래. 그러니끼니 그 녀석이 의주엘 가려구 했갔네."

이성하의 이야기를 하다가 말고 갑자기 대석을 들고 나온 것은 도검돌이 대석을 끔찍이 사랑하고 있다는 걸 알고 있기 때문이다.

"대석은 도망갔다지만 이성하 나리는 어캐 됐습네까?"

"길쎄 이 못난 이성하는 대석이 없어지자 지레 겁을 먹구 압록강을 바라보며 오룡산에 올라가 시간을 보냈지 먼가. 주막주인이 의심이 나서 방에 감춰놓은 짐을 풀어보니끼니 금서인 성경인지라 절반은 아궁이에 집어넣어 태워버리구 나머지는 압록강 물 속에 던져버렸다지 먼가."

백홍준이 두 팔로 그게 얼마나 큰 등짐이었는지 둥그런 원을 그려보이자 모두 아깝다는 표정을 지으며 입맛을 다셨다.

"로스 목사님이 상당히 상심하셨디요?"

"고럼 고럼. 우리 모두 마음이 아팠디. 그런데 로스 목사님의 말이 너머 감동적이어서 아직도 내 귀에 쟁쟁하게 남아 맴돌구 있디 안캤어."

"먼 말씀을 하셨길레 기렇게 쟁쟁하게 귀에 남았습네까?"

"하나님의 말씀인 성경이 던져진 압록강물을 마시는 되선 사람들은 생명수(生命水)를 얻게 될 것이구 불에 탄 성경의 재는 되선 교회들이 자라는 밑거름이 될 터이니끼니 이 모두 하나님께 감사할 일이요 하디 안캈어. 도검돌 자네는 이 말을 어케 생각하네? 정말 기막힌 말씀을 하셨디?"

주막에 쪽복음을 버려두고 달아난 대석의 얼굴이 도검돌 앞에 어른거렸다. 의주에 쪽복음을 가지고 온 밤에 따뜻한 물 한 모금 마시지 못하고 가버린 것이 생각할수록 가슴 아팠기 때문이다.

"서상륜이 쪽복음을 지구 내 다음으루 압록강을 넘어올 테이니끼니 그때 함께 봉천을 떠나오지만 의주로 오지 않구 피양으로 갈 거라구 하더만."

피양이란 말에 도검돌은 찔끔했다. 거기도 안전한 곳이 아니기 때문이다.

백홍준의 뒤를 이어 서상륜이 복음서 짐을 지고 봉천을 출발했다. 이번에도 성경을 뜯어내서 고파지(古破紙) 사이사이에 끼어 넣는 수법으로 옮기자고 대석이 주장했으나 서상륜은 막무가내였다.

"하나님의 말씀을 개져가넌데 와 속임수를 쓰라고 하네. 샹뎨께서 천군천사를 보내어 순검들의 눈을 장님으로 맹글어서라두 지켜주실거 아니간."

서상륜은 고집을 부리며 쪽복음서 짐을 그대로 지고 고려문을 향해 걸었다. 대석은 겁이 나서 멀찍이 떨어져 걸으며 여차하면 도망칠 자세였다. 대 여섯 명 순포들이 서상륜의 등짐을 풀기 시작했다. 대석의 가슴은 달군 번철에서 깨가 튀듯 콩닥거렸다.

"이 대낮에 멀쩡한 정신을 개지구 어드렇게 이런 짓을 하네. 이건 나라에서 금하는 책이 아닌가. 자네 죽으려구 작심한 모양이군. 불나방이 호롱불에 덤벼드는 격이지. 이런 세상에! 이렇게 많은 금서를 겁도 없이 버젓이 지고 들어오다니! 이런 사람도 있나."

순포는 쪽복음서를 흔들면서 서상륜의 위아래를 훑어보았다.

"별정소(別定所)에 당장 구금시키시오."

서상륜은 꼼짝없이 끌려가 갇히고 말았다.

"극형 당할 걸 정말 모르고 금서인 사서(邪書)를 들여왔단 말이요."

철컥 옥문을 닫으며 순포 한 사람이 으름장을 놓았다. 혼자가 되자 지난날들이 주마등처럼 지나갔다. 지체 높은 양반으로 태어나서 상민들처럼 장사를 했고 의주의 천민들이 숨어서 믿고 있는 예수 씨의 말씀을 밀수입하다 발각되었으니 여기서 죽는다면 자식들은 어떻게 되는 것이며 또 가문에 얼마나 먹칠을 하는 것일까. 하나님이 정말 살아계셔서 인류의 역사를 운행하시고 인간의 생사화복을 주장하신다면 이럴수가 있을까. 전지전능하신 하나님은 거짓을 싫어할 것이라 믿고 떳떳하게 들어오다가 성경을 빼앗기고 자신도 죽게 되면 이게 하나님의 뜻이란 말인가. 막막한 어둠과 번민 속에 빠져들면서 하나님 앞에 무릎을 꿇었다. 밤은 자시를 넘어서며 정적 속으로 가라앉았다. 만주벌의 바람이 벽을 파고들어와 겨드랑이 밑까지 춥게 했다.

그때 인기척이 났다. 누굴까? 이 시간에. 정야(丁夜)에 죄수가 갇힌 옥문에 다가오는 발자국 소리의 주인공은 과연 누구란 말인가. 설마 이 시간 데리고 나가 사형시키려는 것은 아니겠지. 숨을 죽인 조심스러운 발자국 소리가 서상륜이 갇힌 별정소의 문 앞에서 멎었다. 덜컥! 옥문이 열렸다.

어둠을 등에 지고 별정소에 들어선 두 명의 사내가 목소리를 낮추었다.

"서상륜이 날세, 나야."

"누구신디요? 내레 목소리만 듣구는 누군지 모르갔수다레."

"내레 김효순이구 이 사람은 김천련이 아닌가. 기래두 모르갔네?"

여기서 친척들을 만나다니! 가족을 버려두고 객지로 떠돌아다니던 꼴로 말이다. 서른여섯 한창 나이에 서상륜은 하나님의 뜻이라면 죽음이라도 감수할 마음준비는 하고 있었지만 떨떠름했다. 열병에서도 살아났던 그가 결국 고려문을 통과하지 못하고 친척들이 지켜보는 앞에서 죽게 되는 것일까.

"금서인 야소교 책자를 개지구 들어오는 자는 최고 사형꺼정 시킬 수 있는 중형감이라네. 자네 처지가 너무 위급한 지경이라 우리가 이렇게 왔디."

김효순(金孝淳)과 김천련(金天鍊)은 의주부(義州府)의 관리들로 고려문 조선측 검문소의 담당자들이었다.

"어카갔소, 법대루 해야디요. 내레 달아나문 아즈바니들이 대신 죽갔디요."

서상륜은 아주 담담하게 두려운 빛이 조금도 없이 응했다.

"소문으로 듣자하니 자네 술도 끊구 성인터럼 변했다구들 하더군. 기게 자네가 숨겨온 이 책들의 힘이네? 좋은 사람이 되었으문 죽을 필요가 없갔디. 풀어줄 것이니끼니 날레 도망티라우. 밤에 포승을 끊구 도망쳤다구 보고하구서리 어케 해볼테이니끼니."

김천련이 허리 뒤로 묶인 포승 매듭을 푸는 동안 서상륜의 마음은 오직 등짐 속에 든 쪽복음서에 가 있었다.

"아즈바니! 고맙수다레. 제발 등짐을 돌려주시라요. 가족을 버리고 봉천에서 보낸 긴 세월이 모두 이 책 속에 담겼넌데 어드렇게 목숨이 살았다구 그냥 가갔습네까. 제발 내레 이렇게 비니끼니 쪽복음서를 돌려주시구레."

"어허! 물에 빠진 사람 건져놓으니끼니 보따리꺼정 찾구있네."

김효순이 기가 차다는 표정으로 혀를 찼다. 그때 김천련이 품속에서 쪽복음 열 권을 내놓았다.

"내레 몰래 숨어서 이걸 읽어보았더랬넌데 나쁜 책이 아니구 좋은 말씀들이 있길래 여기 열 권을 숨겨왔다. 자네를 변화시킨 책이라문 개지구 가서 숨어서 함자 읽어보라우. 하지만 다른 사람들에게 보여주문 우리꺼정 다 잡혀 죽을 터이니끼니 깊이 숨겨놓구 함자 보라우. 알아들었네?"

별정소 밖은 어둠을 뚫고 바람이 거세게 불고 있었다.

김천련이 말고삐를 서상륜의 손에 쥐어주며 어서 달아나라고 서둘렀다. 쪽복음 열 권만을 가슴에 품고 서상륜은 압록강을 건넜다. 초대교회의 베드로가 천사의 인도를 받아 감옥에서 나온 것과 너무나 흡사했다. 지금도 역사하시는 성신님의 도우심에 서상륜의 입에서는 감사의 기도가 터져 나왔다.

"쥬여! 감사합네다. 저와 늘 함께 동행해주시는 쥬여! 제

손에 들려준 열 권의 쪽복음으로 어둠 속을 헤매는 되선의 많은 영혼들을 구하소서."

서상륜은 의주 고향 집으로 밤에 몰래 숨어들어갔다. 도검돌이 중심이 되어 예배를 드리고 있는 흉가에 가서 성도들을 만났다.

"나보담 맨제 들어온 백홍준은 어드렇게 되었네?"

"의주에서 숨어 전도하다가 신분의 위험을 느끼고는 몸도 피할 겸 쪽복음서를 들고 압록강 줄기를 따라 전도여행을 떠났습네다."

"고럼 우리가 거하는 이 집은 안전하네?"

서상륜의 얼굴은 겁에 질려 있었다. 국금(國禁)의 교(敎)인 야소교 책자를 들고 들어왔으니 의주시내에 소문이 왁자하게 퍼질 것이 당연했다.

"내레 홍삼당시구 천한 사람이니끼니 야소교를 믿어두 돌이나 던지며 놀리고 그냥 두지만 나리는 양반이라 위험합네다. 그러니끼니 의주가 아닌 다른 디방으로 피신해서 기도처를 마련하는 것이 좋을 겁네다. 우물가 아낙들의 입을 통해 나리께서 사교를 전한다는 소문이 좌악 돌고 있습네다."

가족을 버려두고 십 년 만에 돌아온 서상륜이 여자들과 친척들의 입에 오르내리는 건 당연했다. 더구나 봉천에서 양이들과 함께 지냈다는 소문은 이미 파다하게 퍼져있던 참이다. 의주에 온 지 열흘이 가까워오며 피부로 느낄 정도로 이웃의 눈총이 따가웠다. 양반이란 틀에 끼워 맞추어 사는 게 상례다. 이런 상황에서도 서상륜은 고집을 부리며 자기네 집을 예배 처소로 삼아 쪽복음서와 전도지를 가지고 복음을 전했다.

십여 명의 신자들로 마루가 그득하게 채워질 즈음에 이르러 의주 부사의 귀에까지 소문이 들어갔다. 사교를 전하는 그를 당장 구금시키라는 명령을 받아들고 포졸들이 오고 있다는 전갈을 받은 서상륜은 동생 경조(景祚)를 데리고 야간도주를 했다.

먼 친척뻘 되는 사람이 살고 있다는 황해도 장연군 대구면 송천(松川)리를 향해 출의주(出義州)를 감행한 셈이다. 사리원에서 서쪽 장연읍까지 150리길. 장연읍에서 서해 바닷가 백사장이 아름다운 구미포까지 50리인데 바로 거기 불타산(佛陀山) 기슭을 끼고 작은 어촌이 자리 잡고 있었다. 여기를 솔래(松川)라 부르는데 사람들은 그냥 소래라고도 일컬었다.

2

점복이가 평양에서 길고 긴 점쟁이 수업을 마치고 의주에 돌아왔다. 홍서동(弘西洞) 최달수의 대문에는 '점치는 집'이란 큼직한 문패가 나붙었다. 문패 밑에는 하얀 창호지에 먹물이 흐르는 붓글씨로 이렇게 써서 붙였다.

'오시요! 날레 속히 와 보시오. 공상과 번민으로 하루 밤, 하루 낮이라도 속을 태우지 마시고 당신네의 운명이 어떠 하신가를 알아보시러 날레 오시오. 신수와 길흉화복을 보실 손님은 일차 왕림하시여 시험해 보시라요.'

최점복이 평양 맹청에서 뛰어난 점쟁이로 지목을 받으며 돌아왔다. 맹청(盲廳)에서도 각별히 영특했던 점복은 그 어려운 역리산법(易理算法), 주문(呪文), 진언(眞言)을 모두 익히고 맹인 점쟁이가 되어 의주로 돌아온 것이다.

이제 열다섯 나이에 갑자기 눈이 멀어 울어대던 어린 소년이 아니었다. 처음 눈이 멀었을 때처럼 어릿대거나 비틀대며 허둥거리지 않고 의젓한 어른이 되어 점잖고 당당하게 걸었다. 변성기를 거친 목소리도 우렁우렁했고 턱밑과 코 밑에 수염도 제법 거뭇했다.

최달수와 점복네는 아들 점복을 앉혀놓고 이모저모 훑어보다가 낯선 모습으로 변한 아들에게서 거리감을 느끼기도 하고 경외감을 갖기도 했다. 그래서 마치 지체 높은 손님을 모셔 들인 것처럼 앉지도 못하고 서성거렸다.

점복의 방은 점치러올 손님을 맞도록 기구들을 준비하고 꾸며졌다. 먼저 향목(香木)으로 만든 길이 십 센티 정도의 막대기 여덟 개를 산통(算筒)에 넣었다. 막대기에는 1에서 8까지 새겨져있고 금속제의 원통(圓筒)인 산통은 길이가 12센티 지름이 2~3센티 정도로 윗부분에 막대기가 들락거릴 수 있는 작은 구멍이 뚫려있다. 산통, 향을 피우는 향 그릇, 청수(淸水)를 담는 그릇이 점복이 점을 칠적에 쓰는 것 전부였다. 방벽에는 큼직한 미륵보살의 화상(畫像)을 붙여 놨다. 지붕 위로 높이 대나무에 흰 천을 매단 깃발이 게양되어 어디에서나 점치는 집임을 알 수 있었다.

"얼매나 점을 잘 치나 한번 가보자우."

"총각 점쟁이니끼니 아주 영험할 거야."

마음속에 걱정을 지닌 사람, 병든 사람, 길 떠난 자식을 기다리는 사람, 장삿길을 떠난 남편을 기다리는 아낙네들, 명당자리를 찾고 있는 사람 등등 각양각색의 인생살이의 고통을 지닌 사람들이 대나무 꼭대기에 매달려 나부끼는 흰 깃발을 보고 마음이 싱숭생숭해졌다.

점복이 처음 받은 손님은 내우사까디를 눌러쓴 새댁이었다. 아침 일찍 사람들의 눈을 피해 온 탓인지 여자의 치맛자락이 새벽이슬로 흠뻑 젖어있었다. 아무리 장님 점쟁이라지만 젊은 여자를 혼자 점복의 방에 들여보내는 것이 마음에 걸려서 점복네가 따라 들어왔다. 아들이 어떻게 점을 치는지 두 눈으로 보고 싶어서였다.

"어드런 일루 오셨습네까?"

젊은 새댁은 잠깐 머무적대다가 상대방이 장님이란 사실에 마음을 놓고 입을 열었다. 비록 점을 치러 왔지만 양반의 체신을 잃지 않고 말을 낮추었다.

"남편의 허벅지에 종기가 나서 낫지를 않네. 점점 커져서 이제 걷지두 못하니끼니 이를 어카야갔네? 도대체 어드런 귀신이 들러붙어서 기렇게 지독하게 야단을 치넌지 알구파서 이렇게 암새벽에 왔디."

점복은 생년월일과 낳은 시(時)를 묻고는 상 위에 청수를 올려놓고 향을 피운 다음 왼손에 산통을 잡고 엄숙한 표정을 지으며 주문을 외우기 시작했다. 젊은 아낙은 물론 점복네도 긴장해서 숨을 죽였다. 점복이 산통을 좌우로 흔드는 걸 지켜보며 점복네는 만족한 웃음을 삼켰다. 점복은 벌써 경력 있는 점쟁이처럼 능숙해서 뜸직해 보이기까지 했기 때문이다.

한참 산통을 흔들던 점복이 산통을 옆으로 기울이더니 가운데 뚫린 구멍에서 산목(算木)을 하나 꺼냈다. 점복은 오른

손가락 끝에서 산목에 새겨진 눈금을 더듬어 보고는 다시 산통을 흔들었다. 이렇게 세 번을 반복하고는 3개의 산목 눈금을 괘로 만들고 동효(動爻)해서 얻은 괘를 역서(易書)에 맞춰 한참 더듬더니 무겁게 입을 열었다.

"환부에 개구리와자(蛙)를 쓰고 주위에 둥글게 뱀사자(蛇)를 묵서로 아홉 자를 써넣으시오. 그리고 종기 주위를 무명 헝겊을 푹푹 끓여서 식힌 뒤 그걸로 깨끗하게 닦아내고 간장을 달이면서 젓가락 끝에 소캐(솜)를 묶어서라무니 뜨거운 간장을 묻혀서 종기를 수시로 지지시오."

여자는 머리를 갸우뚱했다. 겨우 간장으로 지겹게 달라붙은 귀신을 쫓아낼 수 있을까 해서이다.

"너머 소홀하게 대한다구 귀신이 화를 내문 어칼려구 기래. 차라리 니밥(쌀밥)을 주면서 달래서 내보내든지 치성을 드리는 것이 낫디."

아무래도 미심쩍어 여인은 풋내기 점쟁이를 깔보는 말을 했다. 그러자 맹인 점복이 우레 같은 호통을 쳤다.

"어허! 점괘에 나온 대로 하셔야디 그라느문 큰 화가 닥칠 것이라요."

점복이 발끈해서 언성을 높이자 새댁은 기가 죽어 울상이 되었다.

"정말루 기런 점괘가 나왔다문 어카갔네. 그대루 따라야디."

점복이보다 어린 여자였으나 양반가문의 체통을 살리려 애를 썼다.

"점괘가 지시한 걸 의심하문 귀신이 종기 속에 숨어 있다가 주인양반의 생명꺼정 먹어치울 것이라우요. 종기를 장으로 지질 적에 뜨겁다구 자기 울부짖는 것은 귀신이 나가려구 하나 뱀이 지키구 있구 뱀은 개구리 때문에 떠나지를 못하구 있으니끼니 도망갈수레 없어서 죽어가는 소리라요. 신음에 개의치 마시구 살을 데지 않을 정도루 열심히 지져야 귀신이 죽습네다."

"기렇게 하문 귀신이 장에 지져져서 죽구 정말 나아서 걸을 수 있네?"

"물론이디요. 보름이 지나문 활개치구 걸을 터이니끼니 걱정 마시라요."

보름이 지나면 낫는다니 여인은 점료(占料)로 엽전 열 냥을 상 위에 올려놓고 나갔다. 여자가 사립문 밖으로 나가 시야에서 사라지자 점복네는 복채(卜債)를 와락 움켜쥐었다.

"세상에! 뼈 빠지게 농사짓지 않구두 돈이 들어오는 방법이 있었구나. 내 아들 장하다. 장해. 눈이 멀었어두 돈을 농사꾼보다 더 잘 버는 내 아들아!"

점복네는 감격해서 울먹거렸고 점복은 보이지 않는 눈을 들어 멀뚱하니 천장을 향해 얼굴을 치켜들었다. 쓸쓸한 기운이 눈가를 스쳐 얼굴을 덮었다.

"오마니! 내레 점을 쳐서 돈을 버는 것이 기렇게두 좋으십네까?"

"고럼, 고럼."

"내레 돈을 하루 한 소쿠리씩 벌어서 오마니, 아바지를 호강시켜 드릴 터이니끼니 두고 보시라요. 산통을 흔들어서 버는 것보다 더 뭉텅 버는 법도 알아개지구 왔으니끼니 오마니레 복채(卜債)로 받은 돈을 다 주체 못하실 거라우요. 박진사댁처럼 정말루 잘 살 거라우요. 양반에게 허용된 아흔아홉 칸 집을 짓지는 못해두 이 마을 사람들이 벌떡 나자빠질 집을 짓구 호피(虎皮) 방석에 기름진 음식을 잡수시게 할 거라우요."

"고럼, 고럼, 기래야디. 내 아들 장하다. 기래야디."

첫 손님이었던 젊은 아낙의 남편이 점복의 점괘대로 종기를 장으로 지지고 보름이 지나자 활개치고 걸어 다닌다는 소문이 의주 시내에 파다하게 퍼졌다. 그 소문을 듣고 매일 점을 치러 오는 사람들로 점복의 집과 골목이 북적거렸다.

날이 갈수록 맹인 점쟁이 점복이 소문이 의주 바닥에 자자했다. 점복이가 평양, 강계, 선천까지 유명해진 것은 삭주에서 온 비렁뱅이를 고쳐준 다음부터였다. 그 걸인은 처음부터 동냥해 먹던 사람이 아니라 삭주 어느 만석꾼의 머슴살이를 하다가 발바닥이 부어오르면서 서 있지를 못해 쫓겨난 사람이었다. 점복의 소문을 듣고 의주까지 앉아서 뭉개고 뒹굴어 가면서 홍서동까지 찾아왔다. 점복네는 바가지의 물을 끼얹어 내쫓았으나 거지는 울타리 밑에서 잠을 자면서 점을 무료로 쳐달라고 끈질기게 달라붙었다.

"이 넘의 발바닥에 먼 귀신이 달라붙어서 이렇게 달걀처럼 부어올라 걸을 수 없게 하넌지 한번만 봐달라구 예꺼정 온거 아니웨까."

점복이 소란을 떠는 비렁뱅이를 들어오게 했다.

"이이루 가까이 오라우. 자네 발바닥 좀 만져봅시다레."

걸인이 뭉그적거리며 점복의 무릎까지 다가가서 까마귀처럼 새까만 발바닥을 들이댔다. 한참동안 거지의 발바닥을 쓰다듬던 점복이 무릎을 탁 쳤다.

"주인 눈을 속여가문서 소들을 구박했구만. 쇠여물을 주라구 해두 잘 주딜 않구서리 쇠 엉덩이만 혹께 많이 두들겨 패구서리…."

점복의 말에 거지는 깜짝 놀라서 눈이 화등잔만큼 커졌다.

"아니 어드렇게 기걸 다 아십네까? 내레 꼴머슴으로 소를 끌구 개울가루 풀밭으로 다니문서 사람이 없는 곳에 가문 소를 무척 구박했더랬넌데 어캐 기걸 알아냈디요. 이거 귀신이 곡할 노릇인데…."

점복이 흔쾌하게 웃어대더니 걸인에게 호령을 했다.

"내레 과거를 다 볼 줄 아는 점쟁이 아니간. 발바닥에 달라붙은 귀신을 쫓는 방법이 있긴 있넌데… 이건 쇠짓거리를 해야 낫는 병이 들었구만 기래."

"쇠짓거리를 하다니 기게 먼 소리라요?"

"소레 병이 들문 어캐 하는지 알갔다."

"소레 병으루 죽게 되문 벌렁 자빠져서 네 발을 하늘루 치켜들구 벌벌 떨디요. 그러다가 냉중에 살아나는 넘이 많디요."

"바루 기거라구. 자네레 그 쇠지랄을 해야 쇠귀신의 용서를 받겠구만 기래. 자자! 소터럼 벌렁 나자빠져서 두 손 두 발을 하늘루 치켜들구서리 그냥 버르적버르적 해보라우. 그라느문 쇠귀신이 찰떡처럼 들러붙어 앉은뱅이가 되갔으니 어카갔소. 쇠짓을 해서라두 쇠귀신을 당장 쫓아내든지 아니문 일생 앉은뱅이루 뭉그적거리며 기어 다니든지 맘대루 하라우요."

걸인은 쇠귀신이 붙었다니까 사색이 되더니 방바닥에 벌

렁 누워서 두 다리 두 팔을 번쩍 치켜들고 손을 휘저으며 음매 음매 소 울음소리를 내어 울었다. 병든 소처럼 말이다. 소 시늉이 힘겨워 손발을 내려놓으면 당장 점복의 무서운 호통이 터졌다.

"몸에서 진땀이 나도록 흔들면서 구박한 소들에게 잘못했다구 빌라우. 쇠귀신을 달래야 나가디 그라느문 일생 찰떡처럼 달라붙을 거라우."

걸인은 투덜대는 점복네의 음식을 얻어 먹어가며 하루 종일 병든 소처럼 천장을 보고 벌렁 누워서 두 다리, 두 팔을 치켜들고 흔들어댔다. 입으로는 연신 어려서부터 학대했던 소들을 향해 용서를 빌면서 중얼거렸다. 하루 이틀도 아니고 매일 밥까지 먹여가면서 이 짓을 시키는 것이 못마땅해서 점복의 아버지 최달수까지 불평을 했다. 그러나 점복은 끈질겼다. 힘이 진해 이제는 더 이상 못하겠다고 거지가 훌쩍이면 여지없이 점복이 고함치고 나무라며 을러댔다.

"쇠귀신이 얼매나 악착같이 달라 붙었으문 발바닥이 돌덩이처럼 단단해졌갔네. 절개살이 하문서 잠두 조금 자구 너머너머 오래 서 있었으니끼니 쇠귀신들이 얼씨구나 하구 발바닥에 들러붙은 것 아니네."

"밥을 많이 먹어 배는 부른데다 쇠지랄을 하자니 이거 어케 견디겠나…."

점복은 걸인이 너무 힘들어하면 두 다리를 새끼줄에 묶어서 천장에 매달았다. 그러기를 꼭 한 달. 발바닥에 붙어있던 달걀만한 응어리가 스르르 빠져나간 것이다. 걸인은 일어나서 춤을 추었다. 의주 시내를 돌아다니면서 맹인 최점복 점쟁이가 쇠귀신을 어떻게 쫓아냈는지 떠벌리고 다녀 홍서동 최점복 점쟁이는 멀리 신의주, 강계, 삭주, 심지어는 평양까지도 명성이 자자했다.

돈이 그야말로 소쿠리 가득 들어왔다. 점복네는 마루며 곳간 어디고 양식이 차고 넘쳤다. 사람들도 마당이고 집안 어디에나 버글거리며 입을 모았다.

"농사꾼 집안에 복덩어리가 태어난 거라구. 눈이 멀쩡했더라문 농세나 지어 먹으며 배를 곯았을 터인데 눈이 멀어서 효도를 하게 되었으니끼니 조상신의 음덕이 아니갔어. 아매 두 무덤 자리를 잘 쓴 모양이라구."

"아무나 이름난 점쟁이가 되는 게 아니다. 신령님이 씌우디 않구서리 어드렇게 앉은뱅이 발바닥에 들러붙은 쇠귀신을 쫓아내구 종기에 눌어붙은 귀신을 녹여내갔네. 다른 점쟁이하구 달리 귀신의 심성을 잘 알구 내치는 걸 보문 아무래도 홍서동 점쟁이는 참으루 신통력을 지녔디, 잉."

양반댁 규수들까지 얼굴을 가리느라고 내우까디를 푹 뒤집어 쓰고 찾아와 홍서동 최점복의 집에 이르는 길목은 늘 붐볐다. 특히 최점복의 신성점(神聲占)은 신기에 가까워서 날마다 그 점을 치겠다는 부잣집 마님들이 줄을 대었다. 점복은 한 달에 딱 한번 신성점을 쳤다. 신(神)의 음성을 직접 들을 수 있는 신비로운 점(占)이라 모두 몸을 정갈하게 씻고 옷도 깨끗하게 입어야 했다. 신성점을 치려는 문복자는 한 달간 정성스럽게 치성을 드려가며 점복과 대화를 나누었다. 부정한 마음이나 의심하는 마음으로 혹은 더러운 차림으로 오는 날이면 신성(神聲)을 들을 수가 없다고 했다. 게다가 복채가 어마어마하게 비싸서 양반들 중에서도 돈이 많은 부자들이나 칠 수 있는 점이었다.

점복은 역리를 배운 점쟁이인데다 신접한 점쟁이가 되어서 신의 목소리를 직접 듣게 해주니 평안도뿐만 아니라 멀리 한양까지 소문이 퍼졌다. 신성점을 원하는 문복자는 열 번도 더 와서 애걸하고 복채를 올려가며 빌어야 겨우 순번이 닿았다. 한 달에 딱 한번, 달이 가장 둥근 보름날에만 점을 쳐주기 때문에 북청 부자들까지 바라바리 복채를 싣고 와서 순번을 기다렸다.

점복이 신성점을 한 달에 한번 치는 이유는 그 만큼 힘이 드는 작업이기 때문이다. 최달수도 점복네도 아들 점복이 미륵보살의 음성을 직접 끌어내 방안에 앉은 모두에게 들려주는 신령함에 놀라서 아들을 신처럼 받들었다.

"워낙 어려서부터 총기가 있었더랬넌데 미륵보살두 기걸 알구서라무니 우리 점복을 택해 시굼불(심부름)을 시키는 거 아니갔네."

최달수는 양반처럼 장죽을 물고 뒷짐을 지고 마당을 오가며 조상신의 음덕에 수없이 감사를 드리면서 처음 눈이 멀었을 적에 흘렸던 눈물을 떠올렸다.

"도가지(독)가 넘치게 눈물을 흘린 거이 불쌍해서 조상신이 마음을 바꾼 것 아니갔어. 우리 점복이레 눈이 먼 것이 조상의 음덕이라요."

점복네는 중국 비단으로 곱게 두루마기까지 지어 입고 다녀서 동네 아낙들의 부러움을 사고 또한 질투의 대상이 되었다.

이 모든 소문이 홍남동에 사는 도검돌의 귀에 들어가지 않을 수 없었다. 도검돌은 흉가에 숨어서 대석이 목숨을 걸고 가져온 쪽복음을 명심보감이나 소학언해처럼 창호지에 베끼는 작업을 하고 있었다.

"점복이가 미륵신의 음성을 끌어내는 점을 쳐서 부재가 되었답네다."

삭주댁의 말에 방바닥에 엎드려 성경을 베끼던 도검돌이 머리를 들었다.

"점복이가 점쟁이가 되다니! 불쌍한 것. 오! 하나님. 모두 내 잘못이라. 날레 복음을 개져다 안겨주었더라문 점복이가 귀신의 앞잽이가 되지 않았을 걸… 이를 어카디. 내레 함자 서라두 점복이를 만나봐야겠수다레."

골방에서 오랫동안 기도한 뒤 도검돌은 행전을 치고 출타할 준비를 했다. 도검돌이 사람들의 눈을 피해 길에 나서니 보름달이 휘영청 떠올랐다. 지팡이를 짚고 절뚝거리며 홍서동에 이르렀을 때 마침 점복은 신성점(神聲占)을 치고 있었다. 여름이라 방문을 활짝 열어놔서 집안이 훤히 들여다보였다. 방안이나 마루, 심지어는 마당까지 사람들로 물결쳤다. 도검돌은 마루에 걸터앉아 안에서 벌어지는 일을 훔쳐보았다. 향을 태우는 냄새가 진동했다. 예수를 믿고 난 뒤 향내가 꼭 귀신냄새 같아서 도검돌은 진저리를 쳤다.

문복자는 시집 온 지 십 년이 넘도록 아이를 낳지 못하는 부잣집 맏며느리였다. 점복이 끌어내는 미륵불의 음성을 듣기 위해 여인은 점복 앞에 경건하게 무릎을 꿇고 두 손을 맞잡고는 연신 몸을 굽실거렸다. 방안밖에 긴장감이 감돌았다.

도검돌이 흘끔 점복이의 얼굴을 보니 하얗게 질린 얼굴에서 진땀이 흥건하게 흘러내렸다. 달빛이 괴괴하게 마루와 방안까지 파고드는 시각, 점복이 갑자기 미륵불이 그려진 부채를 활짝 펴 입을 가리고 얼굴을 약간 위로 치켜든 채 얼마동안 천장을 멍하니 올려다보았다. 사람들의 눈이 일제히 위쪽으로 모아졌다.

도솔천에 살면서 천인(天人)을 위하여 설법(說法)하고 있다는 미륵불, 석가모니불이 입멸(入滅)한 뒤 56억 7천만년이 지나야 세상에 내려와 중생을 제도한다는 미륵보살의 음성을 들으려고 모두 숨을 죽이고 귀를 곤두세웠다.

도검돌은 점복이를 가까이서 보려고 아예 짚신을 벗고 방안으로 비집고 들어갔다. 얼마나 시간이 흘렀을까. 달이 중천에서 약간 서쪽을 향해 기울어질 즈음, 후유! 한숨을 내쉬는 소리로 미륵불의 음성이 터지기 시작했다. 마치 꾀꼬리가 우는 듯 아주 은은한 소리가 방안을 채웠다. 너무 미세하여 귀를 토끼처럼 세워야 겨우 들을 수 있는 소리였다.

신성이 멎자 점복이 부채를 접고 방울을 세차게 흔들었다. 땀으로 범벅이 된 얼굴이 백지장처럼 하얗게 질려있었다. 눈동자는 여전히 천장을 향했다. 미륵불의 음성은 아름다웠으나 무슨 뜻인지 알 수가 없었다.

점복이 신의 소리를 통변해주었다.

"세상에! 이럴 수가! 합방을 한 적이 없으니끼니 어캐 아를 개질 수 있갔네. 아이쿠! 가엾은 며느리, 불쌍한 딸아…,"

부잣집 며느리가 체면 불구하고 꺼이꺼이 소리 높여 울기 시작했다. 점복이 부채를 활짝 펴서 입을 가리자 또다시 미륵불의 음성이 들려왔다. 사람 소리가 아니고 아주 아름나운 새소리 같은 음성이 방안에 가득 찼다. 또다시 점복이 부채를 홱 접더니 방울을 요란하게 흔들어댔다. 목을 타고 흘러내리는 땀이 환한 달빛을 받고 번득거렸다.

"몸이 허약한 것은 과거를 보려구 날마다 방안에서 책을 읽기 때문이요. 한 달 동안 책을 읽지 못하게 하구서리 장작을 패게 하시라요."

"아니 기건 종들이 하는 일이 아니가."

며느리를 따라 온 시어머니가 즉각 항의했다.

"어카갔습네까? 신의 음성이 기렇게 일러주는 걸. 손자를 보실려문 천민이 하는 일두 해야지 않갔습네까. 하루도 빼트리지 말구 장작을 패구는 오늘터럼 보름달이 뜨는 밤 합방을 하문 달덩이 같은 아들을 점지하시겠답니다."

신성점이 끝나자 건장한 하인들이 허리가 휘게 져 나른 복채(卜債)를 최달수가 삼층장에 넣고 있는 동안 땀으로 몸이 흥건히 젖은 점복은 큰 대자로 사지를 쭉 뻗고 방바닥에 누워버렸다. 도검돌은 뒤란에서 사람들이 가기를 기다렸다. 차갑도록 밝은 달빛을 피해 뒤란 장독 뒤에 숨어있던 도검돌은 최달수와 점복네가 호롱을 끄고 잠이 든 걸 확인하고는 점복의 방에 들어갔다. 점복은 방문을 열어놓고 당목으로 지은 옷을 입은 채 누워있었다.

"어어… 이 밤둥에 뉘시요?"

"쉬이! 조용히. 아즈바니를 발쎄 니지삐렸네?"

점복이 발딱 일어나 앉았다.

"아아! 홍삼을 지구서 만주로 떠나갔던 도검돌 아즈바니란 말이요?"

"으응."

"와 이렇게 늦게 왔습네까? 내레 기두루다간 지쳐서라무니 피양 맹청에 가서 점술을 배워 개지고 와서 점을 치는 사람이 되었습네다레."

"내레 너머 늦게 와서라무니 널 이 디경으로 맹글어버렸으니끼니 내 죄가 혹게 많아서 가슴이 아프다."

두런거리는 소리를 듣고 잠이 깬 점복네가 문틈으로 들여다봤다. 방안에 아들과 마주앉은 사람을 보고 소스라치게 놀랐다.

"아니 이 밤둥에 누레 여기와 있네?"

"안녕하셨습네까. 내레 도검돌 아닙네까."

"아니 이게 누구라구? 도검돌이라니! 양방(洋房)을 차리구 양귀신을 모시고 사는 사람이 어카자구 예꺼정 왔네. 우리는 되선 귀신을 모셨으니끼니 날레 이 집을 나가라우. 야소귀신을 끌구 들어왔으니끼니 이거 신성점이 부정을 타문 어카디. 큰일이 났군."

최달수까지 합세하여 도검돌을 미친개 내쫓듯이 마당으로 끌어내렸다.

"양귀를 흉가에 모셔놓고 서양굿을 한다는 소문이 의주 시내에 자자해서 나두 자네 거취에 대해 잘 알구 있디. 가문에 먹칠한 사람 같으니라구! 미륵보살의 음성까지 끌어낼 수 있는 점복이와 한번 겨뤄보려고 이러네."

최달수의 얼굴에는 확신이 넘쳐흘렀다. 국모(國母)인 민비도 주야장천 굿판을 벌여놓고 임금님과 밤새 구경하고 있는 세상이 아니던가. 임오군란을 피해 충주로 도망갔던 민비가 환궁할 것이라고 점쳐준 무당 박소사를 궁중까지 불러드려 진령군(眞靈君)이란 작위를 준 나라에 살고 있는 백성이다. 왕의 서자나 종친, 훈신에게만 내리는 높은 작위를 무당에게 내려주도록 하면서 민비가 이런 말을 했다고 하지 않던가.

"예로부터 신통한 무당에게 봉군(封君)하였다는데 왕비의 장래를 점쳐 맞힌 무당에게 봉토와 관직을 주지 않고 이름만 주어 무당 봉군하는 것은 당연하다."

"오마니, 아바지는 이 일에 참예하지 마시라요. 도검돌 아즈바니랑 둘이만 있고 싶으니끼니 모두 안으로 들어가 계시라요."

"너 함자 이 사람을 만났다가 양귀의 극성에 병이라도 걸리문 어칼라구 기래. 이 사람아! 우리 점복을 더 이상 꼬시지 말구서리 날레 나가라우요."

점복네는 손에 막대기를 들지 않았을 뿐 동네 강아지를 때려 내쫓듯이 설쳐댔다. 이런 어머니를 점복이 밀쳐내어 신경질적인 안색을 짓자 최달수와 점복네는 아들의 눈치를 보며 슬슬 안방으로 들어가버렸다.

두 사람이 마주하고 앉았다.

"점복아! 양심적으로 말해보라우. 미륵신의 음성을 끌어내는 거 정말이네."

점복이가 잠시 멈칫거리다가 화를 냈다.

"아즈바니가 섬기는 신이나 내레 섬기는 미륵신이 머가 다르다구 이러십네까. 아즈바니두 예수의 아버지 샹뎨를 섬기구 있으문서 멀 그라시우. 다 같은 신령이니끼니 서루까락 각자의 신을 성심껏 섬기문 되는 거 아니갔어요?"

"으음. 미륵신이란 샹뎨께서 만든 것이 아니구 인간이 맨 딜어 개지구 절하는 거 아니갔네. 넌 미륵보살의 음성을 부 채로 가리구서리 꾸며내는 거디?"

도검돌이 점복을 마구 다그치자 옆방에서 엿듣고 있던 점 복네가 이번엔 몽둥이를 들고 들어와서 어서 나가라고 악을 썼다.

점복이가 이런 어머니의 손을 꽉 잡더니 애걸했다.

"오마니! 내레 아즈바니와 나눌 이야기가 있습네다. 제발 나가주시라요."

두 사람이 점치는 방에 남게 되자 점복이가 무겁게 입을 열었다.

"아즈바니! 아까 하시던 말씀 계속해보시라요."

"자네가 미륵신을 섬기는 거는 비유하건데 아비가 집을 지 어 자식을 주었더니 자식이 부모를 섬기지는 않구 부모가 지 어준 집을 섬기는 거나 같다."

"아즈바니레 섬기는 예수 씨나 샹뎨는 내레 눈이 멀었을 적에 대동강 가에서 주어온 성경을 개지구 말해준 기런 분들 이란 걸 압네다. 그러나 그분이 내 눈을 뜨게 해주지 않았구 지금터럼 돈을 벌게두 하지 않았습네다."

"내레 너머 늦었다. 자네 눈을 고텨보려다 오히려 내레 예 수 씨를 만났디 먼가."

점복이는 묵묵히 귀를 기울였다. 언젠가 들은 평양 주막집 방벽에 도배한 성경에 나오는 예수 씨는 장님이나 문둥이를 고쳐준 기적을 베푸는 사람이기 때문이다.

"그럼 아즈바니두 나터런 복채를 반으문서 사당을 지어놓구 샹데를 모시구 있갔디요. 게서 점두 쳐주고 사람들의 병을 고쳐주문서 말이디요. 내레 섬기는 신보담 힘이 세다문 나두 좀 배와봅세다레. 복채를 더 올릴 수 있게."

점복의 머릿속에는 오로지 돈 돈 돈… 돈뿐이었다.

"성경에 일렀으되 샹데께서는 사람의 손으루 맨든 집에 거하시지 않는다구 했디. 샹데는 우리와 상거(相距)가 멀지 아니하샤 달리 하지 못하심이 없으시니끼니 길에서나 집에서나 산에서나 물에서나 마땅히 공경할 분이디. 샹데께서는 또한 우리 기도를 굽어 들으사 허락하시구 있디. 점복이 널 위해 내레 얼매나 많이 샹데께 빌었는지 알간. 좋으신 우리 예수 씨께서 내 기도를 들으시구 우리를 이렇게 만나게 했으니끼니 얼매나 감사한 일이네!"

점복이는 점점 도검들의 말에 끌려들어갔다.

"아즈바니두 샹데를 섬길 적에 실과와 술, 돼지 머리를 드립네까?"

"금수와 초목과 허다한 물건을 만민에게 맨딜어주신 샹데는 이 세상에서 데일 가는 부재인데 무삼 물건이 필요하갔네. 성경에 닐으기를 샹데는 신이시니 숭봉하는 사람이 정성과 온전한 마음과 뜻으로 섬기라구 했디."

"내레 점을 쳐주어두 사람들이 복채를 내구 고맙다구 하넌데 제사할 물건이 없이 어케 공경하구 사랑하는 마음을 표하겠습네까."

"성경에 일렀으되 너의 몸을 산 제물로 드리라구 하였으니끼니 다만 몸과 마음으루 하나님이 가라치신 도를 좇아 작은 도를 행하문 제물로 공경하구 사랑하는 마음을 표하는 것보담 낫다구 했디."

도검돌의 말을 들으며 점복이는 낮게 신음했다.

옆방에서 낌새를 엿보며 조바심을 치고 있던 최달수가 더 참지 못하고 문을 벌컥 열었다.

"점복아! 와 기러네, 너 와 기래. 서양귀신이 널 괴롭히는 것이네?"

동녘하늘이 벌겋게 물들며 먼동이 트자 새벽잠에서 깨어난 점복의 동생들이 나오고 물동이를 인 아낙네들도 모여들었다.

"점복이레 유명한 점쟁이가 되어 돌아오니끼니 놀라서 죽이려구 이러디. 야소교인을 가까이 하면 부처님, 관운장, 칠성님, 용왕님까지 일제히 노여워할 걸 덩말 몰랐네. 암소리 말구 날레 이 집에서 멀리 가버리라우요."

도검돌이 떼밀려나가며 흘금흘금 점복이 방안을 들여다보았다. 점복은 머리를 푹 숙이고 묵묵히 앉아있었다.

"누님! 내 말 잘들으시라요. 점복이 점치는 일 인차 고만두지 않으문 큰 화가 이 집에 닥칠 거라우요. 세상 흥망성쇠와 길흉화복이 모두 상뎨에게 있넌데 귀신 소리를 끌어대다 점을 쳐 돈을 벌다가 어칼려구 기러디요. 마지막 날 심판하시는 상뎨의 무서운 노여움 앞에서 정말 어칼려구…"

도검돌의 날카로운 말에 최달수가 헛간에서 낫을 들고 뛰어나왔다. 피하지 않으문 정말로 낫에 맞아 죽을지도 모를 다급한 상황이었다. 미륵보살의 소리까지 끌어내는 점복의 신통력을 모독하다니! 구경꾼들은 두 손을 불끈 쥐고 양귀

(洋鬼)에 사로잡힌 도검돌이 나동그라지리라 믿어 의심하지
않았다.

도검돌은 절뚝거리는 다리를 재게 놀리며 홍서동(弘西洞)을
빠져나갔다.

"우와! 서양귀신이 꼼짝 못하구 도망티는 구나. 데거 보라
우. 양귀를 따르다가 절뚝발이가 되구 빰에 열십자 흉터까지
남긴 주제에 점복을 깔아 뭉기려 왔다가 패해서 도망가구 있
디 않네. 야소교 염불 책두 소용없나 부디."

동네 사람들의 수군거림에 힘을 얻은 점복네가 푸념을 늘
어놓았다.

"명색이 육촌이라는 넘이 우리레 잘 사는 거이 배가 아픈
거 아니갔네. 양방을 차리구 점을 쳐두 우리 점복이터럼 문
복자들이 오디 않으니끼니 점복이를 괴롭히러 왔다가 도망
티는 거디. 모두들 두고 보라우. 우리 점복이 센네터럼 고운
색시를 맞아서 고래 등 같은 기와집을 짓구 떵떵거리문서 살
테이니끼니. 그 때 저 넘이 오문 거적을 깔구 동냥밥을 차려
줄 터이니끼니 두고보라우. 양귀가 감히 어디를 얼씬거려."

사람들은 동녘 하늘을 뚫고 불끈 솟아오른 해처럼 점복을
더욱 우러러 보게 되었고 홍서동 점쟁이 집은 의주에서 태양
처럼 빛을 발했다.

3

문초시의 아들 문덕보가 서간도에서 돌아왔다는 소문이

왁자지껄하게 퍼져나갔다. 망나니로 소문난 그가 돌아왔다는 것은 의주 사람들에겐 큰 위협이었다. 장날이 되면 어디건 가서 행패를 부려 아녀자들이 집을 나갈 때나 성황당을 지날 적에 오늘 문덕보를 만나지 않게 해달라며 빌 정도였다.

오목장날 문덕보의 행패가 또 어디서 벌어지나 보려고 사람들이 두리번거렸건만 그는 장터에 모습을 드러내지 않았다.

"팔뚝에 뱀이 휘감긴 듯한 상처를 입었다는군 기래. 흉터가 얼마나 징그러운지 집에만 틀어박혀 있다네. 언젠가 오목장에서 서문골 백당의 젊은 아낙을 죽인 일이 있넌데 그 혼백이 붙은 거 아니갔네."

"산신령님의 도우심이다. 우리 의주 사람들을 살리려구 신령님이 문덕보의 팔뚝 심줄을 끊어버린 거이 아니갔네."

문덕보는 길에 나와서도 머리를 숙이고 땅만 보고 걸었다. 서간도에 가기 전에는 사고뭉치로 속을 상하게 하더니 이제는 바보처럼 방안에만 틀어박혀 있으니 그것도 문초시에게는 힘겨운 일이었다. 아들이 다섯이나 있지만 어려서부터 총명했던 덕보에게 건 기대가 컸던 만큼 실망도 엄청 컸다.

"서간도에 가서 먼 일이 있었네? 와 그렇게 날갯죽지 꺾인 새터럼 비실대는 거네. 차라리 넷날터럼 오목장을 휩쓸고 다니문서 사고를 내보려무나."

문초시가 아들의 꼴을 보다 못해 한마디 하자 엉뚱한 질문을 던졌다.

"아바지! 요즘 의주에 이상한 소문 나도는 거 없습네까?"

문덕보는 내심 그가 시간도에서 봉수를 찾아다니다가 백정의 아들 대석에게 당한 일이 의주까지 퍼졌을까봐 전전긍긍하고 있었다. 양반이 백정 놈의 돌봄을 받고 살아났으니 이게 무슨 꼴인가 말이다.

"길쎄 박진사댁 소작 최달수의 장님 아들, 점복이가 영험한 점쟁이가 되어 피양에서 돌아온 뒤 의주 시내가 떠들썩하디. 홍남동에 사는 도검돌이란 인삼당시가 홍가에 양방을 차리구 야소교를 전하구 있넌데 점복을 찾아갔다가 한방 맞구 비실거리며 뛔달아났다는구나. 그 뒤부터 홍서동으로 뚫린 길은 점치러가는 사람들로 가득하디. 길쎄 미륵보살을 불러내서 직접 그 음성을 문복자들에게 들려준다니 참으루 놀랍디 않네."

문초시의 말을 듣던 문덕보가 벌떡 일어나 앉았다.

"와 너두 홍서동으루 가서 점을 치려고 그러네?"

문초시의 말을 귓가로 흘리며 문덕보는 홍문재를 향해 달리기 시작했다. 문덕보가 홍남동 홍가에 도착했을 때 안에서는 예배가 한창 진행 중이었다. 밖에서는 사람들이 둘러서서 야유를 퍼부으며 돌을 던지고 있었다.

"길쎄 점복을 찾아갔다가 그 자리에서 혼백이 나가도록 패하고 왔으문 곱게 문을 닫을 것이디 미륵보살만도 못한 야소를 붙들구 야소의 염불 책을 외우구 있는 저 바보들 좀 보라우. 역시 쌍것들은 어쩔 수 없는 거 아니가."

문덕보가 슬그머니 그들 틈에 끼어들자 사람들은 더 기세가 등등해져서 함께 돌을 던져 양방(洋房)을 박살내자고 했다.

"서상륜이두 야소를 믿으라구 쪽복음서인가 먼가 하는 이상한 염불 책을 나누어주다가 잡히게 되니끼니 동생 서경조 꺼정 데불구 도망테버렸넌데 도검돌이란 홍삼당시만 몇 년을 저러구 있으니끼니 참 끈질긴 넘이야."

문덕보에게 다가와서 그 동안의 내력을 알려주는 사람은 동부동에 사는 박진사댁 마름 김서방이었다. 모인 무리들 가운데는 박진사댁의 머슴 곽서방, 천마산 황어인을 비롯한 심마니들, 그리고 갖바치 강귀동도 눈에 띄었다. 이들을 제일 분노케 한 것은 여자들이 남정네들과 한자리에 앉아있다는 사실이다.

"쌍것들이니끼니 남녀가 함께 모여 앉아있지 양반들은 기런 짓을 하지 않는단 말이야. 남녀칠세부동석을 저들이 알리가 있간. 천민들이 하는 짓거리를 개지구 멀 기렇게 난리를 치네. 우리 그냥 돌아가자우."

그렇게 말하면서도 사람들은 매일 흥가로 모여들었고 오늘은 문덕보의 출현으로 더욱 신바람이 났다. 마침내 의주의 힘센 사나이 문덕보의 손으로 양방이 끝장을 보게 될 터이니 말이다. 문덕보는 고개를 길게 빼고 안을 들여다보았다. 밖에서 어떻게 하든 안에서는 모두 경건하게 무릎을 꿇고 앉아있었다. 문덕보의 눈이 그들 앞에 놓여있는 책에 멎는 순간 아아! 신음을 토했다. 서간도 주막에서 백정의 아들, 대석이 뿌렸던 바로 그 쪽복음서였기 때문이다.

얄밉도록 단정하게 앉아 몸을 앞뒤로 흔들며 눈을 감고 차분히 예배드리는 모습이 너무 경건했다. 이런 분위기가 밖에서 구경하고 있던 군중들의 자존심을 한껏 건드려서 일제히 안을 향해 돌덩이를 던지기 시작했다.

바로 그때 귀청이 떨어질 듯한 호령이 떨어졌다.

"이 믹제기 두상겉은 넘들아! 돌을 던지는 넘의 목을 비틀어버려야 알간."

사람들은 놀라서 소리를 지르는 사람 쪽을 쳐다보았다. 문덕보가 대장군처럼 떡 버티고 서 있었다. 힘을 준 얼굴이 붉게 물들어서 정말로 사람의 목을 비틀어버릴 태세였다. 사람들이 우우 앞을 다투어 달아났다.

문덕보가 양방을 지키는 수문장이 되었다는 소문은 가랑잎에 불붙듯 의주시내에 퍼져나갔다. 특히 향교동에 사는 사람들은 문초시 집을 지날 적마다 주먹질을 하며 입을 삐죽거릴 정도였다.

"어 어칼라구 야소를 믿는 사람들 틈에 끼어들었어. 거기모인 사람들은 모두 천민들인데 너 미쳤네."

문초시의 닦달에도 덕보는 말이 없었다. 그러나 도검돌 일당이 모여 예배를 드리는 날이면 어김없이 홍남동 흉가에 버티고 서서 돌 던지는 사람들을 쫓아버리고 슬슬 흉가 안으로 들어가서 저들 틈에 끼어 앉았다.

"너 자꾸 거기 가서라무니 그 짓을 하문 이 가문에서 이름을 빼개지구 나가거라. 어카갔네. 둘 중에 하나를 택하라우. 야소를 믿는 사람들 틈에 알찐거릴 거네, 아니문 이 문씨 집안을 택할 거네."

문초시의 격한 말에도 아랑곳하지 않고 문덕보는 홍남동을 드나들었다. 드디어 화를 참지 못한 문초시는 며느리와 손자들까지 모두 길거리로 몰아냈다. 그러자 문덕보는 묵묵히 식솔을 거느리고 홍남동으로 가서 아예 천민들 틈에 끼어

들어가버렸다. 아내의 흐느낌과 어린 아들들의 울부짖음에
도 귀를 막고 문덕보는 묵묵히 도검돌의 곁에 있었다. 문씨
가문에서 쫓겨날 적에 미움이 극에 달한 문초시가 아들 문덕
보의 손에 배게 하나만을 안겨주었으나 아무 소리 않고 받아
들고는 대문을 나섰다는 소문이 의주시내에 파다하게 나돌
았다.

"야소교에 머가 있긴 있나 보디. 그 망나니 문덕보가 술을
끊구 행패를 부리지두 않구 아주 얌전하게 길들여진 황소터
럼 지내는 걸 보문 말이야. 야소가 다른 신보담 굉장히 힘이
센 모양이디."

이런 소문이 가만가만 사람들의 입으로 전해졌다.

갑자기 가난해진 문덕보의 아내와 어린 아들들은 처음에
는 울부짖고 흐느끼더니 시간이 흘러가면서 차츰 야소교 무
리 속에 끼어들어 살기 시작했고 홍남동 홍가에 돌을 던지는
사람은 단 한 사람도 없었다. 문덕보가 지키고 있기도 하지
만 망나니가 없어진 것을 감사하는 의주 사람들의 마음의 표
시이기도 했다. 차츰 사람들이 하나 둘 홍남동의 양방으로
모여들기 시작했다. 스무 명이 넘더니 이제 삼십 명이 넘게
모여들었다.

이래서 의주에서는 두 군데가 늘 붐볐다. 홍서동 점치는
집과 도검돌이네 양방에 모여드는 사람들의 행렬이 길었다.
두 갈래 길 어디에 속하지 않은 사람들도 양쪽을 놓고 가늠
을 하며 양쪽 일에 입방아를 찧게 되었다.

박진사댁은 고명딸 숙출 아씨로 인해 울음소리가 솟을대

문 밖까지 스며나갔다. 아씨와 신천 오참판의 아들이 징혼한 지 겨우 두 달. 혼례식을 올리지도 못한 열두 살 된 어린 신랑이 덜컥 죽었다. 신랑의 얼굴조차 보지 못한 딸을 오씨 가문으로 보내야 하는 박진사의 처지는 참으로 난감했다.

노마님의 화풀이가 사랑채까지 들렸다. 날마다 며느리를 들볶고 하인들을 호통 치는 소리로 인해 안채와 행랑채를 드나드는 하인들은 정신을 차릴 수가 없을 지경이었다. 서출 도련님만 노마님 곁에 그림자처럼 붙어 앉아있었다.

"짐승만두 못한 서문골 백당넘이 우리 박씨 문중을 깔아 뭉겠으니끼니 손녀의 앞길이 편할 리가 있갔네. 데일 맨제 대석이란 백당넘을 잡아 죽여야 이런 화근이 뽑혀 나가갔구만. 서출아! 너 내 말을 기억해라. 원수를 갚아야 한다. 알아들었네? 날레 문한을 피양에서 불러오너라. 당시해서 돈을 버는 일보담 그 넘을 잡아 죽이는 일이 더 급하다."

노마님의 분노와 속병은 극에 달했다. 대석을 잡아다 물고를 내야 직성이 풀리고 속이 탁 트일 것처럼 악을 쓰며 날마다 하인들을 들볶았다. 이따금 노마님은 복출과 무출이 거하는 바로 옆 별당을 향해 오만상을 찌푸리고 한숨을 쉬어댔다. 이런 노마님 앞으로 숙출 아씨가 다가왔다.

"클마니! 내레 센첸으루 가지 않을랍네다. 제발 나를 이 집에서 늙어 죽게 내버려 두시라요. 신랑두 없는 시집엘 가서 함자 늙어 죽으란 말이야요."

"넌 오씨 문중 사람이다. 죽어두 게 가서 살다가 그 집 대문 안에서 죽어 나와야디. 정혼한 다음보탐 넌 박씨 가문 녀자가 아니다. 알아들었네?"

숙출 아씨의 슬픈 울음소리가 행랑마당까지 퍼져나갔다. 그때 밖에서 문한의 목소리가 들렸다.

"노마님! 쇤네 문안드립네다. 피양에서 지금 막 돌아왔습네다."

순간 숙출 아씨의 눈에 빛이 서리더니 물기가 어렸다.

문한은 안뜰에 엎드려 절을 한 뒤 평양에서 가져온 박래품들을 두 손으로 공손히 노마님께 바쳤다. 설탕과 중국산 비단, 그리고 요즘 한창 인기를 끌고 있는 서양 그릇이었다. 노마님과 숙출 아씨는 안팎이 훤히 비추이는 진기한 유리그릇을 들여다보며 쓰다듬었다. 숙출 아씨가 아직도 몸을 낫처럼 휘고 두 손을 맞잡고 서 있는 문한을 내려다보았다. 그의 몸에서는 바깥의 싱그러운 냄새가 물씬 풍겨왔다.

"문한이 너 잠깐 이리 올라와서 내 말을 들어보라우."

노마님의 분부에 문한은 머리를 숙인 채 마루 위로 올라와 무릎을 꿇었다.

"피양에 대석이란 백당이나 봉수가 나타나딜 않았네?"

"네! 아무리 찾아봐도 흔적이 없습네다."

"으음. 도검돌 홍삼당시가 홍남동에 양방(洋房)을 채려놓구 천민들을 모아 이상한 짓을 하구 있다던데 거길 좀 다녀오디 안캈네. 그 사람들 사이에 봉수나 대석이란 넘이 끼여 있을 것 같은 예감이 들어. 고넘들이 숨겨놓지 않으면 발쎄 우리 눈에 띄었을 거이 아니가. 거기 가서 동태를 살펴보라우."

문한이 안채를 물러나올 때 꼽추 복출이 문한의 뒤를 따라 나왔다. 밖에 나가지 못하고 별당에만 갇혀 지내니 얼굴에 황달이 든듯 누르퉁퉁했다.

"문한아! 내레 여기서 재미없어 죽갔서. 너 가는 곳에 따라 가문 안 되갔네."

"도련님! 몸두 성치 않으시문서 어드메를 따라나섭네까. 네레 지금 노마님 시굼불루 홍남동 도검돌 홍삼당시네 집에 갑니다."

그래도 막무가내로 복출 도련님은 문한의 바짓가랑이를 잡고 늘어졌다.

"나를 꼼뗑이루 만든 대석이란 넘을 잡아 죽이는 일이 내 일이디 문한의 일이 아니잖네. 내레 거길 가 보구 싶어. 내 두 손으로 그 넘을 잡아야디."

절대로 솟을대문 밖을 나가지 말라는 박진사의 지시를 무시하고 복출은 문한의 뒤를 바짝 따라붙었다.

"안됩니다요. 이러다가는 도련님 대신 내레 볼기를 맞습네다. 날레 들어가시라요. 새서방이 새색시를 놓구 함자 어딜 가시려구 이럽네까."

그런 몸으로 사람들 눈에 띄면 어칼려구 그러느냐는 말이 목구멍까지 올라왔으나 꿀꺽 참았다. 곰돌이가 합세하여 발버둥치는 복출을 별당으로 끌어다 놓고 중문을 닫아버렸다. 짐승처럼 흐느끼는 복출 도련님의 울음소리가 처량하게 솟을대문 밖까지 퍼져나갔다.

홍문재를 넘은 문한은 홍가로 다가갔다. 산울로 둘러싸인 아늑한 산기슭에 자리 잡은 낡은 기와집에서 찬송 소리가 흘러나왔다. 문한은 발소리를 죽이고 뒤란 쪽 산기슭으로 가서 밤나무로 기어 올라갔다. 아래를 내려다보니 남녀가 마루와 안방에 각각 나뉘어 앉아 예배를 드리고 있었다. 문한의 입에서 가느다란 비명이 터져 나왔다.

안방 문 쪽에서 약간 몸을 돌리고 앉아있는 여자는 얼마 전 박진사의 큰며느리로 시집온 새색시였기 때문이다. 몇 년 전 동미 아씨가 그들 틈에 끼여 예배드리는 장면을 본 적이 있는 문한이었지만 여전히 그때처럼 가슴이 벌렁거렸다. 박진사댁에 들어오는 사람마다 왜 모두 야소교에 빠져드는 것일까. 살금살금 밤나무 옆가지로 옮겨가서 안을 들여다보니 건넌방에도 남자들이 가득 차있다. 점점 야소교를 믿는 무리들이 불어나고 있구나! 모를 일이다. 무엇이 그리 좋아서 저렇게 모여앉아 머리를 끄덕이며 황홀경에 빠져들어 가고 있을까. 평양 대동문통에 점포를 차려 돈을 벌려는 문한의 꿈보다 더한 것이 야소를 믿으면 생기는 것일까.

이번에는 복출의 새색시에 대해 함구하기로 했다. 노마님에게 일러바쳐서 동미 아씨처럼 불행한 여자를 또 다시 만들고 싶지 않았다. 홍문재를 걸으면서 내우사까디를 가슴에 끌어안고 머리를 끄덕이던 어린 새색시의 얼굴이 동미 아씨의 얼굴과 겹쳐져서 눈앞에 아른거렸다.

박진사댁에 하직인사를 하고 평양으로 가는 길에 문한의 머릿속에는 많은 생각이 오갔다. 양반처럼 번지르르한 기름기가 전신에 돌고 의젓해지기는 했지만 아련한 고독감은 전보다도 더욱 깊숙이 그의 몸을 휘감았다. 흥가에서 복출의 색시를 본 뒤 내내 동미 아씨를 생각하고 있는 자신을 깨닫고 그는 머리를 흔들었다. 평양에 닿자면 시오리를 더 걸어야 하는 지점에 이르렀을 때 사람들이 길가에 모여 서서 두런거렸다. 신묘한 약을 파는 장사라도 나타난 것일까. 사람들 사이를 헤집고 들어가 보니 손에 작은 책자를 든 사람이었다.

"어둠의 사슬을 끊고 상뎨의 아들딸이 되어 자유와 빛을 선물로 받으시오. 바루 요 책, 쪽복음서에 상뎨의 자녀가 되는 비밀이 써 있습네다."

"이게 한문으로 쓰인 대국 성경이네?"

문한이 묻자 청년은 당당하고 또렷하게 대답했다.

"봉텬에서 우리 되선 청년들이 우리 글로 옮겨놓은 쪽복음서입네다."

"내레 한 권 얻고 싶은데 줄 수 있네?"

"돈을 주고 사시라요. 귀한 책을 그냥 줄 수는 없습네다."

류춘천이란 청년이 로스 목사를 만나 세례를 받고 평양으로 와서 전도하고 있던 참이었다. 문한은 쪽복음을 사서 봇짐에 넣었다. 자신이 보려고 산 게 아니다. 동미 아씨를 생각하며 산 것이다. 도검돌의 무리에 끼여 앉아 야소를 믿는다고 그가 본 대로 노마님에게 고해 바쳤다가 강제로 쫓겨난 동미 아씨. 아편중독자가 되어 평양 어딘가를 헤매고 있을 동미 아씨에게 성경을 주고 싶다는 생각에 덜컥 쪽복음서를 산 것이다.

4

의주의 오월은 나뭇잎에 기름이 자르르 돌고 들꽃이 한참 머리를 내민다. 들꽃 바람을 타고 어둠이 서서히 밀려오더니

는개가 쏟아져 내리며 사위를 뒤덮었다. 점복네 점집으로 뚫린 길로 쓰개치마를 걸친 여인이 급히 걸었다. 하루 종일 붐비던 손님들이 빠져나간 점복의 집은 아직도 사람들의 열기가 남아서 밖에까지 후끈했다. 쓰개치마 여인이 골목의 어둠 속으로 몸을 숨기며 손짓을 하자 뒤 따라온 몸종이 안을 향해 기어들어가는 목소리로 말했다.

"안에 뉘 계시우?"

"뉘시라요? 우린 이제 손님을 받지 않습네다. 저녁 식사두 해야하구 하루 종일 시달린 우리 점복을 이제 고만 놔두시라요."

점복네가 사립문을 열지도 않고 밖을 향해 소리쳤다. 어설프게 세워놓은 울타리 뒤 어둠 속에 몸을 숨겼던 여인의 점잖은 음성이 다급하게 전해졌다.

"점치러 온 것이 아니네. 급히 의논할 일이 생겨서."

지체 높은 여인의 음성이라 감히 거역할 수가 없었다. 점복네 골목이 미어지는 시간을 피해 찾아온 양반댁이라면 신분이 높은 게 상례였다. 이런 손님은 사연도 깊고 돈을 삼태기로 쏟아 붓게 마련이니 큰 물고기가 걸려든 셈이었다. 사립문을 열자 중년여인이 화살처럼 잽싸게 마당 안으로 들어섰다. 점복네가 엉거주춤 사립문가에 서 있는 동안 여인은 쓰개치마를 벗어 팔에 걸쳤다. 옥비녀를 꽂은 여인의 가슴에 삼작(三作)노리개가 창호지문을 통해 어른대는 어유등잔 불빛을 받아 색스럽게 드러났다.

"여기가 의주에서 이름난 맹인 점쟁이 집이렷다."

"네. 맞습네다."

"집 아낙으로 들이가 조용히 밀할 수 잆잖네."

그간 집을 늘리고 손질을 했건만 우아한 차림의 양반부인
이 들어서니 집안이 갑자기 초라해지는 듯했다.

"먼 일루 늦은 시간에 예꺼정 오셨습네까? 밤길에 가마두
타지 않으시구. 이 시간에는 점을 치지 않습네다. 내일 밝은
때 오시라요."

점복네가 양반흉내를 내가며 아주 의젓하게 말했다.

"예가 명복(名卜)으로 이름이 자자한 최점복 맹인 복술가네
집이 맞디?"

"그렇습네다."

느닷없이 몸종을 거느리고 들이닥친 양반댁은 방안을 샅
샅이 둘러보았다. 슬프고 슬픈 표정이 여인의 얼굴에 어리더
니 옷고름으로 눈물을 찍어냈다.

신성점(神聲占)을 친 날이라 더 이상 손님을 받지 않는다고
하라고 최달수가 눈을 꿈쩍거렸다. 신의 음성을 끌어낸 점복
이 너무나 지치고 피곤해서 누워있었기 때문이다. 더구나 문
고리를 안으로 걸어 잠그고 누워있는 판에 손님을 받을 리가
없다.

"미안합네다. 오늘은 소문난 신성점을 친 날입네다. 신의
음성을 천한 인간들에게 들려준 날이라 아주 지쳐있습네다.
내일 날이 밝으문 오시라요."

"점을 치러 온 것이 아니구 내 조카딸이 이제 열다슷 살.
참판댁 규수인데 길세 유명한 복술가의 점쾌가 하두 기이하
게 나와서 온 집안이 지금 울음바다가 되었다네. 해서라무
니…."

"길쎄 그런 점일수록 밝은 날 맑은 덩신이루 점을 쳐야디 지금 이 시간에는 아무리 졸라도 할 수레 없습네다."

"영변에서 온 내 조카딸을 살려주게나."

"우리야 점을 쳐주는 일을 하디 사람을 어캐 살려냅니까?"

동백기름을 바른 양반댁의 머리에 점복네의 눈이 갔다. 가운데가리마를 곱게 타서 쪽을 찐 검은 머리가 어유등잔 불빛에서 참기름을 바른 송편처럼 윤이 흘렀다.

"조카딸의 목숨이 경각에 달렸으니끼니 어카갔네. 단도직입으루 말해서 내 조카딸을 이 집 메니리루 받아달란 말일쎄."

"네네… 기게 먼 말입네까?"

어느 틈에 윗목에 들어와 앉아있던 최달수는 눈을 동그랗게 뜨고 얼빠진 얼굴로 말을 더듬었다. 마치 백년 묵은 백여우에게라도 홀린 기분이었다.

"놀라는 거이 당연하디. 내 조카딸이 절세미인이라 박명하리라 짐작을 했네만… 아쿠쿠! 불쌍한 것. 집안을 따져 양반 가문으로 혼례를 올리문 고만 그 밤이루 죽을 운명을 타고났다니 어카갔네. 영변에서 이름난 복술가의 말로는 날레 이달을 넘기디 말구 비천한 남자와 혼사를 치루문 장수할 것이라니 어카갔네. 그라느문 죽는다니 어카갔느냐 이 말일쎄."

점복네가 별로 내키지 않는다는 듯 아주 퉁명스럽게 내뱉었다.

"하필이문 와 우리 집 메니리가 되겠다구 이러십네까? 영변에두 좋은 신랑감이 많을 터인데 와 예꺼정 오셨습네까? 그리구 우리가 어케 참판댁 따님을 모시구 삽네까. 우리는 그저 천한 집 메니리를 맞아 걸맞게 살 겁네다."

그러자 양반댁은 안타까운 표정을 지으며 애걸했다.

"조카딸의 신수를 점친 판수의 말로는 두 가지 조건에 맞는 신랑감을 찾으라구 했다네. 그 첫째가 맹인일 것. 둘째가 점쟁이로 의주에 사는 사람이어야 한다는 비법(秘法)을 지키문 장수할 수 있다구 했다네."

점복네는 떨떠름한 얼굴이 되었다. 마치 땡감이라도 씹는 얼굴이었다. 아니 벌레를 씹는 얼굴이라고 표현해야 좋을 것이다. 양반댁은 점복네의 마음을 살핀 뒤 옆에 앉아있는 몸종에게 눈짓을 했다. 댕기머리를 치렁거리며 몸종이 밖으로 달려 나갔다. 곧 이어 장정들이 들어오더니 지고 온 짐을 내려놓기 시작했다. 바리바리 마루를 가득 채우고 나중에는 마당에까지 쌓아놓았다.

"양반가문과 점쟁이 가문이 어케 오가겠는가 하는 걱정은 말게. 아주 죽은 걸루 여기구 이 집에 묻어버리려구 온 것이니끼니. 이렇게라도 사는 것이 부모 입장에서는 죽어 땅에 묻는 것보담 낫지 아니한가. 참판댁은 지금 초상을 치르구 있다네. 동네에서는 죽어가는 걸루 알구 있으니끼니 염려 말게."

"고럼 우리 집이 참판댁 따님의 무덤이라 이 말이라요."

점복네가 이죽거렸으나 양반댁은 그저 눈물을 삼키며 조용히 일어나 울 밖을 향해 신호를 보냈다. 몸종의 안내를 받으며 새색시가 보따리를 가슴에 안고 들어왔다. 이미 숨이 끊어진 사람처럼 보였다. 아예 모든 걸 체념한 얼굴이었다. 얼굴이 하얗게 질린 양반집 규수는 너무 울어서 눈가장자리가 짓물러 눈먼 사람처럼 몸종의 손에 이끌려 들어와 방 한

구석에 앉았다.

"저기 쌓인 금부치와 돈, 그리구 시집갈 때 쓰려구 준비한 이불이랑 혼수 감들 모두 개지문 이 집안이 일생 배곯지는 않구 살 터이니끼니 불쌍한 내 조카딸을 일생 잘 돌봐주구레. 부탁하네."

양반댁은 마지막 말을 남기고 휘잉 밖으로 나가버렸다.

"고모님! 고모님! 날 어카구 함자 가십네까?"

방구석에 앉아서 벽을 향해 그림처럼 앉아있던 색시가 외마디 소리를 지르며 울어댔다. 이런 조카딸을 뒤로 하고 눈물을 닦으면서 양반댁은 하인 일행을 거느리고 밤길을 더듬으며 어둠 속으로 줄행랑을 놓았다. 한밤중에 도깨비처럼 고운 처녀와 재산을 점쟁이 집에 던져놓고 모두 어둠 속으로 사라져버렸다.

그제야 점복네의 입이 함박꽃처럼 벌어졌다.

"꼬옥 셴네가 하늘에서 하강한 듯하네. 아이쿠! 우리 불쌍한 점복의 복이디 머야. 점복의 신통력에 미륵신이 감동해서 셴네를 내려보낸 거 아니갔서."

5

개화당 김옥균의 주선으로 일본에 주재하던 미감리회 선교사 매클레이(R. S. Maclay) 목사가 내한하여 고종황제를 알현하고 교육과 의료사업을 할 수 있다는 윤허를 받게 됐다. 일 년 전부터 한성에는 미국공사관이 개설되었지만 양(洋)의

시기 없어 어려움을 겪고 있던 처지라 상해에 가 있던 미국 북장로교 의료선교사 알렌이 곧바로 공사관의 공의(公醫)로 임명되어 제물포에 도착한 것이 1884년 9월 20일. 알렌, 바로 그가 조선 땅에 정주(定住)한 최초의 개신교 선교사가 된 셈이다.

그 겨울 검동과 복순엄마는 양식을 구하기 위해 몸부림을 쳤다.

"할 수 없수다레. 급한 때에 쓰려구 숨겨둔 은이 조금 있넌데 이걸 개지구 나가 양식을 구해보구레. 내레 한성 지리두 모르구 사람두 모르니끼니 복순이 오마니레 나가 보는 것이 돟갔다."

의주를 떠날 적에 남편 이 백정이 넣어준 은덩이의 일부였다. 복순엄마는 치마 말기에 은을 숨겨 가지고 아침 일찍 먼 친척이 살고 있는 남대문 밖 복숭아골로 떠났다. 으스스한 빛이 서쪽 하늘에 서려있는 저녁녘에 헐떡이며 복순엄마가 곡식자루를 이고 달려 들어왔다.

"한성 한복판에서 눈이 파랗고 코가 처마 끝에 닿을 정도로 길고 머리칼이 노란 사람이 지나가는 걸 봤어. 바지는 대님도 매지 않았고 깃도 고름도 없는 저고리를 입구 글쎄 새까만 가죽신에 끈이 달렸더라고. 애새끼들은 짐승같이 생긴 이상한 사람을 보고 깩깩 소리치면서 따라가고 여편네들은 골목으로 도망치며 야단났었다. 나처럼 천한 여자야 숨을 필요도 없어서 두 눈을 똑바로 뜨고 찬찬히 보았는데 세상에 그게 사람이야!"

복순엄마는 이고 온 양식 자루를 툇마루에 내려놓고 수다를 떨었다.

"정말 서양 사람을 봤단 말이네?"

"그렇다니까. 나처럼 작은 여자는 고개를 뒤로 한껏 재치고 봐야 했어."

검동의 눈에 눈물이 글썽 고이면서 '주여! 감사합네다.'라고 중얼거렸다.

"감사하다니! 그런 사람이 나타나면 난리가 난다는데 감사라니?"

"의주에 사는 도검돌 아즈바니란 분이 우장에 갔다가 서양 사람으로부터 예수 씨를 소개받구 하나님을 믿게 됐으니끼니 서양 사람이 한성에 들어왔다는 건 좋은 징조가 아니 갔네."

"그보다 더 요상한 소문이 돌고 있더라고."

복순엄마는 상기된 얼굴로 목소리를 낮추었다.

갑자기 진지해진 복순엄마의 표정에 이끌려 검동은 귀를 곤두세웠다.

"민비의 조카 민영익 대감님의 목덜미랑 온몸이 일곱 군데나 칼로 찔렸다는군. 장안의 소문으로는 주부(主簿) 40여 명이 민대감을 살리려고 했으나 손도 쓰지 못하고 쩔쩔 매더라는 거야. 그런데 서양 주부가 와서 상투쟁이 주부들을 다 내쫓고 꿍덩꿍덩 하더니 살려냈다지 뭐야."

"그 말이 먼 말이네? 서양 주부레 죽은 대감님을 살려냈다이 말이네?"

"민대감이 칼침 맞고 죽었는데 서양 주부가 감쪽같이 살려냈다는 거야. 그뿐인 줄 알아. 그런 신묘한 기술을 가지고 앞으로 수백 명의 시체를 몽땅 일으킬 수 있는 사람이 바로 서양 주부라고 모두 숙덕거리며 야단이라고."

12월 4일 우정국 개국 축하만찬회에 한성 주재 각국 외교관들과 정부 고관들이 참석했다. 그날 밤, 독립당은 사대당 거두 민영익을 살해하기 위해 낙성연회장 근처에 장사들을 숨겨두고 있었다. 거사의 신호는 연회장에 인접한 안동(安洞)의 초가인 민가에 불을 질러 시작되었다. 축하연이 한창 진행되고 다과가 나올 즈음 갑자기 문 밖에서 '불이야!' 하는 고함소리가 들렸다. 소방도구 관리책임을 맡은 우영사(右營使) 민영익이 병사들과 시종을 거느리고 막 문을 나서는 찰나 예리한 칼을 가진 다섯 명의 젊은이들이 호위병을 밀치고 군졸 한 명을 죽인 뒤 민대감에게 덤벼들어 목덜미와 온몸에 자상을 입혔다. 그 중 두 군데는 목숨이 위태로울 정도의 치명상이었다.

이 사건은 알렌 의료선교사가 미국대사관 공의가 된 지 삼개월도 되지 않아 일어났다. 한의들이 하는 치료는 약초 찜질이나 탕약을 끓이는 것이 고작이었다. 이때 청나라 조정의 추천으로 와 있던 재정 고문관인 독일인 목인덕(묄렌도르프)이 민영익을 들쳐 업고 알렌의 집으로 곧장 달려갔다. 걱정과 불안 속에 기도하며 임한 알렌의사의 수술은 드디어 성공을 했다. 기적처럼 민영익이 살아난 것이다. 이 소문을 듣고 와서 복순엄마가 검동이에게 떠들어댄 것이다.

서양인이라면 모두 야소교를 믿는 사람이라고 도검돌 아즈바니가 말하지 않았던가. 양인의 외모가 어떻든 저들이 같은 신앙을 지닌 이웃이라는 친근감까지 느낀 검동은 너무나 흥분해서 잠을 이룰 수 없을 지경이었다.

"내레 날이 밝으문 덩동으루 달려가서 세양 사람을 만나야디. 그 사람들을 만나문 의주에서터럼 예배를 드릴 수도 있을테이니끼니."

검동의 말에 복순엄마는 기겁을 했다. 검동은 겁에 질려 만류하는 복순엄마의 손을 뿌리치고 정동 부근을 혼자서 기웃거렸다. 행여나 서양 사람을 만날까 하는 마음에서였다. 그날 서양인을 만나지 못했지만 아주 희한한 소문을 얻어들었다.

"구리개를 지나다 보니 서양 여자가 어린 여아들을 찾아다니더라고. 자기에게 맡겨주면 공짜로 먹여주고 입혀주며 공부를 시켜주겠다고 지나가는 사람들을 붙들고 간청하더라니까."

"세상에! 계집애가 공부라니! 그건 사내자식들이나 하는 일이지 계집애가 공부해서 뭘 한단 말이야. 기생이 되거나 남자를 홀리려고 글공부하는 것이지"

이렇게 수군거리는 사람들 틈에 끼어든 검동은 다음날은 구리개에 가서 하루 종일 길목을 지켜서라도 서양 여자를 만날 작정이었다.

"복순을 세양여자가 살구 있는 덩동 집에 맡겨보기 기래."

검동의 제안에 복순엄마는 파랗게 질렸다.

"계집애가 글을 배워 뭘 해. 내가 시집올 때도 시집살이가 고되다고 친정에 편지를 쓰지 못하게 하느라고 글자를 가르쳐 주지 않았는데."

"세양 여자는 예수 씨를 믿는 사람이라 나쁜 사람이 아니구 우리를 도와주려는 사람이야. 그러니끼니 먼저 복순을 거기 맡겨보리우. 여기서 배를 굶으멘서 굶는 것보담 글자두 배우구 배불리 먹구 입성꺼정 주는데 얼매나 좋아! 밑바닥을 헤매는 우리 처지보담 더 나쁘게 살디는 않갔디."

검동의 딸 백경은 이제 겨우 네살이니 양관에 보내기는 너무 어렸다. 그러니 일곱 살 된 복순을 먼저 보내놓고 일, 이 년 뒤에 백경을 보낼 심산이었다. 모든 일에 검동의 말을 잘 듣던 복순엄마지만 이상하게 이번에는 막무가내로 머리를 완강하게 흔들어댔다.

"양국관(洋國館)은 서당 같은 곳이 아니잖아. 서양 여자가 어떻게 한문을 안다고 훈장질을 한다는 거야. 무슨 속셈이 있을 거라고. 내 생각에 아이를…"

조선 땅이 아닌 먼 곳, 청국이나 서양의 색주가(色酒家)에 팔아버릴 거라는 편견에 빠져서 아무리 설득해도 복순엄마는 강하게 도리질을 했다.

19채의 초가와 공지 한가운데 큼직한 집까지 포함해서 6천1백20평이나 되는 땅을 정동의 미국대사관 옆에 450달러를 주고 산 스크랜턴 대부인은 여기에 200평의 건물을 지어 조선의 여성들을 교육시키며 선교할 작정인데 여학생을 구하는 일이 난관이었다. 양가집 규수는 집안에 꽁꽁 숨겨놓고 독훈장을 데려다가 한문을 가르치고 있어 밖에는 얼씬도 하지 않았다. 가난한 집의 딸들 역시 담 너머로 넘실거릴 뿐 모두 달팽이처럼 기어들어가버렸다.

"지금 우린 배가 고파 죽을 디경이 아니네. 한 입이라도 덜어보자우. 의주에서부터 여기꺼정 오는 길에 본 것은 아전들마저 날뛰면서 수탈해가는 바람에 뼈만 남은 농민들의 비참

한 생활이었다. 고냉이에게 쫓긴 쥐새끼두 막판에 뎀베드는 법. 해서 사방에서 농민들이 난리를 일으키구 있디 않네. 이런 판에 우리가 서양 사람들이 주는 음식을 거절할 이유가 없디 안캈네."

검동의 끈질긴 권유에도 복순엄마는 머리를 계속 흔들었다. "내 곁에 있다가 굶어 죽으면 묻어버리는 것이 낫지 그렇게는 못해."

남자들을 위한 교육기관인 육영공원(育英公院)은 고종황제의 요청을 받고 미국의 문교부장관 이튼이 헐버트, 벙커, 길모아 세 사람을 보내 세운 한국 최초의 서양식 국립학교였다. 설립목표는 정부 관리양성에 두고 있어서 이 학당에는 영어를 배워 관리가 되어보려는 욕심에 학생들이 많이 모여들었다. 하지만 여성교육은 문제가 달랐다. 스크랜톤 대부인은 상류층 가정의 딸을 모아 보려고 애를 썼지만 그런 집안의 딸들은 깊고 깊은 안채에 갇혀서 만날 수조차 없었다. 바깥사회에 자유로이 나다니는 여성을 천시하는 관습을 지닌 나라이니 어찌할꼬. 이 나라에선 여자란 자고로 제 고장 장날을 몰라야 복이 많은 법이라고 했다. 유교 사회의 내외법에 따라 안채 깊은 곳에 유폐(幽閉)된 생활을 하고 있는 여자들을 무슨 수로 끌어낼 수 있단 말인가.

할 수 없이 스크랜톤 여사는 가난한 집 딸들을 모으기로 마음을 먹었으나 그런 여자들은 종이나 첩으로 팔려가기 때문에 그것도 쉬운 일이 아니었다.

연못골 오두막집에서 밤새워가며 다투던 검동이와 복순엄마는 복순을 데리고 정동의 양국관으로 향했다. 여기서 굶기느니 배부르게 밥 먹여주고 입혀주고 공부도 시켜주는 곳에 가서 살게 하자는 검동의 말에 복순엄마가 굴복한 셈이다. 정동에 닿으니 유월의 햇살이 따가워서 온 몸이 땀투성이였다. 양국관 앞에 이르러 들어가질 못하고 멈칫거리며 안을 기웃거리고 있을 때 가마 한 채가 대문 앞에 멈추었다. 따라온 비녀가 문을 열자 선녀처럼 곱게 차린 여인이 거리낌 없이 양국관 안으로 들어가는 것이 아닌가.

"여보시라요. 저 좀 봅시다레. 여기가 여아들을 공부시켜 준다는 곳인가요?"

검동이 가마에서 내리는 여자를 바짝 따라가서 물었다. 동백기름을 발라 반지르르하게 머리를 빗고 옥비녀를 꽂은 여자의 눈은 호수처럼 물기가 어리고 콧날이 오뚝한 미모였다. 잘 차려입은 양반댁은 못 들은 척 도도하게 앞만 보고 안으로 사라졌다.

양반댁 부인을 태워온 교군들이 비렁뱅이 차림의 검동과 복순엄마를 보고 그쪽 담 밑으로 오라고 손짓했다. 귀밑머리가 하얀 교군이 물었다.

"저 여아를 여기 양국관에 맡기려고 그러오?"

어머니의 치맛자락에 숨은 복순의 눈에 눈물이 그렁그렁했다.

"어제 요 또래의 여자 애가 들어오는 걸 봤지. 서대문 밖 성벽 밑에 죽어 넘어진 어머니의 젖을 빨고 있던 여자 애라 더군. 이 집 주인인 서양 여자가 마침 그 옆을 지나다가 보고는 아이를 시체에서 떼어내는데 애를 먹었다고 하더군. 막무가내로 죽은 어미의 가슴에 얼굴을 파묻고 매미처럼 달라붙어 떨어지지 않으려고 울어댔다는군. 그런 아이를 병원에 데려다 치료한 뒤 이리 데려왔다는 소문이야. 그러니 안에 들어가 한번 말해 보구려."

"아까 들어간 양반댁두 공부를 하러 여길 드나듭네까?"

검동이 호기심을 가지고 물었다.

"우리 마님은 구리개에 사는 대감의 작은 마님이야. 왕비의 통역관이 되어보라고 대감이 보내서 서양말을 배우러 오는 것이라고 하더군. 그런데 너무 어려워서 고만 둔다는 것 같아. 3개월을 배웠는데 따라가기 힘든 모양인지 얼굴이 다 수척해지셨어."

늙수그레한 교군의 말에 힘을 얻은 검동과 복순엄마는 어렷거리며 안으로 들어갔다. 스크랜톤 대부인이 이들을 맞았다. 복순은 이상하게 생긴 서양 여자를 보고 놀라서 아예 어미의 치맛자락으로 얼굴을 가려버렸다. 눈알이 파란 것이 꼭 도깨비 같기도 하고 코가 어찌나 오뚝한지 팔자가 드세 보이는 인상이었다.

머리를 굽실거리게 빗은 것도 그렇고 허리에 치마 단을 넣어 입은 것이랑 젖가슴이 볼록 튀어나온 저고리가 남우세스러울 지경이었다.

검동은 복순을 여기에 맡기러 왔다는 생각을 잊어버리고 그저 멍청히 입을 벌리고 서서 스크랜톤 대부인을 뚫어지게 보고 있었다. 복순엄마도 서양남자는 한번 길에서 보았어도 서양 여자를 보는 것이 생전 처음이라 검동의 등 뒤에 숨어서 선뜻 나서지 못했다.

"오오! 따님을 여기 맡기겠다고요? 아아! 하나님. 감사합니다."

감격해서 감탄사를 발하는 서양 여자 앞에 두 여자는 얼어붙은 사람처럼 그저 멍청히 서 있을 뿐이었다. 검동의 눈이 창호지 문에 붙어있는 유리조각에 멎으면서 흠칫 놀란다. 스크랜톤 부인은 사진틀의 유리를 떼어내서 밖을 볼 수 있도록 붙여 놓았는데 그리로 방안이 환히 들여다보였다.

스크랜톤 대부인의 입장에서는 기적이라고 말할 수밖에 없었다. 제 발로 걸어 들어온 여학생이라니! 거리를 다니며 아무리 둘러봐도 여아(女兒)는 참으로 귀했다. 서양 여자만 봐도 부녀자들은 급히 문을 닫고 숨어버렸고 아이들은 고래고래 소리를 지르며 달아났다. 이 땅에서 여학생을 구한다는 것은 바다에서 진주를 찾는 것만큼 힘들었다. 더구나 그간 가르쳤던 첫 학생이요, 고관대작의 첩인 김씨 부인이 오늘로 그만두겠다고 해서 낙담해 있던 터였다. 사람들을 붙들고 아무리 애걸해도 딸을 맡기겠다는 사람이 없는 판에 제 발로 들어온 여학생이라니! 이건 분명히 하나님이 보낸 선물이었다.

"감사합니다. 정말 감사합니다. 맡아서 잘 먹이고 가르치겠습니다. 걱정하지 마시오."

복순이 흐느꼈다. 처음에는 엄마의 치맛자락에 몸을 숨기고 숨을 죽이며 훌쩍이더니 나중에는 떨어지지 않으려고 거머리처럼 악착같이 달라붙었다.

"여기서는 예수 씨를 믿을 수 있갔디오? 또 성경두 배워줍네까?"

검동의 입에서 예수니 성경이니 하는 말이 나오자 너무나 놀란 스크랜톤 대부인은 얼굴이 발갛게 되도록 흥분했다.

"아니, 아니… 예수를 알고 있습니까? 성경도 알고 있었단 말이오?"

"의주에서 예수 씨를 믿기 시작했습네다."

"의주라니! 그게 정말이오? 그럼 주기도문을 욀 줄도 안단 말이오."

검동이는 서슴지 않고 주기도문을 줄줄 외우기 시작했다. 도검돌과 남편 이 백정이 함께 불렀던 '예수 나를 사랑하오 성경에 말삼일세'란 찬송도 불렀다. 그러자 스크랜톤은 검동이의 손을 덥석 잡으며 원더풀을 연발했다. 벌써 이 땅에 복음이 들어와 퍼져 있었다니! 비렁뱅이 여자의 입에서 술술 나오는 주기도와 찬송을 듣고 있는 것이 믿어지질 않았다. 소래라는 곳에는 벌써 이 나라 사람들이 세운 교회가 있고 세례 받은 사람들도 있다고 들었지만….

"의주라고 했나요? 거기에 예수를 믿는 사람들이 많이 있습니까?"

"가덩에서 제단을 쌓고 있넌데 양방이라고 하디오. 천민들이 모여서 예배를 드리고 있습네다. 지금쯤 봉턴서 의주 청년들이 번역해서 찍어낸 우리 말 성경을 개져다가 예배를 드리고 있을 겁네다."

언더우드와 아펜젤러가 일본에서 이수정이 한글로 옮긴 성경을 가지고 들어왔는데 중국에서도 번역이 되었다니! 스크랜톤 여사의 놀람과 감탄은 억제할 수 없을 지경이었다. 아아! 이 민족은 대단하구나! 이미 이 땅에는 선교사들이 들어오기 전에 스스로 복음을 뿌려놔서 추수할 때가 되었구나.

연못골에 복순의 소문이 좌악 퍼지면서 이웃 사람들이 검동이와 복순어머니 박씨 부인을 들볶기 시작했다.

"세상에! 정말로 나쁜 어미군. 어떻게 딸을 서양귀신에게 줄 수가 있어. 차라리 종으로 팔면 돈도 벌게 되고 복순이는 이 땅에서 우리와 함께 살 수 있는데 말이야. 처음에는 좋은 음식을 먹이고 좋은 입성을 입혀서 살이 오르고 건강해지면 바다 건너 먼 곳으로 아주 데려갈 터이니 두고 보라니까."

날마다 박씨 부인은 귀가 아플 정도로 이웃 여편네들의 잔소리와 지청구에 들볶여 머리가 지끈지끈 아팠다. 오직 하나뿐인 딸을 떼어놓은 것도 미칠 것같이 괴로운 판에 이런 소리까지 들어야 하니 정신이 이상해질 지경이었다.

"육친(肉親)의 정도 없는 매정한 어미로군."

"죽어도 함께 죽고 굶어도 함께 굶지 그래 밥을 먹여준다니까 그냥 딸을 거기 놓고 와. 이건 어미도 아니야. 의붓어미도 그렇게는 하지 않을 거야."

"서양귀신에게 딸을 주느니 차라리 부잣집 첩으로 주는 것이 낫지. 안 그래. 차라리 색주가에 팔아도 이 땅에서 사는 것이 낫지."

검동이도 그들의 입방아에 오르내렸다.

"자기 딸은 품에 끼고 돌면서 남의 딸은 양인에게 주게 했다면서. 그것 봐. 자기 딸을 맡기지 않은 것은 양식 때문일 거야. 다 속셈이 있는 거라고."

백경이 너무 어려서 내년쯤 양국관에 넣겠다고 하는 검동의 심중을 알면서도 그게 고까웠다. 견디다 못한 박씨 부인은 정동으로 뿌르르 달려갔다.

한 달 만에 만난 복순은 살이 오르고 깨끗하고 단정했다.

어머니를 향해 큰 절을 올리고 나서 말하는 것이 양반의 딸처럼 예의범절이 반듯했다.

"복순을 바다 건너 먼 땅으로 절대 보낼 수 없습니다. 내 딸을 돌려주시오. 여자아이를 구하지 못해 고생하시는 대부인을 위해 한 달간 내 딸을 여기 두고 갔는데 이제 고만 데려가야겠습니다."

"제발 복순을 여기 놔두시오. 절대로 바다 건너 데려가지 않을 것이오."

아무리 달래도 박씨 부인은 딸을 데리고 가겠다고 고집을 부렸다. 나중에는 한 달간 딸을 빌려주었으면 고맙게 여기고 고만 딸을 돌려달라고 화를 냈다.

"그렇게 걱정이 된다면 따님 복순을 절대로 외국에 데려가지 않겠다는 서약서를 문서로 작성해 드리면 되겠습니까?"

대부인의 간절한 요청에 박씨 부인은 난감했다.

스크랜톤 부인은 종이를 꺼내 그녀 앞에서 서약서를 썼다.

'미국인 야소교 여선교사 스크랜톤은 조선인 박씨와 다음과 같이 계약하고 이 계약을 위반할 때는 어떠한 벌이든지 어떠한 요구든지 받기로 한다. 나는 당신의 딸 복순을 맡아 기르며 공부시키되 당신의 허락 없이는 서양은 물론 조선 안에서도 단 십리 밖에라도 데리고 나가지 않기로 서약한다.'

창호지에 쓴 이 서약서는 박씨 부인의 마음을 다소 가라앉게 해주었다. 복순을 포기하고 돌아서자 서양 여자의 얼굴에 말할 수 없는 기쁨이 서렸다. 서약서를 가슴에 품고 박씨 부인은 연못골로 돌아오며 머리를 갸웃거렸다. 내가 저 서양 여자에게 선심을 쓰고 있구나. 복순을 두고 가니 저렇게 좋

아하니 말이야. 먹이고 입히고 교육시키고 데리고 지고… 공
짜로 몽땅 해주는 이국(異國) 여자는 조선아이를 강아지처럼
데리고 노는 것일까. 남의 나라에 와서 하필이면 여자아이만
골라서 어째서 이런 짓을 하고 있을까? 스크랜톤 대부인에
게서 받아온 서약서를 검동이 앞에 내밀면서 물었다.

"왜, 왜. 왜 서양 여자들이 우리 조선의 딸을 탐내는 거
지?"

"기게 다 하나님의 사랑이여. 의주에 있을 적에 도검돌 아
즈바니는 홍삼당시를 하문서 우장과 되선을 오갔디. 마적 떼
를 만나 죽게 되었을 적에 하나님을 믿는 세양 사람이 자기
집에다 뉘어놓고 먹이고 입히고 티료해주었넌데 그게 다 예
수 씨를 믿는 사람이라 되선 사람을 사랑해서 그런 일을 하
구 있는 거디. 흑암에 앉은 되선의 여자들에게 큰 빛을 가르
쳐주구 있는 거 아니갔네. 누가 머라든 참으라우. 우리 백경
이두 내년에는 거기 데불구 가려구 기래."

검동은 딸 백경을 서양 여자에게 맡기고 나서 혼자가 되면
무엇을 할까 생각했다. 순간 봉수를 향한 짙은 그리움이 물
밀듯이 밀려왔다. 그는 지금 어디에서 무엇을 하고 있을까.
왕의원에게 주고 온 백석은 잘 자라고 있는 것일까. 박진사
에게 낳아준 아들은 지금쯤 서당엘 다니고 있겠지. 의주에
가면 도검돌 아즈바니를 만나 대석의 소식도 듣고 또 한글
성경도 얻어 볼 수 있을 터인데… 지난날들이 주마등처럼 검
동이 앞을 스쳤다. 아! 그러나 어떻게 의주에 갈 수가 있단
말인가. 딸 백경은 검동의 등에 업혀 한성까지 온 탓인지 나
이에 비해 작고 허약했다. 잠든 어린 딸의 얼굴을 물끄러미

내려다보았다. 백지장처럼 하얀 이마에 식은땀이 흥건했다.

"아아! 이렇게 병약한 딸을 어캐 양인 녀자에게 맡길 수가 있단 말인가. 나는 못해. 나는 못해. 정말 못하겠어. 가여운 내 새끼 백경아! 으흐흑…."

6

차인생활을 거친 문한은 대동문통에 1백 평이 넘는 상점을 사들였다. 가게의 정면은 큰 거리를 향해서 면사면포를 쌓아 놓고 팔았으며 뒤쪽에는 주택과 넓은 정원을 합쳐 모두 2백 평이 넘는 큰 장소를 잡았다. 샘물이 고이듯 돈궤에는 매일 돈이 수북이 쌓였다. 문한은 박진사와의 언약을 지켜서 한 달에 한 번씩 의주에 들러 꼬박꼬박 계산을 했다.

"당시가 참으루 잘 되는구나. 내레 한번 피양을 가구프디만…."

문한이 내놓는 돈을 보며 박진사는 놀라서 눈이 휘둥그레졌다.

"아바지레 딕접 피양을 다녀오시라요. 종넘 문한에게 맡겨 두는 것보담 우리가 직접 가서 당시 하는 것을 보는 거이 둏갔디오. 어드렇게 종넘에게 이렇게 많은 돈을 맡기구 보지두 않구 앉아서 그 넘의 수작만 믿구 있습네까?"

숙출은 언제나 문한의 마음을 상하게 했다. 깐족거리고 얕 잡아 보며 의심하고 깔아뭉개는 묘한 여자였다. 숙출 아씨를 대면하면 마치 배설물이 고여 푹 썩은 뒷간에 들어가 앉았을 때처럼 눈이 맵고 숨쉬기가 힘들었다.

마침 서당에서 서출이 돌아왔다. 귓불에 팥알 크기의 점이 나이 들어가며 더 두드러졌다. 서출을 보자 잠깐 잊었던 분노가 박진사 가슴에서 치밀어 올랐다.

"아직도 백당 대석을 보디 못했네? 그 넘이 어디 메로 갔을까?"

박진사를 닮아 키가 작은 서출의 이마가 얼굴에 비해 넓어서 장군처럼 패기가 넘쳐흘렀고 부리부리한 눈에 옹고집이 서려있었다.

"아바지! 내레 문한이와 함께 피양에 가서 면사 면포점을 한 달이구 두 달이구 지키문 대석이란 넘을 잡을 수 있을테이니끼니 이번에 따라갈랍네다."

박진사는 서출의 다급한 결정에 머릴 흔들었다.

"조금만 더 있다가 피양에 가두 늦디 않다. 대석이란 넘두 언젠가는 잡힐 것이야. 문한은 내 말 들어보라우. 클마니레 뭐라 해두 검동이란 종년은 잊어버려라. 지금쯤 주막집의 작부가 되었거나 아니문 길거리에서 비렁뱅이가 되었을 터이니끼니."

사랑채에서 나오는 즉시 노마님의 부름을 받은 문한은 안채로 들어갔다. 그렇게도 크고 넓던 안채가 평양에서 온 탓인지 아주 초라해 보였다.

"그 많은 돈을 개지구 피양에 나가 몇 년이 흘렀넌데두 아직두 검동이란 년을 잡지 못했단 말이네? 그냥 요년을 잡기만 하문…"

"검동이레 피양에 나타나기만 하문 틀림없이 내 손으루 잡아오갔습네다."

말을 이렇게 해놓고 안채를 물러나오며 집요하게 검동을 잊지 않고 물고 늘어지는 노마님의 집념에 문한은 몸을 떨었다.

의주에서 평양으로 돌아올 적마다 문한은 언제나 칠성문 밖 거지촌을 한 바퀴 돌았다. 움막을 짓고 사는 사람, 허술한 토담집에서 사는 사람… 그곳은 가난한 사람들이 모여 사는 곳이다. 강화도령인 철종 때부터 일어나고 있는 농민들의 항쟁이 고종에 이르면서 횟수를 거듭할수록 거지촌의 사람들은 불어만 갔다. 동미 아씨를 찾아나서는 문한의 눈이 번뜩거렸다. 신 새벽 묵정밭에 나갈 적에 골미떡을 내밀던 동미 아씨의 얼굴이 눈에 밟혔다.

이제 제법 총각 티가 잡힌 문한의 턱에 수염이 거뭇거뭇하다. 목소리도 변해서 걸걸하고 다른 사람들보다 머리 하나가 더 큰 키에 우람한 가슴은 사람들을 압도하는 힘이 있었다. 차인들을 셋이나 거느리고 운영하는 면사 면포점은 날로 흥청거려서 주위에서는 어서 장가들라고 보채는 상인들이 많았다. 하긴 허리까지 길게 땋아 내린 총각머리가 거추장스럽기도 했다.

칠성문 밖 거지촌 말고 문한이 자주 가는 곳은 한천(漢川)이라는 오일장인데 평양에서 약 70리 떨어진 서해변가의 장터였다. 문한의 몫으로 돈이 모이는 대로 주변의 논과 밭을 사들였다. 그곳에 박진사보다 더 큰 집을 지을 것이고 박진사네보다 더 많은 토지를 소유할 꿈을 키웠다.

그날도 한천을 다녀오는 길에 거적을 깔고 누워있는 거지를 보았다. 사람들마다 얼굴을 돌리고 그냥 지나갔다. 여자는 얼굴을 팔로 감싸 안고 새우처럼 다리를 바짝 오므리고 있는데 냄새나는 몸에 파리 떼가 덕지덕지 달라붙었다. 혹시나 해서 거지 여자에게 다가갔다. 얼굴을 가려서 볼 수가 없었다. 별안간 돌이 날아왔다. 하필이면 그것이 허리께를 명중해서 여자는 꿈틀하면서 얼굴을 가린 손을 떼었다. 문한은 그 얼굴을 보려고 거지에게 다가갔다. 가슴이 두근거렸다. 다행히 동미 아씨는 아니었다. 안도의 숨을 내쉬면서도 짙은 아쉬움이 밀려왔다.

대동문통으로 들어서면 모든 것이 정겹다. 발걸음을 재촉해 그의 면사 면포점에 이르니 사람들이 동그랗게 모여 웅성거렸다. 문한은 사람들 틈바구니를 헤치고 얼굴을 들이밀었다. 길바닥에 나동그라진 여자의 얼굴에 문한의 눈이 멎는 순간 냉수를 끼얹는 것 같은 전율이 등골을 타고 흘러내렸다.

"아아! 동미 아씨, 세상에! 우리 아씨가 어쩌자구 여기에…."

문한은 대동문통에서 돈 잘 버는 총각, 잘 생긴 신랑감으로 알려져 있다. 이런 문한이 외마디 소리를 내지르며 여자를 껴안자 사람들의 호기심 어린 눈길이 일제히 그에게로 쏠렸다.

문한이 경영하는 면사 면포점은 상호를 박문점(朴文店)이라 했다. 박진사의 성과 문한의 이름 첫 글자를 딴 것이다. 문한이 박문점 뒤 안채로 비렁뱅이 여자를 들쳐 업고 들어서자 차인들 중 제일 영특한 김덕만이 따라붙었다.

대동문통은 문한의 뒤를 따라온 사람들로 물결쳤다.

"어칼려구 이런 에미네 비렁뱅이를 업어 들입니까? 아니 아니! 이럴 수가! 이 예펜네는 피양에서 이름난 애편쟁이인데 어칼려구 이러십네까."

문한은 조심스럽게 동미 아씨를 방바닥에 내려놓고 아씨의 얼굴을 찬찬히 훑어보았다. 연지곤지 찍었던 얼굴이 누렇게 들떴고 돌에 맞는 뺨은 멍이 들어 퍼랬다. 아씨는 혼수상태에 빠져들어 숨소리조차 감지하기 어려웠다.

"아씨! 아씨! 아아! 우리 아씨가 어카다가 이런 디경꺼정 됐습네까?"

숟가락으로 물을 동미 아씨의 입에 흘려 넣어주고 옆 가게 아주머니를 불러서 몸을 씻겨주도록 했다. 하루가 지나자 의식은 돌아왔으나 문한을 알아보지 못했다. 하지만 암죽을 받아먹으면서 차츰 기력을 회복했다. 열흘이 지나자 고기국물을 마시고 된 죽을 먹으며 눈에 생기가 돌았다.

"동미 아씨! 문한이올시다. 정신이 드시문 눈을 뜨구 절 보시라요."

동미 아씨는 잔잔한 미소를 입가에 흘리며 문한을 한참 바라보았다. 눈에 서서히 물기가 어리더니 눈물이 주르륵 뺨을 타고 흘러내렸다.

"기렇게도 고집을 부리문서 잘 믿던 예수 씨를 어카구서리…."

"너 지금 예수 씨라구 했네? 오호호…."

동미 아씨가 갑자기 발작하듯 웃어댔다.

"아씨, 아씨. 와 이러십네까? 정신을 차리시라요."

"기래 기래. 네 말이 맞다, 맞아. 그 예수 때문에 내레 이 꼴이 됐디."

"한자 이러구 다니문 어캅네까? 혼세(婚事)를 했으문 남편 곁에 있어야디요. 이게 먼 꼴입네까. 양반이 이런 꼴이 되다니 이거 말이 됩니까?"

문한이 나무라는 쪼로 말하자 아씨는 다시 깔깔댔다. 나중에는 배를 움켜잡고 방바닥을 뒹굴며 허파에 바람 든 사람처럼 웃었다. 식은땀이 흥건하게 이마 위에 내솟더니 이상한 냄새가 몸에서 역하게 풍겼다. 웃음을 멈춘 아씨가 벌떡 일어나 문한의 두 다리를 감싸 안았다.

"돈, 돈, 돈을 줘. 나, 나 나 좀 살려줘. 내레 이렇게 비니끼니 돈, 돈, 돈…."

몸을 떨면서 눈을 허공에 박았다. 입가로 침이 주르르 흘러내렸다. 침을 닦으려고 치켜든 손이 수전증에 걸린 사람처럼 부들부들 떨렸다.

"묶어야 합네다. 애편쟁이는 그냥 두문 무엇이나 훔쳐 개지구 나가 애편을 사먹게 됩니다. 우리 아바지레 그걸 먹다 죽어서라무니 내레 잘 알디요."

그동안 집안 내력을 숨기고 있었던 차인 김덕만이 남의 일처럼 덤덤하게 말했다. 문한이 감히 아씨 몸에 손을 대지 못하자 김덕만이 아씨의 손과 다리를 묶었다. 몸부림치며 심하게 떠는 아씨의 눈에 광기가 서렸다. 뺨의 근육에까지 고여 있는 진한 아편 기운이 눈빛과 함께 괴기스러운 기운을 뿜어냈다.

"이거 놓디 못해. 와 나를 묶고 야단이네. 이 종넘의 새끼레 감히 나를!"

동미 아씨는 악을 쓰며 마치 달군 인두라도 몸에 닿은 듯

자반 뒤집기를 했다. 그럴수록 김덕만이 거칠게 다루자 아씨는 머리를 벽에 부딪혀가며 죽는다고 악을 썼다. 어쩌다 문한이 방안에 들어가면 기어들어가는 소리로 애걸했다. 너무나 애처로워 아편을 사다 주고 싶은 충동을 누를 수가 없었다. 그럴 때마다 김덕만이 문한을 문 밖으로 밀어내버렸다.

"반 년만 넘기문 삽네다. 애편이 얼매나 미서운 것인디 모르시지요. 이 고비만 넘기문 살 것이니끼니 두고 봅세다."

음식을 삼키지 못했다. 목과 입이 굳어서 말을 제대로 하지 못할 지경이고 나중에는 깊이를 알 수 없는 괴로움에 빠져 허우적거렸다.

"동미 아씨라는 저 여자를 내레 잘 알디요. 우리 옆에 살았넌데 남편이란 자가 만주를 넘나들며 인삼당시를 하문서 생아편을 먹기 시작했디오. 애편쟁이가 의주에 가서 장개 들어 이쁜 색시를 데려와서 화제였답네다. 길쎄 색시는 그냥 놔두지 못된 넘이 생아편을 강제로 멕여서 저 꼴이 된 거야요."

김덕만의 말을 들으며 문한은 심한 자괴지심에 빠져들었다. 천주학을 믿은 탓에 죽임을 당한 부모님처럼 동미 아씨가 망나니의 손에 죽는 걸 막아보겠다고 노마님께 일러바친 결과가 이 지경이 되었으니 어찌 할꼬! 차라리 아씨가 천민들과 어울려 야소를 믿도록 버려두는 편이 좋았을 걸.

"남편은 어캐 되었네?"

"애편 중독에 걸려 혼세한 다음 해였던가… 아무튼 길에서 객사했디오."

"으음…."

시집가기 전 고왔던 모습은 사라지고 천민보다 더한 몰골로 누워있는 동미 아씨를 보며 문한은 기눕할 수 없는 연민의 정을 누를 수가 없었다. 살려야 한다. 어떤 방법을 써서라도 아씨를 살려내야 한다. 문한은 오랫동안 묵묵히 물기 어린 눈으로 아씨를 바라보고 있었다.

무미 무취한 아편을 먹으면 우화등선(羽化登仙)의 심경에 빠지게 되고 그 맛을 본 사람은 잊지를 못하고 다시 찾아 덤비게 되어있었다. 짜릿한 맛이 세상의 모든 고통을 잊게 하고 환상의 세계를 헤매게 만들기 때문에 동미 아씨는 정신이 들 적마다 기를 쓰고 아편을 구하려고 몸부림쳤다. 한 달이 지나자 이마 위를 흥건히 적셨던 진땀이 가시고 눈에 맑은 정기가 돌기 시작하더니 문한을 보고 조금씩 부끄러워하며 옷매무시를 가다듬었다. 문한은 동미 아씨를 위해 대동문통을 벗어난 한적한 마을, 감흥리에 조촐한 집을 얻어 몸종을 하나 붙여서 요양을 시켰다. 이틀이나 사흘에 한 번씩 양식을 사들고 가면 동미 아씨는 머리를 숙이고 문한을 맞았다.

"아씨! 이제 문한을 알아보시갔습네까?"

그녀는 수집은 미소를 흘리며 화로에 꽂힌 인두를 만지작거렸다.

"미안해. 어카다 내 신세가 이렇게 됐는디."

"아씨! 먼말을 고렇게 하십네까. 제가 죽일 넘이디요. 그때 내레 너머 철이 없어서 본 것을 숨기디 못하구서리 고만… 하디만 야소를 믿다가 죽는 것보담 낫다 싶어 아씨를 살리려구 한 짓이란 걸 알아주셔야 합네다."

동미 아씨는 그저 잔잔한 미소를 흘리며 반짇고리에 담긴 실패와 골무를 매만졌다. 옛날의 고고함이 다시 몸에 고이기 시작했다. 차츰 회복되어 가며 윤기가 도는 얼굴에 그 나이에 어울리는 아름다움이 살아나고 있었다. 문한이 엉거주춤 일어나려하자 동미 아씨는 어렵게 입을 열었다.

"미안하디만 피양에 야소를 믿는 사람들이 있는 것 보았네?"

순간 문한은 버럭 화를 냈다.

"아니 야소 때문에 기렇게 되구두 야소를 또 찾습네까?"

"애편이 나를 흑암 속에 넣었더랬넌데 거길 빠져나오니끼니 성경을 읽구 싶어서 기래. 아무래도 예수 씨를 믿어야 내 영혼이 편하겠으니 어카갔네."

차분하고도 침착한 동미 아씨의 어조에는 강한 힘이 서려 있었다. 문한은 거역을 못하고 멈칫거리다가 허리춤에 깊이 간직했던 쪽복음서를 불쑥 동미 아씨 앞에 내밀었다. 얼마 전 아씨를 생각하며 류춘천이란 청년에게서 사둔 것이었다. 쪽복음서를 받아든 아씨의 얼굴이 환하게 살아났다.

"세상에! 이거 어드메서 얻었네? 봉턴에서 되션 청년들이 한글로 옮겨 찍어낸다던 바루 그 성경이 아니네. 도검돌 아즈바니레 이걸 네게 주었갔디?"

문한은 아니라고 도리질하고는 뚱한 얼굴로 인사도 않고 밖으로 나왔다. 문한이 심통 사나운 얼굴로 우악스럽게 내놓고 간 쪽복음서를 집어든 동미 아씨의 손이 몹시 떨렸다. 처음 예수를 영접하고 기쁨을 맛보았던 때처럼 눈부시게 비춰오는 빛이 전신을 감쌌다. 도검돌 아즈바니가 가르쳐주었던 기도문이 떠올랐다. 집에서 상제께 빌어 구하는 축문법이었다.

'젼능하샤 텬디와 만물을 만드신 쥬야화화 샹뎨 우리 하늘아비님온 자비히시고 두루 사랑히샤 있디 아니히심이 없고 알디 못하심이 없나이다. 이제 우리 낮고 텬한 사람이 샹데 앞에 꿇어 우러러 은혜 배푸심을 바라봅나니 우리가 아는 것이 없사와 전에 모든 허슈아비들에게 절하든 죄를 샤하옵시고 또 우리가 전에 샹데의 은덕을 잊고 배반한 죄를 샤하옵쇼서. 샹데의 사랑하시는 아들 예수 씨레 구세쥬의 몸을 버리사 십자가 위에 피를 흘리사 죄를 속하신 언약을 힘닙어 모든 죄와 모든 허물을 속하야 주심을 원하오며 우리 무리를 살아서 세상에 있을 때에는 샹데의 어진 백성이라 닐컫다가 죽은 후에 텬당으로 도라가 기리 디옥의 고초를 면하게 하옵쇼서….'

놀라운 일이었다. 그간 아편을 먹으며 잊고 있었던 기도문이 막힘없이 술술 입에서 흘러나오며 가늠할 수 없는 기쁨이 가슴 그득 고여들었다.

문한이 구해 넣어준 몸종 수덕은 이제 열 살. 가난한 소작농의 넷째 딸로 입 하나 줄이자고 내놓은 아이였다. 수덕은 제대로 먹지를 못해 키도 작고 야위었으나 눈이 맑고 총명한 빛이 어려있었다. 동미 아씨는 수덕을 데리고 날마다 하루 세 번씩 쪽복음서를 읽으며 예배를 드렸다. 호기심으로 기웃거리던 감흥리 아낙들이 동미 아씨네 방안으로 들어와 앉았다. 아씨는 이들에게 한글을 가르쳐주고 성경을 재미있게 이야기했다.

"누구든지 샹데께 기도하야 구하고져 하문 위패를 놓고 형상을 세우디 못할 것이요. 빛난 옷과 아름다운 복색을 샹관치 말구 향촉과 례물부치를 쓰디 못하니 샹데는 다만 사람의 마음 안이 성실함을 둏히 여기시고 거죽으로 하는 빈 례문은 보디 아니하시니 오직 졍셩의 마음과 딘실한 뜻으루 공경하며 믿어 기도하여 구할디니 마루에서 온 집 사람으루 더불어 기도하며 방 가운데서 홀로 기도하시요. 샹뎨께서 있디 아니하신 곳이 없고 알디 못하심이 없는 신이심네."

아씨의 가르침을 들으려는 아낙들이 밤마다 수를 더해 방과 마루에 가득 찼다. 여자들끼리 비밀스럽게 모이는 게 재미있어서 더 인기가 있었다.

"앞에 아무 것도 놓디 않구 빌구 있으니끼니 참으루 불안하구만. 무엇이나 하나 맨들어 세워놓구 그걸 향해 절을 하문 좋디 않갔네."

나무비녀를 찌른 백발의 노파가 무엇이나 모셔놓고 빌자고 제의했다.

"좀 전에 말해드린 것터럼 샹뎨님은 화상이나 사람의 손으루 맨든 형상을 싫어합네다. 다만 우리는 샹뎨 야화화만 공경하야 받들어야 하디요."

"날마다 무얼 놓구 빌다가 그냥 하자니 허전해서라무니…."

눈에 보이는 것이 없어도 동미 아씨가 전하는 상제는 감홍리 아낙들에게 친밀하게 느껴졌다. 상제가 마치 산신령님처럼 여겨져서 모인 사람들은 모두 수염을 너풀거리며 긴 지팡이를 짚고 선 할아버지를 상상했다.

"신묘하신 의원님의 행뎐을 오늘 말하갔수다레. 절뚝발이와 쇠경과 모든 신병 있는 사람이 다 그 의원님께 왔넌데 그분이 손으루 병든쟈들을 만지기만 해누 곧 나았답네다. 어드런 오마니는 열두 해 동안이나 여러 의원을 청하야 병을 고치랴고 하되 재물만 허비하구 고티디 못하였더니 문득 신묘하신 의원의 소식을 듣고 찾아가 의원의 옷깃을 살며시 만지니끼니 인차 병이 나았다지 뭡네까. 더 놀아운 일은 쇠경에게는 흙을 침으로 개여 보디 못하는 눈에 발라주니끼니 곧 보게 되었다구 합네."

동미 아씨의 말이 끝나자 모여든 아낙들의 눈에 빛이 났다.

"기런 놀라운 의원님을 우리에게 소개하라우. 어드메 가문 그 사람을 만날 수 있갔네. 우리가 섬겨오던 산신이나 조상신보담 아주 신묘하구만."

모두 맞는 말이라고 고개를 끄덕였다.

"그 의원은 가히 믿을 만하고 옳으신 분이니끼니 우리가 죄를 자복하면 거룩하신 의원이신 예수 씨레 우리 죄를 사하여 주시며 우리의 더러운 행실을 씻겨주실 거라우요. 이거이 사람의 마음으로 지어낸 말이 아니라 바루 요 책에 써 있는 말씀이니끼니 허술히 보디 말구 깊이 생각해 보시라우요."

"정말 예수 씨를 믿으문 쇠경이 보게 되구 모든 병이 싹 낫는다 이거웨까?"

동미 아씨는 머리를 힘 있게 끄덕이며 복음서를 높이 치켜들었다.

"기렇다문 우리 한번 믿어보자우. 집터를 주관하는 토주신(土主神), 부엌을 주관하는 조왕신, 대문을 지키는 수문신, 뒷간을 디키는 측귀(厠鬼), 칠성신, 성주신, 서낭신(城隍神)… 아이쿠, 모셔야 할 신들이 너머 많았다. 이런 귀신들을 다 쫓아내구 그 자리에 샹뎨 하나님 한 분만 모시문 참 됴캈다."

감홍리의 여자들은 새 술에 취하기 시작했다.

<h1 style="text-align:center">7</h1>

봉수가 동학의 접주(接主)인 이동민을 만난 것은 압록강을 건넌 뒤에 무작정 박진사댁으로 돌진하려고 날이 저물기를 기다리며 주막에 앉아있을 때였다. 방갓을 깊숙이 내려쓰고 행전을 친 이동민이 평상에 혼자 앉아 막걸리를 마시고 있는 봉수 앞에 마주앉았다.

"아무리 봐도 자네 눈에 살기가 서렸어. 이 밤에 사람을 죽일 기미가 보이는데 그렇다문 이 밤둥에 세상에 살아남디 못하겠는 걸."

방갓을 쓴 사내의 말에 봉수는 움찔했다. 생전 처음 보는 사람이 어떻게 그의 마음속을 이다지도 환하게 꿰뚫어 볼 수 있단 말인가.

"사람이 곧 하늘이오. 인내천(人乃天)이란 말 들어본 적이 없단 말이오. 먼저 마음을 지키고(守心) 하늘을 공경(敬天)해야디. 이런 시대에 우리 모두가 힘을 합하문 하늘의 뜻을 이룰 수가 있을 터인데 말이야 쯧쯧…."

사람이 하늘이라니! 그럼 자기처럼 천한 종놈도 하늘이란 말인가. 봉수의 마음이 급류처럼 그에게로 쏠렸다. 봉수는 마시던 술잔을 개다리소반에 내려놓고 황소처럼 큰 몸을 일으켜 방갓을 쓴 사내 앞에 넙죽 엎드렸다.

"나리! 내레 어카문 돟갔습네까? 마음이 대장간의 풀무에서 일어나는 불길더럼 기세게 다올라 끌 수레 없습네다. 도와주시라요."

"나를 따라오게."

그 밤에 봉수는 동학의 접주 이동민을 따라 산길을 걸어 무작정 남쪽으로 향했다. 방갓을 쓴 이동민은 산짐승처럼 민첩하게 앞장서서 걸었다. 봉수는 말없이 걷기만 하는 이동민의 뒤를 따라가며 하늘을 올려다보았다. 손톱달이 잔털 구름을 그득 안고서는 으스름 달빛을 산길에 비추었다.

"아직도 자네 마음에 고뇌가 뜨거운 물처럼 끓어오르고 있는가?"

"네."

"고럼 이걸 외어보구레. '지기금지(至氣今至) 원위대강(願爲大降) 시천주(侍天主) 조화정(造化定) 영세불망(永世不忘) 만사지(萬事知)'란 21자 주문을 정성껏 계속 외워봐. 이 주문을 수없이 외우면 지상선경(地上仙境)을 체험하게 되고 현세의 안락한 생활을 보장받을 수 있어."

이동민은 21글자로 된 주문(呪文)을 염주를 굴러가며 중얼거렸다. 봉수는 내용도 모르는 채 열심히 따라 외우며 이동민의 뒤를 바짝 따라붙었다. 강계에서 동학의 동아리들과 만나 남쪽의 지시를 전한 이동민은 봉수를 데리고 계속 남쪽으로 걸어 내려갔다.

이동민은 동학의 온건노선인 북접계에 속한 사람이 아니라 강경노선의 남접계에 몸을 담고 있는 접주였다. 남접계에 속한 동학의 무리는 관리와 토호들의 탐학과 수탈에 표적을 두어 대항하고 있었다.

"조선에 살고 있는 농민들이 횃불을 들고 일어나 탐관오리와 악질지주에 맞서 싸워야 한다고. 자네가 죽이려고 이를 갈고 있는 원수도 자네를 짓밟은 지주가 아니겠나. 하늘처럼 귀한 우리를 짓밟는 나쁜 놈들 같으니라고!"

용기 있게 이런 말을 해대는 접주를 향해 봉수는 경외감까지 느꼈다.

"유도(儒道) 불도(佛道) 모두 운이 쇠했어. 아침이 오면 저녁이 오듯이 세상에도 선천(先天)과 후천(後天)이 서로 순환하는 법이야. 지금의 운수는 선천이 지나가고 후천이 다가오고 있어. 신분이 높은 양반 놈들이나 우리 농민들을 수탈해서 잘 먹고 잘 사는 놈들의 시대는 끝나가고 있어. 후천이 오면 병도 없어지고 관리들의 수탈마저도 사라져 지금 고생하고 있는 불쌍한 우리들이 권세와 힘을 누리면서 떵떵거리고 살 수 있는 지상선경이 된다는 걸 자네 명심하게. 곧 우리 천한 사람들의 시대가 온다니까."

놀라운 이야기였다. 양반들의 시대가 가고 천민들의 시대가 온다니! 접주 이동민은 목검(木劍)을 꺼내 터억 잡더니 발을 번쩍 치켜들고 팔을 휘저으며 춤을 추기 시작했다. 신명나는 춤이었다. 어스름 달빛 아래서 미친 듯이 춤을 추고 난 이동민의 상기된 얼굴에서 땀이 줄줄 흘러내렸다.

조선 땅 어딘가를 헤매고 있을 검동을 찾아야 하는데… 아아! 무슨 일이 있어도 난 검동을 찾아내고 말 거야. 봉수는 이동민 접주의 춤을 구경하며 다시 그녀를 떠올렸다. 갑자기 몸이 근질거렸다. 자신도 모르게 봉수는 다리를 번쩍번쩍 치켜들면서 춤을 추기 시작했다. 두둥실 떠오르는 검동의 얼굴을 한껏 가슴에 안았다. 감사나 유수 자리를 사려면 엽전 1백만 꿰미에서 4,50만 꿰미가 필요하다고 하지 않던가. 돈으로 사람의 운명이 뒤바뀌는 세상에 살고 있는 판에 이동민의 말이 정말일까. 마음 한편으로 의심의 구름이 머리를 들었지만 봉수는 줄에라도 묶인 듯 그를 떠날 수가 없었다.

앞장선 이동민이 갑자기 멈춰서더니 주먹을 쥐고 이를 갈았다.

"배 터져 죽는 고루거각(高樓巨閣)의 양반 놈들 같으니라고. 없는 농민들을 등쳐먹는 지주 놈들… 에이! 망할 세상 같으니! 지주의 곳간에는 쌀이 썩어 문드러지는데 농민들은 일 년 내내 농사지어도 한 됫박의 쌀도 제대로 구경할 수 없는 더러운 세상이라니! 퉤, 퉤, 퉤… 양반들, 모두 뒈져라."

이동민을 따라 동학에 입교한 봉수는 혹독한 훈련을 거쳐 접(동아리)을 맡은 접주가 되었다. 강계지역 농민들의 봉기를 돕기 위해 전라도 고부에서 비밀쪽지를 지니고 북으로 온 봉수는 의주 시내에 숨어들었다. 마침 오목장날이라 기름도 열병이나 사서 등짐을 꾸리고 해가 지기를 기다렸다.

'후천 개벽이구 뭐구 다 상관없어. 내 손으로 박진사댁을 잿가루로 맨들어버려야디. 검동을 앗아간 더러운 넘의 집안을…'

거사를 앞두고 가슴이 떨려서 주막에 들러 막걸리를 한 말가량 마셨다. 술기운이 온 몸에 퍼졌건만 희한하게도 정신은 맑았다. 마침 그믐밤이라 사위가 어두웠다. 봉수는 슬금슬금 박진사댁으로 다가갔다. 사람의 눈을 피하기 위해 뒷동산에 접해있는 별정으로 다가갔다. 석상에 앉아 사랑채의 불빛이 꺼지기를 기다렸다. 적막 속에 이따금 멀리서 다듬이질 소리가 들리고 컹컹 개 짖는 소리도 아련하게 들려온다. 바로 이 석상 위에서 검동과 나란히 앉아 서간도로 달아나자고 말하지 않았던가. 그때 이미 검동은 박진사의 아이를 배고 있었단 말이지! 봉수의 가슴에 불이 타올랐다. 걷잡을 수 없는 증오가 그의 가슴 속에 불덩이가 되어 활활 타올랐다. 석상 뒤쪽에 있는 돌샘에 엎드려 찬물을 한껏 들이키고 난 봉수는 별정의 담을 휘익 넘었다.

눈을 감고도 손바닥을 읽듯 알 수 있는 집안구조였다. 지금쯤 곰보댁과 곽서방은 행랑채에서 곤히 잠들었을 터이고 곰돌이와 곱단이도 골아떨어졌을 시간이다. 사랑채에 이르니 연못 위에 뜬 검은 밤하늘이 성난 짐승의 아가리처럼 음흉한 빛을 띠었다. 정심수 밑에 몸을 숨기고 숨을 돌렸다. 이따금 나뭇잎이 설렁거리는 소리뿐. 나뭇단을 옮겨다 사랑채에 놓고 기름병을 열고 부었다. 일각대문을 밀치니 힘없이 열린다. 안채에도 나뭇단을 쌓아놓고 기름을 부었다. 봉수는 짚신을 신은 채 사랑 마루를 사뿐히 걸었다. 검동이 늘 만지던 문고리를 잡았다. 깊이 잠든 박진사를 그대로 덮쳐 죽일 마음은 없었다. 깨워서 죄과를 알려주고 눈과 눈을 마주하고 죽이는 것이 검동과 자신의 가슴에 박아놓은 한(恨) 덩어리를 풀어내는 길이리라. 죽음이 목전에 닥친 것도 모르고 박진사는 네 활개를 펴고 자고 있었다. 베개 가까이 다가가 귀를 기울여 들어보니 숨소리도 고르다. 봉수는 어둠 속에 눈이 익자 박진사의 멱살을 잡아 일으켰다.

"으으으…. 이 거 누구야. 한 밤 둥에 감히 어드런 넘이…."

"이넘! 이 개 같은 양반 넘! 너를 너를 한 칼에…."

길거리에 즐비한 기민(飢民)들이 박진사의 머리에 퍼뜩 떠올랐다. 그렇다면 이들이 민란을 일으킨 것일까. 남쪽에서는 머리에 흰 수건을 질끈 동여매고 손과 손에 장대를 든 농민들이 관아에 침입해서 현감을 묶어놓고 감옥문을 열어 죄수를 놓아주고 재난을 당한 사람들을 구제하기 위해 쌓아둔 환자곡(還子穀)이 아전들의 밥이 된 화풀이로 창고를 때려 부쉈다고 하지 않던가.

박진사는 목이 조여 숨이 가쁘면서도 권위를 잃지 않으려고 애를 썼다. 양반이 어찌 경망스럽게 목숨을 건지겠다고 상것들처럼 빌겠는가. 반응이 약하자 봉수가 손의 힘을 조금 늦추었다.

"너 이넘! 배가 고프문 곡식을 좀 달라구 하디 이게 먼 짓이네?"

"흐흠! 죽음을 앞에 두구두 썩을 넘의 양반 체면 때문에 허세를 부려."

"이넘! 배고파서 그런다문 이 손을 놓아라. 곡식을 줄 터이니끼니."

새로운 경작기술이 들어오면서 수리시설이 발달하고 농기구가 개선되고 생산력이 증대하면서 상품화폐경제가 발전하니 자연히 광작(廣作)의 경향을 몰고 왔다. 지주와 부농에 의한 광작은 생산력 증대에 따른 필요노동량을 감소시켜 자연히 자작농이 몰락하고 무토농민(無土農民)들이 늘어났다. 농토를 잃은 유민(流民)들이 떼를 지어 몰려다니며 걸식했다. 유민들의 지주에 대한 감정이 극에 달해 있었다. 지주에 대한 전호농민(佃戶農民)의 적대감도 이전과 비할 수 없을 정도로 골 깊은 걸 박진사 자신도 피부로 느끼고 있었다.

"배가 고파서 이러는 거 아니다. 그까짓 배가 고픈 것쯤은 아무것도 아녀."

박진사의 머리에 무서운 명화적(明火賊)이 떠올랐다. 3, 40명씩 작당하여 횃불을 들고 말을 타고 다니며 부농들을 습격하는 무서운 도적떼 말이다. 살며시 창문 쪽을 보니 캄캄했다. 아아! 다행히 도적떼는 아니구나. 박진사는 힘을 다해 목을 누르고 있는 괴한의 팔뚝을 잡았다.

"고럼 와 이러네? 먼 니유루 날 쥑이려고 이래?"

"너 때문에 한을 품은 사람의 절규를 듣고 하늘이 나를 보냈다."

박진사의 손에 잡힌 괴한의 팔뚝은 사랑 마당에 선 정심수의 해묵은 곁가지처럼 단단하고 실팍했다.

"하늘이라! 고럼 넌 사교(邪敎)의 무리에 낀 동학당 비도(匪徒)네?"

"비도라니! 사람이 곧 하늘인 걸 모르는 이 더러운 양반 새끼야!"

봉수의 손에 힘이 주어지자 숨이 막힌 박진사는 목이 비틀린 닭처럼 퍼드덕거리며 끼룩거리더니 사지를 뒤틀었다.

목을 조이는 힘이 점점 강해졌다.

"가이나 구래미터럼 걷어찼던 봉수를 덩말루 잊어먹었단 말은 아니갔디."

봉수라니! 우리 집에서 절개살이를 하던 놈이 감히 이럴 수가! 양반이 종놈의 손에 죽다니 안될 말이다. 박진사는 산신차력주문을 외우면서 습득한 힘과 몇 년간 연마한 기공법을 총동원해서 전신에 기를 모아 봉수의 손에서 벗어나려고 발버둥쳤다. 키가 넘게 뛰어 오를 수 있는 도(道)도 닦았건만 동학의 무리에 끼어 훈련을 받은 접주, 봉수의 움켜쥔 손에서 헤어날 수가 없었다. 앞이 아찔하더니 나락으로 떨어지듯 아득하고 눈알이 빠져나오는 듯했다.

"나랑 혼세할 검동을 통해 씨앗을 받은 것두 부족해서라무니 부대에 넣어 압록강에 던져버려? 요 짐승만도 못한 양반넘!"

박진사의 눈 속에서 아들 서출의 얼굴이 크게 살아났다.

"으으으… 서출아! 서… 출….."

순간 온몸에서 기운이 다 빠져나가더니 그대로 널브러졌다.

봉수는 기절해버린 박진사를 내려다보며 한심하다는 생각이 들었다. 숫을대문 안에서 독사처럼 도사리고 앉아 사랑채가 떠나가게 위엄을 떨쳤던 박진사가 아니던가. 나는 새도 떨고 나뭇잎도 떨게 하던 양반이 종살이하던 봉수의 손에 잡혀 사지를 쭉 뻗다니! 이런 병신 같은 양반 앞에서 왜 그다지도 주눅이 들어 살았는지 모를 일이었다. 봉수는 박진사를 한참 내려다보다가 죽이질 않고 그냥 나와 나뭇단에 불을 댕겼다. 안채에도 불을 지르고 나서 훌쩍 담을 뛰어넘었다. 뒷동산에 서서 봉수는 되어가는 상황을 살폈다. 불길이 서서히 어둔 밤하늘로 치솟기 시작했다. 곽서방이 제일 먼저 뛰어나오고 곰보댁이 비명을 내지를 때는 불길이 지붕 위로 기세좋게 타오를 때였다.

"이넘의 집안을 서서히 말라 쥑에야디. 한칼에 쥑에버리문 고통을 맛보디 못할테이니끼니 기렇게 하디 말구서리무니 두고 두고 고통을 주면서 멜종을 시켜야디. 어차피 후턴이 열리구 있으니끼니 양반은 다 없어디는 거 아니간."

봉수는 불길에 휩싸이는 사랑채를 향해 서서히 하얀 이빨을 드러내며 웃었다. 멀리서 아득하게 사람들의 고함이 들렸다. 향교동 사람들이 모여들었다.

"날레, 날레 물을 길어 오라구. 불을 잡아야디. 불 불을, 불을…."

"사랑채에 주무시던 진사님을 구해야디. 사랑채루 날레 사랑채루…."

솟을대문 안이 낮처럼 환하게 밝아오고 사람들의 우왕좌왕하는 광경을 느긋하게 바라보는 봉수의 눈에 박진사를 들쳐 업고 불길 속에서 나오는 곽서방의 모습이 선명하게 들어왔다.

그 밤에 사랑채와 안채가 다 타버려서 솟을대문 안은 괴기스러운 몰골로 변해버린 잿더미가 동그마니 한가운데 생겼다. 행랑채와 별정, 그리고 꼽추 복출이와 뇌성마비 무출이 기거하고 있는 후원(後苑)의 별당만 남은 집안은 달걀의 노른자위가 쏙 빠지고 가장자리 흰자위만 남은 꼴이었다.

솟을대문 안을 기웃거리던 의주 사람들의 수군거림이 며칠 계속되다가 그것도 잠잠해질 즈음 문한이 평양에서 돌아왔다. 솟을대문 밖에까지 맵싸한 냄새가 코를 찔렀다. 대문도 제대로 닫혀있지 않아서 문한은 그냥 밀치고 들어섰다. 안채에 이르는 중문도 반쯤 타버렸고 사랑채로 뚫린 중문도 열려있어 행랑마당에서 안이 훤히 들여다보였다. 안이 모두 잿더미였다.

"먼 일이 일어나서 이렇게 됐단 말인가! 불, 불이 났단 말인가?"

문한이 행랑채 곽서방의 방문을 벌컥 열었으나 아무도 없었다. 사랑채에 들어서니 잿가루를 시커멓게 뒤집어쓴 연못이 무겁게 하늘을 안고 있다. 유일하게 성한 모습으로 남아 있는 별정으로 다가갔다.

"이럴수록 정신 차려야디. 그러구 누워만 있으문 어카갔다구 기래. 이게 모두 야소귀신이 이 집안을 개지구 노는 거 아니갔네. 아무래두 새 메니리가 대불고 온 야소귀신이 이런 불행을 몰고 온 거라구. 기래두 우리 식구 목숨이 모두 살았으니끼니 이게 모두 조상신의 음덕이 아니네."

노마님의 헐떡거리는 목소리에 이어 훌쩍이는 울음소리도 들렸다. 문한은 엉거주춤 서버렸다. 댓돌 위에 놓인 신발을 헤아려보건대 박진사, 마님, 노마님, 숙출 아씨… 식구들이 모두들 함께 있는 것이 분명했다.

"기래두 피양에 문한을 보내 당시를 시킨 거이 다행이네요."

마님의 기어들어가는 목소리도 들렸다.

"나를 속이다니! 감히 나를 속이다니! 검동을, 검동이를 어카자구…."

목 언저리의 퍼런 멍을 명주수건으로 가린 박진사의 입에서 검동의 이야기가 나오자 노마님이 기겁해 펄쩍 뛰었다.

"뉘기레 고따위 헛소리를! 검동이라니! 박씨 집안을 결단내려구 기래?"

"어카자구 오마니레 검동을 압록강에 집어던져버렸디요?"

"아니 뉘기레 고따위 헛소리를 하구 있네. 검동은 달아나버렸어. 달아난 종년을 잡아 너에게 보이구 나서 쥑여버려야 요상한 소문이 가라앉겠다.”

숙출 아씨가 눈물로 얼룩진 얼굴을 감싸 안고 나오다가 밖에 서 있는 문한을 보고는 황급히 문을 닫고 들어가버렸다.

박진사댁에 일어난 화재는 한동안 의주 사람들의 입방아에 오르내렸다. 주막이나 우물가 어디를 가도 박진사댁의 재앙이 화제에 올랐다.

불타버린 안채와 사랑채의 잿더미에는 시간이 흐르면서 여름풀이 무성했다.

8

종놈 문한이 평양에서 벌어들이는 돈이 엄청나니 똑똑한 머슴 탓에 박진사댁이 횡재했다는 수군거림도 잠잠해질 즈음 왕의원은 백석을 데리고 황어인 집으로 향했다. 허약해진 박진사의 탕약에 넣을 약초를 구하러 나선 것이다. 뱀이 많고 풀과 나무에 독이 오르는 한여름에는 황어인도 산을 타지 않고 집에 머물러 있었다.

소나기라도 쏟아질듯 후덥지근한 한낮. 도검돌과 황어인이 살고 있는 홍남동 초입에 이르니 더운 날씨 탓에 백석이 아버지를 따라 걸으며 헉헉거렸다.

평안도의 강냉이는 알이 굵고 크기가 꼭 어린 아이 팔뚝만 했다. 진흙을 이겨 바른 부뚜막에 걸린 무쇠솥에서 푹 삶아진 강냉이의 구수한 냄새가 집안밖에 그득했다. 뜨거운 강냉이를 꼬챙이에 꽂아 후후 불며 미당을 가로지르던 횡이인의 손녀 달순이 백석을 보자 멈칫해서 뜨거운 강냉이를 등 뒤로 감췄다. 검은 치마에 흰 저고리를 입은 달순의 얼굴이 부처의 너부데데한 얼굴처럼 뺨도 눈도 팡파짐한 것이 사람을 편하게 했다.

"으흠 으흠… 게 아무도 없는가?"

왕의원이 헛기침을 하며 집안사람을 찾았으나 괴괴했다. 달순이 손가락으로 뒤란을 가리켰다. 백석도 아버지 왕의원을 따라 뒤란으로 갔다. 물이 툭툭 튕기는 강냉이 알을 뜯어 맷돌에 갈고 있는 도검돌의 아내 삭주댁의 이마 위로 땀이 흐른다. 갓바치 강귀동의 아내가 맷돌 아귀로 쏟아지는 강냉이를 체에 걸러서 큰 솥에 넣고는 슬슬 저으면서 아궁이에 솔가지를 쑤셔 넣었다. 연기로 쿨럭이면서 묵을 쑤는 손길이 바쁘다. 버주기(큰 양푼)에 샘물을 가득 퍼 담는 황어인의 넙적하고 강한 등에 한여름의 햇살이 따갑게 내렸다.

"으흠, 으흠…."

왕의원의 기침소리에 모두 손을 멈추었다.

"아니 왕의원님이 어캐 예꺼정 오셨습네까?"

"앞으룬 우리 백석이 내 대신 약초를 개질로 오게 하려구 오늘 내레 길잡이로 왔다. 와우! 올챙이묵을 쑤구 있구만. 아이쿠! 침이 도네."

"들어와 앉으시라요. 곧 해올릴 테이니꺼니."

도검돌의 아내 삭주댁이 뜨거운 강냉이 죽을 구멍이 숭숭 뚫린 바가지에 부으니 버주기에 퍼놓은 찬 물속으로 올챙이 모양이 되어 똑똑 떨어졌다. 노랗고 매끈한 올챙이 모양의 국수가 버주기에 가득 고였다.

"시원한 냉국에 말아 먹으문 아주 돟갔수다레."

왕의원이 침을 삼키며 말한다.

"냉국을 마는 동안 가마솥의 뜨거운 묵을 뚝배기에 떠드릴까요? 양념장을 테서 먹으문 향이 가득한 넘이 아주 진미디요."

왕의원과 황어인이 나란히 널찍한 대청마루에 앉아서 담소하는 동안 백석은 뒷산으로 올라갔다. 그 뒤를 달순이 멀찍이 거리를 두고 따랐다. 수풀을 헤집고 홍흑(紅黑)색 산딸기를 따먹던 백석이 제일 탐스러운 딸기 하나를 달순에게 주었다. 달순이 부끄러운 듯 멈칫거리며 백석이 주는 딸기를 받는다. 초처럼 새큰한 괭이밥의 줄기와 잎을 따서 먹기도 했다. 한낮 삼라만상이 숨을 죽인 고요를 뚫고 이따금 뻐꾸기가 울었다. 여름 매미의 간드러진 울음소리에 산이 녹아들었다.

햇강냉이 묵을 한참 먹고 난 뒤에 왕의원이 아들 백석을 찾기 시작했다.

"이 아레 어드 메로 갔디? 내레 덩신 없이 먹느라고 아들이 없어진 줄도 모르고 이러구 있었네."

백석을 불러대는 왕의원의 목소리가 산의 정적을 뒤흔든다. 백석이 산딸기를 양손 가득 따서 들고 뛴다. 그 뒤를 어린 달순이 비틀거리며 따랐다.

"산에 가문 뱀들이 있넌데 독사에게라도 물리문 어칼려구 기래 아바지 허락 없이는 절대로 한자 산에 가지 말라우, 독이 제일 많이 오른 여름이 아니네. 넌 왕씨 가문의 하나뿐인 금쪽 같은 외동아들이란 걸 알아야디."

왕의원의 점잖은 꾸중을 들으며 백석은 마루에 올라앉아 올챙이국수를 먹는 동안 달순은 부엌에서 백석 쪽을 흘끔거렸다. 남녀칠세부동석이니 어른들이 있는 앞에서 감히 가까이 갈 수가 없었다.

　강낭 국시를 먹고 난 황어인이 약초들을 마루 위에 죽 내놓았다.

　"백석아! 황어인이 내놓은 약초들 이름과 모양새를 기억해라. 의주 디역에서 캔 것이다. 검화뿌리껍질(白蘇皮), 시호(柴胡), 흰바곳(白附子) 궁궁이…."

　어린 백석이 왕의원의 이런 가르침에 길들여져서 그저 머리를 끄덕이며 다소곳하게 듣는다. 잘 먹이고 사랑을 많이 받고 자란 백석의 뺨에 건강미가 넘쳐서 불그레한 뺨이 막 익기 시작한 복숭아 볼 같았다.

　그때 마당으로 갓을 쓰고 봇짐을 진 사람이 들어섰다. 오랜 나그네 생활로 검게 탄 얼굴에 피곤이 역력했으나 눈에서는 빛이 형형하게 뿜어 나왔다.

　도검돌이 외마디를 지르며 달려 나갔다.

　"아니 이거 백홍준 나리 아닙네까? 그간 어디 메를 돌아다녔습네까?"

　"으음, 나두 올챙이국수나 먹어볼까?"

　백홍준은 뒤란 우물가로 가서 손을 씻고 바로 마루 위에 올라앉았다. 삭주댁이 달음박질해서 행주를 가져다 상을 닦았다.

　"저 사람은?"

　백홍준이 경계하는 빛을 보이자 황어인이 괜찮다고 껄껄

웃는다.

"저 분이 의주 디방에서 이름난 왕생당의 왕의원이십네다."

그래도 백홍준은 경계의 빛을 감추지 못한다. 저들의 거북한 분위기를 눈치 챈 왕의원은 백석을 데리고 황어인의 집을 빠져 나왔다. 산모퉁이를 돌다가 호기심이 동한 왕의원은 되돌아와서 몸을 숨기고 황어인 집의 동태를 살폈다. 한낮이라 매미 소리뿐, 안에서 주고받는 대화가 또렷하게 들려왔다.

"내레 너무나 놀라운 일을 딕접 이 눈으로 보았수다레."

"기게 먼 일인데 그러십네까?"

"길쎄 가는 곳마다 몇몇 사람이 모여서 예배를 드리구 있더라구, 김청송과 대석이 뿌린 성경이 서간도에 살던 유민들의 손을 통해 들어온 것이 틀림없어. 우리가 우장에서 번역한 바루 그 쪽복음을 개지고 예배를 드리고 있었으니끼니. 압록강과 두만강을 따라 줄지어 있는 마을마다 숨어서 예배를 드리고 있넌데 기건 좋은 딩조(徵兆)야. 천주교는 조정이랑 부딪혔는데 우리가 전하는 예수 씨는 모래에 물이 스며들 듯 수월하고 빠르게 스며들구 있어. 됴으신 상뎨님의 은혜라구. 이 나라를 긍휼히 여겨서 성신의 바람이 되션 땅 곳곳에 불어오기 시작한 거디. 발쎄 한성에는 예수 씨를 전하는 서양의원들과 선생들이 들어 와서라무니 육신의 병을 고례두고 성경을 가르치고 있넌데 대석이 그들 틈에 끼어서 배우구 있다는 걸 내레 자네에게 말했던가?"

"아아! 이 백정 아들 대석이 한성에 있다구요. 오! 하나님 감사합네다."

도검돌의 감격한 목소리가 울 밖까지 또렷하게 들려왔다.

왕의원은 숨을 죽이고 저들의 말을 엿들었다. 아아! 이 사람들이 바로 야소교도들이구나. 게다가 대석이 한성에 있다니! 순간 검동의 얼굴이 대문짝만하게 그의 뇌리를 스쳤다. 왕의원은 백석을 와락 품속에 끌어안았다.

"넌 왕씨 가문의 피를 받은 내 아들이다. 이 아버지 뒤를 이어 가업을 대물림해야 한다. 넌, 넌 말이다. 왕씨 가문 조상들의 제사를 지내야하구."

갑자기 엄숙해진 아버지를 올려다보며 백석이 머리를 끄덕였다. 왕의원은 아들 백석의 손을 잡고 홍남동을 벗어나서 독이 오른 산 풀숲을 헤치며 여름 산줄기를 타고 올라갔다. 야소꾼 사이에 끼어들지 않도록 아들을 보호해야 한다. 백정의 핏줄인 대석이나 백경 그리고 검동이 백석에게 접근 못하도록 지켜야 한다. 왕의원의 얼굴에 의연한 빛이 서렸다.

기(氣)가 모여 있는 혈(穴)을 찾기 위해선 산의 모양과 물의 흐름을 파악해야 한다. 혈의 뒤에 선 주산(主山)을 기점으로 산의 맥을 거슬러 올라가 자리 잡고 있는 조상격인 산을 조산(祖山)이라고 한다.

"백석아! 내 손끝을 보아라. 그러니끼니 저기 모여 있는 산들 중 제일 웅대한 산이 태조산(太祖山)이 되는 거다. 알아듣갔네?"

왕의원은 백석을 데리고 산꼭대기에 올라가 풍수지리를 가르치기 시작했다. 백석은 아버지의 손끝에 펼쳐진 산줄기를 보며 머리를 끄덕거렸다. 왕의원은 백석에게 약초 말고도 명당자리 보는 법에 심혈을 쏟았다. 자신이 죽어 묻힐 적에는 아들 백석의 손에 의해서 장례가 치러질 터인데 명당(明

堂)을 잡아야 자손대대로 복을 받는 것이 아니겠는가. 왕씨 가문이 영원토록 존재하기 위해선 왕의원 자신이 명당에 묻혀야 하는 것이다.

"혈장(穴場)을 중심으로 해서라무니 주위를 둘러싸고 있는 산들 중에서 앞을 향하여 왼쪽에 있는 산을 청룡(靑龍)이라 부르고 오른쪽에 있는 산을 백호(白虎), 그 앞쪽에 있는 산들 중 가까운 것은 안산(安山), 그 뒷산을 조산(朝山)이라 부른단다. 자아, 자! 백석아. 어느 산이 안산인지 알아 맞춰봐라."

백석은 아버지의 질문에 바로 앞에 펼쳐진 산을 가리켰다. 무더운 날씨였지만 압록강을 넘어온 시원한 강바람이 땀을 식혔다.

"아바지! 날레 산을 내려갑시다. 오마니레 시굼불시킨 거 아시디요? 서둘러야 강귀동 갖바치네 들러 오마니 갖신을 찾아개지구 가디오."

백석은 효자였다. 특히 북청댁에겐 효성이 지극해서 왕의원의 마음이 흡족했다. 그래도 그런 내색을 숨기고 무뚝뚝한 얼굴로 한마디 했다.

"추석도 아니구 설날두 아닌데 와 오마니 갖신을 찾갔다구 기래."

"갖바치 내일 모레란 말을 모르세요. 설날 신으려구 작년 가슬에 맞춘 것인데 이제야 다 됐다구 연락이 온 모양이라요."

앞장서서 성큼성큼 산을 내려가는 아들 백석의 키가 올 여름을 지나면 왕의원의 어깨를 훌쩍 넘어설게 분명했다. 떡 벌어진 가슴이랑 살이 오른 목이 듬직해 보여 왕의원의 얼굴에 환한 미소가 떠올랐다.

깃바지 강귀동 집은 이 백정의 집과 가까웠다. 잿너미로 변한 이 백정의 집은 지난해 무성해진 잡초를 거름 삼아 어른 키가 넘는 풀로 뒤덮여 있었다.

울타리가 없는 강귀동 갖바치네 마당으로 왕의원과 백석이 성큼 들어섰다. 인기척에도 나오는 사람이 없자 왕의원이 방문을 가만히 열었다. 신에 문양(紋樣)을 놓는 까짐질을 끝낸 강귀동은 갓신의 울타리를 지어서 도리를 돌리는 웃일을 하고 있었다.

뒤란에서 나물을 다듬던 여덟 살 난 강귀동의 딸 미라가 왕의원과 백석을 보고 다가왔다. 손님이 온 것도 모르고 일에 빠져 있는 아버지께 알리려고 문고리를 달그락거렸다. 미라의 귓불과 뺨이 눈에 띄게 발그레 물들었다.

"와 그러네? 날레 문을 닫디 못하겠네. 바람이 들어오문 가죽이 말라서 일을 할 수레 없디 않네. 기걸 몰라서 기러구 있네."

신발들을 넣은 오지항아리가 물에 축 젖은 마대에 덮여 윗목에 놓여있는 방에서 김 오른 시루처럼 후끈한 기운이 문밖으로 쏟아져 나왔다.

"아바지! 기게 아니라우요."

"신을 만질 때 그 바탕이 마르문 본새(모양)가 나디 않는 걸 몰라서라무니 문을 기렇게 오래 열어놓구 있네? 어제터럼 가죽에 들기름을 멕이구 바닥에 징을 박는 일이 아니라 제비부리신을 만드는데 와 이러네."

왕의원이 손을 흔들어 보이자 미라의 유난히 긴 속눈썹이 미세하게 떨렸다. 머리를 숙인 옆얼굴의 윤곽이 또렷해서 자라면 미색이 될 기미가 역력했다. 백석의 눈이 오랫동안 미라의 얼굴에 박힌 걸 보며 왕의원은 어서 가자고 아들의 손을 우악스럽게 잡아끌었다.

"여기 아바지레 발쎄 준비해두구 오시문 드리라고 했습네다."

미라가 창호지에 싼 갓신을 두 손으로 공손하게 왕의원에게 바치고 돌아선다. 허리까지 치렁하게 땋아 내린 머리채가 탐스럽다.

서문골 갓바치 강귀동네를 빠져나올 때는 왕의원이 앞장을 섰다. 향교동의 큰 길에 들어서니 사람들이 구름처럼 떼를 이뤄 꿈틀거리며 흘러갔다.

"아바지! 먼 일이 일어났나 봅네다. 저기가 바루 박진사님이 백당 대석이란 넘을 잡아오문 오만 냥을 주갔다구 방을 부테놨던 자리가 아닙네까."

"고럼 대석이란 넘이 잡혔단 말이네."

왕의원의 가슴이 철렁 내려앉았다.

왕의원은 사람들 틈에 끼어들어 저들의 구경거리에 눈길을 던졌다. 세상에! 어떻게 머리를 저렇게 깎았을까. 갓 태어난 갓난아이처럼 머리를 자른 청년이 패랭이나 배감투도 쓰지 않은 맨 머리로 거리를 활보하고 있었다.

"저게 사람 머리야? 세상에! 머리를 자르다니. 저런 불효자식이 있나."

"아니 저 사람은 박진사댁 종살이하넌 문한이 아니간. 피양에 가더니 양풍(洋風)이 들었군 기래. 쯧쯧… 우리 의주에도 저런 바람이 불면 어카디…."

"종넘이 좀 똘똘하다구 했더니만 엉덩이에 뿔이 났군 기래."

"머리를 깎았으문 입성두 양인터럼 입디 거적문에 돌도구(돌쩌귀)터럼 저게 머네. 되선 사람 얼굴에 먹칠을 하구 있어."

사람들마다 문한을 향해 야유를 퍼부었다. 군중들의 눈총과 미움을 받으며 솟을대문 안으로 들어선 문한은 행랑채의 끝 방에 들어가 벌렁 누웠다. 멀리서 찰가닥거리며 베 짜는 소리가 아련하게 들려왔다. 밤늦도록 물레를 돌리던 어머니 얼굴이 살아났다. 짙은 향수가 묻어나는 저녁이었다. 평양서 의주까지 걸어온 탓도 있겠으나 그의 머리를 구경하려고 모여들었던 사람들의 얼굴이 머리를 어지럽게 했다. 몸이 나락으로 빠져들 듯 밑으로 꺼졌다. 동미 아씨의 얼굴이 다가왔다. 아편 독에서 빠져나온 뒤 이웃 아낙들을 모아놓고 쪽복음서를 가르치는 환희에 찬 얼굴이다. 한 여름이건만 구들이 뿜어 올리는 냉기가 으슬으슬해서 몸을 앙당그렸다. 순간 문한은 화로처럼 더운 것에 몸이 닿으며 녹아들어갔다. 그게 동미 아씨의 가슴으로 생각되어 자신도 모르게 그 몸에 경도되었다. 힘껏 껴안았다. 동미 아씨와 한 몸이 되어서 얼마간 뒹굴다가 퍼뜩 눈을 떴다. 요란한 빗소리에 이어 추녀 밑으로 떨어지는 낙수가 온통 사위를 채웠다. 창호지 문을 파고 들어온 뿌유스름한 빛에 눈을 비비며 옆을 보니 여자가 누워 있다.

"아니 아니… 이게 뉘시라요?"

잠이 확 달아났다. 옆에 여자가 누워있다니! 혼란스러웠다. 동미 아씨가 예까지 왔을 리가 없고… 곰돌이 색시 곱단이가 잠결에 방을 잘못 찾은 것일까. 아직 동이 트려면 먼 시각. 문한은 더듬거려 피마자유 종지에 담긴 심지에 불을 붙였다. 등을 돌린 여자는 팔뚝으로 얼굴을 감싸 안고 있었다.

"여보시! 여보시! 곱단이 아니네? 곁냥(뒷간) 갔다가 총각 방에 이렇게 들어오문 어칼려구 기래."

그래도 여자는 꿈틀할 뿐 얼굴을 가린 팔을 풀지 않았다. 문한은 왈칵 여름용 굵은 베 이불을 젖혔다. 세상에! 여자는 속곳 바람이었다. 문한은 얼굴을 붉히며 베 이불로 여자의 몸을 덮어주었다. 칠칠맞은 여자가 어쩌자고 총각 혼자 자는 방에 들어와서 사람을 이렇게 놀라게 한단 말인가. 문한은 먼동이 터서 점점 빛에 살이 오르는 창문을 향해 앉아서 한숨을 삼켰다. 예전의 버릇처럼 치렁치렁 땋아 내렸던 머리를 만지려고 손을 뒤로 돌렸다가 허전한 등을 만지며 빙긋 웃었다. 천민이니 양반처럼 법도를 지킬 것도 없는 몸. 평양에 온 서양 상인을 찾아가서 일부러 머리를 그들처럼 깎지 않았던가. 얼마나 간편하고 좋은지! 짧게 깎은 뒤통수를 쓰윽 쓰다듬어 보았다. 밤송이처럼 까칠한 뒤통수가 손바닥에서 깔깔하게 살아났다.

팔뚝으로 얼굴을 감싸 안고 있던 여자가 끄응 하며 몸을 뒤틀었다. 하얀 턱과 뺨이 새벽빛에 드러났다.

"아니, 아니! 이럴 수가! 아… 아씨가 아닙네까. 숙출 아씨!"

문한은 기겁을 해거 벌떡 일어섰다. 문한의 놀란 외마디 소리에도 숙출 아씨는 깊은 잠에라도 빠진 듯 꿈쩍하지 않았다.

"아씨가 행랑채에… 세상에! 이거 어캐 된 일입네까."

문한이 어쩔 줄 몰라서 똥마려운 강아지처럼 아씨 주위를 빙빙 돌았다.

"조용히 하라우. 내레 평생 함자 살아야할 팔자가 아니네. 내일이문 나를 강제루 시댁이 있는 센첸으로 보낸다넌데 신랑두 죽구 없는 집엘 내레 와 가갔네. 그러니끼니 날 대불구 피양으로 가줘. 이렇게 나랑 잔 걸 아바지께 고하구 둘이서 솟을대문을 빠져나가문 되디 뭘 기래?"

숙출 아씨의 당돌한 지껄임에 문한은 정신이 아찔했다.

"아닙네다. 아씨! 먼가 잘못 생각하셨습네다. 내레 어캐 아씨를 대불구 피양으로 갑네까. 박진사님도 가만 놔두지 않을 겁네다. 아씨! 더 밝기 던에 날레 닐어나셔서 아씨 방으로 들어가시라요. 동옥 아씨도 알구 있나요?"

"내레 이 방에서 절대루 나가디 않을 거야. 날레 내 옆에 눕디 안카서. 나랑 얼싸안구 드눠 자는 테 하자우."

숙출 아씨는 문한의 팔을 암팡지게 잡아당기면서 이불 속으로 들어오라고 앙탈을 부렸다. 그래도 문한은 머리를 절레절레 흔들었다. 아씨에게 등을 돌리고 바지춤을 단단히 묶은 뒤에 행전을 치고 저고리를 입었다. 이 일을 어떻게 처리해야 하나! 참으로 난감했다. 타고나길 대범하고 무슨 일에나 침착하게 임하는 성품이건만 정신을 차릴 수가 없었다. 잎을 떨군 바람에 몸을 떠는 나뭇가지들처럼 머릿속에서는 윙윙 삭풍이 몰아쳤다.

숙출 아씨의 당혜가 문한의 짚신과 나란히 놓인 것을 처음 발견한 사람은 곰보댁이었다. 너무나 놀라 미투리를 신은 채 방으로 뛰어 들어간 곰보댁은 벌벌 떨면서 웅얼댔다.

"크 큰일 났수다레. 숙출 아씨의 당혜가 문한의 방 앞 댓돌 위에…."

"앰새박부터 기게 먼 소리네?"

베잠방이 바람으로 뛰어나간 곽서방은 댓돌 위에 나란히 놓인 청바탕에 홍무늬의 홍목댕이 아씨의 신발에 눈이 멎었다.

"세상에! 이럴 수가. 이걸 알문 박진사님 성격에 문한을 곱게 놔두디 않을 터이니끼니 이를 어카디. 우선 문한을 살려놓고 봅세다레."

무슨 일인가 해서 잠이 깨 두리번거리는 영생(永生)을 시켜 아씨의 당혜를 가져오게 했다. 아직도 행랑채의 하인들은 깊은 잠에 빠진 시각. 곰보댁은 숙출 아씨의 당혜를 행주치마에 둘둘 싸서 버들고리짝 깊숙이 감췄다.

"문한을 살리려문 깨워서 날레 뛔달아나게 해야디요."

곰보댁은 숨도 제대로 쉬지 못하고 하얗게 질린 얼굴로 몸을 떨었다.

"그럴 수는 없다. 피양 대동문통에 차려놓은 면포상은 어카구. 문한의 생명과 마찬가지인 박문점을 버릴 수레 없디. 문한이 아씨를 정말 욕심냈을까?"

"먼 소리를! 아씨가 저 방에 제발루 걸어들어갔디. 우리 문한이가 끌구 들어갔을까요. 바루 오늘이 아씨가 시댁이 있는 센첸으로 가는 날 아니요. 체네루 늙어죽어야 하니끼니 저런 짓을 한 거 아니갔어요."

곽서방과 곰보댁은 머리를 맞대고 기도를 하다가 해가 산봉우리를 벗어나자 문한의 방문 앞으로 가서 동태를 살폈다. 방안은 잠잠했다. 문한은 숙출 아씨에게 잡혀서 박제된 호랑이처럼 널브러져버렸다. 이 일을 어떻게 처리해야 할지 묘안이 떠오르지 않아 머리를 감싸 안았다.

"내레 이제 어카갔네. 너랑 잠을 잤으니끼니 함께 살아야디."

숙출 아씨의 이런 말을 들으며 문한은 세차게 머리를 저었다.

"말두 되디 않는 소립네다. 아씨! 덩신 차리시라요. 날레 일어나시라요."

"너 함자 살려구 그러문 내레 가만 있디 않을 거다. 네가 나를 보쌈해 왔다구 하문 어칼려구 기래. 그러니끼니 내 옆에 든눠있으문 내 당혜를 보구 오마니 아바지레 달려올 거라우. 우리 그냥 이러구 기다려보자우."

한나절이 되도록 숙출 아씨 방에 기척이 없자 박진사댁에서는 난리가 났다. 곧 시댁으로 떠나보내야 할 터인데 색씨가 없어졌으니 박씨 가문의 체면이 걸린 일이었다. 하인들까지 모두 나서서 우물 속을 들여다보고 정심수를 올려다보기도 했다. 심지어 뒷산까지 가보았으나 숙출 아씨는 흔적조차 찾을 수가 없었다.

"모두 이 야단인데 이상하게 피양에서 돌아온 문한이 보이딜 않습네다."

곰돌이가 박진사에게 이렇게 아뢰는 소리를 들은 곽서방이 하얗게 질린 얼굴로 손사래를 치며 나섰다.

"잠시만 기두리시라요. 내레 보여드릴 거이 있습네다."

곽서방이 버들고리짝에 숨겨놓은 아씨 당혜를 가져다 박진사에게 주었다.

"아니 기거 숙출이 신는 당혜가 아니네. 고럼 우리 숙출이가…."

박진사의 턱이 덜덜 떨렸다.

"앰새박에 나가보니끼니 이 신이 문한의 방문 앞에 놓여 있었습네다."

"그럼 숙출이 문한의 방에 들어가서… 아쿠쿠! 내 머리야. 이 년을."

문한과 숙출 아씨가 곽서방의 손에 끌려왔다. 문한은 머리를 직숙이고 들지를 못하건만 아씨는 얼굴을 바짝 치켜들고 당당하게 아버지를 쳐다보았다.

"내겐 너 같은 딸 없어. 죽은 걸루 알테니끼니 데불구 피양으로 가거라."

그래도 어떻게 그렇게 보내느냐며 마님이 떨리는 손으로 딸의 머리를 틀어 올려 비녀를 꽂아주었다. 깊은 밤 두 사람은 별정 뒷문으로 해서 의주를 빠져나갔다. 가마도 타지 못하고 숙출은 평양까지 문한을 따라 걸었다.

"아씨! 양반을 만나 시집가시라요. 쉰네는 보잘 것 없는 종넘입네다."

"기게 말이라구 하네. 내레 얼매나 고민하문서 결정한 건데 기래."

평양으로 돌아온 첫날밤 숙출 아씨를 안방에 모시고 문한은 건넌방으로 이불을 싸들고 나가려하자 숙출 아씨의 눈이 고양이 눈처럼 빛을 발했다.

"그 아씨란 말 치울 수 없네. 우린 이제 부부가 아니간."

숙출 아씨가 이불을 잡아낚아 윗목에다 내팽개쳤다. 문한은 장승처럼 한참 서서 숙출 아씨를 노려보다가 휑하니 밖으로 나왔다. 밖은 지척을 분간할 수 없을 지경으로 어두웠다. 그의 발걸음은 동미 아씨가 있는 평양근교 감흥리로 향했다.

동미 아씨가 거하는 집까지 와서 들어가지를 못하고 몇 바퀴를 돌았다. 이렇게 늦은 시각에 아씨를 찾아온 적이 없었기 때문이다.

동미 아씨의 방에 불이 꺼지자 문한은 아씨의 방문을 열었다. 놀라서 소리를 지르는 동미 아씨의 입을 틀어막고 이불 속으로 들어갔다.

"이래서는 안 되는데… 하지만 우리가 이렇게 될 줄 알고 있었어."

동미가 흐느끼며 문한의 가슴에 얼굴을 묻었다.

9

참판댁 규슈가 점복의 색시가 되겠다고 제 발로 걸어 들어온 탓에 점복네가 손수 며느리의 치렁한 댕기머리를 풀고 쪽을 지어 비녀를 꽂는 성녀식(成女式)을 올려 준 것이 어제 같은데 벌써 손자를 둘이나 품에 안았다. 친정붙이가 하나도 없는 낯선 집에서 시어머니가 쪽을 쪄주는 동안 새색시가 훌쩍이던 모습이 아직도 생생했다. 다홍치마에 노랑저고리를 입고 백주한삼(白紬汗衫)으로 손을 가리고 신랑과 대면하여 신부가 삼배 반, 신랑인 점복이 삼배로 초례 고배를 올릴 적 모습이 한 폭의 병풍처럼 점복네의 머리에 인각되어 있었다. 색시를 따라 온 비녀가 얼굴을 가리고 한 구석에 서서 서럽게 울어댔는데 그 몸종도 이제는 점복네 식구가 되었다. 잔칫날에 홍서동에 사는 사람들은 모두 점복네 집에 모여들어

잔치음식을 배가 터지게 먹었다. 농사를 지을 적에는 상상도 못한 잔치였다. 어느 날 갑자기 하늘에서 뚝 떨어진 어여쁜 색시를 앞에 놓고 혼례식이라니! 미륵신이 점복에게 하사한 색시라 믿고 있는 의주 사람들은 최점복 맹인을 더욱 경외하고 두려워했다.

"돈이 물처럼 점복네 집으로 흘러 들어가구 센네터럼 이쁜 색시가 굴러들어온 걸 보문 점복은 전생에 임금님이나 왕자였을 거야. 호피(虎皮)방석에 앉아있더니만은 신통술로 색시를 불러들린 걸 보라우, 참으루 대단하디."

선녀 같은 며느리를 맞았다는 소문으로 맹인 점복은 더 유명해졌다. 곳간에는 곡식이 넘쳐나고 조선팔도에 소문이 나서 홍서동 초입부터 점 보러 오는 사람들로 날마다 북적거렸다. 특히 병든 사람들을 어찌나 잘 고쳐주는지 점복은 의주에서는 물론 평양까지 점 잘치고 돈 많은 복술가로 이름을 날리게 되었다.

인마를 가지고 모시러온 문복자를 따라서 의주 시내에 나가면 사람들이 모두 가던 걸음을 멈추고 최점복 맹인 점쟁이를 쳐다보며 존경을 표했다.

"저기 최장님이 지나가시는군, 최점복 장님이 지나가셔."

조무래기들도 점복을 향해 돌을 던지거나 놀리지를 않고 아아! 저기 유명한 최장님이 지나간다 하며 졸졸 따라다녔다.

한편 도검돌은 여전히 잠을 이룰 수가 없었다. 점복이 어쩌다가 귀신의 심부름꾼이 되었단 말인가! 이른 봄 배가 고쁘나고 징얼대년 데리고 나와 산기슭을 누비며 진달래꽃을 따먹이던 조카였다. 진달래가 지고나면 송기와 삘기를 따먹었고 그 다음에는 감꽃을 주워 먹었다. 어떤 때는 땅버들 꽃도 먹었다. 어린 시절 그렇게도 착하고 영리했던 점복이 점쟁이가 되었다니! 가슴이 예리한 칼로 도려내듯 아렸다.

점쟁이가 된 점복이 불쌍해서 도검돌은 싸리울타리 밖을 매일 서성거렸다. 아내와 아들 둘을 거느린 점복은 부티가 나게 몸에 살이 오르고 얼굴에 기름기가 돌았다. 가난은 불편하고 배고픈 것이라면 부유함은 사람을 여유롭고 너그럽게 만들었다. 점복은 비단 옷에 장죽을 물고 거드름을 피우며 이따금 울타리를 벗어나서 산책을 했다.

"쥬여! 저 가여운 영혼을 긍휼히 여겨주시라요."

최점복은 도검돌의 기도를 귓전으로 흘리면서 의도적으로 그를 피했다. 아아! 그러나 이따금 물밀듯이 밀려오는 막막함과 쓸쓸함이여! 그렇게도 애를 쓰며 갈구했던 재산이 별게 아니었다. 돈이 주는 허전함은 돈이 없어 돈을 향해 마구 뛰던 것에 비해 참을 수 없는 나락의 감정을 안겨주었다. 해서 복술을 통해 참 도(道)를 찾아보려고 했었다. 가여운 사람들을 돌봐주고 사랑을 베풀면서 자신을 합리화시키기도 했다. 사회를 구원한다는 생각에서 구도(求道)에 전념하며 자신을 달래보기도 했었다. 그러나 갈등은 계속되었다. 세상에는 불쌍한 사람들이 너무 많았다. 가진 자들은 영혼이 괴로워서 몸부림쳤고 없는 자들은 없어서 불쌍한 사람들이다. 점치러 오는 사람들은 병들어 죽어가는 부자들이거나 사회에서 버림받은 창기, 소첩, 근심이 많은 가난한 민초들이 전부였다. 그렇다면 그는 점을 쳐준다는 구실로 가장 불쌍한 사람들의 속살을 파먹고 사는 셈이다. 남을 속여서 돈을 버는 상당한 이력을 지닌 자신의 모습이 너무나 흉측했다.

더구나 허물어져 내린 사회에서 도탄에 빠져 허우적이는 민중들에 대한 연민의 정을 누를 수가 없었다. 모두 아픈 가슴을 안고 점쟁이인 그를 찾아오건만 그는 그들을 속여서 돈을 받아내고 있다. 눈치 빠르고 상황판단을 정확히 하는 감각을 지니고 불행한 사람들을 우려먹으니 그들을 더 불쌍하게 만들고 있는 셈이다.

"아아! 나는 어떻게 해야 되디? 나는 어디로 가야 하는 것이디?"

머리를 쥐어뜯으며 고민하고 있는 점복에게 도검돌이 들려주던 말이 생생하게 살아났다.

'상뎨를 배반하구 우상을 섬기는 거시 자기 임금을 배반하구 도적나라를 섬기는 거와 같은 거네. 이제 우상을 바리고 상뎨를 공경하문 이는 도적을 바리구 구쥬를 찾는 것이니 한 백성이 어드렇게 두 임금을 섬기갔네? 날레 귀신 섬기는 걸 버리구 돌아서서 상뎨께 돌아오라우.'

점복의 머리는 혼란스러웠다. 평양 맹청에서 배운 점술과 복채를 많이 받기 위해 사람을 속이는 비법이 올무가 되어서 그를 숨막히게 만들었기 때문이다. 마음의 병이 짙어지자 점복은 아내의 손을 잡고 도검돌을 찾아갔다.

"아즈바니레 모신 신을 나두 모셔봅세다. 내레 너머 괴로와서 기래요."

"너터럼 점을 치는 죄인이 감히 샹뎨께 가까이 가디 못하는 것은 비유컨대 나라 법을 범한 신하가 감히 임금님께 들이가 뵈옵디 못함과 같은 거다. 세샹 사람들이 다 샹뎨께 죄를 얻어 죄가 중간에 담을 쌓아서 서로 통할 수레 없으매 구쥬 예수 씨께서 만민의 듕간보인이 되샤 보배피를 흘려 사람의 죄를 구속하시구 막힌 담을 통하야 만민으로 하여곰 샹뎨께 화친하게 하시구 샹뎨를 섬기게 하셨다. 자네 내 말을 알아들을 수 있간?"

"예수 씨라… 예수 씨가 만민의 듕간보인이라… 예수가…."

"예수라 함은 셔양 본국 말이니 진서 글자루 쓰고 되선말루 부르문 야소인데 본래 인간을 구원하시는 임금이란 뜻이야. 진서루 번역하문 곧 구세쥬로써 하늘을 떠나 땅에 내려오샤 인간을 구원하신 고로 예수라 닐컫는 거디."

"예수 씨랑 샹뎨를 늘 함께 말하시넌데 헷갈리고 정신이 없읍네다레."

"예수 씨는 샹뎨로 더불어 몸도 같구 성품도 같구 권능도 같아서 샹뎨로부터 나셨기 때문에 샹뎨의 아들이라 닐컫는 거 아니갔네. 이것은 사람의 아비와 아들이 서루 하는 말을 빌어 사람으로 하여금 샹뎨께로부터 오신 줄 알게 하는 말이디. 샹뎨께서 우리 죄인을 불쌍히 여겨서 아들을 보낸 거디."

돈이 술술 들어오는 점치는 일을 버리고 상제를 섬긴다면 어떻게 되는 걸까. 점복은 기가 막혔다. 얼마나 피눈물 나게 배운 기술인데.

"도대테 사람이 먼 죄를 그렇게 많이 졌다구 말끝마다 죄, 죄하십네까?"

"샹뎨 앞에 모두 다 죄가 있는 거야. 성경에 말씀하시기를 죄 없는 쟈 없다고 하셨다. 사람들이 날마다 샹뎨의 은혜를 잊어바리구 십계를 범하여 샹뎨가 착하신 아바지신 줄도 모르고 사랑티 아니하며 샹뎨가 큰 능력을 개진 분인 줄 모르구 공경치 아니하니끼니 그 죄가 어케 적다 하갔네. 예수 씨레 인간 세상에 내려와 죄를 속량티 않았으문 사람이 어케 구원을 받으며 속죄하갔네."

그러자 점복이 발칵 화를 냈다.

"논어에 보니끼니 허물을 능히 고티문 착함이 그에서 더 큼이 없다고 하였소. 만일 허물을 고티문 착한 데로 옮기며 죄가 없을 것인데 아즈바니는 어케서 반드시 예수 씨의 속죄함만 등요하게 여기는디 모르갔수다레."

도검돌 아즈바니와 긴 논쟁을 하고 귀가한 밤, 점복은 밤늦도록 뒤척이다 겨우 잠이 들었다. 그는 하늘 위로 높이 올라가고 있었다. 어깨 밑에 날개가 달린 듯이 몸이 가벼워졌다. 상체를 틀어 아래로 방향을 잡으려 해도 자꾸만 위로 올라갔다. 밑을 내려다보니 의주성읍과 통군정, 압록강이 굽이쳐 흐르는 것이 생생하게 내려다보였다. 눈이 멀었는데 어떻게 이렇게 잘 보일까. 의심을 하면서도 티끌까지 보이는 맑은 눈을 들어 위를 보니 밝은 빛기둥이 그를 향해 내리꽂혔다. 그때 천둥처럼 큰 음성이 들려왔다.

"최점복 맹인 점쟁이는 내 손을 보아라."

점복은 너무 놀라서 날던 몸을 곧추 세우고 눈길을 위로 던졌다. 빛기둥 저 끝을 눈이 부셔 볼 수는 없지만 사람의 형체가 빛 뭉치처럼 서 있었다. 그는 엉겁결에 두 손을 공손히 모으고 무릎을 꿇었다.

"도검돌 아즈바니레 말씀해 주시던 샹뎨님이시디요?"

"최점복! 내 손을 보라. 내 손에 들린 것 중에서 어드런 걸 개지겠느냐?"

머리를 들어 그의 앞에 나타난 두 손을 보니 한 손에는 도 검돌 아즈바니가 대동강 가에서 주워 감춰두었던 성경책이 들려있었고 다른 한 손에는 은산통(銀算筒)이 있었다. 돈을 벌 어야 한다. 절색의 양반 색시도 맞았고 두 아들이 있으며 부 모님도 모시고 풍족하게 살려면 돈이 있어야 한다는 생각이 그의 뇌리를 스쳤다. 점복은 주저하지 않고 은산통에 손을 대었다. 그 순간 쩌릿한 힘이 전신을 관통해서 목이 졸린 닭 처럼 퍼덕이며 나동그라졌다. 눈에 빛이 번쩍하더니 우레 같 은 음성이 들려왔다.

"저런 고얀 놈 같으니! 다시 한 번 택해 보아라."

전신을 뚫고 지나간 놀라운 힘에 겁이 난 점복은 이번에는 천천히 성경책 쪽으로 손을 뻗었다. 지남철에 끌려가듯 그렇 게 그의 손안에 성경이 쥐어졌다. 그러자 전신에 평안과 기 쁨이 고인 뜨거운 기운이 충만하게 차올랐다.

"내가 주는 이 책을 읽고 그대로 행하라."

눈을 뜨니 온몸이 땀으로 푹 젖었고 아직도 성경책을 받았 던 손에 이상한 기운이 남아있었다. 점복은 이게 무슨 일인 가 싶어서 벌떡 일어나 앉았다.

'도검돌 아즈바니 하구 쟁론을 했더랬넌데 그게 아메두 꿈 으로 둔갑을 해서 날 괴롭히는 게 아닌가. 그래도 너무나 생 생하게 보이던 의주 시내와 굽이쳐 흐르던 압록강 물 그리고 우레 같은 음성. 또 손이 산통에 닿았을 때의 그 무서운 전율 은 과연 무엇이란 말인가.'

밖에서는 점치러 온 사람들이 기다리다 지쳐서 야단이었다. 하지만 점복은 산통을 잡을 마음이 없었다. 그걸 잡으면 꿈속에서처럼 무서운 힘이 온몸을 꿰뚫고 지나가며 숨통을 조일 것 같아 감히 산통에 손을 댈 수가 없었다. 점복네는 애가 타서 점복의 방과 마당을 오갔다.

"어드런 일루 너 그러구 있네? 야가 먼 일이 일어나서 이러네. 밖에서 기두르는 사람들이 벅작고는(시끄러운) 소리가 안들리네?"

"오마니! 내래 참으루 이상합네다. 몸이 이상하구 덩신이 이상하구… 오늘은 아무래도 쉬어야겠습네다레."

"무어이 어드래? 부재가 되어서 돈을 뒤주에 꽁제놓고(묶어) 배가 불러서 그런다구 더렇게 냐단들인데 어드렇게 그냥 돌려보내갔네. 억지루라도 점을 테보라우. 자자. 산통이랑 모두 여기 있으니끼니."

산통이란 소리를 듣자 점복이는 펄쩍 뒤로 물러앉으며 얼굴이 파래졌다.

"오마니, 그 산통을 제발 데켠 구세기로 밀테놓라우요. 내래 숨을 쉴 수레 없습네다. 그 산통소리만 들어두 아이쿠! 무서워서…."

정말로 얼굴이 파래져서 벌벌 떠는 아들을 본 점복네는 뭔가 일이 나도 크게 터졌다고 판단하고 며느리를 불렀다. 양반집 규수로 곱게 자랐던 며느리는 아이를 둘이나 낳았건만 친정에서 버림받은 충격으로 언제나 조용했다.

"네가 들어가 한번 말해보라우. 우리 집이 점을 테서 먹구 사는 처디인데 길쎄 산통을 곁에만 개져다 놔두 얼굴이 파래

져서 숨도 쉬디 못할 디경으로 절절 매너끼니 먼일인디 모르
갔다. 혹시 밤에 너랑 다툰 거 아니네."

며느리는 마당과 마루에 벅적거리는 사람들 틈을 비집고
남편에게 갔다. 점복은 잔뜩 겁먹은 얼굴을 하고 방구석에
쪼그리고 앉아있었다.

"먼 일루 점티는 걸 무서워합네까. 오마니레 혹께 걱정을
하십네다. 우리 산통이 나쁜가요? 고럼 피양 가서라무니 바
꽈오라구 하디요. 시간이 걸릴 터이디만 어카겠습네까. 기두
르는 사람들이 증을 내구 있으니끼니."

그러자 점복은 아내의 손을 으스러지게 단단히 잡고는 밖
에 있는 사람들이 듣지 못하도록 목소리를 낮춰 소곤거렸다.

"난 이제 점을 틸 수레 없어졌어. 도검돌 아즈바니 말대루
참 신인 샹뎨님을 만나뵈었는데 내 점술을 앗아가버렸거덩."

"아니 그게 먼 말이라요? 내레 먼 말인디 알아 들을 수레
없습네다."

"도검돌 아즈바니를 만나야갔어. 여보시! 우리 날레 아즈
바니를 만나러갑시다레." ✳ ─ 2권에 계속

.